W0201480

Lori Lansens

El largo camino a casa

Traducción de
Ana Alcaina

Círculo de Lectores

Para Milan

NOTA DE LA AUTORA

Me gustaría expresar mi gratitud a varios autores cuyos libros han sido muy importantes en mi labor de documentación. Éstos son, sin seguir ningún orden en concreto: A. C. Robbins, Gwendolyn y John W. Robinson, John Rhodes, G. H. Gervais, Stanley G. Grizzle, John Cooper, Elaine Latzman Moon, Robin W. Winks, Victor Lauriston y Victor Ullman.

También me gustaría dar las gracias a mi madre y a mi padre, así como a mi familia, por tantas y tantas cosas, que sería imposible incluirlas todas aquí.

MAÍZ

«En esta habitación hace peste a pipí.» Sharla Cody inhala el olor con fuerza y le parece dulzón. Le recuerda a las florecillas blancas que Mamá Addy plantaba en el pequeño pedazo de tierra frente a la caravana, en lugar de plantar hierba. Siempre crecen, esas florecillas, año tras año. A Sharla le gusta ilusionarse con verlas cada primavera, como con esos invitados que, pese a ser muy esperados, uno nunca acaba de confiar del todo en que aparezcan.

A Sharla siempre se le olvida el nombre de la flor que huele a pipí. «Cestillo de oro», le había dicho Mamá Addy, añadiendo que, aunque técnicamente la planta no era perenne, seguro que volvería a dar flores. Y así lo hizo. Mamá Addy le dijo que así era la naturaleza, que algunas flores vuelven a regenerarse «y sanseacabó». Que había que ser boba para calentarse la cabeza pensando en lo que «sanseacababa».

En una ocasión, Sharla hizo un ramo de novia con las florecillas blancas. Mamá Addy sacó del fardo de los remiendos una cortina que empezaba a amarillear y se la prendió a Sharla en el pelo con unas pinzas de madera para la ropa. Echaron a andar por el camino de barro como si Sharla fuera la novia, una princesa, y Mamá Addy la dama de honor que le sujetaba la cola, dando un pasito adelante y deteniéndose, un pasito adelante y deteniéndose, como hacían las novias. Mamá Addy entonó una preciosa canción de amor que Sharla oía por primera vez y que no volvería a oír jamás.

A los cinco años, Sharla todavía se hacía pipí en la cama cuando se sentía sola. Mamá Addy chascaba la lengua pero nunca le pegaba. Medio dormidas las dos, le limpiaba a Sharla sus partes con un trapo húmedo y áspero que antes había sido un calcetín marrón y luego se la llevaba por el minúsculo pasillo hasta su propia cama de olor almizcleño, a que durmiera allí el resto de la noche.

Mamá Addy no era la mamá de Sharla. Ni siquiera eran familia. Mamá Addy era una anciana de color que fumaba un cigarrillo tras otro y que vivía en el camino de barro del campamento de caravanas de Lakeview, a unos treinta kilómetros de Chatham, en Ontario. Habían mandado a Sharla a vivir con la anciana cuando Emilio se había mudado a la casa de su verdadera madre, Collette. Emilio había dicho que si Sharla volvía a hincharle las narices aunque fuera sólo un poco, la estamparía contra la pared. Después de eso, Collette se fue derecha al camino de barro y empezó a llamar a todas las puertas. A la tercera, la vieja Addy Shadd le dijo que se quedaría con la niña si Collette le daba unos pocos dólares para comida y esa clase de cosas.

No llegaron a ir a ninguno de los hipermercados Kmart a comprarle sandalias nuevas para el verano, tal como Collette le había prometido, sino que ésta se limitó a llenar una bolsa blanca de plástico con los pantalones cortos de Sharla hechos un lío y un par de camisetas de tirantes, un bañador varias tallas demasiado pequeño y el pijama con el estampado de la gatita.

–Las madres mandan a sus hijos de colonias en verano, ¿no? –dijo Collette–. Y los que tienen dinero los mandan a un internado. Bueno, pues esto es lo mismo.

–Ya, pero es que no es ningún campamento de verano –le contestó su vecina y amiga Krystal.

–Me importa una mierda, Krystal. Además, sólo es hasta septiembre, y se nos está acabando el dinero del accidente de coche de Emilio.

Sharla ya se sabía los números, así que no hacía falta que Collette la acompañase todo el camino hasta la caravana de Addy Shadd. Si no era retrasada mental –aunque Emilio sospechaba que sí lo era–, encontraría el número cuatro del camino de barro. Además, Emilio estaba impaciente por follarse a Collette en aquel sofá verde de pana del salón sin tener que preocuparse por que Sharla los pillase otra vez.

Collette vivía de las ayudas y del novio de turno. Cualquiera que no supiera que tenía veintidós años, le habría echado diecisiete. Tenía buen cuerpo, la piel blanca como la nata, el pelo rubio teñido y unos ojos de un color insólito que hacían que los hombres cayesen rendidos a sus pies. Empezó a follarse a Emilio después de enterarse de la cantidad que iba a sacar por la indemnización. Emilio sabía que ella desaparecería en cuanto desapareciese su dinero, pero no le importaba. Sólo con mirar aquella boca, todo su cuerpo temblaba de excitación.

Cuando llegó la hora de ir a casa de Addy Shadd, Emilio echó a Sharla a empujones por la puerta.

–Hala, a pasarlo bien con esos orangutanes mandinga.

Sharla se quedó de piedra: nadie le había dicho que fuese a haber monos en la casa. Collette se despidió de ella con la mano, susurrando palabras cargadas de tristeza sobre el adiós a su hijita pequeña. Emilio le dio unas palmaditas en el hombro y fingió que no le parecía que estaba comportándose como una imbécil.

A pesar de lo que su nombre parecía indicar, desde el campamento de caravanas de Lakeview no había ninguna vista del lago Erie. Y pese a lo que decían todos, era imposible ver Cleveland, ya en la parte estadounidense, al otro lado del lago, ni siquiera con el cielo completamente despejado. Addy Shadd había instalado allí su caravana a finales de la década de los cincuenta porque era el lugar más próximo al agua que se podía permitir con su dinero. Al principio había creído que sólo sería por poco tiempo, una residencia temporal, pero al cabo de veinte años en el campamento ya había asimilado que nunca tendría una casa con vistas a ningún lago.

Los días anteriores habían sido muy secos. El sol resecaba el camino de barro donde vivían Mamá Addy y la mayor parte de las otras personas de color, y lo transformaba en caudales de tierra endurecida. Dolía caminar por allí con los pies descalzos, y no era sitio para ir en bicicleta. Entre las caravanas blancas y plateadas, distribuidas a intervalos regulares, las tomateras y los pepinos parecían a punto de engullir las cajas de tela metálica llenas de herrumbre. En la parcela de tierra a la entrada de la mayoría de las caravanas, había sillas viejas de madera y cubos de basura abollados, una extensión de maleza o nada en absoluto, pero Mamá Addy plantaba en la suya aquellas flores diminutas de color blanco que olían a pipí y le reconfortaba poder embellecer un poco el vecindario.

Sharla estaba en cuclillas, recogiendo granos de maíz duro de un montón que había cerca de una caravana desvencijada, en algún punto del camino a la caravana de Addy Shadd. Sabía que eso era birlar las cuentas del collar de alguna otra niña, porque cada grano rojizo, violeta o dorado ya lucía un perfecto agujero en el medio, hecho con una aguja. Sin embargo, ella quería los granos y tenía la intención de hacerse su propio collar, tal vez para regalárselo a Collette.

Mientras Sharla recogía pellizcándolas las gemas

de maíz del suelo polvoriento y las metía en su bolsa blanca de plástico, se imaginó su collar y la admiración general que iba a causar. Vio la sombra, pero demasiado tarde: la patada le acertó en la parte inferior de la espalda y la arrojó de bruces al suelo. Se volvió a ver quién la había empujado, haciendo visera con la mano para tapar el sol.

–¿Qué quieres, Fawn?

Fawn Trochaud tenía siete años y vivía con su tía Krystal en la caravana de enfrente de Sharla y Collette. Tenía el pelo amarillo y rizado, la piel de un blanco algodón y unos enormes ojos azules como los de un ángel de una Biblia ilustrada. Sharla sabía que el maíz no era de Fawn, aunque también sabía que eso daba lo mismo.

Sharla se levantó, sujetando con fuerza la bolsa blanca de plástico y sin apartar los ojos de Fawn. No se atrevía a hablar. Fawn dio un paso adelante, levantó una nube de polvo con sus chanclas mordisqueadas por los perros y llenó de polvo a Sharla, quien se estremeció creyendo que Fawn iba a pegarle. Pero Fawn no volvió a tocarla, sino que se limitó a arrancarle la bolsa de plástico de las manos y echar a correr.

Calle abajo, un par de chuchos aburridos se enzarzaron en una pelea. Sharla se puso a observarlos y pensó que si lloraba tal vez así se sentiría mejor y sabría qué hacer a continuación. Pero Sharla no lloraba, nunca, aunque no sabía por qué.

Collette sí sabía por qué. Fue cuando Sharla tenía casi dos años. Había empezado a andar muy pronto, pero apenas salía de su cuna, de modo que no le había sacado demasiado partido a su precocidad. Sabía decir algunas palabras: «mamá», «bibe», «caca», «fuego», «zumo». El novio de Collette en aquella época, Wally, era un hombretón enorme con la espalda tan ancha que tenía que agacharse y colocarse de lado para pasar por la puerta de la caravana. Sharla lo recordaba entrando en su diminuta habitación de bebé, inundándola toda como quien llena un vaso de agua con su aliento a alcohol y la peste a tabaco.

Era un día de finales de otoño, y olía a manzanas McIntosh rojas y a fogatas de hojas de arce. La pequeña Sharla fue avanzando a trompicones hasta los pies de la cuna, mordisqueando la tetina de su biberón vacío con aquellos dientecillos blancos. Wally había entrado en la habitación a buscar algo. Irrumpió de pronto, con toda su envergadura, y se dio un fuerte golpe en la espinilla contra la barra de la vieja cuna. «¡Joder, Collette!», exclamó, levantó la pierna y dio una patada a la destartalada cuna con la intención de hacer que traspasara la pared.

Para aguantar el equilibrio, la pequeña Sharla se había estado sujetando con la mano a la barra de la cuna, y cuando Wally la estampó con aquella patada, los deditos regordetes y morenos se le quedaron atrapados entre la cuna y la pared. Entonces entró Collette, hecha una fiera por el ruido y los gritos.

–¡Hostia puta, Wally! ¡Serás capullo! ¡¿Se puede saber por qué coño la has hecho llorar?!

–¡Pero si no le he puesto la mano encima, joder! ¡Ni la he tocado siquiera!

Collette le dirigió un «chsss» a su hija, echó a Wally de la habitación a empujones y salió ella también, cerrando la puerta de un portazo tras de sí.

La pequeña Sharla estuvo llorando y desgañitándose, e intentó sacar los dedos aplastados de entre la cuna y la pared. Pronunció las pocas palabras que sabía decir: «Mami. Mano. Mami. Mano. Mami. ¡Mami! ¡Mami! ¡Ma-mi!».

Collette volvió a entrar en la habitación únicamente para chillar:

–¡Cállate! ¡Cállate y duérmete de una puta vez!

Sharla pasó una hora entera llorando sin parar. Vomitó la leche agria y la cena a base de pasta enlatada, succionó la tetina de caucho de su biberón vacío y estuvo llorando un rato más. En el cuarto contiguo, alguien subió el volumen del televisor y luego lo apagó de pronto. Todo quedó en silencio y luego se oyó un chasquido y el ruido metálico de un portazo. La pequeña Sharla supo que su madre y Wally se habían ido y que no quedaba nadie en la casa para oírla. En ese momento dejó de llorar y no volvió a hacerlo en mucho, muchísimo tiempo.

Al cabo de un rato, a Sharla se le entumecieron los dedos. El silencio le dio sueño. Quiso tumbarse sobre su mantita agria y llena de vómito, pero no podía agacharse porque tenía la mano allí atrapada, así que apoyó la frente en la parte más blanda del brazo y cerró los ojitos hinchados.

Por la mañana, Collette estaba con resaca por tanto abusar del Southern Comfort y daba gracias por que Sharla no estuviese haciendo jaleo y la dejase dormir. Hacia mediodía, pensó que, de todos modos, sería mejor que fuese a echarle un vistazo, porque su hija nunca había dormido hasta tan tarde. La pequeña Sharla estaba de pie en la cuna, con la cabeza vuelta hacia la ventana y un hililo de mierda resbalándole por los costados de los pañales. Hacía como que no había oído a su madre entrar por la puerta. Collette sabía que Sharla estaba enfadada por lo de la noche anterior y que se lo iba a hacer pagar poniéndose pesada todo el día.

El olor de la habitación le provocó arcadas, y entonces Collette vio el vómito en la manta y decidió que Sharla se iba a llevar un guantazo, así aprendería. Collette se acercó a la cuna sacando las uñas como garras. Cogió a Sharla por debajo de las axilas para sacarla, pero estaba atascada. Fue entonces cuando Collette vio el brazo, amoratado y azul hasta la altura del codo, los dedos aplastados hinchados como salchichas. «¡Mierda!», exclamó Collette y apartó la cuna de la pared. Sharla no movió la mano; no podía. Collette volvió a decir «¡Mierda!» y llamó a Wally.

Wally desapareció para siempre al día siguiente. Collette se ocupó de cambiar la venda de la mano de Sharla y le dejó tomarse un biberón cada vez que lo pedía. También la dejó salir de la cuna más a menudo, ahora que Wally ya no estaba y se sentía más sola, con ganas de compañía. Hasta le hizo un regalo a Sharla: una gatita regordeta a rayas anaranjadas y blancas que maullaba sin cesar y que sacó de la caja de debajo del porche de Krystal. Collette llamó *Trixie* a la gata y pensó en esterilizarla, pero nunca llegó a hacerlo. Sharla se cayó encima de *Trixie* dos veces el primer día, le tiró de la cola y le dio de comer palomitas con caramelo y cacahuetes. *Trixie* aprendió pronto a no dejarse ver demasiado por la casa.

Al cabo de unas semanas, cuando Sharla ya podía sostener un plátano con los dedos machacados, Collette se dio por satisfecha y eso fue todo. No veían mucho a *Trixie*, aunque los platos de comida de gato seguían desapareciendo. Collette se arrepentía de haber adoptado a aquella gata, porque ahora tenía que soportar sus insoportables maullidos en plena noche cuando estaba en celo y a todos los gatos callejeros que meaban en la puerta rota.

De modo que, en esos momentos, Sharla estaba de pie bajo un sol abrasador en algún punto del camino a la casa de aquella desconocida, Addy Shadd, deseando poder llorar y que alguien le dijera lo que tenía que hacer. No tenía ningún sentido perseguir a Fawn y a su bolsa blanca de plástico. Además, de todos modos, lo único que iba a echar en falta eran los granos de maíz. Sin embargo, le daba no sé qué presentarse en casa de Addy Shadd sin su bolsa de ropa de verano y no quería que le hicieran preguntas sobre por qué Collette la había mandado allí con las manos vacías.

Sharla enfiló hacia el camino de barro con la esperanza de que se le ocurriera alguna idea, y cuando vio ropa de mujer tendida en una cuerda, se le ocurrió una. Se oía el ruido del televisor en el interior de la caravana que había junto a la cuerda, así que se deslizó con sigilo y arrancó tres prendas a todo correr: unos calzones grandes, una blusa brillante con un estampado de triángulos y una bata de flores azules con bolsillos cuadrados en la parte delantera.

Sharla sintió unos retortijones en el estómago, pero no sabía si por la vergüenza de haber robado la ropa o porque cada vez se acercaba más a la caravana de Addy Shadd, o tal vez porque no había desayunado nada. Hizo un fardo con la ropa de mujer y entrecerró los ojos para protegerse del sol. Luego dio una patada en el suelo para entretenerse levantando una polvareda, pero se arrepintió de inmediato porque el polvo se le quedó pegado a las pantorrillas húmedas. Hasta los zapatos casi chapoteaban cada vez que daba un paso.

Salvo por el hecho de que estaba sin asfaltar, el camino de barro se parecía bastante al resto del campamento, flanqueado por caravanas de color blanco y plateado, la mayoría de ellas permanentes, algunas listas para su enganche y ponerse en marcha. Había poco espacio para jugar o lanzar pelotas de béisbol salvo en la carretera. Había coches, unos mejores y otros peores, aparcados por todas partes. Sharla empezó por el final del camino, mirando los números, consciente de que el veintiocho era mucho mayor que el cuatro. Un poco más adelante, vio a dos niños de color a los que conocía; Nedda era la niña y Lionel Chase, el niño.

Nedda miró a Sharla y entrecerró los ojos.

–¿Y tú qué quieres?

Sharla sujetó con fuerza la ropa que llevaba en la mano y dijo:

–Hola, Lionel.

Éste levantó la vista y no dijo nada. Lionel Chase casi nunca hablaba y, de todos los niños del campamento de caravanas, era el que mejor le caía a Sharla. Tenía las pestañas casi tan largas como las de Fawn, y sus labios sonreían incluso cuando no estaba especialmente contento ni algo le parecía gracioso.

Sharla señaló el ramo de flores dientes de león amarillas que Nedda llevaba en la mano y preguntó:

–¿Sabes qué?

–¿Qué? –respondió Nedda con desdén.

–¿Sabes cómo se sabe si te gusta la mantequilla?

Nedda sintió curiosidad.

–¿Cómo?

–Te pones aquí una flor de diente de león, debajo de la barbilla, y si se pone amarilla, te gusta la mantequilla; si se queda igual, te gusta la margarina.

Nedda se puso la flor de diente de león debajo de la barbilla y se volvió hacia Lionel para preguntarle con un suave ronroneo:

–¿Me gusta la mantequilla?

Lionel no dijo nada. Nedda se encogió de hombros, tiró el ramo de flores al suelo y se llevó a Lionel Chase lejos de Sharla Cody.

Tenía el estómago vacío y le dolían las piernas, así que Sharla decidió que lo mejor sería sentarse en el pedrusco grande y rosa que había delante de la caravana color plata brillante en la que no vivía nadie. A Sharla le gustaba sentarse en aquella piedra rosa cuando bajaba por el camino de barro, porque tenía forma de guante de béisbol y estaba muy cómoda apoyando el trasero en la superficie cálida y lisa. Si nadie la obligaba a moverse, era capaz de quedarse ahí sentada todo el día.

Puede que se quedara dormida por el efecto del sol y la piedra lisa y rosada; puede que no hubiese llegado a dormirse y que sólo hubiese pestañeado un momento, pero el caso es que le pareció que el sol se movía en el cielo y sintió un escalofrío cuando abrió los ojos y vio a Lionel Chase allí de pie, con sus pestañas largas y sus labios sonrientes. Lo cierto es que su aspecto era un poco distinto, porque llevaba una buena magulladura en un lado de la cabeza, como si acabaran de propinarle un golpe. El niño se volvió para mirar camino arriba y Sharla lo imitó.

Una señora de color, muy voluminosa, avanzaba hacia ellos dando resoplidos y mascullando algo entre dientes, fumando y soltando humo como una chimenea. «Addy Shadd», se dijo Sharla. Lionel se puso delante de la niña y ambos la vieron acercarse cada vez más, sin que ninguno de los dos dijera nada hasta que la mujer llegó adonde estaba la piedra.

Sharla levantó la cabeza y sonrió, pero la mujer no le devolvió la sonrisa, sino que estiró el brazo, arrancó el fardo de ropa del lado de Sharla con una mano y levantó la otra para soltarle un bofetón. La niña se encogió atemorizada. Lionel sólo dijo una palabra:

–No.

La voluminosa mujer que fumaba como una chimenea bajó la mano y, a continuación, se fue andando con la ropa como si nada, camino abajo, soltando el humo y meneando la cabeza de un lado a otro.

Sharla miró a Lionel, pero antes de que pudiera preguntarle: «¿Era ésa Addy Shadd?», el niño dio media vuelta y se fue.

Sharla sintió miedo. ¿Y si ahora Addy Shadd les

decía a Emilio y a Collette que no pensaba dejar que ninguna mocosa ladrona de ropa se fuera a vivir con ella? Echó a correr con toda la velocidad que le permitieron sus piernas para regresar a la caravana de Collette, aunque una vez allí, no supo qué hacer. «Escóndete», fue lo único que se le ocurrió.

Sharla se agazapó en el cobertizo para la basura que había detrás de la caravana, apartando a manotazos las moscas negras y gordas que revoloteaban alrededor del cubo oxidado que tenía a su lado. Había una silla rota de las de la cocina, unos canastos viejos para recoger las manzanas en otoño, una maleta destrozada y un cortador de césped que nunca había visto en funcionamiento. Sharla dejó la puerta del cobertizo entreabierta para, de ese modo, poder ver si Addy Shadd aparecía fumando por el camino a contarle a Collette lo que había hecho.

Con mucho cuidado y sin hacer ruido, Sharla abrió la puerta metálica un poco más, para ver mejor y dejar que saliera el olor a basura. Oyó a Emilio tirarse un pedo y el ruido más lejano que hacía Collette con las cacerolas y los platos. Dio un respingo al oír gritar a Emilio:

–¡Me cago en la puta! ¡Maldito trasto de mierda! –Y le dio una patada a algo con todas sus fuerzas.

Fuese lo que fuese, Sharla pensó que ojalá se hubiese roto el dedo del pie.

Al cabo de un rato, Sharla dedujo que debía de ser la hora de la cena porque empezó a oler a mortadela frita con patatas y a macarrones con queso precocinados. Se acordó de la última vez que había comido; ya no quedaba nada en la despensa, así que había tenido que contentarse con una lata de crema de champiñones. En ese momento le habría gustado poder comer un poco de aquella crema pegajosa. El cortador de césped se le estaba clavando en la espalda, así que lo apartó, se recostó en el cubo de la basura y cerró los ojos.

Cuando se despertó, era de noche y todo estaba en silencio. Al principio, Sharla no sabía dónde estaba. Sabía que había tenido una pesadilla, pero no que se había perdido una tormenta con rayos y truenos pero sin apenas lluvia que había interrumpido el suministro eléctrico en el campamento de caravanas. La luna llena se colaba con su luz plateada a través de la rendija de la puerta y se derramaba sobre el cubo de la basura, y fue entonces cuando Sharla se dio cuenta de que todavía estaba dentro del cobertizo.

Sólo era una bota pequeña y de color rojo, pero cuando la vio al claro de la luna, metida entre los canastos y la silla rota, a Sharla le dieron ganas de reír. Antes no había visto allí la bota, y ver algo a oscuras que no habías visto a la luz era magia. Cogió la bota de goma y la sujetó como si fuera una muñeca mientras buscaba la pareja a su alrededor. No la encontró por ninguna parte, pero eso no importaba, porque los pies de Sharla ya eran demasiado grandes y de todos modos no podía ponérselas. Sacó la maleta destrozada, la abrió y metió la bota dentro, y, ya pertrechada con la pequeña bota roja, se armó de valor. Abrió la puerta del cobertizo y se adentró en la noche. La enorme furgoneta gris de Emilio no estaba estacionada en la entrada, pero daba igual que él y Collette hubiesen salido: Sharla ya había decidido que no podía pedir volver a casa.

Supo que había llovido porque olía la humedad en el aire y porque, mientras arrastraba su maleta con la bota roja por el camino de barro, los pies se le hundían un poco en el suelo y ya no quedaba polvo que se le pegara a las pantorrillas al caminar. No se oía el ruido de la televisión ni de la radio ni se veía luz en ninguna de las caravanas, y eso hacía que Sharla se sintiera como si estuviera en un sueño. Se preguntó si se despertaría y aún olería a basura en el cobertizo.

Estaba contando mentalmente los números de las caravanas, la número siete, la número seis, la número cinco, cuando de repente una brisa se levantó a su espalda y percibió aquel olor dulzón a pipí. No sabía que provenía de las florecillas blancas, sino que creyó que era un perro, o que quizá se había roto el retrete de alguna de las caravanas, algo que ocurría a veces. Hasta se llevó los dedos a sus partes para cerciorarse de que no se había hecho pipí encima sin darse cuenta.

La luna apartó una nube a codazos y lo iluminó todo de golpe con un brillo tan intenso que podría haber sido de día si no fuera porque era de noche. La luz de la luna señaló la caravana blanca y alargada de Addy Shadd, la número cuatro, y el cuidado parterre de flores blancas en la parte delantera. Sharla miró a la caravana esperando que fuese de verdad.

Había tres peldaños de rejilla metálica hasta la puerta que Sharla vio con toda claridad en el resplandor de la noche. Depositó la maleta en el suelo y contó mientras subía: «Uno, dos, tres». Apoyó la oreja en la puerta. No se oía nada de nada. A Sharla le habían enseñado que no había que llamar a la puerta cuando los adultos dormían, así que se sentó en el escalón superior de rejilla metálica, pensando que le iba a dejar señal en las nalgas. Miró al cielo nocturno e inhaló el olor a pipí, que ya empezaba a gustarle. Se fijó en la caravana contigua, más pequeña que ésa, con unas sábanas desgarradas en las ventanas que hacían las veces de cortinas y una vieja cocina oxidada fuera, donde los niños guardaban los juguetes de plástico.

Aquella cocina vieja le hizo acordarse de Emilio y de la primera vez que éste se había presentado en la caravana. Sólo hacía unos meses de aquello, el domingo de Pascua, pero parecía que hacía mucho más. El hombre del tiempo había mentido, porque todavía había nieve suficiente en el suelo para hacer un ángel, y seguían cayendo copos. Collette estaba furiosa porque sus zapatos nuevos eran unas sandalias blancas y se había tomado la molestia de pintarse las uñas con el esmalte Rojo Rompedor que su amiga Krystal había birlado del supermercado para ella.

Collette se lavó el pelo con champú de frutas, se empolvó el colorete en las mejillas y se pintó los ojos de azul. Sharla pensó que parecía una payasa, pero no le dijo nada a su madre. Vio a Collette ponerse el suéter de color morado de cuello de barca, aquél tan suave. Su madre soltó: «Mierda, mierda, mierda...» cuando quiso embutirse los vaqueros azules de antes de dar a luz a Sharla.

Krystal Trochaud acudió a ver qué aspecto tenía Collette. A Krystal le gustaba mucho mandar y se comportaba más bien como si fuera la madre de Collette en lugar de su amiga. Ella también había tenido un niño el año anterior, pero había muerto la misma noche. Lo llamó «mi bebé de la muerte súbita» y no parecía tan triste como cabría suponer.

Krystal repasó a Collette de arriba abajo mientras daba unas caladas a su Kool.

–Con esos vaqueros se te marca mogollón el coño.

Collette se miró entre las piernas la costura del pantalón, que le separaba los labios mayores de la vulva como si fuera la pezuña de un animal y vio que Krystal tenía razón. Quiso cambiarse y ponerse otro par, pero en vez de eso se calzó las sandalias nuevas porque de todos modos iban a quedarse en casa todo el día, no iban a salir a la calle. Los tacones de las sandalias emitían un golpeteo rítmico al chocar contra el suelo de linóleo.

Sharla estaba viendo la televisión y comiendo bolas

de chocolate con forma de huevos de Pascua. Krystal se sentó a su lado en el sofá y dijo:

–Emilio tiene un buen trabajo. Además, tiene una furgoneta. ¿A que es genial para poder ir al supermercado a hacer la compra y esas cosas?

Sharla aplastó una bola de chocolate contra el cielo del paladar.

–Será mejor que te portes bien con él, Sharla, porque tu culo irá a parar a un hogar de acogida como le quiten a Collette esta caravana.

Sharla no quería ir a un hogar de acogida, así que se incorporó en el sofá y dejó de comer bolas de chocolate, pues acababa de decidir que le regalaría el resto al nuevo novio de Collette, el de la furgoneta.

La parte del horno estaba encendida, algo insólito, puesto que Collette casi siempre usaba sólo los fogones. El horno hacía que el calor dentro de la caravana fuese insoportable, y cuando Sharla se quejó, su madre le espetó:

–Pues ve a cambiarte y ponte los putos shorts, si tanto calor tienes.

Emilio llegaba tarde. En la caravana cada vez hacía más y más calor. Fuese lo que fuese lo que había dentro del horno, seguía estando de color rosa. Sharla nunca lo había visto antes, pero olía bien, como las comidas que preparaban en las casas de ladrillo de Chatham. Sharla esperaba que no tuviesen que esperar a que anocheciera para cenar, porque lo único que tenía en el estómago eran unas pocas bolas de chocolate.

No llamó a la puerta, así que Sharla se llevó un buen susto cuando vio aparecer a Emilio sin más y plantarse en el felpudo mirándola como preguntándose qué coño hacía aquella mocosa allí. Emilio no era bajo, pero tampoco tenía que agacharse para pasar por la puerta. Llevaba el pelo negro ondulado y brillante, y su cara no estaba mal, con unos ojos oscuros y redondos, una nariz no demasiado grande y unos labios gruesos y rojos como los de las chicas guapas. A Sharla le gustaba su aspecto, pero a él no le gustaba el aspecto de ella y la niña lo sabía.

Sharla le hizo sitio en el sofá y cuando se sentó, le dio el resto de las bolas de chocolate que le quedaban en la bolsa, sólo cuatro o cinco, ya semiderretidas porque le había entrado hambre de tanto esperar. Emilio miró en el interior de la bolsa y se rascó la cabeza, sin decir «gracias» ni «eso es muy amable por tu parte», sino que exclamó:

–¿¡Collette!? ¡Eh, Collette! ¿Sabes que tu hija está aquí fuera vestida como una mamarracha? ¡Hay nieve en el suelo y ella con unos putos pantalones cortos de verano!

Cuando Collette apareció por el pasillo, Emilio se levantó del sofá. La miró con expresión de malicia, pero Collette no parecía asustada. Lo besó en la boca y dijo que se alegraba de que estuviese empezando a conocer a Sharla un poco. Emilio y Collette siguieron besándose, y cuando la lengua de él empezó a serpentear por fuera de sus labios, Sharla desvió la mirada.

De repente, después de esperar todo el día, aquella carne rosada salió al fin del horno y unas manos la depositaron en la mesa, sin más guarnición. Sharla tenía hambre.

–¿Comemos?

Collette tenía las mejillas encendidas por debajo del colorete. Apenas miró a su hija.

–Come un poco de jamón para calmar el apetito, que nosotros volvemos enseguida.

Sharla vio a Emilio avanzar por el pasillo en dirección al dormitorio de Collette y esperó hasta que la puerta se cerró. Encendió el televisor con la esperanza de encontrar dibujos animados, pero sólo echaban deportes y noticias. Se sentó a la mesa y arrancó el jamón con los dedos, deleitándose con el dulce sabor a quemado de la carne.

Sharla no sabía cuánto tiempo llevaba allí sentada en el escalón de la caravana de Addy Shadd cuando la puerta metálica se abrió con un chirrido a su espalda. Contuvo la respiración. No veía a nadie en el interior de la caravana, pero oyó una voz procedente del otro lado de la mosquitera, grave como la de un hombre y como si acabara de engullir un trozo de pudin.

–¿Eres tú Sharla Cody? –fue lo único que dijo la voz antes de abrir la puerta con mosquitera para dejarla entrar.

Sharla se levantó, pero después de estar tanto tiempo sentada, quieta, le flaquearon las piernas. Estaba un poco nerviosa, pero se le pasó en cuanto entró.

La caravana estaba en penumbra, pero hacía calorcito y se percibía un olor que a Sharla le resultaba desconocido. La niña oyó el ruido de una cerilla y, acto seguido, apareció una llama en una vela y una sombra enorme sobre la pared. La vela quedó colocada encima de la mesa y Sharla oyó el ruido de una silla al arrastrarla por el suelo. La señora que se sentó en la silla no era la misma a la que le había robado la ropa de la cuerda, y Sharla sintió un gran alivio.

Addy Shadd acercó el rostro a la luz y se encendió un cigarrillo largo y delgado con la llama de la vela, diciendo:

–No te pareces nada de nada a tu madre.

–Tengo un padre. Pero no vive con nosotras –fue lo único que a Sharla se le ocurrió responder.

La anciana señaló con un dedo agarrotado una silla que tenía delante.

–Siéntate, tesoro –dijo, con aquella espesa voz de pudin.

Sharla se sentó en la silla y miró al frente.

La piel de Addy Shadd era del marrón oscuro de las bebidas de cola, tan arrugada y flácida que, extendida, seguramente podría cubrir hasta a dos personas. Tenía el pelo blanco brillante y lo llevaba suelto, formando un halo alrededor de aquella cabeza alargada. A cada lado de ese halo estaban sus inmensas orejas, que no sólo eran enormes sino que le sobresalían de la cabeza y se le desplegaban como alas. Tenía los ojos hundidos y legañosos, y su nariz era ancha, con unos orificios nasales redondos que emitían sonidos aflautados cada vez que soltaba el aire. Cuando se fumaba el cigarrillo, las arrugas alrededor de los labios se le fruncían formando una «o» que recordaba el orificio del ano.

A Sharla le gustaba el aspecto de Addy Shadd y pensó que era la primera vez que alguien la llamaba «tesoro». Le entraron ganas de darle unas palmaditas a Addy Shadd en el pelo blanco brillante. Le entraron ganas de besar aquellos labios fruncidos que recordaban el orificio del ano y de sentarse en su estrecho regazo y enterrar la nariz entre los pliegues de su cuello.

Addy Shadd dio una larga calada a su cigarrillo y soltó las palabras acompañadas del humo.

–¿Dónde estabas, tesoro?

Sharla se quedó perpleja con la pregunta porque Addy Shadd acababa de verla sentada en el escalón superior del porche. Tal vez era una pregunta trampa. Sharla sabía mucho sobre preguntas trampa y los sopapos que podía llevarse si daba una respuesta errónea.

–¿Ahí fuera... en el porche?

Addy Shadd no sabía si Sharla pretendía pasarse de lista con ella, pero sospechaba que sí, de modo que no dijo «tesoro» esta vez.

–¿Dónde estabas antes de eso?

Sharla lo recordó, despacio.

–¿En el cobertizo?

–Tenías que haber venido esta tarde.
–Lo sé.
–Pensé que vendrías mañana. Habría llamado si tuviera teléfono.
–Nosotras tampoco tenemos teléfono.
–¿No?
Sharla negó con la cabeza.
–Pero nos lo van a volver a poner pronto.
–¿Dónde está tu mamá?
Sharla se encogió de hombros.
–¿En la *frugoneta* de Emilio?
–¿Quién te ha traído aquí?
–Dijo que podía venir yo sola.
–¿Tú sola?
–Es que ya me sé los números.
–Puede ser, pero no sé de ninguna mamá que envíe a su hijita a la calle sola en plena noche, ¿sabes?
Sharla no respondió porque no sabía lo que Addy Shadd sabía de las madres y sus hijitos. La anciana se llevó el cigarrillo a la boca, pero un violento ataque de tos le impidió darle una chupada.
Sharla se permitió desviar la vista de la luz que la vela proyectaba sobre el rostro de la anciana y pasearla por la caravana. Las paredes estaban recubiertas de tablones de madera gris y había unos cuantos cuadros colgados aquí y allá, pero en la penumbra de la estancia no los veía con claridad. Había un pasillo diminuto, no tan largo como el de Collette, que conducía a un baño y a un dormitorio en la parte posterior. La sala de estar estaba delante, la cocina en el centro, y eso era todo, básicamente.
En la estantería que separaba la cocina de la sala de estar había una colección entera de saleros y pimenteros: parejas con formas de mazorcas de maíz, manzanas verdes, langostas rojas, delfines entrelazados, parejas de la Policía Montada, bailarinas y cualquier cosa

habida y por haber. Sharla se fijó en el sofá abatible con una almohada enorme y blanda y una manta azul de cuadros. En un tono maravillado cuyo origen Addy Shadd no supo comprender del todo, Sharla exclamó:

–Voy a vivir aquí...

–¿Te ha dado tu mamá el sobre?

Sharla pensó en lo que su madre había metido dentro de la bolsa blanca de plástico.

–Me parece que no.

–Se suponía que tenías que darme un sobre.

–Pues yo no tengo ningún sobre.

Addy Shadd sospechaba que se la estaban jugando, pero eso no le importaba, sobre todo a aquellas horas de la madrugada, después de estar todo el día esperando, preocupada, sin saber qué había pasado con aquella niña. No estaba en absoluto segura de querer que aquella mocosa desvergonzada viviera en su casa.

–Bueno, tenías que traer un sobre con dinero para tu comida y esas cosas.

Sharla se encogió de hombros y trató de recordar si Collette había metido un sobre con dinero en aquella bolsa blanca de plástico, y si lo había hecho, entonces Fawn Trochaud era rica.

Addy Shadd frunció los labios en torno al cigarrillo.

–¿Dónde están tus cosas, niña?

–¿Qué cosas?

A Addy Shadd ya se le había acabado la paciencia.

–Tus cosas. Tus cosas. ¿Es que no has traído maleta, tontita?

Sharla volvió a sentir un mareo. Tardó un minuto largo en recordar que se había dejado la maleta fuera. Se levantó y se encaminó hacia la puerta, pero se detuvo y volvió sobre sus pasos porque tenía que saberlo:

–Pero si salgo, ¿me dejará entrar otra vez?

Addy Shadd no sabía qué pensar de aquella cría, la verdad, y decidió que o bien era lerda o era una niña extraña. Luego pensó que no le importaba que fuese lerda o extraña siempre y cuando no fuese descarada e impertinente. Se quedó esperándola en la puerta y observó a Sharla a la luz de la luna.

La niña debía de tener unos cinco o seis años. Addy no se acordaba bien de lo que le había dicho la madre, una blanca que no tenía donde caerse muerta, cuando llamó a su puerta unos días antes. Collette se sentó en la silla, cruzó sus bonitas piernas, apoyó los brazos encima de su busto prominente y le contó a Addy Shadd toda su vida y la vida de su novio extranjero, pero apenas le habló de la niña que deseaba alojar allí. Le dijo que su novio sufría las secuelas de un grave accidente de coche y que necesitaba tiempo para recuperarse.

–Yo es que no puedo tener a Sharla en casa todo el día armando follón cuando lo que necesita Emilio es dormir –le dijo.

Mientras miraba a la joven que tenía delante, a Addy le vino a la memoria un recuerdo súbito y borroso de su propia juventud. Se acordó de sus propias piernas, también bonitas, de su pecho generoso y de la forma en que caminaba para exhibirse ante las miradas ajenas. ¿Cuánto tiempo había pasado, se preguntó, desde la última vez que alguien la había admirado o que ella había admirado a alguien?

–Te comprendo –dijo Addy sobre la situación de Collette aunque, naturalmente, tenía sus reservas sobre la mujer y sus verdaderas intenciones.

–Puedo darle cien dólares por los dos meses de verano –le explicó Collette–. Es mi paga por maternidad. Emilio se va a sus partidos de rugby los domingos, así que entonces puedo quedármela, pero no a dormir.

–¿Rugby? ¿Y cómo puede jugar al rugby tu hombre si ha quedado tan mal del accidente?

Collette titubeó antes de contestar.

–Ah.... Bueno, sí... Es que ahora sólo se encarga de controlar el marcador. Bueno, el caso es que sólo será hasta que Sharla empiece el colegio, y le prometo que no la molestará para nada. Sólo tiene que darle una bolsa de patatas y mandarla a la calle.

Lo único que le pasaba por la cabeza en esos momentos a Addy era: «¿Qué clase de madre le pide a una extraña que cuide de su hijita?». Collette adivinó lo que estaba pensando y bajó la mirada.

–No puedo recurrir a mi familia, porque si pudiera lo haría. Mi madre murió cuando yo tenía nueve años, y la última vez que vi a mi padre, quería atizarme con la manguera, así que...

–¿Y por qué quería atizarte con la manguera?

–Él y Delia dijeron que les había robado veinte dólares del bote de la harina, pero eso no era verdad.

–Hmmm... Ajá...

Collette consultó su reloj y supo que Emilio la estaba esperando para ir a buscar cajas de embalar.

–Como todavía quedan algunos días de junio, seguramente podría conseguir otros quince dólares. Esperaba poder traérsela en cuanto usted me diga. Seguramente hasta podría conseguir otros veinte...

Addy Shadd ya había decidido acoger a la chiquilla, y aunque no le iba a venir nada mal aquel dinero, lo cierto es que veía a la niña como un regalo del cielo. Tenía setenta años y llevaba viviendo sola varios decenios. Le agradaba la idea de tener una niñita dulce y alegre entrando y saliendo de la caravana.

Pero Sharla Cody no era ninguna niñita dulce y alegre, se dijo Addy Shadd mientras la observaba. Era alta para su edad y tenía una figura muy peculiar: las piernas regordetas se le juntaban en la parte superior y se le separaban a la altura de los pies; tenía una barriga prominente y unos brazos más cortos de lo normal que le sobresalían de los hombros en lugar de colgar de ellos. Tenía la pesada cabeza apuntalada sobre un cuello corto y grueso, y los ojillos escondidos entre unos pliegues cavernosos rodeados de pestañas y de las paredes de las mejillas. No había un solo rastro de dulzura en la expresión de su rostro. Lo único que podía llamarse gracioso en Sharla era su naricilla, un botoncito redondo justo encima de los labios torcidos y carnosos.

Collette no llegó a explicarle a Addy Shadd cómo era Sharla físicamente, y a ella tampoco se le ocurrió preguntarlo. Collette tampoco mencionó en ningún momento que la niña era mulata, pero saltaba a la vista que el padre era de color. La piel color caramelo de Sharla no era herencia de la madre, eso seguro, ni tampoco los mechones ensortijados de pelo negro. Addy Shadd sabía de primera mano lo que eran los niños mitad esto y mitad lo otro.

Sharla recogió su maleta del lugar donde la había dejado en el suelo y Addy Shadd la vio volverse bajo la luz de la luna y subir las escaleras de nuevo. La niña avanzaba balanceándose. Le asomaban unas perlas de sudor en el labio y tenía aún más calor porque acababa de soplar una brisa. Dejó la maleta en el suelo y ésta cayó de lado.

–Mierda –exclamó.

Addy Shadd sintió un hormigueo en la mano con la que daba las bofetadas.

–¿Es que tu madre no te ha enseñado que no se dicen palabrotas?

Sharla negó con la cabeza, pero el movimiento hizo que se sintiera mareada y confusa.

La anciana señaló la maleta.

–Ábrela, niña. Seguro que tu mamá ha metido el sobre ahí dentro.

Sharla volvió a negar con la cabeza.

–Ahí dentro no hay ningún sobre.

Addy Shadd se puso seria.

–Si resulta que has hecho algo con ese dinero y ahora me estás mintiendo, te irás derecha con tu madre y ese novio suyo otra vez, y yo no querré volver a saber nada de ti ¿entendido?

Sharla no dijo nada, así que Addy Shadd cogió la maleta y la puso en la mesa, desabrochó el cierre y la abrió. Examinó la bota de goma de color rojo, miró a Sharla y luego miró la bota de nuevo. O Collette Cody era tonta de remate o era una mala pécora.

–¿Esto es todo lo que te ha puesto tu madre en la maleta? ¿Es lo único que te has traído de casa? ¿Una bota roja sucia y vieja?

Sharla estaba demasiado agotada para contarle lo de la bolsa blanca de plástico, la cuerda de tender la ropa y la señora que fumaba como una chimenea. Estaba desfallecida, no había comido nada en todo el día y ya notaba el crujido de la rótula al fallarle los huesos de las piernas. Miró los ojos vidriosos de Addy Shadd a la luz de la vela y abrió la boca para decir algo, pero debió de apagar la llama, porque de repente todo se quedó a oscuras.

El avejentado cuerpo de Addy Shadd carecía de la agilidad necesaria para atrapar a la pequeña antes de que se desmayara y se golpeara la cabeza contra la estantería de los saleros y los pimenteros. Maldijo a Collette por haber llamado a su puerta y se maldijo a sí misma por pensar que la chiquilla de una extraña iba a traerle algo más que desgracias. Por poco maldice también a Sharla, pero cuando vio que le salía un hilo de sangre de la cabeza, hizo un esfuerzo y se aupó sobre sus viejas y escuálidas piernas.

Addy Shadd accionó el interruptor de la corriente del cuarto de baño sólo por la fuerza de la costumbre, pero cuando se encendió la luz, se dio cuenta de que había vuelto el suministro eléctrico y le pareció un milagro. Sacó una toalla pequeña suave y bordada de debajo del lavabo y luego abrió el botiquín donde guardaba los medicamentos y encontró una caja con vendas y el yodo naranja oscuro.

De vuelta en la cocina, la anciana encendió la luz y vio que su pimentero de la Policía Montada, su salero de la gavilla de trigo y su pareja de delfines estaban todos rotos en el suelo, junto a la cabeza de Sharla. Se puso de rodillas, tomó la manita morena de la niña entre las suyas y sintió un gran alivio al detectar un pulso vigoroso y regular.

Addy Shadd se llevó la voluminosa cabeza de dóciles rizos a su propio regazo, sin importarle que se le manchara el camisón de sangre. Se abrió paso por entre los gruesos bucles con sus dedos amarillos de nicotina y se detuvo cuando dio con un chichón. Descubrió un corte en la hinchazón, pequeño pero profundo, y mantuvo allí apretado el borde de su toalla buena hasta que cesó la hemorragia. A continuación, aplicó un poco de yodo naranja e intentó taparla con una venda de tamaño mediano que no quería pegarse.

Addy Shadd se quedó en el suelo, acariciando con aire ausente la mejilla suave de Sharla. Pensó en su larga vida y en todas las veces que había visto a alguien perder el conocimiento, y trató de recordar qué se hacía con esas personas en tales casos. Recordó cuando aquel horrible caballo de la granja del señor Kenny, en Rusholme, le dio una coz en la cabeza a su hermano Leam. Estuvo dos días seguidos durmiendo y luego se despertó oliendo a espárragos, cuando ni siquiera era temporada. Recordó cuando se había caído del manzano del jardín de atrás y había perdido el habla durante un día entero. También recordó, aunque deseó no haberlo hecho, lo ocurrido en el río con Chester Monk. Se quitó rápidamente de la cabeza a Chester Monk y a Rusholme y se concentró en la niña.

La primera conclusión a la que llegó Addy era que la herida de Sharla no era muy grave, pero aun así decidió que lo mejor sería no moverla de allí. La otra conclusión fue que devolvería a Sharla Cody a su madre a primera hora de la mañana. Había cometido una locura aceptando la responsabilidad de quedarse con aquella criatura y se daba cuenta de que aquello no podía salir bien, de ninguna de las maneras.

Addy Shadd volvió a levantarse, y con todo el jaleo de aquella noche, se alegró de haberse sacudido la pereza del invierno de los huesos y haber estado trabajando un rato en su pequeño jardín trasero y ocupándose de las florecillas blancas en el parterre delantero. Recogió la manta de cuadros azules y la almohada blanda del sofá abatible y los llevó adonde Sharla estaba tumbada, inmóvil en el suelo de la cocina. Le colocó la almohada debajo de la cabeza y la tapó con la manta.

Cuando Addy Shadd estaba a punto de levantarse, Sharla abrió los ojos.

–¿Mamá?

–Chsss... Ahora cierra los ojos.

–Tengo calor.

–Ya lo sé. Cierra los ojitos, cielo.

–Huele a pastilla de jabón.

–Chsss... Duérmete, cielo. Chsss...

Sharla miró a la anciana a los ojos.

–Ojalá tú fueses mi mamá.

–Ya tienes una mamá, pequeña.

–Pero tú podrías ser mi mamá. Mamá. –Sharla cerró los ojos y, como le provocaba una sensación muy placentera al deslizársele por la lengua soñolienta, repitió aquella palabra una vez más–. Mamá.

Addy Shadd recogió los pedazos rotos de porcelana que había alrededor de la cabeza inerte de Sharla. Cuando hubo terminado, la anciana se puso en pie y se sentó en una silla de la cocina. Miró a la pequeña que dormía en el suelo y, aunque sabía que se arrepentiría, dejó que su memoria regresara momentáneamente a Rusholme.

RUSHOLME

Cuando Adelaide Shadd era niña, la mayoría de las familias de Rusholme eran todas de color. La ciudad había sido fundada íntegramente por personas de color, esclavos fugitivos procedentes de Estados Unidos, a mediados del siglo XIX. En la escuela de ladrillo rojo de la calle King, enseñaban a los niños la extraordinaria historia de aquellas tierras y de cómo las habían hecho suyas. Era una historia que se transmitía de generación en generación, como una leyenda salida de un libro de cuentos, de cómo el Señor se acercó a un norteamericano, un párroco blanco que se llamaba Mills. El Señor le habló en sueños y le dijo que se levantara con el sol y liberara a sus catorce esclavos. El padre Mills comprendió las palabras del Señor y se levantó y liberó a sus gentes, pero para que expiase los graves pecados que había cometido contra ellos, el Señor le ordenó, además, que enviase a aquellas gentes al norte, que los alejase del odio y la ignorancia y los llevase a una tierra que habría de ser suya.

Como a todos los niños de Rusholme, a Addy Shadd le enseñaron la historia del padre Mills, que había llevado a aquellos catorce esclavos y a algunos más al otro lado de la frontera, hasta la libertad en Canadá. Le enseñaron que después de soportar un largo y crudo invierno e infinidad de penalidades, encontraron la tierra junto al lago. Le enseñaron que el padre Mills desoyó a los habitantes de la vecina Chatham, quienes decían que cometía un error actuando así, y organizó a los muchos que sabían que procedía correctamente. Le enseñaron que los vecinos habían apartado una extensión de cuatro mil hectáreas y se la habían vendido a los colonos de color a cambio de lo que buenamente éstos pudiesen pagar. Addy se imaginó cómo debió de haber sido aquel terreno, repleto de bosques de robles, nogales, arces y fresnos, y cómo su gente habría talado los árboles para dejar al descubierto el suelo de tierra oscura, y se habrían convertido en labradores de sus propias tierras, ricas y fértiles.

Aquellos primeros pobladores de Rusholme se sentían como si hubiesen nacido allí, y sabían que aquel mundo era mucho mejor que el que habían dejado atrás. En Chatham y otras localidades vecinas como Dresde, Amherstburg y Shrewsbury, había más de un millar de esclavos fugitivos que todos los días llegaban al norte en el Ferrocarril Subterráneo. El ferrocarril no estaba hecho de raíles de acero y traviesas de madera, no, sino de una serie de rutas en las que los cimarrones podían encontrar lugares seguros donde esconderse y hombres y mujeres que los ayudasen y los guiasen hasta la libertad.

Los esclavos se escapaban de sus captores de noche, se orientaban mirando las estrellas y se escondían en las ciénagas y los pantanos del sur primero, y luego, más al norte, en los bosques y las vías fluviales, recibían la ayuda de los cuáqueros y otros amantes de la libertad, y eran perseguidos por la policía federal, los cazarrecompensas y los perros rabiosos. No había mapas; los fugitivos se pasaban la información de viva voz, contándose historias o cantando canciones.

Rusholme era la última estación de uno de los recorridos del Ferrocarril Subterráneo. La ciudad entera enloquecía de alegría cuando los esclavos encontraban la libertad, lloraba sus muertes cuando fallecían y se preocupaba cuando, pese a estar esperándolos, parecía que no llegaban nunca. Cuando *La cabaña del tío Tom,* de Harriet Beecher, apareció en 1852, todo Rusholme sospechó que «el tío Tom» era en realidad uno de los maquinistas más famosos del Ferrocarril, Josiah Henson, y que su «cabaña» no era otra que aquel cobertizo del bosque en la vecina Dresde. El pastor Henson había publicado su autobiografía unos años antes y se creía que había servido de inspiración para la novela de Stowe. Su fama se acrecentó y, cuando el pastor Henson fue enviado a Inglaterra a ver a la reina Victoria, Rusholme lo celebró por todo lo alto. Para un hombre de color, era un acontecimiento muy importante conocer personalmente a la reina.

Varias generaciones más tarde, cuando a principios de los años veinte Adelaide Shadd era una niña, Josiah Henson y el Ferrocarril Subterráneo no eran más que un recuerdo del pasado y los contrabandistas de licores y alcohol eran quienes dominaban las noticias de actualidad. Rusholme era una ciudad despejada de edificios y se veía todo el horizonte, hasta el lago azul de aguas cristalinas. Las granjas de mayor tamaño y ambición flanqueaban otras antiguas, más pequeñas, cuyos dueños eran, en algunos casos, blancos, pero que, en su mayoría, seguían siendo de color. Una nueva red de carreteras transportaba los recién estrenados automóviles y camionetas negros Ford por todo el distrito, y la planta de envasado de Libby's, en la vecina Chatham, se estaba expandiendo hasta alcanzar la zona limítrofe de la tierra.

El padre de Addy, Wallace Shadd, ocupaba un buen puesto en la construcción dentro de la fábrica de Libby's, con el que obtenía más dinero en una semana que el que ganaba haciendo de carpintero para Theodore Bishop. A Wallace no le había gustado demasiado su anterior jefe, a pesar de que –o precisamente tal vez fuera ésa la razón– Bishop era el negro más rico de todo Rusholme. Ese verano, Addy y su hermano, L'il Leam, no tenían necesidad de trabajar en los campos porque las cosas le iban muy bien a Wallace, pero su madre, Laisa, los miraba y murmuraba «manos ociosas» mientras se retorcía las suyas, imaginándose la de travesuras que podían llegar a tramar sus ya creciditos hijos aquel largo y cálido verano.

Addy y L'il Leam, que se habían quejado amargamente del trabajo en la granja el verano anterior, suplicaban volver a los campos del señor Kenny a pesar de que a la familia no le hiciese falta el dinero. El señor Kenny era un blanco gordo con la nariz roja y retuerta, y con una granja casi tan grande como la de Teddy Bishop. Addy y L'il Leam no recordaban ningún verano en que no hubiesen trabajado en las plantaciones del señor Kenny, y a pesar de que ninguno de los dos lo veía ni mucho menos como a un padre, la granja era como un segundo hogar para ellos.

Además, a Laisa le gustaba disponer de la casita de la calle Fowell para ella sola y así estar a sus anchas, y sintió un gran alivio al ver que sus hijos le habían salido tan trabajadores. Wallace dijo que, a pesar de que tendría que dar su visto bueno al modo en que iban a gastárselo, Addy y su hermano podrían quedarse con el dinero que ganasen y no meterlo en el arca familiar. Addy soñaba con un abrigo de lana para el invierno y con un alfiler chapado en oro para el sombrero que había visto en el catálogo de los almacenes Sears. L'il Leam, por su parte, soñaba con Birdie Brown.

El invierno había sido largo y Addy estaba ansiosa por volver a los campos con las mujeres forasteras que olían a especias y con todo el grupo formado por los muchachos y los hombres del año anterior. Empezarían por los espárragos, luego seguirían con los guisantes, las fresas, los tomates y el maíz. Entre una recolección y otra habría que atender a los caballos, los cerdos y las gallinas, y todo aquello bajo un sol abrasador, además.

A Addy le encantaba sentir todos los huesos y los músculos de su cuerpo cada vez que se agachaba y extendía el torso sobre las hileras perfectamente ordenadas de hortalizas. Se remetía la parte posterior de la larga falda de algodón por entre las piernas y luego se la subía y se la sujetaba por delante. Lo hacía para tener más libertad de movimiento, pero también para dejar que la suave piel de sus pantorrillas gozase de las miradas de los hombres que había junto a ella en el campo. Era consciente de que los hombres admiraban su fuerza y velocidad, y su capacidad para llenar cestos y más cestos todo el santo día sin necesidad de sentarse sobre su propio trasero y arrastrarlo por el barro como hacían algunas de aquellas señoras extranjeras. Pero la verdadera razón por la que había querido trabajar en los campos ese año, y no tardaría en confesárselo a él mismo, era para estar cerca de Chester Monk.

A sus quince años, Addy ya era toda una mujer, con pechos grandes y turgentes, cintura de avispa y un trasero firme y redondo. Laisa advirtió sin ningún entusiasmo que Addy había desarrollado aquellas curvas durante el invierno y sabía, porque era madre y también mujer, que su hija empezaría a tener pensamientos impuros aquella misma primavera. Había llegado la hora de tener una charla con ella, y a Laisa le entraban todos los males sólo de pensarlo.

Era una tarde lluviosa de mayo y habían vuelto de la iglesia de mal humor. Addy había estado rara y ausente durante el oficio y, en los cánticos, sólo había participado en un himno. Laisa había regañado a su hija por su actitud y su mal comportamiento, y Addy sentía remordimientos por odiar a su madre un domingo.

Laisa encontró a Addy en el porche trasero de la ordenada casa de ladrillo, y se le olvidó llevarle los pastelillos de nueces que había preparado como muestra de perdón. Se aseguró de que ni el padre de Addy ni su hermano pudieran oírlas antes de tomar entre las suyas una de sus manos fuertes y trabajadoras y decirle:

–Voy a darte un regalo y es una verdad como un templo, la clase de regalo que sólo puede hacerte una madre que te quiere.

Laisa inspiró aire profundamente, pensando que ojalá tuviese una voz más suave.

–No eres ninguna belleza, Adelaide Shadd, y esas cosas más vale ya saberlas de buenas a primeras. Tienes las orejas salidas y los ojos caídos, y una cara larga como la de tu padre, y ya me dirás tú si te parece un hombre guapo...

Addy no quería el regalo de su madre. Apartó la mano y le entraron unas ganas inmensas de salir corriendo cuando se dio cuenta de que aún había más.

–He visto cómo los hombres te clavan los ojos en el trasero, y no hagas como que no me entiendes, niña, porque también he visto cómo mueves ese trasero para que no te quiten los ojos de encima.

Addy sintió una mezcla de emoción y vergüenza al oír las palabras de su madre y clavó la mirada en una ardilla negra que olisqueaba alrededor del manzano del fondo del jardín.

–Ya sabes que tienes esos agujeros entre las piernas, y ya sabes para qué son, porque ya hablamos de eso cuando aquello de la sangre... Pero Addy, mírame, si mueves el culo así, eso es como pedirles a los hombres que vayan derechos a escarbar en tu agujero, ¿me entiendes? Sobre todo los chicos blancos, porque creerán que los prefieres a ellos. ¿Has entendido lo que acabo de decirte?

Addy odió a su madre con todas sus fuerzas y pensó que era muy mala con ella por hablarle de sus orejas salidas y muy poco cristiano que se pusiera a hablar de los agujeros un domingo. Vio a la ardilla trepar por el manzano como si siguiera hambrienta pero se hubiese cansando de buscar.

–Si te pilla un hombre y va y se te mete ahí dentro, que sepas que te puede salir un niño de ahí. ¿Me entiendes? Te he preguntado si me has entendido, hija.

–Sí, madre.

–Sí, madre. Y lo que voy a decirte es que tú no eres guapa como otras chicas, como Beatrice Brown, por ejemplo, y ningún chico se va a enamorar de ti y te va a hacer su esposa sólo porque tengas un niño suyo. ¿Lo has entendido?

–Sí, madre.

–Y si no atiendes a la verdad que te estoy diciendo, y si vas por ahí arremangándote las faldas con cualquiera, ni se te ocurra traer ningún niño a esta casa honrada nuestra.

Addy no tenía ninguna intención de traer un niño a la casa, y le dieron ganas de pegar a su madre y huir para siempre sólo por habérselo sugerido.

–Te odio –murmuró, de forma casi inaudible.

Laisa arrugó las cejas y sus labios le tocaron la nariz.

–¿Qué has dicho?

Addy no dijo nada y se sorprendió de que no le arrease allí mismo.

–Ahora vete y piensa en lo que te he dicho. Y Adelaide, hija, mírame: no digas nunca algo malo sobre tu propia madre porque entonces toda la ira del Señor caerá sobre ti y no podré hacer nada por ayudarte.

De tanto intentar no pensar en lo que le había dicho Laisa, Addy no podía pensar en casi ninguna otra cosa. Sólo había algo capaz de distraerla, y ese algo era ir a ver a Chester Monk, aunque sólo fuese un momento. No importaba que tuviera la pala llena de boñiga de caballo ni la cara arrugada por el hedor, ni tampoco que estuviese riéndose con aquella risa gutural y limpiando el polvo de una enorme fresa roja antes de colocársela entre los dientes. Addy creía que si había alguien capaz de ver la belleza en sus ojos hundidos y sus orejas salidas, ese alguien era Chester Monk. Sabía que si le salía un niño de ahí abajo con él, Chester la llevaría del brazo por el largo pasillo hasta el altar de la iglesia y prometería ser su hombre para siempre jamás.

Chester Monk había estado en Rusholme los tres veranos anteriores; Addy no sabía dónde había vivido antes de eso. Tenía la piel marrón oscuro y suave, una hermosa cabeza cuadrada y un cuello grueso y fuerte. Sus pupilas negras flotaban en unas lagunas ovaladas a la sombra de unas pobladas pestañas rizadas. Tenía la boca ancha, con una hilera de dientes blancos y perfectos. Sonreía a menudo, una sonrisa radiante, bromeaba con todas las muchachas por igual, sin hacer distinciones, y decía que no amaba a una sola. Addy sabía que sólo pretendía ser amable, pero pensaba que, en el fondo, eso que hacía no estaba bien, porque estaba dando falsas esperanzas a las otras.

Chester sólo tenía dieciséis años, pero ya era más grandote que la mayoría de los hombres y el doble de grande que L'il Leam, que había salido enfermizo y que podía pasar perfectamente por un niño. Leam nunca llegaría a crecer hasta alcanzar la estatura adecuada, de ahí que llevara el diminutivo, L'il, delante del nombre. A veces, cuando los jornaleros terminaban el trabajo y se tumbaban a descansar en la hierba blanda cerca del granero del señor Kenny, L'il Leam se hacía con una manta vieja para los caballos y se encaramaba a los hombros colosales de Chester Monk. Colocaban la manta grande de tal manera que le tapaba la cabeza a Chester y parecía que L'il Leam era un gigante muy gracioso, con los brazos delgados como palillos y las piernas gruesas y robustas. Se desternillaban de risa y exclamaban «¡Otra vez! ¡Otra vez!» cuando Chester Monk se quejaba de que tenía demasiado calor y le decía al chico que se bajase de una vez.

Chester Monk aún no había acabado de crecer, ni mucho menos. Se especulaba que podía llegar a ser tan alto como Zach Heron, *el Gigante,* el más viejo de todos los jornaleros y amigo de la infancia de Wallace Shadd. Hasta la fecha, el señor Heron era el hombre más descomunal, tanto entre los blancos como entre los negros, de toda la región del lago, y así había quedado demostrado en el concurso de la Fiesta de la Cosecha de la temporada anterior. Heron era un hombre digno de confianza, con el que siempre se podía contar, y L'il Leam lo admiraba por encima de todos los demás. Seguía siendo el mejor amigo de Wallace Shadd. Tenía una mujer menuda y muy asustadiza que se llamaba Isobel, y le gustaba silbar canciones mientras caminaba.

El tercer domingo de junio, todos los habitantes de Rusholme sin distinción se reunían para festejar la tradicional Fiesta de la Fresa, de carácter anual. Iban a celebrar el picnic en el césped de la iglesia, después del oficio, puesto que el Señor era bondadoso y no había nubes a la vista. El invierno había sido riguroso, seguido de una primavera brusca y corta, y las fresas no eran grandes y jugosas como las del año anterior, sino pequeñas, duras y demasiado dulzonas. Cubrieron las mesas con manteles de encaje blanco que habían traído de sus casas y las llenaron con fuentes de pescado, aves y carnes asadas, pan, huevos en escabeche y los últimos tubérculos que habían recogido el otoño anterior. Había una mesa entera dedicada sólo a las fresas: tartas, pasteles, bizcochos y mermeladas, y cuencos y más cuencos de fresas solas, lavadas y sin rabillo, sólo con azúcar.

El agua del lago aún estaba demasiado fría para bañarse, pero los más jóvenes podían cruzar la carretera para remojarse los pies siempre y cuando fuesen acompañados de algún adulto vigilante que les echase un vistazo. En su sermón, el pastor hablaría de la tentación por el modo en que los chicos y las chicas acabarían reunidos en torno a la hoguera horas más tarde. Los adultos recordaban perfectamente las caricias robadas a hurtadillas de las llamas y nadie quería que se cometiese ninguna indecencia ni nada que faltase al decoro en el domingo de la Fiesta de la Fresa.

Addy se había encontrado mal toda la mañana. Atribuía su estado a los nervios de la cena de la iglesia, pues a punto había estado de vomitar el desayuno cuando había querido abrir el horno para sacar la tarta y el olor le había llegado a la nariz. Le había pedido a L'il Leam que lo hiciese en su lugar para que su vestido nuevo de los domingos no se echara a perder. A su hermano mayor no se le caían los anillos por coger una manopla de cocina y tocar una bandeja de horno, como les pasaba a otros chicos. Dejó la tarta en la repisa de la ventana para que se enfriara y supo que lo que Addy quería era que Chester Monk probase un trozo y admirase las dotes culinarias de su hermana con la repostería.

L'il Leam también tenía sus esperanzas amorosas puestas en ese día. Estaba enamorado de Birdie Brown, y a pesar de que era la chica más guapa de Rusholme, era a Leam a quien había elegido, porque él era especial y no lo sabía. Era menuda como él, y se habían sincerado el uno con el otro aquella vez que su madre no estaba en casa y tuvieron la oportunidad –y él el valor– de hablar cara a cara.

Se fundieron en un beso cuando la nieve se derritió,

en abril, y la impronta de aquel contacto aún seguía viva en los labios de L'il Leam. Él estaba arreglando su bicicleta en la parte posterior de la escuela y Birdie había doblado la esquina expresamente para buscarlo. La chica se agachó y lo miró a través de la rueda.

–¿L'il Leam?

–Caramba, hola, Beatrice Brown.

La joven frunció los labios y arrugó la nariz, y a L'il Leam le pareció la cara más dulce del mundo y la única razón por la que la llamaba Beatrice.

–No me llames Beatrice, Leam. No me gusta que me llamen Beatrice, ya te lo he dicho otras veces.

Parecía arrepentido.

–Perdona, Birdie.

La joven inclinó el cuerpo hacia delante y presionó el rostro contra los radios de la rueda.

–He comido azúcar de arce, ¿lo hueles?

L'il Leam olía el azúcar. También olía el aroma de su pelo y su cuello, y el perfume de su piel adolescente. Asintió con la cabeza y tragó saliva, pero no supo qué hacer a continuación, con aquel hermoso rostro a tan escasos centímetros de distancia.

Birdie presionó más hacia delante aún. Veloz como un pájaro y tan ligera como sus plumas, la joven frotó su boca fresca contra la de él.

–¿Y notas el sabor?

L'il Leam percibió el sabor del azúcar de arce, y también el de su boca mullida y aquella piel tan suave, y deseó que volviera a repetir el gesto, pero le daba miedo que la chica se percatase de lo rápido que le había crecido el pajarito de entre las piernas de los pantalones y se asustase y saliese corriendo.

–Será mejor que te vayas, Birdie.

Birdie esbozó una sonrisa coqueta, se levantó e hizo girar la parte superior del cuerpo sobre el vaivén de sus caderas.

–Mi madre me ha dicho que vaya a por la vajilla de la tía Aeline, que ha llegado hoy de Londres Inglaterra y que viene con una fuente de servir y una sopera.

L'il Leam asintió con la cabeza y Birdie desapareció.

Birdie tenía la misma edad que Addy, por lo que era un año menor que Leam y Chester. Todas las chicas de quince años eran muy buenas amigas, y eso se debía a que sólo eran cuatro. Estaban Addy y Birdie y las gemelas, Josephine y Camille Bishop. Josephine y Camille eran unas niñas lloronas, gordas y malcriadas, y no habrían podido soportar las duras faenas del campo aunque su padre lo hubiese considerado un trabajo apto para una muchacha joven.

El padre de las gemelas, Theodore Bishop, tenía una casa enorme, unos trajes carísimos y un flamante automóvil nuevo que se llevaba en el ferry a Detroit en días alternos. Cuando Wallace dejó su empleo, Addy le oyó decir a su padre que Teddy Bishop pasaba whisky de contrabando para los gánsteres de la Purple Gang de Detroit. Laisa chascó la lengua.

–Demos gracias al Señor de que la buena gente de esta ciudad no toma ese néctar del diablo.

Cuando Laisa dijo aquello, Wallace y Addy supieron que se refería a la gente de color, porque era cosa sabida que el señor Kenny bebía whisky todas las noches, incluido el domingo. Y a casi todos los franceses del lugar les gustaba tomar bourbon y ginebra y cualquier otra cosa a la que pudieran echarle el guante. Lo cierto era que, el verano anterior, hasta la propia Addy había probado algún líquido de color ámbar y ardiente detrás del granero con L'il Leam y el resto de los jornaleros. Todos sabían que era Zach Heron quien lo había llevado allí. Y Addy sabía que era el néctar del diablo y no el sol la causa de que su padre tuviese los ojos tan brillantes aquel día después de salir a pescar con aquel hombretón. Si su madre llegaba a enterarse, se retorcería las manos hasta arrancárselas por completo.

Las cuatro chicas extendieron una manta bajo el gigantesco sauce que había junto al camposanto de la iglesia, lejos de las mesas de comida, del griterío de los niños y de las mujeres que, muertas de cansancio, lucían sus recién estrenados sombreros de primavera. Las chicas percibieron el soplo de una brisa procedente del este y con ella el olor de la granja de cerdos de Dillon. Camille y Josephine torcieron el gesto y dedicaron una expresión hostil a un trío de gaviotas que chillaban tratando de inspirar un poco de lástima. Las chicas sabían perfectamente que lo último que había que hacer era darle a un pájaro hambriento ni siquiera un mísero hueso de melocotón, porque nadie quería que una bandada entera se abatiera en picado sobre el césped y lo destrozase.

Cerca de ellas, en la hierba, L'il Leam se exhibía haciendo el pino. Birdie sabía que Leam estaba haciendo alarde de su agilidad sólo por ella, y se aseguró de demostrarle que estaba francamente impresionada. Cuando Leam se cayó al fin, le tocó el turno a su amigo Jonas Johnson. Jonas era bajito como Leam, pero tenía el cuerpo en forma de pera y pesaba mucho, así que cuando quiso hacer la vertical sobre sus manos, se cayó de bruces hacia delante. Leam no se rió al ver caerse a su amigo, y eso fue lo que más impresionó a Birdie.

Addy no pretendía mirarla tan abiertamente, sin ningún disimulo, pero a veces se moría de la envidia al ver aquella carita en forma de corazón de Birdie, y sus orejas pegadas a la cabeza, y aquellos ojos grandes y almendrados. A veces pillaba a Chester Monk mirando en dirección a Birdie y se lo imaginaba deseando tomar en brazos a aquella deliciosa criatura y darle un beso en sus labios redondos. A Addy le reconfortaba saber que Birdie estaba enamorada de L'il Leam, pues su amiga le había confesado hacía tiempo que estaba convencida de que un hombre tan grandullón como Chester bien podía llegar a matar a una chica aplastándola con el peso de semejante cuerpo.

Addy estaba embobada mirando el perfil de Birdie, allí, bajo el abrigo del sauce, de modo que no percibió ninguna sombra cuando Chester Monk se aproximó a ellas. Asustó a Addy cuando se apoyó en el tronco del árbol y dio un mordisco a una de las tartas de fresa de Isobel Heron. No era demasiado hablador, y apenas si dirigía la mirada hacia Addy cuando estaban trabajando en el campo, pero ella sabía perfectamente cómo se sentía él, como si fuera ella misma. Se preguntó si habría probado ya la tarta que ella misma había preparado, y se dijo que seguro que L'il Leam ya le habría hecho algún comentario al respecto; siempre podía contar con su hermano para esa clase de cosas.

Josephine y Camille estaban muy entretenidas jugando a esconder cosas, y les preocupaba no poder repetir de estofado de ruibarbo antes de que fuese a parar íntegramente al estómago de las primas del pastor. Addy se atrevió a levantar la vista hasta el silencioso Chester, que seguía apoyado en el árbol; le gustaba ver cómo le subía y bajaba la nuez en la garganta al tragar, y sonrió para sí cuando la lengua de él encontró al fin la fresa extraviada entre los pliegues del labio. Fue deslizando hacia abajo la mirada y advirtió que sus pantalones de ir a la iglesia le quedaban ya demasiado chicos ese año, y le ceñían de forma exagerada la protuberancia de la entrepierna. Era una jovencita modosa y decente, pero eso no le impidió sentir un cosquilleo en el bajo vientre de todos modos.

A pesar de que era domingo y de ser plenamente consciente de que aquello era pecado, Addy decidió dar rienda suelta a sus fantasías. Se imaginó a sí misma de espaldas frente al tronco del sauce, apretándose contra él, separando los labios y lista para que los labios de Chester Monk engulleran su boca. Imaginó cómo sus poderosas manos le recorrían el cuerpo desde la cintura hacia arriba, y se aventuraban hasta tocarle los pechos por encima de su vestido nuevo de los domingos. Se imaginó aplastándose contra él, percibiendo toda la envergadura de su cuerpo, su aliento ardiente en el cuello. Addy miró al cielo un instante, deseando que Dios estuviese demasiado ocupado para ver en qué estaba pensando.

Aún seguía perdida en sus ensoñaciones cuando Chester arrojó su último trozo de tarta de fresa a las gaviotas. El trío de aves empezó a batir las alas frenéticamente y se arremolinó en torno al pedazo de tarta mientras las cuatro chicas levantaban la vista hacia Chester. El muchacho se encogió de hombros como si no supiera qué era lo que había hecho mal y Birdie dijo que se iba a enterar de lo que era bueno como apareciese la bandada y tuviesen que correr a refugiarse debajo del sauce. Chester se dejó caer en la manta junto a Addy y, cuando le rozó el brazo con el suyo, hizo como que había sido sin querer. Ladeó la cabeza hacia Birdie Brown.

–Llevas un vestido de domingo muy bonito, Birdie.

–Gracias, Chester.

Miró a Addy.

–El tuyo también lo es, Adelaide. No es el del año pasado.

Addy se alisó las arrugas del vestido.

–No, Chester, éste es del catálogo nuevo, comprado especialmente para hoy.

Chester Monk asintió con la cabeza y retiró una hoja de sauce atrapada entre el vello de su brazo.

–Hace un día muy bueno para celebrar la fiesta, ¿no os parece, chicas?

Las otras permanecieron en silencio e hicieron como si no estuvieran conteniendo el aliento. Addy asintió con la cabeza.

–Sí, hoy hace un día estupendo. El año pasado fue el de la tormenta.

Chester Monk asintió y volvió a quedarse callado. Addy lo miró a hurtadillas y pensó que algún día los dos estarían desnudos en su noche de bodas, sin sentir ninguna vergüenza, y ella le confesaría los pensamientos impuros que había tenido sobre él aquel domingo de la Fiesta de la Fresa. Quiso preguntarle si ya había probado su tarta y estaba pensando en cómo hacerlo cuando Chester inspiró profundamente y dijo:

–Camille, ¿te apetece ir a dar una vuelta conmigo?

Las chicas se quedaron con la boca abierta todas a la vez. Camille estaba al tanto de las intenciones de Addy con respecto a Chester, pero asintió de todos modos y dejó que el muchacho la tomara de la mano y la ayudara a ponerse en pie.

Mientras se alejaban de la sombra del sauce, Camille entrelazó el brazo con el de Chester y exhibió su deslumbrante colección de dientes blancos. No apartó la mirada de él, a pesar de que era evidente que Chester tenía la suya clavada en el padre de ella, Teddy, a lo lejos, con su bota de piel de cabritilla negra colocada en lo alto del guardabarros de su flamante automóvil nuevo.

Birdie cogió a Addy del brazo. Addy no lloró, pero tampoco sonrió como una valiente. Josephine negó con la cabeza, moviéndola de lado a lado, y anunció:

–Mi hermana lleva toda la vida robándome mis cosas, y mi padre nunca me ha creído. Y ahora, ya veis, está robándole el novio a Addy Shadd...

Se metió en la boca un huevo pasado por agua y se preguntó para sus adentros por qué Chester habría escogido a su hermana gemela en lugar de a ella.

–Qué importa Chester... –susurró Birdie en voz baja–. Hay chicos mucho mejores y más dignos de ti en Rusholme. Además, Chester nunca va a serle sincero a una sola chica y de todos modos es demasiado grandote. Demasiado grande, ya lo creo.

Addy estaba dolida.

–Es que nunca lo había visto mirar a Camille, ni siquiera una miradita. Nunca.

Birdie hizo bocina con las manos y le susurró al oído:

–Podríamos seguirlos y ver qué hacen.

Josephine las miró fijamente, entrecerrando los ojos. Cuando vio que ninguna de las dos miraba en su dirección, se encogió de hombros y se encaminó hacia el lago. Addy quería irse a casa. Birdie dijo que ella también iría y que así las dos podrían llorar a gusto. Aunque a Addy le apetecía la compañía de Birdie, pensó que haría una buena obra diciéndole que se quedara en lugar de acompañarla.

A Laisa no le gustó el aspecto de Addy y le palpó la frente y las mejillas con el dorso de la mano. Podía ser fiebre, pero quizá también demasiada excitación, así que si su hija quería irse a casa y echarse un rato, a Laisa le parecía bien siempre y cuando a Wallace le pareciese bien. Bueno, eso si conseguía dar con su padre.

–Por la noche cantaremos himnos alrededor de la hoguera, por si te encuentras mejor y decides volver –le dijo Laisa.

Addy encontró a su padre un poco más lejos, cerca de los maizales, en compañía de Zach Heron, *el Gigante*, y otros dos hombres más. Se estaban riendo por algún chiste obsceno que había contado el señor Heron, y Addy lo sabía porque había oído algunos de esos chistes y esas mismas risas en la granja. Wallace no le tocó la frente ni las mejillas. En sus ojos se apreciaba cierto amago de brillo, y no había oído bien a Addy o, simplemente, no la había escuchado, porque dijo:

–Sí, claro. Ve y pásalo bien, hija mía.

Su casa quedaba a un kilómetro escaso de la iglesia. Addy echó a andar despacio, cabizbaja, con la esperanza de que alguien se fijara y sintiera lástima por ella. Sin embargo, todo Rusholme estaba en la fiesta y no se cruzó con nadie en el camino. Para cuando llegó a casa, estaba sudorosa y cubierta de polvo, así que se despojó de su bonito vestido de los domingos y lo dobló sobre el respaldo de la silla que había detrás de la cabecera de su cama.

Addy se puso el camisón de algodón en su cuerpo desnudo y se tumbó sobre la estrecha cama. Cruzó los brazos por encima del pecho y se imaginó que estaba muerta y cómo reaccionarían todos cuando la encontraran por la mañana. Pensó que Chester se lamentaría de no haber tenido la oportunidad de probar sus labios suaves; que su madre creería que era muy, muy guapa y que, en realidad, no se parecía en nada a Wallace; que su padre se sentiría culpable por no haberle prestado nunca mucha atención, y que ya era demasiado tarde. Entonces Addy se dio cuenta de que sus pensamientos eran pecado, y que ya había cometido un carromato entero ese día. Vio cómo la cortina blanca transparente se mecía hacia delante y hacia atrás en su ventana.

Daba lo mismo la imagen que invocase en su cabeza, siempre acababa desfigurándose y transformándose al instante en Chester Monk. Se imaginaba a Chester bajo la sombra de aquel sauce junto al camposanto, haciéndole a Camille Bishop todas las cosas que a Addy le habría gustado que le hiciera a ella. Eso hizo que le entraran ganas de llorar y de tocarse en la entrepierna, las dos cosas a la vez, y entonces supo que iría derecha al Infierno sin remedio.

Chester Monk no sentía ningún afecto sincero por Camille Bishop, y en el fondo de su corazón Addy lo sabía; pero el padre de Camille era rico y poderoso, y ella comprendía por qué un muchacho joven como él querría granjearse su favor. A Addy se le ocurrió que tal vez el paseo con Camille sólo era un medio de atraer la atención de Teddy Bishop. Esa idea le devolvió las esperanzas al instante, y decidió dar a Chester una segunda oportunidad cuando lo viese en el campo al día siguiente.

La cortina blanca de la ventana empezó a aletear y agitarse con más fuerza. La brisa se transformó en viento y los pájaros trinaron las primeras señales de advertencia para los de su especie. Addy deseó que estallara una violenta tormenta de junio y que el peso de la venganza descargara con fuerza sobre la cabeza de Camille Bishop. Enterró el rostro alargado en la almohada mullida y se obligó a sí misma a llorar un poco más hasta caer en un profundo sueño.

Addy se despertó al cabo de un rato, aturdida y confusa, como si alguien la hubiese despertado zarandeándola. La habitación estaba a oscuras, y no debía de haber llovido, porque no se respiraba sensación de lluvia en el aire. Oyó las voces del grupo de gente congregado en torno a la hoguera de la iglesia, cantando magníficamente y elevándose en el cielo nocturno, transportadas por la brisa, que las llevaba hasta la ventana de su dormitorio. Percibió un olor extraño y pestilente, como a lúpulo, que se había colado con la música, pero no le dio importancia. Estuvo escuchando el himno durante un rato y luego se sumó al coro cantando, porque se sabía la letra y le gustaba la vibración que al cantar le arañaba la garganta.

Oyó una voz procedente de la silla que había detrás de su cama.

–Cantas muy bien... –dijo la voz, y le dio un susto de muerte.

Addy sólo tuvo un segundo para volverse y reconocer a Zach Heron mientras éste se levantaba de la silla como un gigante y ni siquiera tuvo tiempo de gritar antes de que éste se abalanzase sobre ella y le aplastase el cuerpo con el peso inmenso del suyo. El gigante le cubrió la boca y la nariz con una mano enorme y salada, mientras con la otra le subía el camisón y le separaba las piernas de una fuerte sacudida. Emitía gruñidos y gemidos y la embestía en la parte interna de los muslos una y otra vez. Addy pensaba, mientras trataba por todos los medios de respirar un poco de aire, que quería matarla, de un modo u otro. Él localizó al fin su objetivo y se adentró en él con brutalidad. El dolor era atroz y abrasador. Addy trató de clavarle una dentellada en la palma de la mano, pero sólo consiguió morderse la lengua y probar el sabor de su propia sangre. Él seguía embistiéndola en lo más hondo, soltándole su aliento a whisky al oído y repitiendo: «Nena, nena, nena, nena, nena, nena, nena, nena». De pronto, se estremeció, dio una sacudida y se paró.

A Addy le pilló por sorpresa cuando terminó, igual que al empezar. El gigantesco hombre retiró la mano de la boca sangrienta de ella, retrocedió para levantarse, se subió los pantalones y salió con paso tambaleante de la habitación y de la casa, tarareando una musiquilla agradable, como si fuera un día igual a otro cualquiera.

Los fieles del cementerio de la iglesia entonaron un nuevo himno y alzaron la voz en armonía para alabar al Señor, quien Addy ya sabía que le había dado la espalda.

Tuvo que hacer esfuerzos sobrehumanos para recobrar el aliento, y pasó el resto de aquella larga noche inspirando y espirando pequeñas bocanadas de aire de los pulmones. Permaneció inmóvil y tiritando, con los brazos cruzados a la altura del pecho, adoptando de nuevo y de manera inconsciente la posición de muerta.

Oyó el fin de los cánticos y supo que apagarían la hoguera con cubos de agua del lago. Pensó en la columna de humo que eclipsaría a la luna.

Addy ni siquiera se movió cuando oyó a su familia regresar a casa. Cuando la puerta de su habitación se abrió con un chirrido y su madre susurró:

–¿Estás despierta, hija? ¿Te encuentras bien?

Addy oyó una vocecilla débil que le subía por la garganta y respondía:

–Sí, mamá. Buenas noches.

La sangre había atravesado el fino colchón de algodón, empapándolo, y había dejado una mancha del tamaño de un guisante debajo de la cama. Wallace estaba muy disgustado por tener que cambiarlo y dijo que Addy podía emplear el dinero que había ganado trabajando en la granja de Kenny o dormir en el colchón manchado, que a él le traía sin cuidado lo que hiciera. Laisa no le dijo a su marido que las sábanas también habían quedado inservibles. Las escondió en su arcón y decidió que ya les encontraría alguna utilidad tarde o temprano.

Laisa también sangraba mucho cuando era joven. Las mujeres no tenían ninguna culpa si se les adelantaba el ciclo, sobre todo si la mujer en concreto tenía sólo quince años y le había venido la regla mientras dormía. Además, Addy tenía tan mal aspecto cuando Laisa fue a despertarla el lunes por la mañana para que fuera al trabajo que sólo sintió una enorme ternura por ella y ni siquiera le importó lo de la cama. Le hizo acordarse de cuando habían estado a punto de perder a L'il Leam y eso hizo que empezase a retorcerse las manos de puros nervios.

Addy no acudió a trabajar a la granja de Kenny, ni esa mañana ni ninguna otra a partir de entonces. Estuvo expulsando coágulos de sangre durante tres días, y después de aquello permaneció o bien en la casa o en el jardín. Sólo les decía unas pocas palabras a su madre y a L'il Leam, y se las arregló para no tener que dirigirle nunca la palabra a su padre, porque a pesar de que no creía que Wallace supiese o hubiese tenido algo que ver con lo ocurrido, de todas maneras se sentía traicionada por él.

Aunque sabía que el médico le diagnosticaría melancolía y le prescribiría aceite de ricino y baños de sol, Laisa pensó que aun así debían llamarlo. A Wallace no le parecía buena idea consentirles cosas a las mujeres, y ya había detectado cierta debilidad emocional en el carácter de su hija, lo que no le hacía ninguna gracia. Wallace dijo que si bien era cierto que las mujeres perdían el sentido común una vez al mes, siempre volvían a recuperarlo, y Addy también lo recuperaría.

Laisa no era de la misma opinión. Veía a su hija tan enfadada o tan triste que le daban ganas de retorcerse el pescuezo en lugar de sólo las manos. Apenas comía un mendrugo de pan en cada comida, y cualquiera habría creído que estaba tísica. Laisa dudaba, al ver sus ojeras, que Addy durmiese bien por las noches, y de haber estado al corriente de los sentimientos de su hija con respecto a Chester Monk, Laisa podría haber sospechado que estaba enamorada, pero nunca habría creído, ni aunque se lo hubiesen jurado, el verdadero motivo de la desolación de su hija.

Birdie y Josephine acudían a verla al principio, pero Addy simulaba que estaba durmiendo o reanudaba alguna labor de costura olvidada y le suplicaba a su madre que les diese largas. Camille no apareció en ningún momento, sintiéndose responsable del disgusto de Addy. Quería que Josephine le dijese a Addy que Chester Monk sólo la había llevado a dar un paseo para preguntarle si era verdad que su padre buscaba mano de obra para ampliar el negocio. Y si era cierto que iba a pagarles el doble que el señor Kenny. Y en tal caso,

¿podía acompañarlo adonde el flamante automóvil nuevo de su padre y presentárselo diciendo que era un amigo suyo?

Addy se estaba balanceando tranquilamente en una mecedora apartada de la ventana, acalorada, con la boca reseca y sintiendo mucha hambre, como hacía días que no sentía. El hambre en sí misma le levantó el ánimo, y se preguntó si eso no significaría que iba a volver a ser la misma de siempre. Se preguntó qué ocurriría si se comía una galleta, o un muslo de pollo o uno de los tomates maduros que L'il Leam traía a casa de la granja, si iba a sentirse distinta.

Y por enésima vez desde el domingo de la Fresa, Addy pensó en Chester Monk. Se acordó de él en el campo, después de haberse despojado de la camisa y dejar al descubierto su poderosa espalda morena, inclinando el torso sobre las tomateras, trabajando a un ritmo constante para llenar los canastos. Se lo imaginó incorporándose, imponente en toda su estatura –tal vez incluso habría crecido más durante el verano–, alargando la mano y dando un mordisco a un tomate como si fuera una manzana. Lo vio limpiándose el jugo de la barbilla con el dorso de la mano, si es que llegaba a importarle siquiera haberse manchado. El recuerdo de Chester Monk la hizo sonreír, sorprendida de que se acordara aún de cómo hacerlo.

Addy siguió meciéndose sin parar y no tardó en percibir cómo un agradable canturreo se le instalaba en los labios y le hacía cosquillas en la lengua. A pesar de que nunca sería capaz de perdonarle por aquella ofensa, tal vez sí podría coger el recuerdo del señor Heron y de lo que éste le había hecho en aquellos minutos atroces, meterlo todo en un barquito y soltar ese barquito para que se alejase navegando al centro del lago. Tal vez podría imaginarse que, en realidad, aquello no le había ocurrido a ella sino a otra persona, y quizás era eso lo que había pasado, porque ya no era la misma de antes, ni por asomo. A lo mejor, para no seguir dándole vueltas, le preguntaría a L'il Leam si Chester estaba bien y qué le parecían los campos ese año. ¿Había crecido mucho el maíz? ¿Estaba calentita el agua del lago? ¿Creía él que las calabazas estarían listas pronto o más tarde?

Cuando Addy le preguntó por fin a su hermano por Chester Monk, no estaba preparada para la respuesta:

–Chester se ha marchado, Addy. Se ha ido a Sandwich a hacer de contrabandista para Teddy Bishop. –Y acto seguido, añadió en tono sombrío–: Yo no contaría con volver a verlo.

Se le paralizaron las piernas al oír la noticia, y también la lengua. Se quedó inmóvil, con el cuerpo entumecido y rígido, observando a su hermano observarla a ella. ¿Era posible que se hubiese equivocado con respecto a Chester? ¿Era posible que no la hubiese querido, después de todo? Si podía equivocarse con respecto a algo de lo que estaba tan segura, ¿cómo iba a volver a confiar en sí misma algún día?

Cuando a Leam le quedó claro que Addy no tenía ninguna respuesta para las novedades relacionadas con Chester Monk, subió un cesto de tomates a lo alto de la mesa y le propuso que limpiara unos cuantos para la cena. Addy se alegró de encargarse de aquella tarea hasta que los tomates le recordaron en qué estación estaban, y se vio sobrecogida por la súbita y aterradora certeza de que habían pasado ya seis semanas desde el festival de la fresa, y más tiempo aún desde su última menstruación.

Al principio, se le ocurrió dejar de comer a ver si así no le salía tripa, pero para cuando las manzanas empezaron a combar las ramas y el viento del norte reclamó su presencia en la noche, a Addy ya se le notaba una suave protuberancia en la barriga y tenía los pezones grandes como platos. Addy supo que tendría un niño antes de que los trilios blancos asomaran en el arcén de la carretera y sintió auténtico terror ante la idea de que, tratándose del hijo del señor Heron, creciese y creciese hasta convertirse en un gigante dentro de su vientre.

Una vez que Addy empezó a comer, ya no pudo parar. A pesar de que el ánimo de su hija seguía siendo lánguido, Laisa sintió un gran alivio al ver a Addy engullir una tercera mazorca de maíz y querer luego una cuarta un martes de diario, y se tranquilizó aún más al comprobar que su hija había recobrado el interés por la repostería. Addy llegó incluso a permitir que Birdie Brown fuese a visitarla para enseñarle los libros nuevos que habían estado estudiando en la escuela. Addy le preguntó educadamente por las gemelas Bishop y a Birdie le pareció que era un auténtico honor tener a aquella santa como su mejor amiga.

Wallace nunca se había ocupado demasiado de Addy, y aunque no se dio cuenta de que su hija llevaba sin dirigirle directamente la palabra desde el mes de junio, sí advirtió que todas las noches, cuando llegaba a casa, lo recibía el aroma irresistible de un pastel de manzana o de calabaza, y pensaba para sus adentros que su hija era mucho mejor repostera que su esposa.

Fue L'il Leam quien cambió el curso de las vidas de todos. L'il sospechaba que la voracidad que Addy sentía por las mazorcas de maíz y los pasteles de calabaza se debía a algo más que a un buen apetito, y aunque sabía que no estaba bien tratándose de su hermano, había estado observando atentamente la transformación que se había ido obrando en su cuerpo. Por las mañanas, no lograba concentrarse en los libros de la escuela, tan abstraído estaba pensando en las dramáticas consecuencias que iba a acarrear aquello que ya se barruntaba, y daba rienda suelta a su furia por las tardes, en la granja. Al caer la noche, sin embargo, volvía a estar perplejo, seguro de que sus sospechas no podían tener ningún fundamento.

Un día, después de ver a Addy mirándose en el reflejo de la ventana y trazar un círculo con las manos sobre su vientre abultado, L'il Leam se armó de valor y le preguntó al señor Heron si podía tener unas palabras con él ese mismo día, una vez acabadas las faenas del campo.

A la hora del crepúsculo, Zach Heron, *el Gigante*, se fue al frío granero con una botella de bourbon en la mano y con fuertes remordimientos de conciencia. Estuvo dándole a la botella y sacando humo por las orejas al tiempo que se paseaba arriba y abajo de un extremo al otro del granero. Al final se detuvo después de fijar su atención en un viejo comedero roto para los animales. Dejó que el alcohol le quemara la garganta mientras sopesaba la conveniencia de usar aquel comedero para sus propósitos. El tamaño era el adecuado, teniendo en cuenta que Leam era un alfeñique, y se podía tapar fácilmente con unos sacos de simientes o algo de heno.

Zach Heron echó otro trago de la botella y dio otra vuelta en círculo por el granero para asegurarse de que el comedero quedaba bien escondido desde todos los ángulos. Ya se le ocurriría alguna razón para enviar allí a alguno de los muchachos al cabo de una semana o así, si es que el olor no alertaba a alguien más pronto o algún animal no entraba allí antes. Pensó de antemano en cómo iba a dejar caer la cabeza y sacudirla frenéticamente cuando el otro le diese la noticia.

L'il Leam apareció con las manos en los bolsillos y cara de preocupación. Zach Heron le preguntó si quería sentarse y L'il Leam dijo que no. Le preguntó si quería un trago de bourbon y L'il Leam dijo que sí. Leam bebió dos tragos antes de devolverle la botella.

Zach Heron tenía muy bien planeados todos y cada uno de sus movimientos, y el chico no llevaba ningún cuchillo o pistola, pero a pesar de todo decidió preguntarle:

–¿De qué se trata todo esto, hijo?

El escuálido muchacho se irguió como si fuera un hombre hecho y derecho y dijo:

–Primero, deje que diga lo que tengo que decir y luego le diré lo que pienso hacer al respecto.

Y acto seguido, las palabras le salieron de la boca a borbotones, como si hubieran estado ahogándolo y aquello fuese un verdadero alivio.

–Todo se remonta al domingo del festival de la fresa. Es un misterio, señor Heron, pero yo sé que la cosa empezó ahí. De lo que más me acuerdo de ese día es que Addy estaba pocha, se encontraba mal y quiso irse a casa a echarse un rato. Eso no tiene nada de raro, teniendo como tienen las mujeres la extraña costumbre de encontrarse mal de repente en los momentos más insospechados, pero yo sabía lo mucho que había estado deseando ir a esa fiesta y pensé que era una pena que se hubiese puesto mala.

»Mi padre se había ido a trabajar a Chatham, así que fue a mí a quien llamó mi madre para que sacara el viejo colchón de mi hermana aquel lunes por la mañana. Me dijo que lo llevara al patio trasero para que le diera el sol, pero que lo pusiera donde nadie lo viese, porque nadie tenía por qué enterarse de que la muchacha estaba con la regla. Cuando vi cuánta sangre había en mitad del colchón y que había llegado incluso a traspasarlo, entendí por qué mi madre se retorcía las manos de aquella manera y por poco me quedo sin desayuno.

»Y ahora le pido disculpas, señor Heron, por no andarme con remilgos, pero el caso es que da la casualidad de que me consta que mi hermana ya había tenido el período dos semanas antes de eso. Y lo sé porque encontré una de sus compresas en la taza del inodoro, y me dio mucho apuro encontrármela, pero por supuesto, no le hablé en ningún momento de semejante hallazgo.

»Y aunque de veras desearía no haberlo sabido, también sé que esa compresa no era de mi madre, porque sin querer, oí cómo le contaba a la esposa del pastor que a ella ya se le había interrumpido el menstruo.

Zach Heron asintió con la cabeza, pero lo cierto es que apenas lo escuchaba, porque él ya sabía la verdad y detestaba la cautela ansiosa y los rodeos con los que el muchacho lo estaba atormentando. Pensó en lo fácil que sería extender el brazo y retorcerle aquel pescuezo tan flaco, como de animalillo, y calculó que le bastaría con una mano, que ni siquiera tendría que soltar la botella. Pensó en hacerlo ya mismo, sin más tardanza, pero L'il Leam estaba nervioso y empezó a pasearse arriba y abajo.

–Vuelvo a pedirle perdón por mi rudeza, y no le diría nada de esto si no creyera que es mi obligación, pero es que la cantidad de sangre en el colchón era tal que me parece imposible que pudiera ser del ciclo. Ni aunque, como mi madre, creyese que, sencillamente, a mi hermana se le hubiese adelantado el período, parecía más bien como la sangre que sale cuando alguien se hace un corte. ¿Entiende usted a lo que me refiero, señor Heron?

Zach Heron asintió despacio y mantuvo la mirada clavada en el suelo mientras avanzaba en dirección al chico, pero L'il Leam estaba negando con la cabeza y puede que incluso acusando ya los efectos del bourbon.

–Ahora sé que mis sospechas estaban fundadas. Parece ser que mi hermana se ha quedado encinta.

Zach Heron pestañeó cinco veces seguidas y no tuvo más remedio que detenerse. No había visto a la chica desde aquella noche y no sabía que estaba encinta. Se dirigió de nuevo hacia L'il Leam, pero esta vez sentía miedo.

L'il Leam reanudó su discurso justo antes de que el hombre le diera alcance, y justo a tiempo.

–Lo estaba pensando un día, hace varias semanas, y entonces me vino a la cabeza como un rayo: aparte de mi hermana, la única persona que no estaba alrededor de la hoguera cantando himnos aquella noche era Chester Monk. Addy está enamorada de Chester y le preparó un pastel de fresas expresamente para él. Los vi juntos debajo del sauce, junto al cementerio. Empezó a tener sentido que Chester lo hubiese dispuesto todo para que Addy dijera que estaba mala y volviera a la casa. Sé que lo hizo aposta. Y aunque seguramente esperaba algún beso o palabras tiernas, mi hermana no podía haberse esperado lo que le hizo, no señor.

L'il Leam levantó la vista, miró a los ojos estupefactos y abiertos como platos del hombretón y dijo:

–Sé que le he dejado horrorizado con lo que acabo de contarle, y lo siento, pero si hubiese visto la sangre en esa cama, señor Heron, y la cara de Addy al día siguiente y todos los días después de ése, habría dicho que era el mismísimo diablo quien había estado fornicando con mi pobrecilla hermana.

Zach Heron bebió un largo trago de la botella, muy despacio, y luego se la pasó diciéndole que se la terminara, cosa que hizo.

–¿Se acuerda del día siguiente, cuando Chester no apareció por la granja y corría el rumor de que él y Jonas Johnson se habían ido a trabajar para Teddy Bishop y ese franchute, a pasar alcohol de contrabando a Michigan?

Zach Heron asintió con la cabeza y se forzó a sí mismo a dejar de mirar al comedero roto entre las carretillas.

–A mí me extrañó que nunca me hubiese contado nada de Teddy Bishop, porque Chester y yo éramos buenos amigos, o eso creía yo. Fui a su casa esa noche, pero su madre no me abrió la puerta. Varias semanas después, cuando empecé a tener mis sospechas, volví y estuve aporreando la puerta hasta que me abrió. Me contestó, de muy mala uva, que ahora Chester se había metido a contrabandista y le había dado a la espalda a nuestro Señor. No sabía ella bien cuánta razón tenía con sus palabras... Dijo que, encima, ni siquiera había tenido la decencia de decírselo él mismo, que se había enterado por boca de otros que él y otros cuantos estaban viviendo en una casa en Sandwich, y que Dios se apiadara de su alma.

Zach Heron pensó que sería mejor que se sentara y así lo hizo.

–Hay un muelle cerca de Sandwich de donde vienen y van las barcas para el contrabando de licor. Me han dicho que Chester se encarga sobre todo de los remos, siendo tan grande y robusto y capaz de remar a contracorriente. A mí no me parece bien que la cosa se quede así y Chester Monk se vaya tan fresco, sin que nadie lo castigue por lo que ha hecho. Ahora le ha arruinado la vida a mi hermana y lo más probable es que la manden a Carolina del Sur a vivir con la tía Myrtle. Pero antes le darán una buena tunda, mi madre, mi padre... probablemente los dos.

»Claro que yo no tengo la menor oportunidad con un tipo tan grande como Chester Monk, pero no quería acudir a los jóvenes a pedir ayuda. De todos modos no tardarán en enterarse. Pero yo tenía la esperanza, señor Heron, siendo como es usted un buen amigo de mi padre, y amigo mío también, de que pudiera echarme una mano con esto; sujetarlo para que pueda darle un buen puñetazo o dos en la mandíbula y a lo mejor en el estómago. No es que eso vaya a cambiar las cosas para Addy, pero yo sí me sentiría algo mejor. O al menos no me sentiría peor.

Zach Heron sacó varias conclusiones muy rápidamente: que la chica no le había dicho nada a nadie de aquello tan vergonzoso que le había hecho, que no iba a decirlo y que, aunque lo hiciese, ni Wallace ni Laisa darían crédito a sus palabras. Su propio hermano sospechaba de otro hombre. De todas las personas que había en la vida de Zach Heron, tan sólo su esposa, Isobel, sería capaz de creer algo semejante, y ella nunca iba a enterarse, al menos no si seguían acusando a Chester Monk. Si al final enviaban a Addy Shadd lejos de allí, ésa sería la mejor solución para todos.

RON

El agua estaba turbia y fría, y la superficie no tardaría en quedar completamente congelada. Chester Monk la golpeaba con su remo destrozado, alegrándose de que hiciese una noche serena y de poder ir pensando en sus cosas sin tener que bregar contra la corriente y preocuparse por si se pasaba de largo y no daba con el embarcadero. Pensó en lo curioso que era que pudiese ser una travesía corta o larga desde la orilla de Detroit, dependiendo de la voluntad del río y de los hombres que transitaban por sus caprichosas aguas.

Llevaba a sus pies una caja de madera llena de licor de primera que regresaba al embarcadero de origen. Nadie se había presentado a recoger la mercancía al otro lado del río, cosa que no le iba a hacer ni pizca de gracia a Bishop, pero no sería por culpa de Chester. La caja iba atravesada por una maroma muy gruesa y larga conectada a una garrucha en la parte inferior de la barca. Si aparecía la patrulla de carabineros, arrojaría la caja al agua como si fuese un ancla, y aunque registrasen la barca, no verían la cuerda, ni la caja, ni el lugar por donde estarían ya sujetas al lecho del río.

Chester llevaba en el bolsillo del pantalón varios billetes de diez dólares que le había dado el hombre de Teddy Bishop, el señor Remillard, a quien llamaban Remy para atraer su atención y Franchute para sacarlo de sus casillas. Remy le había enseñado a Chester cómo doblar el billete y la forma adecuada de pasárselo a los carabineros cuando detuviesen su barco. Si le preguntaban si habían picado muchos peces, debía darles el billete. Si le pedían registrar el barco, debía permitírselo. Y pasase lo que pasase, nunca debía olvidar que él era negro y tenía que saber estar en su lugar.

A Chester no le gustaba Teddy Bishop ni su carácter frívolo y ruin, pero en cambio Remy le caía bien. El francés le recordaba a un pastor metodista que Chester había conocido cuando era niño, antes de mudarse a Rusholme. Remy llevaba ropa sencilla, las botas viejas siempre relucientes y era una persona de convicciones muy profundas. Hacía que su opinión sobre el contrabando de whisky sonara como un sermón en el púlpito. «¡Las malas leyes convierten a la gente honrada en criminales!», exclamaba, golpeando la mesa con el puño. Y cuando invocaba al Espíritu Santo, se refería al whisky importado, y todo el mundo lo sabía.

Remy llamaba a Chester «Mon ami le Noir Gros». Le decía que significaba «el gigante negro» y le daba unas palmaditas en la espalda, tan arriba como a aquel hombrecillo enjuto y fibroso le permitía su escasa estatura. A Chester no le importaba que se lo dijese en francés; Remy no pretendía con eso mostrarse rudo o desconsiderado, sino que, sencillamente, sólo tenía una forma de hablar distinta. Era algo que la vida le había enseñado a Chester, que las palabras de alguien no siempre revelaban las intenciones de su corazón. Lo habían obsequiado con palabras amables personas que lo temían y lo odiaban, mientras que se habían dedicado a difamarlo por ahí quienes, pese a no desearle ningún mal, no eran más que unos pobres ignorantes.

Hacía ya varios meses que se había ido de casa, pero no pasaba un día en que no pensase en Rusholme. «Vuelve a casa», se decía,[1] como si fuera un mandamiento: «Volverás a casa por encima de todas las cosas». Rara vez se acordaba de su madre, una mujer fanática y fría. Se acordaba sobre todo de los campos, y del entramado de las calles y del olor del lago y la tierra, y enmarcada junto a cualquiera de sus pensamientos sobre Rusholme estaba la imagen de su único y verdadero amor.

Chester estaba perdidamente enamorado de Addy Shadd. Sus pobladas pestañas le recordaban los ojos de un perro que había tenido de chico, y había pensado en hacerla rabiar contándoselo algún día, en el futuro. Al igual que su perro, había algo especial en su mirada, lealtad, afecto y algo que decía a gritos que estaban hechos el uno para el otro, y siempre lo estarían. Vio aquella mirada la última vez que había estado con Addy, cuando ella lo había mirado a él de reojo bajo el sauce, en la cena de la iglesia en junio.

Le había sorprendido que Teddy Bishop quisiese que empezase a trabajar para él esa misma noche, y sintió no haber podido encontrar a Addy para decirle que se marchaba y contarle sus planes. Birdie Brown estuvo más bien brusca con Chester cuando éste le preguntó por el paradero de Addy, pero sí le dijo que la señorita Shadd se encontraba mal y se había ido a casa. Aquello le había creado cierta preocupación, pero cuando Teddy Bishop se los llevaba a él y a Jonas Johnson en el automóvil, ya de noche, vio a Zach Heron, *el Gigante*, salir por la puerta de la casita de ladrillo de los Shadd y se quedó más tranquilo al comprobar que habían enviado al amigo de la familia a ver cómo estaba.

1. Juego de palabras por la similitud fonética entre Rusholme y «rush home», que en castellano significa, aproximadamente, ir o volver rápida o apresuradamente a casa. (*N. de la T.*)

No era la belleza de Addy Shadd –a pesar de que consideraba que eran muchos y muy poderosos sus encantos– lo que había despertado en Chester su devoción por ella; era la comunión tácita que se daba entre sus dos almas, un fenómeno innegable e inexplicable para él. Desde el mismo instante en que la vio, cuando ella tenía doce años y cuidaba de los niños pequeños de la granja de Kenny, Chester supo que sería su alma gemela. Nunca llegó a decírselo con palabras, naturalmente. La compenetración entre ambos era tal, que Chester no lo creía necesario, pues ella lo comprendía y sentía lo mismo.

Chester bajó la vista hacia las aguas gélidas del río donde navegaba su robusta barcaza y pensó en el mundo acuático que había debajo. Le habían dicho que, cuando llegase el invierno, la capa de hielo sería muy espesa, unos apostaban que de hasta tres metros, mientras que otros decían que medio. Daba lo mismo los metros que llegase a congelarse aquel río, porque él tendría que ir y venir por él de todos modos pues el ron tenía que rodar. Así eran los negocios.

Remy le describió el viejo cacharro que le comprarían y le dijo que lo mejor era conducir con la puerta del automóvil abierta. Si el hielo empezaba a resquebrajarse bajo sus pies, así al menos el conductor tenía una posibilidad entre un millón de ponerse a salvo y no acabar a varias brazas de profundidad, en el lecho cenagoso del río y haciéndole compañía a los automóviles, los cadáveres y las cajas de licor de los inviernos anteriores. Cada vez que pensaba en el fondo del río, a Chester le daban escalofríos, y apenas si podía quitarse la imagen de podredumbre de la cabeza.

Chester estaba remando con más fuerza cuando levantó la vista y vio aproximarse el embarcadero. Empezó a preguntarse si podría utilizar el viejo cacharro prometido algún domingo para recorrer los cerca de ochenta kilómetros que lo separaban de Rusholme para ir a ver a Addy Shadd. Se lo preguntaría a Remy cuando lo viese esa noche. Sonrió al pensar en la cara que pondría Addy cuando lo viese aparecer motorizado dirigiéndose a su casita en la calle Fowell.

La echaba mucho de menos, como si hubiese perdido un brazo. Se acordaba de Addy en la escuela de la calle King, de cómo ayudaba a los niños más pequeños a pronunciar bien las palabras sin dárselas nunca de lista. Se lamentaba de no haber tenido la oportunidad de pasar todo el verano a su lado en los campos, observándola inclinar el torso sobre las verdes hileras.

Algún día, en un futuro, Chester le contaría a Addy susurrándole al oído las veces que había pensado en ella así, con el cuerpo inclinado bajo el sol, bamboleando hacia delante y hacia atrás su trasero perfecto, y lo mucho que deseaba tocárselo. Y si acaso ella opinaba que aquello no estaba bien, que no era una forma de pensar en ella inspirada precisamente por la ternura, él le contestaría que todo cuanto pudiesen hacerse el uno al otro estaría siempre inspirado por la ternura y el cariño, por la verdadera naturaleza de su amor.

Por las noches se acostaba en su jergón, más corto que él, y se deslizaba la mano arriba y abajo por la verga, fantaseando con que Addy Shadd era su mujer. Le acariciaba la cara y le decía que era hermosa, y un tesoro para él. La besaba y tanteaba sus dientes húmedos con la lengua. Hundía la boca en el valle de su oreja y le mordisqueaba el lóbulo antes de hacerle que se volviese y le diese la espalda. Entonces le colocaba las manos en las caderas y se arrimaba a la hendidura que le separaba las nalgas, y luego desplazaba los brazos para agarrarle los pechos con las manos. Le susurraba: «Agáchate», y ella lo hacía, porque él se lo pedía. Luego le subía el camisón y dejaba al descubierto las dos mitades de carne suave y tersa, y él se orientaba adentrándose entre ellas, empujando con delicadeza hasta que ella le devolvía el envite y él sabía entonces que ya estaba lista para que la embistiera todo lo fuerte y rápidamente que él quisiera. Chester estallaba con aquellas ensoñaciones y se recordaba a sí mismo la necesidad de empezar a ir a la iglesia de nuevo.

Hacia la primavera ya habría reunido una cantidad respetable de dinero, y con lo que su padre le había dado en secreto antes de morir, Chester tendría suficiente para unas pocas hectáreas en las proximidades del viejo riachuelo de Rusholme para abrir una modesta granja propia. Le pediría a Wallace Shadd la mano de su hija y, cuando tuviesen ya la edad, acudirían a la iglesia para que los declarasen marido y mujer.

La barca de Chester avanzó y chocó contra el embarcadero. Antes de subir la caja de licor, aguardó inmóvil un momento para cerciorarse de que no hubiese ningún policía que le crease problemas ni ninguno de aquellos fanáticos de la liga antialcohol que le calentase la cabeza. Se echó la carga al hombro y echó a andar por la oscuridad de la noche. Pensando en Addy Shadd y en una visita a Rusholme, empezó a tararear una cancioncilla, aunque le habría gustado saberse una canción mejor que la que le vino a la cabeza, una tonada bastante subida de tono que había aprendido en el garito clandestino de LaSalle.

Remy aún no había llegado. Chester dejó la caja en una pequeña cabaña que había cerca del agua y se sentó en cuclillas a esperar. Se puso a escuchar los embates del río contra la orilla y a cavilar sobre las brillantes estrellas blancas en aquel cielo negro e inmenso antes de que las nubes hiciesen acto de presencia y ocultasen a la luna.

Escasos minutos más tarde, fueron los faros de una camioneta Ford y no los de ningún automóvil viejo los que le deslumbraron. Chester se incorporó y supo de inmediato que el conductor no era Teddy Bishop ni su amigo Remillard. Se metió las manos en los bolsillos y palpó los pliegues de los billetes de diez dólares. Llegado el momento, se los daría a quien fuese, pero tal vez la camioneta no llegase a verlo y a lo mejor podría correr río abajo a esconderse entre los juncos y esperar a que, quienesquiera que fuesen, se marchasen.

Oyó que la camioneta se detenía y el ruido de dos puertas abriéndose y cerrándose, pero no se volvió a mirar mientras trataba de alejarse de la cabaña. Al cabo de un instante, oyó su propio nombre y supo por el tono que, quienquiera que fuese, no estaba seguro de encontrarlo allí.

–¿Chester Monk? ¿Estás ahí, Chester?

Chester se volvió, pues la voz le resultaba familiar, pero no reconoció a Leam Shadd hasta que su viejo amigo se colocó delante de los faros de la camioneta y reveló su identidad. Chester sintió un escalofrío ante la extrañeza de tener al hermano de Addy, a tantos kilómetros de Rusholme, de pie delante de él. Se le aceleró el corazón al pensar en la posibilidad de que la propia Addy pudiese estar oculta entre las sombras de la camioneta, pero descartó la idea de inmediato por imposible. Lo más probable era que L'il Leam estuviese allí para trabajar también para Teddy Bishop.

Pero estaba igualmente entusiasmado por verlo allí.

–¡L'il Leam Shadd! –Chester dejó escapar un aullido como el que les había oído soltar a algunos hombres después de un buen lingotazo de whisky. Le gustó la sensación que experimentó en el pecho y volvió a emitir el mismo aullido mientras se dirigía hacia el vehículo–. Pero ¿qué ven mis ojos? ¡Esto es como encontrar una aguja en un pajar! ¡No me puedo creer que te esté viendo fuera de Rusholme!

L'il Leam se quedó inmóvil frente a los faros, atónito ante la reacción de Chester. ¿Era posible que el muy idiota no se figurase a qué había ido allí? Trasladó el peso de su cuerpo de una pierna a otra, sin saber muy bien qué hacer.

–No esperaba que te alegrases de verme, Chester Monk.

–¡¿Alegrarme de verte?! ¡Si has sido para mí como un hermano desde que nos conocimos! Pero ¿a qué viene esa cara? ¿Leam? –A Chester por poco le fallaron las piernas–. ¿Es Addy?

L'il Leam se estremeció, recordando la sangre del colchón, y pensó que su amigo tenía que ser la encarnación del demonio para aparentar tanta inocencia. Dio un paso al frente para distraer la atención del otro joven y para que así no viera a Zach Heron, *el Gigante*, bajar de la camioneta.

–¿Cómo te atreves a preguntar por mi hermana después de lo que has hecho, Chester? ¿Cómo puedes mirarme a la cara?

Por primera vez, Chester especuló con la posibilidad de que Addy pudiese haber pensado que la había abandonado. Se le ocurrió de pronto que a lo mejor debería haberle mandado todas aquellas cartas de amor, después de todo, y no haber sentido tanta vergüenza de su letra infantil y sus lamentables poemas. O que debería haber encontrado la forma, la que fuese, de volver a Rusholme en algún momento para verla, esas semanas anteriores. Se habría dado de cabezazos contra la pared, por ser tan idiota. Le mortificaba la idea de haber disgustado a Addy hasta el extremo de obligarla a enviar allí a su hermano a enfrentarse con él.

–Siento por tu hermana un amor y un respeto profundos y verdaderos, y si... –Chester no tuvo aliento para terminar la frase, porque Zach Heron se plantó detrás de él y empleó su brazo descomunal para cortarle la respiración e inmovilizarlo, rodeándole el cuello.

A L'il Leam le resultaba indignante que Chester no

pareciese comprender el agravio que había causado forzando a Addy de la brutal manera en que debía de haberlo hecho. Y lo había empeorado aún más huyendo de aquel modo, sin preguntar ni interesarse siquiera por cómo estaba ella, tanto física como emocionalmente. Pero al escudriñar aquellos ojos estupefactos y abiertos como platos, vio con claridad que Chester no creía haber hecho nada malo. A L'il Leam le hervía la sangre ante tamaña desfachatez. Zach Heron le dijo entre dientes:

–Hazlo. Hazlo.

Lo de la navaja había sido idea de Zach Heron. Se le ocurrió practicar un corte en la cara de Chester, una raja en la mejilla o encima del ojo, para señalarlo como el que le había hecho daño a Addy y mantenerlo lejos de Rusholme para siempre. L'il había estado de acuerdo. Le parecía justo y correcto, y más dañino y duradero que el malestar que pudiese causarle con sus pequeños y escuálidos puños. Muy despacio, L'il Leam empezó a sacarse la alargada navaja del bolsillo.

Chester Monk lo miró, sin entender por qué aquel chico al que llamaba hermano habría acudido allí armado con una navaja, ni tampoco qué era lo que pretendía hacer con ella exactamente. Quiso gritar, pero Zach Heron le estampó su manaza con regusto de sal en la boca. L'il Leam blandió la navaja en el aire, y ésta reflejó la luz de los faros del vehículo. De pronto se levantó un viento del norte que provocó un torbellino de hojas de arce secas a sus pies. Chester trató de zafarse de las garras de su captor, pero Zach Heron siguió estrangulándolo y gritando:

–¡Hazlo, chico! ¡Vamos, hazlo ya!

L'il Leam no podía cortarle la cara a su amigo, pero no porque creyese que era inocente; no podía hacerlo porque carecía del talante necesario para hacerle daño a alguien, por mucho daño que hubiese causado antes ese mismo alguien. L'il Leam permaneció allí inmóvil, viendo cómo los ojos de Chester iban desorbitándose y enrojeciéndose, escuchando el hilo estremecido y angustioso de aire que se le había quedado atenazado en la garganta. Zach Heron hizo rechinar los dientes, sintiéndose poderoso y aferrando a su presa con más fuerza.

Sacando fuerzas de flaqueza, pues llevaba todas las de perder y ya percibía la inminencia de una paz inmensa en algún lugar muy próximo, Chester Monk decidió que él no iba a morir así. Pensó en emplear el pie y se dijo que ojalá se le hubiese ocurrido antes. Hizo acopio de su último resquicio de fuerza y levantó la pierna para, acto seguido, clavarle todo el talón en la rótula al hombre descomunal que tenía a su espalda. Heron chilló de dolor, soltó a su presa y con eso bastó para que Chester Monk lograra zafarse de él.

No es que Chester lo hubiese planeado de aquel modo, pero L'il Leam estaba a dos palmos escasos de distancia, enarbolando la navaja. Chester se la arrebató una vez liberado de las garras de Zach Heron, y amenazó a ambos hombres con ella mientras trataba desesperadamente de recobrar el resuello.

Zach Heron dedicó una mueca desdeñosa a L'il Leam y escupió vigorosamente al suelo.

–¡Cobarde! ¡¿Después de lo que este malnacido le ha hecho a tu hermana?! ¿Cómo vas a vivir con esa carga sobre tus hombros, L'il Leam?

Chester Monk se volvió hacia L'il Leam, jadeando, y dijo entre resoplidos:

–No sé qué crees que he hecho, ni qué es lo que Addy te ha dicho que he hecho, ni sé siquiera qué ha pasado, pero te prometo, hermano, ¡y que Dios me castigue si miento!, que yo no le he hecho ningún mal a tu hermana, que yo sepa, salvo el de suponer que ella ya sabría que tarde o temprano volvería a por ella. Eso es todo. Y no me explico que quisieras pegarme un navajazo por eso, ni tampoco por qué ibas a venir hasta aquí para hacerme daño y a llevarte a ése contigo para que te ayude.

A L'il Leam le traía sin cuidado estar llorando a moco tendido como un crío pequeño, le traía sin cuidado que Zach Heron fuese a perderle el respeto para los restos. Sólo sabía que su amigo lo había traicionado y que sentía una pena inmensa por lo que le había pasado a su hermana pequeña. No sabía qué hacer a continuación, salvo recitarle en voz alta al propio Chester cuál había sido su crimen, como si estuviera en lo alto del patíbulo, aguardando a escuchar por qué tenía que morir.

Al principio, a Chester le costó mucho trabajo comprender lo que L'il Leam, entre sollozos y barboteos, trataba de explicarle, pero cuando al fin lo comprendió –pese a que era incomprensible que alguien hubiese abordado a Addy, su Addy, y la hubiese deshonrado, y ahora estuviese esperando un hijo y no fuese ya virgen–, Chester Monk condenó su alma al infierno. De repente, en un fogonazo, le vino a la cabeza la imagen de Zach Heron, *el Gigante*, saliendo con paso tambaleante de la casa de los Shadd en la calle Fowell. En ese preciso instante, lo supo.

Cuando Chester levantó el rostro y clavó sus ojos enfebrecidos en el hombretón, Heron vio que lo sabía. A Chester no se le ocurrió la posibilidad de compartir la verdad con L'il Leam: lo único que le vino a la mente fue la certeza de que Zach Heron moriría por lo que había hecho.

Profiriendo un alarido animal y enarbolando la alargada hoja de la navaja, el chico embistió al hombre, apuntando al corazón, el hígado o los pulmones. L'il Leam, ajeno al hecho de que su amigo era el ángel y Zach Heron el demonio, se abalanzó sobre ellos e intervino en la refriega con la intención de arrebatarle el arma a Chester.

Relatar la pelea del hombre y los dos chicos sería como describir la persecución de un remolino, o la arena mezclándose con el cristal, o la furia de unos perros salvajes despedazando a otro miembro de su propia jauría. Era uno sobre otro, uno sobre otro; golpeándose y apuñalándose, clavándose las uñas y dándose dentelladas, sin dejar de gritar, de jadear, hasta caer rodando de vuelta hacia el río.

Al final, todo quedó sumido en un silencio sepulcral, en la quietud más absoluta, y la luna, sintiéndose más segura, se armó de valor y decidió salir de nuevo. Zach Heron yacía desplomado en el suelo, con una rama pequeña atrapada en el orificio de su nariz y veinticuatro puñaladas diseminadas por la enormidad de su cuerpo inerte. Chester estaba sentado, empapado y tiritando de frío, en la orilla del río, mirando hacia abajo, hacia el agua profunda y turbulenta.

Chester oyó el ruido del chapoteo cuando L'il Leam cayó al agua y, dejando a Zach Heron desangrándose en la orilla, se lanzó a rescatarlo. No veía nada por debajo de la superficie. Emergió a aspirar una bocanada de aire y volvió a sumergirse, y luego volvió a emerger y a sumergirse otra vez, pero no pudo encontrar al hermano de Addy en las negras aguas, y al cabo de un rato, estaba demasiado aterido de frío para seguir intentándolo. No le hizo falta preguntarse qué le habría pasado porque ya lo sabía: L'il Leam se había roto los brazos en la refriega, y tenía las piernas desfallecidas y magulladas. Se había tropezado y había caído en las aguas turbias y heladas del río y había sido incapaz de bracear hasta la superficie. El pobre infeliz, malherido, se había ido hundiendo hacia el fondo hasta perderse entre la chatarra sumergida y las botellas desperdiciadas de whisky. A Chester le parecía increíble, a pesar de que sabía que tenía que ser verdad, que ése fuese el fin de la vida de L'il Leam, alguien con más coraje que muchos hombres hechos y derechos, y tan bueno que Birdie Brown lo había elegido a él entre todos como objeto de su amor. Chester deseó creer aún en el Cielo para tener un lugar donde depositar el cuerpecillo de su querido amigo muerto.

En sus tiempos, Remillard había visto muchas cosas y conocía demasiado bien la cólera de los hombres, de modo que cuando el francés aparcó su automóvil a la vera del río un rato después, no se alteró por lo que vio, sino que sólo sintió preocupación por su amigo Noir Gros. Chester trató de explicárselo todo, pero lo que había ocurrido allí era inexplicable. Sólo fue capaz de expresar su dolor por la muerte de L'il Leam y de decir que no se arrepentía de haber acabado con la vida de Zach Heron después de lo que éste había hecho, y que tenía que regresar a Rusholme cuanto antes y explicárselo todo a Addy personalmente.

Remillard supo, ya en el mismo momento en que su amigo le decía aquellas palabras, que Chester nunca podría volver a Rusholme ni explicarle nunca a nadie lo que había pasado. Iría a la cárcel en cuanto la policía descubriese el cadáver de Zach Heron, y si el cuerpo de L'il Leam llegaba a salir a la superficie, también le culparían a él de esa muerte. Remillard lo miró fijamente.

–*Mon ami*, tienes que marcharte.

Las lágrimas anegaron los ojos de Chester, pero no iba a permitir que le resbalasen por las mejillas.

–¿Addy...?

Remillard lo entendía, porque estaba al tanto del amor que Chester sentía por aquella chica, en su pueblo, y sintió lástima por su joven amigo.

–*C'est fini*. Es imposible, Chester. Es mejor para ella que crea que has muerto. Tienes que irte. Vete ahora mismo, antes de que lleguen los carabineros, pero antes ayúdame a tirar a este cerdo al agua.

Cada hombre agarró uno de los formidables pies y arrastraron a aquel animal hasta el río. Juntos lo hicieron rodar hasta oír el sonoro chapoteo que hizo al caer al agua. Chester se estremeció al ver al río engullir el cuerpo de Zach Heron, *el Gigante*. Remy recordó que llevaba un gabán en el automóvil y fue a por él. Se lo echó a su amigo por encima de los hombros y le dio un fajo de billetes de diez dólares y el nombre y dirección de alguien que lo ayudaría en Estados Unidos. Lo acompañó a la barca de remos y abrazó a Chester antes de acomodarlo allí. Remy dijo que él se encargaría de todo, aunque ninguno de los dos sabía entonces a qué se refería exactamente.

Chester sabía que estaba abandonando a Remillard, a Rusholme, a Addy Shadd e incluso a su país para siempre. Se le hizo un nudo en la garganta a medida que iba empujando con los remos para alejarse del embarcadero. Oyó, o creyó oír, su nombre, pronunciado como en un susurro, como maldiciéndolo, procedente de la orilla del río. Chester se volvió a mirar pero Remillard ya se había ido, y aunque sabía que era imposible que L'il Leam estuviese aún con vida, deseó con toda su alma que fuese él quien lo maldecía entre los juncos y no sólo el viento lamentándose de su mala fortuna. Siguió avanzando, horadando el agua con los remos, con el rostro impertérrito mientras ponía rumbo hacia las cercanas costas de un país nuevo y un futuro incierto.

MAMÁ

El sol se asomó por detrás de la cortina calada de color blanco y besó a la niña que dormía en el suelo de la caravana. Sharla no tenía miedo. Sabía dónde estaba porque lo primero que vio al abrir los ojos fueron las parejas de saleros y pimenteros arriba de todo, en el estante. Puso las palmas de las manos boca abajo para palpar el suelo fresco y recordó haberse caído la noche anterior, y el rostro bondadoso de Addy Shadd y el olor a pastilla de jabón. Era la almohada más mullida sobre la que Sharla había reposado la cabeza en toda su vida, pero aún sentía las punzadas de la jaqueca entre los ojos. Levantó el brazo, buscó a tientas el chichón de la nuca e intentó devolverlo a su sitio, pero le dolía demasiado, así que se rindió.

El suelo de la caravana tenía apariencia de mármol gris blanquecino, el mismo que el de aquel lugar tan concurrido adonde la había llevado Collette para tratar de recuperar la línea de teléfono. Sharla apoyó la mejilla en el recuadro soleado del suelo y vio la hilera de hormigas pequeñísimas aproximándose a ella desde un agujero debajo del fregadero. Se le ocurrió que aquellas hormigas parecían bebés y se preguntó dónde estaría la mamá que debía guiarlas.

El sonido crepitante de la respiración de Sharla se sumó al concierto de la paloma madrugadora que zureaba en la puerta de la caravana de Addy Shadd. Sharla se apoyó en los pies para ponerse boca arriba y poder ver el minúsculo pasillo. La puerta del dormitorio estaba cerrada, pero Sharla quería ver qué aspecto tenía Addy Shadd cuando dormía. Entonces, de improviso, se le formó un nudo en el estómago al recordar que estaba metida en un lío por dos razones: había roto aquellos saleros y pimenteros de porcelana y no había llevado el sobre con dinero.

Sharla se incorporó a medias, palpando el tacto suave de la manta azul a cuadros, acariciándose con ella la mejilla un buen rato antes de sentirse preparada para levantarse. Se dio impulso para ponerse en pie y miró el cenicero abarrotado de colillas que había encima de la mesa de la diminuta cocina. Lanzó un brusco soplo de aire al cenicero y vio revolotear las cenizas blancas y grises por el aire como si fueran copos de nieve. Limpió las cenizas de la mesa y luego se olisqueó el olor a tabaco en la mano.

En la cocina había tres armarios, pero no se podía alcanzar ninguno sin subirse a una silla. Sharla tenía hambre, de modo que arrastró una silla hasta los armarios y se encaramó a ella, dando un respingo cuando por poco pierde el equilibrio y se cae. La puerta del armario se abrió con un chirrido y Sharla vio que allí dentro sólo había platos y cazuelas, lo que provocó su enfado, eso y el hecho de tener que bajarse de la silla y volver a subirse a ella para poder abrir la puerta del armario contiguo.

En el siguiente armario había paquetes de azúcar y de harina de trigo y maíz, así como una barra de pan que no estaba blando ni era blanco, sino duro como una piedra y negro, algo que Sharla no había visto en su vida. En el estante inferior había un bote grande que la niña trató de abrir con sus dedos regordetes, no sin dificultad. Dentro de la caja había un paquete de galletas, barquillos recubiertos de chocolate y coco. Eran sus galletas favoritas. Retiró el celofán, con cuidado de que no hiciera ruido al arrugarse. Se metió en la boca dos barquillos de golpe, y el sabor del chocolate y el coco la reconfortó y la tranquilizó. Se guardó dos barquillos más en un bolsillo de sus pantalones cortos y otros tres en el otro, vaciando de ese modo todo el paquete.

La niña se bajó de la silla, empujando con la lengua las virutas de coco contra la bóveda del paladar. Cogió la almohada mullida y la manta azul a cuadros y se las llevó al sofá abatible, desplegado como una cama. Le entraron ganas de ver dibujos animados, pero después de echar un atento vistazo alrededor, comprobó que no había televisor. Sharla siguió metiéndose las manos en los bolsillos hasta que no quedó ni una sola de aquellas deliciosas galletas, sólo un pegote de chocolate adherido a los pantalones que restregaba con los dedos para, acto seguido, llevárselos a la boca y chupárselos.

No eran juguetes, eran piezas de porcelana y lo sabía, pero a Sharla se le ocurrió que con aquella bailarina se podía simular perfectamente que sí lo era. Llevó la silla a rastras hasta el estante de los saleros y los pimenteros, cogió la bailarina y la sostuvo en el aire como si fuera una muñeca.

Se cercioró de que no hubiese movimiento en el minúsculo pasillo y luego le susurró a la muñeca, imitando la voz de Collette:

–Esta noche voy a salir con alguien, así que ahora va a venir el canguro a cuidarte, y es Greg, que ha venido a hacerle una visita a su tía Krystal. Te dejo que comas patatas fritas pero nada de portarse mal, ¿me oyes?

Sharla hizo como que estaba muy enfadada y zarandeó a la muñeca. La pimienta salió por los agujeros de la cabeza de la bailarina y cayó esparciéndose sobre la cama.

–¿Has visto lo que has hecho, pedazo de imbécil? Pero ¡serás idiota! ¡Ahora está todo lleno de pimienta de mierda! Como vuelvas a armar otro desastre como éste, Emilio hará que te enteres de lo que vale un peine...

A Sharla no le gustó nada que Emilio hubiese aparecido en escena para estropearle el juego, así que decidió ponerse a cantarle una canción a la muñeca pimentero. Trató de acordarse de la letra de la canción del elefante Elmer, el que enseñaba cosas a los padres y los niños para evitar accidentes de tráfico. A Sharla se la había enseñado un antiguo novio de Collette, hacía mucho tiempo, Claude, uno que criticaba a su madre porque a Sharla sólo le daba ganchitos de queso para cenar.

Claude era el conserje de la escuela de Chatham a donde iba a ir Sharla aquel otoño. Tenía el pelo amarillo y aplastado, y manchas rojas en la barbilla, y Collette había dicho que sería el nuevo papá de Sharla. Claude la llevó un día en su camioneta azul a ver la escuela y le dijo que era una escuela religiosa, así que iba a tener que familiarizarse con Dios y María y Jesús, que murió en la cruz por nuestros pecados. Claude pagaba los billetes del barco a la isla de Boblo y nunca le quitaba a Sharla el perrito empanado cuando lo tenía a medias.

Claude emanaba un olor muy característico: a vinagre, lejía Ajax y cigarrillos Peter Jackson. Collete tuvo que llamarle la atención un día para que se diera un baño de una vez y que no se echara tanta gomina VO5 en el pelo. A Sharla, en cambio, le gustaba el olor de Claude y pensaba que se sentiría orgullosa de decir que aquél era su papá y de comerse su sándwich de mermelada en su cuarto de conserje, con los cubos oxidados y las mopas grises de mangos largos. Le enseñó a Sharla una forma muy divertida de contar: «Uno, dos, tres, cuatro, sáltate unos cuantos, noventa y nueve, cien», y le cantaba la canción del elefante Elmer cada vez que ella se lo pedía, hasta cuando saltaba a la vista que habría preferido fumarse sus Jacksons y quedarse mirando el cielo.

A Claude le gustaba el físico de Collette, y decía que tenía que ser el demonio en persona por la forma en que era capaz de hacer caer en la tentación a un hombre. Iba a la caravana casi todas las noches, después del trabajo, y Collette le ofrecía la cena con la comida de lata que había dentro de los armarios. Los viernes, como ocasión especial, Claude llevaba una bolsa de comida del Kentucky Fried Chicken, y le reservaba los muslos de pollo a Sharla. Decía que su madre, que ya estaba muy mayor, iba a dejar la casa de ladrillo junto al río Támesis y que había llegado la hora de encontrar una esposa para que se fuera a vivir allí con él. Nunca había sentido por nadie nada parecido a lo que sentía por Collette, y cuando ésta vio la casa junto al río Támesis, tampoco volvió a sentir por nadie nada parecido.

El día del cumpleaños de Collette, Claude apareció con su camioneta azul y dos de las mejores cosas que Sharla había visto en su vida: un sofá verde de pana de la tienda La-Z-Boy, completamente nuevo, en el que uno se podía tumbar como si fuera una cama, y una mesita de café de líneas sinuosas, sin una sola marca en la superficie. Collette se echó a llorar porque eran cosas muy bonitas y ella se las merecía. A partir de entonces, Claude fue a la caravana todas las noches.

Cuando acababan de cenar, Claude se encargaba de bañar a Sharla y le cantaba canciones. Collette ponía los ojos en blanco cada vez que Claude decía que la niña tenía que bañarse todas las noches, aun cuando no estuviese demasiado sucia. En general, Claude y Collette se llevaban bastante bien, hasta una noche que Collette se enfadó porque él no quería quedarse a dormir.

–Es que no lo entiendo, Claude –dijo Collette cuando creía que Sharla ya se había quedado dormida entre ambos, en el sofá–: ¿me puedes follar en mi cama pero no puedes dormir en ella?

–¿No crees que ya has bebido bastante?

Claude señaló la cerveza que ella llevaba en la mano y las botellas vacías encima de la mesa. Él no bebía alcohol y no le parecía bien que ella lo hiciese.

Collette dio un largo trago.

–Ya estoy harta de esta mierda. ¿Cuándo nos vamos a vivir a River Road?

–Cuando nos casemos.

–¿Y cuándo nos casaremos?

–Cuando conozcas a mi madre.

–¿Y cuándo voy a conocer a tu madre?

–Cuando dejes de soltar tacos cada dos por tres.

–¿Te ha dicho tu madre que no puedes dormir aquí? ¿Es eso?

Claude no respondió.

–¡Tienes veinticuatro años, joder! ¡A la mierda tu madre!

–No te metas con mi madre, Collette. No es sólo mi madre. ¿Y el padre Charlie, de la escuela?

–¿Y a quién coño le importa lo que piense el padre Charlie?

–Ya sabías cuando empezamos que, para mí, la religión era y es algo importante en mi vida. ¿A quién coño le importa, dices? A mí me importa, a Dios le importa... Y baja la voz. Tu hija está aquí mismo, durmiendo.

Collette se echó a reír y lo señaló con la botella de cerveza.

–¿Quieres que te diga lo que piensa Dios?

Claude se levantó, se puso sus malolientes botas de vaquero y dijo:

–Me voy. –Se inclinó para besarla, pero ella se apartó–. Mañana me pasaré.

Collette sacudió la botella de cerveza en su dirección, esta vez sin reír.

–¿Qué piensa Dios de que te chupe la polla, Claude?

Claude se puso rojo, luego blanco y luego rojo otra vez. Rescató su abrigo avinagrado del respaldo de la silla de la cocina y se marchó. No volvió a pasarse por allí nunca más, ni la noche siguiente ni ninguna otra noche. Collette se lamentó de perder la oportunidad de vivir en aquella casa en River Road, pero le dijo a Krystal que, de todos modos, lo más probable es que hubiese acabado estrangulando a Claude mientras dormía y que así, al menos, se había ahorrado ese problema, ¿no?

Sharla sabía que la letra de la canción no era exactamente como ella la entonaba, mientras recordaba cómo la cantaba Claude y lo mucho que le habría gustado que él hubiese sido su papá y estuviese cantándola ahí con ella. «Pórtate bien y sé buena y obtendrás tu recompensa. Que tengas un día feliz y seguro en la carretera.»

No fue la canción lo que despertó a Addy Shadd; no oía a la niña desde su habitación, no sabía que estaba cantando ni que se había comido todas las galletas de coco que Addy se guardaba para esos días en que mataba el gusanillo de comer algo dulce. Lo que despertó a Addy Shadd fue un sueño al que no se sentía precisamente deseosa de regresar. Aun así, no estaba lista para levantarse de la cama todavía, y no sabía cómo iba a decirle a aquella niña que tenía que volver con su madre.

Cuando se abrió la puerta del dormitorio, Sharla se metió la muñeca pimentero en el bolsillo y se quedó sentada e inmóvil en el sofá cama. Vio a Addy Shadd pasar de ser una figura pequeñita a otra enorme a medida que iba avanzando por el pasillo. Sharla quería decirle muchas cosas, pero había aprendido que era mejor no hablar demasiado por las mañanas porque, por lo general, siempre había una mano cerca dispuesta a soltarte un bofetón y a veces hasta podías pasarte de lista sin tú ni siquiera saberlo. Sin embargo, sí dedicó una sonrisa a Addy Shadd, y eso no pudo evitarlo.

Addy Shadd se había recogido el pelo hacia atrás con horquillas, tal como lo llevaba siempre durante el día. Su cabeza parecía más redonda y lisa, y le sobresalían las orejas como si tuvieran que tener cada una cara propia. Llevaba una bata amarilla a cuadros de aspecto almidonado y unos calcetines cortos azul celeste con zapatillas blancas como las que llevaban las enfermeras. Se aproximó al sofá sin pronunciar palabra, y Sharla se estremeció, preguntándose si habría percibido el olor de las galletas. Addy Shadd se sentó en el sofá cama y extendió el brazo para tocarle con delicadeza el chichón de la parte occipital de la cabeza.

–Veamos... Ajá..., me parece que sobrevivirás.

Sharla dejó que la tocase y no le importó el dolor.

–Supongo que tendríamos que haberte puesto hielo.

Sharla se limitó a mirarla fijamente.

–¿Qué pasa, pequeña?

La niña se tiró de las orejas con los dedos.

–Tienes orejas de ratón.

Addy Shadd asintió con la cabeza y se rió para sus adentros. Tenía su gracia que le dijeran algo así cuando ya era casi una anciana, cuando hacía tanto tiempo que le traía sin cuidado su apariencia.

–¿Crees que parezco un ratón?

–Ojalá tuviese yo las orejas salidas.

–Habrá que encontrar un pozo de los deseos para eso, cielo.

Sharla arrugó la nariz.

–Emilio dice que soy una gorrina.

Addy Shadd disimuló su disgusto.

–¿Ah, sí?

–Emilio me dio un helado de esos de chocolate y luego me dijo: «Ya está bien, gorrina», y lo tiró a la basura, cuando todavía lo tenía por la mitad. Eso Claude no lo hacía nunca.

–¿Quién es Claude?

–El conserje que me enseñaba canciones.

–¿Ah, sí?

–No me gusta cuando Emilio tira mis helados a la basura. La próxima vez lo sacaré yo del cubo.

–No, no hagas eso, pequeña. No se saca comida de la basura.

–Mi mamá dijo que vamos a vivir en una casita en el lago.

–Ajá...

–¿Cómo voy a ir a la escuela en Chatham?

–Supongo que te llevará el autobús.

–Emilio dijo que él no piensa llevarme.

–Bah, no le hagas ningún caso a ese Emilio. Tú eres como eres y eso es así, y lo tendrás que asimilar tú sola.

–¿Mamá Addy...?

Addy Shadd se quedó mirando a la niña durante largo rato y no tuvo el valor de decirle que no la llamara así.

–¿Qué, pequeña?

Sharla las sorprendió a ambas colocando su manita morena en la mano arrugada y vieja de Addy Shadd. Addy carraspeó su emoción y dijo:

–Ahora vamos a prepararte el desayuno.

La anciana se levantó, volvió a carraspear y se dirigió a la cocina para examinar las cajas de cereales del tercer armario. Necesitaba un momento para serenarse y no pudo mirar a Sharla a la cara cuando dijo:

–Pero luego iremos a llevarte a casa con tu mamá, cielo.

Sharla sabía que Addy Shadd se había equivocado y que, como era vieja, lo más probable es que no se hubiese dado cuenta.

–Pero ahora voy a vivir aquí.

–Creo que será mejor que te llevemos a tu casa.

–Pero lo dijo mi mamá.

–Creo que el mejor sitio para una niña es junto a su madre, y ahí es adonde voy a llevarte.

–Pero este verano me voy a quedar a vivir aquí.

–Bueno, creo que es mejor que te llevemos a tu casa –dijo Addy Shadd.

Su decisión estaba motivada en parte por lo que era mejor para la niña y en parte porque sabía que aquello iba a ser demasiado para ella, tener a aquella niña triste y rara viviendo allí en su casa durante todo el verano.

La anciana se volvió, y le partió el alma ver la expresión de la cara de la niña y la tranquilidad pasmosa con la que dijo:

–Pero mi mamá se va a enfadar conmigo porque soy mala y he *rompido* las cosas de porcelana y me he comido todas las galletas y Fawn me ha robado el sobre y ahora tú no me quieres aquí contigo...

Addy abrió la boca para hablar, pero era demasiado tarde. Todo el sufrimiento acumulado en el estómago de la niña se abrió paso hacia arriba y salió a borbotones, no en forma de lágrimas sino con el sollozo más hondo y desconsolado que la anciana hubiese oído jamás. Se acercó a la niña y estrechó su cuerpo en sus brazos largos y flacos, y aunque Sharla pesaba mucho y olía a tierra y orines, Addy le besó la mejilla y le acarició la gruesa espalda, diciéndole:

–No te preocupes, todo irá bien, cielo, todo irá bien... –A pesar de que sabía que no era cierto.

No era una niña fácil de abrazar y, por su reacción incómoda, Addy supo que Sharla no había recibido muchas caricias en su vida. La pequeña se puso rígida, se apartó bruscamente de la anciana y salió por la puerta sin decir una sola palabra.

Había días en los que no había paz ninguna, y lo

que pensabas que podía suceder no sucedía y aquello con lo que ni siquiera soñabas, sí ocurría. Addy sabía que aquél iba a ser uno de esos días. Sacó un cigarrillo del paquete y lo encendió mientras decidía qué iba a hacer. O bien la niña había corrido a esconderse o había vuelto a su casa. Si había vuelto a su casa, ya estaba, fin del asunto. Addy no había llegado a recibir el sobre y siempre y cuando no tuviera que volver a ver nunca más la lastimera cara de pena de la niña, podía hacer como si ni siquiera hubiese existido. Pero si había corrido a esconderse, la responsable era Addy. A nadie más se le ocurriría ponerse a buscarla.

Addy no soltó ningún taco; ni siquiera estaba enfadada, sino que simplemente pensó qué era lo que tenía que hacer y se dispuso a hacerlo. Se metió el cigarrillo en la boca, entrecerrando los ojos para que no le entrara el humo, y echó mano de su bolso de vinilo negro, que estaba en el armario. Salió de la caravana, intentando recordar dónde vivía Collette y el camino más corto para llegar hasta allí. Se volvió para cerrar la puerta y luego, tras pensárselo dos veces, la dejó abierta por si a la niña se le ocurría volver.

La lluvia había sofocado la tierra seca del camino y Addy percibió el olor de las cebollas enterradas en su huerto. No salía demasiado de la caravana, ni lo había hecho en los casi veinte años que hacía desde que se había mudado allí desde Chatham. Encargaba que le llevasen la compra a domicilio y llamaba a un taxi para ir al Kmart o a ver al doctor Zimmer cuando le fallaban las piernas o los pulmones.

Le habría gustado charlar con los vecinos, pero ninguno parecía entusiasmado con sus visitas. Addy parecía un poco confundida con el presente, se mostraba muy reservada con el pasado y no participaba en los chismes que circulaban sobre los habitantes del campamento de caravanas. La última vez que se había parado a hablar con la joven madre de Nedda Berry, había insultado a la mujer sin saber muy bien cómo. Bonita Berry estaba sentada en la parte delantera en una silla de jardín rota. Para Addy no era más que un comentario intrascendente.

–Otra familia de color que se va a vivir al cabo de la calle.

Bonita sacudió la ceniza de su purito largo y objetó:

–Casi estamos en 1980, señorita Shadd. Ya no decimos «de color». Decimos «negros».

Addy se echó a reír al ver la expresión grave en el rostro de la mujer y dijo:

–Yo he sido toda la vida una mujer de color.

–«De color» es propio de ignorantes. «Negro» significa orgullo de raza.

–Nunca creí que llegaría un día en que a los morenos no se les pudiera llamar «de color».

Bonita se estremeció.

–«Morenos» no. Negros. Se dice «negros».

–Pues resulta que yo me siento orgullosa de ser morena y de color.

Bonita Berry la señaló con un dedo admonitorio y dijo:

–Ésos son términos racistas, señorita Shadd. Nunca se es demasiado viejo para adaptarse a los nuevos tiempos.

Addy Shadd recordó aquella conversación en ese momento y se preguntó si se podía ser racista con los de tu propia raza. Respiró hondo, tosió y escupió una buena dosis de esputo marrón en el pañuelo. Volvió a toser, tratando de no hacer demasiado ruido, pues parecía que todo el camino de barro todavía estaba durmiendo. Miró alrededor, pensando que antes se sabía los nombres de todos los ocupantes de las caravanas vecinas, pero ahora siempre había gente yendo y viniendo, y algunos ni siquiera eran de color.

En principio, el campamento de caravanas no había sido diseñado para que hubiese separación de ninguna clase, pero resultó que, en los sesenta, unas cuantas familias de color compraron algunas de las parcelas y las caravanas más baratas de la parte del camino sin asfaltar. Empezaron a llegar más y más familias, e incluso las que podían permitirse comprarse algo en las calles asfaltadas acababan instalándose en el camino de barro de todos modos. Sencillamente, era natural que quisieran estar con los suyos. Advirtió que lo mismo había ocurrido en Chatham con los italianos que se habían instalado en la subdivisión que había cerca del estadio de Southside. Los veía cada vez que hacía el reparto, cuando trabajaba en la panadería. Comían unos surtidos muy extraños de fiambres de nombres impronunciables y les hacían agujeros en las orejas a sus hijas recién nacidas para colgarles pendientes de señoras mayores. Sin embargo, cuando llegaba la primavera, las mujeres no le hacían ascos al trabajo en el campo y Addy las admiraba por ello.

Y ahora en Chatham también había chinos, además. En aquella época, sólo estaba la familia que regentaba el restaurante con bufé, pero luego apareció otra familia entera que ni siquiera estaba emparentada con la primera. Llegaron cada vez más y más chinos, y verlos en las calles y en las escuelas no tardó en convertirse en algo habitual. Addy se acordó de cuando era niña, cuando los contrabandistas recibían dinero a cambio de ayudar a los chinos a pasar al otro lado de la frontera, a Estados Unidos. Y eso le hizo acordarse de Chester Monk y, con tal de quitarse su recuerdo de la cabeza, se obligó a sí misma a preguntarse por qué los chinos no querían quedarse en Canadá.

Addy ya no tenía la vista tan aguda como antes, pero estaba segura de que vería a Sharla si aquella niña grande estaba en el camino. Le dolían las rodillas y la columna vertebral se le movía de una forma preocupante. En su última visita, el doctor Zimmer le había dado un cómodo bastón de madera de cerezo y le había dicho que tenía los huesos cada vez más frágiles. Le dijo que las roturas de cadera podían ser mortales para las mujeres mayores, conque tenía que andarse con cuidado. Addy todavía no había usado el bastón y se arrepintió de no habérselo llevado consigo.

Addy Shadd tenía un alud de lágrimas apelotonado en la garganta, aunque no sabía exactamente por qué. Por la pequeña Sharla, supuso, y por ese halo de tristeza que la acompañaba a todas partes. Pero había algo más, y cuando Addy lo descubrió al fin, le sorprendió: Addy Shadd echaba de menos a su madre. Aun después de todos aquellos años, aun después de lo que había hecho Laisa, Addy se moría de ganas de ver los dedos arrugados de Laisa trabajando la masa para hacer una tarta de manzana, de oír su voz ronca y mirar dentro de aquellos ojos apacibles. De besarla en la mejilla y oler su aliento y decirle: «Lo siento, mamá. Lo siento mucho».

Mientras caminaba, recordó la canción de cuna que su madre le había cantado cuando era demasiado pequeña para acordarse, y que luego le había cantado a L'il Leam a lo largo de todos aquellos meses de verano y otoño que éste había pasado convaleciente en cama, enfermo y al borde de la muerte. Se puso a cantarla en ese preciso momento, en voz muy baja, con la esperanza de que le hiciese sentirse mejor.

Duérmete niño, duerme en paz, tu madrecita a tu lado está.
Duérmete niño, duerme bien, nada tienes que temer.
Que sueñes sueños dulces,
Y que en todos tus días brille el sol.
Duerme hasta la mañana,
Duerme, mi bendición.

La tormenta se había llevado consigo el bochorno y había dejado un cielo despejado, de un azul radiante. La luna seguía suspendida allí en lo alto, como si hubiera olvidado que le había llegado el turno de irse a dormir tras terminar su jornada. Addy pensó: «Cuando el sol y la luna comparten el cielo es señal de que se avecina un cambio, y los cambios no siempre son buenos».

CASTAÑAS

El viento advirtió a Rusholme que se avecinaba la tormenta. Las últimas hojas salieron huyendo de sus ramas, la hierba se tornó parda y el cielo plomizo, y las ardillas escondieron unas nueces que no volverían a encontrar jamás.

Laisa se despertó en la cama con un escalofrío, pero no por culpa del aire gélido. Alguien la había zarandeado en la cama y se asustó al volverse para buscar la mano en su hombro: nadie la había tocado. Wallace seguía durmiendo a pierna suelta, a su lado. Su cuerpo estaba caliente y su respiración era regular. Laisa sintió miedo. «Addy», fue lo único que pensó, se levantó de la cama de un salto y corrió precipitadamente a la habitación de su hija.

La puerta del dormitorio de Addy estaba cerrada. Laisa, descalza, no hizo ningún ruido al acercarse por el pasillo. Se estaba mordiendo el labio porque ya lo sabía. Se estaba retorciendo las manos porque ya lo sabía. Lo había presentido en su corazón de madre y se lo había advertido aquella mano espectral. Laisa contuvo el aliento, convencida de que iba a encontrar a su hija rígida y fría, tendida en la cama, ahogada en un charco de sangre. ¿Cómo iba a perdonarse a sí misma entonces, por fingir no haberlo visto?

Abrió la puerta chirriante empujándola. Addy no estaba rígida o fría ni tendida en la cama, sino vistiéndose en el rincón de la pequeña habitación helada. Era la primera vez en años que Laisa veía a su hija en cueros. Las bragas le quedaban muy por debajo del bulto hinchado de su vientre, y los pechos se le desparramaban hacia delante, coronados por unos pezones oscuros como ciruelas maduras. Laisa supo entonces –y supo que lo sabía desde hacía tiempo– que su hija esperaba un hijo. Asintió con la cabeza una vez y otra vez y pensó en golpear a la muchacha en la cabeza y en la barriga tantas veces como fuera necesario hasta matarlos a los dos de una paliza.

Laisa levantó una mano y dio un paso hacia delante, pero justo en ese instante oyó un aullido procedente del exterior de la casa que le cortó la respiración. Se quedó inmóvil un momento, escuchando el sonido, y no se volvió hasta que el aullido se transformó en una palabra y oyó claramente su propio nombre: «Laisa. Lais-saaa».

Volvió a sentir el mismo roce espectral. Esta vez las manos del demonio sacaron a Laisa de la habitación de Addy y la hicieron avanzar empujándola por el pequeño pasillo. Vio que la puerta principal de la casa estaba abierta. Había una multitud de gente congregada en su jardín, exhalando vaho en el aire fresco, en el relente. «¿Por qué todos los vecinos aparecen en mi sueño?», se preguntó. Repasó mentalmente las provisiones de su despensa. ¿Acaso esperaban que diera de comer a toda aquella gente de su sueño? Sólo tenía un poco de leche y té, aunque siempre podía sacar las conservas en caso necesario. Le sobraban tarros y más tarros de confitura de fresa porque, por alguna extraña y misteriosa razón, a sus hijos había dejado de gustarle. Y había pan. Addy hacía un pan muy bueno últimamente. Aunque a regañadientes, tenía que reconocer que a su hija se le daba mucho mejor que a ella amasar la masa.

Fue el rostro de Wallace el primero en salir de entre

la multitud. A Laisa le incomodó verlo delante de toda aquella gente, vestido sólo con los calzoncillos y con los pantalones a medio abotonar. Fuese un sueño o no, le daba vergüenza que Wallace estuviese llorando –¿de verdad estaba llorando?– en el jardín con el resto de los habitantes soñolientos del pueblo, y encima sin vestir. Tenía que ir a su trabajo en Chatham, un buen trabajo, y debería estar preparándose; ya hablaría con él luego, cuando se despertase. Se iba a enterar de lo que es bueno.

Laisa asomó por detrás de la puerta principal. Fue entonces cuando vio a Jonas Johnson, un amigo de su hijo, y a otro hombre, un forastero, los dos de pie junto a lo que parecía un bebé gigante envuelto en una vieja manta marrón.

Se abrió paso entre el gentío en dirección al bulto de la manta. Volvió a sentir el contacto de la mano irreal, presionándole la carne, haciéndole daño, y se volvió y vio a Wallace apretándole el hombro con los dedos.

–Es Leam –dijo despacio–. Es L'il Leam.

Laisa negó con la cabeza.

–Leam está durmiendo. Leam está en su cama. –Gritó en dirección a la casa–: ¡Leam! ¡¿L'il Leam?!

Laisa se quedó esperando, pero fue Addy quien apareció en el porche. Addy se había vestido y arreglado, pero cuando vio la escena en su jardín, supo que debía prepararse para algo pavoroso, algo que nunca habría podido imaginar. No se paró a contener el aliento ni miró la cara de su madre. Se volvió hacia la multitud expectante, consciente de que todos tenían la mirada clavada en el bulto de la barriga bajo su falda, e imploró:

–Por favor, ¿quieren irse todos a casa ahora? Déjennos solos. Por favor. Déjennos.

Y los vecinos, todos a la vez, se fueron empujando unos a otros y alejando de aquella escena dantesca.

Sólo quedaron ellos cinco, en silencio y temerosos: Addy, Laisa, Wallace, Jonas Johnson y el forastero, que se presentó simplemente como «Remy».

Remy y Jonas habían acordado por el camino a Rusholme que, puesto que él era de la ciudad y además amigo de Leam, fuese Jonas quien explicase lo sucedido. Jonas habló en voz baja.

–Señor Shadd, señora Shadd. Siento decirles que anoche pasó algo terrible en el río Detroit. –Hizo una pausa para mirar al francés–. Creo que todo fue un malentendido. –Se aclaró la garganta para que el llanto no le quebrase la voz–. L'il Leam, señora... Él...

Addy vio a Jonas retirar la manta que cubría la cara hinchada de su hermano muerto. No se tapó la boca con la mano ni dio un respingo ni gritó. Su dolor era demasiado hondo para esa clase de aspavientos. Escuchó a Jonas explicar que Remy lo había despertado en plena noche y le había contado el «malentendido» que había tenido lugar en el río. Oyó que el francés se había encontrado a Chester Monk, a Leam y a Zach Heron peleándose a la orilla del agua. Que había visto caer tambaleándose al agua a Zach Heron y había buscado y encontrado el cuerpo de L'il Leam flotando entre los juncos. Addy vio cómo su madre y su padre se hincaban de rodillas para tocar el cadáver, sin escuchar el resto de lo que se contaba, pues se decía en un hilo de voz. Empezó a exhalar una horrorizada bocanada de aire tras otra, notó la patada en el vientre del hijo de Zach Heron y se preguntó para sí: «¿Y Chester?».

Jonas llegó al final de su relato espeluznante y Addy supo, en cuanto su padre y su madre se volvieron para mirarla, que lo que había ocurrido en el río había ocurrido por su culpa. No importaba lo que les hubiesen contado a Laisa y a Wallace. No importaba lo que éstos creyesen. La única verdad era que la culpa era de Addy. Vio a su padre dirigir la mirada a su vientre redondo y vio cuánto la odiaba. Bajó la vista y miró a su pobre hermano antes de volver a mirar a Jonas y, una vez más, se preguntó a gritos dentro de su cabeza: «Pero ¿qué le ha pasado a Chester?».

El forastero, Remy, debió de oír sus gritos mudos, porque se volvió a donde estaba ella y respondió:

–Chester recibió una puñalada. Cuando lo encontré, estaba agarrándose con las manos al embarcadero. Apenas podía respirar. Antes de desaparecer deslizándose bajo el agua, Chester me dijo que te dijera que lo sentía mucho.

Jonas abrió la boca para decir algo más, pero Wallace no quiso oírlo. Con su hijo en brazos, se levantó y echó a andar hacia el interior de la casa. Laisa lo siguió, sin cruzar la mirada con Addy al pasar junto a ella. Remy y Jonas, sin nada más que hacer o decir, regresaron a su automóvil y se marcharon.

Addy pensó «Leam», y luego «Chester», y se derrumbó sobre la hierba parda, temblando. Agachó la cabeza para vomitar y luego se limpió la boca con la manga del vestido. No se apartó un solo milímetro, a pesar de que el vómito apestaba, humeante. Sabía que, por detrás de los visillos de todas las ventanas vecinas, había varios pares de ojos observándola, y sabía que el demonio estaba aguardando a ver qué iba a hacer a continuación. Intentó levantarse, pero no pudo. Extendió las palmas de las manos sobre la tierra dura y fría y cerró los ojos.

Addy pensó en L'il Leam y en que lo enterrarían en el cementerio de la iglesia con vistas al lago, pisoteado por los gansos y las gaviotas y bajo el cobijo del sauce. Y pensó en Birdie Brown y en que ella también iba a querer morirse en cuanto se enterase de la noticia sobre su único y verdadero amor. Se le ocurrió ir a casa de Birdie y consolarla, pero no creía poder soportar el dolor de su amiga además del suyo.

El pequeño ser que llevaba en su seno se retorció y se puso a dar patadas y a empujar. Addy se llevó la mano al vientre y trazó un círculo. Rezó por que le naciese un hijo varón y pensó en llamarlo Leam para que Wallace, su padre, sintiese ternura por él y estuviese predispuesto a quererlo. Ella sería una deshonra para su familia y dejaría de ser bienvenida en la iglesia, eso bien lo sabía, pero le consolaba pensar que al menos Zach Heron estaba muerto y que así nunca podría intentar arrebatarle a su hijo.

El Señor sacudió la manta gris que encapotaba el cielo y diseminó una lluvia recia y fría que caló los campos y la tierra. Addy se levantó y corrió a buscar refugio en el porche. Se sentó en la vieja mecedora a contemplar el aguacero. Se le ocurrió entonces que tal vez la enviarían al sur a vivir con la tía Myrtle, y le entraron ganas de vomitar de nuevo.

Addy le rezó a Dios para que le quitara aquel dolor inhumano. Permaneció sentada en el porche la mayor parte del día, meciéndose en la mecedora, esquivando las miradas curiosas de los transeúntes que caminaban bajo la lluvia, saludando con la cabeza al pastor cuando éste, con el gesto adusto y los ojos inmisericordes y llenos de odio, pasó junto a ella para entrar apresuradamente en la casa de su padre. Addy intentó esbozar imágenes en su cabeza sobre el futuro, pero era incapaz de imaginar lo que vería, adónde iría, en quién se convertiría o que algún día, moriría.

Ya le costaba un enorme esfuerzo pensar más allá de su siguiente bocanada de aire, pues nada parecía real, justo o verosímil. Aun después de tantas horas, le costaba un mundo creer que L'il Leam –que el día anterior, al salir por la puerta, la había cogido del brazo para decirle: «Tu tarta de azúcar estaba muy rica, Addy. Mejor que la de mamá, pero no le digas que he dicho yo eso»– estuviese muerto y yaciese tendido en el salón. Y Chester. Vio a Chester bajo el sauce aquel domingo de junio, con sus pantalones ajustados de fiesta, con la fresa en el labio. Pero por mucho que lo intentase, no conseguía imaginárselo agarrado al embarcadero, traspasado por la navaja que empuñaba aquel demonio. Y aunque sabía a ciencia cierta que así sería, no podía aceptar que, cuando llegase el final del invierno, el hijo de Zach Heron, *el Gigante*, le saldría por aquel agujero pequeñito de entre las piernas.

Wallace estaría pensando que ojalá hubiese sido su hija y no su hijo quien se hubiese ahogado en el río, y Addy lo sabía. Pero su madre era más benévola. A ella le encantaban los niños pequeños y sabría cómo aplacarlo. Elizabeth Duncan, que vivía dos calles más abajo, tenía dieciséis años cuando había dado a luz al hijo rollizo de James Cox, que había salido huyendo a Amherstburg y a quien nunca habían vuelto a ver por allí. Elizabeth había pasado todo el verano jugando con su hijo en el jardín de su casa y Addy había visto a Laisa dedicarles una afable sonrisa a ambos al pasar.

Addy estuvo meciéndose en el porche hasta media tarde. Dejó de llover y el cielo dio paso al invierno en toda su plenitud. Se puso a tiritar, pero no le molestó aquel frío capaz de entumecerle el cuerpo. Sin embargo, sí tenía hambre, y eso le dio vergüenza, estando su hermano de cuerpo presente en la casa. Pensó en ir por ahí a buscar alguna manzana podrida a la que poder hincarle el diente, pero enseguida desestimó la idea, imaginándose los gusanillos blancos y la posibilidad de que encontraran el modo de llegar hasta su pequeñín.

Logró levantarse con gran esfuerzo, pues le pesaba la tripa, tenía hambre y le dolía el alma y todo el cuerpo de haber pasado todo el santo día meciéndose. Iba a ser imposible contarles a Wallace y a Laisa la verdad sobre lo sucedido, pero con el tiempo, tal vez llegaran a perdonarla si trabajaba duro y los ayudaba, y si ayudaba a enterrar a L'il Leam y a preparar la comida para los dolientes que acudiesen a dar el pésame. Addy quiso abrir la puerta de la casa, pero estaba cerrada. Lo intentó de nuevo. Llamó dando unos golpes y esperó, pero no obtuvo respuesta. Llamó otra vez, más fuerte. Seguía sin acudir nadie.

Addy concluyó que tenía que estar soñando. Desde lo que había hecho Zach Heron, sus sueños casi siempre eran pesadillas, y casi todas las veces se despertaba aliviada. Se convenció de que lo más probable era que todavía siguiera sentada en aquella mecedora, profundamente dormida, y no allí de pie, a la intemperie, sin que nadie le abriera la puerta de su casa. Mejor aún, seguramente aún estaba en su propia cama, y todavía no había amanecido, y nada de aquello, nada de todo eso había sucedido en realidad. Y mejor todavía, seguramente aún era el mes de junio, la víspera del domingo de la Fresa, y a Chester Monk iba a encantarle la tarta de fresa que había preparado, ¿a que sí?

Avanzando pesadamente, volvió junto a la mecedora, se desplomó en ella y cerró los ojos. «Por favor, que me despierte en mi cama... –suplicó–. Que L'il Leam esté vivo... Que sea junio, y que no haya perdido la virginidad, y que Chester Monk me quiera siempre...» Pero no tuvo ni un minuto para seguir suplicando nada más, porque un dolor lacerante le golpeó la frente. Abrió los ojos y vio a los niños vecinos congregados en el jardín. Estaban Isaac Williams y Junior y Martin, y Davies y Gertie, todos cogiendo impulso para lanzarle de nuevo sus proyectiles, todos pertrechados con varios puñados de castañas.

En ese momento, Addy supo con toda certeza que estaba despierta, que aquello no era ningún sueño. Volvió a levantarse e intentó abrir la puerta de nuevo, pero aún seguía cerrada. Volvió a llamar con los nudillos mientras los niños, envalentonados, se acercaban cada vez más, y las castañas, duras como piedras, le golpeaban los hombros y la cabeza. Trató de que el pánico que sentía no se le notara en la voz. «¿Mamá? ¿Mamá? ¿Papá?» Siguió golpeando la puerta y llamándolos, pero nadie le contestó. Volvió a llamar, una y otra vez, pero nadie acudió a abrir la puerta. Addy se tapó la barriga con las manos mientras la lluvia de castañas seguía descargando sobre el porche. Bajó las escaleras y no miró a los niños al rodear corriendo la casa para dirigirse a la parte de atrás.

El patio estaba en silencio y desierto, salvo por una ardilla negra que no se atemorizó ante la presencia de Addy y que parecía dispuesta a compartir su territorio con ella. Addy sintió un gran alivio al ver que los niños no la habían seguido. A través de la ventana, vio a su padre encender una lámpara, y a la luz de ésta, lo vio separarse de los brazos de su madre. Wallace corrió las cortinas y Addy supo que la había visto allí.

Empezó a llover de nuevo. Addy no podía hallar cobijo bajo las ramas desnudas del manzano, de modo que, empapada, temblando, y abrazándose el pecho con fuerza, echó a andar. Pese a que aquello era imposible, era cierto. Y pese a que era impensable, así era. Addy estaba sola. Su hermano había muerto. Su madre y su padre ya no eran ni serían los mismos. Chester se había ahogado en el río. Y ella, Addy Shadd, se iría de Rusholme y encontraría algún otro lugar y alguna otra manera de vivir.

Addy nunca había salido de Rusholme, ni siquiera para ir a la vecina Chatham. Lo pensaría durante el resto de su vida, como si fuera un mandamiento. «Vuelve a casa, a Rusholme –pensaría–. Volverás a casa por encima de todas las cosas.»

LOS MUEBLES

Sharla Cody apenas miró a la caravana de Collette al pasar. Sabía que a su madre no le iba a hacer ni pizca de gracia verla allí, y Emilio incluso era capaz de soltarle un sopapo por volver antes de la visita prevista del domingo. Sharla tampoco tenía muchas ganas de ver a Collette. En realidad, ella sólo quería dos cosas: en primer lugar, quería recuperar el dinero del sobre de Fawn Trochaud, y segundo, quería vivir con Addy Shadd en aquella caravana pequeñita y dormir todas las noches en aquella almohada mullida, arropada bajo la manta azul a cuadros.

La tía de Fawn, Krystal, abrió la puerta de su caravana vestida con una camiseta de hombre blanca y de tirantes, de talla extragrande, y unos vaqueros azules y desastrados. Las tetas caídas le asomaban de tal manera que Sharla no pudo evitar quedárselas mirando. Un pezón apuntaba al suelo y el otro al cielo. Pensó que, en cualquier momento, una de las tetas se le saldría por la abertura del sobaco y, si eso ocurría, Sharla no quería perdérselo.

Krystal mantuvo la puerta abierta, pero no la invitó a entrar. Los sobacos le apestaban a pimientos verdes quemados, y el mechero se negaba a encenderle el pitillo que llevaba entre los labios. Exclamó un «¡joder!» entre dientes y luego arrojó el mechero al suelo. La tomó con Sharla como si lo del encendedor fuera culpa suya.

–¿Y tú qué haces que no estás en casa de la vieja?

Sharla ni siquiera le dedicó una sonrisa.

–¿Está Fawn?

Krystal gritó:

–¡Fawn!

Fawn acudió a la puerta con la mano dentro de una caja de cereales de arroz inflado. Sonrió y Sharla vio que había estado esperando aquel momento con ganas.

–Quiero que me devuelvas mi bolsa, Fawn.

La otra niña se encogió de hombros.

–No la tengo.

–Mentirosa. ¿Y quién la tiene, eh?

Fawn se volvió para asegurarse de que su tía Krystal no la oyese.

–La tiene la basura, so tonta –le soltó, burlándose.

–Es mía.

–¿Y qué?

–Pues que me la des.

–Si sólo son unos pantalones apestosos...

–No había sólo pantalones.

Fawn sacó la mano de la caja de cereales y agitó la muñeca.

–¿Qué es lo que quieres, Sharla? ¿Esto?

Fawn se puso a sacudir la pulsera de cuentas de maíz delante de la cara de Sharla. A Sharla ya no le importaba nada el maíz.

–¿Dónde está mi sobre, Fawn?

–¿Qué sobre?

–El sobre que era para Addy Shadd.

Fawn se puso a olisquear el aire.

–Hueles muy mal, Sharla. Quédate ahí y no te acerques, so burra. Yo no tengo ningún sobre.

Krystal volvió a aparecer en la puerta, esta vez con el cigarrillo encendido.

–¿Qué dice que quiere?

–Quiero mi sobre para Addy Shadd.

–¿Tienes tú su sobre, Fawn?

Fawn negó con la cabeza. Krystal se encogió de hombros mirando a Sharla y estaba a punto de cerrar la puerta cuando vio algo que captó su atención. Miró al otro lado de la calle, a la caravana de Collette, y se percató de que la enorme furgoneta gris no estaba aparcada allí delante, lo cual en sí mismo no constituía ningún hecho sorprendente, salvo por el detalle de que las cortinas también habían desaparecido de todas las ventanas de la caravana.

Krystal torció el gesto, como si algo malo hubiese sucedido. No se paró a calzarse los zapatos, sino que extendió los brazos como si fueran alas y exclamó:

–¡Ay, Dios...! Ay, no, no, no... –Y cruzó la carretera para ir a la caravana de Collette pisando descalza las piedras afiladas.

Sharla y Fawn la siguieron con la mirada y vieron cómo Krystal subía con esfuerzo los escalones que llevaban a la puerta. Tiró el cigarrillo hacia el cobertizo de atrás y empezó a aporrear la puerta.

–¿Collette? ¿Col...?

Cuando nadie le respondió, intentó abrir la puerta, pero estaba cerrada con llave. Se apoyó en la barandilla de las escaleras para asomarse a la ventana diminuta de la cocina. Los armarios estaban abiertos y completamente vacíos. El sofá verde de pana había desaparecido, junto con la estupenda mesita de café. Krystal recordó haber oído ruido de golpes la noche anterior y deseó haberse asomado a la ventana en lugar de servirse el cuarto whisky con cola. Krystal empezó a negar con la cabeza, una y otra vez.

–Zorra de mierda... ¡Maldita puta borracha de mierda! –Se volvió hacia Sharla y le preguntó–: ¿Adónde ha ido?

Sharla se quedó pensativa un instante.

–¿Hoy es domingo?

–No te hagas la tonta, Sharla. ¿Adónde se ha ido? ¡Me debe cien pavos! ¡Se ha quedado con mi chupa de cuero y la mitad de mis putos discos!

–Emilio tiene partido de rugby los domingos –dijo Sharla. No se le daba muy bien trepar por las barandas, pero ella también quería ver el interior de la caravana. Apartó a Fawn de su camino, se encaramó a la barandilla y se inclinó hacia delante. Se asomó a la ventana minúscula y vio que allí dentro no quedaba absolutamente nada. Se dirigió a Krystal, con el párpado izquierdo tembloroso–. ¿Dónde está mi mamá?

–Eso me gustaría saber a mí. A mí no me ha dicho ni media. Ni una puta palabra.

Fawn se plantó de un salto en el escalón inferior. Krystal se asomó de nuevo a mirar por la ventana. Fue entonces cuando Addy Shadd apareció doblando la esquina, con su figura menuda y jadeante, casi sin resuello, en el camino de losas sueltas. Sharla la vio, pero le daba miedo moverse.

El alivio que sintió Addy se desvaneció casi al instante. Aun desde tan lejos, supo que allí sucedía algo malo.

–¿Sharla? –exclamó–. Sharla, cielo, ¿qué pasa?

Nadie respondió mientras Addy se aproximaba a la caravana abandonada y se detenía al pie de las escaleras. Se sujetó a la barandilla, deseando haber traído un pañuelo para secarse el sudor de la cara. Miró a Krystal, con las tetas sueltas, sin sujetador, y con aquella cara tan agria, y cuando recuperó el aliento, dijo educadamente:

–Soy Adelaide Shadd.

Krystal apenas miró a la anciana.

–¿Sabe adónde se ha ido?

Addy negó con la cabeza y se encogió de hombros, sin comprender. Sharla bajó los escalones dando saltitos y se puso detrás de Addy, cogiéndole la mano y sujetándosela con fuerza. Sharla susurró:

–Se ha llevado el verde de pana.

Addy seguía sin entender nada, pensando que se refería a algún vestido o pantalón de su madre. La anciana vio a Krystal tirando de la puerta un momento.

–Seguro que vuelven.

Krystal entrecerró un ojo.

–Se han llevado los putos muebles.

–¿Adónde se han llevado los muebles?

–Al norte, seguro. Emilio tiene un primo en Kingston.

Addy no podía dar crédito.

–¿Se han ido así, sin más? Pero ¿y la niña?

–A mí no me mire, señora.

–Pero...

–Collette me dijo que le había dado dinero suficiente para todo el verano.

Addy no se molestó en explicarle lo del sobre. No se le ocurrió otra cosa más que subir las escaleras y tratar de abrir la puerta ella misma, pensando que si lograban entrar en la caravana, conseguirían resolver el misterio. Accionó y tiró del pomo de la puerta, y luego pensó en buscar debajo del felpudo. Lo levantó de un puntapié y se sorprendió al encontrar allí la llave, pero no pudo agacharse lo bastante rápido para recogerla.

Cuando Krystal abrió la puerta, las recibió una cálida vaharada de hedor putrefacto y extrañamente dulzón. Addy había olido aquel mismo olor muchas veces en su vida y ya sabía lo que significaba. Se volvió a mirar a Sharla, al pie de las escaleras, y le dedicó una sonrisa llena de ternura.

–Cariño, quédate ahí jugando con tu amiguita, que nosotras salimos enseguida.

Fawn pensó que aquella vieja tenía que estar loca para creer que ella y Sharla eran amigas. Arrugó la nariz.

–¡Puaj! ¿Qué olor es ése?

Krystal no tenía ni idea de a qué podía deberse aquel olor, salvo que no podía ser nada bueno. Se dirigió a la anciana.

–Joder... ¿qué puta peste es ésta?

Addy y Krystal entraron en la caravana, respirando por la boca. El sofá viejo seguía aún en su sitio, bajo la ventana, pero estaba tan destrozado que se caería a pedazos si alguien intentaba moverlo. En el rincón de la sala de estar había una bolsa de basura verde llena hasta los topes. Krystal la señaló con la mano.

–Menudos cerdos...

Addy miró hacia el fondo del largo pasillo.

–Ese hombre... ¿es un hombre violento?

Krystal se encogió de hombros mientras se dirigía a examinar el contenido de la bolsa de basura verde, que resultó estar llena básicamente de periódicos y platos rotos.

–El olor no viene de la basura.

Addy empezó a avanzar por el pasillo despacio. Krystal la siguió. Addy abrió la primera puerta; era el cuarto de baño. Estaba vacío, sólo había una toalla húmeda en el suelo, el cubo de la papelera lleno, la bañera mugrienta. Siguieron avanzando por el pasillo. El cuarto de Sharla era el siguiente. Aquella habitación daba verdadera lástima de verla, pensó Addy, con unos pocos juguetes rotos en el suelo y un colchón gastado y con manchas de orina.

Addy tragó saliva mientras seguían recorriendo el pasillo. Oyó el zumbido de las moscas. Se volvió para hablar con Krystal.

–En esa habitación hay algo muerto, jovencita. A lo mejor deberíamos llamar a la policía.

Krystal la miró con aire escéptico.

–Vamos a ver. Vamos a ver qué es, primero.

Se tapó la nariz y la boca con la mano. Addy la

imitó y siguieron avanzando. La puerta estaba ligeramente entornada. La anciana se armó de valor y la abrió empujándola con el pie.

Vieron el cuerpo de *Trixie* inmediatamente. Estaba despatarrada, tenía un excremento alargado colgando entre las patas rígidas, y había un charco de sangre coagulada en la moqueta, junto a la cabeza del animal. Krystal dio una arcada y salió corriendo por el pasillo. Addy miró el cuerpo de la gata, con el estómago revuelto y sintiendo una pena inmensa.

Cuando Addy volvió a la calle, Krystal estaba atravesando el sendero de piedras en dirección a su caravana, aún descalza, con un cigarrillo en la boca y el paquete de Kools en la mano. Addy hizo señas al paquete de tabaco.

–¿Me das uno?

Krystal le pasó un pitillo a la anciana y se lo encendió con manos trémulas. Se veía a la legua que Krystal se había llevado un chasco al encontrar una gata gorda muerta en aquella habitación, y no el cadáver de su vieja amiga Collette. Ésa sí sería una buena historia para contarla por ahí, y propio de la naturaleza humana querer contarla.

Sharla estaba esperando al pie de la escalera. No se veía a Fawn por ninguna parte. Sharla vio a Addy darle unas caladas a su cigarrillo.

–¿Está mi mamá ahí dentro?

Addy negó con la cabeza.

–Ahí adentro no hay nada de nada, tesoro. Nada de nada.

Krystal aspiró el humo del cigarrillo y miró a su alrededor.

–¿Dónde está...?

Pero antes de que pudiese terminar la frase, Fawn apareció por el lateral de la caravana, con gesto de satisfacción.

–Me he subido al tejado del cobertizo. Lo he visto por la ventana de atrás.

Addy intentó hacer callar a la niña.

–Chsss. No importa lo que hayas visto, niña.

–He visto a *Trixie* muerta.

Sharla entrecerró los ojos y miró a Fawn.

–No es verdad, tú no has visto a *Trixie* muerta.

–¡Sí que es verdad! ¡Sí que es verdad!

–*Trixie* se fue en Pascua y aún no la hemos encontrado.

–Bueno, pues ahora ha aparecido, sólo que está muerta, así. –Fawn puso los ojos en blanco y extendió los brazos y las piernas, rígidos, para ilustrar sus palabras–. Y le sale un zurullo enooorme por el culo.

Sharla miró a Addy Shadd.

–¿Está muerta *Trixie*?

Addy hizo rechinar los dientes y dio otra larga calada a su cigarrillo. Krystal se preguntó si la anciana iba a mentirle a la niña.

–Parece que tu *Trixie* ha sufrido un accidente, tesoro –dijo Addy.

–¿Y no pueden curarla?

–No pueden curarla.

–¿De verdad le sale un zurullo del culo?

Addy entendía que Sharla sintiese curiosidad.

–Sí. Así es.

–¿Puedo ir a verla?

–No, no puedes.

–Pues Fawn la ha visto.

–¿Te dijo algo tu madre de irse a algún sitio con ese novio extranjero suyo?

Sharla negó con la cabeza.

Krystal tiró la colilla de su cigarrillo y se encendió otro, dirigiéndose a Addy.

–Tendríamos que haber buscado una nota. A lo mejor han dejado alguna nota.

Addy se limitó a encogerse de hombros. Como tantas otras cosas en su vida, a Addy le había tocado Sharla, simplemente. A partir de ese momento, lo único que podía hacer era vivir con aquel giro inesperado en su vida. Sonrió a Sharla.

–Bueno, jovencita, me parece que ya hemos tenido suficientes emociones por hoy. Vámonos ya a casa.

Krystal le levantó un dedo admonitorio.

–Espere un momento. ¿Y eso de ahí qué? ¿Es que piensa dejarlo ahí y ya está?

–Si quieres enterrar a ese animal, adelante. Lo que es yo, tengo que llevar a esta cría a casa y darle algo de comer para el almuerzo.

A Sharla le entraron ganas de sonreír, pero pensó que era mejor no hacerlo. Sabía que cuando se mostraba demasiado feliz por algo, tarde o temprano alguien le arrebataba ese algo. Corrió junto a Addy Shadd y, al ver que a ésta le resultaba doloroso caminar, cogió la mano morena y surcada de arrugas de la anciana y se la colocó encima de su pequeño hombro, diciendo:

–Ven. Apóyate en mí.

LOS PECES

Addy no sabía adónde ir. Había dejado de llover, pero ella aún seguía calada hasta los huesos y tiritando, y la ropa se le acartonaba con aquel viento endemoniado. Se figuró que el niño que llevaba en su vientre también estaría temblando, de modo que se rodeó la barriga con los brazos, murmurando: «Todo va a ir bien. Todo va a ir bien», aunque sabía que no iba a ser así. Se adentró en la oscuridad de la noche, dando gracias por estar muerta de frío y hambre, porque así no podía pensar en nada más que en encontrar comida y refugio.

Todas las casas de Rusholme excepto una estaban a oscuras y en silencio. Addy llevaba ya vagando en círculos un buen rato cuando se sorprendió de pie frente a la pequeña casa de la calle Fowell. Vio a Laisa sentada en una silla cerca de la ventana. La luz de la lámpara de su madre titiló un instante, y una nube oscura de aceite se instaló sobre su cabeza. Estaba remendando una camisa blanca de su marido, de las buenas, avergonzada por que su hijo no tuviera una camisa decente propia con la que ser enterrado. Addy recordó lo mucho que había reprendido Laisa a Leam por las manchas de hierba de su camisa de los domingos después de la cena de junio, cuando había estado pavoneándose delante de Beatrice Brown. Laisa detestaba la idea de que su hijo sintiese todo ese amor por aquella joven tan guapa, convencida de que procedía del mismo pozo de donde sacaba el amor que sentía hacia su madre, temerosa de quedarse ella sedienta si Leam llegaba a amar demasiado a Birdie. Le había dicho: «Muy bien, pues entonces te pasarás todo el verano con el abrigo puesto, Leam, por mucho calor que haga, porque esas manchas de hierba que llevas en los codos no se quitan con nada, y así aprenderás a no andar pavoneándote de esa manera». Pero no podía enterrar a su hijo con una camisa llena de manchas de hierba en los codos, y se alegraba de tener una tarea entre manos y de hacer aquello por su hijo por última vez. Las manos habían dejado de temblarle cuando cogió la aguja y el hilo, y halló consuelo en la rítmica danza de sus dedos y las puntadas perfectas y diminutas. Addy estuvo observándola a través de la ventana durante un buen rato antes de obligar a sus pies a que echasen a andar en dirección a la iglesia.

En el kilómetro que separaba su casa de la iglesia, Addy sintió cómo la mortaja de la oscuridad se acomodaba sobre sus hombros. Llovía con fuerza, zahiriéndole la cara. Las puertas de la iglesia no estarían cerradas, pero Addy no podía entrar. No era de Dios de quien sentía temor, sino del pastor entrado en carnes y del odio con que la habían mirado sus ojos. El viejo cobertizo que había junto al camposanto estaba abierto, y aunque a Addy le daban miedo las almas en pena, abrió la puerta, se agachó en el suelo y se alegró de poder guarecerse del viento. Se recostó sobre las palas y ordenó a sus dientes que dejaran de castañetear y a su hijo que se estuviera quieto. Luego, se dijo Addy a sí misma, tal como se diría toda su vida, que aunque ella era la causa de lo que había ocurrido, ella no había causado lo ocurrido.

Fue entonces cuando se acordó del lago y del precipicio al otro lado de la carretera, y pensó en lo fácil que sería levantar los brazos como Jesús y dejarse caer dando vueltas y más vueltas. Se imaginó qué sentiría debajo del agua, caminando por el profundo lecho de arena, viendo a Chester y a Leam nadando como peces. Pensó que la saludarían con la mano y le dirían: «Qué alegría que hayas venido, Addy... Ahora podremos estar todos juntos y ya verás que no se está tan mal aquí abajo». Pero sintió terror ante la idea de tratar de respirar aire y encontrar agua en su lugar.

Addy se despertó al despuntar el alba, recordando el horror del día anterior, que no había sido un sueño y que era hora de irse. Los sepultureros aparecerían en cualquier momento, y a su hermano lo enterrarían al atardecer. Se levantó con gran esfuerzo, abrió la puerta del cobertizo y se dio de bruces con el oscuro cielo de noviembre.

Las tumbas de sus antepasados estaban todas juntas al fondo del cementerio, y allí se dirigió en ese momento, pues iba a ser el lugar de reposo de Leam y su última oportunidad de despedirse de él. Miró las lápidas de los miembros de su familia paterna, a quienes no había llegado a conocer, sin sentir ninguna emoción por sus almas muertas. Elevó los ojos al Cielo y sólo vio cielo. Bajó la vista hacia el suelo y sólo vio tierra. Cerró los ojos y murmuró: «¿Leam? ¿L'il Leam? ¿Estás ahí?». Y como no podía oírlo pero estaba segura de que estaba allí, Addy se imaginó una conversación con el fantasma de su hermano y la reprodujo en susurros para darle apariencia de realidad.

–¿L'il Leam?

–*¿Sí, Adelaide?*

–Cuando éramos pequeños y tú te pusiste enfermo y estuviste a punto de morir, le recé a Dios para que se me llevase a mí y te dejase a ti para que te hicieras un hombre. ¿Sabías tú eso, Leam?

–*Lo sabía, hermanita. Sé que me querías mucho.*

–Nunca nos peleábamos ni nos odiábamos como

hacen otros hermanos y hermanas. Siempre me he sentido muy orgullosa de eso.

–*Y yo también, Addy. Tú siempre fuiste mi mejor amiga.*

–Y siempre le decía a Birdie Brown cosas buenas sobre ti, y nunca le dije que te mordías los dedos ni que no te gusta bañarte.

–*Eso también lo sé.*

–No fue Chester quien se aprovechó de mí, Leam. ¿Lo sabes?

–*Chester me dijo que te quería, que se arrepiente de no habértelo dicho nunca. No te preocupes, Addy. El Señor sabe la verdad.*

–Pero si el Señor sabe la verdad, ¿por qué estoy aquí en el cementerio en lugar de estar despertándote de tu sueño para que te vayas a trabajar? ¿Por qué no puede decirle el Señor la verdad a papá para que me vuelva a dejar entrar en su casa?

–*Eso es un misterio, Addy. Así son las cosas.*

–Ahora tengo que irme, antes de que lleguen los enterradores.

–*Lo sé.*

–¿Tienes frío?

–*No tengo frío.*

–Adiós, Leam.

–*Adiós, Addy. Siempre estaré contigo.*

Addy abrió los ojos, sintió que el viento azotaba el espacio a su alrededor y oyó el chillido de una gaviota que sobrevolaba su cabeza. Supo que el pájaro era Leam, haciendo alarde de su nuevo espíritu volador, y se sintió mejor. Las ramas de los árboles estaban desnudas, pero el bosque era espeso y procuraba abrigo suficiente para esconderse. Addy no podía andar por la carretera por el temor a ser vista, no podía soportar la vergüenza. Además, todavía no sabía adónde iba a ir ni qué iba a hacer. Le dolían los huesos del frío y se mareó al agacharse junto a un arbusto de hoja perenne de poderosa fragancia.

Cuando se despertó, Addy se sorprendió de que se hubiera quedado dormida. Tenía la punta de la nariz congelada, completamente entumecida. Se disponía a salir de entre los arbustos cuando vio llegar al primero de los asistentes al funeral de su hermano. Se desplazó entre los árboles, acercándose a la iglesia, para poder ver y escuchar e incluso participar en alguno de los cánticos. Leam Shadd había sido un muchacho muy querido, y todo Rusholme asistió al entierro para despedirse y dejarlo en los brazos del Señor.

Addy se estremeció de frío, deseando estar en el interior de la cálida y enorme iglesia. Se imaginó al pastor diciéndole a la congregación que lo mejor era rezar por las almas de los pecadores, ensalzar a los justos y no hablar nunca de lo que había ocurrido. Los caminos del Señor eran inescrutables, Addy lo sabía, y ese día, pensó, eso era más cierto que nunca.

CREMA DE GUISANTES

Sharla no parecía tan afectada por la desaparición de Collette como Addy habría imaginado, pero a los niños se les daba bien adaptarse a las nuevas circunstancias, y Sharla había aprendido muy pronto. «Tendrá que ir a la escuela», pensó Addy. Cogería el autobús a Chatham como el resto de los niños del campamento de caravanas. Addy tendría que ocuparse de eso de un modo u otro, sin despertar sospechas sobre el paradero de la madre de la niña ni sobre el trato al que habían llegado en principio. Pese a lo convencida que había estado antes de que no podía quedarse con Sharla, ahora sabía con certeza que eso era lo que tenía que hacer. Una niñita tan desvalida y feúcha como ella acabaría en un hogar de acogida y nadie le prestaría nunca ninguna atención. Por extraño que pudiera parecer, Addy sentía un intenso y repentino afecto por aquella niña.

Sharla había adelantado corriendo a Addy y estaba dando saltitos de una forma muy graciosa con sus piernas despatarradas y regordetas. Los fresales al cabo del camino no tardarían en quedarse sin frutos, pero aún quedaban unas pocas fresas atentas a las caricias del sol. Sharla se escurrió por un agujero en la valla y se agachó a cogerlas.

–No cojas esas fresas, cielo –le advirtió Addy.

Sharla se quedó inmóvil, perpleja.

–¿Por qué?

–Porque no son tuyas.
Sharla miró las fresas que llevaba en la palma de la mano.
–Pero me apetece comérmelas.
–No importa lo que a ti te apetezca. No son tuyas.
–Pero ya las he arrancado.
Addy tosió.
–Bueno, pues cómete las que ya tienes en la mano, pero no vuelvas a entrar ahí. Si quieres fresas, vas al supermercado de Loblaws y compras.
–Pero mi madre no las compra en Loblaws.
–Esas fresas son de algún granjero, pequeña. Eso es robar, lo mismo que si fueras a la tienda y te metieras una cosa en el bolsillo sin pagar por ella.
Sharla se metió las fresas en la boca atropelladamente antes de que alguien pudiese quitárselas.
–Robar no está bien, Sharla.
Sharla salió del fresal y volvió junto a Addy. Caminaron en silencio. Cuando doblaron la esquina y aparecieron en el camino de barro, Addy percibió las miradas de todos los vecinos, que las observaban desde los jardines o apostados en las ventanas, y también la forma en que sus ojos juzgaban a Sharla. Bajó la vista para mirar a la niña, toda cubierta de polvo, con unos pantaloncitos demasiado cortos, la camiseta harapienta y con un desgarrón a la altura del hombro, el rostro sucio y el semblante serio. Buscó la mano de Sharla pero la niña la rechazó. Addy saludó con la cabeza a Bonita Berry, que estaba sentada en una silla rota en su jardín.
–Un día estupendo, Bonita.
Bonita señaló a Sharla.
–¿Se ha traído a una nueva amiga, señorita Shadd?
Addy apretó la mano de Sharla.
–Sí, así es.
Durante el camino de vuelta a casa Addy había de-

cidido que lo primero que tenían que hacer era meter a Sharla Cody en la bañera. Se preguntó cuánto tiempo haría desde la última vez que se había dado un baño y, al recordar la imagen de la bañera mugrienta de Collette, sintió un escalofrío. A ella le gustaba limpiar su bañera hasta dejarla como los chorros del oro, y aunque le dolían los brazos por el esfuerzo, sacaba el trapo y el bicarbonato cada vez que se remojaba, y limpiaba la porcelana hasta dejarla reluciente.

Sharla se sentó en la tapa del inodoro, viendo a Addy dejar correr el agua y olisqueando una pequeña pastilla de jabón con forma de rosa de un platillo en el lavamanos.

–Ahora, a quitarse la ropa.

Sharla se levantó y se quitó la camiseta por la cabeza. Addy reprimió una mueca de disgusto al ver los churretones que llevaba en los pechos aterciopelados. Ayudó a la niña a despojarse de los pantalones cortos y se estremeció al percibir el hedor a orina y a heces. Llevaba rota la goma elástica de las braguitas, y la entrepierna llena de roña. Addy maldijo a Collette entre dientes.

Sharla se puso a balancear los brazos de lado a lado, incómoda al estar desnuda delante de otra persona. Al mirar aquella barriguita redonda y los generosos muslos, Addy pensó que parecía un bebé hiperdesarrollado. Se moría de ganas de acunar a la pobre niña entre sus brazos, de cantarle una nana hasta que se quedara dormida, pero Addy sabía que tenía que enseñarle a Sharla a hacer lo correcto. Sostuvo las braguitas mugrientas en alto y le habló en voz baja.

–Cielo, llevas unas manchas ahí, en las braguitas. ¿Lo ves?

Sharla dejó de balancearse y se estremeció al ver las rayas verticales que la mierda había dejado en sus bragas.

–Tienes que limpiarte bien el culito, ahí no pueden

quedar manchas, ¿de acuerdo? –Addy cogió el rollo de papel higiénico y arrancó una tira muy larga–. Cortas un trozo así de grande, Sharla. Mírame, pequeña. Cortas un trozo así y te limpias muy bien en el culete. Te limpias también por la parte por donde sale el pipí. ¿Lo has entendido?

Sharla asintió.

–Luego cortas otro trozo, más o menos así, y te limpias otra vez. Y luego otro más, y lo miras, miras a ver si ya lo has limpiado todo, y si el papel ya no sale sucio es que sí.

Sharla llevaba la cuenta mentalmente.

–¿Tres veces?

–Tres o las veces que haga falta. ¿Es que tu mamá nunca te ha enseñado nada de esto?

Sharla se acordó de algo de repente y dijo:

–A mi mamá le salía sangre de ahí, de donde sale el pipí.

–Ajá...

–Pero a mí no me sale sangre.

Addy miró a la niña, sin saber qué decir. Sólo tenía cinco años y no entendía el misterio de su cuerpo. La anciana decidió que lo mejor sería decirle la verdad tratando de no asustarla demasiado.

–A las señoras les sale sangre por ahí abajo cuando están a punto de hacerse mujeres adultas, cielo. Tú no tienes que preocuparte de eso hasta dentro de mucho, muchísimo tiempo.

–¿Duele?

Addy decidió no ser demasiado sincera.

–No. No duele ni chispa.

–¿Y te sale también por el culete?

–Te sale por tus partes, cariño. ¿Sabes por qué se le llama a eso tus «partes»?

Sharla se quedó pensativa un momento y luego negó con la cabeza.

–Porque esas partes de tu cuerpo son tuyas y sólo tuyas, de nadie más. Significa que no debes dejar que nadie te las mire ni que nadie te las toque.

–¿Ni siquiera Claude?

Addy trató de disimular su estupor.

–¿Es que Claude te tocaba por ahí abajo, entre las piernas?

–Sólo después de cenar, cuando me daba un baño.

Addy hizo rechinar los dientes, haciendo un gran esfuerzo por tranquilizarse.

–Sharla, eso que hacía Claude de tocarte ahí está muy mal hecho.

–Pero a mí me gusta Claude.

–Eso no importa. Está muy mal hecho lo que hacía. Tú sólo eres una niña y ningún adulto tiene derecho a tocarle a una niña en sus partes. No dejes que nadie vuelva a hacerte eso.

–¿Les digo que se lo diré a mi Mamá Addy?

–Eso es. Y ahora, venga. Vamos a meterte en la bañera.

El agua de la bañera no estaba congelada como en los baños en casa de Collette, cuando siempre había algún novio que se terminaba toda el agua caliente. Sharla se deslizó en el interior del agua calentita y enseñó la pastilla de jabón en forma de rosa que llevaba en la mano, que había pensado en robar antes de acordarse de lo que había dicho Mamá Addy.

–¿Puedo usar este jabón, Mamá Addy?

La anciana asintió y miró a Sharla sumergir el jabón en el agua y frotárselo por los brazos. Addy le quitó la pastilla a Sharla, la restregó en una manopla de baño húmeda y se la devolvió.

–Lo más importante es lavarse las zonas del cuerpo que hacen más peste, cariño. Como los pies y las partes. Y cuando te hagas mayor, debajo de los brazos, ahí.

Sharla estiró el torso por encima de su barrigota y

se restregó la manopla por entre los dedos sucios de los pies. A continuación, sin dejar de mirar a Addy, se metió la manopla entre las piernas y la desplazó hacia delante y hacia atrás.

–¿Así?

–Eso es. Unas cuantas veces más. –Y añadió–: Pero será mejor que dejes los dedos de los pies para el final.

Cuando el agua se volvió turbia y marronosa y Sharla ya parecía estar suficientemente limpia, Addy tiró del tapón y abrió el grifo del agua de nuevo. Llevó la cabeza de Sharla debajo del grifo, le empapó el pelo y le aplicó champú en los rizos. Con delicadeza, y procurando evitar rozarle el chichón, le restregó el cuero cabelludo con ahínco y, acto seguido, aclaró el champú.

Sharla salió de la bañera. Addy la envolvió en una gigantesca toalla muy suave y se la sujetó alrededor. La niña estaba en la gloria, pensando que era capaz de quedarse así, envuelta en la toalla y en los brazos de Addy Shadd, durante el resto del día. Sin embargo, demasiado pronto, Addy soltó la toalla y fue a buscar el bicarbonato que había debajo del lavabo.

Desnuda, sintiéndose fresca, limpia y especial, Sharla vio a Addy doblar sus huesos seniles por encima de la bañera para esparcir el polvo blanco sobre la porcelana sucia. Addy estuvo frotando con el trapo un momento y luego tuvo que parar para toser. Se volvió hacia Sharla y pensó que parecía otra niña completamente distinta.

–Saca otro trapo de debajo del lavabo, ¿quieres, Sharla? Así me ayudarás.

Addy le enseñó a trazar círculos con el trapo y restregar el cerco de suciedad. Trabajaron codo con codo, Sharla desnuda y la anciana Addy Shadd, hasta que la bañera quedó limpia y reluciente. Sharla se sentía muy satisfecha consigo misma.

–¿Quieres que limpie algo más?

–Primero tenemos que hacer unos recados.

Sharla se puso a dar palmadas. Por su reacción, fue como si Addy Shadd le acabase de decir que se iban a ir a Disneylandia.

No podía volver a ponerle a Sharla su ropa sucia y harapienta en aquel cuerpo recién lavado, pero Addy no pensó en eso hasta que tiró los pantalones cortos y la camiseta a la basura. O tal vez sí lo había pensado antes pero no había querido darle más vueltas. El hecho era que sí guardaba algo en el armario que la niña podría ponerse, un vestidito blanco: sólo pensar en él le dolía, pues hacía varios decenios que no lo había vuelto a sacar de su caja.

La caja estaba al fondo del armario, bajo una pila de bolsas de jerséis de invierno y mantas de sobra. Addy la sacó y retiró una polilla que había pegada en un costado. Se sentó en la cama con la caja en el regazo. Le había dicho a Sharla que esperase en el cuarto de baño, pues no quería que la niña viese el vestido.

Abrió la caja despacio y extrajo la vieja lámina de papel manila en la que había envuelto el vestido para protegerlo. «Oh», fue lo único que pudo pensar. «Oh.» El vestido no estaba amarillo por el paso del tiempo como Addy había supuesto, y el algodón tenía el mismo aspecto blanco y fresco que el día que lo había escogido en la tienda de tejidos y confecciones. La puntilla calada, que al principio le había parecido demasiado cara y por la que luego había vuelto a la tienda, ribeteaba el cuello dándole un aire distinguido, y la cinta rosa que rodeaba la cintura imperio y el dobladillo estaba tan brillante como el día que se lo había cosido. Addy se había retrasado mucho con el vestido y temía no tener cinta suficiente también para el dobladillo, pero al final le habían sobrado incluso quince centímetros para hacer una moña para el pelo de su hija de seis años.

En otros tiempos, Addy se había sentido orgullosa del vestido, de su hechura perfecta y de la caída tan elegante. Cuando lo tenía a medio terminar, se lo había enseñado a su marido y le había dicho: «Mira a ver qué te parece. ¿Quién va a ser la niña más guapa del mundo el día de su cumpleaños?». Él le había dedicado un silbido grave y prolongado, a pesar de que ella le tenía dicho que no le gustaba nada el ruido de los silbidos, y le había respondido: «Y luego dices que soy yo el que estoy malcriando a la niña, Adelaide». Sólo lo decía para hacerla rabiar, Addy bien lo sabía, como también sabía que estaba impresionado con sus dotes como modista y su buen gusto.

Había doblado y envuelto el vestido con tanta delicadeza antes de meterlo en la caja todos esos años, que cuando Addy lo desplegó, fue casi como si lo hubiesen acabado de planchar. Se acordó de Laisa y de las horas sentada a la mesa de la cocina con el costurero, y de las veces que su madre le había hecho repetir las puntadas hasta que le saliesen perfectas. Addy ya no podía coser bien, con aquellas manos agarrotadas, pero pensó que ojalá su madre estuviera allí para ver aquel vestido y saber que sus lecciones de costura habían sido provechosas.

Addy siguió hurgando en la caja y se alegró mucho al descubrir los pololos a juego, porque no recordaba si los había conservado o no ni sabía qué le iba a poner a Sharla debajo del vestido. La niña estaba asomándose por la puerta, con los rizos de su pelo húmedo pegados a la cabeza. Contemplaba el vestido embobada, como si fuera un traje de princesa, y ni en un millón de años habría imaginado que Mamá Addy iba a decirle que se lo pusiese ella.

–Ven aquí, cielo –le dijo Mamá Addy.

Sharla entró en la habitación despacio, hurgándose con el dedo en el ombligo.

–Levanta los brazos, Sharla.

Sharla obedeció y Addy le puso el vestido sobre su cuerpecillo desnudo. La obligó a volverse, le abrochó los botoncitos nacarados del cuello y la hizo volverse de nuevo.

–Ajá...

El vestido le quedaba demasiado largo, como era de esperar, y demasiado ajustado en la cintura. Su propia hija, Beatrice, había sido una niña muy flaca con las piernas largas y las rodillas huesudas. Su marido llamaba a Beatrice «Patas de pollo *Chicken*» –«Chick» para abreviar–, no sólo por la delgadez de sus piernas sino por la peculiar membrana de piel que, en ambos pies, le ligaba el dedo gordo con el segundo, como los palmípedos. Addy se había reído la primera vez que su marido se había referido a las «patas de pollo» de su hija y le había dicho: «¡Pero si los pollos no tienen las patas palmeadas! Te estás confundiendo con los patos...». Él se había quedado pensando en eso unos minutos y ella se había reído de él diciéndole: «¡No me puedo creer que haya acabado casándome con un botarate de ciudad!».

Sharla se vio en el espejo que había encima del tocador de Addy. Se dirigió hacia él, mirándose como si estuviese viendo por primera vez a una extraña.

–¿De quién es este vestido?

–Perteneció a una niña, hace muchos, muchos años –contestó Addy, sabiendo que no podía decir «mi» niña sin romperse en mil pedazos.

Sharla examinó y jugueteó con la cinta rosa del dobladillo. Addy sonrió y le mostró los pololos para que se los pusiera.

–¿Son pantalones cortos?

Addy asintió y le subió los pololos hasta la cintura. Le quedaban un poco justos, pero servirían. Addy se acercó al cajón del tocador. Encontró unas gomas elásticas y le recogió el pelo a Sharla en lo alto de la cabeza en dos coletas negras, suaves y sedosas. Sharla no conseguía apartar la vista de su imagen en el espejo.

En la caja no había zapatos. Addy no se acordaba de qué calzado llevaba Chick aquel día de su sexto cumpleaños, pero sí recordaba la tarta de tres pisos con cobertura de crema de mantequilla que había hecho y decorado con rosas de caramelo. Y recordaba que el tío de Chick había traído el poni alazán de las Shetland de la granja donde trabajaba, para que se subieran los niños.

–Tendrás que ponerte los zapatos viejos, tesoro. Los limpiaremos un poco y nos pondremos en marcha.

Irían andando a la entrada del campamento de caravanas y le dirían a Warren o a Peggy Souchuck, la pareja de encargados de la puerta, que llamaran a un taxi, como hacía Addy siempre que iba a Chatham. Primero miró en el interior del bote del dinero en su nevera. Contó casi treinta y siete billetes de dólar y un puñado de monedas de veinticinco y diez centavos que sumarían algunos más. Sacó su bolso de vinilo negro del armario, se encasquetó un pequeño gorro blanco en la cabeza y cogió a Sharla de la mano.

Se tardaban veinticinco minutos en cubrir el trayecto hasta Chatham, más aún en verano si tenías la mala suerte de encontrarte con un tractor delante. Por fortuna, la compañía de taxis aplicaba un descuento a los residentes de Lakeview. No era barato, pero Addy no tenía otra forma de desplazarse allí. En el taxi, Sharla estaba un poco inquieta por el vestido.

–Pero ¿y si me lo *enzucio*?

–Lo lavaremos.

–¿Y no me vas a regañar?

–Siempre y cuando no haya sido por algún descuido tuyo.

Sharla pareció darse por satisfecha con aquella respuesta y se tranquilizó un poco. Vieron desfilar las granjas verdes con sus gigantescos graneros rojos y las casas de ladrillo de un centenar de años y luego, a medida que iban aproximándose a la ciudad, las residencias más elegantes y sofisticadas, sin campos de labranza sino con jardines de césped bien cuidado y enormes y hermosas peonías. Addy había estado en algunas de aquellas casas –bueno, en realidad sólo había llegado a la puerta– al hacer el reparto de la panadería. Le gustaba asomarse y echar un vistazo a los salones, y muchas veces le sorprendía la costumbre de los ricos de atestar sus habitaciones con sofás ramplones y mesas baratas de madera de pino, y de dejar a sus mascotas subirse a la tapicería. «Si yo fuera rica –pensaba–, tendría todos los muebles de caoba y de roble, y no habría pelos de gato en mis maravillosas sillas de brocado.»

–¿Adónde vamos, Mamá Addy?

–Vamos al hipermercado a comprarte ropa.

Sharla sonrió.

–¿Y sandalias de verano?

–Eso es una buena idea. Y zapatillas de deporte nuevas también.

El hipermercado era un hervidero de gente, pues era viernes y, además, había un mercadillo con artículos rebajados fuera, en la acera. A Addy no le entusiasmaba ir de compras y no le gustaba sentir la tentación de quedarse con algo que no había tenido intención de comprar de antemano. Mientras se dirigía a la sección infantil, vio a varias mujeres, sobre todo las más mayores, fijarse en Sharla Cody. Supuso que seguramente sentían cierta nostalgia al verla, viendo el corte y el estilo del precioso vestido hecho a mano. También supuso que lo estarían admirando y pensando: «¡Qué mona está esa niña tan gordita!».

Addy encontró varios pantalones cortos y camisetas de verano a muy buen precio y tres paquetes de bragas blancas de talla infantil. Escogió una camisola con el estampado de una gatita porque Sharla había dicho que era igualita que la suya y, tras unos minutos de indecisión, se decantaron por un par de sandalias blancas de tira y unas zapatillas deportivas de color rosa. Addy se guardó el dinero para el viaje de vuelta en taxi en un pequeño compartimento del bolso de modo que no se le olvidase y se lo gastase, y cuando hubieron comprado y pagado todo, les quedó justo el dinero suficiente para almorzar en la cafetería.

Las bandejas de plástico de color naranja estaban grasientas. Sharla y Addy compartieron una y se pusieron en la cola detrás de una familia joven de aspecto cansado. Sharla señaló una suave mousse de chocolate que había en un vaso alto y aflautado. Addy le dijo que no con la cabeza y luego se acordó de lo que la niña le había dicho sobre Emilio y su helado de chocolate. Colocó el postre en la bandeja y dijo:

–Pero también te vas a comer un bocadillo.

Cuando llegaron a la sección de la comida caliente, Addy levantó la vista y le dijo a la mujer esquelética que había tras el mostrador:

–Yo quiero la crema de guisantes, por favor.

La mujer se retiró mordisqueándose la suciedad de la uña del pulgar y miró hacia la cocina por encima del hombro.

–Tendrá que esperar. Está a punto de salir de los fogones.

Esperaron. La gente las adelantó en la cola y Sharla se quedó mirando el postre que había en la bandeja naranja.

–¿No podemos irnos?

–Debes tener paciencia, pequeña. Me van a traer la crema de guisantes de la cocina.

Sharla se miró los pies, enfundados en sus sandalias blancas de tira recién estrenadas, que Addy había preguntado si podía llevarse puestas. La gente siguió pasando delante de ellas en la cola y a la mujer esquelética parecía habérsele olvidado por qué esperaban.

–Perdone, señorita... ¿Señorita? Todavía estoy esperando mi crema de guisantes...

La mujer puso los ojos en blanco y rodeó la esquina para meterse en la cocina. Addy la vio acercarse al cocinero y toda la cola de la cafetería al completo la oyó decir:

–¿Le va a traer alguien a la negraza de mierda esa de ahí fuera su crema de guisantes?

La gente se volvió a mirarlas. Sharla parecía intranquila. Llegó la crema de guisantes y la mujer se la dio con una sonrisa falsa, ajena a su propia indiscreción. Addy sintió que la invadía un cansancio infinito cuando pagó por el almuerzo y llevó a Sharla hasta un reservado vacío.

–Esa mujer ha dicho una palabrota –señaló la niña en voz baja.

–Ajá... Es una mujer ignorante.

–Emilio dijo que yo soy medio eso que ha dicho.

Addy se quedó mirando a Sharla durante un buen rato, deseando preguntarle si sabía que su padre era de color, pero entonces se acordó de lo que le había dicho Bonita Berry y cambió de idea.

–Sólo las personas ignorantes dicen esa palabra, Sharla. La palabra correcta es negra.

–¿Negra?

–Eso es.

Sharla recorrió con los dedos la mano de Mamá Addy.

–Pero tú no eres negra, tú eres de color chocolate. De pronto, la niña pareció asustarse al encontrar una astilla larga y negra clavada en la palma de la mano de Mamá Addy.

–¿Eso qué es?

–Sólo es una astilla de madera.
–¿Y no puedes sacártela?
–No.
–¿Ni con una aguja?
–Demasiado tarde para sacarla con una aguja, Sharla. La piel ya ha crecido por encima veinte veces. Ahora la astilla forma parte de mí.
–¿Y aún te duele?
–A veces. Ajá...
Sharla se encogió de hombros y hundió la cuchara en su mousse de chocolate. Addy se encendió un cigarrillo y no le dijo que se comiera primero el bocadillo.

PASTEL DE RIÑONES

Rusholme Road era la única carretera principal para salir de la ciudad. En un punto determinado, la carretera se bifurcaba y un pequeño cartel con flechas indicaba el camino: Chatham al nordeste, Windsor y Sandwich al oeste. Addy apenas si podía leer las palabras en la penumbra. Ya había decidido que iría a Windsor porque su padre trabajaba en Chatham y no soportaba la idea de tropezarse con él allí. Cuando oyó el aullido de un coyote a lo lejos, se prohibió a sí misma sentir miedo: tenía que seguir adelante y sólo bajo el cobijo de la oscuridad.

Addy había permanecido oculta en los arbustos hasta que hubieron entonado el último himno por Leam, y a pesar de que estaba exhausta, de que le rugía el estómago de hambre y le dolía todo el cuerpo, no podía irse de allí hasta ver cómo daban sepultura al cuerpo de su hermano. Había visto al pastor esparcir un poco de tierra sobre el ataúd de Leam y pensó en lo extrañamente hermosa que era aquella escena. El cortejo fúnebre era un conjunto de pequeñas figuras negras, estremeciéndose de dolor, que se fueron marchando una a una, flotando en el aire, hasta que sólo quedó su madre, sola junto al sepulcro, una figura raquítica, encogida y encorvada, con la mirada perdida en la tierra recién excavada.

Mientras observaba a su madre, Addy tuvo que hacer acopio de una inmensa fuerza de voluntad para no echar a correr y lanzarse a los brazos de Laisa. Sabía que, de todos modos, eso no cambiaría las cosas. Ella nunca le daría la espalda a un hijo, como había hecho Laisa, y nunca odiaría a un hijo como había hecho su padre. Permaneció oculta en los arbustos y acarició con las manos el niño que llevaba en las entrañas.

Cuando su madre se fue al fin de la tumba y emprendió a pie el largo camino de vuelta a casa, Addy salió de su escondite y se dirigió a la residencia del pastor, junto a la iglesia. Sabía que el pastor estaría en la casita de la calle Fowell, dándose un festín con las tartas y pasteles que habrían llevado los vecinos. También sabía que lo más probable era que la despensa de aquel hombre estuviese más llena que la de la mayoría de los habitantes de la ciudad.

Curiosamente, cuando se deslizó por la puerta trasera y se coló en la casa del pastor, Addy no sintió ningún miedo. Leam la avisaría si corría peligro de que alguien la encontrara royendo una pierna de cerdo o mordisqueando una manzana. Se llenó la boca de pan y mantequilla y encontró un saco de arpillera cerca de la puerta. Llenó el saco hasta rebosar con galletas, tarros de melocotón en conserva, carne ahumada y patatas. Quiso levantar la bolsa, pero pesaba demasiado, así que quitó los melocotones y la mayor parte de las patatas, y luego se echó el saco por encima del hombro. Consciente de que ya tenía frío y de que en cuanto anocheciese lo más probable es que muriese congelada, Addy se llevó uno de los abrigos negros de lana y uno de los sombreros oscuros que el pastor tenía colgados en un perchero junto a la puerta. No se le pasó por la cabeza pedir perdón por robar al salir de la casa arropada, con el estómago lleno y vestida como un siervo de Dios.

El viento del norte soplaba con rabia y unos nubarrones negros se instalaron en el cielo mientras Addy colocaba un pie delante del otro en la larga carretera a Windsor. Había zanjas a cada lado del camino, profundas y llenas de barro por la lluvia pertinaz del día anterior. Addy estaba lista para agacharse y esconderse en una zanja en el caso improbable de que se encontrase con algún automóvil. En aquella época del año, cuando hacía ya muchos días que los carros con las últimas cosechas habían salido para el mercado y la fábrica de conservas, sería muy raro que alguien llegara o se marchara motorizado de Rusholme de noche. Nadie salvo Teddy Bishop tenía razones para irse de Rusholme una vez había oscurecido.

Casi de forma inconsciente, Addy se preguntó si su padre habría mandado a la policía de Chatham en su busca. Su padre, al igual que casi toda la ciudad, la hacía responsable de las tragedias, y a Addy le daba miedo ir a la cárcel por el asesinato de su hermano, de Chester y de Zach Heron también. Decidió que lo mejor era no dejarse ver.

El abrigo de lana del pastor era demasiado grande para ella y, precisamente por eso, aún la abrigaba más. El sombrero negro le caía sobre los ojos y estuvo maldiciéndolo hasta que se lo arrancó y el viento amargo le inundó las orejas. El saco de comida todavía pesaba demasiado, de modo que rebuscó en su interior y encontró una patata grande. Se la comió como si fuera una manzana y pensó que estaba muy sabrosa. La mañana del día anterior no podía haber sabido al vestirse que la vida iba a llevarla por aquella carretera, pero de haberlo sabido, habría escogido sus botas camperas y no los zapatos de cordones y suela fina que usaba para estar por casa. Ya tenía los pies doloridos e hinchados, y sabía que iba a seguir andando hasta que saliera el sol y luego todavía un poco más.

Era una noche tan oscura que Addy no se veía su propia mano, ni aun teniéndola a un centímetro de las narices. Tenía que caminar despacio y eso la ponía de mal humor, porque sólo podía andar un número máximo de pasos con aquellas piernas, y dar pasitos pequeños era un auténtico desperdicio. Ordenó a sus pies que se dirigieran a la orilla del camino para cerciorarse de que estaba en la carretera y contó el desperdicio de pasos para así distraerse y ahuyentar de sí el dolor.

Quiso tararear algo, pero no se le ocurrió ninguna canción. Quiso soñar, pero no se le ocurrió ningún sueño. En su otra vida, soñaba con Chester y con el día de su boda, y con su amistad con Birdie Brown, y con Leam, y con que todos envejecerían juntos y verían a sus nietos chapotear en el lago. Addy se obligó a pensar en su futuro y en lo que sería de ella una vez en Windsor. Daría a luz al niño de Zach Heron, eso seguro, pero ¿dónde y cómo iba a criar a su hijo? ¿Y dónde y cómo iba a vivir ella el resto de sus días? ¿Volvería a quererla alguien alguna vez? ¿Se pasaría la vida ocultándose?

Se figuró que tenía que haber habitantes de color en Windsor. Pensó que tal vez debería buscar la iglesia de la gente de color y pedir ayuda al pastor. O quizás a una amable anciana de color, alguna viuda, que agradeciese un poco de compañía y ayuda en la cocina. Addy no estaba segura de qué era lo que la impelía a tener fe, pero el hecho es que la tenía, y alguien la ayudaría a ella y a su hijo a nacer. Su fe se fortaleció más aún cuando se metió la mano fría en el bolsillo del abrigo negro y encontró lo que sabía que era un grueso fajo de dinero. Sospechó que el pastor sisaba dinero del cepillo de la iglesia y, aunque no podía asegurar si sus sospechas eran ciertas, se moría de ganas de ver aquel dinero y contarlo, y así lo haría en cuanto amaneciese. De momento, se sentía salvada.

Iba pensando en todo eso, sintiendo cómo se aliviaba su pesada carga, cuando oyó quebrarse una rama unos metros delante de ella, en la cuneta, y se le aceleró el corazón. Se detuvo, escudriñando la oscuridad de la zanja, pero no vio ningún animal.

–¿Quién anda ahí? –susurró.

Lo que le respondió no era humano. Se quebró otra rama y Addy supo que, fuese lo que fuese, no tenía miedo de ella, sólo tenía hambre y era algo salvaje. Addy imaginó que era un perro negro y enorme listo para atacar. O tal vez se trataba de un animal más pequeño, un mapache, un tejón o un zorro, cuya mordedura podía sin duda provocarle la muerte. El animal emergió de la zanja y, pese a la oscuridad, Addy vio la franja blanca. Se quedó inmóvil, paralizada. Si asustaba a la mofeta, ésta le lanzaría un chorro, y recibir un chorro con el líquido fétido de una mofeta era una experiencia terrible.

La franja blanca fue aproximándose. Addy se quedó quieta hasta que el animal se acercó a apenas un palmo de sus pies y luego, dando un chillido, se puso a correr. Casi inmediatamente, tropezó y cayó de espaldas en la zanja de barro. Masculló una maldición, pues se había hecho daño en la cadera y perdido varias patatas del saco. Se levantó y el barro le resbaló por las manos y el enorme abrigo negro. Oyó el chasquido de otra rama a su espalda, se volvió y vio a la mofeta curiosa acercándose a ella otra vez. Corrió tan rápido como pudo con el peso del niño en el vientre y el saco de la comida, y tuvo que recorrer más de medio kilómetro para sentirse lo bastante segura para detenerse a recobrar el aliento.

Dio gracias mentalmente a Leam por ayudarla a escapar de la mofeta, pues con su muerte su hermano se había convertido en un dios para ella. Cuando se le apaciguó el pulso, echó a andar de nuevo. Mientras avanzaba dando los mismos pasitos hacia delante, se dio cuenta de que su cerebro repetía rítmicamente unas palabras al son de los latidos de su corazón: vuelve, a casa, vuelve, a casa, vuelve, a casa. Pero Addy no pensaba mirar atrás.

Después de andar horas y horas, Addy advirtió que el sol había comenzado su ascenso por detrás de las nubes grises y que al fin podía verse las manos al acercárselas a la cara, así como el abrigo negro cubierto de barro. El bosque había dado paso a los campos de labranza y Addy supo que debía de estar cerca de Windsor. Siguió andando, preguntándose con cada paso si sería capaz de dar otro más.

Una camioneta se dirigía hacia ella, pero ya no le quedaban fuerzas para correr a esconderse en la cuneta. Si los blancos que iban en la camioneta sabían quién era ella y querían llevarla a la cárcel, qué se le iba a hacer. Aunque los hombres del vehículo sí la miraron de soslayo, no se detuvieron. Addy se preguntó si Windsor sería un lugar tan extraño como para que fuera habitual ver a una muchacha cubierta de barro y vestida con ropa de hombre andando con paso tambaleante por la carretera.

Pasó otra camioneta y, a continuación, un elegante automóvil con una anciana de pelo blanco y un hombre con un traje oscuro. Si bien se la quedaron mirando, también pasaron de largo, sin detenerse. Addy sólo seguía viendo granjas a lo lejos y se preguntó cuándo llegaría a Windsor, si es que lograba llegar algún día. Sabía que Rusholme era un lugar un tanto extraño por cuanto, en el pasado, sus habitantes habían sido todos –y en su mayoría aún lo eran– gente de color. No sabía cómo era la vida para la gente de color fuera de su ciudad, cuántos eran ni dónde vivían todos. Se le ocurrió entonces que tal vez allí no hubiese ninguna iglesia para la gente de color, ni ninguna viuda de color dispuesta a acogerla en su casa.

Fue entonces cuando Addy miró a su izquierda y

vio al negrito que la observaba desde detrás de la puerta enorme de un granero. Pensó que era un milagro y se puso a ondear su sombrero negro, gritando:

–¡Eh, tú!

El niño desapareció en el interior del granero y ella se quedó con la duda de si la habría visto o no. Al cabo de un momento, apareció una mujer muy alta y de espalda ancha que Addy supuso que sería la madre del chico. Tenía el semblante adusto cuando, con los brazos en jarras, apoyó ambas manos en sus amplias y rotundas caderas. Addy estaba inmóvil en el sendero de piedra que llevaba al granero, sin saber qué hacer. Aquella mujer corpulenta no sonrió ni la saludó con la mano, sino que, con gesto de enfado, gritó:

–¿Tú qué quieres, muchacha?

Addy abrió la boca para hablar, pero algo le tocó la frente, y estuvo segura de que era el dedo frío del Señor. Sintió que volvían a tocarla una, otra vez y entonces se dio cuenta de que eran copos de nieve, los primeros de la estación. Levantó la vista hacia el cielo encapotado, donde los copos eran tan grandes y pesados que parecían hojas de arce. Le caían en los ojos y en la boca abierta. Tiró el saco de comida al suelo y cerró los ojos. Quiso abrirlos otra vez, pero los párpados debían de habérsele quedado pegados, porque todo seguía oscuro, sintió una aguda punzada de dolor, y después, nada.

Cuando Addy volvió a abrir los ojos, estaba tumbada en una cama pequeña, cubierta por una manta húmeda que olía a orina. Había un hombre diminuto a su lado. Era blanco, tenía la piel quemada por el sol y el pelo anaranjado. Ella nunca había visto a nadie así, y pensó que parecía un demonio pelirrojo. El hombre no dijo nada, pero la examinó con sus ojos azul transparente, negó con la cabeza y desapareció. Addy cerró los ojos de nuevo y deseó con todas sus fuerzas volver a donde acababa de estar. Notó una mano helada en la frente y se forzó a sí misma a abrir los ojos de nuevo.

La mano helada pertenecía a la mujer corpulenta que había visto en el granero. La mujer no sonrió ni se mostró afectuosa, pero arropó a Addy con la manta cubriéndola hasta la barbilla y volvió a salir de la habitación. Addy empezó a tiritar y se miró debajo de la manta. El abrigo negro, el sombrero y hasta los zapatos habían desaparecido, pero se alegraba de ver que aún seguía vestida. Addy echó un vistazo a su alrededor. La habitación era tan pequeña que si se ponía en pie, podía tocar las dos paredes a la vez. Cuando se fijó en el minúsculo armario del rincón, con ropa de niño dentro, se preguntó si sería la habitación del niño negrito.

A Addy le dolía la cadera de la caída en la zanja. No podría haber movido las piernas para levantarse ni aunque quisiera. Volvió a cerrar los ojos al oír movimiento al otro lado de la puerta. La voz de la mujerona era espesa, y sus modales, bruscos.

–Ya va siendo hora de que abras los ojos, muchacha.

Addy hizo lo que le decía y vio a la mujer acercarle un tazón humeante. La mujer se desplomó en una silla junto a la cama y le dijo:

–Siéntate. Siéntate y tómate este caldo.

Addy movió los brazos para obedecerla, pero no consiguió que sus brazos la ayudaran a levantar el resto del cuerpo para incorporarse. Impaciente, la mujer dejó el tazón y tiró de la muchacha para que se recostara en el cabecero de la cama. La mujer olía como un hombre. Tenía los brazos y las manos del tamaño de las de un hombre, pelos grises en la barbilla y otros negros y rizados asomándole por las ventanas de la nariz. Cogió el tazón de sopa de nuevo y le ordenó:

–Tómate este caldo.

Addy no veía que la mujer tuviese ninguna cuchara y se preguntó cómo esperaba que se tomase aquella sopa, hasta que la mujer le acercó el tazón descascarillado a los labios y lo inclinó. Addy dejó que el líquido caliente le inundara la boca. Estaba salado y sabía a ternera, y no había nada sólido para que no se preocupara de tragárselo.

Empezaron a lloverle imágenes hasta formar un charco en el cerebro y recordó todo lo que le había pasado. Como si la mujer le hubiese adivinado el pensamiento, dijo:

–Has estado a punto de morir aquí mismo, en el camino de entrada del señor MacLeod.

Addy asintió con la cabeza y dejó que la mujer le inclinara de nuevo el tazón de sopa.

–¿Estoy en Windsor? –acertó a preguntar.

La mujer negó con la cabeza.

–Windsor aún está unos kilómetros más abajo. Estamos más cerca de Sandwich. Esto de aquí es la granja del señor MacLeod, de las más grandes del condado.

Addy echó un vistazo a la minúscula habitación.

–Ésta es la casa de atrás –dijo la mujer–. Aquí es donde viven mi marido, Morris, y mis hijos.

Addy asintió, fortalecida por el caldo. Tomó el tazón ya con sus propias manos y se lo bebió a sorbitos. La mujer rolliza la detuvo y dijo:

–Despacio. Bébetelo despacio. –Luego miró a la puerta y susurró–: Te he guardado un trozo de pastel de riñones de la cena del señor MacLeod. Puedes comértelo luego si crees que a tu estómago le sentará bien.

Addy sonrió y le dio las gracias a la mujer con los ojos. La mujer la vio beber y preguntó:

–¿Cómo te llamas?

Addy pensó en mentirle, pero fue incapaz.

–Adelaide Shadd.

–Adelaide Shadd. Así que tú eres la muchacha de Rusholme.

Aquello impresionó a Addy tanto o más que si la mujer le hubiese dado un bofetón en la cara.

–Voy y le digo a mi marido... le digo: «Esa chica es la hija de Wallace Shadd, de Rusholme, y no me digas que no». –Se sentía muy satisfecha consigo misma y sonrió por primera vez–. Cuando te he visto de cerca, lo he sabido nada más ver esas orejotas tuyas. Eres clavadita a tu padre... Yo también soy de Rusholme, pero me fui de allí cuando me casé, y maldita la hora en que lo hice...

Addy no sabía qué significaba el hecho de que aquella mujer conociese a su padre, pero se sintió obligada a ser sincera.

–Mi padre me ha echado de casa.

–Ya lo sé. Todos los habitantes de color de la comarca están al tanto. Apareció todo en el periódico, en *The Border City Star*, las muertes, el río y todo eso, y ¡vaya si no hizo preguntas sobre ti el señor MacLeod! Conocía a tu padre cuando sólo era un mocoso. He oído que ahora trabaja en Chatham.

–Sí, señora.

–Que le van bien las cosas...

–Sí, señora.

–Era muy cariñoso conmigo, tu padre. Supongo que eso no lo sabías.

–No, señora.

–Soy Leona Davies. Puedes llamarme Lennie, como todo el mundo.

–Sí, Lenny.

–Qué barbaridad... Tres personas muertas en un solo día. Te va a ser duro vivir con esa carga a cuestas, todas esas personas muertas por tu culpa.

–Sí –murmuró Addy, y engulló un poco más de sopa, pensando en Leam y en Chester, y en ese momento notó una patada del niño en la barriga, y se sintió aliviada, sin dedicarle a Zach Heron un solo segundo de su pensamiento. En el breve tiempo que llevaba consciente y sorbiendo sopa, casi se le había olvidado que llevaba un niño en las entrañas, y sólo sintió felicidad cuando aquella criatura pataleó, recordándole que estaba vivo. Se llevó la mano al abdomen de inmediato, pero esta vez no se lo acarició trazando un círculo, pues no estaba segura de que Lenny supiese que estaba encinta, ni tampoco qué pensaría al respecto.

Lenny señaló el bulto bajo la manta vieja.

–Noté que se movía cuando te traje aquí dentro, y lo he estado comprobando todos los días. El crío está bien, aunque estaría mejor muerto, si quieres saber mi opinión.

Addy dejó el tazón junto a la cama, sintiéndose acalorada y confusa de repente.

–¿Cuántos días llevo aquí?

–Tres.

–¿Tres?

–El señor MacLeod dijo que un día más y te despertaba él mismo con sus propias manos, y no quieres saber lo que es eso. No está muy contento de verte.

De pronto, Addy pensó en las autoridades.

–¿Sabe mi padre que estoy aquí?

–No, sólo lo saben Morris, mi hombre, y el señor MacLeod. Y los niños, claro. Ésta es la habitación de Lincoln, mi hijo mayor. No ha dejado de dar la tabarra preguntando cuándo te ibas a despertar.

–Entonces, tengo que darle las gracias a Lincoln. Y también tengo que darle las gracias a usted, Lenny. No sé qué habría sido de mí si no llega a meterme aquí en su casa.

–No, no, muchacha, no es así la cosa... Yo no puedo tenerte aquí. El señor MacLeod no lo permitiría, y yo ya tengo bastante con mis propios hijos. Es que no podía dejarte ahí tirada en el camino, eso es todo. No, yo ya he cumplido cuidándote hasta que te recuperases, pero ahora tendrás que buscarte otro sitio adonde ir, mañana o pasado mañana, cuando ya puedas volver a caminar.

Addy miró a la mujer.

–¿Y adónde cree que puedo ir?

Lenny Davies se encogió de hombros y se quedó pensando un momento.

–Yo misma me he estado haciendo esa pregunta y la verdad es que no lo sé. ¿No tienes más parientes por aquí?

Addy negó con la cabeza.

–Bueno, pues las señoras de la iglesia no van a querer verte ni en pintura, que lo sepas.

Addy asintió, a pesar de que había pensado en la iglesia como primera opción.

–Tú misma te has metido en este embrollo, tú solita.

Una parte de Addy creía que así había sido.

–Sí, señora –respondió con sinceridad.

–Se recoge lo que se siembra. No deberías haber estado tonteando con ese jovencito.

–Sí, señora –dijo Addy, consciente de que la mujer creía que el hijo era de Chester.

–Calculo que el crío nacerá hacia el final del invierno, ¿es así?

Addy trazó un círculo sobre su vientre con la mano.

–Me pregunto cómo será.

–Vas a rabiar de dolor, pero no tanto como te dolerá, durante el resto de tu vida, mirar a ese crío y recordar lo que pasó para que naciera. Vas a odiar a ese niño. No lo vas a querer como tú te piensas. Desearás verlo muerto.

Addy no conseguía que dejara de temblarle la barbilla.

–Sólo te digo la verdad, eso es todo.

–Sí, señora.

–Ahora no te me pongas a llorar...

–No, no lo haré.

–No, no lo hagas, porque después de todo el sufrimiento que has causado, no tienes ningún derecho a compadecerte de ti misma, ¿lo entiendes?

Addy asintió, se tragó las lágrimas y cerró los ojos.

Leona Davies sorprendió a Addy cuando volvió a hablar con un dejo de ternura en su voz grave y masculina.

–Tengo un primo en Detroit. Su mujer hace años que está enferma, que no vale para nada. Sus hijos ya son mayores, pero él es como si fuera un niño, necesita que alguien lo cuide. Antes era predicador, pero lo echaron de la iglesia porque se creía mejor que los demás. La verdad es que me importa un pimiento y hace años que no lo veo, pero me han dicho que su mujer está a punto de diñarla, y de no ser por el niño ese que llevas dentro, estoy segura de que se alegraría mucho de verte. No sé. Tengo que pensarlo un poco todavía. ¿Te apetece ahora ese pastel de riñones?

Addy sintió un escalofrío, no quería el pastel de riñones. Negó con la cabeza y volvió a recostarse en la minúscula cama.

–¿Puedo quedarme aquí hasta mañana?

Lenny se puso de pie, no sin dificultad, y se toqueteó los pelos de la barbilla.

–Pero esta noche me ayudarás con la cena, para que el señor MacLeod sienta que, al menos, le has pagado su generosidad.

–Se me da bien amasar. Podría preparar un pastel.

–Aquí la que prepara los pasteles soy yo, Adelaide. Tú puedes desplumar los pollos y fregar luego los platos... Pero que el señor MacLeod no te vea en el comedor. Ya está temblando a ver si le vas a robar algo...

Lenny salió del cuarto y Addy le susurró a su hijo:

–No le hagas caso. No voy a odiarte. Voy a quererte mucho. Seré una buena madre para ti y te daré de mamar para alimentarte, te cogeré en brazos cuando llores y nunca desearé verte muerto.

COLA DE TIGRE

Sharla y su Mamá Addy se acostumbraron a vivir juntas enseguida, muy fácilmente, y sintieron, por alguna extraña razón, como si hubieran vivido así toda la vida, como si se conocieran desde siempre. Por las mañanas, Sharla se despertaba la primera, recorría de puntillas el angosto pasillo, abría la puerta del dormitorio y aguardaba sin hacer ruido a que la anciana abriera los ojos. Addy siempre le dedicaba una sonrisa, contenta de que la niña la quisiera y la necesitara de aquella manera.

Había noches en que Sharla soñaba con Collette y alguno de sus novios y se hacía pis en la cama. Se despertaba con la sábana empapada y gritaba:

–¿Mamá Addy? ¿Ma-má?

Cuando pasó la primera vez, cogieron un taxi para ir al hipermercado y compraron una sábana de plástico para proteger el colchón. Sharla había hecho pucheros y había dicho que las sábanas de plástico eran para los bebés, a lo que Mamá Addy había replicado:

–Y también para los mayores, cielo. A veces las personas mayores tampoco pueden aguantarse el pipí y no hay que avergonzarse por eso.

Juntas preparaban unas cenas estupendas, y Sharla se acostumbró a comer las frutas y las verduras que Mamá Addy decía que eran buenas para la salud. También se acostumbró a beber la leche desnatada que Mamá Addy preparaba con unos polvos porque era más barata y se conservaba más tiempo en la nevera. Sharla adelgazó rápidamente sin las patatas fritas de bolsa ni las latas de comida que comía en casa de Collette, y al cabo de un mes, ni siquiera parecía la misma niña que había aparecido toda sucia y maloliente aquella calurosa noche de junio.

Addy sacaba su viejo costurero y se sentaba con Sharla a la mesa de la cocina. Humedecía el hilo con la lengua y lo guiaba a través del ojo de la aguja. Ayudaba a los dedos regordetes de Sharla a embastar, a hacer nudos y a dar puntadas en zigzag, sin obligarla nunca a deshacerlas si no estaban bien hechas. Enseñó a la niña a lavar los platos, a evitar el moho en las cosas húmedas y a saludar a los vecinos inclinando la cabeza y diciendo: «Que tenga un buen día», sin que importase si la miraban con buenos o malos ojos.

Daban paseos arriba y abajo por el camino de barro para hacer un poco de ejercicio. Las piernas reumáticas de Addy empezaron a fortalecerse y el bastón de cerezo empezó a acumular polvo en el armario. Hacían ramos de novia con las florecillas blancas de delante de la caravana y cantaban canciones que Mamá Addy decía que Billie Holiday se había inventado hacía mucho tiempo. Tuvo que explicarle que Billie era una mujer, no un hombre, y que tuvo una vida corta y dura por culpa de sus tormentosas relaciones con los hombres.

Era un día de finales de julio y el sol abrasador las había sacado fuera de la casa, donde Sharla podía jugar bajo la manguera. Cuando el enorme Cadillac dorado avanzó serpenteando por el camino de barro y se detuvo delante de su caravana, Sharla lo vio primero y lo señaló con el dedo. El Caddy llevaba placas de matrícula azules de Michigan, y los vidrios tintados de las ventanillas subidas significaban que iba equipado con aire acondicionado. Ni Addy ni Sharla habían visto un coche tan grande ni tan lujoso en toda su vida. Vieron al anciano bajarse del vehículo ataviado con ropa elegante, tocado con un sombrero blanco y reluciente y con un habano en los labios. Addy sintió que se le aceleraba el corazón, porque el anciano era un hombre corpulento y podía haber sido Chester Monk, salvo por el hecho de que hacía mucho tiempo que Chester Monk había muerto.

El anciano saludó a Addy con la cabeza y dijo:

–Buenos días, señora.

Addy sintió una mezcla de vergüenza y timidez, como tuviera quince años otra vez. Se preguntó dónde estaría la esposa de aquel hombretón y por qué no la habría llevado consigo.

El anciano se dirigió andando a ella, se ladeó el ala del sombrero con un movimiento elegante y dijo:

–Encantado de conocerla. Me llamo Earl Bolton.

–Adelaide Shadd –respondió ella.

–¿Y esta de aquí es su nieta? –quiso saber él, mirando a Sharla.

Nadie le había preguntado todavía cuál era su relación con la niña, y aunque estuvo tentada de mentirle, se limitó a asentir con la cabeza y cambió de tema de inmediato.

–¿Viene usted de Michigan?

El anciano se enjugó el sudor de la barbilla con el pañuelo de seda que llevaba en el bolsillo del traje.

–De Detroit. He venido a ver a mi hija y a mi nieta. ¿Conoce usted a Bonita Berry?

Addy señaló la caravana que había unas cuantas puertas más abajo. El anciano miró a la caravana que le indicaba y negó con la cabeza con gesto de resignación. Addy sabía lo que estaba pensando; no había flores delante de la caravana de Bonita Berry, sólo la silla de jardín rota y algunos juguetes sucios entre la maleza. El revestimiento de vinilo estaba resquebrajado y mugriento, y pese a todo aquel discurso suyo sobre el orgullo, lo cierto es que Bonita no mantenía su casa muy limpia ni ordenada. Su joven marido sólo asomaba por allí de higos a brevas, y Addy esperaba que fuese porque tenía un buen trabajo que lo obligaba a pasar meses y meses viajando fuera de la ciudad. Un escalofrío le recorrió el cuerpo al pensar en el ambiente sórdido que se respiraba en el interior de aquella casa.

Sharla había cambiado, ya no era la niña asustada de antes, de modo que levantó la vista para mirar a aquel anciano enorme y dijo:

–¿Es el abuelito de Nedda?

Earl Bolton asintió.

–Sí, ése soy yo, jovencita. ¿Y tú cómo te llamas?

–Me llamo Sharla Cody.

Earl Bolton guiñó un ojo a Addy, pues le gustaba el aspecto de aquella niña mestiza con su conjunto de pantaloncitos de verano limpios y las zapatillas de lona rosa.

–¿Te gustan los helados, Sharla?

La niña levantó la vista para ver si tenía permiso para decir que sí, pero Addy se había perdido buceando en los ojos del anciano, de modo que tuvo que decidirlo ella sola.

–Ajá...

El anciano hurgó en su bolsillo y extrajo una gruesa cartera marrón. Sacó un billete nuevecito, de un tipo que Sharla no había visto en su vida, y se lo dio diciendo:

–Toma, cómprate algún helado con esto, y a lo mejor tu abuela quiere uno también.

Sharla frunció el ceño ante el billete y miró a Mamá Addy de nuevo como si no supiera qué se suponía que tenía que hacer. Addy lo decidió rápidamente.

–Gracias, señor –dijo–. Es muy amable, pero la niña no puede aceptar eso de usted.

Le devolvió el billete al desconocido, pero éste no quiso aceptarlo. Lo apretó con fuerza en la mano de ella y demoró allí la suya unos instantes más de lo necesario.

–Sería una satisfacción inmensa para este anciano poder invitar a una niña tan encantadora y educada a un helado. Diga que sí, por favor, ¿quiere?

Addy asintió con la cabeza, aunque se sentía confusa y extraña por la generosidad de aquel hombre, y le devolvió el billete a Sharla. Earl se volvió a mirar la caravana de su hija. Addy deseó que no tuviera prisa por irse; no se acordaba de la última vez que había pasado un rato con algún caballero. Calculó que debía de tener más o menos su edad, y se preguntó si se llamaría a sí mismo «negro», «de color» o incluso algo despectivo, como aquello tan nuevo de «negrata». Se preguntó sobre su vida, y de dónde vendría y cómo habría sido. Carraspeó y recuperó la voz.

–¿Nació y creció usted en Detroit?

El anciano negó con la cabeza.

–Nací en California, pero mi padre nos trajo a Detroit cuando consiguió trabajo en la fábrica de la Ford. Trece hijos. Imagínese a mi madre tratando de atender a trece hijos en la parte de atrás de un carromato viejo y polvoriento.

Addy se lo imaginaba perfectamente. Le dieron ganas de invitar al anciano a pasar al interior de su caravana, de servirle un buen vaso de limonada fría de la nevera y de que le contara la larga historia de su vida. Ella también quería contarle a aquel hombre su historia, pues en los últimos tiempos había estado pensando que, si no se la contaba a alguien, se moriría y su historia pasaría a ser pasto de los gusanos y a pertenecer a los dominios del Señor, quien ya se la sabía de memoria.

Earl Bolton se apoyó en su coche, sonriendo tranquilamente, como si él y Addy fueran amigos de toda la vida.

–¿Y usted? ¿Ha nacido y se ha criado aquí en Chatham?

Addy negó con la cabeza y a punto estuvo de contestar: «Rusholme», pero luego le dio reparo, sintiéndose incómoda. Casi todas las personas de color, aun al otro lado de la frontera, habían oído hablar de Rusholme y su historia, también en Dresde y Chatham. No sólo temía que hubiese oído hablar de Rusholme, sino que también conociese la historia de la chica que había salido huyendo de la ciudad tras ser la causa de la muerte de tres personas. No tuvo que preocuparse de qué decir a continuación, porque Nedda Berry apareció corriendo por detrás de ellos y se arrojó a los brazos de su abuelo.

–¿Me has traído dinerito, abuelo?

Earl se echó a reír, pero Addy sabía que se sentía un poco avergonzado porque su nieta se comportase de forma tan maleducada delante de ella. Negó con la cabeza y Nedda hizo un mohín de enfado. Sharla se metió el billete en el bolsillo de los pantalones para que Nedda no lo viera. Bonita Berry se asomó a la puerta de su caravana. Acababa de despertarse y no estaba preparada para recibir visitas.

–¡Papá, ven aquí! –gritó, y desapareció en el interior de la caravana.

Addy sonrió y dijo:

–Muchísimas gracias, señor Bolton. Y ahora dejaremos que vaya usted con su familia.

Earl Bolton le devolvió la sonrisa, sintiendo la llamada del deber. Se subió a su coche dorado brillante, con Nedda encaramada en su regazo para que así creyese estar manejando el volante al cubrir los escasos metros que los separaban de la caravana de Bonita. Cuando salió del coche, Addy aún seguía mirándolo, recordando cuando tenía quince años, plantada bajo un sol de justicia en los campos plagados de insectos, deseando con toda su alma que Chester Monk mirase hacia allí. No era sólo su corpulencia sino aquella manera íntima y sosegada de dirigirse a ella lo que había hecho que Earl Bolton le recordase a Chester. Le parecía increíble, después de todos aquellos años y de las personas y los cambios que habían desfilado por su vida, que el solo hecho de pensar en Chester Monk todavía le provocase aquella tristeza.

Addy pensó en salir a dar un paseo. No quería que Sharla la mirase a la cara y viese que estaba reprimiendo las lágrimas. Cogidas de la mano, echaron a andar por el camino de barro, Sharla cantando la vieja canción que Addy le había enseñado la última vez que habían limpiado la bañera.

Addy sonrió, pues la voz de Sharla era dulce y afinaba perfectamente. No quería que dejase de cantar, de modo que le disgustó que la niña se detuviera y se sacase del bolsillo el dinero que le había dado Earl Bolton. Blandió el billete en el aire y preguntó:

–¿Mamá?

–¿Sí, Sharla, cielo?

–¿Esto es dinero de verdad?

–Pues claro. Es dinero de Estados Unidos.

–Pues no tiene color.

–Los estadounidenses sólo usan dinero verde, Sharla.

–¿Podemos ir a Sweet Freeze y comprarnos un helado con él?

La heladería estaba a más de un kilómetro de la entrada del campamento de caravanas. Era el lugar donde paraban las familias para comprar un cucurucho o una tarrina en el camino de ida o de vuelta del lago, adonde iban a nadar. La heladería Sweet Freeze llevaba allí toda la vida, hasta donde alcanzaba el recuerdo de Addy. Se orientaba en el tiempo gracias a ella, y sabía que el invierno había llegado de verdad cuando el dueño cerraba las puertas y colgaba el viejo cartel pintado a mano:

«CERRADO POR TEMPORADA.
¿POR QUÉ RAZÓN? ¡HACE UN FRÍO QUE PELA!»

No brillaba el sol, y el cielo no era azul, sino un sofocante manto de calima amarilla y grisácea. Los perros y los gatos se refugiaban bajo los porches y los árboles. Las caravanas absorbían todo el calor y achicharraban la carne humana en el interior. Aunque Addy estaba mareada y tenía el estómago un poco revuelto, se veía capaz de recorrer el kilómetro y pico hasta el Sweet Freeze y, además, quería hacerlo por la niña. Hasta le animaba la idea de tomarse un café rodeada de aire acondicionado y no tener que estar mirando el Cadillac dorado y pensando en Earl Bolton, que a su vez le hacía pensar en Chester Monk.

–¿Por qué, Mamá?

–¿Por qué qué, Sharla?

–¿Por qué usan dinero verde?

–¿Por qué? Pues porque Estados Unidos es otro país.

–¿Ah, sí?

–Claro que sí. Nuestro país se llama Canadá. ¿Es que no lo sabes?

–Ajá... –A Sharla le había dado por decir «ajá...», al igual que le había dado por imitar a Mamá Addy en muchas otras cosas.

–Nosotros nos llamamos canadienses y ellos son estadounidenses.

–Estadounidenses.

–Nosotros somos distintos. –A Addy no se le ocurría una forma mejor de explicarlo–. Somos canadienses.

Sharla entornó los ojos bajo el sol.

–¿En Estados Unidos son todos como tú?

–¿Como yo?

Sharla empleó la palabra deliberadamente, acordándose de lo que le había dicho Mamá Addy.

–¿Son todos... «negros»?

Addy se echó a reír, dio un resoplido y se puso a toser.

–No, pequeña. No son todos negros. –Sólo de pensarlo se echó a reír de nuevo–. Son todos de razas y colores distintos, igual que en Canadá.

–¿Y también hay animales distintos?

–No. Bueno, sí. Algunos. En el sur hay caimanes y armadillos. Aquí sólo los verás en el zoo.

–¿Y también usan palabras distintas?

–¿Quieres decir otro idioma?

Sharla asintió.

–¿Como los chinitos?

–No se dice «chinitos», Sharla. Eso es de personas ignorantes.

Sharla no sabía que era de personas ignorantes. Agitó su billete de dólar en el aire denso y se aventuró a decir:

–Entonces, ¿cómo se les llama? ¿Amarillos?

–No, no, Sharla. –Addy intentó no culpar a Sharla por su ignorancia–. No se dice «amarillos», tesoro. Se dice... –Pero ella tampoco sabía cómo se les llamaba exactamente, pues en los últimos tiempos había montones de frases y expresiones que no sabía cómo debían decirse, y sólo encontraba huecos vacíos cuando trataba de hablar de las cosas que le eran familiares–. Se dice –añadió, carraspeando– personas de la China.

Sharla asintió.

–Personas de la China. Yo me voy a pedir el sabor de Cola de Tigre. ¿Puedo pedirme dos bolas?

Addy asintió y se estremeció cuando se levantó una leve brisa que transportó el olor a pescado del lago Erie hasta sus fosas nasales. Le encantaba el lago y le alegraba poder olerlo, aunque no pudiera verlo, desde el campamento de caravanas. Rusholme estaba a más de sesenta kilómetros al oeste del campamento de Lakeview, y el olor del lago era allí distinto, más dulce y más rico, como algo recién salido del horno. Ese día, la brisa venía del oeste, y con ella el hedor de la granja del señor Kenny y el pan de maíz de Laisa y el sudor de Chester Monk. Tenía la misma ansia por ahuyentar de su mente aquellos olores y aquellos recuerdos que el afán por conservarlos, y sintió cómo su hermano muerto le susurraba al oído:

–*Vuelve a casa, Addy Shadd. Vuelve a casa.*

Leam se le había aparecido en varias ocasiones a lo largo de los últimos meses, y Addy no sabía por qué. La mayoría de las veces se alegraba de que le hiciera compañía, pero en otras también le hacía enfadar. En cierta ocasión, estaba plantando tomates detrás de la caravana cuando le había dado unos golpecitos en la espalda y le había dicho:

–*Cava un poco más hondo, hermana, o las raíces no prenderán.*

Addy llevaba plantando tomateras con éxito toda su vida, de modo que le traían sin cuidado los consejos de su hermano. No quiso prestarle atención, como hacía a veces, pero él siguió hablando.

–*¿Es que vuelve a dolerte la cadera?*

–Ajá...

–*Y estás tosiendo mucho. Será mejor que dejes de fumar.*

–Estoy bien.

–*No, estás vieja y te estás muriendo, Adelaide. Deja ya el tabaco.*

–Lo haré.

–*Prométela.*

–¡Lo haré!

–*No te pongas impertinente.*

–Estoy cansada, eso es todo.

–*Lo sé.*

–Cansada de echar de menos a mis muertos.

–Lo sé.

–Y cansada de estar sola y de no tener a nadie con quien hablar más que a mí misma.

–Y a mí.

–Pero tú me molestas, Leam, y me dices cosas que no quiero oír.

–No seas niña.

–¿Crees que me estoy muriendo?

–Sí, hermana. Y tú también lo crees.

–Ahora vete, Leam. Tengo trabajo que hacer.

–Pero tira los cigarrillos a la basura, ¿quieres, Addy? Haz lo que te dijo el doctor Zimmer porque vas a tener que estar sana un tiempo. Aún te queda algo por hacer.

Addy no sabía a qué debía referirse puesto que aún no había conocido a Sharla Cody. Addy discutía con el fantasma de su hermano como nunca había discutido en vida.

–¿Por qué siempre me estás diciendo cómo tienen que ser las cosas?

Él no le había contestado y ella no había lamentado haberlo ahuyentado. Volvería y ella lo sabía.

Mientras paseaba con Sharla en ese momento, Addy sintió que se le comprimían los pulmones y se detuvo un instante en el arcén de la carretera. Se metió la mano en el bolso, sacó su paquete de tabaco y lo tiró a la cuneta. Unos coches pasaron zumbando por su lado, salpicándolas de barro y asfixiándolas con la polvareda que levantaban al pasar. Addy se quedó mirando a Sharla un buen rato y se preguntó qué le sucedería a la niña si ella se moría allí mismo, en ese instante.

–¿Cielo?

–¿Ajá...?

–¿Tú sabes quién es tu papá? ¿Sabes cómo se llama? ¿O dónde vive al menos?

Hasta donde alcanzaba su memoria, Sharla le había hecho a Collette aquellas mismas preguntas. Esperaba a que su madre estuviera de buen humor y luego se preguntaba en voz alta por qué su padre nunca iba a verla. ¿Cómo se llama? ¿Vive en una casa bonita? ¿Tiene más hijos? Collette se limitaba a poner los ojos en blanco y a decir: «No tengo ni idea. Además, hay un montón de niños que no viven con sus papás».

Sharla se moría de ganas de lamer un cucurucho de helado de Cola de Tigre y probar la mezcla de naranja dulce y regaliz negro. Dejó que Addy se apoyara en ella, temerosa de que la anciana jadeante no consiguiera llegar a la heladería. Se preguntó si no tendría que sacar el dedo gordo como hacía Collette para que alguno de los coches que pasaban por la carretera se detuviese y las llevara. No había respondido a la pregunta de Mamá Addy sobre su padre. No podía.

Addy volvió a insistir.

–¿Has visto alguna vez a tu papá? ¿Sabes qué aspecto tiene?

Sharla se encogió de hombros. No quería hablar del papá al que no conocía.

–¿Sabes cómo se llama?

–Cody.

–Eso ya lo sé.

–No Depuis.

–¿Qué es lo que no es Depuis?

Sharla se echó a reír porque Mamá Addy no lo sabía.

–Mi mamá. Se llama Collette Depuis.

«Pues claro», pensó Addy, sorprendida de que no se le hubiese ocurrido antes. Collette no se había casado con el padre de Sharla y no era una Cody. Lo más probable era que nunca se hubiera casado. Addy se acordaba de una familia de Depuis que vivían en la zona norte de Chatham, en una casa enorme de la nueva subdivisión. El padre, Reggie Depuis, era un hombre temeroso de Dios que acudía regularmente a la iglesia, propietario del restaurante Family Time de la Autopista 2. Se acordó de la primera vez que le había llevado el pan allí y cómo, muy amablemente, le había dicho que entrara por la puerta de atrás, no porque fuera de color, sino porque todas las entregas de productos y mercancías se hacían por la parte de atrás. Se acordó de que tenía una hija pequeña muy guapa y de que su esposa, Arla, estaba enferma y había muerto después. Addy había oído que el propio Reggie se había seccionado dos dedos cortando embutidos después del funeral y que había estado a punto de morir él también.

Addy recordó la cara de aquella niña regordeta. ¿Podía aquella niña haber sido Collette? Addy lo dudaba, segura de que Reggie Depuis era un buen hombre y no parecía probable que Collette fuese hija suya, pero el día que había ido a preguntarle si quería quedarse con Sharla ¿no había dicho algo acerca de que su madre había muerto? Addy se detuvo de nuevo debido a un ataque de tos, amén de la tortura de la voz de su hermano, que le insistía:

–Addy, tienes que encontrarle un hogar a la niña. Tienes que encontrarle un hogar a la niña porque no vas a seguir en la Tierra mucho más tiempo y lo sabes.

Sharla levantó la vista, preocupada. Mamá Addy se había puesto gris y no parecía capaz de andar un paso más. Sharla había pensado tanto en las dos bolas de helado que casi le parecía haberlo chupado por completo y haberse comido ya la galleta del cucurucho, por lo que ya ni siquiera necesitaba comérselo de verdad.

–¿Quieres que volvamos a casa, Mamá Addy?

Addy sonrió y negó con la cabeza, pues no quería que la niña viera los pensamientos que le nublaban el rostro. Le compraría a Sharla su helado y luego buscaría el nombre de Reggie Depuis en el listín telefónico y vería si tenía valor suficiente para llamarlo. No quería separarse de Sharla, igual que no quería creer que se estaba muriendo, pero en el fondo, Leam tenía razón: ella no podría criar a aquella niña.

La heladería estaba muy concurrida, pero encontraron unos taburetes en la barra. Sharla consiguió sus dos bolas de helado y estaba entusiasmada. Addy ya se encontraba mejor gracias al aire fresco y decidió que, en realidad, no hacía falta que hiciera esa llamada telefónica. Sin embargo, Leam le insistió, de modo que se sacó una moneda del monedero y se dirigió al teléfono, junto a los lavabos.

Reggie era el único Depuis del directorio del condado, y eso lo hacía todo mucho más sencillo, pero cuando una voz espesa y humeante respondió: «¿Diga?», la primera reacción de Addy fue colgar. Sin embargo, al final se armó de valor y dijo:

–¿Hola? ¿Señor Depuis?

–¿Sí? –repuso la voz, recelosa y glacial.

–Soy Adelaide Shadd, señor Depuis. Tal vez se acuerde usted de mí. Solía hacer el reparto para el señor Folo... De la panadería The Oakwood, ¿se acuerda?

Al otro lado del hilo, nadie contestó.

–¿Señor Depuis?

–¿Sí? –dijo la voz de nuevo, como si no hubiese oído las últimas palabras.

–Yo hacía el reparto de los bollos crujientes y las barras de centeno al restaurante familiar que usted regentaba... hace muchos años. No sé cuántos. Me acuerdo de su amable esposa, Arla.

–Arla falleció hace años. Mi esposa se llama Delia. –Pareció impacientarse.

Addy miró rápidamente a la barra para asegurarse de que Sharla estaba bien allí sola, y lo estaba. Se aclaró la garganta.

–Sí, bueno, señor, el caso es que no sé exactamente cómo preguntárselo salvo preguntándoselo: ¿tiene usted una hija que se llama Collette?

De nuevo no se oyó nada al otro lado del hilo y Addy creyó que el hombre había colgado.

–¿Señor Depuis?

–¿Quién puñetas es usted?

–Soy Adelaide Shadd, señor Depuis. Creí que tal vez se acordaría de mí, de cuando le llevaba los pedidos de pan al restaurante.

–Vendí el restaurante hace tiempo. El dueño se llama Telfer. Llámelo a él si quiere vender pan.

–Sí, señor. Pero yo no... Señor Depuis, la razón de mi llamada es porque vivo en el campamento de caravanas de Lakeview y querría saber si la chica que vive allí, Collette Depuis... ¿es su hija, señor?

Hubo una pausa, como si el hombre estuviera decidiendo su respuesta. Al cabo de un momento, se oyó su voz.

–No.

Adelaide sabía que el hombre mentía.

–Es que, verá, señor... Collette... Bueno, ella se fue hace un tiempo y me pidió que cuidara de su hijita. ¿Está seguro de que no...?

El receptor enmudeció en sus manos y Addy Shadd se imaginó qué había ocurrido. Se acordó de su propio padre y de lo fácil que había resultado para él rechazarla y no pensar en ella salvo para desear que le ocurriera algo malo. Pensó que Reggie Depuis debía de sentir algo muy parecido, aunque no sabía por qué, y de repente sintió una oleada de ternura por Collette y se arrepintió de haberla juzgado con tanta dureza.

Addy fue pasando las páginas del listín telefónico hasta encontrar la letra C, pero no había ni un solo Cody en la guía. Volvió renqueando al mostrador, pues la cadera le dolía horrores. A Sharla el helado le chorreaba por la barbilla y le goteaba en la camiseta y los pantalones cortos, y tenía un manchurrón pegajoso alrededor de la boca. Pero a Addy no le importó lo más mínimo. Rodeó el cuerpecillo rígido de Sharla con sus brazos y cerró los ojos con fuerza.

Las familias de la heladería observaron a la anciana abrazar a la chiquilla sucia de helado y estrecharla contra su pecho hundido. Todos sabían que debía de haber sucedido algo muy triste y se morían de ganas de saberlo. Sharla no sabía qué pensar, y aunque tenía las manos pringadas de helado y era algo que casi nunca solía hacer, envolvió con sus minúsculos brazos el cuerpo de la anciana y le dio unas palmaditas en la espalda como había visto hacer a las buenas madres por televisión.

–No llores, Mamá Addy –murmuró Sharla–. Chsss, no llores.

El hombre con barba que había detrás del mostrador le sirvió a Addy un vaso de agua fría. Ella se sonó la nariz con una servilleta del servilletero grasiento, apartando la mirada. Una mujer blanca con un bebé apoyado en la cadera tomó asiento en el taburete vecino y le dijo:

–¿Está usted bien, querida?

Addy se sintió como una idiota por todo el jaleo que estaba armando. No era sólo la conversación telefónica con Reggie Depuis lo que la había trastornado, sino Collette, Sharla, ella misma y todas aquellas almas desdichadas a quienes habían abandonado y maldecido precisamente aquellos que más deberían haberlas amado y ayudado. Addy negó con la cabeza mirando a la mujer del taburete y agradeció que ésta le ofreciera un pañuelo de papel que sacó de su bolso, porque la servilleta áspera ya le estaba irritando la piel de la nariz.

La mujer acunó al bebé en sus brazos, apretó con

cariño el brazo moreno de Addy y por poco la hizo llorar de nuevo cuando le preguntó con aquella voz tan dulce:

–¿Hay algo que pueda hacer yo?

–No, pero le agradezco su ofrecimiento.

Addy creyó que entonces la mujer se iría, pero se quedó allí delante.

–Me llamo Rita Whiffen. –Señaló al bebé gruñón–. Y este de aquí es el pequeño Roger.

–Adelaide Shadd. Encantada de conocerla. Ésta es Sharla.

Rita Whiffen dedicó una sonrisa a la niña y sacó otro pañuelo de su bolso. Mojó el pañuelo en el vaso de agua de Addy y le limpió a Sharla los restos de helado de la boca muy hábilmente.

–¿Es su nieta? –le preguntó.

Addy no quería mentirle a aquella mujer tan amable, de manera que se limitó a decirle que tenía un bebé precioso y que le agradecía nuevamente su interés. La mujer siguió hablando:

–No pretendo meterme donde no me llaman, pero me parece que mi marido y yo las vimos antes caminando por la carretera. ¿Necesitan que las lleven en coche al sitio de donde vienen? Hace un calor horroroso en la calle.

Era Leam otra vez –de eso Addy estaba segura– el que incitaba a aquella mujer a ser tan bondadosa, porque la mayoría de la gente, sobre todo los extraños, no se molestaban en indagar o preocuparse por los problemas de los demás. Addy aceptó y agradeció que alguien estuviera dispuesto a llevarlas en coche. Al ver la cara sonriente de Rita Whiffen, Addy pensó en preguntarle si tenía espacio suficiente en su corazón para querer a otra niña, pero justo en ese momento apareció el marido de Rita, que le preguntó:

–¿Necesitan que las llevemos en coche, cariño?

Tres niños pequeños con la cara quemada por el sol asomaron como patitos por detrás del marido de Rita, y Addy se echó a reír ante su propia ocurrencia, porque saltaba a la vista que los Whiffen ya no daban abasto con lo que tenían en casa. Las guiaron a la calle, a un coche familiar de gran tamaño, donde Rita y su marido insistieron en que Addy ocupara el asiento delantero.

Con movimiento inseguro, Sharla se encaramó a la parte de atrás junto a los otros niños y la mujer amable. Antes de que el coche arrancara siquiera, Peter, el pequeño de dos años, le echó los brazos a Sharla alrededor del cuello y le plantó los labios babeantes en la mejilla. Sharla no estaba segura de que aquello le gustase, hasta que Rita Whiffen dijo:

–Desde luego, a este niño le gustan las chicas guapas.

Sharla había dejado de ocultar sus sonrisas hacía ya unas semanas, y en ese momento llegó incluso a soltar una carcajada y dijo que Peter podía sentarse en su regazo.

En el corto trayecto de vuelta a Lakeview, los adultos se quejaron del calor y la humedad, pero luego, como la mayoría de los habitantes de la zona, se recordaron mutuamente que el invierno no tardaría en hacer su prematura aparición y entonces todos desearían estar sudando, acalorados y en el lago en lugar de estar encerrados en casa para guarecerse de la ventisca de nieve. Aunque ya había dado las gracias varias veces a la pareja, Addy atinó a decir de nuevo:

–No se le ocurre a mucha gente ofrecerse a llevar a otras personas en su coche. Se lo agradezco muchísimo, de veras.

Rita asintió y repuso:

–Bueno, nosotros creemos que en esta vida no debería importar el color de la piel, y eso es lo que queremos inculcarles a nuestros hijos.

A Addy le sorprendió el comentario de Rita. Ella no había querido decir ofrecerse a llevar a otras personas «de color», pero no pensó mal de ella por haberla malinterpretado. Rita le peinó el pelo a Sharla con los dedos como si fuera su propia hija y dijo:

–¿Cuántos años tienes, cielo?

Sharla sonrió, deseando que aquella mano no se apartara de su cabeza.

–Cinco.

–¿Cuándo cumples los seis? –preguntó Rita mientras desplazaba los dedos por el pelo ensortijado.

–En mi cumpleaños.

Rita Whiffen se echó a reír.

–¿Y cuándo es tu cumpleaños?

Sharla se quedó pensando un momento. Sabía que no era normal no saber cuándo era el cumpleaños de una. Sólo tenía un vago recuerdo de un pastel de cumpleaños de hacía mucho tiempo, y no se le ocurría ni sabía de ningún regalo.

–Creo que antes era en invierno.

Rita Whiffen intentó disimular su inquietud.

–¿Antes? Bueno, los cumpleaños no cambian de un día para otro, cielo. Siempre son el mismo día. ¿No sabes cuándo es tu cumpleaños?

–¿En verano, a lo mejor?

–Ya, pero ¿en verano cuándo?

Addy se dio cuenta de que era muy probable que Collette se hubiera olvidado del último cumpleaños de Sharla y puede que incluso del anterior. Supo de pronto que Sharla nunca había celebrado ninguna fiesta de cumpleaños, y que ya tenía seis años y ni siquiera lo sabía. Inspiró hondo y se volvió hacia Rita, en el asiento de atrás.

–En agosto. Sharla cumplirá seis años el quince de agosto –dijo, porque fue eso lo primero que le vino a la cabeza.

Sharla pensó que Addy debía de ser un hada madrina, que sabía hacer magia. Nunca habían hablado de su cumpleaños. ¿Cómo sabía eso Mamá Addy?

Fue poco después de que los Whiffen las hubieran dejado en casa en la caravana y se hubiesen despedido de ellas cuando Addy decidió organizar una fiesta de cumpleaños para Sharla. Inmediatamente, sin perder un minuto, le contó a Sharla sus intenciones de celebrar una fiesta y deseó no haberlo hecho, porque no iba a dejarla en paz hasta que se hubiese celebrado.

–¿Y habrá globos?

–Sí.

–¿Y podrán venir Lionel y Nedda?

–Sí.

–¿Y podremos tirar petardos?

–No.

–¿Y habrá pastel?

–Sí.

–¿Y velas?

–Seis velas.

–¿Y puedo ser yo la que sople?

–Es que eres tú la que tiene que soplar las velas, Sharla. Eres tú la que cumple años.

TARTA DE MANZANA

Fue el marido de Lenny Davies, Morris, quien corrió a despertar a Addy en algún momento de la noche, con un pequeño farol en la mano y cara de pocos amigos. Ella todavía no lo había visto en persona, pues había pasado la mayor parte de la tarde afanándose en la cocina, pero Addy no podía quitarse de encima la sensación de que ya lo conocía de antes. Se dio cuenta enseguida de qué era lo que le resultaba familiar: el hombre llevaba el abrigo negro de lana del pastor. De pronto se acordó del grueso fajo de dinero que había en el bolsillo de aquella prenda y se lamentó de no haberlo sacado y habérselo escondido en la ropa interior o más pegado a la piel. Sin embargo, no se hallaba en posición de exigir que le devolvieran el abrigo ni el dinero.

Morris le dio a Addy una pequeña pila de ropa vieja de Lenny y un abrigo fino de paño con los codos gastados.

–Prepárate, muchacha, nos vamos a Detroit.

Addy encontró vacío su saco de comida y supuso que Morris y Lenny se habrían quedado con la carne ahumada y las patatas, así como con el abrigo negro y el fajo de billetes, como pago por la generosidad de la pareja. Se puso el abrigo de paño y metió el resto de la ropa apretujada en el saco. Antes, con Lenny, había comido muslos de pollo y galletas en la cocina, pero no había vuelto a saber nada del pastel de riñones.

Deseó poder hincarle el diente en ese momento, pues estaba muerta de hambre y, por lo visto, iba a marcharse sin desayunar.

Morris Davies la llevó a un carro tirado por un caballo, la carreta más vieja que Addy había visto en su vida. Se dispuso a colocarse delante, pensando que se sentaría con él en el pescante, pero Morris hizo un movimiento negativo con la cabeza y señaló la parte posterior. Addy se subió al carro con cierta dificultad y se acomodó en mitad del polvo. Cuando el caballo emprendió el trote, Addy se preguntó qué harían allí aquellas cañas de pescar y el cesto de mimbre. Evitó pensar en cómo sería el primo de Lenny Davies porque era allí a donde se dirigía, así eran las cosas y sanseacabó. El viejo caballo ensillado dio un resoplido cuando Morris le azotó la grupa con una cuerda de cuero y lo obligó a enfilar hacia el camino. La sacudida estremeció el cuerpo aún dolorido de Addy y zarandeó al niño que llevaba en el vientre.

Las calles estaban en completo silencio, salvo por el rítmico chacoloteo de los cascos del caballo. Addy se dirigió a Morris, en la parte delantera:

–¿Esto es Windsor?

Morris negó con la cabeza y se limitó a contestar:

–Sandwich.

El sol salió mientras avanzaban por el camino. Addy vio desfilar la ciudad a su lado: modestas casas de madera todas apiñadas y construidas junto a la carretera, edificios de ladrillo bajos y cuadrados en la calle principal, una cochambrosa estructura de tablones de madera que, para su completo asombro, resultó ser una iglesia... No se veía un alma en la calle, ni blancos ni negros. Sandwich no era en absoluto como ella la había imaginado y se preguntó cómo sería Windsor. No iba a tardar en descubrir cómo era Detroit, eso seguro.

Morris había dejado muy claro que no quería entablar ningún tipo de conversación con ella ni intercambiar muestras de cortesía, lo que para Addy fue un alivio, porque ella tampoco tenía ningunas ganas. Se sujetó al costado del carro durante su traqueteo por la carretera irregular, y se estremeció de dolor la vez que una astilla alargada se le clavó en la palma de la mano. La astilla se le clavó tan adentro que estaba segura de que nunca podría quitársela.

Addy sabía que Detroit estaba en Estados Unidos, y que Estados Unidos era otro país. Sabía que había una frontera y que Teddy Bishop la cruzaba una y otra vez para transportar su ron, pero cuando, con las primeras luces del alba, vio aquel río tan ancho, se asustó y se preguntó cómo diablos iban a pasar de aquella orilla al otro lado. Morris Davies detuvo el carro y ató su viejo caballo.

–Trae las cañas de pescar –dijo, y luego se fue a hablar con un blanco de aspecto amenazador que asomó de una cabaña junto al agua.

Morris desapareció unos instantes en el interior de la cabaña y regresó al cabo con una caja de madera que Addy sabía que era alcohol. Se acordó de Chester y le pareció increíble que hubiese estado allí, viviendo del contrabando, y que él y Leam hubiesen perdido la vida en aquella agua espesa y cenagosa. Se preguntó si Chester aún seguiría allí, flotando sin vida por la superficie del agua, y esperaba no verlo si así era.

Morris señaló un triste bote de remos con un solo asiento de tablón, el otro tablón roto y mojado en el suelo. Se subió al bote con la caja de alcohol y extendió una mano. Addy lo interpretó como un gesto para ayudarla a subirse, pero hizo unas señas hacia las cañas de pescar y los cestos y ella se los pasó. Morris no hizo amago de ayudarla a subirse al bote hasta que fue evidente que no podía hacerlo ella sola. Colocó el asiento de tablón en equilibrio sobre la caja de madera e hizo señas a Addy para que se sentara en él. A continuación, extendió los brazos y acomodó las faldas del vestido de la muchacha hasta que la caja quedó oculta por completo. Addy inclinó la cabeza, avergonzada.

Mientras se alejaban del embarcadero, Addy supuso que lo más probable era que Morris le diese los remos y le hiciese remar a ella. Sin embargo, fue él quien los cogió, conservando las cañas de pesca a su lado. No fue hasta que hubieron avanzado hasta la mitad del cauce del río y vieron cómo se aproximaba hacia ellos una pequeña barca a motor con dos jóvenes blancos vestidos con el uniforme de carabineros cuando Addy empezó a comprenderlo todo.

No bien la barca se aproximó, Morris metió los remos en el interior del bote y sacó las cañas de pescar. Le pasó una a Addy y abrió el cesto rápidamente. Cebó el anzuelo con un gusano y se disponía a sacar otro del cesto cuando uno de los carabineros le interpeló:

–¿Si que han madrugado hoy, no?

Morris levantó la vista, simulando no haber advertido su presencia hasta entonces. Esbozó una enorme sonrisa y respondió:

–Ah, sí. Sí, señor. Buenos días a ustedes también.

Los carabineros se acercaron y pararon el motor de su embarcación. Addy vio que intentaban escudriñar el interior del bote y que parecían sospechar algo.

–Y se ha traído usted a su esposa, imagino...

–Sí –contestó Morris–. Aunque me parece que estoy perdiendo el tiempo. No deja de protestar por los gusanos.

Los blancos se echaron a reír. Vieron que dentro del bote sólo estaba el cesto, pero aun así, no parecían del todo satisfechos.

–¿Y qué es lo que han venido a pescar esta mañana?

–Lucios, si pican. O cualquier cosa que se quiera arrimar al anzuelo.

Uno de los blancos estaba observando el bulto bajo el vestido de Addy. Se llevó la mano a la gorra para saludarla y dijo:

–¿No le gusta la pesca, señora?

Addy miró a Morris, negó con la cabeza y bajó la mirada.

–En ese caso, es curioso que haya querido venir aquí al río, ¿no le parece? –El otro hombre apoyó el pie en el costado de su propia barca e inclinó el cuerpo hacia delante–. No habrán venido aquí con otro propósito distinto al de salir a pescar, ¿verdad que no, señora?

Addy miró fijamente al hombre y sus ojos se le antojaron extraños y débiles. Negó con la cabeza y, con un hilo de voz, explicó:

–Tengo niños en edad de crecimiento y he pensado que si ambos salíamos a pescar tendríamos para una buena cena esta noche y un poco de pescado de sobra para hacer croquetas para el desayuno.

El hombre que la observaba pareció darse por satisfecho con aquella explicación, pero no así su compañero, quien señaló la tripa de la joven y dijo:

–¿No llevará ahí escondidas en ese cojín debajo del vestido unas botellas de licor, verdad que no, señora?

Addy se sintió indignada por la pregunta a pesar de saber que iba sentada sobre una caja llena de botellas. Morris se echó a reír con demasiado ímpetu y el primer carabinero dijo:

–¿Le importaría subirse la falda, señora, sólo para asegurarnos de que no están pasando licor ilegal al otro lado del río?

Esta vez Addy no habló con un hilo de voz.

–Nunca en toda mi vida había oído una pregunta tan indecorosa.

Los carabineros parecían un poco avergonzados, pero no dieron su brazo a torcer.

–En ese caso, ¿le importaría ponerse en pie, para que podamos examinarla debidamente?

Morris parecía desolado, pero Addy no tenía ningún miedo.

–¡Pues claro que me importa! Por pocas si puedo tenerme en pie en tierra firme con esta barriga, así que no pienso levantarme estando en ningún bote de pesca... –Y acto seguido se abrió el abrigo de paño y retiró la tela del vestido por encima de su vientre y del botón de su ombligo hinchado–. ¿Lo ven? Pues si se creen que ahí dentro hay una botella de ron, hagan el favor de ir y preguntarles a sus madres cómo paren hijos las mujeres.

El primer carabinero le dio una palmada en el hombro al segundo. Volvieron a arrancar el motor y se fueron sin disculparse por las molestias. Morris esperó hasta que la patrulla hubo desaparecido por el recodo del río y luego sacó los remos y los hundió en el agua, sin parar a recobrar el resuello siquiera hasta que hubieron alcanzado la otra orilla.

Había un hombre esperando entre los arbustos para recoger la caja que traía Morris y para pagarle por el alcohol y un poco también por sus desvelos. Addy se figuró que no era la primera vez que lo hacía, pues el hombre que le pagó lo conocía bien. Se preguntó qué le parecería a Lenny Davies aquello de que su marido fuese contrabandista.

Avanzaron río arriba por la orilla, a través de las matas y los arbustos, hasta alcanzar por fin una carretera. Morris le colocó en la mano un trozo de papel con una dirección y un mapa muy rudimentario. Señaló una calle con casas de madera minúsculas, perros escuálidos y unos niños de color que daban patadas a un balón, soltando vaharadas de nubes con la respiración. Morris señaló el mapa y dijo:

–Ve por esta calle un rato, dobla al llegar al final y luego dobla aquí y otra vez aquí también. Tienes que encontrar la calle Chestnut. El primo de Lenny vive en la primera casa de la esquina de la tercera manzana y no sabe que vas a ir, así que tendrás que pensar en algo para explicárselo.

Addy tenía un centenar de preguntas, pero Morris no dijo una sola palabra más y se limitó a dar media vuelta y a volverse por donde habían venido. Addy se preguntó qué diría si los de la patrulla volvían a pararlo y lo veían sin su mujer a bordo del bote, con el asiento de tablón roto como única compañía. Esperaba que lo parasen, porque aquel hombre no le caía nada bien, y pensó que al menos podría haberle dicho lo bien que había sabido arreglárselas con los carabineros, y haberle dado un dólar del dinero que había cobrado, o más dinero del fajo que sin duda habría encontrado en el bolsillo del abrigo del pastor.

Deseó haber dispuesto de algo de dinero que darle al primo de Lenny. Cayó en la cuenta de que ni siquiera sabía cómo se llamaba, y siguió pensando en eso mientras caminaba. Las calles, con sus casas de madera de construcción reciente y los edificios de ladrillo de dos plantas, más antiguos, con los tejados de pizarra gris, estaban en silencio. Los jardines estaban bien cuidados, la carretera asfaltada, y por lo visto, muchos de los habitantes eran propietarios de un automóvil. Sin embargo, a Addy no le parecía el barrio de una gran ciudad, o al menos no como ella lo había imaginado. Al final de cada manzana, Addy levantaba la vista para leer los carteles de las calles y se iba poniendo cada vez más y más nerviosa, pues muchos de los nombres le resultaban completamente desconocidos e impronunciables.

Le dolía toda la musculatura, tenía el estómago revuelto y sus piernas ya empezaban a tener serias dudas de poder volver a descansar algún día. Encontró al fin la calle Chestnut y se plantó delante de la casa del primo de Lenny. Era pequeña, pero de ladrillo rojo y aspecto pulido, con visillos de encaje blancos en las ventanas a cada lado de la puerta. En el porche delantero había dos sillas de respaldo alto, y aunque hacía frío, dudó si sentarse un rato antes de llamar a la puerta. Sin embargo, ésta se abrió y un hombre-niño esquelético y de aspecto enfermizo, con un ojo estrábico y un traje negro que le quedaba demasiado grande, atravesó el umbral. A Addy se le antojó demasiado joven para ser el primo de Lenny y pensó que debía de ser uno sus hijos mayores. El muchacho la miró con extrañeza, porque se había quedado ahí plantada sin más, mirando a la casa. Al cabo de un momento, le dijo:

–¿Viene a darnos el pésame?

Addy se dio cuenta de inmediato de que la madre moribunda del chico debía de haber fallecido recientemente, y se arrepintió de haberse presentado allí en un momento tan inoportuno. Asintió a pesar de todo y el chico abrió la puerta para dejarla pasar. Había tres personas reunidas en la sala de estar, dos hombres y una mujer, todos mayores que su propio padre. Estaban en silencio, dando sorbos de té y fumando tabaco de liar. Levantaron la vista y no dijeron nada, fijándose en su ropa harapienta y en su vientre abultado. Ninguno de los presentes se parecía a Lenny Davies, así que Addy no sabía a quién mirar ni qué hacer a continuación.

El chico del ojo estrábico apareció tras ella y dijo:

–Viene a dar las condolencias, Padre.

Aunque no se levantó, el más menudo y el más viejo de los dos hombres dejó el cigarrillo de picadura en un platillo de vidrio y extendió la mano. Addy se la tomó y murmuró:

–Le acompaño en el sentimiento, señor.

El hombre asintió e hizo señas con la mano hacia una silla.

–Siéntese, señorita. Riley le traerá una taza de té.

Addy tomó asiento en la silla, rezando para que las piernas le dejaran de temblar. La mujer se levantó y dedicó una sonrisa franca a la joven, y a continuación miró al otro hombre y dijo:

–Será mejor que nos vayamos.

El hombre se levantó y el primo de Lenny lo imitó, y los tres se dirigieron con paso desganado hacia la puerta. El chico volvió a la habitación, ofreció a Addy una taza de té y se sentó en la silla que había a su lado. Echó mano de una bolsita con tabaco picado, lió un cigarrillo con suma destreza y se lo ofreció a ella. Addy lo rechazó negando con la cabeza, de modo que se lo encendió para sí y exhaló las palabras con el humo.

–Por nada del mundo volvería a revivir estos tres últimos días, no, ni hablar.

Addy asintió y pensó que aquel chico y todas las demás personas de fuera de Rusholme tenían una forma muy distinta de decir las cosas. El chico enfocó hacia ella el ojo estrábico y debió de verla con mucha claridad, porque acto seguido señaló:

–No me suena usted de nada...

Addy negó con la cabeza, sin dejar de preguntarse cómo explicar lo que tenía que explicar, pero se ahorró momentáneamente el trance porque, justo en ese momento, el primo de Lenny regresó a la sala y dijo:

–¿Le apetece un trozo de tarta de manzana, señorita?

Estaba muy mal hecho, y Addy lo sabía, eso de tomarse un té y un trozo de tarta de manzana y no decir a santo de qué estaba ella allí, pero Addy se moría de ganas de comerse ese trozo de tarta.

–Sí, señor. Me gustaría mucho, señor. Es usted muy amable, señor. Gracias.

El viejo se echó a reír y dijo:

–Me parece que a esta jovencita no le apetece uno sino dos trozos de tarta de manzana...

Riley no rezongó por tener que volver a levantarse, sino que se encasquetó el cigarrillo entre los labios y echó a andar de nuevo por el pasillo. El primo de Lenny se restregó los ojos, volvió a sentarse y dijo:

–Tú debes de ser amiga de Verilynn. Pues verás, ha vuelto a la escuela, ¿sabes? Le dije, hija mía..., le dije, quédate hasta que enterremos a tu madre y luego vuelve y sigue adelante con tu vida. Riley y yo ya nos apañaremos. Se fue ayer. Pero le va a dar mucha pena no haberte visto, que os hayáis cruzado así. ¿Cómo te llamas?

Addy recuperó a voz justo cuando Riley volvió a la sala de estar y le ofreció un delicado plato de porcelana con dos generosas porciones de tarta y lo que parecía un tenedor de niños.

–Me llamo Adelaide Shadd, señor.

El ojo bueno del chico la encontró.

–¿Eres amiga de Verilynn, Adelaide? –le preguntó.

Addy negó con la cabeza y el primo de Lenny pareció sorprenderse.

–Entonces, debías de conocer a Rosalie. ¿Conocías a mi esposa, jovencita?

Addy volvió a negar con la cabeza y el tenedor empezó a repiquetear en el plato de la tarta. A Addy le temblaba la barbilla, y las lágrimas le nublaban la vista. Sabía que tenía que decirlo, pero le apenaba, mientras lo decía, que los oídos que la escuchaban tuviesen ya tantos quebraderos de cabeza y sus propias contrariedades. Sin embargo, en cuanto empezó a hablar, ya no pudo detener el torrente de palabras. Para cuando terminó, cuando les hubo explicado que Lenny se había quedado con el fajo de billetes del pastor y que

Morris la había llevado remando al otro lado del río y le había indicado el camino, Addy sintió como si lo hubiese revivido todo de nuevo y casi no podía respirar. Wallace y Laisa, Chester Monk y L'il Leam, y sobre todo, Zach Heron, habían inundado el espacio de la habitación y habían robado todo el oxígeno.

Los rostros del hombre y del muchacho habían dicho muchas cosas mientras prestaban oídos a su relato, pero Addy no habría sabido decir si la ira que vio en ellos iba dirigida a ella, a Zach Heron, a Wallace o a quién. Al final, tras una larga pausa inundada por el ruido lejano de unos chiquillos y el ladrido de los perros, el primo de Lenny se levantó y anunció:

–Adelaide Shadd, no te creo.

Riley alzó la vista de su taza de té y, con el rostro demudado, exclamó:

–Pues yo sí la creo, Padre. ¿Quién iba a inventarse una historia así?

Pero el viejo negó con la cabeza y dijo:

–No, hijo mío, yo no creo que fuera la prima Lenny la que nos ha enviado aquí a alguien como tú.

Addy aguardó y no supo qué pensar cuando el anciano se inclinó y tomó su mano entre las de él.

–Creo que fue el Señor Todopoderoso, Adelaide Shadd. ¿Quién si no iba a conocer nuestras desdichas y las tuyas y a unir nuestros destinos de una forma tan providencial?

Riley sonrió y sintió una súbita oleada de afecto por su padre y por lo que acababa de decir. Había sido predicador años antes y aún conservaba cierto aire evangelizador a pesar de que cuestionaba la Biblia y decía que no podía ser todo cierto. El viejo había decidido que sólo había una cosa en aquella obra monumental que podía creer a pie juntillas, y eso era «amaos los unos a los otros». Sencillamente, amarse unos a otros.

Riley asintió.

–Es verdad, Adelaide. Ahora que madre ya no está y que Verilynn ha vuelto a sus estudios, hemos estado hablando que vamos a necesitar una mujer en la casa. Vivimos aquí los dos solos y no estamos del todo bien de salud, y para nosotros tú eres como un bálsamo caído del cielo, ¿no es así, Padre?

Addy se había quedado perpleja, y estaba segura de que no la habían oído bien.

–Pero, señor... Traigo un niño en camino y no estoy casada. Soy una mujer deshonrada, y ésa es la única verdad.

El hombre negó con la cabeza lentamente y dijo:

–Esto es lo que yo creo, joven Adelaide: yo creo que eres una buena muchacha, y que se te ha infligido una injusticia y un daño terribles. Creo que el Señor te ha enviado a nosotros como un regalo, y me sentiría muy honrado si aceptaras vivir en mi casa y me permitieras conocer el poder del Espíritu Santo a través de ti.

Addy pensó que en aquella casa debía de correr el ron a mansalva, pero no detectaba asomo de alcohol en el aliento de aquel hombre tan extraño. Dejó que le enjugara las lágrimas con su pañuelo blanco y suave y dijo:

–Señor, les agradeceré en el alma si usted y su hijo acceden a que me quede a vivir en esta casa. No dejaré que los vean nunca conmigo ni les avergonzaré de ninguna manera. Tengo buena mano con el horno y soy buena costurera, así que podría ayudarles en la casa y ganarme mi jornal.

–Llámame Padre, Adelaide, como hacen mis otros hijos. Y seré como un padre para ti, aunque no como el tuyo, que no precisa de nosotros nuestro odio sino nuestro perdón. Y seré también un padre para tu hijo, pues lo único que nos queda es el amor.

Addy sintió de nuevo el escozor de las lágrimas en los ojos, pero su mirada captó el trozo intacto de tarta de manzana en su regazo. El padre vio cómo lo miraba y dijo:

–Riley, vamos a darle una comida como Dios manda a Adelaide, unos buenos pedazos de carne y el resto de las viandas que nos han traído nuestros amigos.

Riley asintió y desapareció pasillo abajo. Cuando reapareció, Addy creyó estar soñando, pues traía una hermosa fuente de porcelana llena de unos platos tan suculentos que rivalizaban con las mejores cenas de la iglesia. Se comió todo el contenido de la fuente y más aún, hasta que el padre dijo que se iba a poner enferma y que era mejor que se acostase un rato en el cuarto de Verilynn.

Cuando Addy se despertó a la mañana siguiente, Riley estaba sentado en una silla junto a la cama, observando el subir y bajar de su tripa en expansión. Esbozó una tímida sonrisa y dijo:

–Creía que te ibas a pasar el día durmiendo, Adelaide.

Ella le devolvió la misma sonrisa vergonzosa y se preguntó cómo no se había dado cuenta antes de que aquel muchacho se parecía tanto a L'il Leam, por carácter y por la complexión, que podía haber sido su propio y querido hermano.

–Gracias por dejar que me quede a vivir en esta casa –le dijo.

Riley se encogió de hombros y respondió:

–Bueno, Padre conoce al Señor como ningún otro hombre sobre la faz de la tierra, y si él piensa que es lo mejor, yo también lo creo. A Verilynn, en cambio, no le va a hacer ninguna gracia. No suele verle la gracia a casi nada. Padre ha preparado algo de té, y he pensado que a lo mejor te apetece una empanada de hojaldre con compota de manzana para el desayuno.

Addy asintió y sonrió, y no le dijo a Riley que quienquiera que hubiese preparado aquellas empanadas había amasado demasiado el hojaldre. Lo vio salir de la habitación, sintiéndose en la gloria, tal como había dicho el padre.

Addy miró a su alrededor y vio que había un pequeño escritorio en el rincón, un estante lleno de libros y un diploma en la pared donde se leía: «Verilynn Rippey». «Rippey», pensó, y le pareció raro que no hubiese descubierto hasta entonces cuál era el apellido de Padre y Riley.

El dormitorio de Verilynn no era como el resto de la casa: había una cortina azul oscuro sin lazos ni ribetes, y la colcha no era la elaborada labor de retazos que había visto al asomarse a la habitación de Padre. En su cama había una manta gruesa y marrón que daba suficiente calor, pero no era bonita. Addy se preguntó cómo sería Verilynn, intrigada después de lo que Padre le había dicho la noche anterior acerca de que su hija había vuelto a la escuela a proseguir con sus estudios de enfermería. Ella había sentido envidia y se había quedado muy impresionada, y se preguntó si la mujer llevaría un delantal blanco almidonado y una cofia de enfermera cuando fuese a casa. También se preguntó qué habría querido decir Riley con aquello de que su hermana no le veía la gracia a casi nada.

Cuando el chico volvió con el té con leche y azúcar y dos macizas empanadas, Addy advirtió que su actitud había cambiado. Estaba más hosco y distante, y apenas si respondió cuando ella le preguntó por el barrio. «Black Bottom, como el suelo», fue su lacónica respuesta, y ella no tenía ni la menor idea de a qué se refería. Supuso que estaría cansado y que aún seguía triste por la pérdida de su madre. Lo comprendía perfectamente. Ella también seguía triste por haber perdido a la suya.

REGALIZ ROJO

Maldita la gracia que le hacía, porque a Addy no le gustaba nada ir pidiendo favores, pero llamó a la puerta con mosquitera de la caravana de Bonita Berry de todos modos. Bonita salió a abrir vestida únicamente con una camiseta y unas bragas, tosiendo y tragándose la mucosidad.

–Creía que era algún crío.

Addy se preguntó qué clase de explicación era ésa para que hubiese abierto la puerta en bragas.

–¿Te importaría echarle un ojo a Sharla? Yo voy a estar fuera diez minutos o así. Ella está por allí construyendo una torre con ramas con tu Nedda.

Sharla y Nedda Berry se habían hecho más o menos amigas. Sharla decía que la otra era su mejor amiga y sentía devoción por ella, pero Addy pensaba que Nedda era muy mandona, que era mala, y sabía que a la niña le gustaba registrarle los armarios y cogerle cosas. Hacía apenas un momento había oído a Sharla decirle a Nedda:

–Déjalas. No las cojas.

–¡Pero si ni se va a enterar! ¡Hay otro paquete entero!

–Pero eso es robar, es como si te metieses algo en el bolsillo sin pagarlo.

–Eres una pesada, Sharla.

Addy salió por el pasillo y pilló a Nedda con las manos en la caja de galletas, con un barquillo de coco metido ya en la boca, embadurnada de chocolate. Addy entrecerró los ojos para mirar a la niña y dijo:

–¿Cuántas galletas te has comido ya, jovencita?

Nedda cerró la caja y se bajó de la silla, masticando rápidamente. Al final, se la tragó.

–Ninguna.

–Sharla ya sabe lo que pienso sobre robar, y te digo una cosa: si me pides algo, lo más probable es que te lo dé, pero si crees que vas a robarme algo y luego, además, mentirme diciendo que no lo has hecho, no serás bienvenida en esta casa.

A Nedda no le gustaba que la regañasen y se puso impertinente de inmediato.

–Tú no eres mi madre. No puedes pegarme. A mí sólo puede pegarme mi madre.

Tras comprender de repente por qué Nedda era Nedda, Addy se sentó en una silla rígida y propuso:

–Ven aquí, Nedda Berry. –Nedda negó con la cabeza. Addy extendió el brazo, agarró la mano de la niña y la atrajo hacia sí con fuerza, hasta tenerla delante. A continuación, preguntó con dulzura–: A ver, niñas, ¿a quién le apetece un barquillo de chocolate y coco?

Sharla se puso a dar palmadas. Nedda, confusa, asintió con la cabeza. Addy les dio sendas galletas a las dos niñas y las mandó fuera para que no le llenaran las paredes limpias de marcas de dedos y manchurrones de chocolate. Cuando ya se iban, les advirtió:

–¡Y no os acerquéis a las vacas!

Bonita Berry entrecerró los ojos y examinó el terreno que había detrás de las caravanas hasta que vio a las niñas. Addy sabía que no era muy fiable dejar a las niñas al cuidado de aquella mujer, pero pensaba que iba a estar fuera poco tiempo y estaba segura de que Sharla estaría perfectamente hasta su regreso.

–Serán sólo diez minutos. Voy aquí arriba, al despacho de Warren.

–No pienso darle el almuerzo –le advirtió Bonita.

Eso irritó profundamente a Addy, porque ella sí le daba a menudo el almuerzo a Nedda. En realidad, Sharla le suplicaba que preparase sándwiches de mantequilla de cacahuete y plátano porque eran los que más le gustaban a Nedda.

–No tendrás que dárselo. Habré vuelto mucho antes.

–Mejor, porque no tengo nada en la nevera.

–Supongo que te acuerdas de que mañana es la fiesta de cumpleaños de Sharla, ¿verdad?

–Mierda...

–¿Cómo dices?

–Se me ha olvidado su cumpleaños.

Addy trató de aparentar tranquilidad.

–Esa niña se llevará un disgusto muy grande si Nedda no viene a su fiesta.

–Bueno, pues no tengo ningún regalo para ella ni tampoco el dinero para comprárselo ahora.

–No pasa nada. Eso da lo mismo. Tú envuélvele algo, cualquier cosa que tengas por ahí, y di que es un regalo. Pero déjala venir, por favor. Es a las once. Le daremos de almorzar y te la traeremos de vuelta a las tres.

Bonita bostezó.

–Está bien.

Addy echó un último vistazo a las niñas y sintió una punzada de aprensión.

–Pero que no se acerquen al prado.

–Vaaaale.

Bonita desapareció de la puerta y se metió de nuevo en su caravana sin añadir una sola palabra.

Addy lanzó un suspiro y echó a andar por el camino, con la esperanza de que Sharla no la viera marcharse. El aire estaba muy espeso y cargado de polvo, y no corría ni chispa de aire fresco, como ocurría a veces a mediados de agosto. El jardín de Addy estaba hecho un desastre por culpa de la escasez de lluvia. Las niñas sufrían las consecuencias, así como los numerosos perros y gatos. Al principio, Addy había pensado organizar una fiesta para Sharla en el lago y llevárselos a ella, a Lionel y a Nedda en un taxi con un cesto de picnic lleno de golosinas y cosas ricas, pero sabía que eso le iba a resultar muy duro, y que era demasiada responsabilidad tener a su cuidado a tres niños que no sabían nadar.

Al final, optó por unos perritos calientes y helados, unos juegos y una carrera bajo el aspersor de agua que iba a pedir prestado a Warren y Peggy Souchuck, razón por la que se dirigía a la entrada del campamento en ese preciso instante.

Addy ya se imaginaba la cara que iba a poner Sharla cuando abriese sus regalos. Había tres regalos en total: un precioso libro de cuentos de hadas con la imagen tridimensional de una sirena en la cubierta al que Sharla le había echado el ojo en el hipermercado, una moderna caja para el almuerzo con personajes de dibujos animados para que pudiera llevarla a la escuela y –Addy sonrió al pensar en el tercero– la muñeca de Chick.

La muñeca de Chick, su regalo en su sexto cumpleaños, había estado acumulando polvo en el interior de una caja de zapatos, guardada junto con el vestido blanco de algodón y escondida en el armario de Addy durante todos aquellos años. Era una muñequita con los brazos y los pies de porcelana y con la cara también de porcelana. Sus ojos azul transparente sobresalían bajo una cabellera de tirabuzones rubios y delicados, y la hechura de su vestido de algodón blanco era perfecta. A Addy no le hirió tanto como creía volver a ver aquella muñeca; en realidad, le agradaba la idea de regalársela a Sharla. No le diría que era una muñeca de adorno, sólo para mirarla y que no se podía jugar con ella, como había hecho con Chick. Si la muñeca se rompía al jugar con ella, qué se le iba a hacer, pensó Addy.

Para cuando llegó a la oficina de Warren y Peggy, a Addy le dolía la cadera y se había quedado sin aliento. El enorme pastor alemán de Warren la saludó en la puerta meneando la cola y ladrando. Ella le dio unas palmaditas en la cabeza pero dijo:

–Aparta, *Chipper*. No me fío un pelo de ti.

Addy se sentó un momento en la silla cubierta de moho que había frente al escritorio de Warren y se llevó una alegría cuando éste le ofreció un cigarrillo. Sin embargo, en ese momento recordó la promesa hecha a Leam y lo rechazó. A Warren no le importaba prestarle el aspersor a Addy Shadd, pero le preguntó si su manguera era lo bastante larga para alcanzar el prado.

–Ayer me llamó Frank Kuiper. Ese de ahí detrás es su pasto, donde pacen sus vacas.

–¿Ajá...?

–Dice que los niños de las caravanas han vuelto a subirse a la verja, y que algún día alguien se va a hacer daño. Dirá usted que las vacas son animales pacíficos, pero ése no siempre es el caso.

–Volveré a hablar con Sharla y me aseguraré de que no se suba. Es una niña muy sensata, pero se deja llevar, la pobre.

–Lo que nos pasa a todos... –señaló Warren, riéndose.

Addy cogió el pesado aspersor y se levantó para marcharse. Warren comprobó que su esposa no hubiese entrado por la puerta trasera de la oficina y retuvo a Addy, preguntándole:

–¿Ha tenido noticias de Collette?

La pregunta pilló desprevenida a Addy, quien negó con la cabeza.

–Si sabe algo de ella, ¿me lo dirá, señorita Shadd?

–Ajá... Pues claro que sí. Por supuesto, Warren. –Sabía que era una pregunta entrometida, pero no pudo evitar preguntar–: ¿Tiene algo pendiente con Collette?

–Me debe unos cuantos cientos de dólares, pero por Dios, ni se le ocurra decirle nada a Peggy, ¿eh?

Addy asintió con la cabeza.

Warren se puso muy serio.

–¿Ha pensado en llamar a la policía?

–¿La policía? –El corazón de Addy le dio un vuelco.

–Bueno, sí, claro... Como Collette se ha ido y ha abandonado a la chiquilla... No ha dejado dicho adónde iba, ni cuándo volvería, ni si volvería siquiera... Así que, sí, yo pensaría en llamar a la policía.

–Si llamara a la policía se llevarían a esa niña a un centro de acogida.

–Es probable. Pero es que Peg y yo estábamos diciendo que quizá eso sea lo mejor.

Addy ya no sabía qué pensar, no sabía si Warren estaba de su parte o no. ¿Significaba eso que lo mejor era que se llevaran a Sharla? Carraspeó y preguntó despacio:

–¿Tan malo creéis que es que la niña viva conmigo, Warren?

–No, por Dios... Es sólo que, a ver, señorita Shadd, usted no quiere a esa niña, ¿no? Lo que quiero decir es que usted tiene ya una edad, sin ánimo de ofender... Peg y yo cuidamos de esa niña un par de veces, por hacerle un favor a Collette, y no es una niña fácil, no cae bien.

–Pues a mí me cae bien.

–Es sólo que me imagino que no querrá que una mocosa consentida se pula su pensión.

–Pues verás, Warren, la verdad es que Sharla no es ninguna mocosa consentida. Es una chiquilla muy dulce, y me da mucho consuelo. Pero tal como dices, me estoy haciendo mayor, y viendo que Collette no parece tener pensamientos de volver, sí tengo en mente buscarle un lugar más permanente donde vivir. El otro día llamé al padre de Collette.

Warren lanzó un silbido y meneó la cabeza.

–Menudo hijo de puta, ¿no? Y perdone la expresión, pero...

–¿Es que lo conoces?

Warren asintió.

–Éramos vecinos. Conozco a Collette desde... uff, antes de que muriera su madre. Cuando encontré trabajo aquí, estuve echándole una mano... ya sabe, como hace usted. Supongo que estuvimos saliendo durante un tiempo, pero Collette no es mujer de un solo hombre, exactamente. –Volvió a comprobar la puerta trasera y se llevó la mano a la garganta–. Pero Peggy es muy celosa, así que...

–¿Y por qué tienes tan mala opinión de Reggie Depuis? ¿Qué le hizo a su hija?

–¿Sabe que la madre de Collette murió de cáncer?

–Ajá... Arla. Los veía de vez en cuando hace muchísimos años.

–Entonces sabrá que Reggie se casó con esa mujer, Delia, enseguida.

–Sí, sí. Eso lo sabía.

–Bien, pues cuando Delia se fue a vivir a esa casa lo primero que hizo, ni corta ni perezosa, fue deshacerse del perro. Dijo que era alérgica, pero nadie la creyó. Era un perro muy viejo, eso es verdad, pero... Collette nunca lo superó.

–Me lo imagino.

–Reggie y Delia siempre estaban saliendo a cenas, a timbas de cartas y esas cosas. Prácticamente, se desentendieron de Collette, la dejaron a su aire, que se espabilase ella sola.

–¿Conoces al padre de Sharla, Warren?

Warren se encogió de hombros.

–Lo vi un par de veces en la pista de patinaje. Collette me dijo que se llamaba Cody. No lo sé. Es un hombre de color. Perdón, señorita Shadd. Debería decir negro, ¿no?

Addy se echó a reír.

–Soy demasiado vieja para saber cuál es la palabra correcta, Warren. A mí me parece que dices lo que dices con buena intención, y con eso me basta.

–Bueno, el caso es que ese tal Cody era un tipo grandote, un poco gordo. No era lo que se dice un hombre atractivo. No era exactamente el tipo de hombre que uno esperaría ver con Collette.

Addy asintió con la cabeza.

–¿Y no sabes nada de dónde vivía?

–Que yo sepa, sólo estuvo con él esa vez. Mi madre no dejaba a mi hermana ir a patinar por culpa de lo que le pasó a Collette. A ella eso de la raza...

Addy asintió, pues sabía a lo que Warren se refería y conocía la forma de pensar de su madre. Los chicos de color iban a patinar y los chicos de color dejaban preñadas a las chicas blancas.

–Bueno, será mejor que me vaya, Warren. Puedo devolverte el aspersor mañana.

–Sí, claro, déjeselo a Peggy, y no vaya a decirle nada de Collette, ¿eh? O se me caerá el pelo.

–Lo entiendo, hijo.

Addy salió de la oficina con una sensación de ahogo, y no era por culpa del calor. En ese momento, Leam la acompañaba andando a su lado, y cuando su hermana se tambaleó, le ofreció el brazo para que se apoyara.

–¿Crees que Warren llamará a la policía por lo de Sharla, Leam?

–No. Ya lo has oído. Es un buen tipo.

–No me encuentro bien.

–Lo sé, Addy. Está haciendo mucho calor, va a ser un verano muy largo. Te encontrarás mejor cuando vuelva a soplar el viento del norte.

–¿Y si me muero antes, Leam? ¿Qué le pasará a esa chiquilla entonces?

–*Nada bueno, Addy.*

–Ojalá pudiera localizar a su padre. Si pudiera encontrar a su padre...

–¿Con quién hablas?

La voz que oyó Addy no era la de Leam, sino la vocecilla chillona de una niña, y por un instante, se le aceleró el corazón, pensando que podía ser Chick. Levantó la vista, miró camino abajo y vio a una niña que le resultaba familiar y que balanceaba los brazos, mirándola fijamente. Addy escudriñó la cara de la chiquilla de pelo blanco, tratando de recordar su nombre y de qué se conocían.

–Hola, pequeña.

Fawn Trochaud empequeñeció los ojos y volvió a preguntar:

–¿Con quién estabas hablando?

Addy se encogió de hombros.

–Bah, sólo hablaba conmigo misma. Las viejas lo hacemos muchas veces, ¿sabes?

Fawn se acomodó a su paso.

–La tía Krystal enterró a *Trixie* en la parte de atrás de la caravana.

–¿*Trixie*?

–Y hacía una peste a cagarro que no veas...

–¿*Trixie*?

Y entonces se acordó.

–¡Ah! Tú eres la amiguita de Sharla. Fanny. ¿Fanny? ¿Te llamas así? ¿Fanny?

–Que no me llamo Fanny, me llamo Fawn –soltó en tono repelente.

–Fawn. Bueno, pues menuda suerte encontrarte, Fawn. Vamos a casa de tu tía un momento, ¿quieres? ¿Cuál era la casa?

Fawn señaló una caravana de aspecto cochambroso a escasos metros de distancia, donde Krystal Trochaud estaba tumbada sobre una manta de pelo para sofá, embutida en un biquini dos tallas menos que la suya, tostando al sol aquella piel grasa y rosada.

Addy la saludó con entusiasmo.

–¡Hola!

Krystal levantó la vista y volvió a cerrar los ojos de inmediato, diciendo:

–Sea lo que sea lo que has venido a pedir, la respuesta es no.

Addy llegó junto a la manta.

–¿Cómo dices?

–Sea lo que sea lo que me pidas, no puedo hacerlo. No puedo quedarme con Sharla. No pienso quedarme con Sharla. Ni un día, ni una hora siquiera.

–Ya, pero el caso es que yo venía a proponerte si Fawn quiere venir a la fiesta de cumpleaños de Sharla de mañana.

–Ah. –Krystal se incorporó de golpe, imaginándose todo el día para ella sola.

Fawn negó con la cabeza.

–Yo no quiero ir.

Addy se echó a reír, pensando que la niña volvía a hacerse la repelente otra vez.

–Claro que quieres. Sharla es tu amiga, y lo vas a pasar muy bien. Tendremos perritos calientes y esas cosas que os gustan. Y habrá juegos y cosas así; además, os dejaré correr debajo del aspersor de agua, así que tráete también el bañador.

Fawn se cruzó de brazos.

–Odio a Sharla. La odio, la odio y la odio.

Krystal se encendió un Kool y, sin alterarse, le dijo a la niña:

–Pues mala suerte, enana, porque vas a ir igualmente.

Addy le dijo a Krystal la hora de la fiesta y le recordó que enviase a la niña con el bañador. Se alejó de la mujer con la piel achicharrada por el sol y de la niña repelente y supo que acababa de cometer un grave error.

Esa noche en la cama, cuando le hubo acabado de leer a Sharla uno de sus libros favoritos de la biblioteca de Chatham, Addy se preguntó si debía contarle a la niña que Fawn iba a ir a su fiesta o era mejor dejarlo para el día siguiente. Decidió postergarlo. Sharla se acurrucó contra el hombro de Addy y apoyó la mano en su muslo.

–Maaa...má –le dijo, bostezando.

–¿Sí, cielo?

–¿De verdad es mi cumpleaños mañana o sólo es como de mentira?

–Bueno, ¿tú qué crees?

–¿Que sólo es como de mentira?

–¿Por qué crees eso?

–Nedda dice que tú no eres una mamá de verdad, que sólo eres una mamá de mentirijillas.

–Tú no hagas caso de lo que diga Nedda, cariño. A mí no me parece que su madre sea una buena madre con ella, pero no lo repitas delante de ella y le hagas sentirse mal, como te ha hecho ella a ti.

–Tú sí eres buena madre.

Addy sonrió y acarició la frente de Sharla con los labios.

–Te quiero como si fueras mi propia hija. ¿Me quieres tú a mí como si fuera tu propia madre?

Sharla asintió.

–Bueno –continuó Addy–, pues con eso basta.

–Collette es mi mamá de verdad verdadera.

–Así es.

–Pero yo quiero vivir aquí contigo.

–Sólo tenemos que esperar a ver qué pasa, cielo. La verdad es que no está en nuestras manos.

–¿Y en manos de quién está?

–Bueno, en manos de Dios, supongo.

–¿Y Dios nos quiere a nosotras?

Addy se echó a reír.

–Pues claro que nos quiere.
–¿Tanto como a la gente que vive en Chatham?
–Sí, Sharla. Él nos quiere a todos por igual.
–Menos cuando haces algo malo...
–Incluso cuando haces algo malo.
–Ojalá hubiese regaliz rojo en mi cumpleaños.
–¿Es que has estado curioseando en mis armarios?
–No.
Sharla apartó la mirada, sintiendo remordimientos de culpa.
–Bueno, pues a lo mejor tus deseos se hacen realidad.
Sharla sonrió de oreja a oreja al pensar en el regaliz y luego hizo una breve pausa antes de preguntar:
–¿Tú también eres una mamá de verdad verdadera?
–¿Qué quieres decir con eso?
–¿Tú también tenías una niña cuando no eras vieja?
Addy se quedó inmóvil.
–Sí, Sharla.
La niña parecía sorprendida.
–¿Y cómo se llama?
–Bueno, tuve dos niños, cielo –murmuró Addy.
–¿Y cómo se llaman?
Addy no recordaba la última vez que había pronunciado en voz alta los nombres de sus hijos delante de otro ser viviente y se preguntó si sería capaz, hasta que lo hizo.
–Tuve una hijita que se llamaba Beatrice, pero la llamábamos Chick.
Sharla se moría de la risa.
–¡«Chick»! ¡Pero si eso es un nombre de pollo!
–Ajá... Es un diminutivo, y así es como la llamábamos.
–¿Y cómo se llama el otro niño?
–Bueno, pues el otro niño se llamaba... se llamaba igual que mi hermano, Leam.
–Leam.

–Ajá...

–Chick y Leam.

–Ajá...

–¿Los echas de menos?

Addy asintió con la cabeza.

–¿Collette me echará de menos a mí?

–Seguro que sí.

Se quedaron en silencio un momento y dejaron que el canto de los grillos, el susurro de los árboles y el mugido de las vacas que se oían a lo lejos inundaran la habitación. Addy rompió el silencio.

–Supongo que esta noche puedo dormir aquí contigo en tu cama, ¿verdad, cielo?

Sharla inspiró hondo y asintió, medio dormida:

–Ajá...

NIEVE DE MANZANA

Hacia el mes de diciembre, el hielo aún no había congelado la totalidad del cauce del río, pero escalaba hasta la superficie en forma de témpanos irregulares que desgarraban las frágiles barcazas de madera y costaban una fortuna a los contrabandistas. Addy podía acercarse paseando hasta la orilla del río para ver pasar flotando aquellos témpanos de hielo y dejar que los recuerdos mudos de Chester y Leam le tocasen la fibra sensible de su corazoncito. Se preguntó si habrían llegado a encontrar el cuerpo de Chester o si, por el contrario, después de tanto tiempo ya no sería más que un amasijo de huesos, ingredientes para elaborar un sustancioso caldo del agua del río. Intentó hablar con el fantasma de Chester tal como hacía con el de Leam, pero cada vez que lo llamaba, sólo obtenía la callada por respuesta: «¿Chester? ¿Estás ahí, Chester?».

Adelaide había hallado un hogar con Padre y Riley en la calle Chestnut, pero Detroit no era Rusholme, y aún iba a tardar un tiempo en adaptarse, e iba a necesitar orientación, para comprender y aceptar la diferencia. Cada vez que Addy tenía alguna pregunta, era a Padre a quien recurría, pues después de aquella primera mañana, cuando se había despertado y había encontrado a Riley Rippey sentado junto a su cama, apenas había visto al chico y sólo había intercambiado unas pocas palabras con él todos los días. Se mostraba cortés con ella, agradable incluso, pero Addy se temía que hubiese cambiado de parecer y que, al final, no la quisiese en su casa.

Al cabo de una semana aproximadamente de su llegada, Padre sacó un abrigo de lana gris del armario de Verilynn y, aunque apenas parecía usado, dijo:

–Very se ha comprado un abrigo nuevo muy bonito este año, así que a partir de ahora, este viejo de aquí será tuyo, y es lo bastante amplio, me parece a mí, para ocultar a los ojos del mundo tu infortunio.

Addy lamentó que Padre hubiese empleado aquella palabra, «infortunio».

–Yo no voy a odiar a este niño, Padre. A pesar de que sí odio la forma en que fue concebido.

–Por supuesto que no, Adelaide. Perdóname –dijo Padre.

–Comprendo que se avergüence de mí. Yo misma me avergüenzo de mí, pero no me avergüenzo ni pienso avergonzarme de mi hijo. –Hizo una pausa, trazando un círculo sobre su vientre. Una preocupación le había estado rondando por la cabeza y pensaba que nunca sería el momento oportuno para preguntarlo–. Cuando nazca este niño, Padre... ¿sabe de alguna mujer a la que se pueda llamar para que me acompañe?

Padre pensaba que podrían llamar a Emeline Fraser, y le recordó a Addy que ya la había conocido el día que había llegado a la casa. Addy se acordó de la bondadosa anciana y sintió un gran alivio al descubrir que vivía a la vuelta de la esquina.

Padre ayudó a Addy a ponerse el abrigo de Verilynn diciendo:

–Y ahora deja que te acompañe fuera, Adelaide, y te enseñe este barrio al que llamamos Black Bottom.

Quería que la muchacha supiese que no se avergonzaba de pasear con ella por la calle Chestnut y la tomó del brazo para demostrarlo. Mientras recorrían las calles del vecindario, Padre enseñaba la difícil pronunciación en francés de los nombres de las calles: *Saint Antoine, Saint Aubin, Beaubien, Joseph Campau*, y le señalaba dónde estaban la pescadería, la carnicería y el almacén de comestibles. Al final, cuando la joven empezó a dar muestras de tener las plantas de los pies cansadas y doloridas, Padre la llevó a un restaurante en la calle Hastings donde servían platos a base de chile y otros platos de comida picante.

Puesto que nunca había estado en ningún restaurante de aquellas características ni tampoco había probado el chile, Addy no estaba segura de querer detenerse en aquel sitio. Y menos segura estuvo aún cuando oyó a Padre decir: «Hoy comeremos aquí en el restaurante, gracias» al hombre que, detrás del mostrador, había empezado a meter su pedido en una bolsa marrón de comida para llevar. El hombre miró directamente la voluminosa tripa de embarazada de Addy y arqueó una ceja antes de sacar las galletas saladas de la bolsa y servir el chile picante en unos enormes cuencos de porcelana. Sentado en las incómodas sillas de hierro, Padre se encogió de hombros y le dijo a Addy:

–La gente siempre juzga a los demás. Si eres capaz de decir que tú misma nunca lo has hecho, ten piedad de ellos. Si no puedes, perdónalos, Adelaide, y disfrutemos de nuestro chile y del placer de una conversación agradable.

Un joven alto y delgado, amigo de Riley, se acercó a la mesa y con sumo entusiasmo le dijo a Padre que había dejado su trabajo en la mina y que iba a trabajar en la cadena de montaje de la fábrica de Rouge de Henry Ford. El joven miró a Addy directamente a los ojos y le dijo que era un placer conocerla, y acto seguido, la sorprendió añadiendo:

–Riley me ha hablado de ti. Dice que eres muy guapa y veo que, en efecto, así es.

Era una crueldad por parte de aquel chico delgado, pensó Addy, que se burlase de ella de esa manera, y le extrañó que Padre no lo reprendiese. Cuando se fue, Addy dijo:

–No sabía que hubiese una mina de carbón cerca de Detroit.

–No es una mina de carbón, Adelaide –repuso Padre–. Ese muchacho trabajaba para la Detroit Rock Salt Company. ¿Es que no has oído hablar de las minas de sal? Están aquí mismo. –Dio una patada en el suelo con su bota–. Trescientos metros por debajo de nosotros, justo en el subsuelo de la ciudad, se encuentra la mayor mina de sal del país. Una vez bajé allí. Es todo un espectáculo. Limpio y refulgente. No provoca ataques de tos. Las minas de sal no hacen enfermar a ningún hombre.

Por mucho empeño que pusiese, a Addy le resultaba imposible imaginarse la mina de sal y le parecía increíble que estuviese allí mismo, debajo de la mismísima tierra que pisaban. Se preguntó en voz alta:

–¿Y es toda de sal? ¿Las paredes, los suelos y los techos? ¿Y cómo es que no se derrumba? ¿Y qué pasa si se moja?

Padre trató de hablarle de la dureza y la densidad de la roca de sal, pero Addy se había distraído pensando en que se le estaban acabando las galletas y el chile, albergando la esperanza de poder repetir y comerse otro cuenco. Recitó los nombres de las calles que Padre le había enseñado: *Saint Antoine, Saint Aubin, Beaubien, Joseph Campau, Fort, Woodward, Gratiot.*

Padre pidió que les sirvieran otro cuenco de chile a pesar de que Addy no lo había pedido, sino que había estado deseando en silencio que Riley pudiese encontrar un trabajo en las minas de sal o, mejor aún, en la fábrica de automóviles de la Ford Motor Company, con su amigo alto y delgado. Riley trabajaba en el almacén de la *Detroit Free Press*, armando el enorme periódico y atándolo en fardos para dejarlo listo a los repartidores. Era un buen trabajo para un chico bizco y enfermizo, y si bien con su sueldo pagaba cómodamente las facturas de la calle Chestnut, a Padre le preocupaba el futuro de Riley.

Padre, sin ir más lejos, no trabajaba, y nunca le había avergonzado aceptar limosna de una forma u otra desde mucho antes de hacerse predicador. Debía agradecer a la generosidad ajena el hecho de haber podido enviar a Verilynn a estudiar a Cleveland. Un viejo amigo de Padre –«Enos, *el Rico*» era como lo llamaba Riley– había insistido en costear la educación de Verilynn y no había habido forma de disuadirlo. Enos, *el Rico* también se había ofrecido a pagarle los estudios a Riley, pero éste no podía dejar a su padre solo con su madre moribunda y nunca había entendido qué era lo que diferenciaba tanto a Verilynn para que ésta sí fuera capaz de hacerlo.

Riley regresaba a casa todas las noches con los dedos manchados de tinta y el olor al papel de prensa impregnado en la ropa emborronada de negro. Addy pensaba para sus adentros que sólo frotar aquellos manchurrones de tinta bastaba para mandar a cualquier mujer a la tumba y se preguntó cómo habría muerto exactamente la esposa de Padre, Rosalie. Le inquietaba que la misma enfermedad pudiese llevarse a Padre en un breve plazo de tiempo, ya que nunca ofrecía un aspecto demasiado saludable ni se levantaba con suficiente presteza de la silla.

Unos días después de su visita al restaurante de comida picante, cuando Addy ya se vio con fuerzas suficientes y con ganas de hacer algo útil, Padre la dejó salir a la calle sola.

–Ve al almacén de comestibles y compra algunas provisiones, las que te parezca, para tu despensa, ¿quieres, Adelaide?

Addy estaba entusiasmada con el hecho de que Padre la llamara «su» despensa, igual que llamaba al dormitorio de Verilynn «tu dormitorio». También le entusiasmaba que ambos, Padre y Riley, la llamaran siempre Adelaide y nunca Addy, porque eso le hacía sentirse distinta y en nada parecida a la chica que se había marchado de Rusholme. Padre hurgó en los bolsillos de sus pantalones y encontró varios billetes de dólar, que entregó a Addy inmediatamente diciéndole, al tiempo que le guiñaba un ojo:

–No me importaría nada que comprases uno de esos bastones de caramelo de menta, Adelaide. Soy muy goloso y siento debilidad por esa clase de caramelos, y me da en la nariz que tú también la vas a sentir.

Sin embargo, Addy apenas si oyó lo que le decía, porque estaba completamente absorta en la extraña apariencia de aquellos billetes de dólar, pensando que no podían ser auténticos. Padre se echó a reír y dijo:

–Siempre se me olvida que tú eres de Canadá, hija mía. Vuestros dólares parecen naipes, con esas caras de vuestro rey y vuestra reina, y todo de colores, como si en el fondo no os importara nada hacer negocios.

Addy leyó el nombre en el billete de dólar de Estados Unidos.

–«George Washington.»

–Fue el presidente de este país, de Estados Unidos, hace mucho, mucho tiempo, Adelaide –explicó Padre–. Hoy nuestro presidente es Calvin Coolidge. En este país admiramos a nuestros presidentes, unos son mejores que otros, eso es verdad, y creemos que son lo bastante importantes para poner sus caras en un billete dólar.

–Ah.

–No puedo decir que haya visto alguna vez un dólar con el retrato de vuestro presidente canadiense. Ni siquiera sé quién es vuestro presidente, ¿y tú?

Addy se ruborizó y negó con la cabeza, avergonzada.

–Sé que el primer ministro es William Lyon Mackenzie King, pero nunca he sabido el nombre de nuestro presidente. Ni siquiera sabía que hubiese un presidente, para aprenderme su nombre.

Padre dijo que no pasaba nada porque los canadienses, por naturaleza, eran más ignorantes que los estadounidenses, simplemente. Sin embargo, le recordó a Addy, siempre debería sentirse orgullosa de que Canadá no hubiese sido nunca un país de esclavos, mientras que en Estados Unidos hubo de producirse una guerra vergonzosa y sangrienta para solucionarlo. Había tantas cosas distintas allí abajo, en Estados Unidos... y aunque Addy nunca llegó a decírselo a Padre, a ella, en cambio, le parecía que los ignorantes eran los estadounidenses. Padre le había advertido, cuando salió a hacer los recados, que se anduviese con cuidado, que supiese adónde podía ir pero, lo que era aún más importante, adónde no debía ir. A Addy le había sorprendido enterarse de que había algunos lugares donde la gente de color no era bienvenida. En Rusholme, en cambio, podía ir a todas partes.

Había hallado mucho consuelo en la sencilla tarea de cuidar de Padre y Riley. Les remendaba las camisas y los pantalones, les cosía los botones cuando éstos pendían de un hilo y les preparaba los platos más sabrosos que recordaba de cuando Laisa le enseñaba a cocinar, en aquellas largas horas juntas en la cocina de la calle Fowell. En el almacén de comestibles no vendían carne de venado, y Addy se sentía con muchos humos porque en la tienda de una ciudad tan grande no dispusiesen de un producto que ella consideraba tan básico. En vez de venado, empleó ternera para su receta de estofado y sintió un gran alivio cuando a Padre le pareció delicioso. Elaboró una ligera y sabrosa pasta para rebozar el pescado y, como quería celebrar su primera semana en su nuevo hogar, preparó un postre especial que se llamaba «nieve de manzana». Padre comentó que podía estar comiendo nieve de manzana todos los días de la semana, que como sólo le quedaban cinco o seis dientes en aquella boca grande y mellada, prefería una cena que no tuviese mucho que masticar.

A Addy le desmoralizaba que nunca sobrase comida para el día siguiente, pero por otra parte, se sentía orgullosa de lo mucho que les gustaban a los dos hombres sus guisos. Sin embargo, aún tendría que pasar algún tiempo para que volviese a preparar nieve de manzana de postre, pues el recuerdo de su madre y del día en que Laisa le enseñó a hacer el esponjoso dulce le puso un nudo en la garganta mientras hervía, pelaba, deshuesaba y trituraba las manzanas, y mientras batía las claras de huevo con azúcar para luego combinarlo todo y dejarlo reposar. No tendría más de cinco o seis años, todavía era el mes de noviembre y, aunque hacía ya tiempo que habían recogido las manzanas de los árboles, las frutas aún estaban frescas y lozanas en la bodega donde almacenaban los tubérculos. Leam se estaba recuperando de alguna convalecencia y a Laisa se le ocurrió comprar algunos huevos para preparar nieve de manzana con la esperanza de que su hijo recobrase el apetito, sabiendo que eso le daría fuerzas. Laisa había estado muy contenta todo el día, y hablaba en un tono de voz más tierno y sereno que de costumbre.

–No, Addy. Así, hija mía. Tienes que quitarle toda

la piel, porque si queda algo, parecerá nieve con trozos de manzana roja.

–¿Así, mamá?

–Así. Ahora lo estás haciendo muy bien. Le diremos a tu padre que lo has hecho tú solita, y que sepas que es su postre favorito.

Addy miró por el pasillo y vio que la puerta de la habitación de su hermano estaba cerrada.

–¿Mamá?

–¿Sí, Addy?

–¿Ahora Leam se va a curar y ya no se va a morir?

–Sí, ya se le ha pasado esa fiebre y esos ojos con esa calentura, y el Señor ha atendido mis plegarias y las de toda la congregación el otro domingo en la iglesia.

–¿Y volverá a jugar conmigo en el jardín?

–Pues claro. Tú eres su hermana pequeña. Eso es algo muy especial.

–Yo no tengo ninguna hermana.

–Tu madre se puso muy mala cuando te estaba teniendo, hija mía, y el Cielo dijo que ya no habría más niños para esa mujer. Pero ya tiene mucha suerte con sus dos bendiciones. –Había guiado la mano de Addy alrededor del enorme cuenco–. Así, hija, más rápido, que entre aire dentro, eso es lo que hace que se infle y que parezca nieve de verdad.

–Pero la manzana se ha *ponido* marrón.

–Ajá...

–Como si fuera nieve sucia.

Laisa se echó a reír y dijo:

–Eso mismo pienso yo siempre, pero no se lo digas a tu padre. Me parece que no le gustaría comerse algo que se llamase «nieve sucia de manzana».

Addy sonrió a la silueta de su madre, reflejada en la ventana de la cocina, y exclamó:

–¡Mira!

Era el primer copo de nieve de la temporada, y la

maravilla más mágica que la naturaleza podía producir. Aunque la nieve significaba dificultades y penurias para Rusholme, también era sinónimo de celebraciones navideñas, paseos en trineo, guerra de bolas de nieve y escenas de hombres arrastrando enormes pedazos de hielo del lago hasta el almacén donde guardaban el hielo para todo el año. Por último, también significaba la anticipación del milagro de la primavera, porque hasta los niños sabían que sin los rigores del invierno no habría brotes ni retoños que fueran luego causa de regocijo.

Laisa y Addy habían permanecido junto a la ventana contemplando los copos de nieve caer desde el Cielo y acomodarse en las ramas desnudas de los árboles y en el suelo para luego derretirse, como si nunca hubiesen llegado a existir. Laisa apoyó las hacendosas manos sobre los hombros estrechos de la pequeña Addy y dijo:

–La verdad es que hoy me siento muy afortunada. Tengo alegre el corazón. Ojalá que todos nuestros días sean tan dichosos como éste y que nuestra familia esté siempre a salvo en los brazos de Dios.

Addy ahuyentó aquel recuerdo de su mente, porque aún iba a tardar un tiempo en sentirse preparada para pensar en su madre con ternura y sin aquel sentimiento de ira. Además, ya tenía bastantes quebraderos de cabeza tratando de pensar en cómo quitar las manchas negras de tinta de los puños a las camisas de Riley Rippey.

Faltaban dos semanas para Navidad y no había rastros de nieve en Detroit, ni en el suelo ni en el aire. Padre le decía que sólo había que esperar, y llevaba razón, porque un día, el cielo frío y azul se tornó de un gris acerado, bajó casi hasta la altura de los tejados de las casas, y luego descargó una tormenta de blanco como las que para Addy eran propias del invierno. Padre y un amigo se habían ido muy temprano en un automóvil destartalado a visitar a unos conocidos en Port Huron, al este de la ciudad. Había llegado a su destino antes de que se desatara la ventisca, pero no iba a poder regresar a casa esa noche.

Riley no iría a trabajar, ya que era domingo, y los dos iban a pasar una extraña y tensa mañana juntos. Addy preparó un buen desayuno a base de jamón frito y tortitas y, complacido, Riley le dio las gracias y le dijo que no tenía que haberse molestado. Su intención ese día había sido salir a visitar a alguien, y Addy se preguntó si ese alguien sería alguna amiga, pero no se atrevió a preguntar. Sin embargo, la nieve le impedía salir, porque era absurdo emprender cualquier trayecto cuando las inclemencias del tiempo aconsejaban quedarse en casa. Se lió un cigarrillo y se recostó en el sofá para fumárselo. Addy entró en el salón con una labor de ganchillo, no sólo porque allí había más luz sino también porque quería hacerle a Riley algunas preguntas, entre ellas la más importante: si quería que ella se fuese de la casa.

Riley exhaló una voluta de humo y no miró en dirección a Addy ni una vez siquiera. Los dedos de Addy volaban, engarzando delicados bucles de hilo blanco de la madeja que tenía a su lado y tricotando un patrón redondo con su aguja de ganchillo.

–¿Riley?

–¿Sí, Adelaide?

Le mostró su labor de ganchillo.

–¿Tú crees que a Verilynn le gustará esto para Navidad?

Riley examinó el círculo de ganchillo.

–¿Qué es?

–Es un tapete de adorno. Para ponerlo en la mesa, o en el respaldo de una silla. He pensado que a lo mejor Verilynn encontraría algún sitio donde colocarlo en su dormitorio de la residencia para estudiantes.

–Adelaide, te diré la verdad: es imposible complacer a mi hermana Very, así que no te esfuerces demasiado ni le pongas mucho entusiasmo.

–¿Crees que ella no me quiere aquí?

–Le escribí una carta al Oberlin College contándole que estabas aquí. Sé que Padre también lo hizo, pero ninguno de los dos ha recibido respuesta. Aunque también es verdad que ella nunca responde a nuestras cartas.

–Pero ¿volverá a casa por Navidad?

Riley se encogió de hombros y retomó su cigarrillo.

–¿Va a querer su habitación?

Riley se rió al oír aquello.

–Eso sí, ya lo creo.

–Se la devolveré. Yo puedo dormir aquí, donde estás tú ahora. Ya he dormido en lugares muy extraños otras veces.

–Dormirás en mi habitación, Adelaide. Yo dormiré aquí en el sofá, y no se hable más.

–¿Te importa?

–No me importa.

–Quiero decir, ¿te importa que esté viviendo aquí con vosotros?

Riley se aclaró la garganta y dio una larga chupada a su cigarrillo.

–Me gusta que estés viviendo aquí con nosotros. –Y tras decir aquello, aplastó el cigarrillo en el plato de la mesa y se levantó–. Bueno, ahora creo que me iré a echar un rato.

–¿Riley?

Riley salió de la sala y Addy se quedó más confusa que nunca. Naturalmente, Riley estaba mintiendo. ¿Cómo iba a gustarle que ella estuviera viviendo allí? No podía recibir las visitas de sus amigos sin tener que dar explicaciones sobre su presencia en la casa y las circunstancias de aquella enorme barriga. Tendría que desalojar su cuarto cuando su hermana volviera a casa, y su propio padre se mostraba tan atento y adorable con ella, que nadie habría podido culparle por sentir celos y verse desplazado en la familia.

Addy dejó la labor de ganchillo encima de la mesa, inspiró hondo e irguió la espalda. Estaba preparada para irse de la calle Chestnut y encontrar otro sitio donde vivir, pero antes tendría que hablar con Riley y, en silencio, decidió pedir ayuda a Leam.

Llamó a la puerta del cuarto de Riley y no esperó a que éste le contestara para accionar el tirador. Riley estaba estirado en la cama, pero se incorporó de golpe, enfadado.

–¿Es que uno no puede tener un poco de intimidad ni en su propia casa?

Addy abrió la boca para hablar cuando una sensación de mareo se apoderó de ella y no tuvo más remedio que sentarse en la cama y enterrar la cabeza entre las manos.

–¿Adelaide?

–Estoy bien. Sólo un poco mareada. Me pasa a todas horas.

–¿De verdad?

Addy todavía no podía levantar la vista. Tragó saliva.

–Ya he visto a otras mujeres en mi estado marearse, Riley. No creo que signifique nada más que el crío quiere que te sientes.

Riley pasó las piernas por el costado de la cama y se puso una almohada sobre el estómago. Addy no sabía que la almohada era para esconder el hecho de que llevaba la bragueta desabrochada.

Addy se recuperó del mareo y levantó la vista. Nunca había tenido la cara de Riley tan cerca, y tampoco había visto antes el vello fino y escaso que le nacía por debajo de la nariz, ni tampoco las pecas negras y diminutas que le salpicaban las mejillas, o los pozos de un negro denso de sus ojos, incapaces de mirar juntos en la misma dirección. Le sonrió y le dijo:

–Me recuerdas a mi hermano, Riley. Me recuerdas a Leam.

–¿Y eso te entristece?

–No, me produce felicidad. Sobre todo cuando sonríes.

Riley sonrió al oír aquello y también la miró fijamente a ella.

–Haces que me sienta como un chiquillo, Adelaide. Y aquí estoy, con dieciocho años nada menos.

–Entonces, ¿de verdad no quieres que me vaya?

–De verdad que no.

Addy asintió y se acarició el vientre trazando un círculo con la mano. Al momento, el niño se movió y se retorció, y la piel de su barriga se levantó haciendo una ondulación, se detuvo y luego volvió a ondularse de nuevo. Riley vio el movimiento por debajo del vestido de la joven y se alarmó al verlo.

–¿Has visto eso? ¡¿Has visto eso?!

Addy se echó a reír y le buscó la mano. Colocó con suavidad la palma manchada de tinta sobre su tripa en movimiento, pero él se asustó y la retiró de inmediato.

–No pasa nada, Riley. Sólo es que el niño necesita desperezarse, como todo el mundo.

Volvió a tomarle la mano, la puso junto al protuberante ombligo y la retuvo allí. Esta vez, Riley dejó la mano y sintió cómo el bebé daba una patada contra la palma de su mano. Miró a Addy a los ojos y dijo:

–Es una sensación maravillosa.

Addy asintió y soltó la mano del muchacho, pero éste no sólo no la apartó sino que empezó a desplazar la palma con ternura por su vientre tumefacto, de abajo arriba y de arriba abajo de nuevo. Addy se sintió un poco avergonzada por permitir que lo hiciera, pero no quería que se detuviese. Su pelvis sofocada la había estado martirizando últimamente, y más de una vez se había quitado la almohada de Verilynn de debajo de la cabeza para colocársela entre las piernas, moviéndose contra ella hasta sentir un estallido de alivio. En esos momentos sintió cómo se iba acumulando la tensión entre sus piernas, y también una suave sensación húmeda.

Riley movía la mano en sentido transversal de cadera a cadera, y luego trazando un círculo, tal como le gustaba hacer a la propia Addy. No sólo se sentían impotentes sobre sus actos, sino que estaban ansiosos por continuar y seguir adelante, dispuestos a negar las implicaciones. Riley le desabrochó los botones del vestido y le subió la fina ropa interior, dejando al descubierto la totalidad de su vientre moreno y embarazado. Recorrió con el dedo la línea negra y recta que iba del pubis al ombligo de Addy y luego trazó el camino inverso de nuevo para hacerle cosquillas en el vello abrupto de sus partes femeninas, haciendo que la joven se mareara una vez más.

Addy no sabía que pudiese hacer semejante cosa, ni siquiera que quisiese hacer semejante cosa, de modo que se sorprendió a sí misma cuando buscó la mano de Riley y la guió hacia sus pechos turgentes. Riley emitió un gemido y le pellizcó un pezón erecto con una mano mientras le desabrochaba el resto de los botones del vestido con la otra. Tiró de su ropa interior, no con brusquedad, pero ansioso por liberarla de la tela y tocar directamente aquella piel suave y ardiente.

Riley llevó a Addy de vuelta al colchón de nuevo y no la miró a los ojos para que no se rompiera el hechizo. Se reclinó encima de ella, con cuidado de no apoyar su peso en el vientre redondo, presionando su boca contra la de ella y pensando al instante que nunca en toda su vida había probado caramelo más dulce que el de los labios de Adelaide Shadd. Addy, a quien nadie había besado nunca, pues lo que había hecho Zach Heron no era ningún beso, pensó al principio que la boca de Riley era extraña y como una lombriz, sus dientes resbaladizos, su lengua un arma. Sin embargo, tras relajarse y dejar que sus propios labios y su lengua empezasen a explorar libremente, la sensación ya no era de extrañeza, ni mucho menos similar a una lombriz, sino que experimentó una sensación tórrida y placentera.

Se llevó un disgusto cuando él separó los labios de su boca y luego una alegría de nuevo cuando los apretó de nuevo contra su cuello, y cuando le recorrió con ellos la clavícula y se adentró aún más lejos, aventurándose entre sus pechos henchidos para concentrarse al fin en sus enormes pezones negros. Addy miró por entre sus pestañas y se alegró al ver que Riley tenía los ojos cerrados, pues quería mirar mientras él desplazaba el puño cerrado arriba y abajo por el mástil rígido y esbelto que le asomaba por los pantalones. Quería ver cómo su lengua le succionaba la punta del pezón, se abría paso hasta el montículo de su vientre y, para su sorpresa, se aventuraba aún más abajo. Vio cómo Riley movía la boca hacia delante y atrás, hacia arriba y hacia abajo, hasta que Addy supo que iba a estallar tal como había hecho otras veces contra la almohada de Verilynn. Riley lanzó un gemido y cayó contra ella, con la respiración jadeante aún y los ojos aún cerrados.

Se quedaron dormidos así, con la mejilla de Riley apoyada en el muslo de Addy, hasta que dejó de nevar y ambos se despertaron hambrientos, en la oscuridad. No habían sentido el temor de que Padre pudiese llegar a casa y sorprenderlos, pues incluso las carreteras principales estaban cortadas y era imposible conducir esa noche, pero sí sintieron algo parecido al miedo cuando se despertaron medio desnudos y empapados del olor del otro, el miedo a qué ocurriría a continuación.

No dijeron una sola palabra mientras se vestían y se levantaban de la cama. Addy se dirigió a la cocina y Riley a la sala de estar, a liarse un cigarrillo. Addy entró en la sala un poco más tarde y anunció:

–La cena está lista.

Riley devoró el guiso de carne de ternera como si no hubiese comido en días y dijo que sí cuando Addy le ofreció un trozo de tarta de pera. Addy le sirvió la tarta, pero no pudo soportar ni un minuto más de silencio.

–¿Riley?

–¿Sí, Adelaide?

–Siento muchísima vergüenza. –Le temblaba la barbilla y se sentó en su silla.

–A mí me pasa igual. Es culpa mía, Adelaide.

–Pero yo también lo he hecho. –Se retorció las manos un instante–. ¿Se lo vas a decir a Padre?

–No. Nunca.

–¿Y si se entera?

–No puede enterarse. –Riley había estado jugueteando con su tenedor y en ese momento lo soltó y miró directamente a Addy por primera vez–. Padre... –dijo, pero no terminó la frase y ella no supo con certeza qué quería decirle.

Addy se levantó de la silla y se acercó a Riley para acomodar su oronda figura en el regazo del hombrecillo. Le rodeó el cuello con los brazos y apoyó el brazo en su hombro, susurrándole:

–Te quiero, Riley. Te quiero.

Esa noche se acostaron juntos en el estrecho camastro de Riley quien, con sus brazos huesudos, abrazó el enorme vientre jadeante de Addy. No hicieron el amor, pero se besaron y se acariciaron con dulzura y delicadeza, hasta que el sueño les arrebató la conciencia y llegó un nuevo día.

Padre llegó a última hora de la mañana, mucho después de que se hubieran levantado y tomado un abundante desayuno. Llegó derrotado después de su accidentado viaje por las carreteras cubiertas de nieve y se fue directamente a la cama. No sospechó nada. Padre quería muchísimo a Riley, pero le parecía imposible que alguna mujer pudiese encontrar atractivo a su hijo, con sus brazos como palillos y aquel ojo bizco. Estaba seguro de que Riley nunca le desobedecería ni le traicionaría, del mismo modo que sabía con toda certeza que su hija, Verilynn, sí era capaz de hacerlo.

Al día siguiente, el sol se encaramó a lo más alto de un cielo despejado y sin nubes, pero Padre no se levantó de la cama. Aún estaba vencido por el cansancio del viaje, y seguía sin sentir apetito. Adelaide se sentó a su lado en la cama y lo obligó a tragar unas cucharadas de caldo. Cuando sonrió a la joven, un enorme diente amarillo se desprendió de sus encías negras y cayó sobre las sábanas limpias. Padre se echó a reír y escupió una nube de aliento pútrido. Adelaide se estremeció, pero Padre era un buen hombre, un hombre decente, de modo que no sintió más que ternura por él e intentó respirar por la boca cada vez que él se acercaba.

La nieve no se derritió sino que permaneció en el suelo, y Addy pensó que era como ver a una vieja amiga. La ventisca tejió un grueso manto de lana para la fea hierba de color pardo, arropó a los árboles desnudos y coronó los tejados de las casas con millares de estrellas refulgentes. Ella y Riley se tiraron bolas de nieve en el jardín y se rieron hasta quedar exhaustos y hasta que Padre salió al porche tosiendo y gritó con aspereza:

–¡Riley! ¡Riley! ¿Es que has perdido el juicio? ¡¿Te has olvidado del estado de esa muchacha?!

Riley agachó la cabeza y dijo que lo sentía, y luego, en cuanto Padre se dio media vuelta y cerró la puerta, hizo diana con otra bola de nieve en el trasero de Addy.

Addy percibía la proximidad de las Navidades más fuera que dentro de la casa. Las tiendas estaban llenas a rebosar, las calles abarrotadas de familias calzadas con botas y haciendo malabarismos con los paquetes de regalos y las bolsas de comida. Había un belén en el jardín de la iglesia polaca, al cabo de la calle, y un coro ensayando dentro. Addy no había ido a la iglesia desde su marcha de Rusholme, y echaba de menos el olor a madera y velas, y escuchar los tonos agudos y graves de las voces que entonaban los cánticos. Miró al niño Jesús de porcelana que había en el pesebre y rezó para sus adentros:

–Querido Jesús, haz que mi hijo nazca sano y fuerte. Y, por favor, que sea un parto fácil. –Luego se corrigió a sí misma para no parecer demasiado exigente–. Todo lo fácil que consideres necesario.

Los Rippey mantenían muy pocas tradiciones navideñas aparte del intercambio de regalos, e incluso eso lo consideraban tedioso y lo hacían con desgana. No era porque los miembros de la familia no se demostrasen amor, sino sobre todo porque Padre decía que el verdadero sentido de la Navidad era conmemorar el nacimiento del Señor Jesucristo, y que el resto no eran más que paparruchas. A pesar de todo, Addy quería que en la casa reinase un ambiente festivo, así que se puso a hacer palomitas al fuego y fue ensartando las esponjosas nubecillas blancas con arándanos secos para formar unas guirnaldas que colgó por toda la casa. Horneó galletas de azúcar y se las ingenió como pudo, sin un cortador decente, para darles forma de estrella. Y mantuvo los dedos ocupados tejiendo regalos para Padre, Riley y Verilynn.

No resultó tan difícil como Addy creía robar un poco de tiempo a solas con Riley, pues Padre había estado enfermo desde aquel viaje a Port Huron. Pasaba mucho tiempo durmiendo o tosiendo en la cama, y las horas que estaba despierto recibía las visitas de numerosos amigos que acudían a desearle una pronta recuperación. Cuando Padre estaba dormido o distraído con los amigos, Riley se iba a la cocina con Addy para hablar y ayudarla con las recetas y a lavar los cacharros, tal como había hecho L'il Leam en Rusholme. A veces se escabullían en algún dormitorio y se besaban y se abrazaban, pero no hacían lo que habían hecho antes. Ambos se morían de ganas, por supuesto, pero no habrían podido soportar la vergüenza si alguien los hubiese pillado.

Fue una de esas noches, cuando Padre estaba recostado en la cama y enzarzado en una apasionante discusión con algunos de sus amigos, cuando Addy y Riley se metieron en el dormitorio y se abalanzaron sobre la boca del otro. Habían estado hablándose en susurros entre beso y beso.

–¿Vas a seguir apestando a tinta toda tu vida? –bromeó Addy.

–Tú también apestas, Adelaide. No creas que no.

–¿Yo? ¿Y a qué apesto, Riley?

–A tarta, a pasteles y a cualquier dulce imaginable.

–Mmm...

–Ojalá pudiera acostarme contigo.

–Chsss...

–Ojalá pudiera...

–Chsss...

En ese instante, Addy se tapó la boca, y no porque no quisiera que Riley siguiese hablando, sino porque creía haber oído el ruido del pomo de la puerta. Y así era. Al cabo de un momento, la puerta del dormitorio se abrió y la silueta de una joven de espectacular belleza apareció ante ellos. Riley y Addy se separaron de inmediato, pero no lo bastante rápido. Verilynn los había visto y ellos lo sabían.

–Vaya, vaya, vaya... –exclamó Verilynn–. Ésta debe de ser la joven Adelaide Shadd. Pues sí que os habéis hecho buenos amigos vosotros dos...

Riley no se rió ni sonrió, sino que dijo:

–Podrías haber avisado de cuándo ibas a venir, Very.

–¿Por qué?

–Podríamos haber ido a recogerte a la estación.

–No he venido en tren. Lo cierto es que me ha traído en su automóvil un caballero muy amable que da clases en mi escuela y cuya familia, casualmente, vive no demasiado lejos de aquí.

–Eso no le va a gustar a Padre.

–Entonces, no se lo dirás, ¿verdad que no, Riley?

Lo primero que Addy advirtió, ya que aún no podía ver la cara de Very, era que tenía una voz fuerte y melodiosa, y que hablaba con más elegancia y sofisticación que cualquier otra persona a la que Addy hubiese oído hablar.

Riley sacó a Addy de la habitación, a la luz del pasillo, y Verilynn salió tras ellos. A Addy le flaquearon las piernas al ver a aquella mujer: Verilynn era tan alta como Padre y no se parecía en absoluto a Riley. Tenía los brazos largos y fuertes, la cintura estrecha, y las caderas y el busto generosos. Su rostro era muy hermoso, con unos ojos almendrados de mirada viva y la nariz larga y esbelta, la dentadura blanca y perfecta, y unos labios gruesos y carnosos de color de fresa. La arrebatadora joven extendió la mano y sonrió con su boca rojísima.

Addy se limitó a mirar aquella mano, pues no estaba acostumbrada a semejante saludo, y dijo:

–Habría lavado las sábanas de tu cama si hubiese sabido que venías esta noche.

Verilynn abrió la boca y los deslumbró con su risa mientras los tres se dirigían a la sala de estar.

–Encantadora –dijo. Dejó su maleta de cuero en el suelo y miró a su alrededor a las guirnaldas de palomitas y arándanos y a la bandeja de galletas de extrañas formas que había sobre la mesa–. Bueno, Feliz Navidad, como suele decirse en estos casos.

La hermosa mujer se arrellanó en el sofá y extrajo una cajita de plata de su bolso de mano. La abrió y de ella extrajo un cigarrillo alargado y esbelto, de formas perfectas, y a continuación le pasó la tabaquera a Riley. Éste cogió uno de los cigarrillos, lo examinó y asintió con la cabeza, impresionado. Riley le pasó a su hermana una vela roja que habían dejado encendida y a continuación se encendió un pitillo él también. Inhalaron y exhalaron sin decir una sola palabra.

Había algo distinto en la habitación, y no era sólo Verilynn. Riley también era distinto, y no el muchacho que Addy conocía. Observó a los dos hermanos dar chupadas a sus cigarrillos mientras se acariciaba la barriga trazando círculos con la mano. Verilynn entrecerró los ojos y exhaló un aro de humo en dirección a Addy.

–¿Cuándo sales de cuentas, Adelaide?

Addy tragó saliva y trató de recobrar la voz. Como no lo conseguía, miró a Riley solicitando su ayuda.

Riley se aclaró la garganta.

–El niño nacerá en marzo, Very.

Verilynn asintió y miró detenidamente la protuberancia del vientre de Addy.

–Por el tamaño, parece que esté de más de seis meses. Padre la ha estado alimentando bien. –Expulsó una vaharada de tabaco de su lengua suave y rosada–. Y ahora, sólo para asegurarme de que estoy informada correctamente, no es hijo tuyo, Riley. ¿Es así?

Un soplo de brisa recorrió la habitación, a pesar de que las ventanas estaban completamente cerradas. Riley le dedicó una sonrisa a su hermana por primera vez, aunque era una sonrisa tenebrosa, y a Addy no le gustó verla.

–¿Has vuelto a casa sólo para crear problemas, Very?

–¿Cómo puedes decir eso? –Fingió sentirse dolida.

–Te escribí hablándote de Adelaide. Tres cartas. ¿Y acaso no te contó Enos sus circunstancias cuando fue a verte a la escuela?

–Verás, todo es un poco complicado, Riley. Tendrás que tener paciencia si se me olvidan algunos detalles. –Volvió a dirigirse a Addy de nuevo–. ¿Eres de Rusholme, Adelaide? ¿Me han informado bien sobre esa parte al menos?

–¿Has oído hablar de Rusholme? –preguntó Addy, sorprendida.

Very bostezó deliberadamente.

–Un pueblucho canadiense fundado por esclavos.

Addy se incorporó de golpe.

–Rusholme es un lugar muy especial. Una de las últimas estaciones del Ferrocarril Subterráneo. Algunas personalidades negras muy importantes fundaron esa ciudad.

–¿De veras? Alguien debería escribir un libro sobre ello. ¿Sabes leer?

–Sí –respondió Addy, ofendida.

–Hace poco leí un libro titulado *La cabaña del tío Tom*. Es un libro un poco antiguo. ¿Has oído hablar de él, Adelaide?

A Addy no le gustaba que le hablaran en tono condescendiente.

–Leí ese libro cuando tenía doce años.

–¿Has oído alguna vez el nombre de Josiah Henson? Era reverendo en algún lugar de Canadá. Es el hombre al que Harriet Beecher Stowe entrevistó para su historia. Un conocido mío me regaló el libro y me lo contó todo sobre él.

Riley expulsó el humo hacia el techo.

–Creía que *El tío Tom* era una historia de ficción. Nunca había oído hablar de ningún reverendo llamado Henson. ¿Lo habías oído tú, Adelaide?

Addy no pudo disimular su orgullo.

–Mi padre se sentó en las rodillas del reverendo Henson cuando era un niño. Su padre tocaba la trompeta en la banda que acompañó al reverendo a su tumba.

Verilynn se rió ante la osadía de la afirmación de Adelaide.

–Pues dudo mucho que fuera como dices, teniendo en cuenta que el reverendo Henson vivió en un lugar llamado Dawn. Y fue hace mucho, muchísimo tiempo. –Intentó intercambiar una mirada con su hermano, pero Riley tenía los ojos clavados en Addy.

Addy se irguió, sin importarle que Verilynn la viera trazar círculos con la mano sobre su vientre.

–El reverendo Henson vivió hasta los noventa y tantos años. Dawn ahora se llama Dresde y no está muy lejos de Rusholme. El reverendo Henson no sólo tenía una iglesia en Dresde, sino que además, él y un cuáquero construyeron allí una escuela que se llamaba Instituto Británico Americano para Esclavos Fugitivos. La mayoría de la gente cree que Harriet Beecher Stowe se entrevistó con él, pero la verdad es que no se conocieron hasta años después de que escribiera su libro. ¿Sabías tú eso, Verilynn?

Un coro de risas procedente de la parte de atrás de la casa le ahorró a Verilynn el trance de seguir haciendo el ridículo. Riley esperó a ver si se abría la puerta de Padre y salían sus invitados. Se volvió hacia su hermana.

–¿Sabe Padre que estás aquí?

Verilynn negó con la cabeza. De pronto, Addy se sintió avergonzada por su arranque de orgullo. Se inclinó hacia la mujer y le habló en voz baja:

–Debería haberlo dicho antes: mi más sentido pésame por la muerte de tu madre.

Verilynn levantó un dedo admonitorio.

–No, no, ahórrate tus condolencias. Rosalie era la madre de Riley, no mi madre. Mi madre murió al darme a luz, hace muchos años. Aunque supongo que no debería decirte eso, Adelaide. Seguro que ya estás bastante asustada por tener que dar a luz a ese hijo.

Addy asintió, sin conseguir hacer que dejara de temblarle la barbilla. Riley aplastó su cigarrillo, que todavía estaba a medias, en el plato y exclamó:

–¡Padre! ¡Padre! ¡Very está en casa! ¡Very está en casa!

La puerta del dormitorio de Padre se abrió y éste salió arrastrando los pies, exhibiendo una sonrisa sin dientes y ataviado con una bata vieja cuyo cinturón no había tenido la precaución de anudar. Lo seguían dos hombres mayores, uno de ellos el propio Enos, *el Rico*. Hubo un estallido de risas y abrazos efusivos, pues los tres hombres querían abrazar a Very, y Enos, más de una vez.

Riley y Addy se escabulleron en el dormitorio de él. Una vez a solas, Addy se derrumbó en la cama.

–Me odia, Riley. Me odia.

–A mí no me importa. Yo la odio a ella.

–Pues a mí sí me importa. No deberías odiar a tu hermana, Riley. Deberías quererla. –Addy pestañeó para contener las lágrimas.

–Chsss... Es por el niño por lo que estás tan sensible, Adelaide. –Le besó los labios húmedos y susurró–: Tú duerme tranquila en mi cama, y no sabes lo mucho que me gustaría poder quedarme aquí contigo. Very sólo estará unos cuantos días. Mantente alejada de ella y todo irá bien.

Addy asintió, pero retuvo a Riley del brazo cuando éste se disponía a marcharse.

–¿Riley?
–Chsss...
–¿Voy a morirme dando a luz a este niño?
–No. Chsss... Todo saldrá bien.
–Tengo miedo.
Riley le acarició la mejilla, sonrió y susurró:
–Yo estaré a tu lado, Adelaide. No tengas miedo.

Riley dejó a Addy en la oscuridad. La joven se aovilló en el estrecho camastro y se estaba preguntando cómo iba a conseguir conciliar el sueño cuando, acto seguido, vio cómo la luz del día se filtraba por la ventana y percibió el fuerte olor a café procedente de la cocina.

Los dos días antes de Navidad, mientras Verilynn estuvo en casa, transcurrieron de forma apacible y sin incidentes. Tal como Riley le había indicado, Addy se mantuvo alejada de su hermana al tiempo que trataba de complacerla en todo. Verilynn prefería el café al té, de modo que tomaban café. Y a Verilynn no le gustaban la ternera ni las aves de corral, de modo que comían pescado para la cena y escuchaban pacientemente sus peroratas en la mesa. Padre adoraba a su hija, pero también la temía, de modo que se limitaba a sonreír y a escuchar en silencio. Riley fruncía el ceño permanentemente y no dejaba pasar una oportunidad de discutir y plantarle cara. Addy permanecía callada y trataba de hacerse invisible. Pensaba que Verilynn era como una mofeta asustada y rezaba para que no la rociase con su ataque maloliente.

Fue la víspera de Navidad. El aire estaba impregnado de promesas y del aroma del perfume de Verilynn. Addy salió precipitadamente por la puerta a última hora de la tarde, justo antes de que anocheciese. Esperaba conseguir un buen precio por los productos que pudiese comprar, considerando que las tiendas iban a permanecer cerradas al día siguiente y que los comerciantes no querrían que su mercancía se quedase sin vender y se estropease el día de Navidad. Pasó a todo correr por la carnicería de camino a comprar pescado, y de pronto la invadió una ira furiosa contra Verilynn y contra sí misma por no haberse rebelado.

A ella no le parecía que un lucio fuese un plato adecuado para la cena de Navidad, pero Verilynn la había acorralado en la cocina y había mencionado que sentía especial debilidad por aquel pescado. Addy tenía la intención de comprar el lucio tal como quería Very, hasta el momento en que se detuvo en seco en la calle y regresó sobre sus propios pasos hasta llegar a la carnicería. Escogió un trozo enorme y muy caro de lomo de cerdo, y no consiguió que le hicieran un buen precio, porque el establecimiento estaba abarrotado de gente y todos habían tenido la misma idea. Pese a todo, Addy estaba contenta. Comerían asado de cerdo con salsa para la cena de Navidad y si Verilynn quería pescado, podía acercarse al río ella misma y pescar uno.

La velada transcurrió sin que se entonara un triste himno, una plegaria o una canción, pues Padre no se encontraba bien y se retiró a sus aposentos nada más cenar diciendo: «No os preocupéis, hijos míos. Mañana por la mañana ya estaré bien». Addy se puso de pie junto a la ventana, intentando no preguntarse qué estarían haciendo su padre y su madre esa Nochebuena en Rusholme. Recordó la comida, las tradiciones y la alegría de la Navidad en la calle Fowell y exclamó para sus adentros: «Feliz Navidad, mamá y papá». No podía saber que, en ese preciso instante, su madre estaba sentada a solas, con la mirada perdida en la lumbre del hogar, ni que su padre se había ido para siempre casi dos semanas antes, mientras dormía.

Riley y Addy compartieron un beso y un abrazo fugaces antes de que ella se metiera en la cama esa noche, pero no logró conciliar el sueño por el jaleo y el humo de cigarrillo que se colaba por la rendija de la puerta de su habitación. Riley y Verilynn seguían aún en el salón, y a juzgar por el tono de su conversación y el alboroto de sus carcajadas, Addy supuso que alguno de los dos había llevado una botella de licor a la casa. Se sorprendió al oír a Verilynn y Riley departir como si fueran viejos amigos, y aunque no le gustaba pensar que Riley odiaba a su hermana, tampoco estaba segura de que prefiriese saber que sentía cariño por ella.

Por la mañana, Addy preparó un desayuno a base de salchichas de cerdo con huevos y galletas con fresas en conserva, a sabiendas de que todos menos ella lo comerían con gusto. Padre engulló la comida con fruición, parecía encontrarse verdaderamente mejor y estaba de un humor inmejorable cuando dijo que era hora de abrir los regalos. Addy había tejido unas largas bufandas y gorros de lana suave para Riley y Padre, y éstos se colocaron los gorros en la cabeza diciendo que eran muy bonitos y le dieron las gracias. Verilynn frunció los labios al ver el tapete blanco de ganchillo y se lo puso en la cabeza como si creyera que también era un gorro. Riley se echó a reír al verla y Addy se disgustó con los dos.

Riley le regaló a Addy un cesto de mimbre lleno de agujas y distintos hilos de colores y madejas de lana suave y una aguja de ganchillo nueva de tamaño grande, y a Addy le encantó todo y no le importó en absoluto que Emeline Fraser le hubiese ayudado a escogerlo.

–No sabía que supieras leer, así que... –dijo Verilynn, y le dio a Addy un libro ilustrado que pertenecía a la biblioteca de Cleveland y así lo decía en un sello de tinta impreso en la mismísima primera página.

Addy se dijo que, después de todo, Verilynn no debía de ser tan inteligente por convertir en un regalo un libro robado, pero se recordó que aquella mujer se iría al día siguiente y la vida en la calle Chestnut volvería a la normalidad.

Padre le hizo a Riley un regalo de un fajo de billetes de dólar, y a juzgar por la expresión en el rostro de su hijo, era justo lo que esperaba. Riley sabía que el dinero procedía de los bolsillos de Enos, *el Rico*, y su contrabando, a pesar de que su padre nunca admitiría que así era como se ganaba tan bien la vida su viejo amigo. Padre rebuscó en sus bolsillos y sacó dos cajitas de terciopelo envueltas en unos bonitos pañuelos de encaje y dijo:

–El pañuelo es parte del regalo. Eso fue idea de Emeline.

Verilynn arqueó una ceja al ver el paquete, no sólo porque el suyo era idéntico al de Adelaide, sino porque ella también se esperaba un fajo de dólares y ya se había llevado un chasco. Arrancó el pañuelo del paquete y no le importó desgarrar la tela de encaje. Abrió la cajita de terciopelo y esbozó una sonrisa de circunstancias. En el interior había un broche de oro que había pertenecido a Rosalie Rippey. El broche era circular, con una delicada perla y un pequeño rubí engastados, no era moderno ni *chic* a los ojos de Verilynn. Nunca se iba a poner aquella chuchería y hasta dudaba que lograse vendérselo a alguien.

–Gracias, Padre –dijo, y ni siquiera se molestó en fingirse satisfecha.

La siguiente era Addy. El pañuelo le pareció muy bonito y el ribete de encaje una labor de costura excelente. Alisó la tela con la palma de la mano, admirándolo, hasta que al final, Padre se puso a reír y dijo:

–Abre la caja, pequeña. Abre la caja.

Addy abrió la caja y miró lo que contenía. Volvió a levantar la vista hacia Padre y estaba tan abrumada que no sabía qué decir ni qué hacer.

Incapaz de soportar el suspense por más tiempo, Verilynn se trasladó de su asiento en el sofá para ver qué era lo que había hecho palidecer a Addy de aquella manera. Ni ella misma era capaz de salir de su asombro más absoluto al ver que se trataba de una sortija de oro blanco con un precioso diamante marquesa flanqueado por dos esmeraldas verdes. Hasta el propio Riley pestañeó escandalizado cuando Verilynn miró a su padre y, con la voz entrecortada, dijo:

–¿El anillo de mamá?

Padre asintió y forzó una sonrisa. No había anticipado la reacción emocional de Verilynn con respecto al anillo y era demasiado tarde para solucionarlo en ese momento.

–Sí, Very. Voy a regalarle ese anillo a Adelaide. Es un anillo de boda y no sería correcto que fuese a parar a ti de todos modos, pero quiero decir ahora, delante de Riley, de ti y del Señor Nuestro Dios, quien sé que también está con nosotros, que me gustaría tomar a esta muchacha como esposa. Y darle a ese hijo suyo mis apellidos. –Levantó la vista con una mezcla de vergüenza y timidez–. Si es que Adelaide quiere casarse con un viejo como yo, claro está.

Addy se puso a temblar y dejó la caja encima de la mesa, segura de que no había oído bien. Very no sabía si reír o llorar, de modo que su rostro permaneció impertérrito. Riley se limitó a agachar la cabeza y no miró a nadie. Ya conocía las intenciones de Padre porque éste se lo había dicho desde el principio, desde la primera mañana, cuando había ido a llevarle el té a Addy. Riley había querido decírselo él mismo, pero no perdía la esperanza de que su padre cambiase de idea algún día.

Padre esperó. Addy nunca supo de dónde sacó el coraje para hablar ni el buen tino para decir justo lo que había que decir:

–Padre, es usted para mí como mi propio padre, y nunca se me había pasado por la cabeza la idea de amarlo como marido. No sé si me podría dar algo de tiempo para que lo piense...

Riley había estado estudiando la voluta de humo que se desprendía de su cigarrillo, maravillándose de la rapidez con que el presente podía aplastar al futuro. Levantó la vista y pensó que Adelaide Shadd era la mujer más sabia que había conocido.

Padre asintió y dijo:

–Sí, hija mía. Comprendo una cosa tan compleja como es el amor. Sólo quiero que digas que sí si crees que podrías ser feliz compartiendo mi cama. Yo ya conozco la respuesta a esa pregunta.

Addy asintió y permaneció paralizada en su silla. Verilynn cogió el anillo de diamante de la caja. Esbozó una sonrisa siniestra y miró primero a Addy y luego a Riley antes de dirigirse a su padre.

–Padre, ella nunca aceptará este anillo. Más vale que lo sepas ya de entrada y te ahorres la incertidumbre.

Padre no quería escucharla.

–Siéntate, Very. Lo lamento si esto te coge por sorpresa, pero abandonaste esta casa y a esta familia y ni siquiera te molestas en escribir alguna carta de vez en cuando. No puedes esperar entender las cosas que han ocurrido en tu ausencia.

El tono de voz melodioso había desaparecido y, en su lugar, una voz trémula y furiosa irritó la garganta de Verilynn mientras sostenía el anillo entre el índice y el pulgar y lo agitaba delante de Padre.

–Entiendo que este anillo era de mi madre y que debería ser mío y de nadie más. Entiendo que es Riley el dueño del corazón de esta chica ignorante, y no usted. Es usted quien no sabe lo que ocurre en su ausencia, Padre. Usted.

Addy no conseguía hacer reaccionar a sus piernas

para levantarse, ni conseguía mirar a Riley o él a ella. Padre sacudió el puño, abrió la boca y dijo:

–Cereza puente medio arriba.

Todos se quedaron inmóviles y supieron que no eran imaginaciones suyas: las palabras de Padre no tenían ningún sentido.

Los ojos de Padre fueron de Addy a Riley y luego a Verilynn. Parecía como si no los conociese y se estuviese preguntando qué diablos hacían en aquella casa. Prorrumpió en una risa extraña y a continuación, se agarró la cabeza con las manos cuando el dolor lacerante de una cuchillada le atravesó la órbita del ojo derecho. Volvió a abrir la boca, pero no consiguió articular palabra. Abrió aún más la boca, creyendo que las palabras estaban atascadas y que necesitaban un caño más ancho, pero seguía sin salir nada. Emitió un ruido como si se estuviera ahogando y se cayó al suelo antes de que alguno de los tres pudiera impedirlo. Se hincó de rodillas, se dio de bruces contra el suelo y permaneció allí inconsciente, resollando.

Sólo se oía el tictac del reloj de pared y el repique de las campanas de la iglesia a lo lejos, mientras los tres temerosos hijos de Padre lo llevaban por el pasillo hasta su cama blanda. Riley montó en cólera contra su hermana junto al cuerpo inconsciente de su padre.

–Si se muere, Very, será por tu culpa.

Addy reprendió a Riley.

–Chsss. Puede oírte, Riley. No digas esas cosas.

Verilynn no dijo nada, pero Addy sabía que estaba arrepentida, que quería a su padre y que no podía evitar ser una niña mimada. Más tarde, Addy estaba llevando un paño y una palangana de agua fría al cuarto de Padre cuando vio a Verilynn besarle su boca fétida y susurrar:

–Lo siento, Padre. Lo siento en el alma.

A Addy le dieron ganas de decirle que la comprendía, que entendía lo que era sentir algo en el alma, pero Verilynn se volvió y la sorprendió mirando, soltó una imprecación y se fue de la habitación.

Enos *el Rico* llegó al cabo de un rato con el médico y Emeline se presentó aún con el delantal y oliendo al ganso asado de la cena de Navidad. Aplicaron compresas frías a la cabeza de Padre y supieron que su estado era muy grave cuando el médico dijo que el oxígeno no le llegaba al cerebro. Aunque lograse sobrevivir, les advirtió, tal vez nunca volvería a andar.

El asado de cerdo estaba reseco y la salsa se había quemado, las patatas estaban demasiado saladas y la calabaza moscada demasiado sosa. Riley había insistido en que se comieran la cena de Navidad, y a pesar de que ni Addy ni Verilynn tenían demasiado apetito, le recordó a la primera que su hijo estaba hambriento aunque ella no lo estuviera. Addy había preparado nieve de manzana de postre, porque sabía que a Padre le gustaría, pero éste no abrió los ojos en toda la larga noche. Más tarde, sola y pasando frío en la cama de Riley, Addy se echó a llorar, porque sabía que no era Verilynn la causante del ataque de Padre, sino el poder silencioso de su propio horror ante su inesperada propuesta.

A la mañana siguiente, cuando Addy entró a abrir las cortinas, Padre abrió los ojos o, mejor dicho, abrió el ojo derecho. El izquierdo permanecía cerrado. No podía abrir la mandíbula para hablar y sólo consiguió separar lo bastante los labios para horadar una pequeña hendidura en la comisura derecha de la boca. Sus palabras no sonaron en absoluto como palabras, pero Addy hizo como que lo entendía perfectamente.

–Sé que está confuso ahora mismo –dijo–. Ha tenido un ataque al corazón, Padre. El doctor dijo que también le ha pasado algo a su cerebro, y que por eso le cuesta tanto esfuerzo hablar y moverse. Pero dijo que se va a poner bien, que sólo necesita un poco de tiempo para recuperarse, nada más.

Padre intentó negar con la cabeza. Sabía la verdad y detestaba que le mintieran, pero no había forma de que su cabeza se moviese ni de que sus labios hablasen, y aunque no pretendía compadecerse de sí mismo, un lagrimón grueso y solitario lo traicionó. Addy se sentó en la cama y le enjugó la lágrima, tratando de no dejarse arredrar por su aliento.

–No se preocupe, Padre. Riley y yo vamos a cuidar de usted.

Verilynn ya se había ido. Se había levantado antes del alba, había hecho su equipaje y se había marchado sin decir una sola palabra. Riley supuso que debía de haberse ido andando a la casa del caballero del primer día, el que la había llevado en automóvil hasta la calle Chestnut, pero lo cierto es que le traía sin cuidado cómo fuese a llegar a su destino y sólo sentía alivio por que se hubiese ido. Tenía la cabeza llena de negros pensamientos y no le quedaba espacio en su conciencia para odiar también a Very. Sabía que Padre se estaba muriendo, y por muy profundo que fuese el amor que sentía por él, también amaba a Adelaide Shadd y no lograba convencerse a sí mismo para desear que el anciano se recuperase.

El anillo con el diamante y las esmeraldas había desaparecido. Su hermana había reclamado el anillo de su madre y Riley sabía que nunca más volverían a mencionarlo. De todos modos había heredado el anillo de su propia madre, y tenía la intención de dárselo a Addy cuando Padre muriese. Y todos los días parecía que Padre iba a morirse de un momento a otro: no podía levantarse de la cama, ni beber una taza de té, ni leer un libro... ni siquiera recibir la visita de sus amigos. Cuando Enos *el Rico* y Emeline Fraser fueron a verlo, Padre hizo un ruido tan ensordecedor por la hendidura de la boca que Riley tuvo que decirles que se marcharan. Addy sabía que era porque Padre no quería que lo viesen en su estado, y le parecía comprensible que le diese vergüenza.

Una semana se convirtió en dos y Riley se alegró de volver a trabajar en *Free Press* y de bromear con sus amigos y oler el olor a tinta de la rotativa y no el olor a moribundo de Padre. Y se alegró de poder ir al garito al que llamaban «La casa de Jerome» a beber ron después del trabajo, y de que ninguna mujer lo regañase por eso, como les pasaba a sus amigos casados. Deseaba poder tener el valor de Adelaide, para ofrecerle a su padre cuidados y consuelo en lugar de desear su muerte. No ayudaba a Adelaide a colocar a su padre en la taza de porcelana del retrete, ni se ofrecía a restregar las sábanas manchadas cuando ella no lograba llegar a tiempo. No se ofrecía a sujetar la cabeza del anciano contra el cabecero de la cama para que pudiese beber un poco de caldo, y siempre se buscaba otros quehaceres cuando veía a Addy llenar un barreño con el agua de la tetera y con jabón para bañar a su padre.

Las cosas habían cambiado entre ambos. Addy no podría haberse entregado más al cuidado y la atención de Padre si hubiese sido su leal y amante esposa. Riley estaba resentido y celoso, y se sentía solo y culpable, todo al mismo tiempo. Cenaba a solas en la mesa mientras Adelaide se ocupaba de Padre. Por las noches, ella estaba tan cansada tras las faenas de la casa y por el peso del bebé, cada vez mayor, que ni siquiera se le ocurría preguntarle cómo le había ido el día, ni por el tiempo, ni si le había gustado la comida. Addy había vuelto a ocupar la habitación de Verilynn y aunque a veces pensaba que ahora ella y Riley podían dar rienda suelta a su amor sin necesidad de esconderse, sabía, ambos lo sabían, que no podían hacerlo ni lo harían hasta que Padre hubiese muerto.

Padre era consciente de que se estaba muriendo. Perdía peso paulatinamente y apenas si reconocía su propio cuerpo cada vez que Adelaide retiraba las sábanas. Comprendía la repugnancia que sentía Riley, y lo tranquilizaba que su hijo apenas entrase en su habitación, pero al ver a Adelaide inclinándose para atenderlo, sonriéndole, restregando las manchas y alimentándolo, se acordaba de las muchas veces que había pensado: «Qué buenas y maravillosas son las mujeres». En sus primeros tiempos en el púlpito, Padre había llegado a reflexionar en voz alta sobre la posibilidad de que el mismísimo Dios fuera mujer. Naturalmente, sus feligreses se habían escandalizado, y ahora sabía que estaba equivocado, porque ningún Dios mujer lo castigaría de aquella forma tan extravagante, privándolo de su voz para decir: «Dejadme morir».

De conservar aún la voz, se decía Padre, le pediría a Riley que lo llevara afuera y lo dejara enterrado en la nieve, pues había oído que la muerte por congelación era una forma plácida y sosegada de morir. En caso de que Riley se negase a hacerlo, Adelaide sí lo haría, y Padre la quería por saber que se podía confiar en ella. Se dio cuenta de que se había estado engañando, creyendo que aquella chiquilla podía sentir por él algo más que un amor filial. Lo más probable, pensó, era que Verilynn tuviese razón, que Adelaide y Riley estuviesen locos el uno por el otro y que, hasta entonces, él sólo hubiese sido un viejo idiota, y a partir de entonces un idiota arrepentido y lleno de pesadumbre, pues ni siquiera podía ofrecerles su bendición.

La nieve no se derritió en enero, y a mediados de febrero la superficie del río seguía completamente helada, algunos decían que poco más de medio metro, y otros que tres. Los patinadores tenían que competir con los contrabandistas al volante de sus cacharros, y los pescadores no lograban perforar lo suficiente el hielo para llegar hasta el agua. Padre era como un cadáver viviente y Adelaide rezaba todas las noches para que el Señor se lo llevase en su sueño. Enos, *el Rico*, asomaba de vez en cuando y le daba varios fajos de billetes, que tenía que depositar insistentemente en su mano cada vez que Addy le decía: «No, gracias». Ésta no acertaba a comprender la generosidad de aquel hombre y no sabía que Padre había salvado a Enos, *el Rico*, de morir ahogado cuando ambos eran unos muchachos. Riley tampoco sabía nada de la hazaña de Padre, pero aun así aceptaba los dólares. Addy sospechaba que se lo gastaba todo en whisky, pero no le importaba demasiado. El whisky le provocaba un brillo especial en los ojos y le arrancaba una sonrisa de los labios, y Addy sólo quería ver feliz a Riley.

La sala de estar estaba caldeada gracias al fuego que había encendido antes en la chimenea y Addy se sentó a descansar unos instantes. Se sorprendió al despertar y ver que ya había anochecido y al oír a Riley regresar del trabajo. La cena no estaba preparada y Addy cayó en la cuenta de que ni siquiera había ido todavía a comprar a la tienda. Se incorporó en el sofá pero le fallaron las fuerzas cuando quiso levantarse. Riley se quitó el pesado abrigo y las botas de invierno, entró en la habitación y se sentó a su lado. Le puso la mano fría en la frente acalorada.

–¿Tienes fiebre?

–No, creo que no, Riley. Sólo estoy un poco cansada, nada más.

–Pues estás caliente.

–Tú estás frío. –Sonrió y cerró los ojos–. Qué bien, un poco de frío...

Riley la vio cerrar los ojos un momento y a continuación presionó su boca helada contra la de ella. Emitió un gemido, pues no la había besado desde el día de Navidad y se moría de ganas de hacerlo todos los días. Addy le abrió la boca a su lengua y percibió el sabor dulzón del ron en su aliento, señal de que habría parado en La casa de Jerome. Al final, se apartó, se incorporó en el sofá y se preguntó si realmente no tendría fiebre.

–¿Se puede saber qué te ha dado, así, de repente, Riley?

Riley le acarició el labio con el dedo y murmuró:

–Tengo hambre. ¿Qué hay de cenar, joven Adelaide?

Addy negó con la cabeza.

–Hoy no he salido en todo el día. Supongo que tendremos que apañarnos con patatas y galletas.

Se levantó y se dirigió a la cocina. Dejó las patatas en la encimera y se dispuso a pelarlas. Riley apareció tras ella y le rodeó la barriga con sus manos esbeltas.

–¡Cómo se va poner este niño de aquí a marzo...!

–No demasiado grande, espero. Cuanto más grande sea, más problemas voy a tener para parirlo.

–No vas a tener ningún problema.

–A lo mejor sí. Algunas mujeres los tienen. La madre de Verilynn murió...

–La madre de Verilynn estaba enferma, para empezar. Tú estás sana, Addy. No tienes de qué preocuparte.

Addy se quedó inmóvil, pues algo acababa de llamarle la atención.

–¿Cómo me has llamado?

Riley se encogió de hombros.

–¿Addy?

–Nunca me habías llamado así.

–¿Es que no te gusta?

–Nadie me había llamado de otra manera en toda mi vida.

–¿Y por qué no lo dijiste? ¿Por qué no dijiste que te llamáramos Addy cuando viniste aquí?

La joven se encogió de hombros.

–Adelaide sonaba diferente. Supongo que me gustaba sentirme un poco diferente.

–¿Y ahora?

–Supongo que me gusta sentirme un poco como siempre.

Riley permaneció a su espalda, abrazándola con fuerza y meciéndose un poco mientras tarareaba una canción. Addy cerró los ojos, y salvo por el hecho de que Padre estaba agonizando en la habitación del fondo del pasillo, se sintió como si su vida fuera de color de rosa.

–Te he echado de menos, Addy. Estabas tan ocupada cuidando de Padre que parecía que te hubieses olvidado de mí.

–Cuando Padre se puso enfermo, supongo que me sentí bastante mal. Supongo que sentí como si lo que pasó hubiese sido culpa nuestra.

–Sucedió por culpa de mi hermana. Sucedió por lo que hizo Very.

Addy soltó el pelador de las patatas y se volvió hacia él.

–No, Riley. Sucedió porque Padre está viejo y enfermo. Podría haberle pasado mientras se comía un trozo de tarta o se reía con Enos, *el Rico*. Sucedió porque la vida es así. No nos echemos la culpa a nosotros.

–Está bien.

–Y no le echemos la culpa a Verilynn.

–No defiendas a esa hermana mía. Lleva el demonio dentro, eso es lo que creo.

Riley se sentó en una silla y observó a Addy meter las patatas en una olla de agua hirviendo sobre el fogón.

–¿Qué nombre le vas a poner a ese niño, Addy? ¿Lo has pensado ya?

Addy se mordisqueó el labio, pensativa.

–Si es niño, me gustaría llamarlo Leam, como mi hermano.

–Leam es un buen nombre. Leam Rippey. –Riley sonrió al ver la expresión de la cara de Addy–. Ya sabes que quiero darle mi apellido. Ya sabes que quiero ser su padre.

Addy asintió, aliviada porque lo hubiese dicho al fin.

–Serás un buen padre, Riley.

–¿Y si es niña? ¿Le vas a poner el nombre de tu madre?

–No. No podría ponerle el nombre de mamá porque el recuerdo sería demasiado doloroso.

–¿Y tenías alguna tía o una muy buena amiga? ¿Alguien por quien sintieses un cariño especial?

Addy reflexionó sobre aquello y sonrió.

–Sí, tenía una muy buena amiga, mi mejor amiga. Y era la chica más guapa y más buena del mundo.

–¿Y cómo se llamaba?

–Beatrice.

Riley arrugó la frente.

–No me gusta mucho ese nombre. Habrá que abreviarlo o ponerle un apodo.

–La llamábamos Beatrice *Birdie*. Eso no le gustaba nada a su madre.

–A lo mejor podrías llamarla Emeline, ya que va a ser ella quien la traiga al mundo.

–Creo que me gusta Beatrice. Tal vez Beatrice Emeline. Ése sería un buen homenaje para las dos. Emeline es muy buena por haberse ofrecido a ayudarme.

–Haría cualquier cosa por Padre. Y además eres una chica con mucha suerte, porque tiene ocho nietos a los que trajo al mundo con sus propias manos. Ella sabrá qué hacer cuando llegue el momento.

Addy asintió.

–Pero sigo teniendo miedo.

–Ya lo sé.

–Para ser algo tan natural, parece muy extraño.

Riley entrecerró los ojos y fijó la vista en su barriga.

–Beatrice o Leam, mmm... Bueno, pues entonces sólo me queda esperar que sea niño.

Addy se rió y le lanzó una mondadura de patata que aterrizó en la mitad de su frente y permaneció adherida allí. Riley se la quitó y se la arrojó a ella.

–Voy a fumarme un cigarrillo. Llámame cuando la cena esté lista.

Addy lo retuvo diciéndole:

–Pero antes asómate a ver cómo está Padre, ¿quieres? No he ido a verlo en toda la tarde. Me gustaría que bebiera un sorbo de agua. Está en la mesa, al lado de la cama. –Hizo una pausa y añadió–: Y háblale, Riley. Se siente solo.

Riley agachó la cabeza. Por segunda vez esa noche, Riley deseó haber tenido el dinero para tomarse la tercera copa de ron en La casa de Jerome. No le gustaba tener que ir a ver a su padre y habría preferido estar un poco más achispado para poder hacerlo.

Addy agitó el pelador en el aire.

–Ese hombre se ha pasado toda la vida cuidando de ti y velando por ti. Entra ahí, dale un vaso de agua y cuéntale cómo te ha ido el día. Despiértalo si está durmiendo. No ha bebido más que un sorbo desde esta mañana.

Riley sabía que no podía negarse, pero antes hizo un alto en el salón para liarse un cigarrillo. Lo encendió antes de enfilar el pasillo y no lo apagó cuando oyó gritar a Addy:

–¡Y no fumes en la habitación de Padre, Riley!

Sintió un escalofrío antes de abrir la puerta y no dirigió la vista al anciano. No reconocía en aquel hombre frágil y moribundo a su padre, y nunca sabía qué hacer o decirle al extraño que ocupaba su cama. Sintió alivio al ver que Padre tenía cerrado el ojo bueno y se le pasó por la cabeza marcharse de la habitación tan rápido como había entrado, pero Addy se enfadaría si no despertaba a Padre para levantarle la cabeza, hacer que bebiese un poco de agua y decirle unas palabras a aquel cuerpo ajeno al mundo. Pensó que se sentaría en la silla junto a la cama y se fumaría el cigarrillo hasta que pareciese que había pasado el tiempo suficiente para llevar a cabo la tarea que ella le había encomendado.

El humo del cigarrillo inundó la habitación y Riley se alegró de haberlo traído consigo, pues de ese modo enmascaraba el hedor del aliento y los orines de Padre, así como el olor polvoriento de su cuero cabelludo. Riley se puso a tamborilear con los dedos sobre su muslo y echó la cabeza hacia atrás en la silla, haciendo chasquidos con la lengua. A continuación entonó la estrofa de una canción que había sonado en el fonógrafo de Jerome. Al final, cogió el vaso de agua que había en la mesita junto a la cama. Lo olisqueó y pensó que tenía un olor extraño. Buscó un sitio donde tirar el agua para que pareciese que Padre había tomado un buen sorbo, así que intentó abrir la ventana, pero estaba bloqueada por el hielo. Se estiró hasta el otro lado de la cama y abocó el vaso a la cuña que había en el suelo. Al hacerlo, percibió una rigidez extraña por debajo del cuerpo y aún tardó unos segundos en reaccionar y darse cuenta de que era Padre. Se retiró hacia atrás de un salto y se tambaleó. Llevaba esperando que muriese su padre desde Navidad, pero ahora que había llegado el momento estaba conmocionado y asustado.

–¡Adelaide! –gritó.

Addy apareció al instante, secándose las manos con un paño de cocina. Nada más entrar, se dio cuenta de que Padre estaba muerto. Ninguno de los dos pronunció su nombre ni lo tocó ni intentó zarandear el cuerpo para ver si recobraba el sentido. Addy se desplomó sobre el colchón, abrazándose la barriga con las manos, y rezó una oración. Riley miró al techo y se preguntó si el fantasma de Padre lo habría estado observando y sabría que había intentado engañar a Addy con el vaso de agua.

No fue hasta que salió a buscar a Enos, *el Rico*, al helor de las calles, cuando Riley empezó a sentir el inmenso vacío de la pérdida de su padre. «Padre... –pensó–. Ay, Padre...» Llevaba llorándolo desde Navidad, cuando había caído enfermo por primera vez, y lo había maldecido desde entonces por aguantar tanto tiempo, pero allí estaba ahora, aquel vacío que una vez había ocupado su padre. Un silencio que iba a sustituir la voz rotunda de Padre. Una ráfaga de viento que decía que estaba allí, no en la tierra, sino en el aire. Riley sabía que nunca volvería a ser el mismo hombre, porque Riley había sido el hijo de Padre y ahora sólo era su superviviente.

Con el dolor llegó el alivio. Padre estaba muerto y el sufrimiento ya había terminado para todos ellos. Ahora, él y Adelaide podrían casarse y formar su propio hogar en la casa de la calle Chestnut. Su vida en común podía empezar a partir de ese momento. Pensó en sus amigos del periódico y del garito de Jerome y en qué pensarían cuando les dijera que le habían echado el lazo. Ya tenía pensado decirles que el hijo era suyo y que no se había decidido hasta entonces a hacer lo correcto. Les diría que podían ir a visitarlo a su casa: jugar a cartas, admirar a su hijo, beber un poco de whisky... A Addy no le importaría, y nunca sería la clase de esposa de la que había oído hablar a los otros. A Riley le gustaba la idea de su nueva vida y dio gracias en silencio a Padre por convertirla en realidad.

Enos, *el Rico*, se encargó de todos los preparativos y nadie puso objeciones cuando dijo que no se celebraría oficio religioso. Padre tampoco quería ser enterrado en el cementerio de la iglesia. Enos dijo que quería ser incinerado y que arrojasen sus cenizas al río Detroit. Addy consideraba aquella idea poco menos que un sacrilegio, pero no dijo nada a nadie. Se limitó a permanecer de pie junto a Riley a la orilla del río y a contemplar cómo las cenizas grises de Padre revoloteaban y se asentaban sobre la superficie blanca del hielo antes de que el viento las barriese y se las lanzase a unos niños que patinaban por los alrededores. En realidad, pensó, deberían haber esperado a la primavera, pues las cenizas no habían ido a parar al río sino a la urdimbre de los abrigos de los niños, para acabar sacudidas luego en los patios traseros de las casas por unas madres que se preguntarían de dónde habría salido aquel polvo grisáceo.

La cena en la casa fue magnífica, e iba a sobrar comida para varias semanas, lo cual satisfizo enormemente a Addy, pues se sentía muy pesada y triste, y su único propósito era estar sentada. Parecía que centenares de personas habían acudido a expresar sus condolencias, negros y blancos y hasta un chino que Riley dudó si dejar entrar en la casa. Uno de los hombres, el doctor Shepherd, vino nada menos que desde Toronto. Les habló a Riley y a Addy de su consulta y su formación universitaria en el Knox College, y que era a Padre a quien debía agradecer incluso su propia vida.

–Vuestro padre me vistió y me dio de comer cuando yo era chico, pero aún más que eso, me dio coraje y confianza en mí mismo. Si algún día queréis ir a Toronto, sabed que siempre habrá sitio para vosotros en mi casa. Pensadlo, hijos. La vida en Canadá es distinta.

Mucha gente había querido a Padre, eso era evidente. Ninguno de los dolientes hizo preguntas sobre la presencia de Addy, ni tampoco parecían extrañarse ni juzgarla. Enos, *el Rico*, dijo que Padre había sido el mejor hombre que había conocido en su vida. Se sonó la nariz con un pañuelo y le dio a Riley un fajo de billetes de dólar, diciendo que siempre estaría a su lado por si necesitaba ayuda.

La casa se quedó en silencio cuando todos se hubieron marchado, y había mucho que hacer preparando las sobras de comida para meterlas en la fresquera y la despensa. Riley fumaba cigarrillos y se quedaba con la vista fija en el techo. Addy sabía que estaba completamente desolado y que, además, se sentía muy culpable. Ella se sentía igual que él y pensó que ojalá pudieran expresarlo en voz alta los dos, pero esa noche ambos se retiraron a sus respectivas habitaciones y no hablaron de Padre.

Addy no pegó ojo. El niño estuvo intranquilo y dando patadas toda la noche, moviéndose como nunca. Por la mañana, enterró el rostro en la almohada y se echó a llorar, pues el crío no la había dejado descansar y le había estado recordando a cada momento, con un fuerte puñetazo, que la sangre de Zach Heron corría por sus venas. Sintió unos momentos de alivio y murmuró:

–Ahora duérmete, pequeño. Tengo mucho trabajo hoy. No me hagas enfadar. Chsss... Duérmete.

Addy miró el reloj de la habitación de Verilynn y se dio cuenta de que Riley iba a llegar tarde al trabajo. Se levantó, corrió a su habitación y sintió alivio al ver que no estaba allí, aunque no lo había oído ni había olido el olor del café que sin duda habría preparado para el desayuno. Sin embargo, en ese momento percibió el olor a cigarrillos, se dirigió al salón y lo encontró allí tumbado en el sofá, con la vista clavada en el techo.

–¿Riley? –susurró.

–Estaba aquí tumbado haciendo planes.

–¿Es que no vas a ir al trabajo? –Addy se sentó en la silla frente a Riley, observándolo mientras daba caladas al cigarrillo y negaba con la cabeza–. ¿Y no crees que te van a echar en falta?

–Mira –dijo, y le mostró un fajo de dólares.

–¿De Enos?

–Y de otros también. Casi todo el mundo quería dar algo para hacernos las cosas más llevaderas. Ha sido como pasar el plato en la iglesia.

–Pero no va a durar siempre.

–Durará un tiempo.

–Pero si no vas a trabajar, le darán tu trabajo a otro, ¿no es así?

–No me importa. –Se incorporó–. Estoy pensando en comprarnos un automóvil, Addy. Justo la semana pasada estabas diciendo lo mucho que te gustaría aprender a conducir.

Addy se dobló sobre su estómago, sintiendo de repente el dolor de las patadas del niño. Se sujetó con fuerza a los brazos del asiento.

–¿Qué te pasa?

Addy aguardó a que remitiera el dolor.

–Estoy bien. Es el niño, que se está moviendo mucho. Estará haciendo el pino, supongo. ¿Quieres desayunar?

Riley asintió con aire ausente mientras Addy se levantaba y se encaminaba hacia la cocina. Se detuvo al ver una figura moviéndose en el porche delantero. Sabía que iban a recibir visitas durante las siguientes semanas y no estaba sorprendida, sólo lamentaba no haber tenido tiempo de acicalarse un poco. Abrió la puerta.

Verilynn surgió de entre las sombras, con la mirada baja y los labios pálidos. No levantó la vista hacia Addy y murmuró de forma casi inaudible:

–No me he enterado hasta...

Verilynn no llevaba equipaje y su ropa lucía un aspecto inusitadamente desastrado. Entró en la sala de estar y se sentó en la silla sin quitarse el abrigo ni las botas. No miró directamente a Riley cuando le pasó la tabaquera de plata.

–Mandé que te avisaran en la escuela, Very.

Verilynn asintió.

–Te telefoneé allí. Quise dejarte un recado; el tipo del teléfono me dijo que nunca había oído tu nombre.

Verilynn levantó la vista pero no dijo nada.

–Nunca llegaste a ir a estudiar a Oberlin, ¿no es así?

Addy se quedó boquiabierta, escandalizada por oír semejante acusación, y más escandalizada todavía cuando vio a Verilynn negar con la cabeza.

–¿Has estado alguna vez en Cleveland?

–Sí, Riley. He estado en Cleveland.

–¿Y qué hacías allí?

–Trabajo en un *nightclub*. Trabajo en un *nightclub* y no quería que Padre se enterara.

–¿Y qué me dices de Enos, *el Rico*? ¿Y el dinero que te dio para que estudiaras fuera en la escuela de enfermería?

Verilynn se echó a reír.

–¿Quién crees que me consiguió el trabajo en el *nightclub*?

–¿Dónde has estado entonces? ¿Es que no te dijo él lo de Padre?

–Claro que sí.

–¿Entonces? ¿Por qué no viniste a casa?

–No podía enfrentarme a toda esa gente, Riley. No podía, de verdad.

–¿Entonces? ¿Para qué vienes ahora?

Verilynn se quedó mirando a su hermano durante largo rato y luego se levantó de la silla. Addy creyó que se disponía a abofetearlo, a escupirlo o hacerle cualquier otra cosa menos lo que hizo. Verilynn se sentó al lado de Riley, levantó los brazos, le rodeó el cuello, enterró su bonita cara en su pecho y se puso a llorar.

–Chsss, tranquila, Very –dijo Riley–. Tranquila...

Le besó la cabeza y desplazó la mano manchada de tinta por la espalda larga y suave de su hermana.

Addy salió de la habitación sin saber muy bien por qué estaba tan molesta. Se dijo que no tenía por qué sentir celos, pues que dos hermanos se consolaran mutuamente de la muerte de su padre era lo más natural del mundo. Luego le dijo al niño que llevaba en el vientre que se calmara, porque éste le dio una patada tan violenta que le provocó un mareo.

Los trozos de tartas, de pasteles y de toda clase de platos imaginables cubrían cada una de las superficies planas de la cocina. Addy sacó dos bonitas fuentes de porcelana de la alacena, las llenó y las llevó al salón. Se quedó inmóvil en la puerta un instante, indecisa e incómoda, pues Verilynn había recostado la cabeza en el regazo de Riley y estaba sollozando con abandono. Addy se aclaró la garganta y les enseñó las bandejas de comida.

–¿Os apetece...?

Las bandejas se estrellaron estrepitosamente contra el suelo. Verilynn dejó de llorar y Riley levantó la vista de golpe. Addy se apoyaba en la pared con una mano mientras se sujetaba la barriga con la otra. Casi no podía respirar.

–Me parece que algo va mal... –dijo.

Verilynn y Riley estaban tan sorprendidos que no podían moverse. Fue Riley quien vio el líquido que había empapado la falda del vestido de Addy.

–Adelaide –dijo, señalando con el dedo–, ¿es que te has orinado encima?

Addy miró hacia abajo y se echó a llorar. Creía que el líquido era orina y le dio mucha vergüenza haberse orinado en la alfombra, sobre todo delante de Riley y

Verilynn. Sin embargo, más aún que vergüenza, sentía un dolor insoportable y miedo de morirse allí mismo. Sabía muy poco de las circunstancias que rodeaban el alumbramiento de un niño y todavía faltaban muchas semanas para que aquello que le estaba ocurriendo estuviese dentro de la normalidad. Apenas acertó a articular las palabras:

–Id a por Emeline.

Riley se levantó primero.

–Yo iré.

–¡No! ¡No! –chilló Verilynn–. No me dejes aquí, Riley. ¡No lo hagas!

Addy no podía moverse para sentarse en una silla, de modo que siguió allí de pie, apoyando la mano en la pared y suplicando:

–Por favor, por favor, que uno de los dos vaya a buscar a Emeline.

Riley entrecerró los ojos.

–Todavía te falta casi un mes, Addy. ¿No crees que será por todo el jaleo de la muerte de Padre? ¿Estás segura...?

–Estoy segura, Riley –exclamó Addy, tratando de no alterar el tono de voz–. Sé, como poco, que a las mujeres les dan unos terribles dolores, muchísimos dolores, y eso es la señal que les dice que ha llegado la hora. Ha llegado la hora, Riley. Por favor, por favor, tráeme a Emeline...

Verilynn se levantó, y como todavía no se había quitado el abrigo ni las botas, salió corriendo hacia la puerta tan rápido que, salvo por el bolso en el suelo, a los pies de Riley, nadie habría dicho que había llegado a estar allí.

Riley tenía miedo. Addy lo veía, y el miedo de él hacía el suyo menos importante. Le sonrió, pues su dolor se había agazapado momentáneamente en alguna parte, y le dijo:

–A lo mejor no es nada, Riley. Pero es mejor avisar a Emeline y decirle que venga de todos modos, ¿no te parece?

Riley asintió como entumecido y siguió sin moverse.

–¿Por qué no me ayudas a caminar por el pasillo? –le sugirió Addy–. Caminaré un poco a ver si así se me pasa, ¿quieres?

Riley asintió y se sintió mejor. Le rodeó la cintura con la mano y dejó que Addy apoyara el peso de su cuerpo en él.

–Todavía te falta un mes.

–Sí. Bueno, unas semanas al menos. Lo más seguro es que al pequeño Leam le haya dado hoy por ponerse a dar patadas y puñetazos más fuertes.

–A lo mejor va a ser boxeador. –Riley sonrió–. A lo mejor será otro Jack Johnson.

–O a lo mejor será una Beatrice y le está enseñando a su mamá una pequeña muestra de lo que está por venir. Las madres y las hijas también tienen sus rifirrafes, ya lo creo...

Riley asintió.

–Vamos a llevarte a la habitación de Padre. Ahí es donde está la cama más grande.

Addy había lavado las paredes y las sábanas, y había rascado el hielo por dentro y por fuera de la ventana para poder abrirla los días desde la muerte de Padre. En esos momentos se alegraba de no haber postergado la tarea para más adelante, a pesar del cansancio y de su renuencia a permanecer mucho tiempo dentro de aquel cuarto. Ahora el aire era fresco e invernal, y no olía a muerte en absoluto. El colchón estaba hundido en el centro, y le resultaba reconfortante recordar a Padre allí tumbado. Se imaginaba poder sentir aún su calor entre la ropa de cama. Estaba a punto de decirle eso mismo a Riley cuando una nueva punzada de dolor inhumano le hizo lanzar un alarido.

Riley le apoyó la palma de la mano en la frente, sin saber qué hacer. Cuando el dolor cedió, Addy dijo:

–Hay sábanas limpias en ese armario de ahí. Tráelas, Riley. Emeline las va a necesitar. Y un carrete de hilo de mi costurero para atar el cordón. Y un vaso de agua para mí.

–¿Crees que viene el niño?

–Creo que sí.

–¿Y si Emeline no llega a tiempo?

–Llegará. Se tarda mucho en parir a un niño. A veces días incluso.

Pensó en su vecina de Rusholme, Claire Williams, y en el parto de su primogénito, Isaac, que se prolongó dos interminables días. Era el único parto que Addy había presenciado en su vida, y ni siquiera lo había visto entero, por todas aquellas mujeres que cacareaban en la habitación. Aun así, recordaba los gritos, los pujos, la sangre, el corte del cordón y, al fin, el llanto de la criatura y el modo en que la habitación entera estalló de alegría al instante.

Addy estaba a punto de hablarle a Riley del parto de Claire Williams cuando el ataque de dolor regresó, y luego otra vez, más rápido, y cada vez era peor y duraba más tiempo. A Addy le asaltó de pronto la sensación de que estaba a punto de dar a luz a la camioneta Ford del señor Kenny, y no a un niño.

Riley salió de la habitación y no regresó cuando oyó a Addy gritar con un nuevo arrebato de dolor. También a él le dieron ganas de gritar, pues nunca había esperado estar presente en el nacimiento del niño, ni mucho menos ser la única otra persona presente en la casa. Se precipitó hacia la puerta principal para ver si Emeline y Verilynn estaban ya cerca, pero no había rastro de ellas ni de nadie más en las calles cubiertas de nieve. Addy aullaba de dolor en el cuarto de la parte posterior de la casa y Riley sintió de pronto que lo embargaba una profunda sensación de enfado con ella, de enfado y de desengaño, porque hasta entonces siempre había parecido una muchacha valiente, y no alguien capaz de chillar como estaba chillando en esos momentos. Deseó que fuera más fuerte, al menos hasta que regresasen Emeline y Very y él pudiese salir de la casa.

Addy quería que Riley volviera a su lado, porque le daba pánico estar sola en aquella habitación. Se arremangó las faldas del vestido, pesado y empapado, dando gracias por no tener que bregar con los pololos. Hacía ya varias semanas que no le cabían ni por asomo, y aunque sentía que era una indecencia, no llevaba nada debajo del vestido, sencillamente. Sufrió otra embestida de dolor y notó que el niño se movía en su interior. Sintió cómo su propio cuerpo empujaba y tiraba de ella hacia abajo como si sólo su útero fuese dueño de su voluntad. No sin esfuerzo, Addy estiró el brazo hacia abajo para tocarse las partes íntimas. Descubrió que tenía el agujero del tamaño de una manzana y palpó el pelo grasiento de la cabeza del niño asomando.

–¡Riley! –gritó, y éste apareció a todo correr, asustado al ver que manaba sangre de la maraña peluda de entre las piernas de Addy.

–¡Sale sangre, Addy! ¡Sale sangre! –gritó Riley.

Addy no conseguía recobrar el aliento para decir que estaba naciendo el niño. Se le contraían los músculos y se le doblaba la pelvis. No pudo hacer más que ceder ante la necesidad irreprimible y empujar hacia abajo con el último resquicio de fuerza que le quedaba. Riley no atrapó al bebé con sus manos cuando éste cayó sobre las sábanas y se limitó a seguir contemplando la escena mientras los fluidos seguían manando del interior del cuerpo de Addy.

Addy no sabía cuánto tiempo había pasado. Luchó con todas sus fuerzas para tratar de incorporarse y ver si de veras había ocurrido lo que ella creía, pero no tenía energía para levantarse.

–¿Ha salido? –preguntó–. ¿Ha salido, Riley?

Riley apenas si acertó a mover afirmativamente la cabeza mientras observaba hipnotizado aquella cosa azul, muda e inmóvil, y el cordón rojo púrpura que palpitaba colgando entre las piernas de Addy.

–¿Por qué no llora? Cógelo, Riley –dijo–. Tienes que tomarlo en brazos y zarandearlo o darle unas palmadas en el trasero para que le entre aire en los pulmones.

Los segundos se convirtieron en un minuto y Addy trató con todas sus fuerzas de no perder el sentido.

–Cógelo, Riley –imploró, y una vez más–: Tienes que cogerlo, Riley...

Pero Riley no podía coger al niño en brazos y apenas si podía soportar mirarlo, pues sabía que algo había salido verdaderamente mal, muy mal. La cabeza tenía la forma de una calabaza moscada y no se parecía en absoluto a una cabeza normal; tenía las orejas y la nariz chatas, y la boca abierta como un pescado. Un pelo largo, oscuro y animal le recubría toda la espalda y el pecho, y lo único que Riley pensaba en aquellos momentos era «Zach Heron», rememorando lo que Addy les había contado acerca de aquel demonio y lo que le había hecho. Y ahora, tendido en aquella cama en un charco de inmundicia, había una versión en miniatura del mismo demonio, peludo, azul y cubierto de crema espesa y blanca.

Addy estaba diciendo algo, pero Riley no podía oírla. Apenas advirtió siquiera que pasaba la mano por encima de su barriga aún hinchada, buscando al bebé. Encontró al niño y lo arrastró tirando de su pierna resbaladiza, por encima de la colina de su abdomen y hacia su pecho.

Cuando Addy vio al niño, gritó:

–¡Ata el cordón, Riley! ¡Ata el cordón!

Pero Riley no encontraba el trozo de hilo y salió de la habitación para buscar otro.

Addy zarandeó al bebé.

–Vamos, vamos... –insistió con voz dulce y jadeante–. Llora un poquito. Llora. –Se dio cuenta de que el niño no respiraba y de que estaba adquiriendo una tonalidad más azul por momentos–. Vamos, pequeño. Vamos, pequeño...

Sostuvo al niño con una mano mientras con la otra tiraba del cordón que aún llevaba unido a su propio cuerpo. Inclinó el cuerpo el máximo posible hacia delante, mordió el cordón y lo cortó. Riley entró en la habitación justo en ese instante. Vio la sangre en la boca de ella y la criatura azul y viscosa en sus brazos y estuvo a punto de dar media vuelta y marcharse otra vez.

–Riley... –murmuró Addy–. Riley, ayúdame....

El niño seguía sin respirar. Addy lo levantó en el aire, le dio unas palmadas en las nalgas y lo zarandeó.

–¡Vamos, pequeño...! –exclamó, gritando. Lo zarandeó y siguió gritando, y así una vez más, y otra, y otra–. ¿Riley?

Ninguno de los dos había oído el ruido de la puerta y se sorprendieron al ver a Emeline Fraser aparecer en la habitación. Había oído los gritos desde el exterior de la casa y, junto a Verilynn, había apretado el paso y recorrido el pasillo a la carrera. Emeline sabía que las cosas no habían ido bien y le dijo a Verilynn que se quedara fuera de la habitación.

Cuando Addy la vio, pareció sentirse aliviada y sostuvo al niño en alto.

–¿Puede ayudarnos?

Emeline tomó en brazos al niño azulado, pero sabía que ya era demasiado tarde.

–Ay, pequeño... Ay, pequeño... –exclamó.

Addy se limpió la boca llena de sangre.

–¿Puede hacer que respire, Emeline? ¿Puede hacer que respire?

Emeline acomodó a la criatura en el ángulo de su brazo y se sentó en la cama, acunándolo. Al principio no podía hablar, pues la mirada de esperanza en los ojos de Addy era insoportable. Levantó la vista hacia Riley, pero éste estaba exhausto y mudo, y no conseguía apartar la vista del demonio azul. En voz baja, la mujer preguntó:

–¿Qué ha pasado?

Riley no podía responder. Addy trató de recobrar el aliento entre una palabra y la siguiente.

–Él... no... lo... ha... cogido. El niño... salió... pero... Riley... no... lo... ha... cogido.

Emeline esperó, pero Riley no dio ninguna explicación. Los niños a veces nacían con un color un poco azulado. Era necesario absorber la mucosidad de la nariz y zarandear a la criatura para que llorase y entrase oxígeno en los pequeños pulmones. Cuánto tiempo había permanecido allí el niño sin que nadie lo cogiera fue algo que Emeline no quiso preguntar.

Emeline había ayudado a traer al mundo a todos sus nietos. Algunos partos habían sido largos y difíciles, otros habían sido fáciles y rápidos, pero hasta entonces se había ahorrado el mal trago de tener que decirle a una madre que el niño al que había albergado en su seno no iba a respirar el aire de este mundo. Hizo señas a Riley para que se fuese y éste la obedeció de inmediato y cerró la puerta a su espalda. La mujer dejó al niño en las sábanas limpias junto a Addy Shadd, pues quería que viera lo guapo que era.

Addy examinó a la criatura y dijo:

–No tiene buen aspecto, Emeline. –No sabía que su niño ya se había ido–. ¿Por qué no tiene buen aspecto?

–Este niño –empezó a decir Emeline, y entonces tuvo que inspirar hondo para tomar aire, porque Addy necesitaba que ella le diera consuelo, y no podía echarse a llorar–. Este niño ya se nos ha ido al Cielo, Addy.

Addy no podía creerlo, a pesar de que sabía que era cierto. Extendió la mano y acarició el empeine de su piececillo curvado hacia arriba, trazando una línea que salía del dedo gordo del pie y ascendía por la pierna aterciopelada para recorrer la barriga mullida y llegar a sus ojos cerrados e inertes. Habló en voz baja, como si temiera despertarlo:

–¿Por qué tiene pelo aquí? ¿Y aquí también? –Le señaló los hombros diminutos y el pecho hundido.

Emeline se aclaró la garganta.

–A los bebés les crece ese pelo para mantener el calor cuando están dentro del útero. Como si fuera un abrigo. Normalmente se les cae una o dos semanas después de nacer.

–¿Se le caerá este pelo? –preguntó Addy.

Emeline no se explicaba para qué quería saber aquello Addy. ¿Es que acaso no había entendido que el niño estaba muerto?

–Es un niño muy guapo, Adelaide. Y un niño muy grande, teniendo en cuenta que se te ha adelantado.

Addy asintió y dijo:

–Su padre era el hombre más grande de todo Rusholme. –Extendió los brazos–. ¿Puedo abrazarlo un momento?

Emeline cogió al pequeño y se lo pasó con mucho cuidado a su madre.

–¿Cómo se llama, pequeña? ¿Cómo vas a llamar a este muchachote?

–¿Es que puedo ponerle nombre de todos modos? –preguntó Addy, confusa.

–Pues claro que puedes ponerle nombre. Ése es tu

hijo. Y siempre recordarás que diste a luz a ese niño. Y siempre lo querrás y te acordarás de él.

Addy asintió.

–Él no ha llegado a verme.

–No, pero te conocía. No lo dudes ni por un momento. Los niños conocen a sus madres del derecho y del revés.

Emeline hurgó en su bolsillo y sacó un pañuelo. Se sonó la nariz y se secó los ojos con disimulo mientras veía a la joven madre acunar a su hijo recién nacido.

–¿Sabía que lo quería?

–Sí lo sabía, pequeña.

Addy miró a la anciana a los ojos.

–Parece como si sólo estuviera dormido. ¿Seguro que ya no está con nosotros?

Emeline asintió.

Addy volvió a mirar al bebé inmóvil que tenía en brazos.

–¿Hay que enterrarlo inmediatamente?

–Pequeña, quédate con tu hijo en brazos todo el tiempo que necesites. Dile todas las cosas cariñosas que has estado pensando sobre él y luego dile adiós cuando estés lista. ¿De acuerdo?

Addy asintió y besó los labios abiertos del pequeño.

–Leam –susurró–. Te quiero, Leam.

Emeline salió de la habitación y cerró la puerta tras ella. Volvió a sonarse la nariz antes de enfilar pasillo abajo. Una vez en la sala de estar se desplomó sobre una silla, sollozando, secándose los ojos y las mejillas. No le había extrañado que Addy no hubiese derramado una sola lágrima; lo más probable era que la joven estuviera en estado de shock, y exhausta tras el inmenso esfuerzo del parto, pero el aspecto de la cara de Verilynn sí le sorprendió, y más aún el de Riley.

Verilynn estaba llorando desconsoladamente y tenía los ojos enrojecidos. Emeline nunca la había considerado una muchacha compasiva y le alegraba de saber que sentía el dolor de Adelaide. Esa chiquilla iba a necesitar consuelo y el apoyo y la comprensión de aquella su única familia.

Era por Riley por quien Emeline sentía preocupación, pues estaba recostado en el sofá fumándose un cigarrillo y no parecía desconsolado ni demasiado afligido. Lo miró directamente a la cara y, como de costumbre, se sintió incómoda a causa de su ojo bizco y de la sensación de que no era el hombre que parecía ser.

–Riley. No te culpes demasiado. No podías saber lo que tenías que hacer.

Riley se incorporó, sorprendido.

–¿Culparme yo? Yo no me echo las culpas de nada, Emeline. Ya viste a ese engendro. De ningún modo habría tomado yo ninguna medida para salvarlo.

–¿Qué quieres decir, hijo?

–Sé que hice lo correcto dejándolo morir. Addy habría salido peor parada aún si hubiera sobrevivido.

Emeline se sentía profundamente confusa.

–¿Estás diciendo que lo hiciste a propósito? ¿Quieres decir que no cogiste al bebé en brazos porque querías que muriera?

Verilynn fulminó a Emeline con la mirada.

–¿Y por qué iba Riley querer salvar al niño si era deforme y parecía un demonio?

Emeline seguía sin comprender.

Verilynn siguió hablando.

–Riley dijo que era un monstruo, que había nacido con una cabeza enorme y en forma de cuerno, con pus por el todo el cuerpo y pelo en el pecho, como un hombre adulto.

A Emeline se le aceleró el corazón y sintió un mareo al tiempo que poco a poco empezaba a comprender lo que había pasado. Se dirigió a Riley.

–Era un niño perfectamente normal, Riley. A veces, los bebés que nacen antes de tiempo tienen un poco de vello y ese líquido cremoso y blanco sólo es algo que cubre al niño cuando está en el vientre materno. Era un niño perfectamente sano, Riley. –Se sintió en lo obligación de decirlo de nuevo–. Era un niño perfectamente sano.

Al oír aquello, a Verilynn se le demudó el rostro. Riley carraspeó varias veces antes de volver a hablar.

–¿Y qué hay de su cabeza? Tenía la cabeza puntiaguda, completamente, y alargada, y parecía el vivo retrato del demonio.

–Eso son los huesos de la cabeza, que presionan para que el niño pueda salir, eso es todo. Se separan y se redondean al cabo de unos días. La mayoría de los bebés tienen ese aspecto, Riley. La mayoría de los bebés tienen el mismo aspecto que ese de ahí dentro, sólo que estarían respirando y mamando ahora mismo, y no esperando a ser enterrados.

A Emeline le estaba costando un gran esfuerzo contener su ira, aun a pesar de percibir el peso del horror de Riley ante lo que había hecho.

Riley se levantó del sofá, se calzó las botas, descolgó el abrigo de un perchero que había junto a la puerta y salió de la casa. Emeline y Verilynn se miraron.

–Tengo que volver junto mi familia, Verilynn. Aquí ya no puedo hacer nada.

Verilynn asintió con la cabeza.

–Siento lo de tu padre. Ya sabes que era como un hermano para mí.

Verilynn volvió a asentir.

–Esta casa ha visto demasiada tristeza. Demasiada. –Sintió un escalofrío–. Tienes que ayudarla, Verilynn. No parece que Riley vaya a asimilar todo esto demasiado bien, y Adelaide va a necesitar a alguien fuerte a su lado que la ayude a sobrellevarlo. Hay cosas que limpiar y lavar a conciencia. También tendréis que enterrar a ese niño.

Verilynn asintió.

–El suelo está helado y duro. Lo mejor será que cavéis el hoyo cerca de la casa.

Verilynn asintió una vez más y preguntó:

–¿Le ha puesto algún nombre?

Emeline se sonó la nariz.

–Lo llama Leam.

–Leam –repitió Verilynn.

Verilynn esperó un buen rato después de la marcha de Emeline para aventurarse a recorrer el pasillo que conducía al dormitorio de Padre. Abrió la puerta muy despacio y permaneció allí, muy quieta. Addy estaba absorta contemplando la cara de su hijo y no pareció advertir la presencia de Verilynn.

La suave luz del atardecer se colaba por la ventana y se derramaba sobre el rostro apacible y sereno de Addy, y a Verilynn le pareció una imagen muy hermosa, pues el niño quedaba oculto en el pliegue del brazo mientras su madre lo acunaba y podría estar vivo por la forma en que lo miraba.

–¿Adelaide? –dijo tímidamente Verilynn.

Addy levantó la vista, no dijo nada y luego volvió a mirar a su hijo.

Verilynn avanzó unos pasos con sigilo y se preguntó por qué había odiado tanto a aquella muchacha de orejas grandes y rostro dulce. Se detuvo junto a la cama y se asomó a los brazos de Addy. En realidad, ella sólo había visto a un recién nacido en toda su vida y pensó que ése era más feo todavía que el primero. Alargó el brazo para tocar el dedo gordo del pie de la criatura y se sobresaltó al percibir el frío tacto de su piel.

Addy la miró a la cara.

–Es un niño muy grande, Very. Sobre todo siendo que se ha adelantado.

–Leam –dijo en voz baja, y Addy sonrió al oír aquel nombre, sonriéndole también a ella.

Addy trató de asomarse a ver el pasillo.

–¿Dónde está Riley?

Very no quería decirle que sospechaba que se había ido al garito de Jerome.

Addy levantó al bebé en el aire.

–¿Quieres tomarlo en brazos? –le propuso.

Very tomó al pequeño, recordando sostenerle el cuello blando tal como su madrastra, Rosalie, le había enseñado cuando Riley era un niño. Le acarició la mejilla con el dorso de la mano.

–Qué suave... –dijo.

Addy miró por la ventana.

–Qué bonito ahí fuera, con el sol en la nieve.

Verilynn apretó los ojos con fuerza y murmuró:

–Lo siento mucho, Adelaide.

–Llámame Addy. –Addy le tocó el brazo a Verilynn–. Ya lo sé, Very. Yo también. Estoy tan triste que ni siquiera puedo llorar.

Very le devolvió al bebé y salió de la habitación sin añadir una sola palabra. Regresó al cabo de un momento con un objeto en la mano. Buscó la mano que le quedaba libre a Addy y depositó el objeto en ella; era el anillo de diamante marquesa y esmeraldas de su madre.

Addy negó con la cabeza.

–No, Very. No puedo. Tenías razón. Es el anillo de tu madre. Deberías quedártelo tú.

Very negó con la cabeza y fue incapaz de articular palabra. Volvió a marcharse de la habitación y cerró la puerta a su espalda. Se fue a la sala de estar, se acomodó en el sofá y lloró por Addy, por Riley, por Padre, por Rosalie y también por su propia madre, muerta hacía ya tantos años, y a quien tanto habría deseado poder abrazar en ese preciso instante.

En la quietud del dormitorio de Padre, Addy Shadd miraba la cara de su hijo y pensaba en su propia madre, Laisa.

–Ha nacido muy guapo, mamá –susurró–. Deberías verlo. Aunque sea el hijo de Zach Heron, ha nacido con cara de ángel.

Addy dirigió su atención a la nieve de un blanco cegador que se veía a través de la ventana y llamó en voz baja:

–¿L'il Leam? ¿L'il Leam?

Pero L'il Leam no respondió a su llamada y Addy deseó que la razón fuese porque estaba demasiado ocupado dando la bienvenida en el Cielo a su tocayo. Addy besó la boca de su pequeñín, diciéndose que no debía pensar en Riley ni preocuparse por lo que iba a hacer en el futuro. En voz muy baja, se puso a cantar la canción de cuna que Laisa le había cantado a ella:

Duérmete niño, duerme en paz, tu madrecita a tu lado está.
Duérmete niño, duerme bien, nada tienes que temer.
Que sueñes sueños dulces,
y que en todos tus días brille el sol.
Duerme hasta la mañana,
duerme, mi bendición.

BARQUILLOS DE COCO

La mañana de la fiesta de cumpleaños de Sharla, Addy se despertó la primera, con el cuerpo dolorido y entumecido, pero sin arrepentirse de haber dormido en la cama pequeña con Sharla. Se levantó, tratando de no hacer ruido, y luego se dio cuenta de que estaba demasiado entusiasmada y nerviosa para no hacer ningún ruido, de que se sentía como si fuera una niña ella también y fuese su propio cumpleaños. Le dio un beso a Sharla en la mejilla mientras dormía y ésta la ahuyentó de un manotazo, como si fuera una mosca impertinente. Addy se rió y le susurró:

–Feliz cumpleaños, doña Seis Añitos Recién Cumplidos.

Sharla abrió los ojos y sonrió a pesar de que aún estaba medio dormida y enfurruñada. Addy se dirigió a la cocina y anunció:

–Tortitas y sirope de arce para desayunar y luego, dentro de nada, Lionel, Nedda y Fawn aparecerán por aquí.

Sharla se incorporó de golpe en la cama, dudando si había oído bien.

–¿Fawn?

–Eso es, tesoro. Fawn también va a venir a tu fiesta de cumpleaños, ¿qué te parece?

Sharla se puso a dar palmas y sonrió de oreja a oreja como si eso en sí fuese un regalo, y Addy pensó que era una bendición de Dios que los niños no supiesen cuándo otros los odiaban.

Sharla engulló sus tortitas rápidamente. Addy se preguntó si debía corregir el hábito de la niña de sujetar el tenedor con el puño como si fuera un bebé, pero decidió no hacerlo. Había dos bolsas de globos de colores, y Addy hizo el intento de inflar uno de color rosa, pero no le quedaba aire suficiente en los pulmones para inflarlo del todo. Sharla hinchó cuatro globos y también se mareó un poco, así que dijo que con cuatro había suficientes y que, de todos modos, lo más probable era que acabaran pinchados.

No lo habían hablado, pero las dos sabían que Sharla se iba a poner el precioso vestido blanco de algodón con el cuello de puntilla calada y el ribete de cinta rosa, y ya había escogido ese mismo vestido para lucirlo el primer día de escuela. Mamá Addy la había matriculado en un colegio distinto en el que Claude trabajaba como conserje, y dijo que no era una escuela religiosa pero que a veces, eso también estaba bien. Le había dicho a la secretaria de administración que ella era la abuela y que tenía a Sharla a su cargo, y la mujer ni siquiera pestañeó ni le preguntó si eso era mentira.

Cuando Sharla se puso el vestido blanco, Addy se llevó una grata sorpresa al ver que ya no le apretaba en la cintura y que le rozaba la rodilla y no le quedaba colgando por debajo. Pensó que era un milagro que un cuerpo infantil pudiese crecer y cambiar tanto en apenas unas pocas semanas, y pensó que era un milagro aún mayor sentir un amor tan incondicional por una chiquilla a la que ni siquiera había visto antes de que florecieran las lilas.

La madre de Lionel Chase llamó a la puerta justo después de que Sharla se hubiese calzado sus sandalias blancas de tira y dijo que Lionel estaba castigado por alguna travesura y que no iba a ir a la fiesta de Sharla.

Addy asintió educadamente y repuso que lo entendía, pero en realidad estaba pensando que se trataba más bien de un castigo contra Sharla y se preguntó si, en el fondo, no sería ésa la verdadera intención de aquella mujer. Había advertido la aversión que la madre de Lionel sentía por el físico mestizo de Sharla, y la consideraba tan racista como el que más, pero aun así lo sentía porque Lionel era un niño muy bueno y Sharla le tenía mucho cariño.

Fawn fue la siguiente en aparecer. Addy se imaginó a Krystal sacando a la niña a empujones por la puerta y diciéndole que podía quedarse a jugar en casa de Sharla todo el día si a la anciana de color le parecía bien. Fawn llevaba la parte superior del biquini y unos shorts muy sucios de cuadros que le iban varias tallas grande. Krystal le había recogido el pelo en una cola de caballo, pero no se había molestado en lavarle la cara después del desayuno, seguramente unos huevos fritos, a juzgar por los restos de yema amarilla adheridos a las mejillas. Sharla se puso a dar palmadas al ver a Fawn, la hizo entrar en la casa y se dispuso a enseñárselo absolutamente todo: el sofá cama y la manta azul, los saleros y los pimenteros, la cocina limpia y ordenada, y hasta la bañera de un blanco reluciente. Sin embargo, Fawn no miró ninguna de las cosas que había en la caravana, pues no conseguía apartar los ojos del precioso vestido blanco en el cuerpo transformado de Sharla Cody. Se sentaron en la cama del dormitorio de Addy y ésta se quedó en el pasillo escuchando su conversación.

–¿A que es una colcha muy bonita, Fawn? Mira, hace juego con las cortinas, además. Mamá la sacó del catálogo.

–¿Esto no era una fiesta de cumpleaños? ¿Dónde están los regalos?

–Es que también va a venir Nedda.

–¿Quién es Nedda?

Fawn no había explorado demasiado el camino de barro y no conocía a los niños que vivían allí. Cuando Nedda llamó a la puerta al cabo de un momento, Sharla y Fawn salieron disparadas de la habitación para ir a ver. Por la forma en que Fawn y Nedda se miraron la una a la otra, Addy supo que iba ser un día muy largo. Les dijo a las tres niñas que se sentaran a la mesa de la cocina y les dio a cada una de ellas una bolsa de cumpleaños con un tubo para hacer pompas de jabón, unas canicas y unas tiras de regaliz atadas en forma de lazo. Addy vio que ni Nedda ni Fawn habían traído ningún regalo para Sharla, y aunque no era de buena educación, entendió que la culpa no era de las niñas.

–Bueno, ya es la hora de abrir los regalos –anunció Addy.

Sharla aplaudió entusiasmada. Nedda y Fawn se quedaron mirando sus bolsas de cumpleaños, y Addy supo que sentían vergüenza por haber ido a la fiesta con las manos vacías.

Addy buscó en un escondite que había encima del frigorífico y sacó los tres regalos envueltos en un bonito papel de color rosa y decorados con las florecillas blancas y malolientes de su jardín. Sharla sonrió y los contó:

–¡Uno, dos y tres!

–Sí –dijo Addy–. Tienes mucha suerte por recibir tres regalos nada menos.

Nedda dejó caer la barbilla sobre la mesa y no le importó aguar la fiesta.

–A mí en todos mis cumpleaños sólo me han regalado una muñeca que yo ni siquiera la había pedido, y ni me gustaba ni nada.

Fawn entornó los ojos.

–Mi tía Krystal me regaló veinte dólares y yo me compré un carrito rosa para llevar a mis muñecas.

Sharla se lo explicó a Mamá Addy:

–Fawn metió a los gatos en el carrito, pero no les gustaba y uno saltó afuera y se murió en la hierba.

Nedda apoyó toda la cabeza en la mesa.

–A mí mi papá una vez también me regaló veinte dólares.

Addy hizo rechinar los dientes.

–Bueno, niñas, ahora vamos a ver cuáles son los regalos de cumpleaños de Sharla, ¿de acuerdo?

Sharla miró a Mamá Addy y cuál no sería la sorpresa de la anciana cuando dijo:

–Hay tres niñas y tres regalos. ¿No puede ser un regalo para cada niña?

–Pero Sharla, cielo, son tus regalos porque es tu cumpleaños...

–Pero podríamos hacer como si fuera el cumpleaños de todas...

Addy no sabía si regañar a la niña o darle un beso. En ningún momento había sido su intención que alguno de aquellos tres regalos fuera a parar a aquellas dos niñas sabihondas sentadas a la mesa de su cocina. No sentía la misma generosidad hacia ellas que Sharla. Addy quería asegurarse de que Sharla no lo hacía porque tuviese miedo de ellas, y de que su enfurruñamiento y su mal humor no fuesen a estropearle el día.

–Pero cariño, no tienes por qué darle tus regalos a nadie.

–Ya lo sé.

–Pero es que es su cumpleaños, ¿no? Puede darnos un regalo si quiere.

Addy le apretó el hombro a Sharla y optó por darle el libro a Nedda y la cajita del almuerzo a Fawn. Ambas destrozaron el papel de regalo rosa antes de que a Addy le diese tiempo a decir que esperaran. Les encantaron sus respectivos regalos, y aunque ninguna de las dos se acordó de dar las gracias, era evidente que se alegraban mucho de haber ido a la fiesta de cumpleaños de Sharla Cody.

Al final, Addy le dio el último regalo a Sharla. Las niñas observaron en silencio mientras ella se tomaba la tarea de desenvolver el regalo con calma. Cuando por fin apartó a un lado el papel y apareció la muñeca de porcelana, se oyó un murmullo de admiración alrededor de la mesa de la cocina. Sharla levantó la vista de la muñeca para mirar a Mamá Addy y luego volvió a bajarla, incrédula.

–¿Esta muñeca es mía?

–Es tuya, cielo.

–¿Puedo verla, Sharla? –imploró Fawn, y extendió los brazos para cogerla.

Sharla negó con la cabeza.

–Quiere quedarse conmigo un ratito.

Nedda le tocó el dedo gordo del pie de porcelana.

–Es una muñeca de *chinita*. A mi prima de Detroit le regalaron una.

Sharla la corrigió.

–Es una muñeca de *persona de la China*,[1] ¿a que sí, Mamá Addy?

Addy contuvo una carcajada y asintió.

–¿Qué nombre le vas a poner?

Sharla no lo dudó.

–Chick.

A Addy le pareció un buen nombre.

–¿Me la dejas ahora, Sharla? Por favor... –suplicó Fawn otra vez.

Sharla negó con la cabeza. Pese a haber sido tan

1. Juego de palabras con el término en inglés «china», que además de China, también significa «porcelana». La autora hace un guiño en este párrafo a una escena anterior en la novela, a una conversación entre Sharla y Addy Shadd. *(N. de la T.)*

generosa, no podía permitir que Nedda ni Fawn tocasen su precioso regalo todavía.

–Te la estás quedando tú todo el rato... –protestó Nedda.

–Sí, te la estás quedando tú todo el rato... –repitió Fawn.

–Es la muñeca de Sharla. –Addy intentó no alterar la voz–. Y puede quedársela un rato si quiere. Además, vosotras también tenéis dos regalos muy bonitos por los que tendríais que estar agradecidas.

–Pero no tan bonitos como esa muñeca –se quejó Nedda, gimoteando y haciendo que Addy se arrepintiera por haber dejado que Sharla les diera sus regalos.

Addy decidió que era un buen momento para que las niñas se pusieran el bañador y salieran a correr bajo el aspersor; luego se comerían los perritos calientes y jugarían un rato y ella se quedaría muy descansada cuando llegase la hora de enviar a Fawn y a Nedda a sus casas.

Había instalado el aspersor en la pequeña parcela de hierba a la que llamaban «el campo» y que separaba las caravanas que había en el camino de barro de los pastos para las vacas de Frank Kuiper, y la manguera de Addy apenas llegaba hasta allí. Era un aspersor muy grande y parecía disparar chorros al aire de cientos de metros. Las niñas se pusieron a saltar y a correr alrededor, y a lanzar chillidos mientras huían de los potentes chorros de agua que las seguían a todas partes. A Addy le costó Dios y ayuda convencerlas para que entraran en la casa para almorzar y cuando por fin lo hicieron, chorreando y sonriendo de oreja a oreja, se alegró de que las tres se estuviesen llevando tan bien, sin pelearse ni una sola vez. Sharla le dijo a Mamá Addy:

–Ha venido *Chipper* y se ha *ponido* a jugar con nosotras. Se ha *ponido* a morder el agua así.

Addy negó con la cabeza.

–No me fío de ese animal, Sharla. No te acerques mucho.

Las tres niñas se hincharon a perritos calientes y patatas fritas de bolsa, pero ninguna probó siquiera la ensalada de repollo, zanahoria y cebolla con mayonesa en la que la anciana había puesto tanto esmero el día anterior. Pero eso a Addy no le importó: le encantaba ver a Sharla completamente mojada y riendo, y hasta se le ablandó un poco el corazón con las chiquillas sonrientes que la acompañaban, a quienes sólo les hacía falta una buena madre, igual que a todos los niños del mundo. Addy tenía preparados varios juegos, el de ponerle la cola al burro y el de la patata caliente, pero después de almorzar, las niñas decidieron que preferían llevarse una colcha al campo y leer el cuento que le habían regalado a Nedda, y luego si acaso jugarían al corre que te pillo. A Addy le pareció una buena idea. No haría falta vigilarlas demasiado si se quedaban sentadas en el campo, y tenía pensado sentarse, poner las piernas en alto y echar una cabezadita unos minutos, hasta que volviesen para comer el pastel.

Sharla quería volver a ponerse el vestido blanco para salir, y aunque Addy sabía que se lo iba a ensuciar y que seguramente lo traería hecho un asco, no tuvo valor para decirle que no. Vio a las niñas llevarse una colcha al campo y colocarla en el suelo para sentarse a escuchar a Nedda leer el cuento. Casi de inmediato, Fawn le arrebató el libro a Nedda de las manos, pero Sharla la convenció para que se lo devolviera y la sangre no llegó al río. Addy se metió en la caravana, con la muñeca de porcelana en brazos.

–Chick –dijo.

Sonrió y abrazó a la muñeca doblemente querida. Acto seguido, cerró los ojos y se quedó dormida.

Addy aún seguía con los ojos cerrados un rato más tarde, cuando Nedda entró con sigilo en la caravana. Había entrado a tocar la muñeca, pero en cuanto vio que Addy Shadd la sujetaba entre sus brazos dormidos, supo que no tenía la más mínima posibilidad. En vez de eso, se acordó de los barquillos de coco y chocolate que se había zampado antes y, con mucho cuidado, sin hacer ruido, acercó una silla a la alacena. Abrió la puerta y encontró la lata, la abrió y sacó el paquete.

Nedda se reunió con las niñas en la colcha del campo y les enseñó las galletas.

–Ha dicho que podemos –dijo mientras pasaba el paquete de Fawn a Sharla, quien tuvo mucho cuidado de no dejar caer ninguna miga sobre el bonito vestido blanco.

Fawn dio un mordisco y miró a su alrededor.

–Esto es muy aburrido.

–¿Queréis jugar al corre que te pillo? –propuso Sharla.

–El corre que te pillo es para niños pequeños.

–No, no es verdad –dijo Nedda.

–Sí, sí que es verdad.

–Podemos jugar a arrancar cebollas –sugirió Sharla.

–No se puede sólo con tres, so tonta.

–No la llames so tonta en su cumpleaños.

–La llamo como me da la gana.

–Entonces yo también te llamaré lo que quiera.

–¿Ah, sí? –dijo Fawn, inclinándose con aire amenazador en la colcha–. ¿Y qué me vas a llamar?

–No digáis palabrotas –advirtió Sharla–. Nos meteremos en un lío.

–¿Qué me vas a llamar? –repitió Fawn, fulminando a Nedda con la mirada.

–No te lo digo. –Nedda cogió su libro de cuentos e hizo como que leía.

Fawn no pensaba zanjar el tema así como así.

–Pues ya sabes lo que podría llamarte yo si me da la gana, es una palabra que empieza por N y que a mí no puedes llamarme porque resulta que yo soy blanca...

Sharla agitó su galleta a modo de advertencia.

–No lo hagas, Fawn... No digas palabrotas...

Fawn usó el dorso de la mano para apartar de un manotazo el barquillo de los dedos de Sharla. Aterrizó con un ruido pringoso sobre el vestido blanco de algodón.

–¡Mira lo que has hecho!

–Has sido tú, Sharla. Tú la has tirado... –Fawn se levantó y miró a su alrededor–. Vamos a molestar a las vacas.

–Mamá Addy ha dicho que no nos subamos a la valla.

–No hay que subirse, tontaina. Sólo hay que tirar un poco de los alambres hacia arriba y pasar por debajo. Lo he hecho un millón de veces.

Nedda y Sharla se miraron, impresionadas. Nedda se llevó consigo el paquete de galletas mientras seguían a Fawn hasta la valla de tela metálica. Las tres echaron un rápido vistazo alrededor para asegurarse de que nadie las veía, y Fawn se puso de rodillas y, con mucho cuidado, esquivando las espinas, separó el alambre y pasó la cabeza al otro lado de la valla.

Nedda chasqueó la lengua y dijo:

–Se va a quedar atascada.

Efectivamente, Nedda tenía razón. Fawn nunca antes había atravesado la valla y no tenía fuerzas para abrir más la alambrada. El alambre se le clavó en el cuello y la inmovilizó con las espinas duras y puntiagudas. El forcejeo de Fawn no sólo no le liberó la cabeza sino que hizo que los shorts, demasiado grandes, y la parte inferior del biquini se le deslizaran por las caderas hasta dejar al descubierto la hendidura de sus nalgas. No podía volver la cabeza para ver a las otras niñas y sólo logró decir:

–Me he quedado atascada. Ayudadme.

Nedda siguió comiéndose su barquillo de coco.

–Creía que habías hecho esto un millón de veces...

Sharla sabía que no estaba bien disfrutar del espectáculo de ver la cabeza de Fawn atrapada en la valla metálica, pero ver la mancha de chocolate de su vestido hizo que sintiera un profundo rencor hacia ella.

–Sí, Fawn, creía que ya lo habías hecho un millón de veces...

–Y lo he hecho un millón de veces, sólo que no por este sitio. Ayudadme. Venid aquí y ayudadme.

Nedda y Sharla siguieron comiéndose las galletas y observando a Fawn forcejear retorciéndose y tirando de los alambres, mientras los shorts y la parte inferior del biquini se le deslizaban cada vez más hacia abajo. Cuanto más forcejeaba, más pensaban Nedda y Sharla que era el mejor espectáculo que habían visto en su vida.

El cuerpecillo blanco de Fawn no tardó en quedar exhausto. Llevaba restos de sangre en el cuello y las manos por culpa de las espinas puntiagudas. Estaba furiosa.

–Ayudadme o vais a saber lo que es bueno –las amenazó.

Nedda se echó a reír y señaló el trasero de Fawn.

–¡Mira! ¡Se le ve todo el culo!

Sharla también se echó a reír y hurgó en el celofán arrugado para sacar otra galleta. Fawn lanzó un alarido, pero estaban tan lejos y soplaba una brisa tan suave que nadie en las caravanas podía oírla.

–¡¡¡Sacadme de aquí!!!

Nedda se burló.

–¡Sácate tú sola!

Fawn empezó a gimotear.

–Mi tía Krystal os va a matar.

Sharla tuvo la súbita idea de que, efectivamente, la tía Krystal de Fawn parecía una mujer muy capaz de matar a alguien, pero de todos modos siguió sin mover un dedo.

Lo que pasó a continuación fue idea de Nedda, pero Sharla sabía que, de un modo u otro, ella acabaría pagando las consecuencias. Nedda estaba a punto de darle otro bocado a la galleta cuando de pronto se detuvo y anunció a Sharla:

–Tengo una buena idea.

Sharla rió entusiasmada y esperó a que Nedda explicara su idea. Fawn seguía gritando:

–¡Socorro! ¡Socorro! ¡Socorro! ¡¡¡Que alguien me ayude!!!

Nedda avanzó unos pasos hacia delante, y a Sharla le sorprendió que al final hubiese decidido ayudar a Fawn a salir de la valla, pero cuando Nedda retrocedió, al cabo de un instante, Fawn seguía atrapada y llevaba un barquillo de coco y chocolate clavado en la raja del trasero. Sharla se desternillaba de la risa.

–¿Qué es eso? –gritó Fawn–. ¡Sacadlo de ahí! ¡Sacadlo! ¡Os mataré! ¡Te mataré, Nedda!

Fawn meneaba el trasero a un lado y a otro tratando de deshacerse del barquillo, pero con eso sólo conseguía que Nedda y Sharla se riesen con más ganas aún.

Sharla y Nedda siguieron riendo a mandíbula batiente hasta que apareció *Chipper*. El perro se detuvo a escasos palmos de distancia de Fawn, lamiéndose los labios negros y rosados y enseñando los dientes. El enorme perro pastor era impredecible, y Warren y Peggy habían advertido a todos los niños de las caravanas que debían tener cuidado con aquel perro, que no era un animal con el que pudieran jugar.

Nedda dio una palmada y exclamó:

–¡Ay, ay, ay, Fawn! ¡Que viene *Chipper*! ¡Que viene *Chipper*!

Fawn gritó cuando *Chipper* empezó a avanzar hacia ella, olisqueando el aire y codiciando el barquillo. Sharla pensó cuánto le gustaría ver al perro comerse la galleta directamente del culo blanco de Fawn, pero entonces se le ocurrió que tal vez el animal no tendría bastante con comerse sólo la galleta. Sharla se abalanzó hacia delante, arrancó el barquillo con gesto decidido y lo arrojó lo más lejos que pudo, a su espalda. El perro salió disparado detrás de la galleta y se la zampó sin masticar.

Sharla separó el alambre que rodeaba la cabeza de Fawn y la ayudó a ponerse en pie. La niña tenía la cara –que hasta ese momento no habían podido ver desde donde estaban– completamente bañada en lágrimas y roja como un tomate. Sin decir palabra, arrancó a correr campo a través y desapareció por el camino de barro.

Todo quedó en silencio; *Chipper* se fue gruñendo y Sharla y Nedda se quedaron en la colcha. Nedda se echó a reír y dijo:

–Qué divertido ha sido.

Sharla asintió, pero estaba avergonzada. No se despidió de su amiga ni le dio las gracias por haber ido a su fiesta de cumpleaños, sino que se levantó y echó a correr sin parar hasta llegar a la caravana, a los brazos cálidos y reconfortantes de Mamá Addy, que acababa de despertarse.

Después de habérselo confesado todo a la anciana entre lagrimones, Sharla se sintió mejor, aunque volvió a sentirse peor de inmediato, cuando Mamá dijo:

–Y bien, ¿sabes lo que tienes que hacer ahora?

Sharla negó con la cabeza porque estaba segura de que, al confesarlo, la cosa terminaba ahí.

–Vamos a darnos un paseo hasta la caravana de Fawn y luego le vas a pedir perdón y le vas a decir que sientes mucho, muchísimo, lo que has hecho.

Sharla se cruzó de brazos.
–No, no quiero.
–¿Cómo dices? No me seas impertinente, Sharla. Ve a buscar la caja del almuerzo de Fawn, que también se la vamos a llevar.
–No, no quiero darle mi caja para el almuerzo.
–A ver si lo has entendido: esa caja es suya y se la vas a llevar.
No se dirigieron la palabra en todo el camino hasta la caravana de Fawn, que fue muy largo. Addy dejó que Sharla la tomara de la mano pero no la llamó «tesoro» ni se mostró cariñosa con ella. Quería que Sharla tuviese mala conciencia, muy mala conciencia, por lo que había hecho. Sabía que Fawn era una niña abusona, pero también sabía que Sharla no llegaría a ser una buena persona si crecía pensando que a la gente había que darle su merecido.
Addy hizo a Sharla llamar a la puerta y se alegró de que fuera Fawn, y no Krystal, quien acudió a abrir. La niña tenía la cara hinchada y enrojecida y una capa endurecida de moco incrustado le rodeaba la nariz. Miró a Sharla, al otro lado de la mosquitera, y no dijo nada. Addy retrocedió unos pasos para dar más intimidad a las niñas, pero quería oír lo que decían.
–¿Dónde está Krystal?
–A ti qué te importa.
–¿Se lo has dicho?
–Está durmiendo, pero se lo voy a decir.
–Perdón, Fawn.
–Mira, me he cortado aquí y aquí también –dijo, señalando las heridas del cuello y las manos.
–¿Te duele?
–Sí.
–Perdóname, Fawn.
–*Chipper* me podría haber mordido, ¿sabes?
–Sí, ya lo sé.

–Si me muerde, podría haber cogido la rabia por su culpa, ¿sabes?

–Sí, ya lo sé.

–Krystal te va a matar en cuanto se entere.

–Perdóname, Fawn.

–¿Qué traes ahí?

–Mamá Addy ha dicho que tengo que darte la caja del almuerzo.

Fawn abrió la puerta de mosquitera, le arrebató la caja del almuerzo y cerró la puerta de nuevo.

–Nedda no te tendría que haberte metido el barquillo en el culo.

–Pues lo hizo.

–Pero si no lo *habiera* hecho, hasta que lo ha hecho nos lo estábamos pasando muy bien.

–Pse, no estaba mal.

–Ha sido divertido correr debajo el aspersor.

–Sí.

–Perdóname, Fawn.

Fawn se encogió de hombros y Sharla supo que sus disculpas habían sido aceptadas al fin.

–Ahora será mejor que me vaya.

Fawn se puso a rascar la mosquitera con sus uñas sucias.

–Bueno.

Sharla se volvió y empezó a bajar los escalones. Fawn la detuvo.

–Espera.

Fawn desapareció y volvió al cabo de un momento con algo en la mano. Abrió la puerta mosquitera y le dio un sobre blanco a Sharla, diciendo:

–La tía Krystal se quedó con el dinero porque tu madre no le ha *devolvido* su chaqueta de cuero ni sus discos y todo eso. Pero no le digas que te lo he dado yo, ¿eh?

Sharla asintió, cogió el sobre blanco y bajó de un

saltito el último peldaño. Fawn desapareció en el interior de la caravana y Sharla le enseñó el sobre a Addy.

El corazón de la anciana empezó a palpitar con fuerza, pues sabía que dentro de aquel sobre había una carta de Collette, y no tenía la menor idea de lo que la madre de aquella criatura podía decir en ella. No sabía qué le preocupaba más, si Collette anunciaba su regreso o todo lo contrario, que no iba a volver jamás. Dedicó una sonrisa a la niña, cogió el sobre y dijo:

–Has sabido pedir perdón muy bien, Sharla. Te felicito. ¿Ahora te sientes mejor, cariño?

Sharla levantó la vista.

–¿Es que ya me quieres otra vez?

–Yo siempre te quiero, siempre, Sharla, pero no me gusta nada de nada lo que hiciste.

–No lo voy a hacer más.

–Por supuesto que no.

Sharla señaló la carta.

–¿Es de Collette?

–Me parece que sí.

–¿La vas a leer?

Addy estaba impaciente por hacerlo. Se detuvo en mitad del camino tórrido y polvoriento, abrió el sobre y desplegó las cuatro cuartillas blancas de papel nuevo. Sintió un gran alivio al ver que la letra era grande y redondeada, porque si Collette hubiese escrito en letra más pequeña, habría tenido que esperar a llegar a casa para ponerse las gafas.

Leyó para sí, en silencio:

Querida señorita Shadd:

Seguro que se creía usted que no los iva a ber nunca, pero aquí tiene los cien dólares como lo habíamos acordado por cuidar de Sharla. Yo y Emilio hemos canviado de planes y en bez de quedarnos aquí en Lakeview bamos a irnos de viaje a Estados Unidos y no bamos a poder ir a ber a Sharla los domingos como habíamos dicho. Lo más seguro es que no volvamos a tiempo para cuando empieze el colegio y si quiere puede matricuilarla en el St. Theresa porque ahí es donde mi ex, Claude, trabaja y ella lo quiere mucho a Claude y se lleba muy bien con él. Si al final no la mete ahí no pasa nada porque solo hace Primero y tampoco aprenden mucho. Yo y Emilio a lo mejor hasta acabamos en California porque Emilio tiene un primo ahí y dice que a lo mejor le consigue un trabajo. Esto ha sido todo de repente así que no me heche la culpa por no decírselo si es que ni yo misma lo sabia lo que iva a pasar tampoco. Lo más seguro que queramos estar asentándonos un tiempo antes de mandar a por Sharla para que venga y supongo que ya le mandaré dinero para que me la suba a un tren, pero todavía no hemos echo tantos planes. Si se le hace un mundo cuidar de la niña, no la culpo si decide mandarla a un hogar de acogida de esos, porque para mí misma era demasiado para mí algunos días, y eso que es mi propia hija. A lo mejor estaría mejor en un hogar de esos igualmente, porque necesita un poco de diciplina. No tiene ningún otro sitio donde ir, porque la verdad, yo no sé dónde esta su padre y ese ni siquiera sabe que tiene una hija. Mi propio padre me odia y como Sharla es medio negra, no cuenta como nieta y su mujer, Delia, es una hija de puta, así que ni se le ocurra siquiera.

Firmaba la carta así:

Con cariño, Collette.

Addy terminó y la leyó rápidamente otra vez, pues no entendía qué era lo que Collette pretendía decir en realidad. A Addy le parecía que no tenía ninguna intención de volver y que no le importaba demasiado lo que pudiese pasarle a la niña. Pensó en quemar la carta para asegurarse de que Sharla no llegase a leerla nunca, pero se dio cuenta de que tenía que conservarla como prueba de que la niña había sido abandonada.

Sharla estaba esperando a oír lo que decía la carta. Addy dobló las hojas y las volvió a introducir en el sobre.

–Bueno, parece que tu madre va a estar fuera una buena temporada, creo, pero ahí dice que te quiere mucho y que se acuerda de ti todos los días.

En el camino de vuelta a casa, se cogieron de la mano con mucha más fuerza que de costumbre. Addy inspiró hondo y Sharla hizo lo mismo. De pronto, Sharla recordó:

–No nos hemos comido el pastel ni el helado.

Cuando volvieron a la caravana, Addy cortó un enorme trozo de tarta de chocolate para cada una. Vio comer a Sharla, pero ella no pudo probar bocado; tenía una angustiosa sensación en los pulmones y en el estómago que le hacía temer que, si cerraba los ojos esa noche, no volvería a abrirlos. Se preguntó quién querría a aquella niña como si fuese su propia hija cuando ella ya no estuviera, y se pasó una larga noche de insomnio pensando en Sharla Cody y en todos los demás niños perdidos del mundo.

DIAMANTES

Riley Rippey nunca volvió a casa, ni la noche que murió el pequeño Leam, ni al día siguiente a ayudar a Addy y a Verilynn a horadar la tierra congelada para cavar la minúscula tumba junto a la casa. Ni siquiera al día siguiente, cuando Addy llenó la vieja maleta de Padre con las pocas cosas que ella llamaba suyas y se fue de la calle Chestnut, a sabiendas de que nunca cumpliría su promesa hecha a Verilynn de regresar algún día.

Addy Shadd no sabía adónde ir. Su corazón le imploraba «Vuelve a casa, vuelve a casa», pero por mucho que Addy lo desease, no podía volver a Rusholme. Tenía serias dudas de que su padre fuese a aceptarla de nuevo en su casa y aunque lo hiciese, ella no iría, porque él le diría que la muerte de su niño había sido lo mejor que podía haberle pasado, y eso era algo que ella no podía soportar. Addy nunca consideraría la muerte de su hijo sino como una tragedia, y su único consuelo era saber que ahora era un ángel del Cielo, que estaba haciéndole compañía a su tío Leam y al dulce Chester Monk.

Verilynn le había suplicado que no se marchase.

–Podrías venirte a Cleveland conmigo, Addy. Te buscaría trabajo en el club.

–Pero yo no soy guapa como tú –murmuró Addy–. ¿A quién le iba a interesar verme trabajando en un *nightclub*?

–Te buscaríamos un trabajo en la trastienda. En la cocina, por ejemplo.

–No, pero gracias, Very. Eres muy buena por pensar en mí.

–Entonces quédate aquí, Addy. –A Verilynn le tembló la barbilla–. Quédate hasta que Riley vuelva a casa. Se morirá cuando vea que te has ido, seguro que sí.

–Pues yo creo que no va a volver hasta que esté completamente seguro de que me he ido. Se siente tan culpable y avergonzado que ni siquiera podemos imaginarlo. Mi cara no hará más que recordarle lo que pasó. Él no quiere verme, Verilynn. Sé que eso es así.

Tras una larga y frustrante búsqueda, sólo recogieron unos pocos dólares de aquí y de allá en toda la casa. Verilynn no conseguía entender por qué no había más, teniendo en cuenta lo que le había dicho su hermano sobre el dinero de Enos y los demás, pero Addy sabía que era porque a Riley le gustaba ir por ahí con el grueso fajo de billetes en el bolsillo y aparentar que era un hombre muy, muy rico.

–Al menos tienes el anillo de mamá, Addy. Puedes venderlo, pero no aceptes menos dinero de lo que vale.

–¿Y cuánto vale?

Verilynn se encogió de hombros, indecisa.

–Mucho. Más de cincuenta dólares.

–¿Y a quién se lo puedo vender?

–A quienquiera que pague el precio que pides.

Addy asintió y pensó en la cajita azul que había en el bolsillo lateral de la vieja maleta de cuero. Aunque el mayor tesoro de la cajita no era el anillo, sino el rizo negro del pelo de su hijito, que había cortado cuidadosamente de su cabecita de ángel con unas tijeras y colocado debajo de la almohadilla de terciopelo sobre la que descansaba el reluciente diamante marquesa.

Era el día más frío y oscuro que Detroit iba a ver en todo ese año. El viento estremecía los cristales de las ventanas y la casa de la calle Chestnut gemía por la pérdida de otra alma. Addy todavía estaba débil tras el esfuerzo del parto y seguía dolorida y sangrando, pero sabía que tenía que marcharse, y que tenía que hacerlo ese mismo día, sin tardanza. A media tarde, se puso a hervir unas patatas y a freír los muslos de pollo que Verilynn había comprado en la carnicería. Comió con voracidad, aunque sin auténtico apetito, la ración de Verilynn incluso, porque recordó que apenas unos meses antes había pasado mucha hambre, sola, y no estaba segura de cuándo volvería a comer otra vez.

Verilynn insistió en que se llevase su abrigo gris y Addy se lo agradeció, porque lo único que tenía era aquel abrigo de paño raído que Lenny Davies le había dado en la granja de Sandwich.

Addy también se alegró de que Verilynn le prestara sus cálidos guantes y sus botas demasiado grandes, aunque Addy había protestado al principio, sabiendo que nunca se los iba a devolver. Y se alegró aún más de haber pasado todos aquellos días tejiendo, pues el gorro y la bufanda de lana de Padre la protegerían del viento y mantendrían sus mejillas y su barbilla a salvo del frío durante el viaje de vuelta a Canadá.

Addy había pasado largas noches en vela desde el día que había dado a luz a su hijo durmiente, y se había paseado frenéticamente entre las cuatro paredes del dormitorio de Padre, con la ansiedad de pensar en algún plan para su futuro. Desde el preciso instante en que Riley había dirigido la mirada a la criatura que acababa de expulsar de su vientre, Addy había visto en el rostro de éste esfumarse el sueño de su vida en la calle Chestnut. Al final, después de darle vueltas y más vueltas durante horas y días, decidió ponerse en camino hacia la lejana Toronto y buscar a aquel amigo de Padre, el doctor Shepherd, que había dicho: «La vida en Canadá es distinta». Addy se figuró que un hombre tan bueno como él, sobre todo con ese apellido, el de un pastor, le enseñaría a abrirse paso en la vida.

Para cuando Addy terminó de secar el último plato de la cena, el cielo estaba de un negro gélido, y aunque tenía mucho miedo, también estaba ansiosa por marcharse. A Verilynn le preocupaba que Addy emprendiese aquel viaje en la oscuridad de la noche, pero entendía que no podía cruzar el río de día y arriesgarse a que la detuvieran o la interrogasen y la enviasen de vuelta.

–Pero ¿adónde irás cuando llegues al otro lado?

–Acudiré a uno de los contrabandistas y le preguntaré por dónde se va a Toronto y cómo puedo llegar allí con los dólares que llevo –dijo Addy mientras se llenaba los bolsillos de manzanas Northern Spy, invernales y regordetas.

Le preocupaba qué sería de Verilynn Rippey e intentó no pensar en absoluto en Riley. Ambas mujeres se abrazaron, pero Verilynn no quería soltarla cuando Addy hizo amago de apartarse. Le susurró al oído:

–Eres tan valiente, Addy Shadd... Yo nunca seré tan valiente como tú en este momento.

El comentario y la sinceridad en los ojos de Verilynn hicieron que a Addy le dieran ganas de reír, porque no se sentía valiente en absoluto. ¿Cómo podía explicarle a ella o a nadie que para hacer lo que se tiene que hacer no se necesita valor? Había que tener valor no para hacer lo que hacía, sino para *no* hacer lo que en realidad quería hacer, que era tirarse bajo las ruedas de un camión que circulara a toda velocidad. Y cuando a mitad del río congelado y negro sintió como el hielo se estremecía y se resquebrajaba, se echó a reír y a llorar a un tiempo, porque sentía un terror absoluto, y le habría gustado que Verilynn o cualquier otro hubiera estado allí para verlo.

No había contrabandistas en la otra orilla del río,

y mientras Addy subía por la orilla hacia la calle más desierta, se preguntó si no los habrían pillado y encerrado a todos en la cárcel. Oía el ruido de los trolebuses a lo lejos y se preguntó si podría confiar en que sus conductores le indicasen la dirección para ir a Toronto. Siguió avanzando, caminando con dificultad, y estaba maldiciendo el dolor que sentía entre las piernas cuando vio a un hombre robusto y de piel clara, vestido con un elegante abrigo de lana, cerrar las puertas de una zapatería con las luces apagadas.

El hombre robusto se caló el sombrero, se metió las manos desnudas en los bolsillos y echó a andar calle abajo. A Addy le dio miedo aquel hombre y el extraño modo en que la miraba, pero entonces cayó en la cuenta del aspecto tan pintoresco que debía de tener caminando de aquel modo, con sus partes doloridas y con las botas demasiado grandes de Verilynn. Habló con cierta dificultad, con la boca completamente congelada.

–Perdone, señor.

El hombre se detuvo, molesto pero cortés.

–¿Sí?

–Quería ir a Toronto y me gustaría saber si me puede indicar el camino.

El hombre la miró con recelo y respondió con marcado acento inglés.

–No se puede ir andando a Toronto, jovencita. Toronto está muy lejos.

–Sí, señor. Ya lo sé. Es sólo que no sé en qué dirección tengo que ir, nada más que eso.

Arqueó una ceja.

–¿Viajas sola?

–Sí, señor –contestó, pensando que era una pregunta bien absurda.

–¿Por qué quieres ir nada menos que hasta Toronto? –preguntó el hombre robusto–. ¿Andas metida en algún... lío?

Addy negó con la cabeza. «Lío» no era la palabra para describir en lo que estaba metida.

–Voy a ver a un amigo que tengo allí. A un doctor.

–¿Es que estás enferma? –El hombre le miró los pies zambos.

–No –dijo Addy, pero entonces cambió de idea–. Sí. En cierto modo, supongo que sí.

–¿La polio? –preguntó el hombre con voz apesadumbrada, y Addy se dio cuenta de que sus extraños andares lo habían confundido. Antes de darle tiempo a sacarlo de su error, el hombre apoyó la mano blanca y robusta en el hombro de ella y le confesó–: Mi hijo tiene la polio. ¿A qué médico vas a visitar en Toronto?

–Al doctor Shepherd.

–No lo conozco. ¿Es bueno?

–Espero que sea bueno, señor.

–Entonces, ¿tienes intención de ir allí en tren, querida? ¿A Toronto?

A Addy se le iluminó el rostro, pues no había pensado en el tren.

–Sí, iré en tren. Pero sólo tengo once dólares. ¿Cree usted que con eso habrá suficiente?

–Once dólares no es mucho.

–Ya me las arreglaré. ¿Por dónde se va a la estación, señor?

–¿No pretenderás ir allí caminando?

–Pues sí. No conozco ningún otro modo.

–Ven. Ese de ahí es mi automóvil –dijo al tiempo que señalaba un Ford recubierto de nieve y aparcado muy cerca–. Te llevaré a la estación. Vivo cerca de allí.

–Gracias, señor. Muchas gracias.

A Addy le impresionó la amabilidad de aquel desconocido y dio las gracias a su hermano y a su hijito que estaban en el Cielo por guiar la buena obra del hombre. Volvió a darle las gracias cuando se subió al lujoso automóvil de suave tapicería de terciopelo, pues mientras seguían el camino serpenteante a la estación, Addy se sentía como la reina de un cuento de hadas en su carruaje.

Era la primera vez que veía la ciudad de Windsor, y la primera vez que veía Detroit desde el otro lado del río. En ese momento le parecía imposible que apenas unas horas antes hubiese estado pisando suelo estadounidense. El barrio en el que había vivido al este del centro de la ciudad no podía compararse con el impresionante vecindario de edificios altos de ladrillo que veía en esos momentos. Addy nunca se había imaginado que la ciudad fuese tan grande y alta, ni que brillase cada noche de aquella forma tan mágica y maravillosa. Movió la cabeza de un lado a otro, de la rutilante Detroit a la amplia carretera del río en la parte canadiense, donde las casas eran las más magníficas y elegantes que había visto en su vida. ¿Cómo era posible, pensó, que una sola familia viviese en una casa el triple de grande que la iglesia local de Rusholme?

Quiso preguntarle al hombre robusto, cuyo nombre desconocía, si alguna de aquellas mansiones era el hogar del presidente de Canadá, pero le encantaba el silencio del lujoso automóvil y no quería que el hombre la tomara por una ignorante. Por un instante, se imaginó que estaba sola, que era ella y sólo ella quien conducía. Se imaginó que apretaba el pedal del acelerador con el pie y que conducía todo el camino hasta Toronto y más lejos aún. Cerró los ojos y pensó en sus manos en el volante.

Llegaron a la estación de tren demasiado rápido para su gusto, y aunque el hombre no la acompañó al interior, hizo otra cosa asombrosa. Se metió la mano en el bolsillo, sacó su cartera, extrajo dos billetes de cinco dólares y se los puso a Addy en la mano.

–Buen viaje, jovencita. Y suerte.

Addy quedó muy conmovida por la compasión y la generosidad del hombre y le dio las gracias en un susurro, alegrándose de que no se le hiciese el nudo de la garganta hasta que el hombre se hubo despedido y marchado en el automóvil. Aunque no había estado bien dejar que aquel hombre tan amable creyese que tenía la polio, así que rápidamente pidió perdón a Dios antes de rezar una oración por su hijo enfermo. Después de rezar, se sintió un poco más desahogada y menos culpable, y decidió que estaba lista para reanudar su viaje.

Entró en la bulliciosa estación con el corazón acelerado y, casi de inmediato, se le cayó el alma a los pies cuando el empleado con cara de comadreja que había detrás de la ventanilla le dijo, en un tono que daba a entender que debería haberlo sabido, que el tren de Toronto se había ido hacía una hora y que no iba a salir otro hasta la mañana siguiente. Había montones de personas en su misma situación, personas desconsoladas que habían perdido el último tren y que no sabían qué hacer.

Addy esperaba poder pasar la noche allí, en el edifico cálido y seguro, pero no se atrevía a preguntárselo al empleado con cara de comadreja. Miró a su alrededor. Era evidente, a pesar de que no había ningún cartel, que había zonas separadas de asientos para los blancos y para la gente de color. Addy sabía por los años de escuela en la calle King que el sur de Estados Unidos estaba plagado de carteles indicadores de segregación, pero también sabía que no era necesario imprimir y colocar los carteles, que se podían leer fácilmente en los ojos de cualquiera de las personas que la rodeaban.

Cogió su maleta y se acercó renqueando a un grupito de gente que había cerca de los servicios, al fondo de la estación. Aunque sonrió antes de tomar asiento en el banco, no obtuvo ninguna muestra de simpatía ni afinidad. «Son gente de ciudad», se dijo, y se preguntó inquieta cómo serían los negros de Toronto.

Cuando se hizo evidente que no iban a pedirles a los viajeros que se fueran de la estación, Addy se tranquilizó. Se comió dos manzanas, se fabricó una almohada con la vieja maleta de Padre y apoyó la cabeza en ella. Sin embargo, no pegó ojo en toda la noche, no sólo porque los niños pequeños de la estación estuvieron berreando hasta altas horas de la madrugada, sino porque las puertas de los baños estuvieron cerrándose y abriéndose toda la noche, y cada vez que eso ocurría, el olor a heces y orina le llegaba a Addy hasta las mismas narices. A la mañana siguiente, la estación se abarrotó de gente y, con el estómago revuelto, Addy se sintió mísera y desgraciada. Cuando una mujer mayor, una campesina de aspecto desastrado, se sentó a su lado, Addy no la recibió con ninguna muestra de simpatía ni afinidad y sintió cierta satisfacción en la sofisticación de la miseria.

El ferroviario de la ventanilla anunció alegremente que el tren llegaría con una hora de retraso y que, por tanto, también saldría con una hora de retraso, y los viajeros prorrumpieron en exclamaciones de protesta. La anciana sentada junto a Addy negó con la cabeza, chasqueó la lengua y dijo:

–Vaya, me echarán a mí la culpa, eso seguro.

Aunque Addy no le hizo ningún caso, la anciana volvió a chasquear la lengua y contestó como si le hubiese preguntado.

–Es que me voy a Chatham a la boda de mi nieta, Olivia. –La mujer miró por los amplios ventanales de la estación–. Aunque va a haber ventisca. El cielo amenaza tormenta. –La anciana lanzó un sonoro suspiro y algunas de las personas que la rodeaban la miraron con extrañeza–. Mira que tener que hacer venir a los invitados de tan lejos con tanta nieve... Y digo yo, ¿no podría haber esperado la niña a junio, cuando hay flores a mansalva, barbacoas al aire libre y fresas para el pastel? –Se removió inquieta en su asiento–. Aunque claro, supongo que todo el mundo sabe por qué tiene que darse tanta prisa una mujer para casarse; como suele decirse, o la cosa ya no tiene remedio y, a lo hecho, pecho, o se muere de ganas de estrenarse. Una vergüenza lo mires por donde lo mires. Pero a mí no me gusta juzgar a la gente. ¿Tú estás casada, muchacha?

Addy negó con la cabeza y fingió un enorme interés por el asa de su maleta.

–El prometido de Olivia, Darryl, tiene diecinueve años y está mano sobre mano, no ha trabajado un solo día de su vida. Creía que nunca llegaría a ver este día. Se va a ir a estudiar a Toronto, dice que quiere ser abogado, aunque a mí no me parece un oficio tan respetable como a todos los otros. ¡Y encima no va su familia y piensa que es demasiado bueno para Olivia! Por Dios Santo... Su padre tiene un restaurante, y eso es todo un logro para un hombre de color. El padre de Olivia, Hamond, que es mi hijo, es granjero. A Olivia le da vergüenza que su padre no tenga estudios. –Dio un resoplido–. Y me echa las culpas a mí, nada menos, de que no lo dejé seguir estudiando.

Addy se sacó una manzana del bolsillo y le dio un sonoro mordisco, esperando ofender de ese modo a la mujer y conseguir que dejara de darle conversación.

–Qué hermosa parece esa manzana. Es una manzana Spy, ¿a que sí? ¿A que en este país se hacen las mejores manzanas Spy del mundo?

Addy replicó descaradamente a la mujer.

–Señora, esta manzana es de Detroit.

–Ah, vaya. Bueno, pero está muy cerquita. Muy cerca, desde luego. Es el mismo suelo, es verdad. Tiene la misma pinta jugosa que las de por aquí. Además, son las mejores para hacer al horno, las que mejor conservan la pulpa y eso. Se me hace la boca agua sólo de pensar en las tartas cuando huelo ese olor a manzana.

Addy sintió una leve punzada de ternura al oír a la mujer expresarse de aquella forma, pensando que era justo lo que su propia madre podría haberle dicho a una desconocida. Se metió la mano en el bolsillo, sacó otra manzana Spy y la frotó para darle brillo con su abrigo antes de regalársela.

–Caramba, gracias. Muchas gracias, niña. No he tenido tiempo de comer más que un mendrugo de pan con miel antes de salir por la puerta esta mañana. Ahora siempre me mareo, tan vieja como estoy ya, y más gorda que en mis tiempos mozos.

Addy se volvió para mirar a la mujer con más detenimiento. Era gruesa y tosca, llevaba las uñas sucias y el pelo cano y graso recogido hacia atrás, con la cara despejada. El vestido tenía aspecto polvoriento y sucio y parecía que hubiese dormido con él, y Addy se preguntó distraídamente qué pensarían Olivia y Darryl cuando la viesen bajar del tren.

Como si le hubiese leído el pensamiento, la anciana dijo:

–La madre de Olivia, que se llama Mary Alice, me ha hecho un vestido rosa a juego con los adornos de la boda en la cripta de la iglesia. A mí los adornos de color rosa nunca me han dicho nada, y soy demasiado vieja para ponerme un vestido rosa, pero no voy a ser yo quien se queje. ¿Adónde vas tú, niña?

–Toronto –dijo Addy, sonriendo–. Voy a Toronto.

La anciana volvió a chasquear la lengua y sorbió el aire entre los dientes.

–No te va a gustar.

Addy se quedó de piedra.

–Pues a mí me parece que sí.

–Está todo lleno de barro por todas partes, hay mucha gente y hace frío. Carteles de «Sólo para blancos» en todas las ventanas y los escaparates.

Addy miró a la mujer, sin comprender. Aquello que la mujer decía de Toronto no podía ser cierto, porque entonces, ¿qué había querido decir el doctor Shepherd cuando había dicho que la vida en Canadá era distinta?

La mujer siguió hablando:

–No sé dónde vas a vivir, hija, pero te digo yo que ningún blanco te alquilará un apartamento. –Se arrancó un padrastro con los dientes y lo escupió al suelo–. Pero los judíos sí te lo alquilarán. La mayoría son todos muy buena gente, unos benditos. No son cristianos, pero nadie lo diría, viendo todo lo que hacen. El Señor Jesucristo seguro que los ha perdonado, además, porque al menos unos cuantos tienen su propia casa. Un negro, en cambio...¿ves? No hay un solo negro en toda la ciudad que sea dueño de su propia casa, por muy abogado que sea.

–Eso no puede ser cierto. –Addy estaba horrorizada.

–Eso es lo que me han dicho. Eso fue lo que le dije a Olivia, pero a mí nadie me escucha nunca. Sólo soy una vieja. ¿Tienes algún pariente en Toronto?

–No, señora. Voy allí a ver a un médico.

–¿Un médico de color? ¿Es que estás enferma, niña?

–Sí, señora. No, señora.

–¿Es que eres rica?

–¿Cómo dice, señora?

–Porque si vas a vivir en Toronto, será mejor que seas rica, y ese abrigo que llevas es un abrigo muy hermoso, pero a mí no me parece que tú seas rica.

Addy la miró con cierta severidad y respondió con cuidado.

–Pues verá usted, señora, tengo una valiosa sortija que heredé de Padre y tengo intención de venderla por mucho dinero.

La vieja entrecerró los ojos.
–¿Qué clase de sortija?
–De diamante.
–¿Una sortija de diamantes?
–Sí, señora.
–Vaya, pues entonces a lo mejor eres rica. A lo mejor sí.
Addy se sintió molesta al ver que la mujer no la creía, de modo que hurgó en el bolsillo lateral de la vieja maleta de Padre y extrajo la cajita de terciopelo. Abrió la caja despacio y se la enseñó haciendo una floritura.
La mujer dio un resoplido.
–Eso es una sortija de diamante, sí señor.
Addy alzó la vista y vio detenerse, de camino al lavabo de caballeros, a un atractivo blanco con bigote y vestido con un elegante gabán negro y un precioso –aunque no cálido ni práctico– pañuelo de seda. El hombre miró a hurtadillas la cajita de terciopelo y se detuvo un momento a admirar el exquisito diamante antes de que la anciana cerrase la tapa y le devolviese la caja a Addy. Cuando ésta advirtió que la miraba, lo saludó cortésmente inclinando la cabeza y él hizo lo propio antes de entrar por la puerta del servicio de caballeros. Era evidente que el hombre estaba interesado en el anillo y saltaba a la vista que era un hombre con posibles. Addy sintió un gran alivio ante la perspectiva de encontrar un comprador para el diamante; esperaba poder sentarse cerca de él en el tren.
El tren anunció su llegada antes de aparecer en el andén. La estación se estremeció violentamente mientras el olor a humo se colaba por las rendijas de las ventanas y las puertas. Addy recogió su maleta del suelo, con la intención de aguardar junto a los servicios para hablar con el hombre del bigote, pero, arrastrada por la multitud, sucumbió a la vorágine y

atravesó las puertas en dirección al andén inundado de vapor.

Pese a la tardanza del tren, se percibía una hostilidad manifiesta en la actitud del revisor y una impaciencia en la propia locomotora que parecían culpar a los viajeros por el retraso. Había mucho vocerío, mucho barullo y muchos gritos de «¡Al tren! ¡Vamos, vamos deprisa! ¡Al tren!». Los mozos de estación negros, ataviados con los almidonados uniformes blancos, levantaban las maletas con una velocidad asombrosa. La gente se apretujaba, se daba empujones y exhibía de todo menos modales corteses en su deseo de ser los primeros en subir a bordo del tren y conseguir el asiento de su elección.

Addy estiró el cuello por encima de la multitud, buscando al caballero elegante, y al final logró distinguirlo. Se abrió paso entre el gentío para dirigirse hacia él, pero la detuvo una mano firme que la sujetó del brazo. Se volvió, indignada al ver que se trataba de la anciana andrajosa. La mujer se rió y exclamó a voz en grito:

–¡La gente de color, aquí detrás! ¡¿Adónde te crees que vas, chica?!

A Addy no se le había ocurrido que fuese a haber un vagón separado para los viajeros negros y no podía saber todavía las veces que, a lo largo de los años, iba a sentirse horrorizada y dolida por tantas otras cosas semejantes que no se le habían ocurrido. En aquel momento, también se sentía humillada por tener que compartir el mismo espacio con aquella vieja irritante y se prometió que se sentaría lo más lejos posible de ella.

El tren no era en absoluto como Addy había imaginado. Hacía frío y había corrientes de aire, y de tan sensible como estaba tras la reciente experiencia del parto, aquellos asientos tan duros e incómodos le iban a hacer muy difícil el largo trayecto hasta Toronto. Al menos se alegraba de poder oler el olor a comida que flotaba en el aire y sintió alivio de llevar unos pocos dólares para poder comprar algo de comer. Addy esperó a que la anciana se hubiese acomodado en la parte de atrás del vagón para tomar asiento en la parte delantera. Veía a través de la puerta de cristal el interior del abarrotado convoy que había delante y se preguntó si el hombre al que buscaba iría sentado allí o en el convoy anterior a ése.

Cuando se alejaban de la estación, Addy miró por la ventanilla hacia el río y dedicó una despedida silenciosa a Verilynn y Riley Rippey. El tren se zarandeaba de lado a lado, interpretando un ritmo regular sobre la vía férrea. Cuando la locomotora fue tomando velocidad y el río helado fue desdibujándose en la imagen borrosa de los campos de escarcha, Addy se agarró con fuerza a los reposabrazos, un poco asustada. Se encogió en el asiento cuando se adentraron en una densidad arbórea y unas ramas gigantes atacaron su ventanilla, de manera que apenas si miró al hombre uniformado que se detuvo a revisar su billete.

–¿Destino? –preguntó con voz queda.

Addy apartó la vista de la ventanilla. El revisor era joven, aunque no tanto como ella, y era alto y delgado. Tenía la tez inusitadamente pálida, con la piel tirante y surcada por una telaraña de venas azules. Tenía unos ojos verdes y cristalinos, como el riachuelo de Rusholme en verano, de mirada penetrante. El hombre sonrió a Addy.

–¿Viaja usted sola, señorita?

Ella asintió mientras él examinaba el billete.

–¿A Toronto?

–Sí. A Toronto. –Addy se aclaró la garganta.

–Un largo viaje.

Ella asintió de nuevo y esperó a que el hombre siguiera con la tarea de revisar el billete del siguiente viajero.

–¿Pretende quedarse mirando por la ventanilla todo el trayecto hasta allí? –preguntó con gesto serio.

–No creo –contestó ella–. Ya me he mareado.

Él asintió.

–Pues aún es peor al llegar a Londres y ponerse de pie, cuando el terreno no es tan llano. A veces atravesamos un puente de armazón y el río está abajo, a treinta metros. ¿Es que no le gusta leer?

A Addy le gustó la forma en que el hombre delgado había dado por sentado que sabía leer y sólo le había preguntado si le gustaba.

–Sí –dijo–, pero no se me ha ocurrido traerme un libro.

El joven no oyó su respuesta, pues justo en ese instante miró hacia delante al siguiente convoy y se distrajo con lo que vio allí. Bajó el tono de voz.

–Sólo hay once personas aquí detrás y esos de ahí delante tan hacinados... Hay madres con niños sentados sobre el regazo y dos hombres de pie. –Sacudió la cabeza y se echó a reír con una risa inquietante.

Addy miró al convoy delantero y se aventuró a decir:

–A lo mejor no quieren sentarse aquí detrás, en el vagón de la gente de color...

El hombre alto negó despacio con la cabeza.

–Supongo que no. A lo mejor ya no hace falta que me preocupe siquiera. –Se tiró de un hilo del botón de su puño y anunció, como quien no quiere la cosa–: Me acaban de ascender a mozo de la línea del coche cama. Empiezo la semana que viene.

–Ah –exclamó Addy, sin explicarse por qué le contaba eso a ella.

–Seguro que no ha visto nunca las montañas Rocosas.

Addy negó con la cabeza.

–Ya me parecía. Dentro de unas semanas, estaré

mirando por una ventanilla igual que esa de ahí y allí estarán. Y no son sólo las montañas Rocosas, voy a ver, además, los campos de trigo de las praderas y también el océano Pacífico.

Addy asintió con aire ausente y se volvió para mirar por la ventana, pensando que aquel blanco era un hombre presuntuoso y aburrido.

–Me explico –siguió hablando el hombre–: para atravesar el país se tardan cuatro días de ida y otros cuatro de vuelta. Yo subo al tren a las cuatro de la madrugada, preparo las camas y me encargo de tenerlo todo a punto. Los pasajeros suben a bordo a las nueve, y déjeme que le diga, aquí entre nosotros, que es entonces cuando empieza el día de pago. Eso no está bien, pero es que ahora hay un Sindicato, igual que ahí abajo, en Estados Unidos. –Miró a su alrededor para asegurarse de que nadie no lo oía–. Nos estamos organizando. Las cosas van a cambiar.

Addy volvió a asentir con la cabeza y deseó que el hombre se fuera de una vez para poder quedarse a solas con sus pensamientos y no tener que oír hablar más de las Rocosas ni de Sindicatos.

–Cuesta muchísimo dinero comprar una litera en el coche cama. Me han dicho que en esa línea no voy a ver ni a un solo pasajero negro.

Addy supuso que todo aquello se lo decía porque se alegraba de no tener que ver a más pasajeros negros, y la joven frunció los labios con una mueca de disgusto para ilustrar su indignación.

El hombre siguió hablando.

–La paga es mejor que en estos trayectos tan cortos y también podré vivir en casa en mis días libres.

Addy miró a las lagunas verdes de los ojos de aquel hombre y bostezó adrede. Se alegró al ver que éste se sonrojaba y continuaba con su labor, sin importarle haberle herido en sus sentimientos o que le molestara su falta de interés. Volvió a mirar al frente, al convoy abarrotado, preguntándose si la dejarían buscar al distinguido caballero que ella creía que podía comprarle su sortija. Esperaba que no fuera al revisor paliducho a quien tuviera que pedirle permiso.

No habían pasado ni cinco minutos cuando el revisor se plantó de nuevo a su lado. Addy se preguntó si el hombre no sería un poco retrasado, pues se limitó a quedarse allí de pie, ruborizado hasta la raíz del pelo, pero sin decir nada.

–Ya ha comprobado mi billete.

–Ya lo sé.

–Voy a Toronto –le recordó Addy, por si lo había olvidado.

–Lo sé. –El joven la miró a los ojos–. Perdone si antes la he molestado. Es que a veces se me olvida que no a todo el mundo le gusta hablar tanto como a mí. Mi madre siempre me decía que no tenía que tomarme tantas confianzas con la gente.

Addy se limitó a mirar al hombre.

–Me decía que por el hecho de que a mí me entusiasme algo, eso no significa que le entusiasme al resto del mundo. Yo eso lo tengo presente casi siempre, pero supongo que a mi boca se le olvida.

A Addy se le escapó una sonrisa y deseó que no hubiese sido así, porque el joven le sonrió de oreja a oreja y creyó que estaba perdonado. Se arrimó a ella un poco más.

–¿Puedo preguntarle cómo se llama?

–¿Por qué?

Addy sintió un escalofrío y se preguntó si su curiosidad no tendría algo que ver con los incidentes de Rusholme.

–Tengo que darle una cosa, pero es muy especial y no puedo dárselo a una desconocida. Si me dice su nombre, ya no será una desconocida.

Addy pensó en la posibilidad de mentir, pero cuando abrió la boca, la verdad ya se le había instalado en la lengua.

–Me llamo Adelaide Shadd, pero todo el mundo me llama Addy.

–Encantado de conocerte, Addy. Yo me llamo Gradison Mosely. Aquí en el tren me llaman George –dijo, entrecerrando los ojos y mirando al vagón delantero–, pero mis amigos, de donde yo vengo, me llaman Mose.

–¿Por qué te llaman George si te llamas Mose?

–A todos los mozos de estación los llaman George. Por George Pullman. Es el ricachón que abrió la Pullman Palace Car Company. Los coches cama para ferrocarril, vaya. En este tren no hay coches cama, pero aun así los pasajeros nos llaman George.

Addy asintió, arrepintiéndose de habérselo preguntado.

–Los demás compañeros y yo estamos intentando que nos pongan insignias con nuestros nombres en el uniforme. No voy a volverme nunca más cuando alguien me llame George. –Y una vez dicho eso, Gradison Mosely se metió la mano en el bolsillo de su uniforme y sacó un librillo. A continuación, le entregó el libro diciendo–: No me gusta ver a mis pasajeros mareándose por culpa de la ventanilla, así que he pensado... bueno, éste es uno de los mejores libros que se han escrito.

Addy leyó el título en voz alta.

–*Walden, la vida en los bosques.*

–Es de Henry David Thoreau, un estadounidense, pero no se lo tengas en cuenta.

Addy se sorprendió a sí misma riéndose.

–No lo haré.

–Léelo lo más despacio que puedas. Es como un plato exquisito. No hay que engullirlo de un solo bocado sino saborearlo, para poder paladearlo en el recuerdo cuando hace ya tiempo que lo has terminado.

A Addy se le erizó la piel, pues nunca había oído a nadie hablar de forma semejante.

–Si lo leo despacio, ¿cómo voy a terminarlo antes de llegar a Toronto?

Gradison Mosely se encogió de hombros.

–No pasa nada si no lo terminas, puedes quedártelo.

Addy no sabía cuáles eran las intenciones del señor Mosely y le parecía extraño que aquel blanco quisiera regalarle un libro sin pedirle nada a cambio. Supuso que, seguramente, la madre del joven también habría tenido algo que decir al respecto, pero aceptó el libro agradecida. Cuando Gradison Mosely le preguntó dónde tenía previsto hospedarse en Toronto, titubeó un poco al contestar.

–No estoy segura exactamente. Allí conozco a un señor, un amigo médico de Padre. Él me ayudará a encontrar un sitio donde vivir.

El extraño joven asintió con la cabeza y volvió a marcharse.

Tuvo el tiempo justo de abrir el libro y leer la primera línea antes de que una sombra cruzara la página y la obligase a alzar la vista. Estaba segura de que sería Gradison Mosely una vez más, de modo que se llevó una sorpresa al ver a otro revisor, mayor, de pie junto al elegante caballero del pañuelo azul de seda. Sonrió, sin saber con certeza por qué había acudido allí el hombre; a pesar de que había visto la sortija de diamante en la estación, era imposible que supiese todavía que Addy tenía intención de venderla. Cerró el libro y saludó educadamente.

–Buenos días.

El caballero elegante no le respondió con un saludo cortés con la cabeza como la vez anterior, y el revisor tenía el semblante serio.

–Este caballero afirma que tiene usted algo que le pertenece.

Addy no tenía ni idea de a qué podía referirse el revisor, de forma que sólo se le ocurrió preguntar:

–¿Quién, yo?

Gradison Mosely apareció en ese preciso instante y se dirigió a su superior.

–¿Puedo ayudarle en algo, señor?

Fuese cual fuese el problema, el revisor estaba enfadado y quería solucionarlo cuanto antes.

–Este caballero –explicó, señalando al caballero del bigote– afirma que esta chica de color le ha robado un anillo de diamante cuando estaba en la estación.

Addy no dio un respingo horrorizado ni gritó ni proclamó su inocencia, sino que se limitó a mirar a aquel hombre a la cara y pensó en lo hábil que era el demonio adoptando sus distintas formas.

–Verá, señor –le dijo Addy al revisor–. Tengo un anillo, es cierto, pero ese anillo me lo dio Padre, en Detroit, y estoy completamente segura de que no es de este hombre.

Mose observó el rostro de la joven Addy Shadd, deseando poder adivinar, por el timbre de su voz, si decía la verdad o no. El revisor miró al hombre y luego volvió a mirar a Addy.

–¿Tiene algún documento de identidad?

–No.

–¿Cuál es su nacionalidad?

–Soy canadiense.

–¿Pero su padre vive en Detroit?

–Padre vive en Detroit –lo corrigió Addy.

–¿Cómo se llama él?

Addy sintió un escalofrío, pues sabía que aquello no iba a salir bien y decidió que ni siquiera podía empezar a explicarse. Sintió que se le saltaban las lágrimas y pestañeó con furia para contenerlas.

–El anillo es mío –afirmó, mirando a Gradison Mosely.

El demonio lanzó una mirada desdeñosa a Addy y luego se dirigió al revisor.

–Llevaba el anillo encima antes de entrar al servicio y ya no lo tenía cuando salí. Esta muchacha se tropezó conmigo y estoy seguro de que me lo sustrajo del bolsillo. Está en una cajita de terciopelo azul oscuro.

–¿Dónde está? –inquirió el revisor.

Addy rebuscó en el bolsillo lateral de la maleta de cuero y extrajo con manos trémulas la cajita azul. Se sentía derrotada y estaba a punto de darles lo que pedían sin oponer resistencia cuando vio a la vieja parlanchina dormitando en su asiento del fondo del vagón.

–Esa anciana de allí –señaló Addy–. Esa mujer estaba conmigo y yo le enseñé el anillo a ella y fue entonces, cuando ella lo estaba mirando, cuando este hombre de aquí lo vio.

Gradison se volvió para ver adónde señalaba Addy y dijo:

–Ésa es Willow Ferguson. La conozco, lleva muchos años viajando a bordo de este tren.

El revisor dio un resoplido, indignado por el vano intento de Addy, y le hizo señas a Gradison Mosely para que despertara a la mujer y la llevara hasta allí. Willow Ferguson parecía adormilada y confusa cuando el empleado blanco y alto le llevó hasta donde Addy estaba sentada, temblando y aferrándose con fuerza a la cajita de terciopelo.

–Señora –empezó a decir el revisor–, ¿esta muchacha de aquí dice que le enseñó un anillo de diamante?

–Sí –contestó la mujer, mirando a Addy con extrañeza.

Gradison Mosely intervino, haciendo caso omiso de la mirada de su superior.

–¿Le dijo de dónde había sacado el anillo, señorita Ferguson?

–Sí, dijo que Padre le había dado el anillo.

El revisor miró al hombre del bigote, esperando que no lo estuviese dejando en ridículo. Se dirigió de nuevo a la anciana.

–¿Y cuándo se lo enseñó exactamente?

–Bah, no lo sé. Supongo que justo antes de que llegara el tren. Estábamos hablando de la boda de mi nieta, Olivia, y me dijo que ella tenía ese anillo y que quería venderlo.

–¡Ajajá! –exclamó el demonio–. ¡¿Lo ven?! ¡Eso demuestra que es robado! ¿Qué clase de persona iba a querer vender una reliquia de familia de ese Padre?

Addy detestaba la forma en que el hombre se refería a Padre y detestaba la forma en que parecía estar seguro de que saldría victorioso de aquel fraude.

–¿Le dijo de dónde era? –preguntó el revisor a la mujer.

–Bueno, dijo algo de Detroit, ¿no es eso, niña?

Addy asintió y sonrió agradecida. El hombre del bigote estaba indignado.

–Pero ¿es que nadie se da cuenta de que están conchabadas?

El revisor miró al hombre fijamente.

–¿Podría describir el anillo, señor?

–Por supuesto que sí –dijo el demonio sin alterarse–. Es un diamante marquesa con dos esmeraldas verdes, y el anillo es de oro blanco. Se lo compré a un tasador privado de Windsor y tenía intención de proponerle matrimonio a mi futura esposa y regalárselo a mi regreso a Montreal.

Fue la anciana quien se dio cuenta y chasqueó la lengua.

–Pues a mí me parece que ya está usted casado y bien casado, señor. Lo digo por ese anillo de oro que lleva usted en el dedo anular.

El hombre palideció y escondió la mano, farfullando una explicación.

–Sí, llevo una alianza de boda, es verdad, porque es que... es que... lamento decir que las mujeres modernas me parecen terriblemente solícitas cuando tienen algún hombre soltero cerca y yo... prefiero evitar el bochorno de... Bueno, pero eso ahora no viene al caso. Esta muchacha me ha robado mi anillo. ¡Cómo se atreven a dudar de mi palabra!

El revisor carraspeó. Si la descripción de aquel hombre encajaba con el anillo, obligaría a la muchacha a bajarse en el siguiente apeadero y dejaría que se encargase la policía local. Ya había decidido que la joven era culpable.

–Será mejor que nos enseñes el anillo, muchacha.

Addy le dio la caja y el revisor la abrió. No tenía la menor idea del aspecto que tenía un diamante marquesa, pero reconoció en las otras dos gemas el color verde y vio que el anillo era de oro blanco y con eso le bastó. Gradison echó un vistazo al interior de la caja, desconcertado al ver que la descripción concordaba. Todos miraron a Addy.

Nunca llegó a saber de dónde sacaron las fuerzas sus piernas, pero Addy se puso de pie y miró fijamente a los ojos azules del demonio.

–Bueno –dijo, porque se acordó de pronto–, ¿y sabría decirle a estas personas qué otra cosa de valor hay debajo de la almohadilla de esa caja de terciopelo? ¿Señor?

El hombre le devolvió la misma mirada de desprecio, pero también sintió miedo, no sólo porque fuesen a descubrir su engaño, sino porque si había otra joya oculta en la caja, pudiese ser aún más valiosa que el anillo. Se aclaró la garganta.

–Sí, la verdad es que sí. –Hizo una pausa para pensar a toda prisa. La caja era pequeña y era poco probable que contuviese algún otro anillo o algo del tamaño de un broche. Se aclaró la garganta una vez más y se aventuró a decir–: Sí. También hay un pequeño colgante de diamante en una fina cadena de oro.

Gradison supo que el hombre mentía.

–¿Y también compró el colgante en el mismo tasador?

–Sí –contestó el hombre con toda su desfachatez–. Pero si no está en la caja, eso no demuestra nada. Puede haber vendido ya la cadena. –El hombre sonrió y se felicitó por ser tan sumamente listo–. O puede que le haya robado otra joya a otro pasajero y la haya colocado ahí en su lugar.

Incluso el revisor empezaba a tener sus sospechas. Gradison se volvió hacia Addy y le preguntó en voz baja:

–¿Qué más hay en la caja?

Addy estaba demasiado furiosa para echarse a llorar.

–Hay un mechón de pelo de mi hijo recién nacido. Murió hace tres días y no me importa si me quitan mi anillo, mi maleta o toda la ropa que llevo encima, quiero ese mechoncito de pelo porque es el único recuerdo que tengo de él.

El revisor volvió a abrir la caja de terciopelo y extrajo la almohadilla sobre la que descansaba el anillo. Allí, tal como Addy había dicho, había un mechón minúsculo de pelo negro y sedoso.

–¡Eso no demuestra nada! –chilló el hombre del bigote–. ¡Es un cuento chino! ¡Es una charlatana! ¡No hay ningún niño! ¡Pero si ella misma es una niña! ¡Ha puesto ese mechón de pelo ahí sólo para engañarnos a todos!

El revisor cerró la caja de terciopelo, convencido al fin de que era el hombre el charlatán, y no aquella desdichada joven de color. Le devolvió la caja de terciopelo a Addy, pero el demonio siguió protestando, desesperado por obtener aunque fuese una pequeña victoria.

–¡Que la echen del tren! ¡Exijo que echen a esa ladrona del tren! ¡Le juro que no me moveré de aquí y que gritaré con todas mis fuerzas, para que todos los pasajeros me oigan, que esta puñetera negra me ha robado un anillo y no se ha hecho justicia!

Addy se acurrucó en el asiento junto a la ventanilla y aunque volvía a tener el anillo en su poder, no sintió ningún alivio, ni que eso pudiera compensarle el agravio que acababa de sufrir. Sólo se sentía triste y culpable por haberse olvidado del mechón de pelo de su hijito, aunque fuese por un instante. Apenas si se dio cuenta cuando el hombre del bigote dejó de gritar y el revisor le dijo en voz baja y acongojado que iba a tener que obligarla a bajarse del tren en Chatham. Ella había asentido con la cabeza, sin importarle apenas, y se puso a mirar por la ventanilla, preguntándose si lo ocurrido significaba que Dios estaba velando por ella o si la había abandonado una vez más.

Cuando la anciana ocupó el asiento contiguo, Addy se lo agradeció. Y cuando tomó la mano temblorosa entre las suyas, serenas y llenas de callosidades, Addy estuvo segura de que Dios cuidaba de ella.

–Gracias, señora, señorita Ferguson –dijo.

–Llámame Willow. ¿Y tú te llamas Addy? ¿Addy qué más?

–Addy Shadd.

–¿Shadd? Creo que mi hijo conocía a unos Shadd. Pero no eran de Detroit.

–Gracias por su amabilidad, señora.

–Sólo te devuelvo la tuya, niña. No te olvides que me diste esa manzana tan buena para matar mi hambre. Y sé que dijiste la verdad con el anillo ese de diamantes.

Addy agradeció además que Willow Ferguson no le hiciera más preguntas entrometidas acerca de su hijo muerto. Las dos mujeres permanecieron allí sentadas en silencio, cogidas de la mano, contemplando el paisaje llano y nevado.

Gradison Mosely esperó a que su superior se atarease en el abarrotado convoy delantero antes de volver junto a Addy. Tenía los ojos verdes impregnados de preocupación y las mejillas teñidas de rubor en la palidez de su piel.

–¿Ahora cómo vas a ir a Toronto? –susurró.

Addy se encogió de hombros, incapaz de pensar en el futuro. La anciana le apretó la mano y respondió por ella:

–Creo que esta jovencita necesita descansar un día o dos antes de decidir qué va a hacer y adónde va a ir. Tú te vienes conmigo a la casa de mi hijo en Chatham. No tiene ningún lujo, a lo mejor no es lo que tú estás acostumbrada, pero mi hijo y su mujer son buenas personas y como Olivia ya no va a vivir allí, les sobra una cama todo el tiempo que tengas que estarte.

Addy se moría de vergüenza, porque había odiado a aquella anciana, sus modales de gente del campo y su charlatanería, y nunca habría imaginado que pudiera llegar a revelarse como su salvadora. Addy no miró a Gradison Mosely a los ojos cuando le acercó su libro y le dijo:

–Supongo que debería devolvérselo, señor.

El joven negó con la cabeza.

–No me trates de usted ni me llames «señor». Me llamo Mose, y ya te lo he dicho, puedes quedártelo. –Y dicho eso, se llevó la mano a la gorra y se fue.

La anciana chasqueó la lengua.

–Mose está loquito por ti.

Addy miró a Willow con cara de estupor, sin saber qué decir a eso.

–Pero no te hagas ilusiones. Lo he visto flirtear con muchas pasajeras jovencitas y guapetonas.

–Pero si es... blanco... –susurró Addy, tratando de no parecer horrorizada.

–Eres joven, pero yo sé que ya has vivido varias vidas. ¿Es que te crees que un blanco no puede ser cariñoso con una chica negra o al revés? Eso pasa, Addy. Pero verás, Mose no es blanco exactamente.

–¿Ah, no?

Willow negó con la cabeza.

–Su madre es negra y su padre, blanco.

–¿Cómo lo sabes?

–Bah, es que llevo años viajando en este tren. Estaba aquí cuando empezó como un mozalbete de diecisiete años. Me imaginé lo que me imaginé y luego se lo pregunté, nada más.

–Ah.

–Es de Africville, en el este. ¿Has oído hablar de ese lugar?

–No.

–¿Nunca has oído hablar de Africville?

–No.

–¿Y nunca has conocido a nadie que fuese mitad blanco y mitad de color?

–No, nunca.

La anciana negó con la cabeza y chasqueó la lengua, sorbiendo el aire entre los dientes.

–¿En qué mundo has vivido tú, niña?

Addy hizo una pausa antes de contestar, miró a los ojos de Willow Ferguson, respiró hondo y le contó a la anciana la clase de mundo en el que había vivido hasta entonces. Le habló de la calle Chestnut, de Padre, de Verilynn, de Riley, de Enos y de Emeline y de que hacía apenas unos días de todo aquello, pero parecía que hacía años desde los dolores del parto y desde que supo que su hijo estaba en camino. Willow escuchó la historia y se limitó a asentir con la cabeza. Addy omitió las partes del principio, no le habló de

Rusholme ni de Zach Heron, de modo que Willow dio por supuesto que Riley era el padre de su hijo y se alegró de que Addy no se hubiese quedado en Detroit para perdonarlo.

–A mí también se me murieron dos hijos conforme los di a luz, y no hay palabra en el mundo capaz de dar consuelo cuando ocurre semejante desgracia.

Addy pensó que tenía razón.

–Pero no te castigues, nada más. Y no estés triste el resto de tu vida. Desahógate y suelta un poco de tristeza, un poquito cada día, porque si no, no volverás a sentir nada, ni malo ni bueno, ni tristeza ni felicidad, nunca más.

Addy cerró los ojos y encontró un poco de paz en el sueño. Llevaba durmiendo lo que le parecieron apenas unos segundos cuando Willow la zarandeó con delicadeza y le susurró:

–Chatham, Addy. Casi hemos llegado a Chatham.

El tren fue aminorando la velocidad durante kilómetros y más kilómetros, hasta que al final se detuvo por completo. Willow y Addy se dirigieron a la puerta de salida, pero allí no había ningún revisor para ayudarlas a apearse y la distancia al suelo era demasiado grande para arriesgarse a bajar de un salto. Addy vio que a los pasajeros que ocupaban el convoy inmediatamente anterior los ayudaban a bajar del tren primero, y que algunos ya se precipitaban en los brazos de sus seres queridos en el andén envuelto en jirones de niebla. Lanzó un suspiro y supuso que tendrían que esperar, pero Willow Ferguson estaba impaciente. Empleó todas sus fuerzas para abrir la puerta de acero como una profesional y alargó el cuello para asomarse hasta que al fin, sonrió al ver a su hijo mayor dirigiéndose al tren con un aspecto limpio y reluciente, vestido con su mejor traje de los domingos. Agitó el brazo y gritó:

–¡Hamond! ¡Aquí, aquí!

Hamond, que tenía cuarenta y pocos años pero parecía mucho mayor a causa de la curtida piel de granjero y el pelo entrecano, levantó ambos brazos y encontró la cintura de su madre entre los pliegues de su abrigo harapiento. La levantó en volandas y la depositó en el suelo en un solo movimiento, intentando disimular lo mucho que le dolía la espalda cuando ella protestó diciéndole que pesaba demasiado para él.

Addy permaneció en la puerta del vagón y se estremeció cuando una ráfaga de aire frío y húmedo le azotó la cara. Algo la asustaba, pero no sabía decir qué era. No sabía si le daba miedo estar en Chatham, el lugar donde sabía que trabajaba su padre, tan cerca de Rusholme y de todos sus fantasmas. No sabía si era un resquicio del miedo al hombre que la había acusado de robar, a quien en esos momentos vio sonreír observándola recostado en su asiento, desde el otro lado del cristal, en el convoy delantero. Y no pudo evitar preguntarse si no sería el hijo de Willow, Hamond, el causante de aquella nueva punzada de miedo, pues parecía contrariado cuando su madre le explicó que se iba a ir con ellos. Cuando el hombre levantó los brazos y la bajó hasta el suelo, la miró de una forma extraña, y a Addy le pareció oír que le susurraba:

–Sé quién eres. Lo sé todo de ti.

SAL

La señora Pigot, la maestra de primer curso, estaba de pie frente a Sharla, agitando sus uñas rojas como si fuera una prestidigitadora, tal como hacía cada vez que tenía ganas de pelea. Sharla no decía nada, hipnotizada por los mocos secos y amarillos adheridos a los pelos de las ventanas de la nariz de aquella mujer. La maestra abrió la boca y Sharla hizo una mueca de disgusto al percibir el olor a pavo rancio de su aliento.

–Te he hecho una pregunta, Sharla Cody –dijo la maestra con aquella voz líquida, tan lenta, arrastrando las palabras, mientras los otros niños observaban la escena y aguardaban, temiendo y esperando lo peor.

Sharla no sabía cómo explicarle por qué no había entregado la hoja con su trabajo ni por qué seguía en su pupitre ni por qué no se la había llevado a casa siquiera, teniendo en cuenta que aquello se llamaba «deberes para casa».

La señora Pigot señaló a su alrededor, al resto de la clase, y dijo:

–Cindy ha entregado sus deberes. Y Terry ha entregado los suyos. La madre de Prasora la ha ayudado –dijo, señalando a la niña portuguesa que había sentada en la fila del fondo–, ¡y eso que apenas habla nuestro idioma!

Sharla miró a Prasora y pensó que ojalá también ella tuviera agujeros en las orejas y pudiera colgarse aros dorados de los lóbulos.

–¡Sharla! ¡Sharla Cody! ¡Estoy esperando una respuesta!

Sharla no tenía respuesta, así que se quedó mirando los zapatos. No era la primera vez que la señora Pigot la tomaba con ella y la trataba así, con tanto odio. La primera vez había sido precisamente su primer día de clase en la escuela pública de Princess Street. Sharla estaba mirando por la ventana, observando a Mamá Addy dirigirse con paso renqueante al taxi, que la estaba esperando, y se fijó en que andaba mucho más despacio que al principio del verano. Sharla deseó con toda su alma poder volver a la pequeña caravana con su muñeca de porcelana y su Mamá Addy que siempre olía a jabón, en lugar de sentarse en aquella clase de primero con la señora Pigot y su ropa de otoño con olor a naftalina. La señora Pigot estaba pasando lista.

–¿Sharla Cody? ¿Está Sharla Cody? Que levante la mano. ¿Sharla Cody?

Sharla no la oyó, o no estaba escuchándola, y cuando su oído captó al fin la modulación de su nombre, se volvió en la silla y gritó, sin querer:

–¿Qué?

Los otros niños se echaron a reír, pensando que Sharla era una descarada y una fresca. La señora Pigot echó a andar por el pasillo central hasta llegar al pupitre de la niña, la sujetó por la tela de su hermoso vestido blanco y la arrastró hasta el frente de la clase. Se detuvo allí, agarrando el cuello calado del vestido con tanta fuerza que Sharla temió que fuese a rompérselo. Tenía los ojos fuera de las órbitas y el rostro colorado cuando dijo:

–Niños, ¿sabéis todos lo que significa la palabra «ejemplo»?

Los niños permanecieron en silencio, porque aun los que sabían qué significaba, en ese momento prefirieron callar a llamar la atención sobre sí mismos.

La señora Pigot zarandeó a Sharla como si fuese un gato que se había portado mal o un conejo recién cazado.

–Bueno, pues yo ahora voy a hacer que Sharla Cody os sirva de ejemplo para que toda la clase sepa cuáles son las consecuencias del mal comportamiento.

Y acto seguido, la señora Pigot sacó a rastras de detrás de su mesa su enorme silla de madera de roble para que todos la vieran. Se sentó en ella e hizo a Sharla doblarse sobre su estómago y apoyarse en su regazo. Le levantó el vestido, dejando al descubierto la ropa interior rosa, recién comprada para ir a la escuela, y le bajó las braguitas para mostrar el suave trasero moreno de Sharla. Alzó la mano y la descargó las veces necesarias hasta que el trasero moreno se le puso todo de color rojo y empezó a estremecerse, y la señora Pigot estuvo segura de que Sharla ya había pasado suficiente vergüenza para atemorizar a los demás niños.

Sharla regresó a su asiento, con el rostro encendido y humillada, sin derramar una sola lágrima. «Te odio, te odio, te odio» fue lo único que pudo pensar durante el resto de la mañana. No escuchó la historia que la señora Pigot leyó a los niños ni vio el espectáculo de marionetas que algunos niños de sexto representaron en la clase. Permaneció sentada en su silla, completamente erguida, soñando con el día en que fuese mayor, tan mayor como Krystal Trochaud, y pudiese volver para pegar a la señora Pigot y bajarle las bragas y meterle algo afilado por el agujero del culo.

Esa tarde, Mamá Addy volvió a recogerla en taxi con una sonrisa enorme y los brazos abiertos, y le preguntó:

–¿Cómo te ha ido el primer día de escuela, tesoro?

Sharla se dejó caer en el pecho hundido de la anciana y murmuró:

–Bien.

Pero Addy adivinó por la expresión de su cara que no le había ido nada bien, y se sintió culpable y responsable. Addy llevaba semanas nerviosa por la incorporación a la escuela de la niña y le preocupaba no haber tomado la decisión acertada con respecto al centro. Había escogido la escuela en el extremo este de Chatham, la misma a la que había enviado a su propia hija, suponiendo que todavía habría multitud de negros en el vecindario, con la esperanza de que así la niña no sufriese ningún tipo de discriminación, o al menos no por el color de su piel. Había sentido un gran alivio al dejar a Sharla en el patio de la escuela y ver que no sólo había otros niños de color sino también chinos, italianos y un chiquillo que podía ser de la India. Addy pensó en lo mucho que había cambiado Chatham y el mundo en general.

En el taxi de vuelta a Lakeview, Addy estaba ansiosa por saber cómo era la escuela.

–Bueno, ¿y qué ha pasado en la escuela?

–Nada.

–¿Nada? ¿No ha pasado nada en toda la mañana?

–No.

–¿Habéis pintado algún dibujo?

–No.

–¿Habéis hecho alguna otra manualidad?

–No.

–¿Habéis cantado canciones?

–No.

–¿Ni siquiera la canción de los buenos días?

–No.

–¿Es que los niños ya no cantan la canción de los buenos días?

–No lo sé.

–¿Y has hecho algún amiguito?

–No.

–¿No has conocido a ningún otro niño o niña con quien hablar o jugar?

–No.

–¿No habéis ido al recreo?

–No.

–¿Es que los niños ya no tienen hora del recreo?

–No.

Lo que Sharla no le dijo a Mamá Addy era que ella se había quedado en clase limpiando la pizarra durante el recreo como parte de su castigo.

Era evidente para Addy que a la niña le había pasado algo malo.

–¿Es que alguno de los niños te ha dicho algo, cielo? ¿Algo que te ha sentado mal?

–No.

Y era absolutamente cierto, porque a los otros niños les habían prohibido hablar con Sharla. Eso también formaba parte de su castigo.

–Bueno, ya verás como mañana todo irá mucho mejor. Siempre es así.

–¿Es que tengo que volver al colegio? –Sharla miró a Addy por primera vez desde que se habían subido al taxi.

–Sí, sí que tienes que volver, Sharla. Y yo mañana no puedo llevarte, además. A partir de mañana vas a empezar a coger el autobús todos los días, y ya verás qué divertido es.

–Yo no quiero coger el autobús.

–No puedo llevarte y traerte todos los días en taxi, cariño. Hoy ha sido un día especial porque es el primero, pero es que le estamos pagando el dinero de la compra a la compañía esta del taxi, y eso no lo podemos hacer todos los días, porque nos quedaríamos sin nada de dinero.

–Pero es que no quiero coger el autobús.

–Claro que sí, ya lo verás. Siempre van un montón de niños en el autobús, y eso siempre es la mar de divertido...

–Que no, que no es nada *divirtido*.

–Ahora ya vas al colegio, cielo, así que acostúmbrate a hablar bien. No se dice «divirtido» sino «divertido», ¿de acuerdo?

–No es nada divertido.

–Dentro de nada vas a tener tantos amigos nuevos que te morirás de ganas de ir al colegio y te pondrás toda enfurruñada cuando llegue el fin de semana y tengas que quedarte en casa con la vieja Mamá Addy, ya lo verás.

A modo de respuesta, Sharla se acurrucó en el pecho de Addy y la cogió de la mano.

Mientras se alejaban de Chatham, Addy veía desfilar las granjas y se maravillaba al contemplar los arces dorados, los olmos del color del azafrán y las copas amarillo limón de las catalpas. Las hojas de los robles eran las últimas en caer, recordó, tan tozudas y descreídas que a veces incluso se aferraban a las ramas hasta la primavera, cuando los brotes verdes les notificaban su defunción y las empujaban al suelo. Pensó, no sin cierta angustia, que era pronto para ver la transformación, pero daba lo mismo el día de septiembre que los árboles mostrasen un anticipo de lo que estaba por venir: siempre parecía demasiado pronto. Apretó la mano de Sharla y dijo en voz queda:

–Si alguien te dice algo malo, me lo cuentas y yo me ocuparé de todo, ¿de acuerdo?

Sharla la miró a la cara, preocupada.

–¿Qué van a decir?

–No lo sé, pero si lo hacen, tú dímelo.

–¿Van a ser malos conmigo?

Addy le dio unas palmaditas en la pierna.

–Todos somos un poco malos cuando somos niños. Sólo es parte de cómo aprendemos a distinguir lo que está bien de lo que está mal.

–Pero tú no eras mala –le aseguró Sharla, y se quedó estupefacta y horrorizada cuando Mamá Addy contestó afirmativamente con la cabeza.

–Huy, sí, Sharla... Yo era igual de mala que los otros niños. –Rebuscó entre sus recuerdos y sonrió–. Todos menos mi hermano, que nunca le dijo una mala palabra a nadie.

–¿Mala con quién? ¿Con quién eras mala?

–Bueno, pues con quien peor me porté, que yo recuerde, fue con un chico que se llamaba Jonas.

–¿Por qué?

Addy no quería decir que era porque Jonas era gordo.

–Era distinto, supongo, y a veces a los niños les confunde un poco ver a alguien distinto. A lo mejor, como si ese alguien, por ser distinto, no pudiera ser bueno, porque entonces, ¿qué eres tú si lo bueno es distinto? ¿Lo entiendes?

Sharla asintió, aunque no había entendido una palabra.

–¿Y te reías de él?

–¿De Jonas? Oh, sí. Los niños se reían de él y se metían con él, y supongo que eso nos hacía sentirnos bien a todos. Mientras nos estuviéramos riendo de Jonas, nadie se reía de nosotros.

–¿Y los niños se reían de ti?

–Ajá... A veces.

–¿Por qué?

Addy se volvió hacia Sharla, levantó las manos y se tiró de las puntas de sus enormes orejas salidas. Sharla se echó a reír.

–¿Por tus orejas?

–Ajá...

–¿Y cogías el autobús?

–Iba andando a la escuela. Mi escuela estaba cerca de casa, no estaba lejos como la tuya.

–Ojalá no tuviese que coger el autobús.

–Ya lo sé, cielo. Ya lo sé.

–Ojalá tuviésemos una tele.

Pasaron las semanas y las hojas cayeron de los árboles, y llegó el momento de sacar las mantas de los armarios y cerrar las contraventanas por una buena temporada. Addy estaba cada vez más preocupada al ver que, todas las tardes, cuando Sharla se bajaba del autobús, parecía aún más triste que el día anterior.

–¿Qué has hecho hoy, Sharla?

–Nada.

–¿Nada?

Sharla no quería contarle a Mamá Addy lo de la señora Pigot. Sharla no quería decirle que la maestra la odiaba por cómo era y que ella se pasaba la mayor parte del tiempo sintiendo que se merecía todo aquel odio. A la maestra tampoco le gustaba nada cómo era Prasora Dacosta, y sobre todo no le gustaban los aretes tintineantes de la niña portuguesa, y así mismo lo dijo aquella primera semana de clase, cuando Prasora tuvo una infección de pus verde en la oreja izquierda y tuvieron que enviarla a la enfermería. Sharla no estaba segura de lo que quería decir «propio de bárbaros», pero estaba segura de que no era nada bueno.

Sharla tampoco quería hablarle a Mamá Addy de Lee-Ann. Lee-Ann era la niña del pelo rizado y la erupción cutánea en las manos y las mejillas que se sentaba a su lado en el pupitre. La señora Pigot les dijo a los niños de la clase:

–No cojáis a Lee-Ann de la mano en el corro de música, por favor, no vaya a ser que su enfermedad sea contagiosa.

Lee-Ann le dijo a la maestra que era un eccema y que hasta el médico había dicho que no podía contagiársela a nadie, pero la señora Pigot volvió a examinar las palmas agrietadas y sanguinolentas de las manos de la niña y dijo que más valía prevenir que curar. Para Sharla era evidente lo mucho que la señora Pigot odiaba a Lee-Ann por echarse a llorar y romper la cadena de manos cuando formaban el círculo.

Sin embargo, por encima de todo, Sharla no estaba dispuesta a hablarle a Mamá Addy de los deberes escolares. Estaban en la sexta semana de clase cuando la señora Pigot distribuyó un papel con un dibujo de un árbol y algunas hojas de árbol para colorear y dijo:

–A ver, niños: ¿todo el mundo sabe qué es un árbol?

Todos los niños levantaron la mano al instante, pues todos sabían la respuesta a esa pregunta. La señora Pigot les enseñó el papel y siguió hablando:

–Bueno, pues esto se llama un árbol «genealógico». Vosotros, cada uno de vosotros, representáis el tronco del árbol, y cada una de estas hojas representa a una persona de vuestra familia. Estas hojas de aquí –dijo, señalándolas– son vuestros padres y madres, y éstas vuestros tíos y tías, y éstas son vuestros abuelos y abuelas, etcétera, etcétera. Todos y cada uno de nosotros tenemos un árbol genealógico, y hay unas pocas personas capaces de remontar sus árboles genealógicos a los tiempos de Jesús.

Todos los niños arquearon las cejas al oír aquello, pues todos sabían que Jesús había vivido hacía mucho tiempo. Una niña levantó la mano.

–¿Sí, Michelle? –preguntó la señora Pigot.

–Mi Nanna tiene un peral.

–Eso está muy bien, pero no estamos hablando de la clase de árbol. Hablamos de nuestras familias.

Otro niño levantó la mano.

–¿Sí, Robbie?

–Yo tengo un tío que está en la cárcel.

La señora Pigot memorizó aquella información y siguió hablando:

–Sí, bueno, alguno de vosotros, niños, que tenga hermanos o hermanas mayores sabrá lo que significa la palabra «deberes». ¿Alguien lo sabe?

Prasora Dacosta tenía seis hermanos mayores, y aunque fue la única que levantó la mano, la señora Pigot no la eligió a ella para que respondiera. La maestra echó a andar por el pasillo y se tropezó con un pie, lo que la hizo tambalearse varias veces antes de recuperar el equilibrio. Todos los niños se echaron a reír, todos salvo Sharla Cody, pues el pie era suyo.

La señora Pigot se volvió, echando humo.

–¿Sharla Cody?

–¿Sí, señora Pigot?

–¿Has hecho eso a propósito?

–No.

–¿Cómo dices?

–No.

–¡¿Cómo dices?!

Tenía la cara tan cerca de Sharla que ésta le vio, saliéndole del lunar de encima del ojo izquierdo, un pelo retorcido como la cola de un cerdo.

–No lo he hecho a propósito. Sólo estaba sentada en mi silla.

A Sharla empezó a temblarle la barbilla, pues estaba segura de que le esperaba una buena tunda en el trasero desnudo, y ésa ya sería la segunda en lo que llevaban de semana. Sin embargo, la señora Pigot no la levantó a rastras del asiento ni la echó de la clase ni le pellizcó la grasa de la parte de atrás del brazo, sino que se limitó a dirigirse al frente de la clase de nuevo, sostuvo el papel de las hojas en alto y siguió hablando.

–Lo que quiero que hagáis, niños, es que os llevéis a casa este papel para el fin de semana. Sentaos con vuestros padres y pedidles que os ayuden a rellenar los nombres de vuestras hojas y luego coloreadlas, cada una de un color otoñal distinto. Ésos serán vuestros deberes.

Sonó el timbre del recreo y Sharla no se sorprendió cuando la señora Pigot dijo, sin levantar la vista:

–Tú no, Sharla.

Sharla se quedó sentada en su pupitre apoyando la cabeza en las manos, tal como le habían ordenado. Esperó a que la señora Pigot saliera a fumar a la sala de profesores y luego corrió al frente de la clase y cogió un trozo alargado de tiza blanca de la repisa del encerado. Volvió con paso furtivo a su pupitre y se comió la tiza a pedacitos, apretándola contra el cielo del paladar y dejando que se derritiera como si fuera chocolate. Se sintió mejor después de comerse la tiza y se acordó de limpiarse el polvillo blanco de los labios cuando sonó el timbre que señalaba el fin del recreo y los niños regresaron en fila a la clase.

La señora Pigot entró en el aula arrastrando el olor del humo de cigarrillo y se dirigió a la pizarra a coger su tiza. Miró a uno y otro lado y se rascó la cabeza como si tuviera piojos antes de coger otro trozo de la caja que había en el cajón del material, cerrado con llave. A Sharla le parecía divertido que la señora Pigot no sospechase que era ella la ladrona de tizas, sobre todo teniendo en cuenta que, cada vez que la castigaba durante la hora del recreo, desaparecía alguna.

Aquel viernes por la tarde, al subirse al autobús, Sharla sabía que se había dejado la hoja con los deberes dentro del cajón de su pupitre. También sabía que, aunque le habría gustado colorear las hojas, ella no podía rellenar ningún nombre salvo el de Collette, cosa que le hacía recordar una vez más que su Mamá Addy no era su verdadera madre, y eso la entristecía y la enfurecía a la vez. Tan sólo albergaba la esperanza de que, cuando todos entregasen los deberes el lunes por la mañana, nadie se diera cuenta de que faltaba su hoja.

A Addy no se le había ocurrido que la infelicidad de Sharla pudiera deberse a otra causa ajena a los niños de la clase, así que cuando la señora Pigot la llamó por teléfono aquel lunes por la tarde diciéndole que quería hablar con ella, la anciana supuso que sería para hablar de cómo abordar los problemas que Sharla tenía con sus compañeros.

Addy estaba nerviosa por la reunión con la maestra y esperaba que no fuese a hacerle demasiadas preguntas, como dónde estaba la madre de Sharla, por ejemplo. La niña también estaba nerviosa, y aunque le alegró saber que Mamá Addy la traería a casa en taxi y así se ahorraría el trayecto en autobús y las interminables carreteras secundarias del camino de vuelta a Lakeview, tan llenas de baches y que tantos mareos le producían, sabía que la señora Pigot le contaría lo de su mal comportamiento y las horas del recreo que pasaba sentada en su pupitre. A lo mejor hasta le contaba lo de las tizas robadas, y eso a Mamá Addy no iba a hacerle ni pizca de gracia.

Cuando llegó Addy, Sharla estaba esperando sola en clase, y la anciana se sintió orgullosa al ver a la niña sentada con la espalda tan recta en su silla, las manos entrelazadas y los pies cruzados a la altura de los tobillos. Sonrió y le dijo:

–¡Madre mía, señorita Cody! Pero mírate... ¡Estás hecha toda una señorita! Creía que estarías fuera, jugando con los otros niños.

Una sombra de miedo se abatió sobre el rostro de la niña y ésta negó tímidamente con la cabeza.

Addy no entendía nada.

–¿Qué pasa, Sharla?

Sharla miró a la puerta antes de susurrar:

–No puedo hablar.

–¿Por qué?

–Porque si hablo me dará más azotes.

–¿Azotes? –Addy se quedó conmocionada, pues era la primera vez que oía hablar de azotes–. ¿Y por qué iba a darte azotes?

Sharla miró a la puerta y negó con la cabeza.

–Sharla Cody, contéstame ahora mismo: ¿por qué tiene tu maestra que darte azotes? ¿Qué está pasando aquí?

–Nada –susurró Sharla.

Addy sintió un escalofrío.

–Aquí pasa algo. Pasa algo y vas a decirme qué es ahora mismo.

Sharla volvió a mirar a la puerta.

–Lo que pasa es que me voy a meter en un lío. Me dará una tunda en el culo. La señora Pigot dice que cuando una niña se porta mal, hay que darle su merecido, para que aprenda. Dice que me porto mal porque soy mitad de color, que por eso soy mala.

Addy estaba horrorizada. Nunca había imaginado que la causante de la tristeza de Sharla fuese la maestra.

–¿Y por qué estás aquí sentada? ¿Es que te ha castigado después de clase?

Sharla asintió.

–Es que estaba cantando demasiado fuerte.

–¿Cantando demasiado fuerte? –A Addy se le encogió el corazón.

–La señora Pigot dice que...

–¡La señora Pigot dice que ya está harta de tus payasadas! –bramó la maestra al tiempo que entraba en la clase–. Puedes esperar fuera, Sharla.

Sharla se levantó del pupitre y desfiló por el pasillo como si fuera un soldado, con la vista al frente y sin volverse para mirar ni un instante siquiera a Mamá Addy antes de salir por la puerta.

Addy hizo todo lo posible por no perder los estribos y mostrarse cortés, de modo que le tendió la mano mientras decía:

–Siento no haber tenido ocasión de conocerla el primer día de escuela, señora Pigot. Me dijeron que estaba usted ocupada ultimando algunas cosas, y yo tenía un taxi esperando en la puerta.

La maestra estrechó la mano de Addy lánguidamente y sin apenas disimular el desprecio que le inspiraba la anciana.

–Ya, bueno, ¿y cómo dice que se llama? ¿No se apellida Cody, verdad que no?

–Adelaide Shadd.

–Y es usted la abuela, Adelaide, ¿no es así?

–Sí, soy la tutora de Sharla –respondió Addy.

–¿Y quién es pariente suyo, la madre o el padre de Sharla?

–¿Cómo dice?

La señora Pigot sonrió.

–Sólo tengo la duda, viendo que la niña es claramente mulatita, de saber cuál de los progenitores es el que es... bueno, ¿es su hijo o su hija?

–No sé qué importancia puede tener eso, pero es mi hijo –mintió descaradamente Adelaide.

La señora Pigot lanzó un suspiro y resopló con un olor que a Addy le resultó familiar.

–Tal como sospechaba.

–¿Cómo dice? –exclamó Addy, incrédula, pensando que no podía ser que estuviese oliendo lo que estaba oliendo o que la señora Pigot hubiese hecho aquel comentario adrede.

–Es más típico de... bah, no importa, Adelaide.

Adelaide se aclaró la garganta.

–Señorita Shadd, si no le importa. Bueno, señora Pigot, a lo mejor puede usted decirme qué demonios ha estado pasando aquí con mi Sharla.

La señora Pigot descubrió entonces de dónde había sacado Sharla aquellos modales y se arrepintió de haber concertado aquella entrevista; sólo le interesaba mantener reuniones con los padres cuando éstos tenían miedo de ella.

–Verá, señorita Shadd, si es usted quien convive con ella, estoy segura de que no hará falta que le hable de los problemas de comportamiento de Sharla.

–Pues la verdad es que sí hace falta, porque yo en casa no tengo ningún problema en absoluto con la niña, pero desde luego, me he dado cuenta de que no viene nada contenta aquí a la escuela, vaya si me he dado cuenta...

La señora Pigot no sólo no le ofreció una silla a Addy sino que se sentó ella y se recostó hacia atrás, rascándose la cabeza.

–Sharla tiene muchísimos problemas aquí en la escuela.

–Ajá...

–¿Hay muchos miembros de la familia con dificultades de aprendizaje? ¿Problemas de disciplina?

–No. –Addy hizo rechinar los dientes–. Sharla es una niña muy lista y me obedece sin rechistar.

–Sí, ya, todos los padres creen que sus hijos son muy listos. Sharla le habrá contado ya lo de los deberes que no ha entregado, ¿verdad? La gota que ha colmado el vaso, la verdad...

–¿Les pone deberes a niños de seis años?

–Era una tarea muy sencilla, un proyecto para que los niños trabajasen en casa con sus padres.

–Ajá...

–Sharla fue la única niña de la clase que no entregó la hoja. Todos los demás padres encontraron tiempo para ayudar a sus hijos. –La señora Pigot hizo un movimiento con el brazo que abarcaba toda la clase, donde los trabajos estaban colgados en las pizarras.

Addy examinó los papeles y las hojas coloreadas de los árboles genealógicos con los nombres de los abuelos, los tíos, las tías y los primos y lo entendió todo al instante. Sharla no tenía familia. ¿Cómo iba a explicar algo así una niña de seis años? Sonrió a la maestra y trató de no mostrar su irritación.

–Las circunstancias de la familia de Sharla son un poco más complicadas que las de otras familias.

–Bueno, pues si la niña se avergüenza de su familia, puede que eso sea algo que deba usted solucionar. Desde luego, explicaría su comportamiento.

En ese momento, llamaron a la puerta de la clase. Una mujer joven y sonriente asomó la cabeza y dijo:

–Perdone, señora Pigot. No sabía que tenía visita. La llaman por teléfono. ¿Quiere que anote el recado?

–No, no, ya voy... –La maestra se levantó y salió disparada como una flecha en dirección a la puerta, casi sin acordarse de decir–: Vuelvo enseguida.

Addy asintió y vio salir a la mujer. Ya estaba segura de que sus sospechas eran ciertas, porque cuando la mujer se alejó, la anciana detectó el olor débil pero familiar de la ginebra. Addy se asomó al pasillo y miró a uno y otro lado para cerciorarse de que no había nadie. A continuación, entró de nuevo en la clase, sin hacer ruido, se sentó en la silla que había detrás del enorme escritorio de roble y abrió el primer cajón con mucho cuidado. Allí, al fondo del cajón pero a la vista, había una botella de medio litro de ginebra.

Addy cerró el cajón y se encaminó a la ventana, preguntándose qué iba a hacer a continuación. Vio a Sharla fuera, sola, haciendo equilibrios sobre las barras de las bicicletas, levantando la vista de vez en cuando para mirar al grupo de niños que jugaban al balón prisionero allí cerca. La escena hizo que a Addy le entraran ganas de llorar. «Pero así es la vida –pensó–, algunas personas consiguen que el amor, la amistad y la buena suerte les sonrían sin hacer grandes esfuerzos, mientras que otras tienen que esforzarse mucho por conseguirlos y otras no los consiguen nunca.» Pese a todo, ella quería que Sharla tuviese su oportunidad, de modo que había que hacer algo.

La señora Pigot tardó un cuarto de hora largo en volver. La maestra entró tan campante en el aula y se desplomó en la silla con aire taciturno y agitado.

–¿Por dónde íbamos?

Addy inspiró hondo y se sorprendió a sí misma diciendo:

–Estábamos a punto de hablar del hecho, señora Pigot, de que no está usted capacitada para estar a tres metros de una criatura inocente, conque mucho menos para ser la maestra de una clase entera.

Ahora era el turno de la señora Pigot de escandalizarse.

–Pero ¡¿cómo se atreve?!

Addy se irguió en su asiento. Su ira la hacía sentirse joven y fuerte.

–¡¿Cómo se atreve... usted?! ¡Cómo se atreve a pegarle a mi niña en el trasero! ¡Cómo se atreve a castigarla por cantar demasiado fuerte! ¡Y cómo se atreve a dar a entender que el hecho de que sea medio negra tiene algo que ver con lo que usted llama sus problemas de «comportamiento»!

La maestra se quedó boquiabierta, y es que no se esperaba nada de aquello. Se removió en la silla y carraspeó un poco, sintiéndose menos segura de sí misma.

–Sharla tiene un problema de mala conducta, señorita Shadd.

–Es usted la que tiene el problema, señora profesora. Usted.

–Perdone, pero ¿qué es lo que ha dicho?

La señora Pigot se había empequeñecido, tal como ocurre cuando el abusón se transforma en el cobarde.

Addy estaba temblando, envalentonada por su rabia.

–Sí. Pídame perdón y pídame paciencia, porque si vuelvo a oír alguna vez que no ha sido toda amabilidad, simpatía y ayuda para Sharla, haré que mi hijo y su panda de amigos negros de «mala conducta» le hagan una visita y se aseguren de que no vuelva a suceder.

La señora Pigot se había quedado sin habla. Addy se acercó un poco más a ella.

–Y si vuelvo a entrar en esta aula y huelo alcohol en su aliento mientras da clase a estos niños, me iré derecha al despacho del director y le contaré que hay una botella de ginebra ahí en su escritorio, y me aseguraré de que no vuelvan a contratarla nunca, ni en esta escuela ni en ninguna otra. ¿Me ha entendido bien, señora Pigot?

La señora Pigot asintió dos veces y apretó los ojos con fuerza para contener el torrente de lágrimas. Addy sintió frío.

–Le he preguntado si me ha entendido bien.

–Sí –murmuró la maestra sin abrir los ojos.

Addy asintió, salió de la habitación y luego se detuvo un momento en el pasillo. Cuando se hubo calmado un poco, salió y encontró a Sharla subida aún a las barras de las bicicletas.

–Tengo una sorpresa para ti, cariño.

–¿Qué? –Sharla pestañeó, cegada por el sol.

–Esta noche vamos a ir a cenar a un restaurante.

–¡Toma! ¡Qué bien! –exclamó Sharla y se puso a aplaudir.

Viviendo en Lakeview y sin coche nunca tenían la oportunidad de cenar fuera, y tampoco era que les sobrara el dinero de todos modos. Sin embargo, Addy creyó que Sharla se merecía una celebración especial ese día, y puede que ella también. Llevaba veinticuatro dólares en el monedero de vinilo, y con eso les alcanzaría para pagar el menú especial de pescado en el restaurante The Satellite del centro, además del taxi de vuelta a casa. Sabía que a Sharla le iba a costar decidirse entre el pudin y la gelatina para el postre, y sonrió para sus adentros pensando que ella pediría lo que Sharla no hubiese pedido y así se lo daría también como sorpresa adicional.

El restaurante estaba repleto de gente, pero había espacio para dos junto a la ventana, con vistas al río Támesis. La camarera, joven y guapa, las condujo encantada a su mesa y dispuso la servilleta de hilo de Sharla en el regazo de ésta mientras decía:

–¿Qué le apetece beber esta noche, señorita?

–Una Coca-Cola, señorita –respondió Sharla.

–Leche –la corrigió Addy, y le guiñó un ojo a la chica–. Por favor.

–Por favor –repitió Sharla en el mismo tono y timbre de voz.

La chica le respondió con otro guiño y sonrió a Sharla, diciendo:

–Que sepan, señoras, que tienen la mejor mesa de la casa.

Sharla esperó a que la camarera les hubiese tomado nota y se hubiese ido antes de susurrar:

–Nos han dado la mejor mesa, Mamá Addy.

–Ajá... –dijo Addy, mirando al río.

–Pero ¿es que no estamos en un restaurante?

–Pues claro, cielo.

–Es que ha dicho la mejor «de la casa».

–A veces a los restaurantes se les llama casa.

–¿Y a veces a las casas se le llama restaurante?

–No, cariño. Al revés no funciona.

–¿Por qué no?

–Pues porque no.

Al entrar, Addy había echado un vistazo alrededor y se había fijado en una pareja negra algo mayor cenando al otro lado del comedor. Los había mirado por segunda vez y luego hasta una tercera. Había algo que le resultaba familiar en aquella pareja, aunque estaba segura de que no los conocía. Sin embargo, no podía dejar de mirarlos ni de preguntarse por qué le resultaban tan familiares. Era el hombre, con aquella nariz, y el perfil de su barbilla... Tal vez lo había visto en alguna parte. Se volvió de nuevo cuando Sharla alzó la voz por encima de una civilizada octava.

–¡¿Ma-mi?! –exclamó Sharla por enésima vez.

–No seas maleducada, señorita. No se levanta la voz en público. ¿Te acuerdas de lo que dijimos sobre gritar?

Sharla sintió con aire solemne.

–Sólo se grita cuando es una emergencia. –Desplegó dos dedos y contó por orden–. Si se prende fuego a la caravana o si te has cortado y te sale sangre.

–Eso es. Y ahora, ¿qué es lo que querías preguntarme?

–¿Por qué no funciona al revés?

–¿El qué, cielo?

Addy volvió a distraerse, sin conseguir apartar los ojos del perfil de aquel hombre, al otro lado de la habitación. Tendría más o menos su misma edad, puede que algo más joven. Tal vez le había llevado el pan algún día, cuando trabajaba para The Oakwood. O tal vez había trabajado en la panadería. Aunque no era el encargado del horno. No. Ese hombre era más bajo y rechoncho. Pero había algo... Algo...

Sharla se sentía frustrada, tratando de hablar en susurros y conseguir pese a ello captar la atención de Addy.

–¿Mamiii...?

Addy se volvió, soltó una carcajada y le apretó cariñosamente el brazo a Sharla, diciendo:

–Lo siento, cielo. No soy muy buena compañía, ¿verdad?

–No –respondió lacónicamente la niña–. Estás todo el rato mirando allí y a mí no me haces ni caso.

Addy y Sharla se comieron la cena especial de pescado y declararon que era la cena más rica que habían tomado en su vida. Addy sacó el tema de la señora Pigot como quien no quiere la cosa y cuando vio que Sharla seguía negándose a hablar de ella, le prometió:

–Tranquila, Sharla. La señora Pigot no va a volver a darte ningún azote. A partir de ahora se va a portar muy bien contigo.

–¿De verdad?

–Ajá... Y si no es así, dímelo, porque ella y yo hemos hecho una especie de trato.

–¿Para que se porte bien conmigo?

–Ajá...

–¿Y con Prasora también?

–Me parece que a partir de ahora se va a portar bien con todos los niños de la clase.

La camarera les llevó el postre y sorprendió a Addy sirviéndole a Sharla la gelatina y el pudin, ambas cosas. Sharla se puso a aplaudir y se llevó a la boca una cucharada de los dos postres, dejando que se le deshiciesen mientras veía alejarse a la camarera.

–Esa camarera sí que se porta bien conmigo...

–Sí, cielo.

Sharla lamió la cuchara hasta limpiar los restos de pudin y luego anunció como si tal cosa:

–Collette era camarera.

Addy dio un respingo porque hacía semanas que no mencionaban el nombre de Collette.

–¿Ah, sí?

Sharla asintió y no dijo nada más. Addy no hizo ninguna pregunta. Sabía que Collette no iba a volver nunca y pensaba que tal vez sería más fácil para Sharla si no volvían a hablar de ella. Estaba a punto de preguntarle a la niña cómo estaba el pudin cuando sintió unos ojos clavados en la nuca y se volvió para ver a quién pertenecían. La pareja a la que había estado observando estaba junto al perchero para los abrigos, y el hombre ayudaba a la mujer a ponerse la chaqueta. Estaba mirando a Addy con la misma expresión curiosa con la que ella lo había mirado a él. De modo que sí se conocían... Sin embargo, el hombre tampoco parecía muy seguro de la naturaleza de su relación. Saludó a Addy con la cabeza y ésta hizo lo propio. La mujer le dijo algo a su marido y él se limitó a negar con la cabeza.

Cuando la pareja se hubo marchado, Addy sintió un gran alivio, aunque no sabía decir por qué. La simpática camarera llamó a un taxi para ambas. Addy le dejó a la chica una propina más generosa de lo habitual, le apretó el brazo y le susurró:

–Gracias por ser tan buena con la niña.

La camarera también le apretó el brazo y le contestó:

–De nada, señora. Es un encanto de niña.

Addy cogió a Sharla de la mano y pensó «Sí que lo es» mientras se subían al taxi. El conductor era un viejo conocido de Addy y ni siquiera tuvo que decirle adónde quería ir.

–¿Han cenado bien en The Satellite, señorita Shadd?

–Sí, muy bien, gracias, Calvin. Hemos pedido el especial de pescado –contestó, sonriendo.

–Y nos han dado la mejor mesa de la casa –añadió Sharla.

Addy se inclinó hacia delante.

–¿Por qué no tomas la calle Wellington, Calvin?

–Un accidente, señora. Está todo cortado.

–¿Un accidente? Vaya por Dios...

–Un coche se ha empotrado contra ese roble tan grande que hay cerca de la gasolinera de Gilbert en Harvey. El coche ha quedado destrozado.

–Oh, no... Pero ese roble está lejos de la carretera... –Addy miró a su lado, alegrándose de que Sharla estuviese mirando por la ventanilla, sin prestar atención a la conversación. Se acercó un poco más al taxista y bajó la voz–. El conductor debía de ir muy deprisa. ¿Se ha hecho daño?

–Conductora. Una maestra de la escuela ésa que hay en Princess.

A Addy se le aceleró el corazón. Le costaba respirar cuando preguntó, en un hilo de voz:

–¿No será la señora Pigot?

Calvin desvió los ojos de la carretera para mirarla.

–¿Cómo lo sabe?

–No lo sabía. Ay, Dios mío...

Calvin miró por el retrovisor para asegurarse de que Sharla no los oía y añadió, hablando por la comisura de los labios:

–Borracha como una cuba que iba. Y no eran ni las cinco cuando pasó, así que dicen que ha tenido que estar dándole a la botella en horas de clase...

Addy casi no podía hablar.

–¿Ha muerto?

–Ni un solo rasguño. Hay que ver cómo es la vida, ¿no le parece?

Addy se quedó callada un momento para asimilarlo y luego asintió con la cabeza. Hay que ver cómo es la vida...

–Pero perderá su empleo, ¿no es así?

Calvin asintió. Addy se sintió aliviada, pero también avergonzada. ¿Por qué no se había ido directamente a hablar con el director y contarle lo de la botella de ginebra? ¿Y si la maestra alcohólica hubiese atropellado a un inocente en lugar de estrellarse contra un roble? ¿Por qué había amenazado y asustado Addy a la mujer en lugar de intentar razonar con ella? ¿Es que en el fondo ella también era una abusona?

El viento sopló con fuerza esa noche. Aulló entre los árboles, arrancó ramas y derribó los contenedores de basura al suelo para arrastrarlos por el camino de barro. Addy no logró pegar ojo. No dejaba de pensar que, pese a lo mayor que era ya, todavía tenía muchas lecciones que aprender, y sabía que se moriría antes de aprenderlas todas. Pensó en la señora Pigot y en el hecho de que, probablemente, el mayor pecado de ésta sólo era su ignorancia.

Por la mañana, Addy preparó salchichas con huevos. Estaba secando los platos cuando Sharla preguntó:

–¿Quién va a ser mi nueva maestra?

–¿Tu nueva maestra?

–Por eso de que la señora Pigot se ha chocado contra un roble.

–No sabía que estuvieses escuchándonos a mí y a Calvin, Sharla. No quería que lo oyeses.

–¿Por qué no?

–Porque es una cosa muy triste cuando una persona sufre un accidente de coche.

–¿Porque está borracha como una cuba?

–¡Nunca vuelvas a repetir una cosa así, Sharla! –repuso Addy con dureza–. ¿Me has entendido? Nunca.

–Sí.

–Esa mujer debe de tener un alma muy atormentada para hacer las cosas que hace.

–La odio.

–No, Sharla. Tú no odias a nadie.

–Sí la odio.

–Mírame. –Addy se sentó junto a Sharla y tomó su carita suave entre sus avejentadas manos–. Ya sé que la señora Pigot fue mala contigo, pero tienes que encontrar un rinconcito en tu corazón para perdonarla.

–¿Por qué?

–Porque si no lo haces, toda tu vida llevarás esos malos sentimientos contigo a todas partes, y el odio es como la sal en el agua, Sharla: una vez entra dentro, cuesta mucho hacer que salga. Perdonarás a la señora Pigot, ¿de acuerdo?

–De acuerdo. Pero ¿puedo alegrarme de que venga una *pofesora* nueva?

Addy hizo caso omiso de la pregunta e hizo salir a Sharla a toda prisa por la puerta con su bocadillo para el almuerzo en la escuela y el gorro para el frío. Ya estaba acostumbrada a oír voces procedentes del otro lado y rara vez se asustaba, pero Addy sintió un escalofrío cuando, al sentarse a la mesa, mientras todo estaba en silencio, oyó una voz queda susurrando:

–*¿Qué hay de mí, Adelaide?*

La voz no era de Leam ni de los otros con los que Addy hablaba de vez en cuando. Era su padre, que volvió a preguntarle:

–*¿Qué hay de mí? ¿Me has perdonado a mí, Addy?*

Addy no pudo responder. Se puso en pie y salió de la habitación con la esperanza de que la voz de su padre no la siguiera. Con la esperanza de no volver a oírla nunca más. A él, ella nunca lo perdonaría.

TÉ

Hamond Ferguson se había encargado de la maleta de Addy y de la de su madre, por supuesto, y había echado a andar alejándose de la estación del ferrocarril de Chatham sin decir una sola palabra ni volverse a mirar. Mantenía los ojos clavados en sus botas y movía la cabeza de lado a lado cada vez que Willow lo acribillaba a preguntas sobre la boda de Olivia.

–Eso tendrás que preguntárselo a Mary Alice –repitió siete veces hasta que Willow comprendió que estaba hablando con la persona equivocada.

Addy esperaba que Hamond condujese una camioneta, teniendo en cuenta que Willow había dicho que su hijo era granjero, pero dejaron atrás la estación de Chatham y atravesaron dos calles muy bulliciosas y allí no parecía haber ninguna camioneta, automóvil o cualquier otro medio de transporte esperándolos. Addy se preguntó si no irían directamente a la boda y si se vendría el cielo abajo si se atrevía a entrar en la iglesia. Tenía el cuerpo dolorido y aún no se había acostumbrado al peso de las enormes botas de Verilynn, pero no le importaba quedarse rezagada. Quería dejarles a Hamond y a Willow cierta privacidad por si él tenía alguna queja que formular.

Miró a su alrededor, a las concurridas calles, y pensó que era increíble lo mucho que se parecían unas ciudades a otras. El pequeño vecindario al que se dirigían en esos momentos no era muy distinto del barrio en el que había vivido en Detroit, al igual que el barrio por el que Morris Davies la había llevado cuando atravesaron Sandwich. Se preguntó si, cuando llegase a Toronto, se llevaría una desilusión por el parecido de esa ciudad también.

Avanzaron por una calle llamada Degge, dejando atrás varias hileras de humildes casas de tablones de madera con unos patios delanteros minúsculos y unos jardines traseros que eran pequeñas extensiones de hierba con cobertizos de madera y poco más. Al llegar al cabo de la calle, Hamond dobló la esquina y enfiló el camino de entrada de la casa allí situada, más pequeña aún que las demás. Willow se volvió para mirar a Addy, como si en ese momento acabara de acordarse de que estaba allí.

–Hamond dice que puedes quedarte.

Teniendo en cuenta la expresión de los ojos del hombre al verla la primera vez, a Addy le sorprendió la generosidad de Hamond.

–¿Ha dicho que sí?

Willow asintió.

–Dice que puedes quedarte el tiempo que quieras. Esta casa es suya y de Mary Alice. Bueno, pero ¿vas a entrar o no?

Addy se quedó mirando aquella casa diminuta, confusa aún.

–Creía que era granjero.

Willow se echó a reír.

–Es granjero, pero no es el dueño de las tierras que cultiva, criatura. Por aquí no hay muchos negros terratenientes. A menos que cuentes Rusholme, pero eso es harina de otro costal.

Addy se estremeció al oír mencionar Rusholme y se acordó de su padre. Miró abajo, a la calle Degge, preguntándose si los pies de Wallace habrían recorrido aquella misma acera. Sintió que la invadía el pánico al caer en la cuenta de que no sabía dónde estaba la fábrica de conservas, pero lo averiguaría, y ya se preocuparía de no dejarse ver por esa parte de la ciudad durante su corta estancia. Supuso que Hamond Ferguson sabría indicarle dónde había un buen joyero al que vender su anillo de diamante y esmeraldas por buen precio. Luego podría volver a subirse al tren y marcharse. Estaba decidida a ir a Toronto, o a cualquier lugar que no fuese allí.

Antes de que Hamond llegase a abrir siquiera la puerta principal, Addy ya oyó desde fuera todo el alboroto. Habría fácilmente una docena de mujeres, jóvenes y viejas, apocadas y más atrevidas, todas apretujadas en la pequeña sala de estar. Addy vio a Olivia Ferguson con su largo vestido de crema, el tocado de novia torcido y un velo transparente que le cubría el rostro surcado de lágrimas. La novia estaba llorando a mares y las mujeres alzaban la voz en un coro de aullidos tratando de consolarla. Addy vio a Willow confundirse entre la multitud y abrirse paso hasta Olivia, y se sintió aliviada de que al menos de ese modo ella se hubiese hecho invisible.

Varias mujeres más salieron haciendo grandes aspavientos de la cocina, cargadas con bandejas de repostería y tartas variadas, y fuentes de alubias y patatas al gratén. Hasta tres de ellas tenían que sujetar una enorme fuente de horno cubierta con una tapadera, y el olor y el aspecto de la comida le recordaron a Addy que sólo había comido unas pocas manzanas desde el muslo de pollo de su cena, la noche anterior. Estaba sudando del hambre y el calor, pero no se atrevía a quitarse el abrigo ni las botas hasta que su anfitriona le conminara a hacerlo, y todavía no sabía cuál de aquellas mujeres era Mary Alice. Apoyó la espalda en la pared, apretándose contra ella, observando, esperando y preguntándose qué debía hacer.

Por lo visto, sea lo que fuere lo que aquellas mujeres le estaban diciendo a Olivia, lo único que conseguían era que la muchacha se sintiese aún más desgraciada. A Addy se le encogió el corazón a medida que el llanto de Olivia se fue haciendo cada vez más sonoro. No podía alcanzar a imaginar la tragedia que sin duda debía de haberse cernido sobre la joven novia. «Oh, Dios mío... –pensó Addy–. El novio ha salido huyendo de la ciudad... O peor aún: han descubierto que ya estaba casado. O a lo mejor los padres de él le han prohibido que se case con ella en el último momento, convencidos de que el hijo del dueño de un restaurante puede picar más alto, en vez de contraer matrimonio con la hija de un simple hombre de campo.»

Los lamentos de la pobre Olivia habían alcanzado un *crescendo*, y al final, estalló:

–¡No hacen juego...! ¡¡No hacen juego!!

Addy se puso de puntillas para ver mejor el corro de mujeres. ¿Qué era, se preguntó, lo que por el hecho de no hacer juego había causado a Olivia semejante desesperación? Y entonces vio, en las manos de la novia, un par de preciosas zapatillas blancas de seda. Fue Willow quien señaló, causando un nuevo torrente de lágrimas:

–La única vez que la gente te va a ver los zapatos es cuando salgas a bailar, Livvy. Y si tanto te molesta... ¡Caramba! ¡Pues te los quitas, sales descalza y santas pascuas!

–¡Son blancas! –chilló Olivia–. ¡Son blancas y no pegan y me estropean el vestido! ¡Me lo estropean todo! –Colocó las zapatillas junto al canesú de su vestido y gritó horrorizada–: ¡Mirad!

Olivia tenía razón. Las zapatillas eran demasiado deslumbrantes y demasiado blancas, y no hacían juego con el tono cremoso, suave y menos fulgurante del vestido. Addy supo enseguida qué hacer, pues se acordó de la vez que Laisa se había llevado aquel disgusto con las cortinas blancas nuevas de los dormitorios, las que con tanta ansia quería que armonizasen con las viejas descoloridas del salón «para que se vean todas iguales desde la calle». No fue hasta que la sala entera se hubo quedado en silencio y, una por una, todas las mujeres se fueron volviendo hacia ella, cuando Addy se dio cuenta de que había formulado sus pensamientos en voz alta.

Una mujer mayor de aspecto adusto con un elegante vestido azul dio un paso al frente y la miró fijamente, con frialdad.

–La boda empieza dentro de seis minutos exactos y Darryl ya está en la iglesia. ¿Cómo piensas quitarle el blanco a esas zapatillas en seis minutos, jovencita?

Olivia miró a Addy, con su abrigo y sus botas demasiado grandes, y no se le ocurrió preguntar quién era ni qué hacía allí. Se retiró el velo de la cara, se enjugó las lágrimas de las mejillas y dijo:

–¿Puedes hacerlo? ¿De verdad? Es que lo estropea todo si no hacen juego...

Addy se abrió paso entre el gentío, cogió las zapatillas y se dirigió a la mujer del vestido azul para preguntarle:

–¿Tienen té? ¿Y un pañuelo viejo?

Se oyó un coro de murmullos, sobre todo entre las mujeres más mayores, pues era habitual usar té como tinte. La mujer de azul regresó de inmediato con una taza de té y un pañuelo hecho jirones, que Addy sumergió en la taza en un visto y no visto y que luego pasó por la superficie sedosa de las zapatillas. En cuestión de segundos, el té empapó el satén y el blanco desapareció, y aunque el color no era tan tenue ni tan cremoso como el vestido, el resultado era mucho mejor y se asemejaba bastante, así que Olivia empezó a llorar otra vez.

–Gracias... Muchísimas gracias... –exclamó, se calzó las zapatillas mojadas de té y salió deslizándose por la puerta con el resto del cortejo a la zaga.

Addy se quedó sola en la sala, que ahora parecía mucho más grande, aunque el aire seguía impregnado de la energía de las mujeres y del olor a la comida que se dirigía a la cripta de la iglesia. Se habían olvidado de ella y eso le produjo un alivio inmenso, pues no se veía en condiciones de entrar en ninguna iglesia, la que fuese, y se habría sentido como una idiota fingiendo celebrar la boda de una joven consentida a la que acababa de conocer. Además, todavía arrastraba consigo la pena por su historia de amor truncada con Riley Rippey y la tragedia demasiado reciente de la muerte de su hijito.

Aunque se sentía un poco extraña, Addy se quitó el abrigo y las botas, se acomodó en una de las sillas que había junto a la ventana y cerró los ojos. Ya era casi de noche cuando se despertó, pero no sintió miedo y se acordó de inmediato de que estaba en la casa de los Ferguson, en Chatham. Vio, oliéndola antes que viéndola en realidad, que tenía delante una fuente con comida del ágape que alguien había preparado y llevado hasta allí, tomándose incluso la molestia de cubrirla con una tapadera para mantenerla caliente. También había un vaso de leche, un trozo de tarta de mantequilla y tres clases distintas de tartaletas de frutas. Addy sonrió al ver la comida y miró a su alrededor, aun a sabiendas de que estaba sola y allí no había nadie a quien darle las gracias más que al Señor. Supuso que habría sido Willow quien se había acordado de ella y, una vez más, se avergonzó de sí misma por cómo había odiado a la anciana en su primer encuentro. Se comió hasta el último bocado con demasiada rapidez, luego cerró los ojos y se quedó dormida de nuevo inmediatamente.

Cuando Addy volvió a despertarse ya era de día, y esta vez estaba algo confusa y creía estar soñando. No estaba derecha en la silla junto a la ventana sino tumbada sobre el sofá, con una almohada suave debajo de la cabeza y una manta calentita que le cubría el cuerpo. Percibió el olor a café y, cuando sus ojos se acostumbraron a la luz, vio a una mujer sentada delante de ella. La mujer era alta y estaba sentada con aire majestuoso en la silla. Tenía la cabeza encaramada a un cuello tan largo y esbelto que parecía a punto de ser engullido por el escote de su vestido. Su silueta se recortaba contra el trasluz de la ventana y, aunque los detalles se perdían entre las sombras, Addy tenía la impresión de que la mujer era más joven que vieja, y de que era guapa, cuando no directamente una belleza. La mujer se volvió para mirar por la ventana y Addy se fijó en sus ojos felinos.

Addy se incorporó, con la sensación de haber sido pillada en falta y sintiéndose culpable.

–Señora... –empezó a decir.

La mujer se volvió, tomó un sorbo de café muy despacio y señaló a la taza que había dejado preparada encima de la mesa para Addy.

–Mary Alice. Llámame Mary Alice.

Addy se restregó los ojos y pensó que era extraño que no reconociese el rostro de la mujer de entre los rostros de la abarrotada habitación de la víspera.

–Gracias por su hospitalidad, señora. Tiene que haber sido una sorpresa para usted que Willow me haya traído aquí el día de la boda de su hija y sólo espero no haberle causado mucha molestia.

–Ninguna molestia, pequeña. La verdad es que todas estuvimos comentando luego lo raro que era que a ninguna de nosotras se nos ocurriera lo de desteñir las zapatillas con té. A veces se necesita que venga alguien de fuera para ver las cosas con más claridad.

–Su hija estaba muy guapa. ¿Fue una boda bonita, señora Mary Alice?

–Sí, sí que lo fue. Y ella estaba muy guapa, ¿a que sí? –Mary Alice tosió para contener las lágrimas–. No me puedo creer que se haya ido. No me puedo creer lo rápido que han pasado estos años. Me miro las manos y las veo limpiando papilla de zanahoria de la carita de mi niña. No me puedo creer que ahora esté casada. No me puedo creer que dentro de nada ella tendrá ya su propio hijo y se mirará las manos y verá las mías. Ojalá fuese pequeña otra vez, aunque sólo fuese un día, para poder cogerla en brazos como antes, para que me necesitase tanto como antes.

Addy bebió un sorbo del café humeante y no dijo nada, pues lo único que ella quería también era coger en brazos a su propio hijo y que la abrazara su propia madre. Se preguntó si Willow le habría contado su historia a su nuera, o al menos lo que Willow sabía de ella, pero no se atrevió a preguntárselo.

–No puedes quedarte en esta casa, criatura –dijo Mary Alice sin alterarse.

Addy la miró, creyendo no haberla oído bien.

–¿Señora?

–Ni siquiera una noche.

Addy asintió y no supo qué hacer salvo levantarse y buscar su abrigo.

–Siéntate, Adelaide. ¿Te llamas así, Adelaide?

Contestó afirmativamente con la cabeza.

–Addy.

–Siéntate, Addy. Quiero explicártelo, porque te agradezco mucho lo que hiciste ayer. No quiero ni imaginar cómo habría acabado el drama de Olivia. Estoy convencida de que gracias a ti pudo celebrarse la boda.

–Yo sólo le quité el blanco a las zapatillas.

Mary Alice tomó otro sorbo de café y no miró a Addy a la cara.

–Willow me ha contado tus problemas. Lo siento

mucho por ti, de verdad. Vine a verte anoche, pero estabas dormida.

En ese momento Addy vio que Mary Alice era mayor de lo que le había parecido al principio. Más cerca de la edad de su madre que de la suya, pero todavía con un aspecto mucho más joven que Hamond. De pronto se le ocurrió a Addy.

–¿Usted me trajo la comida?

–Mi suegra es una buena persona, pero tiene la costumbre de contarle a la gente cómo es la vida en realidad. Mientras tanto, pierde la realidad de vista y lo que debería hacer ella al respecto. Le pregunté quién eras y me contó lo del hombre del tren, y le pregunté dónde estabas y me dijo que creía haberte visto ayudando a las mujeres en la cocina de la iglesia. Ayer, sólo con observarte ya supe que no te ibas a sentir cómoda viniendo a la iglesia y me figuré que estarías aún aquí. Supuse con razón que no habrías comido mucho.

Addy negó con la cabeza.

–Gracias, señora. Fue una de las mejores cenas de mi vida.

Mary Alice asintió y se aclaró la garganta.

–Siento lo que estoy a punto de decirte, pero te lo diré sin rodeos. Verás, Addy, mi marido es un buen hombre, pero es calcado a su padre, de tal palo tal astilla, y eso Willow lo sabe perfectamente. Lo lleva en la sangre, y yo ya lo sabía cuando nos casamos. No me importa demasiado, siempre y cuando me cuente quién es ella y quién lo sabe, para que yo no quede como una idiota si alguna vez sale de las paredes de esta casa.

El café estaba fuerte y Addy, despierta, pero aún no podía dar crédito a lo que estaba oyendo. ¿Acaso Mary Alice le estaba diciendo que su marido le era infiel? Addy apartó la vista.

–Lo lamento, señora.

–Como digo, la verdad es que no me importa mucho. Aunque tampoco es que pudiese hacer gran cosa si me importara. El caso es que el padre de Hamond se largó con una de sus mujeres y no volvió nunca más. Yo todavía tengo dos críos pequeños y no pienso dejar que mi marido se marche con una muchacha más joven que mi propia hija.

–No, señora.

Addy no podía dar crédito a lo que estaba oyendo y no tenía ni idea de cómo responder a aquello.

–Anoche oí a mi Hamond hablando con algunos de sus amigotes, diciéndoles que te ibas a quedar a vivir aquí con nosotros y que te lo habías estado comiendo con los ojos todo el camino de la estación a casa.

–¿Cómo dice, señora?

Addy estaba demasiado atónita para protestar.

–Yo no le creo. Pero el caso es que si Hamond cree que a ti te gustaría estar con él, hará todo lo necesario para que estés dispuesta. Y tiene una forma de conseguir lo que quiere que no es tan evidente a primera vista.

Addy negó con la cabeza y sintió náuseas al pensar en Hamond y en la forma en que la había mirado al ayudarla a bajar del tren.

Mary Alice volvió a mirar por la ventana.

–Hamond conocía a tu padre.

Addy sintió un escalofrío.

–¿Mi padre?

–¿Wallace Shadd?

Addy asintió despacio.

–Hamond solía hablar con él en la fábrica cuando llevaba la cosecha con la camioneta. Ayer dijo que supo quién eras nada más verte porque eres clavada a tu padre.

Addy se tragó la bilis que le había subido a la garganta y esperó. Presentía que lo peor aún estaba por venir.

–No me mires así. Creo que me hago una idea bastante clara de lo que te pasó en Rusholme. A mí me pasó lo mismo cuando era una chiquilla, sólo que fue el mismísmo hermano de mi padre. Nunca se lo dije a nadie. Sabía que nadie me iba a creer. Y ya entonces, recuerdo que pensé: si esto me ha pasado a mí, ¿cuántas chicas más tendrán el mismo secreto que yo?

Las lágrimas asomaron a las comisuras de los ojos de gato de Mary Alice. Pestañeó para contenerlas y suspiró.

–Conozco a Hamond. Él cree que si lo has hecho antes, entonces estás ya lista para hacerlo otra vez. Da lo mismo cuál sea la verdad. Lo único que importa es lo que él cree que es verdad, por eso no puedo tenerte aquí en mi casa. Ni una noche siquiera. Tengo que proteger a los míos, y eso significa proteger a Hamond también. Aunque sea de sí mismo.

Addy asintió y se levantó de nuevo para marcharse.

–Siéntate, Adelaide.

Esta vez, Addy no quería sentarse ni seguir escuchando. Estaba avergonzada, a pesar de que sabía que Mary Alice no la hacía a ella responsable. Vio su reflejo en el café negro de la mesa y preguntó en voz baja:

–¿Va a decirle a mi padre que me ha visto?

Mary Alice la miró con perplejidad.

Addy levantó la vista.

–¿Quiere decirle a Hamond que le diga a mi padre que me ha visto y que le diga que estoy bien? Mi madre estará muy preocupada...

En ese momento fue Mary Alice la que se levantó, atravesó la habitación y acudió junto a Addy en el sofá. Tomó la mano de la joven entre las suyas, frunció el ceño y dijo:

–Creía que lo sabías. Tu padre murió. Justo antes de Navidad. Su muerte fue una noticia muy comentada en la fábrica, como podrás suponer, después de lo que pasó con sus hijos...

Addy asintió y se preguntó por qué no estaba conmocionada ni consumida por la pena. No quiso preguntar más detalles y se le ocurrió que ella ya había sabido desde el principio que su padre no iba a durar, que no podía vivir mucho después de lo sucedido, o de lo que él creía que había sucedido.

–¿Y mi madre? ¿Sabe salgo de ella?

Mary Alice negó con la cabeza.

–He oído que se ha ido al sur. Tiene una hermana en Georgia, ¿verdad?

–En Carolina del Sur.

Addy retiró su mano de entre las de Mary Alice y se dispuso a levantarse de nuevo. Mary Alice la retuvo y le sonrió con ternura.

–Tengo algo más que decirte, y esta vez no son malas noticias. Verás, anoche estuve hablando con mi madre. Ella no sabe nada de ti salvo que vienes de Detroit, que tuviste problemas en el tren y que necesitas quedarte unos días aquí antes de reemprender tu viaje a Toronto. Vive a unas pocas calles de aquí, en la avenida Murray. Dice que puedes quedarte todo el tiempo que quieras. Tiene una casa muy bonita y le sobra una habitación. La conociste ayer; es la que llevaba el vestido azul. Se llama Nora, pero será mejor que la llames señora Lemoine.

Mary Alice le dio a Addy un pedazo de papel con la dirección de su madre. Addy lo leyó y preguntó:

–¿Me voy para allí ahora?

–Sí, sí. Vete allí, mi madre seguro que te ofrecerá un buen desayuno.

–¿Le dirá a Willow que muchas gracias y me despedirá de ella?

–Se lo diré.

–¿Mary Alice?

–¿Sí, Addy?

Addy quiso transmitirle a la mujer el alivio que sentía por que alguien la creyese sobre lo ocurrido en Rusholme, y lo agradecida que estaba porque la señora Lemoine tuviese un cuarto para ella, y que sabía que aunque Mary Alice decía estar protegiendo a los suyos, también estaba protegiéndola a ella. Sin embargo, en lugar de decirle todo eso, dijo:

–Olivia aún la necesita.

Mary Alice asintió. Addy encontró su abrigo y las botas grandes de Verilynn y, sin añadir nada más, abrió la puerta y se adentró en el aire invernal. Al final, no hacía falta que Addy evitara pasearse por las cercanías de la fábrica de conservas, y esa misma noche le preguntaría a la señora Lemoine dónde había un joyero. Suponía que sólo iba a estar unos pocos días en Chatham. Suponía que podría soportar estar allí unos pocos días.

PASTEL DE CREMA

No fueron unos pocos días sino cinco largos años el tiempo que Addy Shadd soportó estar en Chatham. Hacia el final de su primer mes allí, Addy había ahorrado lo suficiente para el billete de tren y más todavía, pero ni siquiera había contemplado la posibilidad de irse a Toronto. La señora Lemoine le había dado una habitación para ella sola y tres comidas al día y le pagaba bien por el trabajo que hacía: cocinar, limpiar, hacer la colada y cuidar del jardín. Por primera vez en mucho tiempo, Addy se sentía segura y creía que, si se quedaba en Chatham, podría fingir que su vida era como tenía que ser. Pese al miedo que había sentido al pisar la ciudad por primera vez, a aquellas alturas ya se sentía como en casa, tanto como para no molestarse en buscar otro sitio donde vivir. Nunca volvió a pensar en vender el anillo de Padre.

Addy había encontrado una buena amiga en Mary Alice, y era como una segunda madre para los dos pequeños Ferguson, Simon y Samuel. Siempre y cuando tuviese la precaución de no quedarse a solas con Hamond, la armonía reinaba sobre el transcurso de sus vidas. La señora Lemoine no era una mujer afable, pero sí una persona justa y rara vez se enfadaba. El único conflicto entre las dos mujeres era por culpa de las dotes como repostera de Addy. La señora Lemoine había engordado a causa de las tartas, los pasteles y las tartaletas de mantequilla de Addy, y maldecía a ésta por hacerle caer en la tentación. Pese a ello, como si fuera una niña pequeña, se llevaba un berrinche cuando, después de un asado, no había nada para satisfacer su apetito goloso y exigía saber si era porque estaba demasiado gorda. Sin embargo, Addy se las ingeniaba para convencerla de que las causantes de su oronda figura eran las medicinas que se tomaba para la jaqueca, y no las veces que repetía ración de pastel de crema.

Mary Alice estaba convencida de que ya era hora de que Addy sentara la cabeza con un marido, idea que era compartida por su madre pero no por la propia Addy. Si Mary Alice hubiese dicho lo que pensaba realmente, Addy le habría contestado amable pero convincentemente que no le interesaban los líos amorosos. El hecho era que Addy sentía cierto interés, mucho interés en realidad, por un joven llamado Gabriel Green que vivía en la calle Degge, tres puertas más allá de la casa de Mary Alice.

Con sus veinte años, Gabriel era un año más joven que Addy. Había algo en el rostro de aquel joven –tal vez fuera el contorno de su mandíbula o las tupidas pestañas de sus ojos negros–, algo que le recordaba a ese alguien de Rusholme cuyo nombre era demasiado doloroso para ser pronunciado en voz alta. Cada vez que se le materializaba en el pensamiento, Addy se decía que toda su historia de amor había sido fruto de su imaginación, que daba lo mismo su estatura y sus dimensiones, él había sido sólo un chiquillo y ella una niña. Él no podía haberla amado como ella creía, ni ella a él tampoco, porque en definitiva, todas las palabras que ambos se habían intercambiado cabían en un solo trozo de papel, y aún sobraría espacio para la plegaria del Señor.

Addy admitía ante sí misma, pero jamás ante otra persona, que al menos parte de sus visitas al hogar de los Ferguson eran un intento de cruzar su camino con el de Gabriel Green y sentir que se le aceleraba el corazón cuando los ojos de él le recorrían el cuerpo con la audacia y el atrevimiento con que lo hacían.

La primera vez que Addy vio a Gabriel Green era verano en Chatham, un sofocante día de calor abrasador del mes de julio. Ella llevaba cinco meses en la ciudad y, pese a vivir en casa de la señora Lemoine, iba continuamente al hogar de los Ferguson en la calle Degge. Addy tenía dieciséis años y Gabriel Green, quince, pero éste parecía y se comportaba como un hombre. Se había presentado en la puerta trasera de la casa de Mary Alice con la cabeza inclinada y muy apuesto, preguntando si la señora Ferguson necesitaba que le hiciese algunos trabajos en el jardín. Cuando Mary Alice expresó su sorpresa ante su amabilidad y su ofrecimiento, el chico se encogió de hombros y dijo:

–Bueno, como el señor Ferguson se pasa el día en la granja y los críos son demasiado pequeños para ayudar con las faenas más pesadas... Se me ha ocurrido ofrecerle mis servicios.

Se hizo el sorprendido al ver a Addy allí y supo fingir la mar de bien. Insistió mucho diciendo que no quería causar molestias y les costó Dios y ayuda convencerlo para que se sentara a la mesa de la cocina y se tomase un vaso de limonada bien fría. Addy se había estremecido al ver aquellas manos tan grandes acariciando el vaso resbaladizo, y cuando rozó el borde con los labios y deslizó con la lengua una rodaja de limón en la boca, la joven no tuvo más remedio que apartar la vista. Mary Alice estaba nerviosísima y muy parlanchina, y se disculpó más tarde, diciendo que no sabía qué bicho le había picado.

Addy se puso seria.

–Ni se te ocurra emparejarme con ese chico, Mary Alice.

–¿Por qué no? Pero ¿por qué no? Pero si es un ángel... Es un ángel caído del cielo. No permite que su madre mueva un solo dedo en el jardín y tú misma ya has visto qué amable y educado es. Y es más que un chico, Addy. Puede que sólo tenga quince años, pero su abuelo le va a conseguir un trabajo en la fábrica de yute en septiembre. Tiene planes de comprarse una casa en la carretera del río y lo hará, ya lo verás. Lo que te pasa es que no lo conoces.

–Al parecer tú ya lo conoces bastante por las dos.

Mary Alice apartó la vista.

–He hecho algunas indagaciones.

–¿Le has dicho tú que viniera y dijera eso de querer ayudarte con las faenas del jardín?

–No, no se lo he dicho.

Mary Alice estaba indignada.

–¿Y lo ha hecho antes? ¿Ha venido a ofrecerte su ayuda?

–No.

–¿Y hoy ha venido por pura casualidad?

–Bueno... –Mary Alice tragó saliva y contuvo el aliento de la misma forma en que Addy la había visto hacer otras veces cuando no sabía muy bien qué decir–. Supongo que te habrá visto aquí y habrá querido venir a conocerte.

–Ajá... –Addy no tenía ninguna duda de que Mary Alice estaba mintiendo–. Ya, pues yo creo que has sido tú la que le ha dicho que viniera, y que estás intentando hacer de casamentera.

–No lo haré si tú no quieres.

Addy suspiró y se levantó para marcharse.

–Tengo que irme a casa a prepararle la cena a tu madre.

Mary Alice se encogió de hombros y se rascó una picadura de mosquito bajo la manga. Fue entonces cuando Addy vio los cuatro cardenales que llevaba en el brazo flácido. Era evidente que se trataba de moretones causados por la mano de un hombre fuerte.

–¿Hamond te ha hecho eso? –preguntó Addy, sabiendo de antemano la respuesta.

Mary Alice se miró los moretones como si fuese la primera vez que los veía.

–No –fue lo único que dijo antes de cambiar de tema–. Gabriel es perfecto para ti, Addy. Es robusto, bien plantado y tiene buen corazón, además.

Addy se preguntó cómo podía estar su amiga tan convencida de que Gabriel tenía buen corazón, pero no se lo preguntó.

–No es para mí, Mary Alice. Ninguna chica quiere un chico más guapo que ella. Ese chico se hará cada día más robusto y más guapo, y la espalda se le hará más ancha y la mandíbula más firme. No voy a volver a pensar en él. Y estoy segura de que él tampoco volverá a pensar en mí. Lo único en lo que parecía interesado era en la limonada fría, eso es todo.

Ambas mujeres estaban mintiendo y las dos lo sabían. Mary Alice le había pedido al chico que apareciese allí ese día, y Addy volvería a pensar en Gabriel Green no sólo una sino dos, tres, cuatro y más veces a lo largo de los cinco años que pasaría buscándolo en la calle Degge y rastreando entre la muchedumbre del mercado y yendo a todos los partidos de béisbol de los chicos Ferguson sólo porque Gabriel Green ayudaba al entrenador. Sin embargo, Addy no se creía merecedora de ninguna relación amorosa y, sencillamente, se resistía a lo inevitable. Y es que, ¿cómo iba ella a amar y ser amada por un hombre que no conocía su historia? ¿Cómo iba a tocarla un hombre que no sabía que ya la habían tocado antes? ¿Y cómo iba a engendrar a un hijo sin decir que había habido un hermano, un niño muy querido pero que no había llegado a sobrevivir? Addy se imaginaba muchas veces a Gabriel en su cama, pero nunca en su vida.

Por las tardes, Mary Alice y Addy iban al mercado de productos frescos en el centro de la ciudad. A continuación, si hacía buen tiempo y las bolsas de la compra no les pesaban demasiado, se acercaban paseando al río Támesis a ver nadar a los niños, observar la pesca de los hombres y contemplar a los barcos zarpar a destinos desconocidos.

Era principios de junio y la clase de día que Addy consideraba un día glorioso. Ya hacía tiempo que había dejado de pensar en el domingo como en el día del Señor; cualquier día, a cualquier hora, le parecía el momento adecuado para dar gracias y rezar. Mary Alice se llevó un puñado de fresas a la nariz y dejó que su olfato se encargara de saborearlas. Dejó las fresas y las cogió de nuevo, inquieta.

–Hamond es muy quisquilloso con las fresas. Tendré que hacer confitura con ellas o una tarta, supongo, porque éstas todavía no están en su punto para comerlas solas.

Addy asintió con aire ausente y se apartó un poco, porque aunque las fresas olían de maravilla y parecían deliciosas, sintió que se le revolvía el estómago con el recuerdo de la lejana fiesta de la iglesia y de Zach Heron, y lo cierto es que no había comido una sola fresa desde aquel día de hacía seis años. Escogió un manojo de ruibarbo y una cesta de guisantes dulces, pensando en cuánto iba a protestar la señora Lemoine si se volvía a olvidar de la mantequilla. Apenas si oía a Mary Alice diciendo lo dolida que estaba porque Olivia tampoco volvería ese año a Chatham a celebrar su cumpleaños, de modo que la pregunta de Mary Alice la pilló por sorpresa, sobre todo porque no recordaba la última vez que alguien se lo había preguntado.

–¿Cuándo es tu cumpleaños, Addy?

Mary Alice organizaba fiestas para sus hijos y su marido, aunque siempre pasaba por alto su propio cumpleaños, y se le acababa de ocurrir de pronto que no sabía la fecha de nacimiento de Addy.

–¿Cuándo, Addy?

Addy mordisqueó un tallo de ruibarbo amargo y se encogió de hombros.

–En invierno.

–¿En invierno, cuándo?

–En enero.

–¿En enero cuándo?

–El veinticinco.

–¿Por qué no sabía yo eso?

Addy volvió a encogerse de hombros y pasó al siguiente puesto del mercado. El viejo granjero que lo regentaba levantó la vista detrás del mostrador. A Addy se le aceleró el corazón; conocía a aquel hombre, un vecino de Rusholme, el padre de uno de los chicos mayores que trabajaban en las tierras del señor Kenny. La muchacha no podía apartar los ojos de él, pues en su rostro veía Rusholme y en el reflejo de sus pupilas veía a su padre. Y en verdad Addy era la viva imagen de su padre, y sólo cuando se ponía el sombrero y ocultaba sus orejas podía convencerse a sí misma de lo contrario. A Addy le extrañó ligeramente que el granjero no la mirara de reojo. Qué raro, pensó, que no la hubiese reconocido.

Mary Alice apareció a su espalda y le dio un buen susto.

–Addy, no me haces caso: ¿por qué nunca me has dicho cuándo es tu cumpleaños?

–No lo sé, Mary Alice. Es que no lo celebro desde hace... bueno, desde hace mucho tiempo.

–¿Desde Rusholme? –inquirió Mary Alice, un poco más alto de lo que pretendía.

Addy se alejó de los puestos del mercado y echó a

andar hacia casa, implorándose a sí misma no volverse para mirar al granjero de Rusholme pero haciéndolo de todos modos.

–Bueno –empezó a decir Mary Alice–, se supone que una mujer deja de celebrar su cumpleaños cuando ya tiene marido y sus propios hijos. Creo que tú todavía puedes celebrarlo. ¿Tanto tiempo hace, de verdad?

Addy asintió y pensó que ojalá Mary Alice no le hubiese hecho aquella pregunta, porque ahora tenía la cabeza repleta de imágenes y recuerdos, e incluso los más felices le daban ganas de llorar. Se acordó del año que había vivido con Riley y Padre en Detroit. Se acordó de cuando se había despertado el día de su cumpleaños y de la lástima que había sentido de sí misma y la vergüenza por su desgracia. Se acordó de lo gorda que estaba por el embarazo y de haber echado a andar por el pasillo con un vaso de agua y un cuenco de maíz que había hervido en leche. Recordó que Padre no había abierto la boca para dejar que le introdujera la cuchara y de cómo se había convencido a sí misma de que el anciano no podía hacerlo, de que no iba a hacerlo. Había empleado los dedos para abrirle la mandíbula y le había metido a la fuerza la cuchara contra los dientes sueltos, tratando de no enfadarse cuando él le devolvió la pasta amarilla con la lengua.

–Por favor, cómaselo –le había dicho ella–. Trague, haga el favor. Hoy cumplo dieciséis años, y ése sería el mejor regalo que el bueno de usted, Padre, podría hacerme.

Padre había encontrado sus ojos y le había sostenido la mirada para, acto seguido, abrir la boca y luego tragarse la crema de maíz. Addy sonrió al recordar a Padre.

Siguió andando junto a Mary Alice, escuchando el sonido de los pies de ambas sobre el camino y pensando en su madre, en su infancia y en sus cumpleaños en Rusholme. El 25 de enero significaba que habría confitura de fresa para desayunar, tanto si era el último tarro como si no, y una cena especial, y que podía hincharse a tartaletas de nueces o nieve de manzana hasta reventar, por muy mala cara que pusiese su padre. Habría paseos por el bosque nevado o patinaje en el riachuelo o, si hacía suficiente frío, incluso abajo en el lago. A Addy se le entumecía la cara, y también a L'il Leam, y se reían con los ojos porque tenían la mandíbula congelada. Más tarde, junto al fuego de la chimenea, cantaban canciones con Laisa, inhalando el vapor de una taza de té hirviendo y sintiendo una especie de hormigueo a medida que las extremidades iban cobrando vida de nuevo. Y por la noche, Laisa iba a su dormitorio y le contaba la misma historia, año tras año.

–Estabas toda llena de sangre y aullando como una posesa, pero yo estaba tan feliz de verte, Addy... Nunca se lo dije a nadie para que no llegase a oídos del Señor, y desde luego, nunca se lo dije a tu padre, para que no se enfadase por mi deseo, pero siempre deseé que mi segundo hijo fuese una niña. Y todo el tiempo que te llevé en mi vientre, soñaba con cómo ibas a ser, y ni siquiera me importó que te parecieses más a tu padre de lo que le convenía a una niña. Pensaba en todo lo que iba a enseñarte y en todas las conversaciones que íbamos a tener, y supe, y tenía razón, que ibas a ser una hermana buena y leal.

Addy cerraba los ojos en la oscuridad y escuchaba el sonido de la voz de su madre y se quedaba dormida sintiéndose amada y valorada. Mientras caminaba al lado de Mary Alice, pensó que nunca iba a volver a ver a Laisa y que nunca se iba a poder ocupar de su tumba, que ni siquiera sabría cuándo había muerto o dónde la habrían enterrado. Cuando oyó que le hablaban, olvidó por un momento dónde estaba y preguntó:

–¿Qué has dicho, mamá?

–¿Mamá? –exclamó Mary Alice–. Acabas de llamarme mamá.

Addy pestañeó.

–Lo siento, Mary Alice. Estaba pensando en mi madre, preguntándome cómo estaría de salud. Su hermana nunca ha sido santo de su devoción. Supongo que sólo hará las labores de la casa y poco más, seguro que desaparece en cuanto puede. Al menos ya no tendrá que soportar ningún invierno riguroso nunca más. Siempre se quejaba de la nieve.

–Todo el mundo se queja de la nieve.

–Ajá...

–¿Addy?

–¿Sí, Mary Alice?

–Siento no haber sabido antes cuándo era tu cumpleaños.

–La verdad es que no me importa nada. Por mí, es una fecha que prefiero que pase desapercibida.

Mary Alice asintió, pero no la creía. Consideraba a Addy una amiga y una hija, además, y sentía lástima y remordimientos por no haberle preguntado antes por su aniversario. Fue entonces cuando tuvo la idea: una reunión, pensó, una especie de fiesta de cumpleaños, o al menos una fiesta que compensase todos los cumpleaños perdidos. Una sorpresa, pensó, para que Addy no pudiese decir que no. Una reunión con algunos invitados jóvenes, los nietos de las amigas de su madre y Gabriel Green, el de la mirada tierna y las manos grandes. La madre de Gabriel le insistía para que se casara con una prima segunda para así conseguir unas tierras en las proximidades del lago, pero Mary Alice estaba decidida, y convencida de que conseguiría lo que quería. Y lo que quería, sin estar plenamente en su derecho a quererlo, era que Addy Shadd se casara con Gabriel y se quedara para siempre en Chatham, allí mismo, en la calle Degge, apenas tres puertas más allá de su propia casa.

Junio dio paso a julio y el aire se volvió pegajoso y asfixiante. El sol caía a plomo sobre la tierra todo el santo día y la dejaba ardiendo en la hora del crepúsculo. Esas noches, Addy no podía dormir. Se levantaba de la cama y se deslizaba en la oscuridad de la ciudad para ir a sentarse a la vera del río, o se paseaba por las calles silenciosas y desiertas y miraba las estrellas. La primera noche, años antes, cuando la señora Lemoine descubrió que Addy no estaba en su cama, la mujer dio por sentado que se había ido a Toronto, o que el muchacho de Detroit había venido a por ella y se la había llevado con él. Se había llevado una sorpresa al encontrársela en la cocina a la mañana siguiente, y no supo si creerla cuando la joven le explicó que había ido al parque que había cerca del río a respirar algo de aire y dormir un poco.

Addy se despertó en su cama, con el cuerpo empapado en sudor y el corazón desbocado tras una pesadilla. Estaba demasiado cansada para acercarse al río, de modo que se dirigió al porche para ver si allí corría un poco de brisa. El aire estaba perezoso, pero los mosquitos, más revoltosos que nunca, se dieron un auténtico atracón con su sangre, un festín que le dejó señales en los brazos y la cara. Por lo general, la señora Lemoine nunca concedía importancia a aquellas marcas, porque a Addy todos los años le pasaba igual. Era tarea imposible convencer a la muchacha de que permaneciera dentro de la casa las noches de verano de la implacable ola de calor. Sin embargo, aquella mañana estaba fuera de sí:

–¡Adelaide Shadd! –exclamó–. ¡Parece que te hayan picado cuarenta abejas!

–Me dan ganas de rascarme con un rastrillo –dijo Addy, llevándose las uñas a las mejillas.

Se quedó perpleja cuando la señora Lemoine le apartó las manos de la cara de un manotazo y chilló a pleno pulmón:

–¡No te rasques!

Addy se encogió de hombros.

–Se me irán dentro de unos días, señora Lemoine. Siempre pasa igual.

En el cajón de su mesilla de noche, la señora Lemoine guardaba un ungüento casero especial al que llamaba «pomada». Insistió en que con él se le bajaría la inflamación y ayudaría a prevenir la infección. Usaba el mismo ungüento para el dolor de muelas y la conjuntivitis, y no parecía darse cuenta de que olía a coles podridas. Llevó el tarro a la cocina y, pese a las enérgicas protestas de Addy, le untó el mejunje grasiento por toda la cara, el cuello y los brazos, anunciando:

–Esta noche ya lo tendrás mucho mejor, Addy, no te preocupes.

A Addy no le preocupaba, y salvo por la picazón, le traía sin cuidado el aspecto de las marcas. De hecho, lo único que le molestaba era que con aquella horrible peste alrededor de la nariz, ya no se podía comer el desayuno.

–No te olvides –le dijo la señora Lemoine antes de que Addy saliera por la puerta cargada de tartaletas de fresas para los chicos Ferguson– de que voy a estar toda la tarde en casa de la señora Alexander.

–Ya lo sé.

–Así que no vuelvas aquí pensando que me tienes que preparar la cena.

–No lo haré.

–Hoy puedes hacer lo que quieras, Addy.

–Ajá... Muchas gracias, señora Lemoine.

Addy esbozó una sonrisa forzada y se preguntó si la señora Lemoine no se estaría volviendo majareta. El lunes se le había acercado y le había dicho que ya iba siendo hora de que se tomara algún día libre, y que el viernes sería un buen día, teniendo en cuenta que ella tenía previsto pasarlo haciéndole compañía a su amiga enferma, la señora Butler.

–Vaya, que no hay razón para que vuelvas aquí en todo el día. Podrías ir a donde quieras y hacer lo que te venga en gana sin tener que volver a casa hasta pasada la hora de la cena.

–Está bien, señora Lemoine.

–Porque tampoco podrías entrar de todos modos, ¿sabes, Adelaide? Pienso cerrar la puerta de la casa y la única llave la tengo yo.

–Está bien, señora Lemoine.

Addy había salido volando por la puerta preguntándose por qué narices iba la señora Lemoine a cerrar su casa con llave cuando dentro no había nada de valor y, de todos modos, los robos eran algo inaudito en el vecindario.

Como de costumbre, Addy entró en casa de los Ferguson sin llamar a la puerta ni ninguna otra formalidad por el estilo. No le sorprendió asomarse al pasillo y ver a Gabriel Green sentado a la mesa de la cocina, pues muchas veces iba allí a echar una mano, sobre todo en verano, cuando Hamond estaba en la granja, pero sí le sorprendió la extraña expresión en la cara del muchacho y el tono de voz de Mary Alice cuando dijo:

–¿Eres tú, Addy? Espera. Quédate ahí un momento y espera. ¡Salgo enseguida!

Addy se quedó delante de la puerta principal, mirando a Gabriel al fondo del pasillo. Esperó, y le pareció de lo más irritante que le hubieran dado aquella orden, aunque aquella sensación pronto remitió cuando Gabriel se levantó y echó a andar por el pasillo para reunirse con ella. El chico adoptó una expresión aún más extraña y le preguntó, preocupado:

–¿Es que estás enferma, Addy?

–¿Enferma yo? No. –Addy se encogió de hombros y entonces se acordó de las señales en la cara y se tocó las mejillas–. ¿Lo dices por esto? Es que me han picado los mosquitos, eso es todo.

–A mí también me pican los mosquitos pero no... bueno, no se me pone la cara así.

–Ya lo sé.

–¿Seguro que no estás enferma?

–No estoy enferma, Gabriel. –Addy sonrió y se inclinó hacia él para apretarle el brazo–. Pero te agradezco la preocupación.

El olor del ungüento golpeó a Gabriel Green con la fuerza de un puñetazo.

–¡Puaj! –exclamó, retrocediendo un paso.

Addy se encogió, sorprendida, pues ya se había acostumbrado a aquella peste.

–Es la pomada, nada más. Es que huele mucho. Me la ha puesto la señora Lemoine en las picaduras.

Gabriel tuvo que hacer un gran esfuerzo para contener las arcadas y llamó a Mary Alice con una voz que, a todas luces, indicaba que estaba conteniendo la respiración.

–Volveré más tarde si me necesita.

–Está bien, Gabriel –entonó Mary Alice con voz cantarina–. Gracias por la ayuda, ya no te entretengo más.

Addy maldijo a la señora Lemoine en su fuero interno mientras se rascaba la más urticante de las marcas en el lado izquierdo de la nariz.

–¿Mary Alice? –dijo.

–Espera sólo un minuto, Addy.

Por la forma en que le hablaba Mary Alice, parecía que estuviera cantando en lugar de hablar, y eso significaba que le ocultaba algo. Addy echó a andar por el pasillo y descubrió a su amiga en la despensa de la cocina, de espaldas a la puerta, con la cabeza agachada en el interior de la nevera. Mary Alice cerró la puerta al instante y se volvió, sudorosa y con la piel brillante. Addy la miró fijamente.

–¿Se puede saber qué escondes?

Mary Alice se ahorró tener que confesarle a Addy que tenía la nevera llena con la comida de la fiesta de esa noche y que acababa de darle los últimos toques a la bandeja de canapés, porque en ese momento vio la cara de Addy y gritó:

–¡¡No!!

–No pasa nada, no pasa nada... Sólo son los mosquitos, otra vez.

–¡Estás horrorosa! Tienes la cara hinchada y llena de señales y... –Mary Alice se acercó para examinarla mejor–. ¡Hueles que apestas!

–Es el ungüento de tu madre.

–Ay, Addy... –Mary Alice parecía a punto de echarse a llorar–. ¿Crees que esta noche ya se te habrán ido?

–Se irán cuando tengan que irse. No me importa, siempre y cuando dejen de picarme. –Addy se acomodó en una silla de la cocina y empezó a abanicarse–. ¿Tienes algo frío de beber, Mary Alice? –Le dio la bandeja con las tartaletas de fresa–. Esto también tiene que ir a la nevera.

Mary Alice vaciló un momento, abrió la puerta de la nevera apenas un palmo y sacó una jarra de limonada fría. Dejó la bandeja de tartaletas en la encimera, esperando que Addy no se diese cuenta. Le sirvió la limonada y preguntó como si tal cosa:

–¿Es que no tienes ningún vestido de verano bonito que ponerte?

–Ahora mismo no me preocupa nada estar guapa, Mary Alice. Tengo tanto calor y me pica tanto el cuerpo... Ojalá fuese invierno y el río estuviese casi helado. ¿A que estaría muy bien? ¿Ir flotando por el río encima de un témpano de hielo?

Mary Alice no la estaba escuchando. Salió de la cocina y regresó al cabo de un momento con un vestido nuevo de algodón, de color rosa, nada del otro mundo, pero fresco y bonito.

–Pruébate éste. Era un regalo para Olivia, pero si no quiere venir a su casa para su cumpleaños, supongo que no le hace falta ningún regalo.

A Addy le gustó el vestido y no le importó que lo hubiese escogido para Olivia. Se despojó del viejo vestido y se puso el nuevo. Al sentir la caricia del algodón suave, se sintió mejor y más fresca por primera vez en muchos días. Mary Alice dijo que le sentaba como un guante y que estaba preciosa «salvo por las picaduras de mosquito».

Addy miró al patio trasero.

–¿Con qué ha estado ayudándote?

–¿Quién?

–Gabriel. ¿Con qué te ha ayudado hoy?

–Bah, ha hecho unos arreglillos en el jardín, eso es todo. –Mary Alice desvió la mirada como acostumbraba a hacer siempre que decía alguna mentira–. Y dime, ¿cuánto va a durar ese olor tan asqueroso?

Addy se encogió de hombros y se olisqueó el dorso de la mano.

–Tu madre estaba hoy de un humor muy extraño.

–¿Ah, sí?

–Ajá... Me ha dicho que hoy haga lo que quiera. Ni siquiera tengo que prepararle la cena esta noche.

–¿Y eso es bueno, no?

–Supongo. Pero es que no sé qué hacer, la verdad. –Addy volvió a olisquearse la mano–. ¿Crees que de verdad protege contra la infección?

Mary Alice bajó la voz.

–Sé que de verdad protege contra los maridos. Me echo un poquito en los sobacos de vez en cuando para que Hamond me dé alguna noche de respiro.

En un primer momento, Addy se quedó muda de asombro, pero luego empezó a reírse. Mary Alice también empezó a reírse y, al poco, las dos estaban riéndose a carcajadas, tan fuerte que parecían dos locas de atar. En una ocasión en que estaban riéndose igual de fuerte, desternillándose de la risa, Hamond había vuelto a casa inesperadamente. Tras adivinar que se reían de él, Hamond había lanzado a su mujer una mirada de desdén y le había advertido en voz baja:

–Los vecinos van a creer que has vuelto a perder la chaveta otra vez, mujer.

Addy se había preguntado por un instante qué habría querido decir Hamond con eso de «otra vez».

Addy le preguntó a Mary Alice si ella y los chicos querían ir a dar una vuelta al río o al sendero del bosque en los arrabales de la ciudad. Mary Alice simuló que reflexionaba sobre la invitación y luego decidió que tenía demasiado trabajo por hacer. Lo cierto es que decía la verdad, porque aún quedaba comida que preparar y adornos que colgar en casa de su madre. Era Hamond quien había tramado el ardid.

«Decidle que la vieja Nora tiene que ir a visitar a una amiga enferma –había dicho–. Que se pase el día fuera de la casa, es lo único que tenéis que conseguir. Haced que vuelva pasada la hora de la cena y aseguraos de que todos los invitados a la fiesta ya estén allí para entonces.»

Hamond no iba a asistir a la fiesta, naturalmente, y eso a Mary Alice le pareció mejor que mejor. Había prometido llevarse a los chicos con él a nadar al estanque por la tarde, y ella pensó que ésa era la mejor forma de ayudarla. Lo único que le faltaba era tener a los chicos estorbando o haciendo jaleo en casa de su madre y poniéndolo todo perdido como hacían siempre. Estarían encantados de irse con su padre y no tenían por qué enterarse de que iban a perderse una fiesta.

Sola como estaba y sin saber muy bien qué hacer con sus horas libres, Addy se fue andando al parque a sentarse en la sombra, mirar el río y ensimismarse en sus pensamientos. Sin embargo, ese día tenía la cabeza muy confusa y revuelta, y si bien no iba a conseguir encontrarle sentido a las cosas al final del día, al menos parte de los motivos por los que estaba inquieta sí encontrarían una explicación. Como por qué a la señora Lemoine y a Mary Alice les habían causado tanta inquietud las marcas de su cara. Y por qué le habían dicho que se tomara el día libre y que no volviera hasta después de la cena, y por qué Gabriel Green la había mirado de aquel modo cuando había entrado por la puerta de la casa de la calle Degge.

La corteza del arce que tenía a la espalda estaba muy áspera y le reveló la existencia de unas cuantas picaduras más en los omoplatos cuya existencia ni siquiera conocía. Se retorció y se rascó la espalda contra el árbol, pensando que debía de parecer un animal y tal vez fuese eso lo que era, sencillamente. Cerró los ojos y, como solía ocurrir cada vez que iba allí, L'il Leam le susurró al oído:

–Oye, hermana. ¿Por qué crees tú que Mary Alice y su madre estaban hoy tan raras?

–No lo sé. Al principio creía que sólo eran imaginaciones mías, pero el caso es que Mary Alice ha dicho unas cuantas mentiras.

–Pero ¿por qué?

–Seguro que tiene algo que ver con Gabriel y conmigo. Me miraba de una forma muy extraña.

–Está visto que quiere emparejaros a los dos, lleva años intentándolo.

–¿Tú crees que sería un buen marido, Leam?

–Puede que sí o puede que no. El mejor marido es aquel que quiere a su mujer.

–Él podría quererme –repuso Addy, indignada por lo que Leam estaba dando a entender–. Ya sé que ha puesto esa cara cuando se ha acercado y me ha olido la pomada, pero también me ha mirado otras veces con otra cara. Lo he visto mirarme de esa manera. Lo he visto pensando esas cosas.

–Puede que sí o puede que no.

Addy suspiró y se rascó la cara y pensó que era gloria bendita cuando el viento sopló una suave ráfaga en su dirección.

–¿Leam? ¿A ti te parece que hago bien quedándome aquí en Chatham cuidando de la señora Lemoine o piensas que debería irme a otra parte?

–¿En qué otra parte te gustaría estar, Addy?

–No lo sé exactamente. Supongo que a veces me preocupa llegar al final de mi vida y pensar que debería haber hecho algo que nunca llegué a hacer.

–¿Como qué?

–No lo sé. Algo especial, supongo.

–¿Especial? Menos mal que nuestro padre no está aquí para oírte hablar de esa manera. Ya sabes lo que opina de la gente que se cree especial.

–Ya lo sé, pero es que vivir una vida entera sin llegar a hacer nada... ¿importante? ¿No te parece que eso es como desperdiciar una vida?

–Yo nunca llegué a hacer ni una sola cosa importante en mi vida, Addy. Ni una sola. A mí no me gusta pensar que desperdicié mi vida.

–Te equivocas, Leam. Lo que hiciste, tan importante, fue ser más bueno que el pan y hacer feliz a la gente, sin quejarte ni una sola vez cuando estabas enfermo, sin ser cruel con nadie y, lo mejor de todo, quisiste a Birdie Brown de tal forma que para ella era como si hubiera ganado un premio.

–Pero todo eso es la vida sin más, Addy. La vida sin más.

–¿Crees que la vida sin más es una vida especial?

–Sí, lo creo.

Si sus pies hubiesen visto su destino, tal vez se habrían apresurado a llevar a Addy de vuelta a la estación de tren meses o incluso años antes. Como no fue así, se había quedado dormida bajo el árbol junto al río y se había despertado mareada y con la cabeza embotada. Decidió pasear un rato y encaminarse luego a la calle Degge a ver si veía, aunque fuera un momento, a Gabriel Green y averiguaba qué estaba preparando Mary Alice para la cena. Fue entonces cuando lo vio, sentado en el viejo banco de madera con las piernas apoyadas en un carrito para el equipaje, con un periódico abierto en las manos. No vestía el uniforme, pero aun así Addy lo había reconocido, a pesar de los tres metros de distancia que los separaban. Apenas si había vuelto a pensar en aquel viaje en tren desde Windsor todos aquellos años antes, y sólo se acordaba de él cuando rebuscaba en el cajón de su ropa interior y veía el libro que le había regalado, el que nunca había llegado a leer.

Fue como si el despertar y el bullir de la sangre de ella lo llamasen, porque él levantó la vista justo en ese momento, dobló el periódico y así lo dejó sobre la rodilla. No apartó los ojos de Addy durante todo el camino que ésta recorrió hasta el banco donde él estaba sentado. Ninguno de los dos esbozó una sonrisa radiante, pero ambos se sintieron inmediatamente cómodos de una forma que les sorprendió, como si se conocieran de siempre. Addy no había olvidado su nombre.

–Mose –dijo, sin más.

–Addy –respondió él, y se llevó la mano a su inexistente gorra.

Ella sí sonrió entonces y se sintió halagada por que la recordara aún.

–¿No deberías estar chapoteando en el océano Pacífico ahora mismo? ¿O mirando por la ventanilla a las mismísimas montañas Rocosas?

Gradison Mosely se rió y se puso en pie. Addy se sorprendió, con lo alta que era ella, de lo mucho que tuvo que levantar la vista, más arriba de su cuello blanco, su mentón blanco y sus mejillas blancas, para mirar a aquellos ojos sonrientes.

Echó un vistazo al periódico que llevaba él en la mano y vio que no era el *Chatham Daily News* sino otro. Mose le siguió la mirada.

–Es el periódico del Sindicato.

–El Sindicato. Recuerdo que me hablaste de él.

Mose se echó a reír.

–Y no he dejado de hablar de él desde entonces. Y no dejaré de hacerlo nunca. Es la razón por la que estoy aquí hoy. Hay una reunión del Sindicato en el salón parroquial del East End.

–No esperaba verte aquí en Chatham, Mose.

–Y yo tampoco esperaba verte aquí, Addy. Creía que ibas a ir a Toronto.

–Nunca llegué a ir.

–Ya me lo figuraba. Cada vez que iba a la estación de Union preguntaba: «¿Ha venido por aquí una chica muy guapa a devolver un libro? Y si es así, ¿ha dejado alguna dirección donde pueda encontrarla?».

Addy bajó la mirada.

–Lo siento.

–No lo sientas. Solamente te regalé ese libro para poder tener una oportunidad de volver a verte algún día.

Addy lo miró y recordó las palabras de Willow Ferguson acerca de su costumbre de flirtear con todas las pasajeras. Sonrió.

–Seguro que tienes una caja entera de libros de ésos para cada chica que se sube al tren. Conozco a los muchachos como tú. Tú lo que pasa es que eres un zalamero.

Mose se echó a reír y negó con la cabeza.

–No sé qué quieres decir con eso, pero te aseguro que no lo soy. Nunca en toda mi vida he regalado un libro a otra chica más que a ti.

Addy no lo creyó y no le importaba.

–Bueno, Mose, seas lo que seas, supongo que deberías irte a tu reunión y yo debería reemprender mi camino también.

Mose asintió y vaciló un momento antes de arriesgarse a preguntar:

–Supongo que ya estarás casada, ¿verdad?

Addy negó con la cabeza y le miró el dedo anular, pero se lo tapaba el periódico.

–Entonces, estás libre para casarte conmigo –dijo Mose, afirmando más que preguntando.

Addy se puso a reír como una colegiala, se volvió y echó a andar. Mose se plantó a su lado de un salto y entrelazó el brazo con el de ella. Addy no se ofendió y sabía que Mose sólo estaba siendo galante con ella, pero retiró el brazo de todos modos.

Mose agachó la cabeza y suspiró.

–¿Qué clase de prometida no deja que su futuro marido la acompañe por la calle agarrados del brazo?

Aunque el corazón le latía desbocado, Addy se alisó los pliegues del vestido e hizo como que se moría de aburrimiento.

–¿No tenías que irte?

–Hasta dentro de una hora o así, no. ¿Podría...? En serio, Adelaide, ¿podría acompañarte un ratito por el camino? He estado pensando en ti todos estos años y... bueno, la verdad es que me impresionó la manera como reaccionaste con el incidente del tren y quisiera saber cómo te ha ido la vida todo este tiempo. ¿Puedo? ¿Acompañarte un poco?

Addy levantó la vista y, del mismo modo en que un relámpago puede revelar los secretos de la oscuridad, creyó, en esa fracción de segundo, poder ver el futuro en los ojos verde cristalino de Mose. No le sonrió, pero entrelazó el brazo con el de él. Avanzaron al mismo paso exacto en dirección a la acera, y aunque nunca se habían tocado hasta entonces, a Addy le pareció como si hubiesen estado así toda la vida, con los codos entrelazados, hombro con brazo, a un aliento de distancia.

Ninguno de los dos percibió –y si Mose lo hizo, no dio ninguna muestra– las miradas de los transeúntes al pasar por su lado. Algunos los miraban con reproche, otros los fulminaban abiertamente con miradas de desprecio absoluto y otros no conseguían salir de su asombro, abriendo tanto los ojos que parecía como si estuviesen viendo a Jesucristo y María Magdalena cogidos del brazo en la acera en lugar de sólo a un hombre alto, aparentemente blanco, y a una hermosa muchacha negra con un vestido rosa de algodón.

Llevaban caminando y hablando –o mejor dicho, Mose llevaba hablando– más de una hora cuando él se dio cuenta de que se había olvidado de la reunión. Addy apenas si dijo palabra, subyugada por el encanto de aquel hombre que tan aburrido y fanfarrón le había parecido a bordo del tren todos aquellos años antes. No parecía haber nada que Mose no supiera, y su pasión por lo que él llamaba «la causa» era algo inaudito para Addy, algo que le causó una enorme conmoción interior.

–La semana pasada despidieron a mi compañero. ¿Y sabes por qué, Addy? Estaba sacando brillo a los zapatos de un pasajero y se equivocó y los dejó en la litera que no era. Estábamos llegando al final de un trayecto de costa a costa, durmiendo a lo sumo tres horas por noche, de guardia el resto del tiempo. El hombre estaba cansado. Estaba cansado y por eso perdió su trabajo.

–¿Y el Sindicato puede conseguir que lo recupere?

Mose negó con la cabeza.

–Pero estamos luchando por nuestros derechos, Addy. Queremos que nos paguen las horas que trabajamos y no queremos trabajar más turnos de veinticuatro horas. Queremos disponer de un lugar como Dios manda para dormir y comer. Y tener la oportunidad de obtener ascensos. Y no queremos que nos quiten puntos sólo porque un pasajero ha dicho que hemos sido poco amables con él. Yo también dejé una vez un par de zapatos en la litera que no era, pero me percaté de mi error antes que el inspector. También me han acusado de falta de cortesía, ¿no es increíble? –Mose se interrumpió–. No he parado de hablar en todo este rato, Addy. Lo siento.

–No me importa, Mose –le dijo Addy–. Aunque parece que la vena esa que tienes en la sien esté a punto de estallarte.

Mose se echó a reír, le tomó la mano y siguieron andando en silencio. No se dirigían a ningún sitio en particular cuando, de pronto, se encontraron en la calle King. Addy se detuvo e hizo una seña a la Primera Iglesia Baptista que había a la izquierda.

–¿Ves esa iglesia, Mose? Ahí dentro pasó algo famoso. ¿Lo sabías?

Hasta ese día, Mose sólo había visto Chatham desde la ventanilla del tren, pero estaba familiarizado con la historia de la ciudad: sabía que había sido la última parada de una de las rutas de la red conocida como el Ferrocarril Subterráneo; sabía que allí se había publicado el periódico abolicionista *The Provincial Freeman* bajo los auspicios de una célebre mujer negra y conocía perfectamente la importancia histórica de la iglesia de aspecto anodino que Addy Shadd le estaba señalando en esos momentos. Sin embargo, se encogió de hombros y negó con la cabeza, porque quería oírselo contar a ella.

Addy sonrió, contenta por saber algo que Gradison Mosely no sabía.

–Esta de aquí fue la iglesia donde John Brown... ¿Sabes quién fue John Brown?

–Fue un abolicionista norteamericano, un abolicionista blanco –respondió Mose.

–Sí, así es. Llegó a Chatham en... se me ha olvidado en qué año exactamente, en 1859, creo, justo antes de la guerra de Secesión. –Señaló el edificio–. Aquí, en esta iglesia, fue donde él y sus hombres planearon el asalto al arsenal de Harpers Ferry, en Virginia. John Brown iba a liderar un levantamiento de los esclavos, pero no salió bien. Lo capturaron en Harpers Ferry y lo ejecutaron en la horca. Se dice que ese asalto desencadenó la guerra de Secesión, pero eso seguramente ya lo sabías.

A pesar del hecho de que llevaba la cara y el cuerpo infestados de unos bultitos muy extraños, algunos de ellos sangrando de tanto rascarse, y pese a haber detectado un olor a comida podrida al tomarla del brazo, Mose pensó que Addy Shadd era la muchacha más hermosa que había conocido en su vida, y la deseó con toda la voracidad de su cuerpo, más allá de lo imaginable. Miró a la iglesia y luego al rostro sonriente de ella.

–Es usted toda una experta en historia, señorita Shadd.

Addy negó con la cabeza.

–Yo no diría tanto como una experta. Lo aprendí en la escuela, eso es todo. La mayoría de las personas de color de por aquí conocemos nuestra propia historia. –Lo agarró del brazo y echó a andar de nuevo–. Me imagino que tu reunión ya casi habrá acabado. Siento que no hayas podido asistir por mi culpa.

En el fondo, no lo sentía, ni Mose tampoco, pero mientras se dirigían de nuevo hacia el río y buscaban un lugar tranquilo bajo un árbol, se prometió a sí mismo que nunca volvería a fallarle al Sindicato. Aunque esa noche, por nada del mundo se habría separado de la vera de Addy Shadd.

La oscuridad los sorprendió recostados bajo el árbol, cogidos de las manos al principio y atreviéndose después a darse un primer beso. Addy, por su parte, apenas si podía contener el brío impetuoso de su sangre. Era imposible ocultarle a Mose el ansia de su boca y la avidez de su lengua. Lo empujó hacia atrás pese a que lo que quería era atraerlo hacia sí. Se rascó una picadura de la frente y vio a Mose lamerse la capa de sudor que le recubría el labio superior.

–Mose –le dijo–, ¿te acuerdas de lo que pasó aquel día en el tren, de aquel hombre que me acusó de haberle robado? ¿Y de que fue aquel mechón de pelo de recién nacido lo que demostró que el anillo era mío?

Mose asintió y llevó un dedo a los labios de ella.

–No importa, Addy. No importa...

Ella le besó el dedo y dijo con delicadeza, pero con insistencia:

–Sí que importa. Importa porque necesito contarte lo que pasó.

Mose se reclinó contra el árbol y cerró los ojos. Addy agradeció que hubiese anochecido y que él hubiese cerrado los ojos, porque no quería ver lo que transmitían. Él sólo emitió dos ruidos mientras la joven le desgranaba toda su historia: el primero, cuando le habló de los olores y del despertar en su cama de aquel domingo de la Fiesta de la Fresa, y el segundo, cuando le relató el nacimiento y la muerte del pequeño Leam. Cuando terminó, pese a que aún seguía con los ojos cerrados, Mose buscó a Addy y la abrazó con fuerza, acunándola como si ella misma fuese una criatura recién nacida. Le acarició la mejilla y le dijo:

–Todo va ir bien, Addy. Todo va a ir bien.

Y Addy supo que así sería.

La señora Lemoine miró la hora en el reloj de pared. Había más de veinte personas en su casa, y ninguna de ellas era Adelaide Shadd. Acudió en busca de consuelo a la mesa de la comida, algo que volvió a repetir hasta tres veces en el transcurso de la velada. Había cuatro hombres jóvenes por cada mujer en la habitación, pero sólo una de ellas, Mary Alice, no tenía manchas de vejez. Todos los chicos sabían que los habían invitado allí para que entablasen conversación con Addy Shadd, y todos acudieron de muy buena gana, porque incluso los que no la conocían todavía habían oído decir que era un ama de casa excelente, alegre y muy guapa, menos por las orejas. Todos iban ya advertidos sobre sus orejas.

Mary Alice intercambió algunas miradas con su madre. No estaban preocupadas, sólo molestas. Addy ya había desaparecido en otras ocasiones, y normalmente sólo significaba que estaba paseando por ahí, ensimismada en sus pensamientos, o sentada a la vera del río o caminando por el sendero del bosque. La propia señora Lemoine se acercó hasta el río para echar un vistazo, mucho antes de que anocheciera. Había visto a una pareja recostada bajo un árbol, pero no se le había ocurrido que pudiese ser Addy, pues nunca le había visto aquel vestido rosa. Y de todos modos, tampoco habría esperado ver a Addy Shadd sentada bajo un árbol en compañía de un chico blanco. Mary Alice le echó en cara a su madre que no se le hubiese ocurrido una buena excusa para obligar a Addy a volver a casa por la tarde, mientras que la señora Lemoine le recriminó a su hija todo lo demás.

Uno tras otro, los invitados se fueron marchando, desconcertados por la ausencia de la homenajeada. La señora Lemoine y Mary Alice limpiaron el considerable desorden y no se dirigieron la palabra. Una vez hubieron lavado y secado hasta la última copa y viendo que Addy seguía sin volver, Mary Alice se marchó, dando un portazo al salir. Se adentró en el aire de la noche, con el alivio de percibir el soplo de una brisa fresca. Miró a uno y otro lado de la calle para asegurarse de que nadie la viese y se subió la tela de la falda para abanicarse la parte interna de los muslos. Pensó en Addy durante el corto trecho hasta su casa y en que lo más probable era que hubiese dejado pasar para siempre su oportunidad con Gabriel Green. Gabriel se marcharía al cabo de unas pocas semanas, supuestamente para ir a trabajar con su primo, pero sobre todo, para ver si él y la hija de éste podían llegar a entenderse lo suficiente para establecer un arreglo permanente. Mary Alice se preguntó con aire distraído si Hamond estaría en casa, y en caso afirmativo, si se habría acostado ya. Esperaba que así fuese, porque cuando dormía, Hamond se quedaba como un tronco.

Sucedía que Hamond había llegado a casa, había dejado a los dos chicos exhaustos, tras varias horas nadando, en sus camas y luego se había ido a casa de su suegra para ver cómo iba la fiesta de las casamenteras. No había muchas probabilidades de que sucediera, pero lo cierto es que cuando él llegó, su mujer acababa de irse, y no coincidieron por los pelos, como el hilo que en lugar de atravesar el ojo de la aguja como debiera, falla y se desliza por un lado. Hamond estaba de acuerdo con Mary Alice en que Addy Shadd tenía que mirar adelante hacia el futuro y empezar su propia vida. No veía con buenos ojos la amistad de su esposa con la chica, pues desde que Addy había llegado a la ciudad, Hamond tenía la sensación de que Mary Alice había vuelto a las andadas y volvía a parecer ausente otra vez. No era algo que los demás pudiesen advertir fácilmente, sólo unos pocos detalles sutiles, aquí y allá. Por la forma en que se ponía a tararear una canción cuando creía que él no la oía, por la manera en que hacía como si no lo viera, y por cómo le había dado por untarse cremas en el cuerpo y ponerse perfume en el cuello. Su mujer estaba intentando parecer más joven, y sólo Dios sabía adónde podía conducir eso.

La señora Lemoine aún estaba despierta, y con el reloj marcando las diez de la noche pasadas, ya había empezado a preocuparse, no exageradamente, pero sí lo bastante como para pedirle a Hamond que saliese a echar un vistazo por ahí. Hamond salió a pie y primero se dirigió al parque junto al río. Como en todas las noches de verano sofocantes, había unos cuantos grupos de gente distribuidos por la hierba. Al claro de luna que iluminaba la noche, resultaba bastante fácil distinguir a las familias, los amantes y las personas solas que habían salido a tomar el fresco. A Hamond le llamó la atención la silueta familiar de una figura sentada a solas bajo un árbol cerca del agua. La reconoció por el trazo curvo de su cuello, por la forma como llevaba el pelo. Avanzó unos pasos hacia ella y la llamó por su nombre en voz baja para que hacer que se volviese y lo viese. Era una muchacha joven que servía en la casa de la granja donde trabajaba él. Se aproximó despacio, pues no quería asustarla.

Mose se alojaba en casa de un mozo de estación ya retirado que vivía junto a la curtiduría del otro extremo de la ciudad, y aunque ella insistió varias veces diciendo que no era necesario, él no consintió que

Addy se fuera andando sola a casa. Acababan de salir del parque escasos momentos antes de que llegara Hamond, Addy haciendo comentarios sobre el aire bochornoso e irrespirable y Mose hablando de la luz blanca y deslumbrante del plenilunio y de lo bien que les iluminaba el camino. El único sonido, salvo por el murmullo del resto de los paseantes nocturnos, era la sinfonía de los grillos en la hierba. El ruido hizo que Addy pensara en Rusholme y en el año que ella y Leam se habían ido al lago una mañana de agosto. Creían que todavía estaban durmiendo y soñando cuando vieron aquello: una plaga de grillos cruzando la carretera, avanzando centímetro a centímetro desde la cuneta de un lado y en dirección a la opuesta, como si tuvieran la esperanza de que allí el agua fuese a ser distinta y pudiesen salvarse. Addy se había reído, aplastando los grillos con los pies y chillando al oír el crujido de sus esqueletos, entusiasmada por la cantidad de bichos que podía matar de un solo pisotón. Sin embargo, Leam se había asustado. Le había recordado a su hermana la plaga de langostas de la Biblia y que cada vez que había una aglomeración de insectos, eso significaba que algo malo iba a suceder.

Addy había sentido un escalofrío, pensando que, efectivamente, aquellos grillos podían ser un mal presagio. Si Leam llevaba razón, el hecho de que le resultase divertido matarlos podía hacer que alguna catástrofe se cerniese directamente sobre su cabeza, de modo que se quedaron inmóviles, ella y su hermano, observando a los insectos cruzar la carretera, oyendo por primera vez el susurro que emitían con el abdomen al atravesar el camino polvoriento.

–Chsss... Escucha –había dicho L'il Leam–. Es como si estuvieran diciendo: «Cuidado, cuidado, cuidado...».

Addy se echó a llorar. A Leam le supo mal, porque no había sido su intención asustar a Addy. Él sólo había dicho lo que creía, y creía en las señales de advertencia.

Al final, decidieron no ir al lago ni aventurarse más allá de la zanja para saquear los tallos dispersos de maíz, como hacían normalmente.

–¿Y las monarca, Leam? –preguntó Addy en tono esperanzado cuando se dirigían de vuelta a la calle Fowell–. ¿Por qué las mariposas monarca no son un mal presagio?

–Bueno, hermanita... –respondió, consciente de que se refería a la migración anual de las mariposas monarca al lago.

En Rusholme era toda una tradición, similar a la Navidad y el día de Acción de Gracias, ir a ver a las mariposas monarca. La ciudad entera salía a la calle un día concreto de otoño cargados con mantas, cestas de picnic y anteojos si es que eran necesarios. Las mariposas habrían llegado antes que ellos. La afluencia ya habría ido produciéndose a lo largo de varios días y, hacia el final, el cielo estaría repleto de ellas, como si fueran gruesos goterones de lluvia. Se posarían sobre las ramas desnudas de los árboles cercanos, revoloteando sus magníficas alas negras y anaranjadas, haciendo que pareciese que los árboles acababan de cobrar vida y fueran a echarse a volar ellos también si no se lo impidiese la tozudez de sus raíces.

–Es que las mariposas monarca no cuentan, porque no son insectos que se arrastren por el suelo, Addy –había concluido L'il Leam–. Sólo pasa con los que se arrastran y con los que saltan, como los grillos y los saltamontes, que son los que traen malos augurios.

No podían soportar la idea de separarse aquella noche, así que Mose y Addy tomaron el camino más largo para ir a la casa, en silencio, sin advertir que se estaban apoyando el uno en el otro mientras caminaban. Algún día, Addy le hablaría a Mose de las mariposas monarca, y de los grillos, y de su madre, su padre, su hermano y todas las cosas sobre Rusholme que se había guardado para sí desde el día de su marcha. Pasaron por delante de la casa de los Ferguson en la calle Degge y Addy vio que había luz en el salón. Estaba segura de que sería Mary Alice y no Hamond quien aún estaría despierta.

–Es la casa de Mary Alice –dijo–. Será que no puede dormir por culpa del calor, supongo. Creo que entraré a ver si quiere que le haga un poco de compañía.

A Mose no le gustó cómo sonaba aquello, pero no habría sabido decir exactamente por qué.

–Es tarde, Addy. Muy, muy tarde para ir a casa de alguien.

–Pero es que Mary Alice es más que alguien, es más que una amiga o una madre. No le importará. Además, ¿qué te crees? Reventaré si no le cuento que he vuelto a verte, después de tantos años...

Pese a la penumbra bajo la luna, Addy vio que Mose se había ruborizado.

–¿Puedo, verdad, Mose? ¿Puedo ir a contarle que te he visto?

Él apoyó las manos en los brazos de ella levemente, de tal forma que el contacto hizo que a Addy se le erizara la piel. A continuación, Mose se inclinó hacia delante y presionó sus labios contra los de ella. Cuando con la lengua le suplicó muy educadamente permiso para adentrarse a explorar, la boca de ella accedió gustosa a sus súplicas. Respiró el aire que exhalaba él y paladeó su boca. Addy habría seguido besándolo allí en la calle Degge toda la noche, pero al momento sintió que a Mose se le endurecía la entrepierna, y que la apretaba contra ella, y de pronto se preguntó si no se habría equivocado con respecto a él. ¿Sería un caballero después de todo? Y ya puestos, ¿era ella una señora? Lo apartó de sí y se limpió los labios con el dorso de la mano.

–Lo siento, Addy –murmuró Mose, y deseó que ella no hubiese apartado la mirada–. Después de lo que me has contado esta noche, no quiero que pienses que creo... –Le costó encontrar las palabras adecuadas–. Sólo quiero que sepas que soy un caballero y que yo no... nunca...

–Lo sé –repuso Addy, volviéndose para mirarlo a los ojos, y entonces lo supo de verdad–. Me voy adentro, Mose.

–¿Vas a hablarle a Mary Alice de mí?

–Sí.

–¿Vas a decirle que vamos a casarnos?

Addy se echó a reír con una risa nerviosa.

–No estoy segura de creérmelo ni yo.

Mose bajó el brazo, le tomó la mano y se la llevó a los labios. Addy le apretó los dedos y se volvió, obligándose a sí misma a no echar a correr como una chiquilla ni a chillar de la emoción mientras enfilaba el camino de entrada de la casa de los Ferguson. Se dio media vuelta al llegar a la puerta, sabiendo que él aún estaría allí. Contuvo la respiración al despedirse tímidamente con la mano y lo vio echar a andar calle abajo, pensando en lo maravillosa y misteriosa que podía ser la vida sin más.

La casa estaba en silencio, y Addy sabía que no debía hacer ruido. Hamond siempre dormía como un tronco, pero no quería despertar a Simon y Samuel, porque entonces querrían un vaso de agua, luego querrían levantarse a hacer pipí y tardarían otra hora en volver a dormirse. Cruzó de puntillas el salón, avanzó por el pasillo y, como una tormenta que se presenta de improviso, percibió una ventolera procedente de la puerta de atrás y supo que algo terrible, algo que ella no podría evitar, estaba a punto de ocurrir. Se dio cuenta de que volvía a oír a los grillos, tantos y tan ruidosos que era como si le fueran a estallar los oídos. Inspiró con fuerza y abrió la puerta de atrás.

Había alguien en el patio, y a pesar de que no veía en la oscuridad ni oía ninguna voz, percibió una presencia. Addy no pensaba volver sobre sus pasos, de modo que bajó las escaleras sin hacer ruido, examinando los arbustos y mirando por las inmediaciones de la valla. Fue entonces cuando oyó unos murmullos en el interior del cobertizo. Había dos voces, y aunque no lograba distinguirlas con claridad, de pronto, como un fogonazo, le cruzó por la cabeza el recuerdo de las palabras de Mary Alice sobre las infidelidades de Hamond. «Está ahí dentro –pensó Addy–, está ahí con alguna de sus mujeres.» Se oyó una risa seguida de un fuerte bofetón, y luego nada, sólo silencio. La puerta del cobertizo nunca había cerrado bien del todo, y en ese momento estaba entreabierta. Se oyó otro sonido, una especie de gemido, como si alguien se hubiese lastimado. Addy tragó saliva y dio un paso al frente, consciente de que si alcanzaba el peral, desde allí podría ver todo cuanto sucedía en el interior del cobertizo.

Años más tarde, Addy recordaría aquella noche y se preguntaría si alguna vez había vuelto la luna a brillar con tanta intensidad. Encaminó sus pasos hacia el peral, se escondió tras el tronco y vio con absoluta claridad algo que nunca había visto antes, algo que le pareció increíble: Gabriel Green estaba completamente desnudo, con la piel reluciente de sudor, el pecho jadeante, el cuerpo entero en tensión y temblando de dolor. Tenía la espalda apoyada contra la pared del cobertizo, los brazos estirados hacia arriba y atados con cuerdas, que a su vez iban sujetas a un gancho. Tenía la cabeza ladeada e inerte, y con los brazos en aquella posición, parecía Jesucristo clavado en la cruz. Los gemidos salían de los labios de Gabriel, y Addy se dio cuenta –por increíble que pudiera parecerle, una vez más– que estaba experimentando placer en el dolor. Mary Alice estaba delante de Gabriel, también desnuda, también empapada en sudor, trazando círculos con su culo sinuoso, hacia delante y hacia atrás y hacia un lado y otro, rozando apenas la poderosa asta de su miembro erecto. Gabriel inclinó el cuerpo hacia delante, abrió la boca y se precipitó sobre el hombro suave de Mary Alice. La mordió con fuerza y ella levantó la mano para pegarle en la cara. Él volvió a dejar caer la cabeza y gimió un poco más mientras Mary Alice le arañaba los pezones con las uñas.

Addy se había quedado sin respiración, y aunque sabía que no estaba bien seguir siendo testigo de aquella escena, no podía apartar la mirada ni comprender la intensidad del deseo que despertó en ella. No le contaría a nadie lo que acababa de presenciar, ni a Mose ni a nadie, pues si lo contaba, emitirían un juicio, y sintiendo lo que sentía, cualquier juicio sería también contra ella. Guardaría en secreto lo que había visto, y le daría vueltas y más vueltas, y le haría sentirse confusa, hasta llegar a la conclusión de que los seres humanos eran unas simples criaturas, unas criaturas tan impredecibles, tan nobles y abyectas, tan brutales y benevolentes como cualquier animal, o las condiciones del tiempo, o el mismísimo Dios.

Vio a Gabriel empezar a moverse de nuevo, forcejeando con las cuerdas, retorciéndose, con los ojos empequeñecidos y punzantes. Mary Alice dio un paso atrás, provocándolo. Gabriel levantó la pierna izquierda y le ciñó con ella la cintura estrecha, atrayendo a la mujer hacia sí, apresándola y reteniéndola hasta que quedó completamente a su merced. Mary Alice fue entonces la que empezó a forcejear, mientras Gabriel la sujetaba con fuerza con la pierna y empezaba a embestirla. De pronto, ella dejó de forcejear. Levantó la pierna, colocó el pie en la pared, buscó a Gabriel con la mano y lo guió hasta su interior. Sin hacer más ruido del necesario, ambos empezaron a emitir gemidos de placer y de dolor. Addy podría haber dicho algo entonces, o haber irrumpido directamente en el cobertizo, porque Gabriel y Mary Alice estaban tan entregados a su cópula desesperada, que estaba segura de que habría seguido siendo completamente invisible.

Addy llegó a casa poco después de la medianoche y se encontró a la señora Lemoine levantada, más cansada y preocupada que enfadada. Tras una larga conversación sobre la fiesta sorpresa y una disculpa todavía más larga por haber desaparecido de aquel modo, Addy se retiró a su cuarto. Repasó los acontecimientos del día. Se había quedado de piedra al enterarse de que Mary Alice le había preparado una fiesta para encontrarle marido, aunque no lamentaba habérsela perdido. Sin duda explicaba el comportamiento tan peculiar de la señora Lemoine y de su hija esa mañana, pero ¿cómo podía explicarse lo sucedido en el cobertizo? Y lo que era aún más importante, ¿cómo explicarse sus propias sensaciones al contemplar la escena?

«Mose», pensó, y se sintió poseída por una oleada de lo que imaginaba que era amor verdadero. Y aunque pensaría en Mose y estaría con él muchas horas, semanas y años a partir de entonces, esa noche no volvió a pensar en su futuro marido. Esperó con el corazón desbocado a que la señora Lemoine cerrara la puerta de su dormitorio y a continuación, se quitó la ropa y se tumbó desnuda en la cama, sin que le importase, gustándole incluso, sentir su piel caliente y sudorosa.

Mientras escuchaba el canto de los grillos, Addy se llevó el dedo a uno de sus pezones, muy despacio. Movió el dedo hacia delante y hacia atrás, pellizcándolo suavemente, percibiendo el calor en la entrepierna. Con una mano aún en el pezón, deslizó la otra por la concavidad del vientre hasta enterrarla en la tupida maraña de pelo entre las ingles. Casi de inmediato, experimentó la misma sensación que había sentido tantos años antes, y que no había vuelto a sentir, la comezón abrasadora que le produjo la lengua de Riley Rippey. Mientras se exploraba y se acariciaba, algo que no había hecho jamás hasta entonces, pensó en Mary Alice y en Gabriel en el cobertizo. Hasta esa noche, nunca habría concebido que algo semejante fuese posible. Era salvaje, lo sabía, pero también era amor.

Hamond durmió profundamente durante toda la noche. Había hablado brevemente con la muchacha del parque, junto al río, y luego había dirigido sus pasos a la calle Degge para ver si Addy había aparecido por allí. Encontró a su esposa sentada en los escalones del patio y le preguntó:

–¿Tú crees que debería seguir buscándola?

Mary Alice estaba impaciente.

–Bah, no, vete a la cama, Hamond. Ya volverá. Siempre vuelve. Si hay alguien capaz de cuidar de sí misma, ésa es Addy Shadd.

Hamond se entretuvo un momento, escuchando a los grillos.

–Hace calor.

–Bueno, es que es que es verano, ¿no?

–¿Por qué no te vienes a la cama?

–No estoy cansada.

–¿Por qué no te vienes de todos modos? –Hamond lo dijo de una forma que no dejaba dudas sobre sus intenciones.

–Buenas noches, Hamond –respondió ella, sin más, y él supo que le estaba diciendo «largo de aquí».

No es que fuese a admitirlo, pero Hamond se sentía dolido por el rechazo de su esposa. No entendía por qué Mary Alice lo trataba con tanto desdén. A fin de cuentas, él era un buen padre, con su jornal conseguían vivir holgadamente y nunca le había puesto la mano encima. Además, nunca en toda su vida –y a buen seguro, no había sido por falta de tentaciones– se había ido con ninguna otra mujer. Ni siquiera en los largos años después del nacimiento de Olivia, cuando Mary Alice no le había dejado ni tocarla. Ni siquiera cuando aquella fulana tan guapa y joven de la taberna le había dicho que parecía tan triste que se lo haría gratis.

Hamond no sabía exactamente por qué Mary Alice se había trastornado de aquella manera la primera vez. Se pasaba días enteros sentada en la silla junto a la ventana, tomando café hasta que le entraban temblores, con la niña recién nacida berreando en la cuna, con el pañal lleno y el estómago vacío. Él no le habló a nadie de la enfermedad de su esposa, por supuesto. Cualquiera que la conociese, sabía que no estaba bien, y quien no la conocía... bueno, entonces eso no era asunto suyo. Al final, había vuelto a ser la misma de siempre. «Y volverá a ser la misma de siempre otra vez», se dijo Hamond. En la cama se sintió solo y acalorado, pero cayó redondo enseguida, y durmió como un tronco, como hacía siempre.

Addy comprendió entonces que Mary Alice le había mentido acerca de Hamond, desde el principio. A partir de esa noche, Addy dejó de tratarlo con frialdad, y a pesar de que, de todos modos, Hamond nunca había llegado a percibir esa frialdad por su parte, sí advirtió que Addy había empezado a dejar de visitar su casa con la asiduidad de antes. Simon y Samuel la echaban muchísimo de menos, y Hamond se dio cuenta de que a él le pasaba lo mismo. Cuando le preguntó a Mary Alice si es que se habían peleado, ésta se limitó a encogerse de hombros y a ponerse a mirar por la ventana.

Si Hamond hubiese sabido la verdad, se habría dado cuenta de que fue precisamente el día que Gabriel Green se marchó para irse a vivir a la casa de su primo en el lago cuando Mary Alice dejó de preocuparse por su aspecto y de gastarse el dinero en cremas y perfumes. Puesto que no sospechaba nada en absoluto, Hamond estaba encantado con las nuevas costumbre recatadas de su mujer, hasta que también empezó a dejar de bañarse o de arreglarse el pelo o incluso de cambiarse de ropa.

La señora Lemoine se sentaba con su hija junto a la ventana, tomaba tazas de café humeante y chismorreaba sobre los vecinos, tratando de distraer a su hija y evitar así que pensara en lo que fuese que la estaba preocupando de aquella manera. Sin embargo, sólo Addy sabía la causa de su preocupación. Incluso Willow Ferguson llegó a viajar hasta allí en tren y se quedó una semana para ver si podía contribuir de alguna manera a la mejoría de su nuera, pero todos temían, por el aspecto vidrioso de sus ojos felinos, que Mary Alice no volvería a estar bien nunca más.

Ese año, el inverno se presentó con una rapidez y una crudeza inusitadas. Los chicos Ferguson recordarían, entre otras cosas, que habían podido empezar a patinar en el río una semana larga antes de Navidad. Addy y Mose se casaron durante los cuatro días libres de él a finales de octubre, y Addy no tardaría en comprender por qué a las mujeres de los mozos de la línea del coche cama se las llamaba las viudas de los mozos de la línea del coche cama. A pesar de las servidumbres del trabajo de Mose, Addy estaba completamente enamorada de él, como enamorada estaba del pequeño apartamento donde vivían, en la tercera planta del viejo caserón de la calle William, y del desvencijado sofá de color burdeos que Hamond había traído de la granja cuando el dueño le había dicho que podía quemarlo en el patio trasero. Y le encantaba que Mose le llevara un regalo, parejas formadas por un salero y un pimentero, cada vez que volvía a casa. Sus regresos siempre eran motivo de celebración, salvo el de aquel mes de febrero. Aquel febrero tuvo que solicitar un permiso especial y no llevó a casa saleros ni pimenteros.

Nora Lemoine había sido la encargada de los preparativos de la boda de Addy, y Nora Lemoine fue quien estuvo a su lado cuando el juez de paz los declaró a ella y a Mose marido y mujer. Y Nora quien le había dicho: «Ponte mis pendientes de perlas, las auténticas, por eso de que tienes que llevar algo viejo, pequeña». Mose se avergonzaba de no tener dinero suficiente para comprarle un anillo a su futura esposa, pero Addy quería que su anillo de bodas fuese la sortija de diamante y esmeraldas de Padre, convencida de que les traería buena suerte, considerando que había sido lo que los había unido, para empezar. Hamond estuvo presente, con el mismo traje que había lucido años antes para la boda de Olivia, y a nadie le importó que llevara las botas de trabajar, teniendo en cuenta que la boda no se celebraba en una iglesia, de todos modos.

A Mose le traía sin cuidado el tema de la iglesia. Sin embargo, a su madre sí le importaba, de modo que había acordado con Addy que, sólo por esta vez, mentirían en la carta que iban a enviar a Nueva Escocia, y dirían lo maravillosa que había sido la ceremonia religiosa y cuánto les habría gustado a ambos que su delicado estado de salud no le hubiese impedido el fatigoso y largo viaje hasta allí.

Mary Alice no había asistido a la boda. Mary Alice llevaba semanas sin salir de su casa. El médico había empleado la palabra «catatónica», lo que le hizo pensar a Addy en los ojos de gato de Mary Alice y le llevó a preguntarse si el secreto de su enfermedad no residiría en la forma de aquellos ojos. Era un día de otoño con mucho viento, y parecía como si todas las hojas hubiesen decidido echar a volar y formar remolinos en el aire para luego caer revoloteando al suelo inmediatamente. Hamond había llegado a casa cargado con un cesto de manzanas recién cogidas y había encontrado a su mujer en la mesa de la cocina, donde la había dejado esa mañana. El olor de la estancia le provocó arcadas. Pensó que su suegra debía de haberle untado aquel apestoso linimento a Mary Alice por todo el cuerpo, o que tal vez hubiese algún animal muerto en la pared, hasta que se dio cuenta de que el olor emanaba de su esposa y que se había hecho sus deposiciones allí mismo, encima del vestido. La había limpiado antes de que llegasen los chicos y pudiesen ver a su madre así, y luego la había llevado a la cama en brazos y había llamado al médico.

Addy no conseguía sentir compasión por su amiga, y eso la avergonzaba. Sólo conseguía ver a Mary Alice como una especie de glotona, una mujer hambrienta y siniestra que respondía así ante un mundo que se había atrevido a quitarle su porción de pastel de crema. Aquella fría mañana de febrero, cuando Gabriel Green se casó con su prima del lago, Mary Alice despertó de su letargo, se dirigió al cobertizo y se ahorcó con las mismas cuerdas que había usado para atar los brazos de su joven amante.

Tras el funeral, una vez de vuelta en casa, en el apartamento de la calle William, Addy y Mose encendieron el fuego de su pequeña sala de estar y se acostaron allí, sobre la delgada alfombra roja, tal como harían siempre en invierno. Con el sonido de la música procedente del fonógrafo del apartamento del piso de abajo, habían hecho el amor lenta y emocionadamente. Mientras le besaba la boca, Addy le imploró a Mose:

–Dame un hijo, Mose. Dame un hijo.

SEMILLAS

La canción que había estado cantando Sharla era bonita, pero Addy se preguntó si era adecuada para enseñársela a los niños de una clase de primer curso. El nuevo maestro de Sharla, el señor Toohey, llevaba su guitarra a la hora de música, los jueves, y Sharla siempre volvía a casa cantando canciones folk. Sin embargo, pensaba Addy, ¿cómo iba una niña de seis años a entender una letra que decía que «la respuesta está en el viento»?

Sharla estaba secando los platos de la cena y Addy sonrió al pensar en lo buena niña que era y en que nunca había que pedirle que ayudara en las faenas de la casa. En ese preciso instante tenía la lengua pequeñita y rosada asomando por encima del labio inferior, tal como hacía cada vez que estaba muy concentrada. Secó la parte superior e inferior del plato que tenía en la mano, dobló el paño de cuadros y se dirigió al soporte para los paños de cocina, junto a los fogones. Empezó a cantar otra vez con su voz aguda y cantarina.

La anciana se apoyó en el fregadero. Se le acababa de ocurrir de pronto que ella ya había caminado por un montón de carreteras en su vida, y que si había una respuesta en el viento, hacía ya mucho tiempo que había soplado sin que ella la oyera. Escuchó cómo la bonita voz de Sharla se iba atenuando cada vez más y más hasta que supo que la niña había salido de la habitación. Miró por la ventana de la caravana y vio la luz de la luna dibujando estrellas sobre la nieve. Sabía que tenía a su hermano Leam a su espalda, pero no se volvió cuando le susurró:

–¿Leam?

–*¿Sí, Addy?*

–No hay manera de quitarme el pasado de la cabeza, parece.

–*Lo sé.*

–¿A ti te pasaba igual?

–*Tuve muy poco tiempo antes de que se me llevara el río, pero sí pensé en el pasado, Addy. Pensé en ti, en mamá, en papá, en Birdie y en las cosas que me habían pasado a mí y a todos los que conocía.*

–¿Pensaste en los grillos de la carretera? ¿Te acuerdas cuando creíamos que era un mal presagio? Estaba pensando en los grillos y acordándome de ese día como si hubiese sido esta mañana mismo.

–*Me acuerdo de los grillos. Y también me acuerdo de la vez que te perdiste.*

–No me acuerdo de cuando me perdí, Leam.

–*Pues te perdiste. Tendrías unos seis años, más o menos. Cuando estuviste viviendo en casa de Teddy Bishop una temporada.*

–No me acuerdo de haberme perdido. Y no me acuerdo tampoco de haber vivido en casa de Teddy Bishop. Si tenía seis años, tendría que acordarme, eso seguro.

–*Era verano y hacía mucho calor ese día. Yo estaba enfermo.*

–Me acuerdo de cuando estabas enfermo.

–*Tú perseguías un gatito gris.*

–Un gato gris. El caso es que me acuerdo de un gato gris.

–*¿De quién era el gato?*

Addy intentó imaginarse el gato, y le molestó que Leam le preguntara otra vez:

–*¿De quién era el gato?*

Ella negó con la cabeza y se puso a mirar por la ventana de la caravana. Se moría por beberse un botellín de cerveza bien fría. Se volvió desde donde estaba, en el fregadero, y se sobresaltó al ver a Sharla allí de pie, con un paño de cocina doblado en la mano.

–Pero ¿de quién era el gatito, Mamá Addy? –preguntó Sharla por tercera vez.

Addy pestañeó y sonrió con calma. Buscó el tirador de la puerta de la nevera y se asustó al pensar que había estado hablando en voz alta y que la niña lo había oído todo. Encontró la botella marrón de cerveza y se entretuvo buscando el abridor en el cajón. Bebió un largo sorbo de la cerveza rubia y fresca, se sentó en la silla rígida y extendió los brazos, invitando a Sharla. Estrechó a la niña en un abrazo, le besó la mejilla y dijo:

–Te quiero mucho, Sharla Cody.

Sharla acarició el cuello de Mamá Addy con la naricilla.

–¿Era tu gatito?

Addy retiró a Sharla un momento hacia atrás para mirarla a los ojos.

–¿Qué gatito, cielo?

–El que estabas persiguiendo cuando te perdiste.

Addy carraspeó un momento, pero no supo qué decir.

–A lo mejor era un gato callejero.

–¿Mmm...?

–Seguro que era callejero –concluyó Sharla, recorriendo con el dedo el lóbulo de la oreja de Addy. Esa costumbre irritaba mucho a la anciana, pero nunca se lo decía para no herir su sensibilidad.

Apartó la manita a un lado y le besó los dedos morenos y regordetes, diciendo:

–Me gusta mucho esa canción que estabas cantando, pero mucho, mucho. ¿Quieres cantármela un poco más?

Sharla negó con la cabeza.
–¿Quieres cantarme otra cosa?
Sharla volvió a negar con la cabeza.
–Mañana te vas a venir con nosotros de excursión. El señor Toohey ha dicho que yo y Prasora podemos sentarnos contigo en el autocar.
–Ah, muy bien.
–El señor Toohey ha dicho que las personas mayores son un regalo.
A Addy aquello le hizo gracia.
–Espera a que él también se haga mayor. Entonces dirá que la gente mayor es muy mayor.
–Pronto será Navidad.
–Ajá...
–Al señor Toohey le gusta ese helado de bastón de caramelo que hacen en Blenheim Dairy. Seguro que a mí también.
–¿Tú crees?
–Van a traer a Santa Claus a mi escuela. El señor Toohey dice que no hay que pedirle un juguete, que sólo hay que pedir que le pase algo bueno a tu vecino y eso son dos regalos por el precio de uno.
Varias semanas antes, justo después del accidente de la señora Pigot, Addy se había puesto con fiebre y estaba convencida de que había llegado el final. Temía que Sharla se despertase una buena mañana y se la encontrase muerta en la cama. Cuando al cabo de unos días seguía sin morirse, Addy supo que sólo había sido una gripe. Estaba ansiosa por conocer al señor Toohey de Sharla, pero hasta ese día no se había visto con fuerzas para salir de la caravana. Le gustaban los cambios que había percibido en la niña desde la llegada del nuevo profesor. Sharla estaba impaciente por subirse al autobús escolar todas las mañanas, y cuando acababa el día, siempre tenía mil historias que contar. La mayoría de esas historias empezaban con

un: «El señor Toohey dice que...». Cuando enviaron la carta a casa solicitando acompañantes para la excursión del viernes al museo, Addy había accedido enseguida. Lo cierto es que Addy ni siquiera sabía que en Chatham hubiese un museo, y pensó que a ella también le resultaría instructiva la excursión. Sólo esperaba que no hubiese que andar mucho.

El botellín marrón estaba vacío, y la anciana dudó unos instantes antes de volver a abrir la nevera. Tenía sed. Últimamente, el agua tenía un gusto muy salobre, el zumo le daba ardor de estómago y prefería guardar la leche para Sharla. Ésta vio como Mamá Addy abría otra botella de cerveza y se llevaba el líquido frío a los labios.

–El señor Toohey dice que el pasado significa algo viejo. El pasado significa que ha pasado antes.

–Así es.

–El señor Toohey dice que el museo de Chatham es nuestro pasado.

–Así es.

–¿Ayer es nuestro pasado?

–Ajá...

–Si digo «museo de Chatham», ¿eso es nuestro pasado?

–Si ya ha sucedido, es el pasado. Si todavía tiene que suceder, es el futuro.

–El señor Toohey dice que aprendes a saber quién eres por el pasado.

–¿Dice algo el señor Toohey de que las niñas pequeñas tienen que darse un baño antes de irse a la cama?

–Mi hora de irme a la cama es el futuro.

–Eso es, cielo. Y ahora, ¡corriendo a la bañera!

Un poco más tarde, Mamá Addy arropó con las sábanas a una Sharla recién bañada y se aseguró de tapar bien a su muñeca, Chick. Sharla se acercó a Chick a la mejilla y volvió a repetirlo:

–Pronto será Navidad.

–Todavía faltan unos días.

Addy procuraba comportarse como si tal cosa, pero lo cierto es que ese año estaba entusiasmada ante la inminencia de la Navidad y había hecho un pedido en la tienda de electrodomésticos de Krazy Kyle de un televisor de segunda mano. El propio Kyle le había asegurado por teléfono que podría llevárselo a casa el día de Nochebuena. Addy sabía que una niña se aburriría sin remedio con una vieja cascarrabias como ella. El invierno ya se les había echado encima y era un suplicio salir a la calle. La gripe la había tenido en cama medio otoño y la cadera la estaba matando de dolor. Addy cayó en la cuenta de que se pasaba la mayor parte del día sentada en aquella silla rígida de la mesa de la cocina, seleccionando fotografías que no había visto y hablando con los muertos. Al menos un televisor conectaría a la niña con el mundo exterior.

Addy ajustó las mantas cuando Sharla protestó diciendo que le había tapado la nariz a Chick y que así no podía respirar. Acarició la cabeza a Sharla.

–Y digo yo: si este año te has portado muy, muy bien, ¿te traerá Santa Claus algo especial?

–Pero es que Santa Claus no existe.

Addy miró a su niña –pues, en justicia, Sharla era su niña– y le preguntó despacio:

–¿Por qué dices eso, cielo? ¿Por qué crees que Santa Claus no existe?

–No viene al campamento de caravanas. Ni a mi casa ni a la casa de Fawn tampoco viene.

–¿No?

–Krystal le compra un pijama nuevo y ya está.

Addy se preguntó si estaba haciendo lo correcto un momento antes de decir:

–Vaya, pues resulta que yo sé de muy buena tinta que sí que existe Santa Claus y que este año sí va a venir al campamento de caravanas.

Sharla se liberó de las capas y más capas de mantas que la rodeaban y se incorporó en la cama. Miró a Mamá Addy a los ojos con cierto recelo:

–¿Y tú cómo lo sabes?

–Lo sé porque lo sé.

–¿Has hablado con él?

–Pues sí.

–¿Puedes hablar con Santa Claus?

–Sí, sí que puedo.

–Puedes hablar con todo el mundo.

–Ajá...

–Aunque estén muertos.

Addy contuvo la respiración.

–¿Qué quieres decir?

–Como tu hermano. Está muerto, pero tú puedes hablar con él.

Addy alisó las mantas que cubrían las piernecitas de Sharla para tener una excusa para apartar la mirada. ¿Cuántas veces habría ocurrido? ¿Cuántas veces se habría puesto a hablar con Leam y Sharla la habría oído? O cualquier otra persona... ¿Lo habría hecho en público? ¿Por qué no se acordaba?

–Santa Claus no está muerto, cielo. Pero te diré una cosa: te has portado muy, muy bien este año, y resulta que sé que Santa Claus va a venir aquí y resulta que un pajarito me ha dicho que te va a traer algo muy, muy especial.

–¿Algo especial?

–Ajá...

–Creo que ya sé qué es –dijo, con una sonrisa de oreja a oreja.

–Crees que lo sabes pero sólo te lo imaginas. Ahora, vuélvete a meter debajo de las mantas y vete a dormir. Mañana nos espera un día muy largo.

Sharla asintió y se metió debajo de las mantas.

Addy besó a Sharla en la mejilla, apagó la luz y

echó a andar por el pasillo en dirección a su propio cuarto.

–¿Ma-mi? –la llamó Sharla.

–¿Qué, cielo?

–¿Lo encontraste?

–¿A quién? ¿Si encontré a quién?

–Al gatito que estabas persiguiendo.

Addy no se acordaba.

–Claro que sí, Sharla. Ahora, duérmete.

El pequeño autocar, que no dejaba de escupir humo por el tubo de escape, aparcó delante del museo de Chatham, pero Addy tenía los ojos cerrados y no se dio cuenta de que habían llegado. Le encantaban los niños y las expresiones de aquellas caritas de seis años, pero su alegría era ensordecedora. Le martilleaban las sienes y estaba segura de que, como no abriesen pronto las puertas del autocar para soltar a aquellas criaturas chillonas, de un momento a otro le estallaría un vaso sanguíneo. El señor Toohey, quien con su pelo rubio rapado al cero se parecía más a un soldado del ejército estadounidense que a un cantante folk, se había vuelto y había visto la expresión en la cara de Addy. Esperaba que el maestro le sugiriese que se subiese a un taxi y volviese a Lakeview antes de que la cabeza le estallase en mil pedazos, pero en vez de eso, se trasladó al asiento que había delante de ella, abrió el puño y susurró, con voz sosegada y gutural:

–La mejor amiga de los acompañantes.

Había tres aspirinas en la palma blanca del hombre. Addy aceptó agradecida las aspirinas y le dio doblemente las gracias cuando le pasó un termo que contenía té con leche y azúcar.

Addy era la responsable de cuatro niños: Sharla, Prasora, Otto Todino y la niña del sarpullido, Lee-Ann. Al principio, cuando bajó del autocar y dejó atrás los setos de cedros que flanqueaban el sendero de adoquines que conducía a la entrada del museo, Addy sólo vio las cabecitas de los niños que tenía a su cuidado y no sintió más que un terror absoluto por la magnitud de su responsabilidad. Temía que alguno de ellos echara a correr y se arrojara a la carretera, entre el tráfico. O que otro se cayera por culpa de los adoquines, tan resbaladizos, y se abriera la cabeza. «No os alejéis de mí», gritó en medio de la algarabía, y se preguntó si las demás acompañantes, cuatro jóvenes madres, estarían tan nerviosas e inquietas como ella. Sin embargo, una vez en el interior del recinto, una vez que las enormes puertas de roble se cerraron a su espalda, Addy vio que los niños estaban a salvo allí encerrados y se tranquilizó lo suficiente para echar un vistazo alrededor.

El olor de aquel sitio le resultaba familiar, pero no sabía precisar por qué. Dio por hecho que sería el rancio olor a vejez, algo que no podía por menos de conocer íntimamente. Sintió un gran alivio cuando la conservadora del museo, una joven regordeta y de tez rosada que se identificó como la señorita Beth, reunió a los niños en un corro cerca de una exhibición de uniformes militares y ella pudo sentarse en un banco del fondo y limitarse a observar y escuchar.

La señorita Beth señaló una elegante chaqueta de sarga de color rojo que había expuesta en una vitrina de cristal y preguntó:

–¿Alguien sabe qué es eso?

Tres alumnos levantaron la mano, todos chicos. Gritaron sin esperar a que les diesen permiso para contestar:

–¡Es un uniforme!

–¡Es del ejército!

–¡Es un abrigo de soldado!

–¡Muy bien! –exclamó la señorita Beth, aplaudiendo. A continuación, añadió–: Es un uniforme de soldado. ¿Y sabe alguien cuándo se llevó este uniforme?

Los chicos se miraron unos a otros. El más pequeño aventuró una respuesta:

–¿En la guerra?

–En la guerra, sí, pero ¿en qué guerra? ¿Nadie? Bueno, pues esta chaqueta la llevó un oficial británico en la guerra anglo-americana de 1812. De eso hace tanto tiempo que vuestros abuelos ni siquiera habían nacido todavía, ni sus padres habían nacido todavía, ni los padres de sus padres habían nacido todavía.

Los niños miraban a la señorita Beth sin comprender. No dominaban demasiado bien la noción del tiempo, y mucho menos del tiempo de antes de que nacieran. Addy miró alrededor para examinar los demás objetos en exposición, la mayoría del siglo XIX. Había varios mosquetones, rifles y bayonetas en una vitrina cerca de la enorme chimenea encendida, y Addy vio que los ojos abiertos como platos de algunos de los chicos se dirigían hacia las armas. Se rió para sus adentros, pensando en lo muchachotes que eran los chicos y en que, para lograr captar verdaderamente su atención, a la señorita Beth le bastaba con abrir la vitrina y dejarles tocar las armas.

En otro rincón de la sala se exponía una muestra de utensilios de cocina, una vieja tetera, una caja de magdalenas con forma de espigas de maíz, una batidora de varillas a manivela muy oxidada y una sartén de hierro fundido como la que Addy todavía utilizaba para freír las patatas y el pollo. Pensó en lo normales y corrientes que parecían, y no que pudieran ser piezas de museo, en absoluto. Colgada en la pared había una colcha de *patchwork*. Addy chasqueó la lengua al detectar el torpe hilvanado y las costuras torcidas, pensando que ella lo hacía ya mucho mejor incluso cuando tenía apenas trece años. Le resultaba ofensiva incluso la elección de la tela y los colores, que le parecían demasiado chillones y mal combinados. La joven madre sentada a su lado malinterpretó el sonido que hizo con la lengua y, pensando que era un chasquido de admiración, le susurró acerca de la infortunada colcha:

–Es muy bonita, ¿verdad?

La señorita Beth estaba haciendo aspavientos con las manos, explicando aún la importancia del uniforme de sarga de la vitrina.

–Y aunque se trata de un hecho histórico que encontraréis en pocos libros de historia estadounidenses, los ejércitos británico y canadiense destacaron en la guerra de 1812 cuando derrotaron a nuestros vecinos del sur y...

Había una mantequera y un molde para mantequilla, una horca oxidada, una vieja silla de ruedas, una tabla de lavar y un telar. Addy recordó cuando su madre quiso comprarse un telar similar, a pesar de que nunca la había visto tejer un solo centímetro de tela y de que solía comprar los tejidos en las tiendas de confecciones de Rusholme o ropa ya hecha en el catálogo. Addy pensó en la risa que le entraría a su madre si viese la colección de aquel museo y en cómo diría: «¿Y dicen que estas cosas son viejas? ¡No son viejas!».

El señor Toohey se abrió paso entre los revoltosos niños y le dijo algo al oído a la señorita Beth. Addy supuso que se estaría diciendo lo que ella misma estaba pensando: que aquellos niños eran demasiado pequeños para una clase de historia sobre la guerra de 1812 y que por qué no los dejaba sueltos por el museo para que se pasearan y curiosearan entre los objetos expuestos. La señorita Beth pareció enfurruñarse y, a continuación, anunció:

–Niños, podéis ir a dar una vuelta por el museo,

pero no toquéis nada. Repito: no toquéis nada, ¿entendido?

Sharla apareció junto a la rodilla de Addy acompañada de Prasora, Otto y Lee-Ann. Estaban sonrientes, aliviados de no tener que seguir sentados en el suelo con las piernas cruzadas. Otto se fijó en una especie de trono de roble muy alto que había por allí. Se rió y lo señaló.

–Tiene un agujero muy gordo –dijo.

Addy miró a la silla y asintió.

–Ajá... ¿Sabes por qué está ahí ese agujero, verdad, Otto?

El niño negó con la cabeza. Otros niños se arremolinaron alrededor. Addy siguió hablando:

–Verás, cuando eras pequeño y ya estaban a punto de quitarte los pañales, tu mamá te sentaba en una sillita con un agujero, ¿verdad que sí?

–¿La sillita orinal? –preguntó Lee-Ann, rascándose la cara.

–Ajá...

El resto de los niños se habían sumado a la contemplación de la enorme silla de roble.

–Pero es que esa silla es demasiado grande para una silla orinal –señaló Sharla.

–Es para los mayores, cariño. Ésa era la silla que usaba la gente en su casa antes de que inventaran los váteres.

Los niños se apiñaron, mirando con curiosidad y riéndose bajito.

–Cuando no había agua corriente en las casas, sucedía que había que ponerse el abrigo y las botas y salir afuera de la casa, a las letrinas de fuera. Menuda excursión era ésa en invierno...

–¿Y en verano?

–¿En verano? Bueno, pues básicamente había que taparse la nariz, eso es todo. A veces, sobre todo de noche, había que usar esta especie de silla de aquí en vez de salir y recorrer todo el camino a la letrina.

–¿Pero...? –Los niños miraban la silla con perplejidad.

Addy vio un orinal de cerámica por allí cerca, lo colocó debajo del agujero y los niños entendieron el funcionamiento de inmediato.

–¿Lo uno y lo otro? ¿Las dos cosas? –preguntó un niño–. ¿Y qué haces luego con el orinal?

–¿Tú qué crees que hay que hacer? –preguntó Addy arqueando una ceja.

–¡¿Vaciarlo?! –contestaron los niños al unísono.

–¡Pues claro que hay que vaciarlo! –se rió Addy.

La señorita Beth estaba de pie allí cerca presenciando la escena, observando con envidia, pues su misión era enseñar la historia y le molestaba sobremanera que a los niños les interesara más la silla de roble con orinal que la brillante lección que se había preparado sobre la guerra anglo-americana. Carraspeó y se dirigió al señor Toohey.

–¿De veras es instructiva esta charla, señor Toohey?

El señor Toohey obsequió a la mujer con una sonrisa, pero no dijo nada. Un niño pelirrojo señaló un extraño instrumento colgado en un gancho de la pared, junto a unos utensilios de cocina.

–¿Eso qué es?

La señorita Beth intervino entonces.

–Eso, jovencito, es lo que llamamos un fuelle. Se separan esos dos extremos de ahí y se expulsa aire sobre las llamas del fuego de una cocina de leña o una chimenea.

Addy no pudo evitar corregir a la mujer.

–Parece un fuelle, señora, pero no lo es.

–¿Ah, no? –le espetó la señorita Beth, dando un resoplido–. Entonces ¿qué es?

–Es un plantador de semillas. –Los niños la observaron mientras Addy bajaba el artilugio de la pared para hacerles una demostración–. Mirad, aquí se ponen las semillas, en esta parte del saco de aquí, y luego se mira dentro. Mirad esto de aquí, es un agujerito justo del tamaño de una semilla. Se coloca boca abajo, así, de esta manera. La parte afilada se clava en la tierra, hasta el final, donde termina la parte metálica. ¿Lo veis? Así todas las semillas quedan plantadas a la misma profundidad. Luego se abren estos extremos de aquí y así sólo cae la semilla y va a parar a la tierra, así.

Los niños entendieron sin problemas el mecanismo de funcionamiento del plantador de semillas y ahora todos querían probarlo, uno por uno, ellos mismos. El señor Toohey se acercó a Addy y le susurró:

–¿Podría venir a todas mis excursiones?

Addy sonrió, pero no tuvo tiempo de responder, porque de repente la señorita Beth aplaudió con las manos y exclamó:

–¡¿Quién quiere ver la momia?!

Los niños se pusieron a gritar y todos levantaron la mano. Nadie les había dicho que hubiese una momia en el Museo de Chatham.

La señorita Beth lanzó a Addy una mirada triunfal y luego gritó, para que la oyeran a pesar del bullicio:

–La momia está en su sarcófago en la tercera planta, pero no corráis. Repito: ¡no corráis! ¡Niños!

La señorita Beth ya estaba jadeando y con la cara roja como un tomate antes de llegar a las escaleras.

Addy vio a toda la clase de primero y al resto de los acompañantes desaparecer escaleras arriba. Agradeció que el señor Toohey hubiese mostrado el mismo entusiasmo que los niños por ver la momia, y que la hubiesen dejado a solas unos instantes. Aquella gripe le había quitado más fuerzas de las que imaginaba, y se sentía extremadamente cansada. Recordó que había un sofá de aspecto cómodo cerca de las enormes puertas de roble de la entrada y se encaminó hacia allí apoyándose en la pared. Cuando llegó al vestíbulo, se acomodó en el sofá y cerró los ojos.

Sin embargo, no llegó a disfrutar de un solo segundo de descanso, porque se abrió la puerta principal y en ella apareció recortada la silueta de un hombre alto y delgado. A pesar de que su rostro quedaba en la sombra, Addy vio que se trataba de su marido, Gradison Mosely. No se detuvo a preguntarse dónde estaba ni qué hacía Mose allí, pues sabía perfectamente que estaba en la entrada de la casa donde vivía y que se había quedado dormida esperando a Mose. Esperando a Mose. Siempre estaba esperando a Mose.

Le sonrió en cuanto él irrumpió por la puerta y se llevó los dedos a los labios para indicarle que no hiciese ruido.

–La señora Yardley acaba de dar a luz a su hijo –susurró, y señaló la puerta cerrada del apartamento de la primera planta.

Mose asintió y cerró tras él la enorme puerta de roble con sumo cuidado para, acto seguido, atravesar la sala de puntillas, con movimientos exagerados y muy cómicos, hasta donde estaba ella. Dejó la maleta en el sofá, a su lado, y como por arte de magia, se sacó de detrás de la espalda un paquetito envuelto en papel de regalo de color rojo. La caja no era ninguna sorpresa, pues cuando Mose volvía a casa, siempre le traía un regalo, y siempre eran una pareja de salero y pimentero. El último par habían sido dos langostas de cerámica de Nueva Escocia que parecían un novio y una novia. Addy casi se muere de la risa cuando los vio por primera vez.

Sin embargo, esta vez esperaría para abrir el regalo. Sonrió a los ojos verdes de su marido, se levantó y le rodeó el cuello con los brazos. Lo besó larga y profundamente, notando cómo se le iba hinchiendo la entrepierna, y a continuación le susurró algo al oído que sabía que lo haría salir corriendo escaleras arriba, a su destartalado, frío, maravilloso y acogedor hogar.

Habían pasado dos años y un mes desde la boda. Addy tenía veintitrés años y seguían sin tener hijos. Addy sabía cuán desesperadamente Mose quería formar una familia y temía que Dios la estuviese castigando, haciéndola estéril como purga por sus pecados. Sentía vergüenza de sí misma y pena e indignación por Mose, quien, que ella supiese, no había hecho otra cosa en toda su vida más que hacer el bien. Addy llevaba varias semanas sin ver a Mose, y en ese tiempo había ido a visitar a Nora Lemoine, a quien cada vez se sentía más unida a raíz de la muerte de Mary Alice y le había confesado su problema entre lágrimas. La anciana le había acariciado la espalda y le había dicho:

–Tonterías, Adelaide. Dios no te está castigando.

Addy se sonó la nariz muy aparatosamente.

–¿Qué voy a hacer, Nora?

–Bueno, el caso es que tú no ves a tu marido todas las noches, como la mayoría de las mujeres. Y no te... arrimas a él con tanta frecuencia como la mayoría, tampoco. A algunas mujeres no les importaría nada estar en tu situación, dicho sea de paso, pero si lo que quieres es concebir un hijo, tienes que... arrimarte... tantas veces como puedas.

Addy negó con la cabeza.

–No lo entiendes. Cada vez que está en casa. A todas horas, siempre que está en casa. No es sólo una vez, y no es sólo por las noches. Son dos veces por la mañana y otra vez por la noche y a veces, si nos rozamos por casualidad por la tarde... –Se echó a llorar de nuevo–. Es que no lo entiendo...

Tras oír aquello, Nora tampoco lo entendía, pues siempre había supuesto que Mose estaba demasiado cansado tras pasar tantos días fuera como atinar a hacer algo de provecho, o que Adelaide rechazaba sus insinuaciones amorosas para castigarlo por su prolongada ausencia. Propuso el tema con cuidado, a sabiendas de que Addy iba a resistirse.

–A lo mejor quieres ir a ver al médico, querida.

Addy se resistía a la idea de ir a ver a un médico, pero únicamente porque sabía que Mose no lo aprobaría. Al principio de estar casados, ella ya había sugerido la idea de un médico y Mose había palidecido y hacía dicho: «Te lo prohíbo terminantemente», lo que provocó una nueva oleada de malas caras, pero esta vez por parte de Addy, quien no permitía que nadie le prohibiera nada. Más tarde, en la cama, Mose le había pedido perdón delicadamente, algo que ella siempre podía esperar de su marido, aquel hombre tan bueno.

–Lo siento, Addy –le había dicho–, pero es que no sé de qué te va a servir ir a ver a un médico.

–¿Por qué?

Mose dio gracias de que estuvieran a oscuras.

–Es que no puedo evitar pensar que si no funciona es porque a mí me pasa algo. Hay algo que no...

–No tienes por qué ser tú, Mose –le había asegurado Addy, besándole el cuello.

–Pero tú ya...

–No es tan sencillo, Mose, no creas. Que haya dado a luz a un hijo no significa que no sea a mí a quien le pasa algo.

Mose esperó un momento, paladeando el contacto de los labios de ella en su cuello, y luego preguntó:

–Si fueras a ver al médico, Addy, ¿qué te haría?

–No lo sé.

–¿Crees que te recetaría una medicina?

Addy besó la colina del pecho de su marido.

–No lo sé.

–¿Crees que te...? –Mose tragó saliva y la atrajo hacia su boca–. ¿Crees que te pediría que te desnudaras? ¿Crees que te lo pediría? ¿Crees que tendría que tocarte aquí? ¿Addy? ¿O aquí? ¿O aquí?

–Ajá... –Addy se frotó contra el dedo de él.

Cuando Mose le mordió el labio, Addy supo que lo había hecho a propósito. Abrió la boca ensangrentada y empujó la lengua salobre y húmeda hacia la de él. Mose le succionó la sangre, y Addy sabía por qué: Mose no quería que fuera a ver a un médico, ni que la viera un médico, ni que la tocara un médico, porque le horrorizaba y le excitaba a partes iguales.

Finalmente, después de hablar con Nora, y con la desesperación que sentía, Addy decidió que pediría hora y, pese a que detestaba la idea, no tendría más remedio que engañar a Mose. Cuando por fin fue a ver al médico, pensó que ojalá hubiese acudido dos años antes, porque lo que le dijo fue algo sorprendente, algo que no habría imaginado ni en un millón de años. Después de la visita, regresó andando a casa, asombrada y pensando: «Sólo hay dos o tres días al mes en los que una mujer puede quedarse preñada... Mose y yo nunca hemos acertado ninguno de esos días, y en cambio, Zach Heron, una sola vez, una vez tan terrible...».

El médico también le había dicho otras cosas, señales que debía detectar en su propio cuerpo y días que contar en un calendario para poder saber con mayor seguridad cuándo estaba lista. Por eso ese día abriría su regalo más tarde. Por lo que había podido comprobar, con la información que le había suministrado el médico, Addy estaba a punto y Mose estaba allí. Si es que iban a concebir un hijo algún día, aquél era el momento, desde luego.

Tras susurrarle Addy unas palabras al oído, Mose corrió escaleras arriba tal como ella sabía que iba a hacer, y tuvo que bajar de nuevo a recoger su maleta. Addy se rió y subió las escaleras delante de él, contoneando el trasero delante de sus narices mientras él atrapaba los pechos de ella con sus enormes manos. Cuando llegaron a la tercera planta, Mose abrió la puerta. Aunque el fuego se había apagado y los muebles parecían aún más destartalados de lo que él recordaba, tuvo unas ganas terribles de gritar de alegría por estar al fin en casa.

Se oía música procedente del apartamento de Martin y Key Baldwin, en la segunda planta, y Addy no habría podido escoger mejor repertorio. La voz de Billie Holiday se colaba por los tablones de madera del suelo, y Billie hacía que los blues sonaran con tanta dulzura que Addy deseaba que la cantante no se sobrepusiera nunca a sus penas. A Addy no le importaba que los Baldwin pusieran siempre la música tan alta, y es que Mose emitía unos ruidos muy apasionados y los muelles de la cama estaban rotos por tres partes distintas.

La primera vez, en su noche de bodas, Mose se había mostrado vacilante y la cosa acabó prácticamente antes de que empezara. Le dijo a su flamante esposa que sabía, o al menos se figuraba, que debido a su traumática experiencia en Rusholme, esa parte de su matrimonio –se había aclarado la garganta antes de decir: «la parte amorosa»– iba a resultar difícil para Addy. Le dijo que consideraba que lo mejor para ella sería acabar cuanto antes y que, desde luego, lo entendería si le decía que, sencillamente, ella prefería que le rascase la espalda en lugar de «hacerlo». Addy sabía que Mose nunca había estado con una mujer y que era él el que se sentía inseguro y asustado. Ella había permanecido despierta un buen rato escuchando sus ronquidos felinos y luego le había colocado la mano en el estómago duro y le había acariciado con las uñas hasta notarlo despierto y enhiesto una vez más. A continuación lo siguió acariciando cada vez con mano más firme, y cuando creía que estaba a punto de estallar, se detuvo y le preguntó:

–¿Estás bien, Mose?

Él murmuró algo que sonó como un sí y contuvo la respiración cuando ella se encaramó a horcajadas encima de él y lo guió hasta su interior. Mose nunca tendría por qué saber hasta dónde llegaba la experiencia de ella, ya fuera como testigo o como participante, pero Addy haría todo lo posible por que entendiese que el deseo de ella, y el suyo propio, podía atarlos para siempre el uno al otro. Quería que supiese que el aspecto sexual era una parte importante de su matrimonio. Sabía que Mose no tardaría en aprender qué tenía que hacer.

Mose aprendió lo que tenía que hacer, y no sólo lo que tenía que hacer, sino exactamente cuándo tenía que hacerlo, y esa parte de su matrimonio, pensaba Addy a menudo, era la única en la que ella tenía depositada su fe. Y es que Mose pasaba tan poco tiempo en casa que, salvo por la forma íntima en que reconocía su cuerpo, era como un extraño cada vez que regresaba. Addy no conocía a ninguno de sus compañeros de trabajo en el coche cama, no tenía caras que ponerles a aquellos nombres ni imaginación para las historias que él le contaba. Y por mucho que lo intentase, no podía sentir la misma indignación que él ante las condiciones de trabajo de sus compañeros, ni llegar a comprender del todo su pasión por el Sindicato. Sin embargo, cuando se echaban a los brazos del otro, cuando compartían la boca, la piel, los olores y los fluidos corporales, él era Mose, su fiel esposo, y ella se alegraba infinitamente de tenerlo al fin en casa.

Las almohadas habían sido indicación del médico, pero naturalmente, eso Addy no podía decírselo a

Mose. En cuanto él se levantó de la cama, ella retiró las almohadas del cabecero y se las colocó debajo del trasero. Mose se había echado a reír y había esperado a que le diese una explicación.

–Es que la espalda me duele horrores de levantar ese saco de patatas del mercado –dijo, y eso fue todo.

Addy se quedó inmóvil, con los cuartos traseros levantados en el aire, dejando que la gravedad surtiese efecto, tal como le había aconsejado el médico, escuchando la voz de Billie en el piso de abajo, llorando con el sauce y todos los hombres que la habían herido.

Fue a la mañana siguiente, cuando estaban desayunando huevos frescos y galletas, con la compañía de Louis Armstrong a la trompeta de jazz, cuando Mose le dijo a Addy que tenía que marcharse de viaje un día antes de lo previsto. Iba a acudir a una reunión a Toronto, luego se iba a Vancouver, después volvía a Montreal y salía en dirección este, para posteriormente regresar a casa al cabo de cuatro semanas. Addy estaba fuera de sí, herida y furiosa, pues no era la primera vez que adelantaba uno de sus viajes.

–¿Es que no te puedes perder ni una reunión? ¿Por qué no puedes perderte ni una sola de esas preciosas reuniones tuyas?

–Porque no puedo. Porque no quiero. Porque mi trabajo es importante. Porque el Sindicato es importante. Asa Randolph, aquel defensor estadounidense de los derechos de los trabajadores del que te hablé, va a venir a Canadá a reunirse con Arthur Blanchette y algunos hombres más, y estoy orgulloso de formar parte de eso.

–Odio el Sindicato.

–Cuántas veces te lo he dicho... Con un sindicato que nos represente, todos vamos a ganar mucho más dinero. Tendré el trabajo asegurado. Te comportas como una niña pequeña, Adelaide.

–Me da igual. Lo odio. Y odio ese tren.

–Que nadie te oiga hablar de esa manera. ¿Tienes idea de la suerte que tengo de tener un trabajo? ¿Es que lees algún periódico alguna vez, mujer? ¿Entiendes que hay una depresión?

Addy no le dijo a Mose que la verdadera razón por la que estaba tan enfadada era porque temía que si se marchaba un día antes esta vez, fuese el día en que ella estaba más madura, el día en que tenían más posibilidades de engendrar un hijo.

–Ya sé que hay una gran depresión, Mose, y sí leo los periódicos, pero es que no entiendo por qué, sólo por esta vez, no puedes quedarte en casa conmigo y faltar a tu reunión y decir que soy yo la importante.

–Y yo no entiendo por qué no podemos mudarnos a Montreal como dijimos para poder vernos más.

–¿Mientras vas de camino de un lado para otro? ¿Unas pocas horas? ¿Un día?

–Pues precisamente por eso es por lo que me echas en cara que me vaya ahora, ¿no, Adelaide? Por un día...

–No quiero vivir en Montreal y pasarme el día sola, Mose. Chatham es mi hogar. Aquí tengo a Nora Lemoine, y a Hamond, y a los chicos, y a la señora Yardley, y a los Baldwin... No sé qué haría sin todos ellos. Ellos son mi familia.

–Y yo soy tu marido.

–¿Y esperas que me quede allí sentada en Montreal, donde ni siquiera entiendo el idioma, venga a esperar y esperar a que vuelva mi marido?

–Estoy harto de discutir, Addy.

–¿Y qué hay de conducir, Mose? Me prometiste que me enseñarías a conducir. ¿Cómo voy a aprender si nunca estás en casa?

En el piso de abajo habían apagado la música, y Addy sabía que era porque a la señora Baldwin le gustaba espiar sus conversaciones. Bajó la voz.

–Sólo por esta vez, Mose...

Mose negó con la cabeza mientras cogía otra galleta. Addy sabía, tal como había sabido siempre, que no podía luchar contra la conciencia de su marido. Addy también sabía que al menos parte de la pasión de Mose procedía de su empeño en negar lo obvio. Tenía la piel blanca, el pelo claro, los ojos verdes, y pocos habrían adivinado que su madre era negra. Y pocos habrían adivinado que él se consideraba a sí mismo negro. Addy sabía que Mose se sentía traicionado por su piel pálida y, por esa misma razón, mayor era la motivación que le impelía a luchar por la causa de la injusticia social. Addy sabía todo aquello porque conocía a Mose. Aunque nunca hablaban de esas cosas, pues Addy entendía cuánto daño le haría a su marido si alguna vez dejara traslucir que ella pensaba que él era diferente.

El paquetito envuelto en papel de regalo rojo se quedó sin abrir en el tocador. Y a pesar de su enfado, Addy halló la fuerza de voluntad necesaria para arrastrar a Mose de vuelta a su cama no una sino dos veces ese día, y tres veces al día siguiente. Al llegar la noche del siguiente día, mientras Mose preparaba el equipaje antes de marcharse, miró a su esposa con cara de honda preocupación y dijo:

–¿Te vuelve a doler la espalda?

–Se me pasará, Mose –dijo Addy, con las caderas apoyadas encima de las almohadas.

–Es que salvo el rato que has estado cocinando, comiendo y haciendo el amor, te has pasado así todo el tiempo desde que volví a casa.

–No te preocupes, Mose, ya se me pasará. Sólo que no debería volver a casa tan cargada con la compra, eso es todo. ¿Estás seguro de que tienes que irte?

Cuando Mose se fue, Addy se acordó del regalo del tocador y corrió a abrirlo. Esta vez, el salero y el pimentero tenían la forma de dos delfines entrelazados. Si se quería utilizar aquel artilugio con el fin para el que había sido diseñado, bastaba con agitarlos una sola vez para aderezar cualquier cosa. Los dejó en un estante con el resto y pensó: «Mose».

Addy había señalado los días en un calendario con un lápiz. Cuando se acercó el momento de su menstruación, se despertó sin aliento dos mañanas seguidas, después de soñar que se asfixiaba con la boca llena de semillas de manzana. Rezó por no volver a sentir aquel dolor sordo en la pelvis, el dolor que anunciaba que iba a haber sangre. «Que haya un niño –imploró–. Que haya un niño.» Sin embargo, sintió las punzadas de dolor y hubo sangre, y también hubo lágrimas, tal como ocurría siempre las últimas veces. Con actitud diligente, volvió a contar los días y se dispuso a observar las señales de nuevo y a esperar, a esperar a Mose.

Llamaron a la puerta, o mejor dicho, aporrearon a la puerta, y el ruido le heló la sangre en las venas, pues eso significaba que algo malo había sucedido. Era la señora Yardley, de pie en el rellano, con su bebé regordete apoyado en la cadera y los ojos desorbitados e inyectados en sangre por el esfuerzo de arrastrar su propio peso y el del niño los dos tramos de escaleras.

–Te llaman por teléfono, Addy –dijo, preocupada–. No sé quién. Un hombre. No se oye muy bien.

Addy bajó volando las escaleras, atravesó la puerta abierta de la señora Yardley como una exhalación y se acercó el auricular al oído. Esperaba oír la voz de su marido y se sorprendió al encontrar a un viejo al otro lado del hilo. Contuvo la respiración, preparándose para lo peor, pues sólo la muerte, o algo cercano a la muerte, podía precisar una llamada telefónica. Oyó su propio nombre.

–¿Addy?
–Sí.
–Es mamá.

Por un momento, Addy no supo invocar ninguna imagen en su mente y sólo acertaba a preguntarse: «¿La mamá de quién? ¿Mi mamá?».

–¿Addy?
–Sí.
–Tengo que irme.
–Sí –respondió Addy, pero estaba pensando: «¿Ir adónde?».
–Ahora estoy en Montreal, pero llegaré a Halifax mañana en algún momento, y supongo que sólo me queda esperar que aguante hasta que yo...
–¿Mose?

No obtuvo respuesta. Addy creía que se había cortado la línea hasta que oyó un gemido y un suspiro.

–Ay, Mose...
–Ojalá hubieses tenido ocasión de conocerla. Le habrías gustado.
–Ay, Mose. Ojalá la hubiese conocido. Díselo, ¿quieres?
–Se lo diré.
–Y dile cuánto te quiero y cuánto voy a cuidar de ti.
–Lo sabe. ¿Addy? ¿Sigues ahí, Addy?
–Sigo aquí.
–No tendré tiempo de pasar por Chatham.

A Addy le dieron ganas de decir: «Tienes que hacerlo», pero en vez de eso, dijo:

–Ya lo sé, Mose. Ya lo sé.

A pesar de que no recordaba haber doblado las rodillas ni haber dejado caer el peso de su cuerpo ni cuándo las lágrimas le habían humedecido los ojos, Addy se dio cuenta de estaba sentada en el sillón de velvetón de la señora Yardley, llorando en silencio. La señora Yardley estaba sentada a su lado, sujetándole la mano. Addy colgó el receptor y se desplomó en brazos de su amiga, compartiendo el generoso busto de la mujer con su rollizo bebé.

–Pobrecillo Mose –dijo la señora Yardley, lloriqueando–. Y su pobre, pobrecita madre....

Sin embargo, Addy no lloraba por la madre de Mose, y ni siquiera lloraba por Mose. Lloraba por el niño que aún no habían concebido y porque aún tendría que pasar otro mes entero para que Mose pudiese intentar siquiera plantar su semilla en ella.

Como cuando el cielo se nubla y se avecina una tormenta pero ésta acaba pasando sin pena ni gloria y sin descargar una sola gota, la madre de Mose no murió ese día, ni al día siguiente, ni siquiera la semana siguiente. Con su hijo sentado a su lado, la mujer se aferró con uñas y dientes a su vida de enferma y seguiría dando esquinazo a la muerte durante años. Más tarde, Mose le contaría a Addy que el médico se había quedado atónito con su súbita recuperación. Una hora después de la llegada de su hijo, la mujer había conseguido tragar unas cucharadas de sopa caliente, y al tercer día de su estancia, había tenido el placer de ahorrarle a su amante y joven esposa la molestia de zurcirle los calcetines. Antes de que Mose se marchara había insistido en levantarse de la cama para prepararle su plato favorito, y por poco se pone a dar saltos de alegría cuando su hijo le confesó que, a pesar de que Addy era una magnífica cocinera, el arroz nunca le salía tan suave ni tan esponjoso como a su querida madre.

Alguien llamó a la puerta de Addy, la segunda vez en un mismo día que llamaban. Se preparó para bajar corriendo las escaleras de nuevo y volver a oír por teléfono la voz de viejo de Mose, pero no era la señora Yardley quien llamaba a su puerta. Era Simon Ferguson, de pie en el descansillo de la tercera planta, como si acababa de ir y volver corriendo del lago. Addy vio que estaba conteniendo las lágrimas, y como no era la primera vez que se plantaba en su casa de aquella manera, Addy supuso que habría mantenido otra discusión con su joven novia. Pensó que había llegado el momento de aconsejar a Simon, que era como un hijo para ella, que debía decirle adiós de una vez por todas a la joven dama siempre insatisfecha.

–Simon Ferguson, ¿es que tú y la boba de esa chica os habéis vuelto a pelear?

Simon se había quedado sin aliento.

–¿Qué pasa? ¿Se puede saber qué te pasa? Vamos, díselo a Addy.

Simon tragó saliva y anunció:

–Es Nana.

Addy cogió su abrigo y, juntos, se precipitaron escaleras abajo, salieron por la puerta, enfilaron la calle William y luego doblaron por Murray, dirigiéndose a todo correr a la vieja casa de Nora. En el césped del jardín, un gigantesco cuervo negro buscaba un tesoro bajo las húmedas hojas otoñales. El cuervo no empezó a aletear ni se echó a volar al ver a Simon y a Addy, sino que se limitó a levantar la cabeza y a mirarlos embobado, como cuando la gente se queda absorta mirando a sus semejantes en situaciones desesperadas.

Hamond estaba en el sofá de la sala de estar, con la cabeza enterrada en las manos. Samuel estaba mirando hacia la ventana, llorando desconsoladamente. Simon hizo acopio de todo su valor antes de hablar. Buscó la mano de Addy y se la apretó con fuerza antes de preguntarle a su padre:

–¿Qué ha dicho el médico?

Hamond levantó la vista de las manos. Addy reflexionaría más tarde sobre el equilibrio, la cuestión del equilibrio, el equilibrio de la vida, porque la madre de Mose no murió esa noche, pero Nora Lemoine sí.

El cuervo emitió un graznido justo en ese momento, aunque era más un chillido que un graznido, y Addy supo que a pesar de que el sonido procedía de la garganta del pájaro, se había originado en la suya propia. Nora no podía morir. Nora, que nunca se ponía enferma. Nora, a la que había visto esa misma mañana... ¿Nora? Más tarde, Addy se enteraría de parte de los detalles de lo sucedido, por boca de Hamond. Más tarde, Simon confesaría la verdad entre lágrimas.

Nora había vuelto a casa después de ir a visitar a una amiga y decidió preparar unas tartas de calabaza para Hamond y los chicos. Le pidió a Simon, que llevaba viviendo con ella en su casa desde el año anterior, que llevara la calabaza de la encimera a la mesa y la limpiara, pero que guardase las semillas, las pipas, para tostarlas. Se había disgustado con Simon, por la forma en que sujetaba el cuchillo de trinchar, y estaba segura de que si seguía así, se cortaría un dedo con tanta falta de atención y tantas prisas. Le había quitado el cuchillo, había terminado la tarea ella misma y estaba separando las semillas de la gruesa y pegajosa pulpa cuando se detuvo de improviso, pues se notaba rara. Se agarró al borde de la mesa. La calabaza cayó de costado y todo el zumo, la pulpa y las semillas se desparramaron por el suelo. Ahora sí estaba muy enfadada, de modo que ordenó a Simon que se fuera de la cocina, a lo que él obedeció gustoso. Nora cogió un trapo empapado en agua y jabón y se agachó en el suelo.

Mientras estaba allí, a cuatro patas, a Nora se le ocurrió darle una pasada a todo el suelo y se puso a restregar lo que parecía una mancha negra de alquitrán durante cuatro largos minutos hasta que, de pronto, un dolor agudo en el pecho le cortó la respiración. En ese momento llamó a su nieto, y tomando una decisión que alteraría el resto de su vida, Simon decidió no acudir a su llamada.

Simon se había ido a su habitación y había cerrado la puerta. Así le sería más fácil decir, pensó, que no había oído a su abuela llamarlo si irrumpía allí de golpe para pedirle explicaciones. Y si no, se dijo, que se haga ella solita lo que quiera que haya que hacer. Nora lo llamó una vez más, y otra, y otra, y al cabo de un momento, volvió a llamarlo, pero esta vez Simon no la oyó de verdad, pues su voz era tan débil que apenas si era un susurro.

En algún momento, Simon se había preguntado distraídamente por qué no se oía ningún ruido en la cocina. Luego se dijo que era muy extraño que la casa no oliera a semillas de calabaza tostadas, pues su abuela siempre ponía las pepitas al fuego antes de empezar a amasar la masa y preparar el relleno. Estuvo admirando su imagen en el espejo un buen rato y luego decidió ir a ver si su abuela ya había metido las semillas en el horno, pues le habían entrado ganas de comer algo salado y le preocupaba que a la anciana se le hubiese olvidado. Entonces la encontró, tumbada de lado en el suelo, hecha un ovillo, agarrándose el pecho izquierdo con una mano y el trapo jabonoso con la otra. Simon se agachó y quiso levantar a su abuela, pero pesaba demasiado para un solo hombre. La mujer no podía hablar, pero extendió la mano del trapo jabonoso y se aferró a su nieto como si fuera su propia vida. Simon no sabía qué hacer o qué decir salvo «Oh, no...», todo el tiempo. Al final, a Nora le abandonaron las fuerzas y se desplomó hacia atrás en el suelo recién limpiado.

Entonces, Simon había echado a correr, primero a casa del médico, que por fortuna sólo estaba a dos manzanas de distancia, luego a casa de su padre y, por último, a casa de su tía Addy. Y ahora estaban todos allí reunidos y ninguno podía creerse que Nora hubiese muerto.

Desde el fallecimiento de Mary Alice, las Navidades no habían sido una época demasiado feliz para Addy ni para la familia Ferguson. Aquel año, a todos les habría gustado que pasaran sin pena ni gloria, sin tener que fingir toda esa alegría y celebración, pero Mose, que iba a estar tres días en casa, había insistido en que celebraran la Navidad como siempre, en la calle Degge. Pensó que eso sería lo mejor, pasar juntos el día, y le recordó a Addy lo afortunados que eran de tenerse unos a otros, pues consideraba a los Ferguson como sus propios hermanos.

De algún modo, se prepararon los pudines necesarios, se tejieron o se hornearon los regalos, se sacrificaron los pavos y se colgaron los adornos navideños. La nieve hizo acto de presencia la mañana de Navidad, acompañada de un viento glacial del nordeste. Mose y Addy llegaron a la casita de la calle Degge, cargados hasta arriba de comida y de regalos envueltos en papel brillante. Addy encendió los fogones y, sin que nadie se lo pidiera, Samuel se ofreció a ayudar con la cena. Después de haber comido demasiado y, en el caso de los hombres, de haber bebido unas cuantas copas de ron, entonaron algunos himnos, a pesar de que ninguno de ellos acudía a la iglesia con regularidad, y luego Mose se puso a hablar del Sindicato con Hamond.

No es que Hamond no sintiera interés por el asunto, sólo es que tenía sus propios problemas. Le dolía tanto la espalda, a esas horas, al final del día, que apenas si podía enderezarla para acostarse en la cama. Se le habían agarrotado los nudillos, y los tenía inflamados y doloridos. Ya no podía sujetar los aperos como antes, y le daba vergüenza ver a los hombres más jóvenes mover la cabeza con fastidio cada vez que se le caía algo al suelo. Tenía la esperanza de que el asunto de la herencia de Nora se resolviese cuanto antes para poder vender la vieja casa de su suegra y dejar su trabajo en la granja, puede que hasta se comprase una camioneta. Cuando Mose lo acusó de indiferencia y falta de interés, se encogió de hombros y explicó:

–A lo mejor tienes razón. Supongo que me estoy haciendo viejo.

Mose hablaba arrastrando las palabras, por culpa del ron. Addy quería irse a casa, pero su marido acababa de empezar.

–Imagínate, Hamond, imagínate si nuestros antepasados hubiesen pensado igual que tú. Si se hubiesen encogido de hombros así, como tú. Imagínate dónde estaríamos ahora. Todavía seríamos esclavos, ¿es que no lo ves? Tus hijos nunca habrían aprendido a leer, no serías el dueño de tu propia casa. No puedes encogerte de hombros sin más, Ham. Todavía nos queda un largo camino que recorrer.

Hamond asintió, procurando que la expresión de su rostro no dejara traslucir sus verdaderos pensamientos. Quería a Mose como si fuera un miembro de la familia, pero era imposible mirarlo y no ver a un hombre blanco. Lo más que podía hacer era no chascar la lengua cada vez que Mose hablaba de la lucha por los derechos de los negros o no menear la cabeza cuando Mose empleaba la palabra «nosotros» como si ambos vivieran la misma vida.

–¿Sabes dónde estaríamos sin organizaciones como el Sindicato, Hamond? ¿Lo sabes?

–¿Dónde estaríamos, Mose?

–En las plantaciones de algodón, Hamond. Encadenados y con grilletes en los pies, Hamond. ¿Quieres que te cuente cómo es la vida para mí y mis hermanos en el tren?

–Todo el mundo te llama George.

–¡Eso es!

–A mí me han llamado cosas mucho peores que «George», Mose.

–Pero George no es mi puñetero nombre.

–Lo entiendo.

Hamond se fue de la habitación cuando Mose centró su atención en Samuel. Samuel era el más joven y el más amable de los dos hermanos Ferguson. Le resultaba imposible discutir con Mose, de modo que se limitaba a recostarse en el asiento y a escuchar y asentir con la cabeza. Simon se marchó, apestando a alcohol, para ir a ver a su novia y a la familia de ésta. Al verlo salir tambaleándose por la puerta, a Addy le preocupó lo que la familia de la chica pudiera pensar del novio borracho de su hija. «Feliz Navidad –dijo para sus adentros–. Que el Señor nos bendiga a todos.»

Llegó el mes de enero y con él el cumpleaños de Addy, y también su menstruación. Los días eran cortos y las noches largas, oscuras y solitarias. Mose se iba a perder su cumpleaños, pero aquella fría mañana de invierno los chicos se presentaron en su puerta con un regalo envuelto en papel de estraza y una invitación a cenar. Addy sabía que una invitación para ir a cenar a la calle Degge significaba que sería ella la encargada de cocinar, pero no le importaba en absoluto.

Tal como le habían dicho, Addy esperó a que Simon y Samuel se hubiesen marchado para desenvolver el regalo. Fuese lo que fuese, estaba dentro de una mantequera, una caja metálica, y percibió el olor a leche agria antes incluso de arrancar el papel de estraza. Levantó la tapa y se quedó mirando el contenido con perplejidad. El interior de la caja estaba lleno de fotografías familiares, de Nora y su marido, de Hamond y Mary Alice, de los chicos cuando eran pequeños... Había unos dientes de leche diminutos dentro de una ampolla de medicina y mechones de cabello de recién nacido enrollados en papel de pergamino. Había un nomeolvides de oro que había pertenecido a algún niño, la alianza de boda de Mary Alice y una nota que le había escrito a Hamond cuando debía de ser muy joven. La tinta estaba tan desvaída que Addy sólo pudo leer las palabras que había al pie de la hoja: «Tuya para siempre, Mary Alice». Encima de todas las otras cosas había un trozo doblado de papel con el nombre de Addy escrito con la letra de Hamond. Desplegó el papel y se llevó una sorpresa cuando le cayeron tres billetes de dólar nuevecitos. Leyó:

Querida Adelaide:

Te escribo estas líneas para desearte Feliz Cumpleaños y agradecerte todo lo que has hecho por mí y mi familia. Este año fue muy duro perder a Nora y no sé lo que habríamos hecho sin ti. Encontré esta caja en el desván de su casa y son todas las cosas que supongo que Mary Alice nunca quiso guardar en casa pero que su madre sabía que serían importantes para alguien. No he querido dársela a los chicos porque todavía son demasiado jóvenes para entender lo que significan unas fotografías viejas y unos dientes de leche, pero estoy seguro de que les gustaría tenerla algún día, y sé que tú se la guardarás. Los tres dólares son para ti, para que te compres alguna alhaja, porque Mary Alice siempre decía que a mí no se me da nada bien escoger esas cosas. Ojalá fuesen diez dólares, pero son tres.

HAMOND

Addy sonrió, se secó los ojos y se preguntó dónde guardaría la caja. «En el desván», pensó, pero sabía que ella sola no podía mover la pesada cómoda de madera de roble para acceder a la puerta. Tamborileó con los dedos y miró a su alrededor en el cuarto ordenado, sin saber qué hacer a continuación. Decidió preparar un pastel para Hamond y los chicos. En realidad, lo que quería era mantenerse ocupada, para ahuyentar aquella sensación de que Hamond estaba enfermo y preparándose para morir. No podía soportar la idea de su muerte, pues en su mundo, Hamond se había convertido en un puente que la conectaba a tierra firme. Cuando se hubo enfriado el pastel, Addy se puso un vestido viejo y ni siquiera se molestó en atusarse el pelo. Al fin y al cabo, allí sólo iban a estar los chicos y Hamond. Y era ella quien iba a cocinar.

La casa estaba inmaculada. Addy sabía que la limpieza era obra de Samuel, quien se ocupaba de la casa. Simon se ocupaba de sí mismo. Los chicos iban a terminar sus estudios en el instituto para primavera. Después de eso, Simon decía que le gustaría ir a Toronto a vivir con Olivia y aceptar la oferta de Darryl de ayudarlo a encontrar trabajo allí. La intención de Samuel era trabajar en la granja con su padre, pero Hamond quería algo mejor para su hijo. Hamond opinaba que tenía que irse al norte con su hermano y probar suerte en Toronto también, pero Samuel no pensaba marcharse de Chatham.

Los platos de la cena ya estaban lavados, secados y guardados para cuando Addy volvió a la cocina con su plato vacío de pastel. Le dio las gracias a Samuel y le dijo que no le importaba nada que se fuera a patinar con su amigo. El amigo de Samuel era un chico amable y cariñoso, y ni Addy ni Hamond entendían el desdén con que lo trataba Simon, que no le dirigía la palabra y ni siquiera permanecía en la misma habitación con él. La única razón que se les ocurría era que a Simon aún lo torturasen los remordimientos por la muerte de su abuela. Habían advertido que se había vuelto más inflexible y arrogante, y suponían que tal vez fuese ésa la manera que tenía de tratar de superarlo.

Más tarde, cuando Simon salió también, la casa quedó sumida en el silencio y completamente vacía, salvo por la presencia de los fantasmas. Leam, Chester, Nora y Mary Alice, todos habían acudido al cumpleaños de Addy. Ella y Hamond estaban sentados juntos en el sofá, tomando té, sin sentirse obligados a hablar del frío, la nieve, la previsión para la primavera según el *Farmer's Almanac* o de los espectros que los rodeaban. No había recetas que compartir, trucos para las tareas del hogar, bromas ni discusiones. Sólo ellos dos, Hamond y Addy, sentados en silencio y sorbiendo té.

Al cabo de una hora, Addy se levantó y se puso el abrigo. Como de costumbre, Hamond también se puso el abrigo para acompañarla las pocas manzanas hasta su casa. No dijeron nada mientras avanzaban por la calle, con la cabeza agachada para protegerse del viento, y cuando llegaron a la puerta de la casa de la calle William, Hamond se volvió sin decir una palabra y se dispuso a regresar a su casa. En ese momento, Addy se acordó de que sí tenía algo que preguntarle.

–Hamond –lo llamó, y tuvo que llamarlo otra vez porque no la había oído–. Hamond, ¿quieres moverme esa cómoda tan grande que tengo para que pueda abrir la puerta del desván y guardar allí la caja de fotografías? –Mientras subían las escaleras, le recordó–: La pata delantera está rota, así que ten cuidado.

Cuando Addy se despertó, se sorprendió al mirar alrededor y ver que nadie había vuelto a colocar la cómoda delante de la puerta del desván. Se sorprendió aún más, y experimentó cierta confusión, al ver que, de hecho, no se veía la cómoda por ninguna parte. Pestañeó, pues todo seguía a oscuras, e intentó enfocar la vista. No había nada en aquella habitación que le resultara familiar: donde antes había estado el sofá de color burdeos, ahora había una enorme vitrina de cristal. Addy se maldijo su propia vista por engañarla de aquel modo, haciéndole creer que había un arca de momia apoyada en la pared del sofá de su apartamento y el de Mose.

Oyó su voz y la reconoció antes de que apareciera en su campo visual. Addy tuvo el tiempo justo de aclarar sus ideas y entender que estaba sentada en una silla de la tercera planta del museo de Chatham. El señor Toohey se dirigía andando hacia ella, preguntándole:

–¿Se encuentra usted bien, señorita Shadd?

–Oh, sí. Muy bien. Ajá... –respondió, sonriendo.

–No sabía si debía telefonear a alguien o qué.

Addy miró a su alrededor y vio que estaban los dos solos, con la excepción de aquella momia en su sarcófago.

–¿Dónde se han metido todos?

–Están abajo, preparando caramelo de jarabe de arce.

Addy asintió y se levantó, y al hacerlo notó un pinchazo en la cadera. El señor Toohey la tomó del brazo. Ella lo miró.

–¿Estamos en la calle William? ¿En el número setenta y uno de la calle William?

El hombre contestó afirmativamente con la cabeza.

–Esta casa... –dijo ella–. Yo antes vivía aquí. Éste era mi apartamento.

El señor Toohey se aclaró la garganta.

–Sí.

–Hace mucho tiempo.

El joven asintió y vio como los ojos de ella engullían la habitación.

–Vivía aquí con... –Addy se interrumpió, pues al tratar de bucear en su memoria para recuperar el nombre, no encontró nada. No era Chester. No era Simon. ¿Cómo era posible que no se acordase de su nombre?–. Con mi marido.

–¿Hamond? –aventuró el señor Toohey.

Addy se volvió bruscamente, con gesto atemorizado. El señor Toohey respondió a su expresión asustada, pues se dio cuenta de que la anciana seguía confusa.

–Es que antes ha estado hablando... Ha estado hablando en sueños, un poco. Sharla dice que ya le ha pasado alguna vez.

Addy apenas podía articular palabra.

–¿Estaba hablando de Hamond? ¿Y qué decía de Hamond?

–La verdad es que nada. Nada que la señorita Beth y yo hayamos podido entender. Sólo ha pronunciado su nombre un par de veces. Algo sobre mover una cómoda muy pesada. –El señor Toohey volvió a aclararse la garganta–. Sharla ha dicho que era mejor no despertarla. Espero que hayamos hecho bien.

El señor Toohey condujo a Addy hacia las escaleras de salida y ella lo lamentó, pues había sido toda una revelación volver a estar en aquella habitación, después de tantos años, y sentir su vieja vida allí como si fuese real y estuviese sucediendo en aquellos precisos instantes. Mientras bajaba las escaleras, se preguntó cómo no se había dado cuenta antes: la curva de la barandilla de la escalera, las puertas y los pomos originales de lo que antaño había sido el apartamento de los Baldwin y que ahora era la sala dedicada a los Indígenas, en la segunda planta. Las elegantes molduras al pie de la escalera, la manía de aquella puerta de la señora Yardley de no cerrarse bien... ¿Cómo no lo había visto? Incluso la entrada estaba prácticamente intacta. Habían quitado el papel de las paredes y lo habían sustituido por pintura amarillo chillón, pero la única diferencia, además de ésa, era que el enorme escritorio de la señorita Beth estaba junto al sofá en el que Addy había pasado tantas y tantas horas esperando y venga a esperar.

–Mi marido se llamaba Mose –susurró para sí–. Mose.

BASTONES DE CARAMELO

El pavo asado era demasiado grande para ellas dos solas, pero Addy quería obsequiar a Sharla con unas Navidades entrañables y tradicionales. La pieza estaba reducida a su mínima expresión, sin patas, sin alas y sin un buen pedazo de pechuga, pero seguía siendo demasiado. Addy tendría que sacar algunas cosas del congelador para dejar sitio a las sobras y, lo que era aún peor, olería aquella peste a pavo cada vez que abriese la nevera.

La mañana de Navidad, Addy se despertó mucho antes que Sharla. En realidad, no había pegado ojo en toda la noche. Los transportistas de Krazy Kyle habían entregado el televisor el día de antes, y Addy le había pedido al hombre que metiera aquel trasto enorme dentro del armario de su dormitorio. Estuvo preguntándose toda la noche cómo diablos iban ella y Sharla a conseguir sacarlo y llevarlo a la sala de estar. Al final, decidió que abrigaría a Sharla y la enviaría arriba a buscar a Warren Souchuck.

Desde la noche que Mamá Addy había dado a entender que Santa Claus le iba a traer un regalo muy especial, Sharla había estado insistiendo con delicadeza pero también con firmeza en que ya sabía lo que era. Sharla se equivocaba, pero Addy no habría adivinado ni en un millón de años lo que estaba pensando.

–El señor Toohey dice que seguro que tu vida ha

sido de aúpa –había dicho Sharla esa mañana de antes de Navidad, durante el desayuno.

–No hables con la boca llena de cereales, Sharla. Mira, cielo. Has desparramado los copos de avena por toda la mesa.

Sharla masticó y se tragó los cereales.

–Dice que seguro que viste unas cosas alucinantes en tus tiempos.

–¿Eso dice?

–Ajá... Dice que con la vida que tuviste y las cosas que viste, seguro que tienes una historia que contar.

–¿Qué clase de historia?

Sharla se encogió de hombros.

–Hemos aprendido *Oh, Canada* en francés. ¿Quieres que te la cante?

–Ahora no, cariño. ¿Qué más dice el señor Toohey? ¿Ha dicho algo más del museo?

–¿Quieres decir de cuando te pusiste a hablar sola en el museo?

–Sí, eso es lo que quería decir.

–¿Hablabas con Leam?

–¿Le dijiste al señor Toohey que estaba hablando con Leam?

Sharla negó con la cabeza. En ese momento, llamaron a la puerta y Addy vio una enorme furgoneta gris aparcada delante de la caravana. Eran los de Krazy Kyle, lo sabía, y no quería estropearle la sorpresa a Sharla, de modo que corrió a meterla en el cuarto de baño, explicándole con un susurro que Santa Claus iba a traerle algo especial un poco antes de lo previsto, y le hizo prometerle que se quedaría dentro del baño hasta que Addy le dijera que ya podía salir. Sharla la obedeció de buen grado, porque su amiga Lee-Ann le había dicho que no estaba bien asomarse para espiar a Santa Claus y no le dejaría los regalos si se enteraba de que había intentado verlo.

Al final, con el televisor a buen recaudo dentro del armario y la enorme furgoneta gris de Krazy Kyle lejos del camino de barro, Addy abrió la puerta y dejó salir a Sharla. La niña puso una cara rara al asomarse y mirar alrededor en la habitación.

–¿Qué pasa, Sharla?

–Nada –murmuró la niña, asomándose al pasillo.

–Bueno, pues ¿qué haces?

–¿Está aquí Santa Claus?

Addy no entendía nada.

–Se ha ido, cielo. Ya te he dicho que sólo venía a dejar una cosa.

–Pero ¿volverá?

–Volverá esta noche.

–¿Y dónde va a dormir?

–No va a dormir aquí, Sharla.

–No quiero que venga.

–Pues debes de ser la única niña del mundo que no quiere que Santa Claus venga a su casa.

–No era Santa Claus.

–¡Claro que era Santa Claus!

Sharla habló en voz muy baja.

–He visto la *frugoneta*.

–¡Sharla Cody! No me digas que te has subido a la bañera y te has asomado a la ventana...

Sharla asintió mientras unos lagrimones empezaban a rodarle por las mejillas.

Addy se agachó.

–¿Qué te pasa, tesoro? ¿Estás disgustada porque no has visto a los renos?

Sharla negó con la cabeza.

–¿Ta da miedo? ¿Te da miedo Santas Claus? –preguntó Addy, sorprendida.

Sharla miró a su Mamá Addy a los ojos.

–Tengo miedo de Emilio.

Addy seguía sin comprender.

Sharla se enjugó las lágrimas.

–Creía que sólo iba a venir mi madre.

–¿Tu madre?

Sharla asintió.

–He visto que era la *frugoneta* gris de Emilio.

Addy sintió que le daba un vuelco el corazón al comprender que Sharla se había equivocado en sus suposiciones sobre cuál era la sorpresa especial. Se derrumbó en la silla y le dijo a Sharla que la mirara.

–Sharla, cariño. Tu mamá no va a venir por Navidad.

–Pero tú lo dijiste.

–No, cariño. Yo nunca te dije que fuese a venir tu mamá, pero creo que eso fue lo que te imaginaste cuando te hablé del regalo especial.

–¿Es otra cosa?

–Es otra cosa.

–¿Y puede ser mi mamá también?

–No, cielo mío, no puede ser.

Addy no creía que la madre de Sharla fuese a volver a Chatham algún día. Y aun en el caso de que Collette volviese, no sería por mucho tiempo. Addy pensaba que para Sharla sería peor saber la verdad que recordar de vez en cuando a su madre, ocasionalmente, como un amor perdido. Se llevó la manita de la niña al pecho, pero ésta la apartó bruscamente.

–¿Quién me va a tener?

–¿Quién te va a tener cómo?

–¿Quién me va a tener en su casa?

–¿Qué quieres decir, cielo?

–Cuando tú te mueras, ¿quién se va a quedar conmigo? –preguntó en voz baja, con los ojos anegados en lágrimas una vez más–. Le dijiste a Leam que te vas a morir. Le dijiste a Leam que estás aguantando sólo a ver si encuentras a alguien que se quede conmigo. –Inspiró hondo–. ¿Quién se va a quedar conmigo?

Addy se restregó la cara y se preguntó cuántas cosas terribles como aquélla habría oído la pobre niña.

–Mírame, Sharla Cody. Mírame. Tú sólo eres una niña, y ésas no son cosas de las que tengas que preocuparte, ¿entendido? De lo único que tendrías que preocuparte es de si me he enterado o no de que te has comido un bastón de caramelo hoy antes de desayunar.

Sharla sonrió a su pesar.

–Y deberías preocuparte de a ver si encuentras tus guantes para poder salir a jugar fuera con Lionel y Nedda un rato. Y no te vas a preocupar de nada más que eso, ¿de acuerdo? Ya me encargo yo de preocuparme y de solucionar las cosas. Y de ahora en adelante, Sharla, cuando veas que hablo con Leam o con cualquier otro, me despiertas, ¿lo has entendido? Además, nada de lo que pueda decir esta vieja chocha te interesa.

Sharla asintió.

–Y ahora, por lo que respecta a esa furgoneta gris, te voy a contar un pequeño secreto. ¿Has visto al señor que se ha bajado de la furgoneta?

Sharla negó con la cabeza y Addy sintió un gran alivio.

–Bueno, pues ése era Santa Claus, pero le gusta disfrazarse cuando tiene que entregar algo antes de tiempo, y por eso conduce la furgoneta en vez de llevar los renos. –Addy le guiñó un ojo–. Es que arman un ruido espantoso con tantos cascabeles.

Sharla se echó a reír.

–¿Y con qué se disfraza?

–Con la chaqueta del uniforme de hockey de los Red Wings.

Sharla parecía muy sorprendida.

–Pero ¿lleva barba igualmente?

–Ajá...

–¿Y unas botas negras muy grandotas?

–Ajá...

–Pero ¿por qué no lleva una *frugoneta* roja?

–Bueno, es que el rojo no es un buen disfraz para Santa Claus.

Sharla miró a su alrededor.

–¿Y está aquí ahora?

Mamá Addy negó con la cabeza, decidiendo que sería una tortura para la niña decirle que su regalo estaba escondido dentro de la casa.

–Sólo ha venido a decirme que, al final, va a tener sitio en su trineo y traerá el regalo especial esta noche, junto con las otras cosas.

Sharla sonrió y se puso a la pata coja. Addy le hizo cosquillas y le dijo:

–Pero yo le he dicho: «Santa Claus, no dejes los regalos ahí debajo del árbol, en el salón, porque la cama de Sharla está justo ahí y sé que la vas a despertar».

–¿Y dónde los va a dejar?

–Le he dicho que deje las cosas en el dormitorio, así que en cuanto te despiertes, vente derecha a mi cuarto. Aunque yo esté dormida todavía, súbete de un salto a mi cama y dime: «¡Es Navidad, Mamá Addy! ¡Es Navidad!».

Sharla abrazó a su Mamá Addy y le preguntó si podía llevarles unos bastones de caramelo a Lionel y a Nedda, que estaban fuera. Addy cogió seis bastones que colgaban del espartano arbolito, torcido hacia la izquierda, que había en la mesa cerca de la ventana.

–He comprado el helado ese, el de bastón de caramelo que le gusta al señor Toohey, así que cuando os entre frío ahí fuera, entrad y os prepararé un batido con ese helado, ¿de acuerdo?

La mañana de Navidad, fue Addy quien despertó a Sharla. Al principio, la niña estaba tan irritable y adormilada todavía que empujó a Addy y volvió a enterrar la cara entre las sábanas. Aquello le hizo gracia a Addy y Sharla aún tardó unos instantes en acordarse de que Santa Claus había estado en la caravana la noche anterior y de que tenía regalos esperándola en el dormitorio de Mamá Addy. Retiró la colcha azul de cuadros, echó a correr por el pasillo y se puso a chillar de emoción cuando vio todos los paquetes desparramados por la cama ya hecha de su Mamá. Se sentó en la cama y ya se disponía a abrir el primer paquete cuando Addy la disuadió.

–Primero, la sorpresa especial.

Sharla examinó los regalos, preguntándose cuál sería el especial.

–No, cielo, el especial está en el armario –dijo Addy.

–¿En el armario?

–Ajá...

–¿Y por qué lo ha metido Santa Claus en el armario?

–Pues... porque era demasiado grande para dejarlo en la cama.

–¿Y estos otros los ha dejado en la cama? –preguntó con recelo.

–Pues claro.

–¿Y cómo ha podido hacerlo si estabas tú metida en la cama?

–Lo ha hecho y ya está, Sharla.

–¿Y cómo se ha hecho la cama sola?

–Se ha hecho y ya está.

–Santa Claus ha hecho la cama... ¡¿contigo dentro?!

Addy miró a su alrededor con aire misterioso y luego susurró:

–Santa Claus es mágico, Sharla, y la magia es algo que no se puede entender. Y ahora, ¿quieres levantarte de ahí e ir a ver lo que hay dentro del armario o no?

Sharla se levantó y se dirigió al armario. Abrió la puerta muy despacio y dirigió la vista inmediatamente al enorme aparato en color con aquella cinta enorme alrededor y el lazo en la pantalla. Apenas si podía articular las palabras.

–Una tele...

–Ajá...

Sharla se quedó en silencio un buen rato antes de decir:

–Pues yo nunca he oído a nadie decir que Santa Claus le ha traído una tele.

–Ah, pues eso será porque este año te habrás portado muy, muy requetebién.

Sharla se volvió. Con la cara sofocada, arrugó la frente.

–Pero es que a lo mejor a veces también he hecho cosas malas.

–Huy, eso seguro, pequeña. Pero te has portado fenomenal casi siempre, y eso yo lo sé muy bien.

Sharla sonrió al ir asimilándolo.

–¿Santa Claus me ha traído una tele... a mí?

–Bueno, espero que la compartas a ratos conmigo.

–Lo haré –dijo.

GOTAS DE AGUA

Addy no pudo evitar acordarse de su primer hijo cuando se enteró de que estaba embarazada del segundo. La primera vez tenía quince años y le aterrorizaba que la gente notara que le estaba creciendo la barriga y adivinase su desgracia. La segunda vez, con veinticuatro años, se hizo cinco vestidos de embarazada y empezó a ponérselos mucho antes de lo necesario. Se moría de ganas de que los desconocidos la abordaran por la calle y le preguntaran si estaba esperando un hijo, para poder decirles que sí. Addy se sentía bendecida por la dicha de estar embarazada, y estaba tan agradecida de que Dios no fuese a castigarla después de todo, que nunca se quejaba de los dolores de espalda, ni de que se le hincharan los pies, ni le dijo nunca a nadie que, una noche, el niño le dio una patada tan fuerte que creía que le había roto una costilla.

Mose se pasó la mayor parte del embarazo de Addy lejos de casa, trabajando, pero cuando estaba en Chatham, se ocupaba de ordenar el pequeño apartamento de ambos, y de ir a comprar al mercado, y todos los días le recordaba a Addy –como si los dieciséis kilos que había engordado no fuesen suficiente recordatorio– que llevaba un hijo en el vientre y tenía que cuidar de sí misma. Había días en que Addy deseaba que Mose estuviese de vuelta en el tren, porque su manía de ordenarlo y limpiarlo todo, su atosigamiento y sus consejos la sacaban verdaderamente de quicio.

La criatura que Addy dio a luz aquella cálida noche de septiembre fue una niña muy pequeñita y arrugada. Con aquellos ojos negros tan grandes y la boca abierta, Mose pensó que la niña parecía un insecto, aunque nunca le dijo nada semejante a su esposa. Tampoco le dijo a Addy que aquel fardo que no dejaba de berrear había estado a punto de caérsele cuando el médico había depositado a la niña en sus brazos y le había susurrado la palabra «deformidad». El médico había retirado el arrullo para mostrarle el punto en que una membrana de piel blanda unía el dedo gordo del pie con el siguiente dedo en cada uno de los diminutos pies de la criatura. Mose miró aquellos pies y sintió un alivio infinito. Sin duda, los pies tenían un aspecto extraño, pero a Mose le pareció que el médico había exagerado calificando aquello de deformidad y pensó que Beatrice, así llamada por la amiga de la infancia de Addy, no tendría demasiados problemas en la vida por culpa de aquellas membranas entre los dedos de los pies.

Beatrice pasó de ser una recién nacida a dar sus primeros pasos sobre la gastada moqueta roja del apartamento minúsculo de la calle William. Iba descalza y Mose le veía aquella membrana tan peculiar entre sus dedos morenos y regordetes.

–Mira, Addy. Parecen las patas de un pollo. –Cogió a la niña en brazos y la hizo dar un chillido cuando le sopló en la barriga calentita y suave–. Eres un pollito, Beatrice. ¡Eres el pollito de papaíto!

Addy se rió.

–¡Pero si los pollos no tienen las patas palmeadas! Te estás confundiendo con los patos...

Mose también rió, pero siguió llamando a Beatrice «Patas de pollo *Chicken*», «Chick» para abreviar, y al poco tiempo, Addy también empezó a llamarla Chicken o Chick, y muy pronto nadie llamaba ya a la niña

Beatrice. A medida que Chick se iba haciendo mayor, Addy empezó a sentir celos del estrecho vínculo entre padre e hija, y envidiaba la forma incondicional en que Mose quería a Chick. Chick era una niña diferente, difícil y exigente cuando Mose no estaba en casa, y Mose casi nunca estaba en casa.

Fue más o menos alrededor de la época en que Chick empezó a ir a la escuela cuando Addy se dio cuenta de que no era muy probable que fuese a tener más hijos. Le entristecía pensar que nunca volvería a sostener a otro bebé suyo en brazos, ni a darle de mamar, ni acunarlo hasta que se durmiera por quinta noche consecutiva sin que eso le importase lo más mínimo. Buceó en su memoria, tratando de recordar los detalles del paso de Chick de recién nacida a la edad que tenía en esos momentos. En realidad, de lo único que se acordaba de cuando Chick era un bebé era del aroma dulzón de los polvos de talco y de las siestas cortas y perfectas.

A Mose se le partió el corazón cuando supo que no iba a estar en casa para el sexto cumpleaños de su hijita. Había intentado reservarse los días con meses de antelación a la fecha de finales de septiembre y ahora deseaba que sus jefes no le hubiesen asegurado con tanto convencimiento que podrían concederle aquellos días. Addy se iba a llevar una decepción, lo sabía, pero no se enfadaría. Aun así, su pequeña Chicken iba a celebrar la fiesta de su sexto cumpleaños sin él. Cuando se lo dijese, la niña rompería a llorar, se le echaría al cuello y le suplicaría: «Por favor, papá... Quédate. Por favor, papaíto...».

Mose esperaba que sólo se limitase a hacer eso, pues tenía tendencia a dramatizar y a montar escenas de lo más sorprendentes. Sus reacciones eran impredecibles, y tanto más frustrantes precisamente por ese motivo. No ocurría todas las veces, pero a menudo, cuando Chick no se salía con la suya, se tiraba al suelo y se ponía a patalear hasta que vomitaba la cena. Addy la observaba y, sin saber qué hacer y sin querer sacar el amoniaco por segunda vez en la misma semana, cedía y le daba a la niña lo que fuese que quería. Mose esperaba que no montase ningún número por lo de su cumpleaños, y sólo para asegurarse el tanto, le compró a la niña otro regalo especial más.

Había visto la muñeca por primera vez en el escaparate de una juguetería de Montreal. Había entrado y le había preguntado al dependiente:

–*Combien d'argent pour la poupée dans la fenêtre?*

El precio de la preciosa muñeca de porcelana era el jornal de una semana de trabajo. Addy se llevaría un disgusto, porque a pesar de lo mucho que quería a su hija, temía que estuvieran consintiéndola demasiado. «Malcriándola» era la palabra que empleaba.

Mose tuvo que atravesar el país tres veces para lograr acumular el dinero suficiente de sus propinas como mozo de línea para comprar la muñeca. Además de cargado con la muñeca, esa vez había vuelto a casa con una pareja de salero y pimentero de Saskatchewan con forma de gavillas de trigo. Addy se había puesto a dar saltos de alegría, entusiasmada, diciendo lo bonitos que eran y lo bien hechos que estaban. No tenía valor para decirle al bueno de su marido que, después de nueve años juntos, se estaba quedando sin espacio para todos esos adornos y estaba harta de limpiarles el polvo. Había empezado a guardar algunos de los más viejos en cajas y a esconderlos en un cajón. El caso es que no lo iba a lamentar en absoluto si, durante alguna de las rabietas de Chick, algunos se caían accidentalmente al suelo y se hacían añicos.

Mose estaba ansioso por enseñarle a Addy el regalo especial, pero tuvo que esperar a que Chick se hubiese ido a casa de su tío Sammy. Con una sonrisa radiante, Mose llevó el paquete al sofá y le quitó el papel en el que iba envuelto. Sacó la muñeca de la caja satinada y se la entregó con sumo cuidado a su mujer. Addy volvió la muñeca del revés, examinando los detalles perfectos del vestido y los arreglos. Carraspeó, devolvió la muñeca a la caja y dijo:

–Devuélvela.

La sonrisa se desvaneció del rostro de Mose.

–¿Qué has dicho?

–He dicho que la devuelvas, Mose.

–¿Y por qué habría de devolverla?

–Porque no es un regalo para una niña de seis años.

Mose se echó a reír.

–¡Pero si esta muñeca le va a encantar!

Addy entrecerró los ojos.

–¿Cuánto dinero te ha costado esa muñeca, Mose? –Su marido se encogió de hombros y le dijo un precio inferior a lo que le había costado realmente. Ella sabía que le estaba mintiendo–. Eso es demasiado dinero para gastarlo en una niña de seis años.

–Bueno, lo hecho, hecho está.

–Devuélvela te digo, Mose.

–No puedo devolverla, Addy. El sitio donde la compré está en Montreal.

–Pararás allí en el próximo viaje. Cómprale alguna otra cosa.

–Su cumpleaños es dentro de cuatro días.

–Bueno, pues ve a comprarle algo al centro, entonces. Busca en Gray's Place. O a ver si Lyal Mulhern tiene algo bonito en su tienda.

–Voy a regalarle la muñeca, Addy.

–Baja la voz, Mose.

–Voy a regalarle la muñeca.

–Se lo consientes todo, Mose. La estás malcriando.

–¡Sólo es una muñeca, maldita sea!

–La romperá.

–¡¿Y qué?! ¡¿Acaso se acabará el mundo si la rompe?!

Addy inspiró hondo, decidida a hacer entrar en razón al testarudo de su marido.

–Esa muñeca es sólo de adorno, para mirarla, Mose. No es para jugar con ella. No va a durarle ni una semana. Piensa en el dinero que habrás malgastado. ¡Estamos ahorrando para comprar un automóvil!

–Voy a regalarle la muñeca a Chick y no se hable más.

Addy no podía decirle a Mose, porque ni siquiera ella misma lo sabía, ni lo sabría hasta al cabo de varios años, la verdadera razón por la que odiaba aquella muñeca. Lo comprendió un día, de pronto, mientras trabajaba en la pastelería de The Oakwood Bakery. Su jefe, el señor Revello, abrió una cajita de terciopelo y anunció a todos sus empleados que la cadena de oro que había en el interior era un regalo de cumpleaños para su hijita de ocho años. «Para mi hermosa Fiorella», había dicho. Addy estaba al lado de la señora Revello, y la oyó murmurar al contable de la pastelería: «Veinte años casada con él y a mí nunca me compra nada, el miserable». Addy se dio cuenta entonces de que había sentido celos de la conexión especial de Chick con Mose porque ella nunca había tenido una relación semejante con su propio padre, pero sobre todo, porque a ella Mose le traía saleros y pimenteros, pero nunca nada ni remotamente tan maravilloso como aquella muñeca de porcelana.

Tras la discusión con su mujer Mose se había ido a reunirse con su hija, el tío Sammy, y el amigo de éste, Ben, en el parque al otro lado de la calle, junto al río. Samuel y Ben eran las personas favoritas de Chick, junto con su padre y su tío Hamond, por supuesto. Durante el breve paseo hasta el parque, Mose se preguntó si su esposa tendría razón. Tal vez se había equivocado comprando la muñeca. Era muy cara, eso era cierto, y podrían haber empleado el dinero en otras cosas. Mose detestaba pelearse con Addy y sabía que a ella le pasaba lo mismo. Sólo podían disfrutar de unas preciosas pocas horas juntos, de manera que decidió hacer las paces con ella cuando volviera a casa. Si Addy quería que devolviera la muñeca, así lo haría, confiando en el hecho de que era ella quien sabía lo que era mejor para todos.

Hacía un calor excepcional para tratarse de finales de septiembre, el típico día para que abundaran los comentarios sobre si era demasiado temprano todavía o no para el veranillo de San Martín, y había niños chapoteando en el agua del río. A Chick no le gustaba nadar, pero se sentaba en el embarcadero con sus tíos y veía disfrutar a los demás niños. Sin embargo, le preocupaba el modo en que los niños metían la cabeza, la boca, la nariz y todo eso debajo de aquella agua tan turbia y verde. A Chick le daba miedo el agua. A Chick le daban miedo los perros, la oscuridad y también los truenos.

Se acercaba el sexto cumpleaños de Chick e iba a celebrarse una fiesta. Su tío Hamond había previsto llevar el pequeño poni de las Shetland de la granja donde trabajaba y todos los niños podrían subirse. Y su madre, aunque se suponía que ella no tendría que haberlo visto, estaba cosiéndole el vestido más bonito del mundo, de algodón blanco, con el cuello de puntilla calada y una cinta rosa brillante en la cintura. Su padre, lo sabía, iba a traerle un regalo especial. Su padre siempre le hacía algún regalo especial, y siempre tenía la sensación especial de sentirse completamente adorada por él.

La noche antes de su fiesta, su madre se había acostado en la cama a su lado y le había dicho:

–No me puedo creer que mi pequeñita sea ya una niña mayor.

–Ya hace tiempo que soy una niña mayor, mamá.

–¿Ah, sí?

–Desde que tenía dos años, que soy una niña mayor –dijo, dándose aires.

–¿Y eso por qué?

–Porque el tío Hamond dice que ya hablaba como una persona mayor cuando tenía dos años.

–¿Conque eso dice, eh?

–¿Es verdad?

–Sí, hablabas ya como una persona mayor.

Se había acurrucado junto a ella entonces, había cerrado los ojos y había susurrado:

–Cuéntame la historia, mamá.

Addy besó a Chick en las mejillas y se alegró de que su corazón estuviese fuertemente protegido dentro de su caja torácica, porque temía que fuese a estallarle en cualquier momento, de tanto amor.

–Bueno –empezó a decir–, tu padre estaba en casa conmigo, y sé perfectamente que todo fue obra del buen Dios, porque no estaba previsto que fuese a tener días libres para estar en casa.

–Y yo estaba impaciente por salir, ¿verdad, mamá?

–Sí, Chicken. Siempre has sido una niña muy impaciente. Ya caminabas a los nueve meses, y hablabas perfectamente a los dos años. Casi cuatro semanas antes de la fecha prevista para que vinieras al mundo, me diste una buena patada y me dijiste: «Mamá, será mejor que despiertes a papá y le digas que vaya a por la señora Yardley, porque estoy a punto de salir... ya».

–¿Y lo dije con mi propia voz?

–Sí.

–¿Mi voz de verdad? –preguntó Chick, sabiendo la respuesta de antemano.

–Tu voz interior, cariño. La voz que, sin sonido, sale de aquí dentro –dijo, tocando el corazón de Chick– y va directamente a la cabeza de tu mamá.

–O directamente a la cabeza de mi papá.
–O a la de las otras personas a las que quieres, también.
–Y luego, ¿qué dije?
–Dijiste: «Mamá, a mí me gusta hacer las cosas a mi manera, así que en vez de salir boca abajo, me parece que voy a intentar nacer con el culito primero».
A Chick le encantaba aquella parte de la historia y se echó a reír. Addy besó a Chick en la frente y le hizo cosquillas en la barriguita.
–Yo dije: «Hija mía, aquí la madre soy yo, y tú pesas nada menos que dos kilos cuatrocientos gramos, así que vas a dejar que la señora Yardley te ponga del derecho ahora mismo, ¿me has entendido?».
–¿Cómo se llama ese cordón, mamá? ¿Ese que nos conectaba a las dos?
–Ése es el cordón umbilical.
–¿Es el que cortó el médico?
–Ajá... Aunque aún sigue ahí.
Chick se subió el pijama para mirarse el nudo rugoso de su ombligo.
–No, no está.
–Es que ahora es invisible, eso es todo.
Chick enterró la cabeza en el pecho de su madre.
–¿Y cuánto tiempo pasó hasta que salí y el médico cortó el cordón?
–Bueno, pues yo estuve empujando y esperando, y empujando y esperando, y a tu padre y a la señora Yardley les habría dado tiempo de asar una ternera de cuatro kilos hasta que al fin decidiste que ya estabas lista. El médico llegó por fin, aunque yo ya creía que se iba a perder la mejor parte, y entonces, después de un último empujoncito, ya te tuve en mis brazos. Lloraste sólo un poco, te puse al pecho y tú me mirabas como si ya me conocieras, y entonces tu padre dijo: «Es una niña. Es Beatrice», y entonces lo miraste a él

también como si ya lo conocieras. Dice que hasta pusiste los ojos en blanco al mirarlo, como diciendo: «Pues claro que soy una niña, papá».

»Tu padre y yo te queríamos muchísimo. Para nosotros eras casi como un regalo del Señor, un regalo que a lo mejor ni siquiera nos merecíamos. Menos cuando tenemos esos problemas contigo, Chick, menos cuando pillas esos berrinches, me siento la madre más afortunada del mundo. Vamos a tener que solucionar lo de esos berrinches, y yo creo que la culpa es mía y de tu padre, por consentirte demasiado y darte todo lo que pides. Pero aparte de eso, te estás convirtiendo en una personita maravillosa y muy buena, y estoy muy, pero que muy orgullosa de decir que eres mi hija. Y ya sabes lo que siente tu padre, porque aunque su trabajo lo obliga a viajar muy lejos, te lleva consigo siempre en el pensamiento, a cada instante. Él y tú os parecéis como dos gotas de agua, y eso ha sido así siempre, desde el día en que naciste.

Como seguía sin refrescar por las noches, Addy quitó la manta adicional de la cama de Chick y le dio las buenas noches besándola en los labios dormidos.

Por la mañana, Chick estaba un poco gruñona por la falta de sueño. Addy la besó en la mejilla y dijo:

–Feliz cumpleaños, Beatrice Mosely.

Chick protestó por el desayuno y no quiso beberse la leche.

–Quiero que venga papá. ¿Por qué mi papá no puede venir a mi fiesta de cumpleaños?

Addy había pensado darle el regalo de su padre más tarde, durante la fiesta en casa de Hamond, pero se dio cuenta de que era necesario amansar a la fiera sin perder un minuto. Sin mediar palabra, sacó la caja de regalo de su escondite en el armario de la cocina y la dejó encima de la mesa. Chick levantó la vista.

–¿Es de papá?

Addy asintió y la vio desenvolver el regalo. No se arrepintió, al ver la cara de Chick, de haber dado su brazo a torcer y haberle dicho a Mose que no la devolviera a la tienda. La muñeca de porcelana era el mejor regalo, el más querido también, que Chick iba a recibir en su vida. Aun así, Addy temía que un regalo tan caro pudiese romperse, así que se lo quitó a la niña de las manos y volvió a meterlo en su caja satinada antes de que Chick tuviera ocasión de darle un abrazo siquiera.

A Chick también le había vuelto loca de alegría el vestido blanco y le sentaba como un guante. Se lo había puesto antes de la fiesta y había dado una pirueta frente al espejo, preguntando:

–¿Me enseñarás a coser, mamá?

A Addy le impresionó pensar que ella misma ya era muy hábil con la aguja y el hilo cuando tenía la edad de Chick. Cayó en la cuenta de que tampoco le había enseñado a Chick demasiado acerca de las faenas de la casa. Ni siquiera le había enseñado a la niña a hacer nieve de manzana. Decidió que lo haría ese mismo otoño, cuando las manzanas fuesen frescas y abundantes.

Habían tenido sus más y sus menos con el lazo para el pelo de Chick. La niña no quería el lazo y su madre no entendía por qué.

–¡Me da tirones! –había chillado Chick.

Addy le sujetó el lazo con más fuerza y luego temió que fuera a darle otra de sus rabietas. Sin embargo, no iba a haber ninguna rabieta el día del cumpleaños de Chick, o al menos no que ella supiera.

Había diez niños invitados a la fiesta, y Addy temía que diez fuesen demasiados. Por poco le da un soponcio cuando Hamond se presentó con el poni alazán de las Shetland y todos los niños del East End, sin excepción, acudieron a verlo. Había preparado una tarta de tres pisos con cobertura de crema de mantequilla y la había decorado con rosas de caramelo, pero no era ni mucho menos lo bastante grande para que comieran todos los niños y los vecinos de más que habían acudido a ver al poni trotando arriba y abajo por la calle Degge.

Chick era la niña del cumpleaños, de modo que, naturalmente, eso le daba pleno derecho a recibir un trato especial, pero cuando su tío Hamond le dijo a la multitud reunida que Chick sería la primera en montar el poni, se quedó paralizada. Nunca se había subido a ningún animal, ni un poni ni de cualquier otra clase, y temía hacer el ridículo o, peor aún, caerse y hacerse daño o estropearse su precioso vestido. Dejó que otro niño montara el primero en su lugar y el tío Hamond le dio unas palmaditas en la espalda, alabando su generosidad.

Más tarde, más de una docena de niños del vecindario se habían subido ya al poni y a Chick todavía no le había llegado su turno. Sammy y Ben manejaban las palas a ambos extremos de la calle e intentaban seguir el trepidante ritmo de evacuaciones del animal de las Shetland. Addy estaba en la cocina de Hamond atreviéndose con una especie de pastel de melocotón y acordándose de Jesucristo y los panes y los peces. Nadie pareció darse cuenta de que Chick había desaparecido.

Un niño de ocho años, Abel Duncan, había dado ya tres vueltas montado en el poni cuando le dijeron que no podía subirse más. No se podía quejar, teniendo en cuenta que, para empezar, ni siquiera lo habían invitado a la fiesta de cumpleaños. Estaba cruzando el patio trasero de los Ferguson de vuelta a casa cuando oyó un gran estruendo procedente del cobertizo que había junto a un peral gigantesco. No sintió miedo, sólo curiosidad, pero no quiso irrumpir y abrir la puerta de golpe. Había un ventanuco en el lateral del cobertizo, aunque apenas si alcanzaba a asomarse a él. Se puso de puntillas para ver qué era lo que causaba aquel estruendo.

No supo qué pensar de lo que vieron sus ojos en el

interior del cobertizo. Chick Mosely, vestida con aquel precioso vestido blanco, con los ojos llorosos y completamente fuera de sí, trataba de golpear la pared con una azada como si fuera un bate de béisbol. Abel se dispuso a dar media vuelta y marcharse, pero volvió sobre sus pasos, abrió la puerta del cobertizo y preguntó, con toda naturalidad:

–¿Por qué haces eso?

Chick se asustó al ver al chico y soltó la azada antes de caer en la cuenta de que aquel mocoso no podía castigarla. Abel la observó unos minutos más y luego añadió:

–¿Por qué no estás montando el poni?

¿Cómo iba ella a decirle a Abel Duncan que le daba miedo subirse al poni? ¿Cómo podía decirle que el poni de las Shetland le había aguado la fiesta? Volvió a coger la azada.

–Vuélvete a tu casa, Abel. Ni siquiera te invité a mi fiesta, de todas maneras.

Abel miró a la pared del cobertizo donde la azada había astillado la madera.

–Pues si me hubieras invitado, te diría que ha sido una fiesta estupenda. Me ha gustado subirme a ese poni. Y tu madre nos ha dado zumo, pastel y galletas recién hechas, además. Si fuera mi fiesta, no estaría aquí encerrado en un cobertizo apestoso, eso seguro. –Y dicho eso, dio media vuelta y se fue.

Chick cogió la azada y volvió a blandirla de nuevo, pero lo cierto es que ya no estaba enfadada. Oyó a los niños en la cocina y supuso que debían de haberlos invitado a entrar para que comieran la tarta, de modo que soltó la azada y se encaminó a la casa. Su madre acudió a su encuentro en la puerta trasera, sudando a mares, con el vestido sucio después de tanto tiempo en la cocina. Besó a Chick y le dijo:

–Vamos, cielo, te he guardado un trocito de tarta.

Al ver la gigantesca tarta blanca, Chick deseó no haber astillado la pared del cobertizo.

–¿Y no puede Abel Duncan venir a comerse un trozo?

Addy no estaba segura de cuál de los chicos Duncan era Abel ni por qué quería Chick darle un trozo de tarta, pero asintió con la cabeza y vio a su hija salir por la puerta trasera como un vendaval.

Como era sábado, al día siguiente la mayoría de los invitados tendría que levantarse temprano para ir a la iglesia, y Addy se alegró de no tener que preocuparse de echar a los rezagados al final de la fiesta. Cuando todos se hubieron marchado y Samuel y Ben lo hubieron limpiado y recogido todo, Hamond llevó en brazos a la exhausta homenajeada las escasas manzanas que había hasta la calle William. Addy confesó que lamentaba haberse puesto hecha una fiera con Mose por lo de la muñeca. Y lamentaba haber obligado a Chick a llevar aquel lazo en el pelo. Y también lamentaba no haber hecho una tarta más grande.

Antes de marcharse, Hamond besó a Chick en la mejilla mientras dormía, le apretó la mano a Addy y dijo, mirándola a los ojos oscuros:

–Sólo eres un ser humano, Adelaide.

Addy asintió débilmente, recordando la forma en que Hamond la había mirado cuando la había ayudado a bajar del tren en la estación de Chatham, tantos años antes. «Tú me conoces, Hamond –se dijo–. Tú lo sabes todo de mí.»

Mose volvió a casa al cabo de unas semanas, pero no era él. Había ido a Nueva Escocia a visitar a su madre, pero esta vez no había habido recuperación milagrosa ni platos de arroz esponjoso.

–Se está muriendo, Addy.

Addy se contuvo y no dijo en voz alta: «Siempre se está muriendo, Mose».

–Parece que no puede respirar. Ni siquiera se levantó cuando entré en la habitación. Aileen, la amiga que va todos los días a cuidar de ella, dice que este último mes, mamá no ha tenido más remedio que usar un orinal, y que la semana pasada había sangre en su orina.

Addy asintió con la cabeza. Tal vez la anciana se estuviera muriendo de verdad. Le destrozaba el alma ver sufrir a Mose de aquella manera. Se sentó en su regazo, alegrándose de que Chick se hubiese ido a coger manzanas con su tío Hamond. Besó al bueno de su marido en la cara y dijo:

–Deberíamos ir a verla. Tú, yo y Chick. Debería conocer a su única nieta.

Mose negó con la cabeza.

–Cuesta demasiado dinero, Addy. Está muy lejos. No me gustaría estar trabajando contigo y con Chick en el tren. No querría que me vieras con la actitud servil que debo mostrar.

–¿Podríamos ir juntos, cuando tengas días libres?

–Los tres billetes cuestan una fortuna.

–Es tu madre, Mose.

Mose asintió, sonrió y se sintió el hombre más afortunado del mundo por amar y ser amado por aquella mujer.

–No sé cuánto tiempo le queda.

–Entonces, más vale que vayamos cuanto antes.

No podían permitirse pagar un billete en los coches cama y de todos modos tampoco habrían sido bienvenidos. De hecho, Mose ni siquiera recordaba haber visto una sola cara negra como no fuera la de los mozos y los camareros en ninguno de sus viajes de una punta a otra del país. Aun así, aun sin el lujo de dormir en alguna de las literas del coche cama, el viaje iba a resultarles mucho más caro de lo que imaginaban. Al final, fue Hamond quien les costeó el billete de Chick y quien despachó sus agradecimientos diciendo: «La niña debería conocer a su familia. Será un viaje que recordará el resto de su vida».

Fueron necesarios muchos preparativos antes de emprender el viaje, pero a pesar de la carga adicional de trabajo, Addy estaba cada vez más entusiasmada ante la expectativa de irse de viaje. Sin embargo, Mose ya le había advertido que Africville no era ningún paraíso, y cuanto más hablaba de eso, más preocupada y más nerviosa se ponía Addy.

–Fue fundada por esclavos fugitivos, pero no es como Rusholme. Al menos no como tú describes Rusholme. El caso es que... –dijo Mose, con gesto avergonzado– es una pocilga. Eso es lo que es. Ahí vive buena gente, no me malinterpretes, pero el lugar es... está justo al lado del vertedero municipal, Addy. Las casas son chabolas. No hay ninguna escuela cercana. Halifax no quiere facilitar el suministro de agua corriente, ni el alcantarillado.

Mose estaba exaltado, como cuando hablaba del Sindicato.

–Cuando era niño, todos íbamos al vertedero a ver si podíamos sacar algo. Un amigo mío encontró una navaja que alguien debía de haber tirado por equivocación. Yo también encontré mis propios tesoros. A un hombre que vivía en nuestra misma calle, un poco más arriba, lo pilló allí la policía. Les dijo que estaba buscando algo de desayunar para su familia y se lo llevaron a la cárcel.

Addy sintió un escalofrío.

–¿Y por qué dejó tu padre que crecieras allí? Él era blanco. Tenía dinero.

Mose entornó los ojos y apartó la mirada.

–Mi padre le daba a mi madre diez dólares al mes para ayudar a mi manutención. Mi madre le daba las gracias como si en el fondo no tuviera ninguna obligación de ayudarnos. No esperaba que fuese a llevarnos al centro de la ciudad con su familia blanca, pero nunca le perdoné por no haber hecho algo más por nosotros.

–Bueno, pero si es tan terrible, ¿por qué sigue allí tu madre?

–Le pedí que se viniera a vivir con nosotros.

Addy disimuló su estupor.

–Lo suponía, Mose. Y entiendo que no quiera venir nada menos que hasta Ontario, pero ¿por qué no se va a vivir a algún otro sitio en Halifax? ¿A algún sitio mejor?

–Africville es su hogar, Addy. Nació allí. Todos sus amigos están allí. Es lo único que ha conocido en su vida. No es la gente que vive allí la que debería sentir vergüenza, sino la ciudad que se lo permite.

Addy se tragó el nudo que sentía en la garganta.

–¿Estás seguro de que podemos ir? ¿Crees que es un lugar seguro? ¿Para Chick?

–Es seguro. No va a pasar nada. No si estoy yo allí. Además, sólo serán unos días.

Addy asintió, y de pronto percibió una ráfaga de aire frío, y se sorprendió al comprobar que la ventana que había a su espalda estaba cerrada.

Mose no parecía haberse percatado del repentino viento.

–A lo mejor cuando vayamos, eso le dará a mi madre fuerzas para aguantar un poco más.

–Pero ¿y si resulta que con nuestra presencia le hacemos más mal que bien?

–No te preocupes –dijo Mose, besándole los labios–. Te gustará. Y tú también le vas a gustar a ella, lo sé.

–No estoy preocupada –repuso Addy.

–Es natural que una madre sienta celos de la mujer de su hijo. Y viceversa, también. Pero en cuanto estéis juntas en la misma habitación, lo verás. Os vais a caer estupendamente.

–No siento celos de tu madre, Mose –repuso Addy con actitud resuelta.

Era la noche antes de salir de viaje. El frío de noviembre no había enseñado las garras todavía y aún había tres rosas de color rosa en el rosal de la ventana de la señora Yardley. Mose y Chick se habían ido al mercado a comprar comida para el viaje y algunas cosas especiales para su madre. Addy se había despertado esa mañana con dolor de garganta y con fiebre, y vomitó el desayuno antes de haber masticado el último bocado. Al principio, Mose se había entusiasmado al verla vomitar y le había susurrado:

–¡Caramba, Adelaide Mosely! ¿No estarás...?

–No –respondió ella rápidamente–. No, Mose. Sólo tengo una gripe. Sólo una gripe.

–¿Estás segura de que no estás...?

–Completamente segura –contestó Addy, y es que estaba completamente segura de que no estaba embarazada.

–¿Gripe? ¿Y estarás bien para poder viajar mañana? –Mose parecía presa del pánico.

–No es muy fuerte. No hace tanto frío todavía para que sea muy fuerte. Me pondré bien.

–Chicken y yo nos encargaremos de todos los preparativos de última hora. Tú métete en la cama y quédate ahí todo el día. Volveremos dentro de una hora o así. Tú descansa y ya está.

Addy sintió alivio de poder quedarse en la cama, pues no habría podido estar en ningún otro sitio. Se sentía muy débil para mantenerse en pie y tenía demasiadas náuseas para ponerse a cocinar, limpiar o salir a comprar al mercado. Al menos ya tenía la maleta hecha y eso era de agradecer. Sus cosas y las de Chick habían cabido por los pelos en la maleta que había traído de la casa de Padre hacía tantos años, y Mose tenía su propia bolsa de viaje, por supuesto.

Le había subido la fiebre, y estaba sudando y tiritando en la cama cuando oyó que llamaban a la puerta. No tenía fuerzas para decir «adelante» y se alegró de que quienquiera que fuese se tomara la libertad de accionar el pomo. Hamond apareció en el umbral con expresión sombría.

–¿Qué pasa, Hamond? –preguntó Addy con un gemido.

Hamond se acercó a la cama despacio.

–No tienes buen aspecto, Adelaide.

–No me encuentro bien –repuso ella, aliviada al ver que sólo era eso lo que preocupaba a Hamond–. Pero mañana ya estaré bien.

–Mañana no vas a estar bien, y tú lo sabes. Estarás tan enferma como hoy o incluso más.

–No me mires así, Hamond Ferguson. Voy a subirme a ese tren con mi marido y mi hija. –Addy sintió que se le humedecían los ojos–. Tengo que irme, Hamond. Tengo que hacerlo.

Hamond le comprobó la temperatura de la frente con el dorso de la mano.

–Debería llamar al médico.

–Sólo es una gripe.

–Aun así.

–No. –Addy se incorporó en la cama y se recompuso–. Tal vez deberías prepararme una taza de té, Hamond. Te agradecería una buena taza de té caliente.

–No te vas a recuperar con una taza de té, Addy. Creo que lo mejor será que te quites de la cabeza lo de subirte mañana a ese tren.

Addy hizo caso omiso del comentario y lo vio dirigirse a la cocina. De pronto, se acordó:

–Quiero llevarme esas fotografías de Chick para enseñárselas a la madre de Mose. Esa en la que sale ella cuando tenía dos años, a hombros de su padre. Y la que está con los chicos en la fiesta del maíz del año pasado, y también las fotos del día de nuestra boda. ¡Uy no, ésas mejor no se las llevo! No se ve ninguna iglesia al fondo en ninguna de ellas. ¿Me las traes, por favor? Algunas están en la estantería de ahí mismo, pero las tengo casi todas guardadas en la caja de la mantequilla, con las cosas de los chicos. ¿Me apartas un poco la cómoda para que pueda abrir la puerta del desván, Hamond?

Hamond quiso decirle a Addy que la espalda le dolía más que nunca, y que le había costado Dios y ayuda subir las escaleras para ir a verla. Quiso decirle que esperara hasta que su marido, tan grande y fuerte, volviese a casa y le hiciese mover el mueble a él, pero en vez de eso, dijo:

–Te traeré la caja. Tú quédate ahí y espera a que se haga el té. Iré a por la caja.

Mose y Addy habían heredado la enorme cómoda de roble del anciano que había vivido en el apartamento antes que ellos. Le estaban muy agradecidos por su generosidad, pero en el fondo sospechaban que el hombre no debía de saber cómo diablos iba a sacar aquel armatoste por la puerta y bajarlo por las escaleras para llevárselo. La pata derecha estaba rota, y bailaba un poco cuando la corrían para despejar el acceso a la puerta del ático, pero era muy robusta, y lo bastante grande para que cupiese toda la ropa de Addy, de Mose e incluso de Chick. Cada vez que Mose movía el armatoste para coger las fotografías guardadas de Addy o esconder un regalo para Chick, pensaba en sacar su caja de herramientas y arreglar la pata, pero después nunca se acordaba. Hamond había pensado lo mismo cada vez. Y volvió a pensarlo de nuevo en ese momento, cuando desplazó la cómoda y vio que la pata estaba prácticamente partida en dos.

Hamond estaba pensando cuándo ir a la casa para arreglarles la pata de la cómoda mientras ellos estuvieran en Nueva Escocia, pues sabía con absoluta certeza que Addy acabaría yendo, enferma o no. Estaba planeando todo esto cuando, de repente, se puso a chillar de dolor: la pata de la cómoda se había desencajado y todo el peso del mueble le había caído de golpe en mitad del pie izquierdo. Addy retiró las sábanas y atravesó la habitación con paso tambaleante. Intentó, con las escasas fuerzas que le quedaban, apartarle el mueble del pie, pero no consiguió moverlo ni un milímetro. Martin Baldwin, el vecino de abajo, apareció en un visto y no visto, y se puso a empujar y a tirar del mueble, pero era un hombre muy menudo, con una salud frágil, y con sus brazos de pajarillo no podía ofrecer más que buenas intenciones.

Todos agradecerían a Dios más tarde que Mose llegase cuando llegó. Él y Chick ya habían oído los gritos cuando estaban a medio camino de la calle William, y aun cargados con todos los paquetes de las compras, echaron a correr y subieron las escaleras a toda velocidad, con la expresión estampada en sus rostros de quienes temen lo que están a punto de presenciar. Mose apartó a un lado a Martin Baldwin, aunque más tarde le pidió perdón por si había sido demasiado brusco, levantó la inmensa cómoda y liberó el pie del pobre Hamond.

Trasladaron al herido al sofá y buscaron un cajón de embalaje para que apoyara el pie. Le quitaron la vieja bota con sumo cuidado y todos los presentes sintieron ganas de llorar al ver el estado de sus calcetines. Mose le prohibió a Chick que mirara cuando retiró la telaraña de hilos del pie de Hamond, de modo que la niña enterró la cabeza en el pecho de su tío y le abrazó el cuello. Hamond agradeció enormemente que Chick estuviera allí, pues así al menos tenía algo dulce a lo que agarrarse mientras el dolor le abría un surco que iba desde el pie directamente hasta su cerebro.

Addy estuvo a punto de vomitar cuando retiraron el calcetín del pie de Hamond. Martin Baldwin se escabulló al piso de abajo, a su apartamento, y puso la música lo más fuerte posible. Mose se había quedado mirando el pie de Hamond con asombro, pues no había rastros de sangre, sino una grieta de cinco centímetros allí donde la cómoda se había quedado clavada. Era evidente que tenía los huesos rotos, y se le empezaban a hinchar los dedos, que cada vez estaban más azulados. Todos sabían que tendría problemas para caminar el resto de su vida, y así fue.

Poco se podía hacer para curar un pie roto. Mose llevó en brazos a Hamond a su casa y ambos se rieron del espectáculo que hacían los dos juntos así por la calle. Sobre todo Hamond, pues para Mose sólo era un hombre llevando en brazos a su amigo herido, pero para Hamond era un hombre blanco llevando en brazos a un negro. Samuel se echó a llorar mientras ayudaba a meter a su padre en la cama. Mose y Hamond hicieron como que no se daban cuenta, pues les parecía poco decoroso que un hombre llorase.

Mose hizo prometerle a Samuel que iría a ver a su tía Addy todos los días mientras él y Chick estuvieran fuera. Mose sabía que Addy no iba a acompañarlos en su viaje en tren. Al ver su aspecto cuando había entrado en la habitación, se había asustado tanto como por los gritos de Hamond. De hecho, una vez que Chick se hubo dormido al fin, Mose se pasó buena parte de la noche suplicándole a Addy que se quedase, convenciéndola de que estaba demasiado enferma para viajar, pero, sobre todo, insistiendo en que no podía ni debía llevar su enfermedad a la casa de su madre moribunda.

Addy no tenía fuerzas para discutir y sabía que, en el fondo, su marido tenía razón. Entonces, Mose decidió que él también se quedaría. De pronto, temió por la salud de su esposa, y se apoderó de él la extraña sensación de que no debía separarse de ella, bajo ningún concepto. Fue a ella a quien le tocó convencerlo entonces, y le recordó a Mose todo el dinero que se habían gastado en los billetes. Le insistió en que debía ir por el bien de su madre, y también por Chick.

–Ve, Mose. Piensa en Chick. Piensa en las ganas que tiene de ver el mar. Yo estaré perfectamente. Tengo a Samuel y a Ben, que vendrán y cuidarán de mí. Y a la señora Yardley, y también a los Baldwin.

–Pero es que te voy a echar mucho de menos –había dicho Mose, y se acordó de la vergüenza ajena que había sentido por Samuel cuando a él también se le humedecieron los ojos.

–¿Qué pasa? –le preguntó ella, conmovida en el alma por sus lágrimas–. Si ya estás acostumbrado a estar días y días sin verme... ¿Qué te pasa, Mose?

–Esto es... distinto.

Addy le acercó los labios enfebrecidos a la frente.

–Yo también te voy a echar de menos. Siempre te echo de menos, pero esta vez es Chick la que me preocupa. No me he separado de mi pequeña más de cuatro o cinco horas en todos los años desde que nació.

–Cuidaré muy bien de ella.

–Ya lo sé, Mose. Tú eres su padre, un buen padre. Además, me preocupa más lo mucho que la voy a echar de menos a ella en lugar de ella a mí. Me pondré enferma de tanto echaros de menos a los dos.

A su hija no le entró ninguna rabieta, como Addy se temía en secreto, cuando a la mañana siguiente le dijo que no iba a ir con ellos de viaje.

–¿Iremos solos papá y yo? –preguntó Chick.

–Sí, Chicken, pero sólo será una semana, y luego volverás y me lo contarás todo: cómo fue el viaje en tren y cómo es Nueva Escocia y también cómo es Nana Mosely.

Chick asintió y miró fijamente a los ojos de su madre.
–¿Te vas a morir, mamá?
Addy se quedó perpleja ante aquella pregunta.
–No. ¡No! ¿Por qué me preguntas una cosa así?
Chick se encogió de hombros, demasiado triste para llorar. Mose ya había sacado la ropa de Addy de la maletita de Padre, lo que aligeró considerablemente su carga. Addy sonrió a Chick.
–¿Y no crees que a tu Nana le gustaría ver tu muñeca especial?
Sacaban la muñeca de porcelana de la caja satinada en tan raras ocasiones que Chick ni siquiera le había puesto nombre. No se habría atrevido a soñar, ni mucho menos a proponer semejante idea.
–¡Así podrá mirar por la ventanilla! –exclamó Chick, saltando de alegría.
Parecía tan mayor..., recordaría Addy cada vez que invocase la imagen de Chick de pie en el umbral de la puerta, cogida de la mano de su padre. Llevaba su abrigo y su sombrero de los domingos, y acunaba su muñequita como si ésta fuese un bebé. La expresión que se reflejaba en su cara decía que había cambiado, que había madurado y se había convertido en otra personita de la noche a la mañana, como si por fin hubiese comprendido que no siempre podía salirse con la suya. Addy estaba demasiado débil para levantarse de la cama, pero había abrazado a Chick con tanta fuerza que por poco le corta la respiración a la pobre niña. Y había dejado que Mose la besara en la boca, a pesar de que antes le había dicho que no debía hacerlo.
Mose se había detenido un instante en la puerta y le había sonreído, diciendo:
–No te diviertas mucho sin nosotros, ¿eh?
Addy se aclaró la garganta unas cuantas veces porque no quería echarse a llorar y disgustar a Chick.

–Descuida, no lo haré –dijo, y se despidió con la mano.

Fue una sorpresa para los dos cuando Chick volvió corriendo junto a la cama de su madre convaleciente y le entregó a ésta la muñeca de porcelana, depositándola con fuerza entre sus brazos temblorosos.

–Ya tengo a papá para que me haga compañía. Puedes quedártela tú, ¿de acuerdo, mamá?

Addy rompió a llorar en ese momento, volvió a estrechar a Chick entre sus brazos y murmuró:

–Te quiero muchísimo, Chicken.

El tren había llegado con retraso de Windsor a Chatham, y habían tardado una eternidad cambiando de vías después de Londres. Mose y Chick llevaban ya más de cinco horas de viaje y aún estaban a varios kilómetros de la estación de Union en Toronto, donde enlazarían con el tren en el que realizarían el tramo más largo de todo el recorrido. A Mose le preocupaba que pudieran perder ese segundo tren y se preguntó si podrían presentarse en casa de Olivia y su marido, a quienes había conocido sólo de pasada, y pedirles que los acogieran por una noche.

Hacía calor en el tren, y Chick había estado revoltosa y protestona desde el principio.

–¿Cuánto falta?

–Es un viaje muy, muy largo, Chicken. Ahora quédate calladita para no molestar a los otros pasajeros.

–Pero es que tengo hambre.

–Llevo una manzana en el bolsillo de mi abrigo.

–Ya me he comido una manzana.

–Pues cómete otra.

–No quiero una manzana.

–Chick.

–Quiero estar con mamá.

–Chicken.

–Quiero ver al tío Hamond y a Sammy y a Ben.

Mose no había estado tan convencido como Addy de que las rabietas de Chick hubiesen terminado para siempre. Echó un vistazo a su alrededor en el tren y se preguntó qué haría si a su hija le daba por ponerse a patalear justo en ese momento. De pronto se fijó en el paisaje que desfilaba por la ventanilla. Conocía el itinerario al dedillo y supo con exactitud que se estaban aproximando al armazón del puente que atravesaba aquel río tan ancho cuyo nombre no acertaba a recordar. «Vamos demasiado rápido –pensó–. Están tratando de recuperar el tiempo que hemos perdido y vamos demasiado rápido.»

Chick miró por la ventanilla y vio que el tren estaba a punto de cruzar el agua. «No tengas miedo», se dijo y cerró los ojos. Cuando volvió a abrirlos, se quedó mirando sus propios brazos y los de su padre, que estaban juntos en el reposabrazos del asiento. Como si se fijara en ellos por primera vez, señaló:

–Mira, papá. Yo tengo la piel más oscura y tú la tienes más clara.

Mose miró los brazos y asintió con la cabeza. Un pensamiento le cruzó por la mente como un fogonazo, y como si de una estrella fugaz se tratara –como cuando las personas más realistas se preguntan si de veras la han visto o no–, Mose pensó en el pie roto de Hamond Ferguson y en cómo el dedo gordo y el siguiente estaban unidos por una membrana de piel morena, como los palmípedos. Decidió que, al igual que con la estrella fugaz, no había llegado a ver de veras aquella membrana de piel. Entonces bajó la vista y miró a su hermosa hija –«Como dos gotas de agua» era lo que Addy siempre solía decir de ellos dos– y dijo:

–Tienes una piel preciosa.

La niña le devolvió la sonrisa.

–Y mamá también.

Mose asintió, sujetándole la mano con fuerza, y le

habría dicho: «Sí, Chicken», sólo que en ese momento el tren acelerado descarriló y se separó saltando de las vías. Los pasajeros, incluidos Mose y Chick, murieron en el acto, dada la violencia del impacto de la locomotora con el agua. El agua del río sólo tardó unos minutos en arrastrar al enorme tren hasta el fondo.

Addy se despertó antes del alba, no porque hubiese presentido ni imaginado la catástrofe, sino porque ya llevaba diez horas seguidas durmiendo y ya no podía dormir más. Sonrió, imaginándose a su marido y a su hija sentados juntos en el tren. A esas alturas ya debían de estar cerca de Quebec, suponía. Un mozo amigo de Mose llamado Rufus había abierto allí un *nightclub* que se llamaba Rockhead's Paradise. Un día, hablando de ese lugar, Mose la había besado y le había susurrado al oído: «Allí podríamos estar bailando toda la noche». Addy se había echado a reír al oír aquello, porque no sólo no habían bailado nunca toda la noche, sino que no habían vuelto a bailar desde la boda. «Tal vez debería reconsiderar lo de Montreal, después de todo», pensó Addy. Le sorprendió que alguien llamara a su puerta antes de la hora del desayuno. Leyó las palabras del telegrama que le había subido la señora Yardley, y luego volvió a leerlas otra vez, y otra, y otra, y aun así, seguía sin entenderlas.

El más joven de los Ferguson, Samuel, llevó a su padre en brazos a la calle William y luego lo subió los tres tramos de escaleras, y ninguno de los dos hombres sintió vergüenza de llevar las mejillas manchadas de lágrimas. Los tres se sentaron en silencio, Addy con fiebre, tiritando y aturdida, con la mirada perdida, rezando para que Mose y Chick se levantaran de entre los muertos.

Nunca llegaron a encontrar los cuerpos del marido y la hija de Addy. Ésta los imaginaba, sobre todo aquellas primeras semanas, caminando por el fondo de algún estanque o algún lago cenagoso, acudiendo al encuentro de L'il Leam y de Chester Monk, maravillándose ante la coincidencia de que todos hubieran perdido la vida en el agua. O se imaginaba a Mose y a Chick haciendo una carrera a ver quién subía primero las escaleras de su apartamento, empapados de pies a cabeza como si los hubiera sorprendido una tormenta de primavera, sin importarles ir chorreando, pensando que era muy divertido que todos creyesen que se habían ahogado. La acompañarían siempre, Mose y Chick. No como algunos de los demás, pero de forma constante, en silencio y pequeñitos, sentados a su lado, emparejados como vagones de tren, conectados por aquel cordón invisible.

MIRTO Y BOJ

El repartidor llegó y se fue antes de que a Addy se le ocurriera comprobar el contenido de la caja. Los huevos estaban dentro, y también las manzanas, aunque formaban una docena más bien triste y no eran de las ácidas, las que mejor resultado daban. ¿Por qué no había hecho aquello en otoño, tal como había planeado, cuando las manzanas estaban en su punto y eran lo bastante ácidas? Supo antes incluso de poner el agua al fuego que no le iban a salir las mejores manzanas de su vida. «Las manzanas en abril ya llevan demasiado tiempo en el almacén o vienen de otros países», se dijo, olisqueando el corazón de una de ellas. Se acordó de que su madre solía emplear mirto y boj como aderezo, de modo que le había dicho al hombre por teléfono:

–Es un arbusto. También se le llama arrayán. Y el boj es otro arbusto de hoja perenne. ¿Tienen algo parecido en la sección de aderezos?

Pero el hombre no la había entendido y se había limitado a meter las compras en una caja de una madera que parecía de boj.

Hacía un bonito día de primavera, de los que engañan e inducen a pensar que el verano está a la vuelta de la esquina. Lo cierto era que iba a haber una nueva ventisca antes de que se abriesen las hojas nuevas, como casi todos los años, y los narcisos quedarían sepultados, sus cortas y hermosas vidas segadas por un manto blanco. Después de aquel día, iban a venir más días de lluvia, y Addy recordaría por qué llamaban a su calle el camino de barro.

Sharla estaba fuera jugando con Lionel y Nedda y se llevó un disgusto cuando Addy la llamó para que entrara en la caravana.

–Es que estamos jugando, Mamá.

–¿No os habréis acercado a las vacas ahí detrás, ¿verdad?

–No –mintió Sharla.

–¿No estaréis tirándoles piedras a las vacas?

Sharla se preguntó cómo su Mamá Addy podía haberlos visto si ninguna de las ventanas de toda la caravana daba a los pastos.

–No lo vamos a hacer más.

–No lo vais a hacer más.

–¿Puedo volver a salir?

–Más tarde podrás volver a salir. Ahora mismo, tú y yo vamos a hacer una cosa.

–¿Hacer qué?

–Un postre especial.

Sharla sonrió y empezó a gustarle la idea de quedarse dentro de casa.

–¿Qué postre especial?

–Es un postre que me enseñó a hacer mi mamá; su mamá se lo había enseñado a ella, y su mamá a la mamá de su mamá.

–¿Eso es una bisabuela?

–Eso ya es una tatarabuela, y estoy segura de que se remonta aún más lejos en el tiempo que todo eso.

–¿Es un pastel?

–No, no es un pastel, cielo. Es más especial que un pastel –dijo Addy mientras vigilaba los fogones–. Es un postre que se hace con manzanas.

Sharla ladeó la cabeza.

–¿Nieve de manzana?

Addy se volvió de los fogones, tratando de disimular su sorpresa.

–¿Es que sabes qué es la nieve de manzana?

–Se lo hiciste a Padre. Como no tenía dientes...

Addy carraspeó y puso el colador en el fregadero.

–¿Te acuerdas de lo que te dije de que me despiertes cuando me ponga a hablar así?

Sharla asintió.

–Pero es que estabas despierta. Estabas sentada ahí delante –dijo, señalando la mesa de la cocina.

–¿Estaba despierta?

Sharla meneó la barbilla arriba y abajo.

–Ajá...

A Addy se le hizo un nudo en el estómago al pensar en qué más habría dicho.

–¿Estaba despierta y hablando de Padre?

–Pero Padre no era tu padre.

–No.

–Y tú no querías casarte con él.

Addy carraspeó de nuevo, pero el pánico hacía que siguiera con el corazón en un puño.

–Si estaba diciendo esas cosas de Padre, no estaba despierta, Sharla. Quiero que me despiertes cuando empiece a hablar así. Tienes que zarandearme un poco. O pellizcarme fuerte. No me dejes que siga hablando, Sharla.

–Pero si lo hice, Mamá... Dije: «Despierta, Mamá Addy». Y tú me dijiste: «Ya estoy despierta, criatura. Sólo estoy acordándome de Padre, nada más».

Las manzanas de la olla daban vueltas en el agua hirviendo. Tenían que estar blandas, pero no pastosas. Addy las vigilaba con suma atención, confiando en saber, por el aspecto de la fruta, el momento preciso en que debía sacarlas.

–¿Dije algo de Riley, cariño?

–Dijiste que a Riley le gustaba ir por ahí con un

montón de billetes en el bolsillo haciendo como que era un hombre muy, muy rico.

Addy asintió y se alegró de no haber revelado detalles más íntimos sobre Riley Rippey. Llegó a sonreír incluso, pensando que eso era verdad, que le encantaba fanfarronear como si fuera rico. Se preguntó dónde estaría Riley en aquellos momentos, si estaría en este mundo o en el otro.

–Y dijiste que Camille Bishop tenía mucha cara dura.

Addy contuvo la respiración. No se acordaba de nada de todo eso. Últimamente había estado más ensimismada que de costumbre, pensando en su vida, en su pasado, pero no recordaba haber hablado en voz alta, sobre todo estando Sharla en la misma habitación. Sabía que tenía que ir a ver al doctor Zimmer, como también sabía que eso era imposible. Éste le diría que estaba perdiendo el juicio, porque ¿qué otra cosa iba a ser? Le quitarían a Sharla y luego ¿qué? Addy se preguntó si no debería armarse de valor y acercarse hasta la caravana de Krystal Trochaud y preguntarle si había tenido noticias de Collette. Pensó en intentar volver a hablar con Reggie Depuis y ver si en el año anterior se le había ablandado el corazón. Incluso se preguntó si Warren y Peggy Souchuck no tendrían algún problema de esterilidad y si podrían llegar a querer a una niña que no era suya. Addy probó la textura de las manzanas y rezó para conservar la cabeza.

Las manzanas estaban hechas. Addy encontró sus viejas manoplas para horno, tan chamuscadas, y se dispuso a trasladar la olla de agua hirviendo al colador del fregadero. Se sorprendió y se preguntó cuándo habría sido la última vez que había preparado aquel postre, al tratar de levantar la olla y ver que no tenía fuerza para hacerlo.

–¿Qué te pasa, Mamá Addy?

Addy empleó una espumadera para sacar las manzanas del agua y colocarlas en el cuenco grande.

–Nada, que pesa un poco, eso es todo –dijo, y llevó el cuenco a la mesa.

–¿Se deja la piel?

–No. Eso es lo que hay que hacer a continuación, cuando ya tienes las manzanas hervidas. Ten cuidado porque queman mucho. Pincha la pulpa con el tenedor para ver cómo está. Blanda, pero no demasiado.

–Blanda, pero no pastosa.

–Eso es. No hay que hervir las manzanas hasta que se conviertan en zumo, tienen que estar todavía algo firmes para que se note el sabor de la fruta cuando ya esté hecha. Ahora hay que ponerlas bajo el chorro de agua fría un momento para que no estén tan calientes al pelarlas y quitarles el corazón. Mi madre nunca lo hacía, pero tenía los dedos tan llenos de callos que usaba las manos directamente para avivar el fuego.

La pequeña lengua de Sharla ocupó su lugar en el labio inferior cuando Addy le puso delante la mitad de las manzanas y dijo:

–Ahora, quítales la piel así. Mira. Así, muy bien. Eso es. Tienes buena mano para esto.

–¿Qué significa tener buena mano?

–Significa que tienes un don especial para hacer algo. Significa que aprendes rápido. Ahora, cuando ya se le ha quitado toda la piel, se corta por la mitad. Tú no, cielo, lo haré yo. Eres muy pequeña para usar un cuchillo. Mira, se corta por la mitad y se coge esa cuchara de ahí y se le quita el corazón.

–¿Así?

–Eso es. Es como quitarle las pepitas a un melón.

–Odio el melón.

–Quítale todas las pepitas, cielo. Las pepitas y el corazón.

–Así.

–Así. Ahora déjalas en aquel cuenco de ahí.

Cuando hubieron terminado de pelar y quitarle el corazón al resto de las manzanas, Addy dio una palmada, entusiasmada.

–Debería haberte enseñado a hacer esta receta hace años, cielo. Pero debería haberlo hecho en otoño, porque estas manzanas han estado demasiado tiempo en el almacén. Tu padre se va a poner a dar saltos de alegría cuando vuelva a casa. En el tren no le ofrecen platos tan especiales, y mucho menos uno hecho por su propia hijita.

Sharla no dijo nada mientras observaba aquellas dos manos anquilosadas medir el azúcar y agregarlo a las manzanas. Sabía que Mamá Addy la estaba confundiendo con su propia hija, Chick. Aquello cada vez sucedía con más frecuencia, y aunque las primeras veces Sharla se había asustado, ahora le seguía la corriente con toda naturalidad. Chick tenía un padre y tres tíos que la querían con locura, y no estaba nada mal fingir ser ella. Sin embargo, el fingimiento creaba en Sharla mucha confusión, y sabía que no era ningún juego. También sabía que no era verdad que su Mamá estuviese durmiendo, tal como aseguraba luego, porque estaba de pie, se movía y seguía hablando como si tal cosa. Esas veces, Sharla no podía hacer más que esperar a que Mamá Addy volviese de dondequiera que estaba.

–Bueno –siguió diciendo Mamá Addy–, me acuerdo que Claire Williams movía la cabeza con resignación cuando veía a mamá batir las claras de huevo antes de mezclar las manzanas con el azúcar, pero es que así es como me gusta hacerlo a mí también. No creo que afecte mucho al sabor si se bate al revés, pero eso tiene que decidirlo cada uno. Y ahora, mira esto, Chick. ¿Atenta? Tienes que estar atenta porque vas a hacer lo siguiente. Tienes que cascar la cáscara en este borde del cuenco limpio. En el que tiene las manzanas no, porque no se puede batir todo junto a la vez, se te podría caer todo fuera. Eso me pasó a mí un día, sin querer, y mi madre me hizo volver a prepararlo todo desde el principio con agua fría y al fuego.

Sharla observó cómo su Mamá Addy cascaba la cáscara de huevo en el borde del cuenco grande y cómo la separaba con cuidado, dejando que únicamente la yema se desprendiera.

–Se hace así a un lado y luego al otro hasta que la yema se separa de la clara. No hay que dejar caer nada de yema en el cuenco, ni siquiera una gota. Ni una pizquita.

–Pero ¿por qué? –quiso saber Sharla.

–Porque entonces no se batirá bien –respondió Mamá Addy, sin levantar la vista–. Sólo queremos las claras, Chicken.

–¿Y por qué las llaman claras si son transparentes del todo?

–Porque cuando se ponen al fuego o se baten, dejan de ser transparentes, por eso. Ahora te toca a ti.

Sharla cogió el huevo y lo abrió, sintiendo un gran alivio cuando, al pasar el huevo crudo de una mitad de cáscara a la otra mitad, no se le cayó ni una sola pizca de yema. Le pareció un milagro que la yema se mantuviese intacta y se separase con tanta facilidad de la parte más clara. Sharla le suplicó poder encargarse ella de cascar todos los huevos, pues disfrutaba rompiéndolos y separando las yemas de las claras, y le parecía que tenía buena mano, pero Mamá Addy dijo que no, que entonces tardarían demasiado, y añadió:

–Papá va volver pronto y queremos tener listo el postre para darle una sorpresa.

Cuando tuvieron todas las claras en el cuenco, Addy sacó las varillas y las batió a conciencia. Sharla se quedó pasmada con la velocidad y la energía de aquellos brazos delgados y frágiles, los mismos que momentos antes se habían mostrado incapaces de levantar la olla del fuego.

Addy siguió batiendo con las varillas hasta montar las claras a punto de nieve. Casi se había quedado sin resuello de tanto batir.

–¿Ves? Mira, Chick. ¿Ves cómo ha crecido la espuma? Si no te queda así, lo más seguro es que sea porque no las has batido lo suficiente. Así está bien. Así ya está bien. –Addy respiró hondo varias veces antes de meter las varillas en la mezcla de las manzanas y el azúcar, y luego lo batió todo hasta que quedó firme–. Y ahora, tesoro, encárgate tú de seguir batiendo los últimos minutos, para que te hagas una idea de cómo se bate y de cómo deberían quedar las manzanas. Así, muy bien –la animó, mientras Sharla sacudía las varillas sin descanso–, pero hazlo un poco más rápido, para que quede más esponjosa y parezca nieve de verdad.

Sharla se puso a batir más rápido con las varillas y empezó a sudar del esfuerzo. Se preguntó si Mamá Addy sabría que existían las batidoras eléctricas, esas que le había visto usar a Krystal para hacerle puré de patatas a Fawn. Al final, las manzanas quedaron lo suficientemente batidas y las claras alcanzaron una consistencia orgullosamente esponjosa en el cuenco. Addy cogió una espátula llena de clara montada y dijo:

–Y ahora, mira: hay que incorporar esto muy despacio. Primero un poquito, luego otro poquito, luego otro poco y luego, el resto.

–¿Y por qué no echamos todo a la vez? –preguntó Sharla al ver cómo el huevo esponjoso se mezclaba con la cremosa manzana.

–No queremos echar de golpe el contenido de un cuenco en el otro, Chick. Queremos decir: «Huevos, os presento a las manzanas. Vosotros dos vais a ser muy buenos amigos».

Sharla se echó a reír.

–¿Puedo hacerlo yo?

Addy le dio la espátula a Sharla y observó atentamente cómo la manita mezclaba ambas cosas.

–Así, envolviendo, sin remover. Envolver significa que hay que coger algo del fondo y colocarlo arriba de todo. Así lo haces muy bien. Eso está muy bien.

–Tengo buena mano, ¿verdad... –Sharla levantó la vista y se aventuró a añadir, tímidamente–: mamá?

–Sí, Chicken. Tienes muy buena mano.

De pronto, alguien llamó a la puerta con gran estruendo. Sharla supuso que sería Lionel o Nedda, que iban a buscarla, y masculló un par de palabrotas para sus adentros, pues sabía –y tuvo razón– que fuese cual fuese el hechizo al que Mamá Addy había estado sometida, se rompería en ese momento. Addy fue a abrir y vio a Lionel en la puerta, con la cabeza agachada, balanceando los brazos como hacía siempre que tenía algún adulto cerca. Le sonrió.

–Hola, Lionel. ¿Quieres entrar y probar un postre que Sharla acaba de hacer?

Lionel se encogió de hombros, entró en la caravana y vio la masa esponjosa en el cuenco.

–¿Lo has hecho tú? –le preguntó a Sharla, y se sentó a su lado.

–Sí. Pero Mamá Addy ha cortado las manzanas y ha batido los huevos.

Lionel sonrió cuando Addy depositó un plato de postre delante de ellos y los obsequió con un par de cucharas, diciendo:

–Este postre se llama nieve de manzana, Lionel. A ver si te gusta.

Lionel cogió una cuchara repleta hasta arriba y se la metió en la boca.

–Me gusta –dijo, con la boca llena.

Addy asintió y vio comer a los niños; a continuación, tapó el cuenco y dejó la mezcla en la nevera.

–A mi madre le gustaba aderezarlo con mirto o boj –dijo para sí.

–¿Podemos salir después, Mamá? –preguntó Sharla.

–Ajá... Pero no molestéis a las vacas.

MEDIAS LUNAS

Cuando era niña y pensaba en su futuro, Addy Shadd se imaginaba, como muchas otras niñas, una vida igual a la de su madre. Se imaginaba que terminaría sus estudios en la escuela, se casaría con Chester Monk y formaría un hogar con él en aquel terreno cerca del riachuelo de Rusholme donde Chester decía que viviría y moriría. Se imaginaba que tendría hijos que cuidar y amar, y que serían fuente de consuelo y le harían compañía en la vejez. Addy tenía que recordarse a menudo que la vida de su madre no había sido así en absoluto, que Laisa había perdido a sus dos hijos de forma trágica, a su marido prematuramente, y que luego había vivido en soledad, de una forma u otra, el resto de sus días. Al final, y aunque no era la vida que había imaginado, lo cierto es que la vida de Addy sí había sido igual a la de su madre.

Hamond sacó a Addy de su apartamento en la tercera planta y la ayudó a encontrar otro, en la primera planta esta vez, porque las escaleras le recordaban demasiado a Mose y a Chick y a su vida juntos en la calle William. Addy tardó tres días en vaciar los cajones de la cómoda de roble, que se quedó escorada para siempre sobre el lado sin pata, y tres días más en decidir qué hacer con el contenido. Donó la ropa de su marido y su hija a la beneficencia de la iglesia, y en ese momento le pareció lo mejor. Sin embargo, luego se arrepintió de haberlo hecho, o de no haberse quedado al menos con alguna de las camisas de Mose para poder olerla y soñar que aún estaba allí con ella. Se alegró de haber tenido el buen tino de conservar la muñeca de porcelana de Chick, así como el precioso vestido blanco, ambos metidos en cajas. Addy se preguntó si algún día llegaría a sacarlas de las cajas e incluso pensó en dejar escrito en alguna parte que el vestido y la muñeca debían ser enterrados con ella dentro de su ataúd.

En los días y semanas posteriores a la muerte de Mose y Chick, Addy se lo preguntó a sí misma muchas veces, y en todas llegó a la misma conclusión, y al final ya no volvió a preguntárselo nunca más. Estaba segura de que Mose nunca había llegado a sospechar la verdad. Sabía que si algo le hubiese hecho dudar, no le habría dado la menor importancia. Y que aunque el Señor en persona le hubiese dicho a Mose la verdad de los hechos, éste habría creído que el Señor estaba equivocado. Ella, sin ir más lejos, tampoco había tenido la certeza absoluta hasta que Hamond se lastimó en el pie y se quitó el calcetín. Se dio cuenta de que, en realidad, nunca le había visto los pies y supuso que siempre los había ocultado a causa de su «deformidad». Le reconfortaba saber que aunque Mose hubiese sabido a ciencia cierta que era la semilla de Hamond la que había formado a su hija, perdonaría a Addy, le guardaría un sitio calentito junto a él en el Cielo y daría gracias, sencillamente, de que Chick hubiese llegado a nacer.

Addy y Hamond nunca llegaron a hablar de lo que sucedió realmente la noche que Hamond la acompañó a casa y movió la enorme cómoda de roble para que ella pudiese guardar la caja de la mantequilla. Addy abrió la puerta del desván y sintió la bofetada de un olor nauseabundo. Le había impresionado y horrorizado el enjambre de insectos arremolinados en torno a una ardilla convertida prácticamente en esqueleto. No había gritado, pues estaba demasiado conmocionada para gritar, pero se había caído hacia atrás, encima de Hamond, y sin ser consciente de la tristeza que llevaba dentro, se había echado a llorar en su hombro hasta quedarse sin lágrimas y le entró un ataque de hipo. Hamond le frotó la espalda y le secó las lágrimas, y ella se preguntaría más tarde si habría sido por la cercanía de su cuerpo o por la bondad que emanaba de su persona, o simplemente, porque los dos se sentían desesperadamente solos. Fuera como fuese, Addy volvió el rostro para mirarlo a la cara, cerró los ojos y separó los labios.

El beso fue suave y muy dulce, pero Hamond no podía imaginar que fuese algo más que el beso de una hermana o de una hija. Por supuesto, él estaba enamorado de Addy. Desde hacía ya algunos años, puede incluso que desde el día que la ayudó a bajarse del tren, vio que era la hija del necio de Wallace Shadd y adivinó todo el sufrimiento que había tenido que soportar. Sin embargo, Addy no podía querer a Hamond, no de esa manera, e incluso cuando ella volvió a besarlo, apretando su cuerpo de mujer contra el suyo y tomando su cara entre las manos, supuso que sólo pretendía darle las gracias por estar allí. Fue después del segundo beso, en algún momento entre el tercero y el cuarto, cuando la lengua de ella encontró la de él, con la respiración cada vez más jadeante, cuando Hamond creyó al fin que el momento que tantas veces había soñado se estaba haciendo realidad.

Mientras se besaban y se acariciaban y Hamond se acomodaba lentamente, con ternura, dentro de ella, Addy borró su nombre de su pensamiento, pensando únicamente que era un hombre al que ella amaba y que la amaba a ella. Cuando Hamond se derrumbó encima de ella y pareció a punto de romper a llorar, ella supo que era porque hacía muchos años que no estaba con ninguna mujer, y porque ahora estaba seguro, si es que no lo estaba ya antes, de que Mary Alice nunca lo había querido. Addy le besó en la cara y murmuró:

–Tranquilo, Hamond. Chsss... Tranquilo, no pasa nada.

Él se levantó en ese momento, y parecía un hombre distinto. Ninguno de los dos tuvo que decir una palabra para saber lo que el otro estaba pensando: lo que había pasado allí, no volvería a suceder. Conservarían aquel preciado recuerdo en secreto, y también sufrirían por él, pero no podrían arrepentirse, y nunca se arrepentirían. Hamond se sentó en la orilla de la cama y se vistió. No se volvió cuando Addy apoyó la mano en su hombro. Sí lo hizo al llegar a la puerta, y aunque tenía el rostro enmascarado por las sombras, Addy supo que estaba sonriendo y le sonrió ella también.

El olor de Hamond se adhirió a las cálidas sábanas de la cama y Addy pensó en lo extraño que era percibirlo allí. A lo largo de los días y las semanas siguientes, se sentiría llena de pecado y culpable, pero por el momento, sólo se sentía pura y bien. No pensó en Mose, en Hamond o en sí misma. Buscó las almohadas del cabecero de la cama, se las puso debajo de las caderas y durmió así, sin moverse hasta la mañana siguiente.

Hamond rememoraría esa noche una y otra vez en su cabeza. La noche que nació Chick, supo que esa hija era suya. También supo que Addy no quería o no podía ver la verdad. Después de la muerte de Mose y de Chick se atrevió a soñar que, algún día, Addy y él acabarían juntos viviendo bajo el mismo techo y compartiendo la misma cama. Por el momento, sólo compartían su pena y su dolor. Durante largo tiempo, con eso fue suficiente.

Enviaron a Samuel y Simon al frente aliado, pero Hamond era demasiado viejo para la guerra. Cuando aquel domingo por la mañana temprano fue a llamar a la puerta de Addy, ella supo que pasaba algo malo, y aunque se odió a sí misma por pensarlo, deseó que, si tenía que ser uno de los chicos, fuese Simon y no Samuel.

–¿Qué pasa, Hamond?

–Darryl –dijo en voz baja y se sentó en su sillón de siempre, junto al fuego.

Addy puso la tetera de agua a hervir y dio las gracias a Dios de que los chicos estuvieran vivos. «Pobre Olivia», pensó, y luego se le heló la sangre cuando Hamond dijo:

–Me voy a ir a Toronto.

–¿Te vas a ir a Toronto? –repitió Addy, pensando que si lo decía en voz alta él se daría cuenta de lo absurda que era la idea.

–Olivia me necesita, Addy.

«Yo te necesito, Hamond», pensó, pero no tenía derecho a decirlo.

–Está muy sola.

«Yo estoy muy sola, Hamond», gritó Addy para sus adentros.

–¿Cuánto tiempo?

Hamond se encogió de hombros. Addy le dio la espalda y vio cómo las llamas lamían la tetera.

–¿Qué pasa con la casa?

–He pensado que podrías quedarte allí, cuidar de la casa hasta que yo vuelva.

Mientras Hamond pronunciaba aquellas palabras, Addy ya sabía que nunca volvería.

–¿Y qué hay de los chicos?

–Bueno, si es la voluntad de Dios, Simon volverá a Toronto. Es probable que se quede con nosotros un tiempo. No sé si sigue todavía con esa mujer.

–¿Y Sammy?

–Nunca lo habría imaginado lejos de Chatham, pero ahora que Ben ya no está... –Hamond volvió a encogerse de hombros.

Addy sabía que podía hacer que Hamond se quedara. Sabía que podía decir que ella sólo viviría en aquella casa si él estaba en ella, y sólo dormiría en aquella cama si él estaba a su lado, y Hamond le diría a Olivia que no iba a ir a Toronto, y sería ella la que se quedaría sola, en lugar de Addy.

Como si Hamond pudiese leerle el pensamiento, empezó a decir:

–Addy, si yo creyera... –Pero se interrumpió o, mejor dicho, la expresión en los ojos de ella fue la causa de que se interrumpiera, pues vio que no había esperanza. Hamond y Addy preferían guardar sus recuerdos en la caja de la mantequilla. No podían hacer eso y estar juntos.

Pasaron los días, las semanas y los meses, y Addy se sentía diez años más vieja que los treinta y dos años que tenía. Era el peso de su dolor y del invierno, y de la guerra, por supuesto, y de su soledad también. La señora Yardley, su marido y sus hijos se habían ido a vivir con la madre de ella al Oeste del país, a las praderas, pero los Baldwin seguían en la calle William y Addy iba verlos cuando creía poder soportar estar en la casa. Sin embargo, nunca entraba por las enormes puertas de roble, sino que subía por la escalera de la salida de incendios, sorteando la leña y las astillas para encender el fuego del señor Baldwin, decidida a mantener a raya sus recuerdos.

Fue Martin Baldwin quien le dio a Addy su primer cigarrillo.

–Fúmate uno, Adelaide –le dijo–, calma los nervios.

Adelaide cogió el cigarrillo, inhaló el humo y empezó a toser tan violentamente que los ojos se le salían de las órbitas. El señor Baldwin la había animado.

–No te preocupes si el primero sabe a rayos, mujer. El segundo te dará ganas de fumarte el tercero.

–Chupa sólo un poco, Adelaide. Así. –La señora Baldwin dio una leve calada para hacerle una demostración–. Cuando lleves más tiempo fumando te enseñaré a absorberlo por la nariz, pero por ahora, chupa sólo un poco. Y no hagas como el señor Baldwin; con diez o doce al día es suficiente. Al señor Baldwin le gusta fumarse sus buenos treinta cigarrillos y me parece que eso es lo que le quita el apetito.

–Fumar cigarrillos no tiene nada de malo. Gracias a las tabacaleras, mucha gente de por aquí puede permitirse vivir a lo grande. ¿Cuántas plantaciones de tabaco tenemos sólo en Chatham? Están las de Morpeth y Merlin, Tilbury y las de Leamington. También hay unas cerca de Wallaceburg y Thamesville. ¿Sabes quiénes trajeron el tabaco aquí desde el sur? ¿Sabes quiénes les enseñaron a los terratenientes a cultivarlo, a cortarlo y a secar las hojas?

Addy negó con la cabeza, viendo cómo las volutas de humo ascendían y desaparecían tras los ojos amarillos del hombre.

–Los nuestros, Addy. Los negros trajimos los conocimientos relacionados con el tabaco de las plantaciones del sur. Nosotros trajimos las herramientas y cultivamos la tierra. Lo más seguro es que el tabaco de ese cigarrillo que te estás fumando haya sido cortado y secado por un negro. Me da lo mismo si fumo cincuenta cigarrillos al día, creo que así doy trabajo a mis hermanos.

La punta del cigarrillo brillaba con un color naranja encendido, y Addy sintió el impulso de meterse aquello en el ojo. En vez de eso, se lo llevó a los labios, y le gustó que el humo acre le arañara la suave mucosa de la garganta. Se fumó el cigarrillo entero, hasta dejar sólo la colilla, y dejó a los Baldwin impresionados con su determinación.

Al cabo de un tiempo, convirtió en costumbre salir de su casa en la calle Degge por las noches e ir a casa de los Baldwin a sentarse junto al fuego, fumar y cantar al son de la música de la radio, ya sin el fonógrafo, desesperados por tener noticias del frente. Las Andrew Sisters, Johnny Mercer, Kay Keyser, Harry James y su orquesta, Nat y Ella y Billie... Addy y los Baldwin se sabían la letra de todas las canciones y los acordes lo suficientemente bien como para haber dirigido incluso las orquestas. La mayoría de las noches no hablaban mucho. Se limitaban a cantar canciones para olvidar y se envolvían en el velo del humo de sus cigarrillos, escondiéndose del resto del mundo y de sí mismos.

Había sido el señor Baldwin, después de haber probado un número suficiente de los pasteles que hacía Addy y de haber añadido sus buenos cuatro kilos a su cuerpo achacoso, quien propuso a Addy para el trabajo en la panadería The Oakwood. Conocía a un hombre que trabajaba en los hornos del pan y fue así como se enteró de que buscaban a alguien para hacer pasteles. The Oakwood era una panadería muy grande y suministraba pan y bollería a todos los restaurantes de Chatham y alrededores, por no hablar del hospital y los repartos domiciliarios. El amigo del señor Baldwin había ido a hablar con su jefe, y luego éste había hablado con su superior, con una caja llena de muestras de los pasteles que Addy había cocinado en el viejo y poco fiable horno de Mary Alice.

La habían contratado sin hacerle entrevista, aunque había oído que al señor Revello, el propietario, no le hacía mucha gracia darle un trabajo tan bueno a una mujer. Al señor Revello le hizo menos gracia aún verla entrar por la puerta de la panadería esa primera mañana.

–¡¿Qué quieres tú?! –le había gritado, con un aliento

a whisky tan potente que hizo que se le humedecieran los ojos.

–Soy Adelaide. Adelaide Shadd –dijo, horrorizada de que se le hubiera escapado su apellido de soltera, sin pensar. No corrigió su lapsus de inmediato, de modo que volvería a ser Addy Shadd otra vez, a partir de ese día y por el resto de su vida. No es que pretendiera traicionar la memoria de Mose, era sólo que cada vez que decía «Mosely» o pensaba «Mosely», volvía a perder a Chick y a él otra vez–. Soy Adelaide Shadd y vengo por el trabajo de repostera.

Saltaba a la vista que nadie le había dicho al señor Revello que Addy era «negra» y a ella casi le entra un ataque de risa al ver la expresión de horror en la cara de su nuevo patrón. Ya le habían informado de que en la pastelería tenían un pedido muy importante para ese mismo día, de modo que Addy sabía que el hombre no tenía más elección que darle un delantal e indicarle dónde estaba la mesa de trabajo. Revello odiaba a las mujeres, eso todo el mundo lo sabía, y a las mujeres negras aún más.

The Oakwood siempre había gozado de buena reputación, pero con Addy Shadd al frente de la sección de pastelería, los pedidos se duplicaron en los primeros dos meses. Los empleados le enseñaron a hacer los *cannoli* italianos en su primer día de trabajo. Salvo por el relleno de crema, el dulce no se diferenciaba demasiado del bollo de pasas que Laisa le había enseñado a hacer cuando apenas tenía seis años. Addy no tardó en adueñarse de la sección de repostería y se deshizo de las recetas de la panadería para las galletas dulces, las tartaletas de nueces y de mantequilla, y las sustituyó por las suyas. El dulce favorito de sus clientes, que sólo preparaba en otoño, era la nieve de manzana.

A diferencia de las demás mujeres, Addy se mostraba casi siempre muy reservada. Los chismes a la hora del almuerzo le resultaban de lo más tediosos y no podía evitar preguntarse qué dirían todos si supiesen la verdad sobre ella.

Heather era una de las chicas que trabajaba en la trastienda. Un día, Revello se enfureció con la joven y le tiró una barra de pan a la cabeza pelirroja.

–Hijo de puta –soltó ella y escupió.

A Addy le molestó la mancha de esputo en el suelo y reprendió a la muchacha:

–Eso está muy feo, Heather. No se hacen esas cosas en un establecimiento de comida.

–Lo siento –se disculpó Heather y pisó el escupitajo con la bota–. Pero ¿tú lo has olido? Menuda cogorza lleva encima... Ojalá se estrelle con la camioneta. Si yo fuera su mujer, me lo cargaría. ¿Sabes que le pega palizas?

–Eso no lo sabía, no –contestó Addy.

–¿Es que no ves que siempre lleva los brazos llenos de cardenales? ¿Te acuerdas de las Navidades pasadas, cuando tenía todo el lado de la cara morado y las gafas le habían cortado el párpado? ¿Te acuerdas? ¿Te acuerdas que dijo que se cayó en el hielo?

–A lo mejor se cayó en el hielo.

–O a lo mejor le dio una paliza que por poco la mata. A lo mejor también pega a Fiorella.

Addy se encogió de hombros y no quiso decir que sospechaba que Revello sí violentaba a su hija, pero no con los puños. No quiso decir que pensaba que el afecto que le profesaba a su hija era antinatural. Y no quiso decir que la propia niña se lo había dicho escasos días antes.

–¿Qué es el juego de la lengua? –había preguntado Addy, asqueada ya por sus sospechas.

Había sido hacía unos días. Iba retrasada y estaba dándole forma rápidamente, pero con mano experta, a unas medialunas rellenas de fruta que debían ir al horno. Como siempre, la presencia de la niña allí la estaba molestando.

Fiorella era una niña tímida y había heredado de su padre la aversión hacia las mujeres, incluida su propia madre. Se humedeció los labios, sacó su lengua de ocho años y dijo:

–Mi papá saca la lengua y yo saco la lengua y nos tocamos y hace cosquillas.

Addy deseó que la niña se marchase en ese momento y no siguiera hablando, porque ¿qué iba a hacer Addy con aquella información? Pero en vez de irse, la niña continuó, y Addy no conseguía evitar la sensación de que, en realidad, la estaba provocando.

–Mi papá me pone la lengua aquí, y aquí también –dijo, señalándose el cuello y la clavícula.

–Ajá...

–Mi papá se mete en mi cama por las noches porque me quiere más que mi mamá. No puede evitarlo. Soy su Bella. Soy su Pequeña Bella.

Se oía el ruido de fondo de las batidoras trabajando a toda máquina, la gente gritando mientras los camiones llegaban y se iban, las pesadas puertas del horno abriéndose y cerrándose de golpe y, en algún lugar, a varias salas de distancia, Revello estaba borracho y echando pestes sin parar. Addy no dijo nada en respuesta a la última confesión de Fiorella, y ya no deseaba sino que rezaba incluso por que la niña se fuese. Fiorella no mentía y ella lo sabía.

Sin embargo, Fiorella odiaba que no le hiciesen caso, y empezó a deshacer las pastas en forma de medialuna que Addy había colocado tan cuidadosamente en la bandeja del horno.

–Por favor, no hagas eso, Fiorella. –Addy sonrió y apretó los dientes.

–Tú no me puedes decir lo que tengo que hacer. Tú sólo eres una mujer de color. Mi papá es el dueño.

–Ajá...

–Él es tu jefe.

–Ajá...

–Y yo soy tu jefa.

Addy levantó la vista.

–No, Fiorella. Ninguna niña de ocho años va a ser mi jefa.

Entonces, Fiorella cogió una de las medialunas flácidas, la arrojó al suelo y desafió a Addy a que le pegase. Se miraron fijamente durante tres largos minutos antes de que Fiorella saliera corriendo en busca de su padre.

Tal como cabía esperar, Revello apareció al cabo de unos segundos, imponiendo su presencia en la mesa donde ella seguía dando forma a las pastas.

–¿Qué le has hecho a mi Fiorella? ¿Por qué la haces llorar? –bramó.

Addy vio que la niña estaba detrás de la puerta, mirándola con los ojos rojos y las mejillas sucias.

–Vamos con retraso. Le he dicho a Fiorella que no me tire las pastas al suelo.

–Fiorella no tira pastas al suelo.

–Bueno, pues hoy sí lo ha hecho.

–No vuelvas a hablar con ella.

Addy se limitó a mirarlo mientras seguía trabajando con los dedos y transformando la masa en medialunas.

–No vuelvas a hablar con ella, ¿entendido? Como vuelvas a hablar con ella, te pongo de patitas en la calle –volvió a bramar y esperó a ver qué hacía Addy.

Addy le sostuvo la mirada y le respondió con una clara indirecta.

–Yo no voy a tener ningún problema para mantener la boca cerrada cuando estoy con Fiorella, señor Revello, pero a su «Pequeña Bella» sí que parece que le gusta hablar conmigo. Le gusta contarme toda clase de cosas. Sí, señor, toda clase de cosas.

Una expresión de terror se apoderó del rostro de Revello. Addy había acertado al suponer que «Pequeña Bella» era un nombre secreto para Fiorella, y uno que sólo se pronunciaba en voz alta en momentos de oscuridad y depravación. Revello salió del obrador, sin añadir una palabra. Al cabo de unos momentos, Addy oyó el ruido de cristales rotos procedente de su despacho y supo que acababa de estrellar algo contra la ventana.

Sin embargo, aquello no terminó ahí, porque ¿cómo iba a terminar ahí cuando Addy sabía que aquella niña estaba sufriendo abusos, y lo que era aún peor, a manos de su propio padre? Addy había tardado casi una semana en encontrar las palabras adecuadas y preparar su discurso. Había esperado hasta estar segura de que Revello ya no volvería ese día antes de dirigirse al despacho donde su esposa, una mujer rolliza y pasiva, estaba anotando asientos en el libro de contabilidad y contando dólares de una enorme caja de hojalata.

–¿Señora Revello? –dijo, tras cerrar la puerta a sus espaldas–. Necesito hablar con usted, señora.

La mujer levantó la vista y, al ver que era Addy, cerró la caja del dinero rápidamente y la guardó en el estante de atrás.

Addy se aclaró la garganta.

–Señora Revello. Es un asunto muy delicado y me va a costar decírselo. Me va a costar mucho decírselo, pero es un asunto del que tengo que hablarle porque no he dormido una sola noche desde que me lo dijeron a mí.

La señora Revello pasó las páginas del enorme libro de contabilidad y aunque seguía sin levantar la vista de él, Addy supo que la estaba escuchando.

–Fiorella me ha contado algo muy preocupante. Es algo muy preocupante acerca de su padre, del señor Revello.

La señora Revello levantó el rostro despacio. Tenía la mirada fría, pero le temblaba ligeramente la barbilla.

–Fiorella se inventa cosas. Dice mentiras.

–Sí, señora, pero no creo que mienta esta vez.

La mujer hizo un movimiento de desdén con el brazo.

–Todo lo que dice Fiorella, mentiras.

–Sí, señora.

–Un marido y una mujer discuten, es normal.

–Sí, señora.

–A lo mejor, a veces, gritamos.

–Lo que me ha contado no es sobre usted y su marido, señora.

La señora Revello cerró el libro y esperó. Addy estaba nerviosa y tragó saliva.

–Me siento en la obligación de decirle, señora, que su hija me ha dicho... su hija me ha dicho que su marido la besa de una forma que no parece muy paternal. Me ha dicho, señora... su hija me ha dicho que el señor Revello se acuesta en su cama.

Los músculos alrededor de la boca de la señora Revello perdieron toda la firmeza y Addy estuvo segura de que la mujer no tenía la menor idea acerca de los pecados de su marido contra su hija.

–Es lo que me ha dicho, señora.

–Fiorella miente –murmuró la mujer.

–Eso tendrá que juzgarlo usted, señora, pero he creído que debía saber lo que me ha dicho su hija.

–¿Cuándo? –Sus ojos eran todo pupilas.

–Pues sería la semana pasada...

–¿Cuándo se acuesta en su cama?

–No me lo dijo, señora. Sólo me dijo que él se acuesta con ella.

–No. –La mujer movió la cabeza con aire resuelto, dispuesta a despachar el asunto.

–Y me dijo que juegan a un juego en que... –Addy quiso sentarse, pero no lo hizo–. Me dijo que juegan a un juego con su padre, un juego en que se tocan con la lengua.

–¿Con la lengua?

Para esquivar la mirada de la señora Revello, Addy miró a los tablones de madera y las hojas de periódico que cubrían la ventana del despacho, que seguía rota. Cuando la mujer volvió a hablar, lo hizo con una voz que no era la suya.

–¿Cuando estoy dormida? ¿Cuando yo duermo se va con Fiorella? ¿Cuando me tomo mi medicina?

–No lo sé, señora. Sólo sentía que tenía la obligación de decírselo.

La señora Revello se quedó en silencio un rato antes de decir:

–¿Y lo has ido contando por ahí, por la panadería? ¿Addy?

Era la primera vez, que Addy recordara, que la señora Revello la llamaba por su nombre. En los casi seis años que llevaba trabajando allí, apenas si habían intercambiado alguna palabra. Cuando Addy decía: «Buenos días, señora Revello», su patrona solía responderle con un gruñido o no le respondía en absoluto. En ese momento, Addy miró a la mujer a los ojos, pues quería que la creyese:

–Nunca le contaría a nadie algo semejante, señora Revello. Sólo he creído que usted debería saberlo.

La mujer asintió, abrió su libro y reanudó su tarea. Addy no sabía qué pensar y se preguntó si la habría entendido con claridad.

–Bueno, pues entonces creo que me iré para casa ahora.

Fue uno de los encargados del pan quien, a la mañana siguiente, le dio la noticia de su despido, justo cuando Addy empezaba a ponerse con la cobertura de las tartaletas de nueces. No le dieron ninguna razón. No tenían por qué. Addy ya sabía el porqué.

Ese día, Addy se marchó de The Oakwood sin sentir ninguna sensación de alivio, pues sabía que su relación con los Revello no había terminado, ni mucho menos. Como no había recibido el sobre con la última paga y había trabajado una semana entera, Addy se dirigió a la panadería el lunes siguiente, armándose de valor mientras se encaminaba a la puerta del despacho. La señora Revello no levantó la vista cuando Addy se deslizó por la puerta entreabierta.

–He venido a por mi paga, señora Revello.

La señora Revello levantó la vista al fin, sin dirigirle la palabra, y la miró con desprecio.

–He trabajado una semana entera, señora. Me debe el sobre con mi paga de la semana pasada.

–No te debo nada.

–He trabajado una semana entera. Ese dinero me lo he ganado yo.

–Largo de aquí. Ahora mismo.

Addy inspiró hondo y cerró la puerta a su espalda.

–Señora Revello, sé que lo que le dije supuso un enorme disgusto para usted, y sé que por eso me despidió, y supongo que tendré que vivir con eso, pero me debe la paga de una semana y no voy a permitir que no me la dé.

Se abrió la puerta y apareció el señor Revello, enardecido.

–¿Por qué está ésta aquí? –le preguntó a su mujer.

–Quiere la paga.

–No hay paga.

La señora Revello miró a Addy.

–Ahora vete. Largo. ¡Largo! ¿Quieres que llame a la policía o qué?

A Addy se le fue la vista tras la caja del dinero, detrás de la señora Revello. Sintió el impulso de abalanzarse sobre ella, llevársela bien sujeta con el brazo y echar a correr. Sintió el impulso de huir de la calle

Degge, y de Chatham, y de buscar otro lugar distinto donde vivir y ser otra persona distinta. En vez de eso, Addy Shadd irguió la barbilla y, con la cara bien alta, apartó de su camino al señor Revello, y pasó a su lado sosteniéndole la mirada el tiempo suficiente para decir que sabía quién era él. El demonio cerró la puerta tras ella y, aunque Addy no entendía la lengua que hablaban los dos, se hizo una idea bastante aproximada de lo que le estaba gritando a su mujer.

Addy no durmió esa noche, ni la siguiente, ni la otra. Durante todo el siguiente mes, a medida que se aproximaban las Navidades, no conseguía conciliar el sueño. Se tumbaba inmóvil en la cama que había sido de Hamond y Mary Alice y miraba por la ventana a las mismas estrellas que habían visto ellos. Sus recuerdos regresaban a Rusholme y a aquel verano de la ola de calor en que su familia se había ido al lago en busca de un poco de alivio cuando ninguno de los ocupantes de la casita de la calle Fowell lograba pegar ojo. L'il Leam y Wallace estaban en el agua fresca, que les llegaba a rodilla. Addy yacía estirada en una manta de tacto áspero junto a su madre, que estaba medio dormida.

–¿Mamá? –había dicho Addy, señalando la oscuridad–. ¿Es ésa la luna, mamá?

–Pues claro que es la luna. –Laisa estaba exhausta e irritable.

–¿Esa de ahí?

–Ya sabes que es la luna.

–¿La misma de nuestra casa?

–¿Qué quieres decir, hija mía?

–¿La misma luna que veo desde mi ventana?

–Pues claro que es la misma luna. Cierra los ojos y duérmete.

Addy sintió un escalofrío, no podía cerrar los ojos. Esperó un momento y luego susurró:

–¿Nos ha seguido aquí?

–¿Mmm?

–¿Nos ha seguido hasta aquí, mamá?

Laisa detectó algo en aquella vocecilla y se volvió a mirar a su hijita.

–¿No te dará miedo esa luna grande, no?

–No, claro que no.

–Bien.

–Bueno... un poco, sí.

Laisa encontró sus mejillas suaves en la oscuridad.

–¿Por qué te da miedo la luna, Adelaide? ¿Es que crees que puede hacerte daño?

–Antes estaba en mi ventana.

–Sí.

–Y ahora está aquí.

–Bueno, es que la luna siempre va a estar ahí en el cielo, hija mía. No hay que tener miedo de eso.

–¿Y estará otra vez en mi ventana cuando volvamos a casa?

–Sí.

–Pero ¿por qué tiene que seguirme?

–Sigue a todo el mundo. Es lo que hace la luna.

–¿Y seguirá a papá a casa del señor Bishop por la mañana?

–Ajá... Aún está todo oscuro cuando papá se va a trabajar.

–¿Y seguirá a Leam a la clase de los chicos, en la escuela?

–Ajá...

–¿Me seguirá a mí cuando me haga mayor?

–Chsss.

–¿Mamá?

–Chsss.

–Yo no quiero que me siga.

–Pues no hay nada que puedas hacer contra eso, Adelaide. Y ahora, cierra los ojos y duérmete.

Pero Addy no podía dormir, ni aquella noche ni en ese momento. Addy temía por Fiorella Revello, y estaba obsesionada con perder su paga de la última semana. También la atormentaban los recuerdos de Navidades pasadas y la nostalgia que sentía por sus seres queridos. La luna la miraba fijamente, sonriéndole con aquella sonrisa petulante, tan pagada de sí misma, y recordándole a Addy lo que Laisa le había dicho tantos años antes. Ella no podía hacer nada.

Las calles estaban oscuras y desiertas, y aunque se había pasado media vida caminando por Chatham, esa noche tenía miedo y no sabía por qué. En dos ocasiones había estado a punto de volverse a medio camino de casa de los Baldwin, con la respiración entrecortada y el corazón acelerado, perseguida por un fantasma evanescente.

–Vete –había susurrado mirando a una casa abandonada rodeada de matorrales y árboles–. Déjame en paz.

Addy había estado muy callada en el saloncito de la calle William, y no estaba de humor para cantar. Negó con la cabeza cuando la señora Baldwin le preguntó si estaba enferma.

–¿Es que no duermes bien, Adelaide?

–No mucho desde lo de la panadería, supongo. –Miró a la ventana y bajó la voz–. Cuando esta noche venía hacia aquí, me ha parecido que... creo que me seguía alguien.

La señora Baldwin movió la cabeza con gesto preocupado.

–Te lo dije, señor Baldwin. Te dije que Chatham ya no es una ciudad segura. El mundo entero se ha vuelto malo. Es la guerra. Yo creo que es la guerra.

Al final de la velada, el señor Baldwin se ofreció a acompañar a Addy a casa, pero estaba viejo y enfermo y por la expresión de la cara de la señora Baldwin, no parecía una buena idea. El hombre pareció sentirse aliviado cuando Addy rehusó el ofrecimiento, diciéndole que era un trecho muy corto y que no le iba a pasar nada. Se despidió con la mano mientras se dirigía a la puerta de atrás antes de bajar por la escalera de incendios. Almacenaban la leña en el descansillo, bajo una lona que olía a moho, y el hacha oxidada que el señor Baldwin empleaba para hacer astillas descansaba olvidada en lo alto. En todas las semanas y los meses que llevaba subiendo por aquella escalera de incendios, Addy nunca se había fijado en el hacha colocada de esa manera. Era una señal, lo sabía, y aunque se preguntó qué haría con el hacha exactamente si volvían a seguirla los mismos pasos, cogió la herramienta y se la colgó al hombro.

Se podía llegar a la calle Degge sin tener que pasar por delante de la panadería The Oakwood, y era justo lo que llevaba haciendo Addy todas las noches desde que la habían despedido. Sin embargo, el pequeño rodeo implicaba pasar por la casa abandonada rodeada de matorrales, y esa noche Addy sentía más miedo a los pasos desconocidos que indignación por la injusticia que los Revello habían cometido con ella. Fue en ese momento, cuando escogió un camino en lugar del otro, cuando su miedo se vio reemplazado por algo que habría podido llamar coraje, si no hubiese sido la clase de mujer con tendencia a engañarse a sí misma.

Los panaderos no llegarían hasta las tres de la madrugada y todavía no era medianoche. Addy miró al cielo y a las tenues nubes nocturnas. Decidió que la luna, en el fondo, no era tan aterradora y sonrió, desafiándola. Sintió el peso del hacha, oscilando hacia delante y hacia atrás, y reflexionó sobre lo insólito que era que alguien supiera exactamente qué iba a hacer a continuación.

Todo estaba en silencio y a oscuras cuando Addy se dirigió a la parte de atrás del enorme edificio de ladrillo. Osó pensar que el Señor estaba de su parte cuando, al cruzar la verja, no oyó los fieros ladridos y gruñidos del viejo perro guardián. Addy no podía saber que el señor Revello había dado una paliza y matado al perro unos días después de que ella se fuera. Como con la ventana rota del despacho, no llegó a sustituir al perro. La puerta de atrás estaría cerrada, por supuesto, pero Addy usaría el hacha para abrirla y esperaba que la madera estuviese lo bastante podrida para ceder sin problemas. La puerta del despacho también estaría cerrada, pero estaba segura de que bastarían unos cuantos golpes certeros para romper la cerradura, y estaba dispuesta a seguir descargando hachazos toda la noche si era necesario.

Entrar por la puerta de atrás le resultó aún más sencillo de lo que Addy había imaginado, tan sencillo que le extrañó que los ladrones locales no hubiesen entrado a robar allí antes. Sin embargo, decidió no pensar más en los ladrones, pues ella se sentía plenamente justificada para hacer lo que pretendía, y no consideraba sus actos un robo, sino la recuperación de algo que le pertenecía.

Salvo por los gatos que merodeaban por los pasillos, maullando a todas horas y manteniendo a los ratones alejados de los sacos de harina, la panadería estaba tranquila y en silencio. Y pese a todo, Addy sabía, aun antes de doblar la esquina del pasillo del despacho, que no estaba sola. No se le ocurrió entonces que la presencia que había percibido fuese terrenal, y sin darle más vueltas pensó que era L'il Leam quien estaba allí, transmitiéndole su horror mudo por lo que estaba a punto de acometer. Addy fijó la mirada en la puerta del despacho, al fondo del pasillo. Balanceó el hacha en sus manos y se preguntó vagamente qué sería ese olor que empezaba a subirle por los orificios de la nariz.

Llegó a la puerta e inspiró hondo, creyendo haber oído un grito. «Vete, Leam –dijo para sus adentros–. Es mi dinero y lo quiero.» En ese momento, el olor que había advertido antes se intensificó y supo que era olor a quemado. Los hornos, pensó. Se les debía de haber quemado alguna hornada de pan ese día. Levantó el hacha en el aire y volvió a oír algo parecido a un grito. Esta vez ya no pensó en Leam y supo que sería alguno de los gatos, hambriento. Se detuvo a oír el grito de nuevo y luego se le ocurrió soltar el hacha e intentar abrir la puerta con normalidad, pensando en cómo le sentaría si al final resultaba que no estaba cerrada con llave.

El pomo de la puerta brillaba en la oscuridad. Alargó el brazo para tocarlo y su cerebro aún tardó unos segundos en procesar que el suave metal no estaba helado sino ardiendo. Retiró la mano, cerró el puño, volvió a oler el olor y supo que era humo. Después de eso, su cerebro ya no volvió a formular ningún pensamiento, o al menos ninguno que ella pudiese capitanear. Descargó el hacha sobre la puerta una y otra vez hasta que vio que cedía y, a continuación, siguió a sus pies al interior del despacho asfixiado por el humo. Las llamas devoraban las paredes del fondo de la habitación. Oyó el débil sonido de alguien tosiendo. Addy se hincó de rodillas en el suelo y palpó el suelo con las manos buscando el rastro de algún ser humano. Levantó la otra mano para taparse la nariz y la boca al tiempo que gritaba:

–¿Hay alguien ahí? ¿Hay alguien?

Addy sintió cómo las llamas consumían las cortinas a sus espaldas y se volvió para sofocarlas, sin notar cómo se chamuscaba las palmas de las manos. Luego vio a la niña tendida en el suelo, toda tiznada e inconsciente. Cogió a Fiorella en brazos como si fuera un recién nacido y no una niña de ocho años, se la cargó al hombro y se dirigió a la puerta, tosiendo y asfixiándose. Tuvo una visión de sí misma en ese momento, deshaciéndose en un charco, como si estuviera hecha de cera y nunca hubiese sido humana en realidad. Buscó la puerta, pero un muro de llamas explotó ante sí y a la luz del fuego vio los cuerpos del matrimonio Revello. Se puso a chillar.

La ventana era la única salida posible. Addy retrocedió y empleó el pie para derribar de una patada las tablas de madera que habían reemplazado al cristal roto. Sacó la cabeza agonizante por la ventana para inhalar el aire y, a continuación, descargó a la niña al otro lado de la ventana antes de saltar ella también y desplomarse en el suelo.

Al día siguiente se publicó en la portada del *Chatham Daily News* cómo Adelaide Shadd había salvado a Fiorella Revello del fatal incendio que había acabado con las vidas de los padres de la niña en la panadería The Oakwood. La noticia afirmaba que Adelaide Shadd había actuado como un héroe y no mencionaba que hubiese trabajado allí alguna vez ni que la hubiesen despedido hacía poco. Tampoco describía las quemaduras que se había hecho en la mano, que le impedirían realizar las tareas más rutinarias con facilidad el resto de su vida.

Pasó las dos semanas siguientes ingresada en el hospital, alimentándose decentemente y bajo los atentos cuidados de blancos vestidos de blanco. Después de eso, volvió a la calle Degge y dejó que los Baldwin cuidasen de ella mientras llevara las manos vendadas. Y cuando le quitaron las vendas y vio que tenía la piel de los dedos tirante y llena de manchas blancas, Addy se echó a llorar, pensando en Mose y en Chick, en Leam y en Chester, avergonzada por haber sobrevivido.

El incendio y las muertes eran un misterio. Revello tenía un negocio próspero y una hermosa familia. El jefe de bomberos se había rascado la cabeza, preguntándose por qué el hombre habría rociado el lugar con gasolina y le habría prendido fuego a todo. Escribió «accidental» en su informe oficial, deseando que la niña superviviente pudiese llevar una vida normal algún día.

El señor Revello no tenía parientes, de modo que fue el hermano de la señora Revello, Umberto Folo, quien se quedó con el negocio familiar. Fiorella borraría de su memoria los abusos de su padre, crecería con el cariño y las atenciones de su tío Umberto y la esposa de éste y se convertiría en una chica muy distinta a la que habría sido de haber vivido sus padres. Addy se llevó una sorpresa cuando Fiorella se presentó en su puerta de la calle Degge poco después de que le quitaran las vendas.

–Las manos se te han vuelto blancas –señaló Fiorella, mirándolas con curiosidad.

–Ajá... Es por las quemaduras.

–Casi tan blancas como las mías –dijo, comparando sus manos con las de Addy.

–Ajá...

–Mi tío Umberto ha guardado diez periódicos.

–¿Ah, sí?

–Dice que sólo las personas muy especiales consiguen que su nombre aparezca en el periódico.

–Las personas especiales y los criminales, supongo.

–Dice que es un *alajo* que salga tu nombre en el periódico.

–Entonces, ¿te encuentras bien, Fiorella? –quiso saber Addy, preguntándose cómo era posible que no sintiera afecto ninguno por aquella criatura a la que había rescatado del fuego.

Fiorella asintió y siguió hablando, asomándose por detrás de Addy para ver el lugar donde vivía.

–Dice el tío Umberto que tendrías que guardarte un periódico para enseñárselo a tus nietos algún día. ¿Te has guardado un periódico?

Addy negó con la cabeza y sostuvo la puerta abierta con el pie, preguntándose para qué habría ido a verla la niña, puesto que no parecía que fuese para expresarle su gratitud.

–El tío Umberto quiere que vayas a trabajar mañana –dijo Fiorella, volviendo a mirar las manos de Addy.

–Trabajar. No puedo trabajar. No creo que pueda volver a enrollar ninguna masa en mucho tiempo, si es que puedo volver a hacerlo algún día.

–Ya lo sabe. Dice que te has quemado para siempre y que ahora no vas a ser de mucha ayuda en la pastelería.

–¿Eso dice?

–Pero quiere que vayas de todas maneras. Dice que ya te encontrará algún trabajo.

–¿Como barrer el suelo, por ejemplo? ¿Un trabajo de esos de limpiar los hornos?

Fiorella se encogió de hombros y se fue, sin llegar a decirle, ni en ese momento ni nunca, gracias por haberme salvado la vida.

Al día siguiente, a Addy le costó abrocharse los botones de la blusa con aquellas manos agarrotadas y se sintió un poco ridícula por estar recorriendo las pocas manzanas que había hasta la panadería. Le dio por pensar que Fiorella era una niña retorcida y malvada, y que todo aquello podía ser una broma cruel. Sintió cierto alivio al llegar al edificio, que aún olía a humo, y ver que Umberto Folo la estaba esperando, y sintió aún más alivio al ver que era un hombre de mediana edad rechoncho y afable.

Él y su joven mujer de ojos saltones estaban viviendo en algún lugar de Nueva York cuando recibieron la noticia de la trágica muerte de su hermana y habían acudido de inmediato y descubierto que iban a heredar la panadería y a convertirse en tutores legales de su sobrina. Umberto tomó las manos de Addy entre las suyas, con cuidado de no apretar demasiado.

–Le ha salvado la vida a Fiorella.

–Sí.

–No sé cómo pagarle lo que ha hecho salvo ofreciéndole un puesto de trabajo.

–Gracias, señor Folo.

–Umberto.

–Pero verá –dijo, mostrando sus garras, no para darles lástima, sino para que comprendieran–, no puedo trabajar en la pastelería. No como antes.

Umberto se estremeció y se llevó la mano al corazón.

–¿Qué trabajo le gustaría, señorita Shadd?

–¿Que qué trabajo me gustaría?

–No puede dedicarse a hacer pasteles, escoja un trabajo que le guste.

–¿Que escoja un trabajo?

Addy desconfiaba de sus intenciones, por supuesto, porque ninguna negra podía tener el trabajo que quisiese, así como así. Se preguntó si Umberto se daba cuenta de que, una vez terminada la guerra, iba a haber montones de hombres haciendo cola para trabajar en la panadería.

–¿Cualquier trabajo? –preguntó.

Umberto sonrió.

–¿Le gustaría trabajar en los hornos? ¿Llevar los libros de contabilidad? ¿Qué le gustaría hacer?

La idea se le ocurrió de golpe, como si acabara de tener un antojo, y ni corta ni perezosa, la dijo en voz alta antes de pensárselo dos veces.

–Me gustaría conducir.

–¿Le gustaría conducir?

–Sí, Umberto. Me gustaría conducir. Me gustaría sentarme al volante de un automóvil y apretar el pedal del acelerador con el pie. Me gustaría estar a mi aire e ir a sitios que están demasiado lejos para ir a pie.

–¿Le gustaría ser mi repartidor? –preguntó Umberto, ladeando la cabeza.

–Sí. Sí, me gustaría ser su repartidor.

–¿Sabe algo de camionetas? ¿Sabe conducir camionetas de reparto de pan?

–No, no sé, pero he visto muchas veces, en mis tiempos, cómo se conduce y siempre he querido aprender.

Al principio hubo protestas, porque pocos habían visto a una mujer repartidora, y nunca habían visto a una repartidora de color, además, pero Umberto no se inmutó ante las críticas y les dijo a sus clientes que si no les gustaban sus empleados, que se fueran a comprar a otra panadería. Todos menos uno o dos se acostumbraron a la idea de ver a Addy Shadd en sus comercios, restaurantes y hogares, cargando cajas de pan y otros productos de repostería, dejando tras de sí el olor a levadura y cigarrillos.

Su trabajo como repartidora para la panadería The Oakwood mantuvo a flote a Addy durante casi dos décadas. Se quedó en la casa de la calle Degge y siguió manteniendo buenas relaciones con los vecinos, pero nunca llegó a intimar lo suficiente para desembocar en una verdadera amistad. De vez en cuando se acercaba a The Chicken Shack, en la calle King, se relacionaba con los asiduos del local y veía a la gente joven bailar con la música del *jukebox*. Casi siempre estaba trabajando y agradecía poder tener la mente y el tiempo ocupados.

Una noche, por Navidades, poco antes de cumplir los cincuenta y uno, Addy acababa de terminar de trabajar un turno doble cuando se bajó de la camioneta y descubrió que no podía andar un paso. El doctor Zimmer le hizo unas radiografías y le recetó analgésicos para el dolor, pero dijo que tantas horas al volante empezaban a hacer mella en su articulación de la cadera, que ya estaba resentida. Le dijo que había llegado la hora de retirarse y eso fue lo que hizo.

Años más tarde, sentada a la mesa de la cocina de su diminuta caravana, Addy cerraba los ojos y sentía que volvía a estar tras el volante. Veía las granjas en los campos, las calles de las ciudades y recordaba todas las estaciones, el ciclo de la vida y la muerte. También veía a la gente saludarla desde las aceras, porque todos sabían quién era, aunque nadie la conocía. Hasta que el Señor le envió a Sharla Cody y Addy se dio cuenta de lo sola que había estado desde que Mose se fue. Hasta que abrazó a aquella niña por primera vez no se dio cuenta de que habían pasado décadas desde que oliese el olor de la piel y sintiese el tacto de la carne. Durante mucho, muchísimo tiempo, habían sido sólo ellas dos: Addy y la luna.

MAIZALES

Addy Shadd tenía seis años y temía que su hermano L'il Leam se muriese. Wallace trabajaba haciendo tareas de carpintería y albañilería para Teddy Bishop y Laisa no podía atender a su hijo enfermo y su hija sana al mismo tiempo. Teddy había sugerido muy generosamente que Addy se alojara en su casa del lago hasta que Leam se hubiese recuperado. Dijo que sería estupendo para las gemelas, Camille y Josephine, sobre todo siendo tan amigas como eran.

Wallace no hizo ningún caso a Addy cuando ésta protestó diciendo:

–Odio a Camille. Odio a Josephine. No pienso ir.

Laisa metió apresuradamente algo de ropa de verano en la maleta y dijo:

–Acuérdate de portarte bien y de dar las gracias en casa del señor Bishop.

Se disponía a salir de la habitación cuando vio que a su hija le temblaba la barbilla, así que se agachó para abrazar a Addy, pero Leam tosió en la otra habitación y Laisa corrió a su lado. A la mañana siguiente, Laisa aún seguía entregada a los cuidados del pequeño y se olvidó de despedirse de su hija con un beso.

Aunque lo intentó, Addy no consiguió evitar a las gemelas los primeros días en casa de los Bishop. La seguían a todas partes y vigilaban cada uno de sus movimientos. Se pasaba la mayor parte del tiempo en el granero principal, asomada al cajón donde una de las gatas acababa de dar a luz. En las pocas semanas desde que habían nacido, a la camada de animalillos les había salido una pelusa suave que recubría su piel rosada y llena de arrugas. Ya no tenían los ojos tan rasgados y a Addy le gustaba cómo sacaban la lengua áspera para lamerse las patitas.

Una mañana cubierta de rocío Camille sacó el cajón al jardín delantero. Addy preguntó si podía coger en brazos a alguna de aquellas criaturitas y Camille se lo pensó durante largo rato antes de decirle que sí. Josephine ya tenía dos gatitos colgando de su blusa de verano y se rió cuando Addy metió la mano en el cajón y no sacó ninguna cría, sino que recibió un arañazo de la madre. Camille dio un golpe a la madre en la cabeza y le arrancó de la teta un cachorro gris y se lo arrojó a Addy como si fuera una pelota.

El gatito se hizo un ovillo y se puso a maullar y llorar en los brazos de Addy. Ésta susurró:

–Chsss. Tranquilo, no pasa nada... No pasa nada...

Lo cierto es que Addy también sentía ganas de llorar, pues echaba de menos su casa en la calle Fowell y a ella también la habían arrancado de los brazos de su madre.

Camille miró dentro del cesto de mimbre con el que la señora Bishop las había enviado fuera de la casa y anunció que ya no quedaban más galletas con mermelada. Josephine también miró en el cesto, pues nunca se fiaba de su hermana. Addy no había comido galletas ni ninguna otra cosa ese día, pero le daba lo mismo que no quedase nada. Se le había cerrado el estómago y sentía mucha pena porque su hermano Leam estaba enfermo y su madre estaría llorando y uno de sus dientes, la paleta delantera, se le movía. Se empujó el diente con la lengua, oyó el ruido del tejido al desgarrarse y notó el sabor de la sangre. Dejó de empujar y succionó la sangre, mirando a Camille y Josephine alternativamente, pensado que con aquellos cuerpos tan voluminosos y los vestidos de verano a juego parecían cuatro niñas y no sólo dos.

Addy se llevó el cachorrito a la mejilla, le acarició la protuberante espina dorsal y se preguntó qué sería aquella capa legañosa de los ojitos. Lo besó en la naricilla viscosa y luego, como el gatito seguía llorando, susurró:

–¿Quieres ir con tu mamá? ¿Quieres a tu mamaíta?

–Tráelo aquí, Adelaide –exigió Camille.

–Quiere ir con su mamá.

–Dámelo a mí.

Addy le dio el gatito a Camille y se estremeció al ver que lo sujetaba por el pescuezo.

–Le estás haciendo daño.

–No es verdad. Su mamá lo sujeta así con los dientes.

Addy había visto a las mamás gatas sujetar con la boca a sus crías por el pescuezo, pero nunca había visto a un gatito retorcerse y patalear en el aire como el cachorro gris hacía en esos momentos. Miró hacia el granero grande que había en la colina junto al lago. Vio a Wallace subido en lo alto de la escalera y oyó el ruido lejano de su martillo al golpear un clavo.

–¡Papá! –gritó, aunque sabía que no podía oírla.

Con un breve bostezo, Josephine anunció que ya estaba cansada de llevar a los gatitos colgando de la blusa y trató de arrancárselos. Addy vio que los pobres cachorros también querían librarse de Josephine, pero no había manera de que sus garras se retrajesen y maullaban y se agarraban aún más fuerte cuando en realidad estaban desesperados por soltarse.

–Quitádmelos de encima –dijo Josephine apretando los dientes.

Camille soltó al gato gris y se echó a reír cuando éste cayó de espaldas al suelo y corrió a buscar refugio con paso tambaleante bajo el porche. Agarró a los cachorros prendidos en la blusa de su hermana y tiró con fuerza hasta que uno perdió una garra y la tela de la blusa de Josephine quedó completamente deshilachada.

–¡Vamos, fuera de aquí! –gritó a los cachorros perdidos y los guió con el pie hacia la parte inferior del porche–. Bichos ignorantes... –soltó con un resoplido, y se sentó en la hierba.

Josephine fue a sentarse junto a su hermana y la vio escoger una voluminosa flor de trébol, arrancar un pétalo diminuto en forma de tubo y succionar el líquido dulzón, suspirando como si fuese un trago largo y fresco de agua. A ninguna de las dos le extrañó que Addy no fuera a sentarse con ellas ni les importó que la hija del carpintero se fuese andando tranquilamente hacia el granero del fondo.

Wallace se había quitado la camisa de trabajo por el calor y su camiseta interior blanca relucía bajo el cielo azul transparente. La madre de Addy se quedaría horrorizada al ver a su marido vestido únicamente con la camiseta interior, aunque en el fondo le complacería ver lo limpia y esplendorosa que llevaba la suya, en comparación con las de otros jornaleros.

–No le digas a tu madre que me he quitado la camisa, ¿me oyes, hija? –le había advertido Wallace aquel primer día de hacía tres semanas.

–Ya lo sé, papá.

–Y no le digas tampoco que han venido los amigos del señor Bishop.

–¿Son los que vienen con esos automóviles tan grandes?

–Eso es. No se lo digas.

–Pero ¿puedo decirle a mamá que Josephine y Camille son malas conmigo?

–No.

–Mamá me dijo que se lo dijera si se portaban mal conmigo.

–Si se lo dices le darás un disgusto.
–Es que a mí me dan muchos disgustos.
–Pues te los guardas para ti sola, ¿me oyes?
–Sí, papá.
–Tu madre ya tiene suficientes disgustos estos días.
–¿Leam se va a morir?
–No –contestó Wallace bruscamente, como si con su palabra bastara.
–¿Puedo decirle a mamá lo que la señora Bishop me da para cenar?
–Sólo si no es una queja. Y no le digas nada de esa cabaña que hay cerca del agua tampoco.
–¿Qué cabaña?
–No importa, Adelaide. Tú no digas nada de nada y ya está.

El sol se hundía en la línea del horizonte, y a pesar de que le habían dicho que no lo mirase nunca directamente, Addy no podía evitar lanzarle miradas furtivas de vez en cuando. El sol la observaba, Addy lo sabía, porque su madre se lo había dicho y el pastor decía lo mismo todos los domingos en la iglesia. El sol era el hijo del padre. El hijo del padre también era Jesús, pero murió en la cruz por nuestros pecados, aunque Addy no había acabado de entender muy bien si, después de muerto, se había convertido en aquella enorme bola de fuego a la que no había que mirar directamente o sólo vivía allí. Sólo sabía que él era luz, y que la luz era el sol, y que el hijo los quería y los protegía a todos.

Era difícil respirar en el calor sofocante de aquel día de verano, y Addy no quería abrir demasiado la boca, no fuera a ser que el diente suelto se le cayera a la hierba y lo perdiese para siempre. Sabía que su madre lloraría si lo perdía, pues los dientes de leche, como las mantelerías de hilo, había que guardarlos en una caja junto con mechones de pelo de algún recién nacido y algún muerto reciente. Inspiró con fuerza por la nariz y estaba a punto de volver a llamar a su padre cuando, por el rabillo del ojo, vio una bolita gris. Se echó a reír al ver que era el gatito y que la había seguido.

Se agachó para acariciarlo, pero la bolita gris salió rodando hacia el maizal, al otro lado del granero. Addy volvió a reírse y vio al gatito detenerse y ladear la cabeza para observar a una mariposa blanca que revoloteaba a su alrededor.

–Atrápala –lo animó Addy–. Vamos, atrápala.

El gatito dio un salto para atrapar la mariposa, dando zarpazos y saltitos mientras la mariposa se metía volando en el maizal. Addy se rió y se fue tras ellos.

–Atrápala –repitió Addy–. Vamos, atrápala.

Minutos después, Addy supo que se había metido en un buen lío. «Ni se te ocurra, nunca, jamás, meterte en el maizal», le había advertido su padre. Ella había dicho: «Sí, papá», pero la advertencia había ido acompañada de otros cien «No hagas esto» y «No hagas lo otro» en relación con los dominios del señor Bishop, y hasta que se vio allí, rodeada de tallos gigantescos y densas hileras de panochas, no recordó la palabras de su padre.

Addy se había preguntado muchas veces cuál sería peor, la ira del Señor o la ira de su propio padre, y sintió miedo de que éste pudiera propinarle una paliza, sobre todo delante de Camille y Josephine, si la pillaba en ese momento saliendo del maizal. Recogió al gatito gris y se dispuso a retroceder sobre sus pasos para volver por el mismo camino, sólo que no conseguía ver por dónde había venido, porque cada tallo, cada hilera y cada hoja que le cortaba la piel del brazo eran idénticos. Se detuvo a escuchar el sonido de los martillazos de su padre al clavar los clavos, pero no oyó nada más que el sonido de sus propios latidos y el ronroneo del gatito arrimado a su pecho.

Con gran alivio, Addy se asomó entre las cortantes hojas verdes y vio un claro de luz. Corrió hacia él y, al llegar al claro, vio que sólo era una pequeña área donde los tallos de maíz se habían secado misteriosamente y habían muerto. «Ni se te ocurra, nunca, jamás, meterte en el maizal», oyó decir a su padre, mientras saltaba más alto que en toda su vida. Sin embargo, Addy no conseguía superar la altura de los tallos, y se le ocurrió que, entonces, eso significaba que tampoco podía verla nadie.

–¡¡Papááááá!! –gritó.

Pero no obtuvo respuesta ni oyó el ruido de pasos acudiendo a la carrera para rescatarla.

–¡¡Papááááá!! –volvió a gritar e hizo maullar al gatito también.

El maizal era inmenso, Addy lo sabía. Había oído a su madre hablar de los campos de los Bishop y preguntarse cómo es que era el único granjero del condado al que parecía irle bien las cosas a pesar de las inundaciones y las sequías.

–Es un hombre rico, Laisa. Tiene otros recursos –había afirmado Wallace en una ocasión, queriendo decir que era mejor no hacer conjeturas.

–Supongo que deberíamos dar gracias por no haber sido maldecidos con la riqueza, Wallace. Es más fácil que un camello entre por el ojo de una aguja, que un rico entre en el Reino de los Cielos.

Wallace miró a su esposa de reojo y murmuró:

–Lo más probable es que Teddy Bishop compre las puertas del Cielo y despida a san Pedro, y que no importe si su esposa y sus gemelas son gordas como camellos.

Laisa se había reído a carcajadas, sin poder parar. Addy se acordó de Laisa entonces y se preguntó si su madre sabría que nunca había que entrar en un maizal.

–¡¡¡Paaaaapááááá!!! –gritó Addy una vez más, pero

justo cuando estaba a punto de gritar otra vez con todas sus fuerzas, algo se le quedó atascado en la garganta. Supo, por el sabor a sangre en la boca, que era su diente. Sintió una arcada y se lo tragó, y pensó que eso era otra cosa que nunca jamás debería haber hecho. Pero aun después de llevar una, luego dos, y luego tres horas andando, y de tener todo el cuerpo magullado y estar muerta de cansancio y de sed, lo que no sabía era que el verdadero peligro de perderse en los maizales era que tal vez no la encontrasen antes de que le diese un golpe de calor.

Sedienta y exhausta, y deseando haberles arrancado aunque fuese una galleta de mermelada a las gemelas, Addy miró a su alrededor a las largas hileras idénticas y se dejó caer resbalando al suelo. Al menos allí abajo había sombra, pensó, pero luego se dio cuenta de que no era sombra sino oscuridad, que se abatía sobre su cabeza. El sol se disponía a ocultarse al fin y la niña vislumbró el tenue brillo rosado en la bóveda del cielo. «A la noche, arreboles; a la mañana habrá soles. Arreboles al oriente, agua amaneciente», era un refrán que solía decir su madre, aunque Addy no recordaba que Laisa supiese mucho de arreboles.

El gatito que llevaba en brazos llevaba durmiendo ya un buen rato, y no parecía consciente del peligro que corrían. Addy depositó al animalillo en su regazo y cerró los ojos también. No es que sólo estuviese cansada, es que estaba a punto de rendirse.

Soñó entonces, o al menos creyó que soñaba, que tenía alas y que podía volar por encima de los tallos de maíz. Lo veía todo y a todos, incluida su madre en su casa de la calle Fowell. Soñaba que le decía: «Mamá, estoy aquí. Mírame. Aquí arriba». Pero Laisa sólo apartaba los ojos del rostro de su hijo enfermo y dormido el tiempo suficiente de consultar el reloj y preocuparse por qué era lo que estaría entreteniendo tanto a su marido esa noche. Fuera, en el lago, Addy vio una enorme barca que se dirigía a la orilla con unos hombres a bordo que, borrachos y vociferantes, parecían satisfechos de su pesca del día. En el campo, vio a Teddy Bishop y a otros dos hombres con lámparas de queroseno corriendo inquietos alrededor del cuerpo dormido de una criatura morena tendida entre el maíz.

Vio a su padre también. Estaba solo, con su propia lámpara, atravesando despacio las hileras de plantas y gritando con la voz entrecortada:

–¿Adelaide? ¡Addy! ¡¿Cariño?! ¡¡Adddddd-dddddyyyyy!!

Addy soñó que volaba lanzándose en picado hacia abajo, las puntas de las mazorcas cosquilleándole el estómago, para ver la cara de su padre. Aun en sueños, Addy se sintió confusa, pues no era ira lo que había en el rostro de Wallace Shadd, sino miedo.

–¡¡¡Adddddd-dddddyyyyy!!! –gritó de nuevo.

Y esta vez, Addy le contestó gritando:

–¡Aquí, papá! ¡Mira aquí arriba! ¡Estoy aquí mismo! ¡Estoy volando!

Y entonces, aunque Wallace no levantó la cabeza, se detuvo y miró hacia abajo, y vio allí a su hija, hecha un ovillo con el gatito en su regazo. La incorporó y la zarandeó con delicadeza, susurrando:

–¿Cielo mío? Despierta, tesoro. Despierta, Addy... –Hasta que Addy abrió los ojos.

Wallace se sacó una botella de agua del bolsillo y la acercó a los labios resecos de su hija. Cuando ésta respondió bebiendo con avidez y pidiendo más, su padre supo que se pondría bien.

–Papá –susurró–, ¿me has visto volar?

Wallace asintió, la estrechó con fuerza entre sus brazos y se echó a llorar en silencio, pues sabía que había estado a punto de perder a Adelaide, y él quería muchísimo a su hijita.

–Te perdono, papá –murmuró ella.
–¿Me perdonas?
–Sé que llevas mucho tiempo esperando oírlo.
–¿Adelaide?
–Sé que me querías. Lo sé.
–¿Adelaide?

Addy se aclaró la garganta y bajó la vista. Vio que no tenía las manos pequeñas y juveniles, sino estropeadas y viejas. Se aclaró la garganta, levantó la vista y no supo qué decirle al abuelo de Nedda, el anciano de Detroit, que estaba sentado a la mesa de su cocina con un lápiz en la mano y preguntando:

–¿Estás bien, Adelaide?
–Estoy bien. Ajá... Estoy bien.
–¿Seguro que estás bien? –Earl Bolton no parecía muy convencido.
–Ajá...
–Parecías...
–Estaba soñando despierta, eso es todo. Estaba acordándome de cuando era niña.

Earl chascó la lengua para ahuyentar el aire enrarecido.

–Yo también lo hago. Yo también lo hago a veces.
–Supongo que es natural, cuando sabes que te quedan pocos pasos por delante, dar de vez en cuando unos cuantos pasos hacia el pasado.
–Amén. ¿Y en qué estabas pensando, Addy?
–Estaba acordándome de un día de verano, cuando me perdí en los maizales.

Earl Bolton movió la cabeza con gesto comprensivo, pues conocía los peligros del maíz.

–¿Alguien te dejó en el maizal?
–No. Estaba yo sola.
–Has dicho «papá».
–¿Eso he dicho?
–Has dicho: «Te perdono, papá».

Addy se miró las manos.

–¿Yo he dicho eso? –Se aclaró la garganta mientras rememoraba la imagen y el olor a serrín del cuello de su padre y la fuerza de sus brazos desnudos–. Entonces, supongo que sí. Supongo que perdono a mi padre.

–Pero ¿no fue él quien te dejó sola en el maizal?

–No –dijo Addy, y no añadió nada más.

Earl se quedó en silencio durante largo rato. Dio unos sorbos a la cerveza que le había servido Addy mientras tamborileaba con el lápiz encima de la mesa. Addy se detuvo un momento a leer las palabras escritas del revés en el bloc de notas y entonces se acordó. Había enviado a Sharla a buscar a Earl Bolton para que éste le escribiese unas recetas. Había estado pensando en la panadería, y en el incendio y en que nunca le había llegado a enseñar a Chick a hacer nieve de manzana ni tartaletas de nueces. Había estado pensando en que quería tener las recetas por escrito para que Sharla las tuviese para siempre, después de que ella muriese.

Desde que había abierto los ojos esa mañana, Addy presintió que iba a ser un día inolvidable. Lo pensaría más tarde y no sabría decir cuándo había sido el momento preciso en que todo cambió, cuando el reloj empezó a hacer tictac más despacio y tenía la sensación de que todo iba a cámara lenta cada vez que volvía la cabeza o inspiraba el aire. Cuando se despertó, todo seguía aún oscuro, pero el aleteo de los pájaros y el revoloteo de las cortinas le advirtió de que se avecinaba una tormenta, procedente del lago. Cerró los ojos y vio la tormenta aproximándose, pero no sintió miedo ni odio, sino que la reconoció como a una más de la familia de todas las tormentas que había presenciado en su vida.

La cama seguía aún caliente y la almohada, blanda, y aunque no le apetecía mover su cuerpo viejo y cansado, Addy se desplazó un poco para dejar sitio a su lado, sabiendo que Sharla aparecería de un momento a otro. Cuando retumbó el trueno y el relámpago desgarró el cielo y empezó a llover a cántaros sobre el techo de la caravana, Sharla acudió sin falta al dormitorio de su Mamá Addy a acurrucarse a su lado y susurrar:

–Los odio.

–¿Odias el qué, tesoro?

–Los rayos y los truenos.

–¿Y por qué los odias?

Aunque sabía que a Mamá Addy podía contárselo todo, Sharla se mostró vacilante.

–Parecen muy malos. Como si fuesen a castigar a alguien.

Addy enroscó uno de los rizos de Sharla en su dedo meñique y siguió enrollándolo.

–A mí me gustan los rayos y los truenos, ¿sabes por qué?

–¿Por qué?

–Mi mamá me hablaba de las tormentas cuando yo era pequeña, y resulta que sé que los rayos y los truenos no tienen un pelo de malos.

A Sharla le encantaba que Mamá Addy le hablase de su madre y se dispuso a oír el resto.

–Mi madre me contó que los relámpagos se ven cada vez que llegan ángeles nuevos al Cielo y el Señor les pone sus alas.

–¿Y las alas hacen que salte un rayo? –preguntó Sharla, formando con sus deditos una explosión en el aire.

–Eso es. Y el trueno, pues verás, son sólo los ángeles viejos que aplauden a los nuevos.

Sharla apoyó la cabeza en el pecho de su Mamá Addy, inhalando su olor y deseando no volver a oír el trabajoso silbido de sus pulmones. Juntas escucharon la tormenta y se preguntaron fugazmente qué ocurriría después. Unos minutos después, Sharla preguntó:

–¿Eso es lo que son los rayos y los truenos en verdad? ¿Es lo que te dijo tu mamá?

–Podría ser eso y también podría ser otra cosa. Hay pocas cosas que sólo tengan una explicación.

–¿Cuál es la otra explicación?

–Recuerdo algo acerca de que el aire frío se encuentra con el aire caliente y los dos chocan y no se llevan muy bien. Eso será mejor que se lo preguntes al señor Toohey.

–La escuela ya casi ha terminado.

–Pues eso significa que tú y yo tenemos un largo verano por delante. Hay que comprarte sandalias nuevas y esas cosas. –Addy miró por la ventana y volvió a decirlo, como si no lo hubiera dicho antes–: Hay que comprarte sandalias nuevas y esas cosas. Cuando vuelva papá, le diré que te lleve al centro a comprarte zapatos y luego a la heladería, a por un helado. Sólo vosotros dos. ¿Qué te parece?

Sharla asintió y esperó, pero Addy no siguió hablando.

–¿Algo más, Addy? ¿Hay que anotar algo más para esta receta, la de las tartaletas de mantequilla?

Earl Bolton había sido muy cuidadoso con la letra y muy preciso, y como Addy había empezado a desvariar de nuevo, temía que se le pudiese haber olvidado algún ingrediente crucial. Se imaginó a Sharla Cody en alguna cocina dentro de unos años, maldiciendo una receta que no había forma de que le saliese bien.

–Añade sólo que las nueces son opcionales –dijo Addy, admirando su dedicación.

Earl escribió y leyó en voz alta:

–Las nueces son opcionales.

Addy sonrió.

–Te agradezco mucho tu ayuda, Earl. Sé que vienes

a Chatham a ver a tu hija. ¿A ella no le molesta que vengas a visitarme a mí?

Earl negó con la cabeza y dijo:

–Me trae sin cuidado si le molesta o no. El caso es que a mí sí me molesta ella: me molesta el hombre que vive con ella y la forma en que están criando a mi nieta, y me molesta que le moleste que le diga lo que pienso. –Chascó la lengua–. Bonita nunca se alegra demasiado de verme.

Addy asintió y se asomó a la ventana cuando el sol apareció detrás de una nube. La ventana estaba abierta y Addy se dio cuenta de que podía oler el olor de las fresas del campo cercano. Se preguntó por qué ese año no la asfixiaba tanto el olor como otros años. Quiso hurgar en el pasado en busca de una respuesta, pero Earl se lo impidió.

–¿Qué te parece si salimos a dar una vuelta en coche, Adelaide?

–¿En coche?

–Sí. Recogeremos a las niñas y nos iremos a dar una vuelta. El lago está cerca, ¿no?

Addy sonrió, pensando en el elegante coche de Earl.

–Nunca me he subido a un Cadillac.

A Sharla y a Nedda no les gustó el Cadillac tanto como a Addy. El asiento de atrás era tan mullido y bajito que ninguna de las dos veía bien por la ventanilla. Sin embargo, las niñas sabían que iban en dirección al lago y el instinto les indicó el preciso momento en que pasaron por delante de la heladería Sweet Freeze.

–A lo mejor os compramos un helado a la vuelta –dijo Mamá Addy.

No se habían molestado en traer bañadores, toallas o cesta de picnic, de modo que Nedda dijo que no parecía una excursión al lago de verdad. Sharla nunca había estado en el lago y cuando lo dijo en voz alta, Addy y Earl se miraron y negaron con la cabeza, con gesto apesadumbrado. A Sharla no le entusiasmaba la idea de ver el lago y exclamó, preocupada:

–Pero ¿no era que el lago está contaminado?

Lo cierto era que Addy no lo sabía. Se aclaró la garganta.

–Claro que no.

–Collette dijo que está contaminado y que la arena está llena de ojos de peces muertos.

–Puede que te encuentres algún pez muerto de vez en cuando. No hay que tener miedo de eso.

Nedda se quitó las sandalias de un puntapié, apoyó los dedos sucios del pie en el respaldo del asiento delantero y oyó por cuarta vez que se pusiera las sandalias y que las mantuviera pegaditas al suelo. Se enfurruñó y chilló, protestando:

–¿Y para qué vamos al lago si no nos podemos ni bañar?

Para cuando se pusieron en marcha, el cielo había vuelto a encapotarse de nuevo, y sin el sol, el agua de junio iba a estar demasiado fría para bañarse. Earl y Addy convinieron en que, de todos modos, ninguno de los dos tenía suficientes fuerzas en sus cuerpos añosos para sacar a las niñas del agua en caso de resaca. Sharla y Nedda se pelearon por el territorio en el asiento trasero, ganando centímetros con una mano y pasando el pie por el lado que no era. Al final, se retiraron a sus esquinas y se pusieron a observar el cielo plomizo en silencio.

Volvería a llover, Addy lo sabía, y seguramente lo haría con fuerza. Earl también estudió los nubarrones.

–¿Deberíamos volver?

–Sólo si tú lo crees.

–A mí no me importa la lluvia.

Addy acarició el asiento de cuero a su lado y pensó que nunca había encontrado un asiento que se adaptase tan bien a la curvatura de su espalda.

–Es un coche precioso, Earl.

La carretera del lago era larga y sinuosa, y se acercaba tan peligrosamente al agua que, en determinados puntos, salpicaba en la cara al bajar la ventanilla. En otros sitios había casas que separaban la carretera del agua. Algunas eran viviendas de veraneo, de nueva construcción para las familias bien, y otras eran viejas chozas de tablones de madera que servían de hogar a familias pobres enteras durante todo el año. Algunas estaban construidas sobre pilotes de madera, protegidas del lago y de su temperamento impredecible.

Sharla se puso de rodillas para mirar las casas de pilotes cuando Mamá Addy dijo que aquello era verdaderamente digno de admiración. Para la niña, era como si las casas pudiesen echar a andar en cualquier momento, si tuviesen voluntad propia y así lo decidiesen. Nedda dijo que la parte de abajo le parecía un buen sitio para jugar. Sharla se imaginó aplastada bajo el peso de una casa de pilotes harta ya de tanto estar apuntalada y dijo que ella prefería jugar con los peces muertos de la orilla.

La carretera del lago trazaba una curva y luego se enderezaba y se torcía de nuevo. Earl conducía despacio, con parsimonia, con las manos agarrotadas sujetando el volante de una forma que en nada se parecía a como lo habrían sujetado en su juventud, de eso Addy estaba segura. Aun con las gafas puestas, Earl tenía que entrecerrar los ojos, y Addy se preguntó cuánto tiempo tardaría aquel buen hombre en conducir los ochenta kilómetros que había desde Detroit.

Cuando llegaron a un semáforo, Earl se agachó a encender la radio. A Addy le gustó la música y la forma en que enmascaraba su silencio. Por un momento, deseó volver a ser joven, que Earl se inclinase hacia el asiento de ella, la tomase de la mano y la mirase con ojos de enamorado. Se sorprendió ante su extraño deseo y se sobresaltó cuando Earl, efectivamente, inclinó el cuerpo hacia su asiento. Le hizo unas señas para que mirase hacia atrás y Addy vio que los revoltosos angelitos estaban profundamente dormidos.

Era la primera vez desde The Oakwood que Addy recorría la larga carretera del lago, y la primera vez desde que era niña que se planteaba la posibilidad de ir más allá aún. Habían emprendido aquel viaje para ver el lago y mirar al otro lado del horizonte, y no habían llegado a decidir cuánto tiempo estarían conduciendo antes de regresar a Lakeview. Earl perdió la noción del tiempo, pero por el cambio en el paisaje, la fragancia del aire y el ritmo acelerado de su propio corazón Addy adivinó que el Cadillac dorado había tomado su propia decisión y los estaba llevando a todos a Rusholme.

Addy lo oyó de nuevo, como había estado oyéndolo toda su vida. «Vuelve a casa, Addy Shadd. Volverás a casa por encima de todas las cosas.»

EL LARGO CAMINO A CASA

Cuando la lluvia apareció al fin, aporreó el techo del Cadillac como si estuviera encerrada y furiosa y quisiese que alguien le abriese inmediatamente. Nedda y Sharla se despertaron, preguntando dónde estaban. Addy apenas si veía nada a través de los cristales empañados y Earl no conseguía que los limpiaparabrisas trabajasen a más velocidad. Earl estaba seguro de que la carretera a la ciudad tenía que estar por allí cerca, porque creyó ver un cartel indicador a la izquierda, aunque estaba demasiado concentrado en la conducción para leer las palabras.

Ese cartel no estaba allí cuando Addy era niña. La desconcertó no sentir nada al leerlo, y hasta dudó de la sinceridad de aquellas palabras: BIENVENIDOS A RUSHOLME, decía.

Aunque el aire acondicionado estaba a máxima potencia, Earl Bolton sudaba copiosamente, y era la primera vez, a medida que avanzaba por aquella carretera de visibilidad nula, que admitía que tal vez ya no tuviese la vista tan bien como antes para poder conducir. Sintió un gran alivio cuando Addy apagó la radio, pues necesitaba desesperadamente un poco de silencio para poder concentrarse.

Consciente de lo mucho que la voz de una mujer podía crispar los nervios de un hombre asustadizo al volante, Addy habló en un susurro y formuló una pregunta con sus palabras:

–¿Y si paramos en el arcén y esperamos a que amaine la tormenta, Earl?

Earl no llegó a decir que eso era precisamente lo que intentaba hacer, sólo que no conseguía ver la carretera ni el puñetero arcén. Pero en vez de eso, dijo:

–No, puedo seguir.

Addy miró al asiento trasero. Sharla y Nedda hacían todo lo posible por alcanzar a ver por la ventanilla trasera el enorme camión de mercancías que se acercaba a ellos a toda velocidad. Addy no veía al conductor, pero estaba segura de que era joven, porque ¿quién si no una persona joven arriesgaría una vida cuyo valor no había descubierto aún?

Earl miró por el retrovisor. Vio el camión y maldijo entre dientes al insensato que lo conducía. Cuando volvió a centrar su atención delante, en la carretera, y vio que había otro coche dirigiéndose a toda velocidad hacia ellos, Earl profirió en voz alta:

–¡Maldita sea!

El camionero hizo sonar el claxon y les hizo luces varias veces, dando a entender que no quería o no podía reducir la velocidad. El segundo coche se acercaba igual de rápidamente. Total, para lo que veía, más le habría valido a Earl cerrar los ojos mientras daba un volantazo para intentar que no lo arrollaran por detrás.

Addy daría gracias a Dios por muchos motivos ese día. El primero, por tener la suerte de que Earl fuese viejo, cegato y lento al volante. De lo contrario, tal vez se habría estrellado contra la cuneta con fuerza suficiente para catapultar a las niñas a través del parabrisas delantero. Lo que ocurrió en realidad fue que Nedda salió disparada hacia delante e impactó contra el cráneo de su abuelo. Aunque ninguno se hizo daño realmente, para Earl no fue nada agradable tocarse la nunca y palpar una herida pegajosa y sanguinolenta allí donde el canto afilado de un diente de leche se había incrustado en su cuero cabelludo.

Cuando vio el camión acercándose por detrás, Sharla había corrido a esconderse en el suelo, de modo que no tuvo que salir disparada a ninguna parte. Addy se había protegido arrimándose al salpicadero. Sabía lo que iba a suceder y, por el momento, sólo perdió el aliento. El camión los había visto salirse por la cuneta, Addy lo sabía, pero el conductor no había parado y regresado a socorrerlos. Una vez evaluados los daños, los cuatro permanecieron en silencio sentados en los asientos mullidos y advirtieron que había dejado de llover.

–Me duele la barriga –susurró Sharla al cabo de un rato.

No era verdad, pero estaba desesperada por salir de aquel coche y creyó que si lo decía parecería una quejica.

–Y a mí también –soltó Nedda, enfurruñada. Se cruzó de brazos y se chupó la sangre del labio–. Se suponía que nos ibais a comprar un helado.

Addy se volvió hacia el asiento trasero y estrechó la mano de Sharla con fuerza mientras Earl accionaba la llave de contacto. El motor no quiso arrancar y, por un momento, el anciano deseó no haber conocido nunca a Addy Shadd ni haberse ofrecido a llevarla al lago o a ninguna otra parte.

–¿A cuánto estamos del campamento de caravanas?

Cuando Addy no respondió, miró el cartel indicador que tenía a la espalda.

–Rusholme –leyó en voz baja–. ¿Por qué me suena tanto ese nombre?

Addy señaló la llave de contacto.

–Vuelve a intentarlo, anda.

Sharla contuvo la respiración. Rusholme. ¿Podía tratarse del mismo sitio? Miró a su alrededor, a los campos verdes y húmedos y el lago azul grisáceo y la tranquila carretera que conducía a la ciudad. ¿Era aquél el lugar donde habían nacido Mamá Addy y L'il Leam? ¿Y donde habían visto los grillos, y celebraban las cenas de la iglesia y veían a Laisa en la cocina preparando nieve de manzana? ¿De veras era el lugar de todas aquellas historias, las que Mamá Addy ni siquiera sabía que contaba en voz alta?

Earl carraspeó.

–¿A cuánto estamos de Chatham?

Addy se encogió de hombros.

–Demasiado lejos para ir andando.

Earl masculló algo entre dientes, abrió la portezuela del coche y se le quedó atascada en el lodo de la zanja.

–Maldita sea, maldita sea...

A Addy no le importó que Earl se pusiera a soltar improperios, pues ella habría hecho lo mismo. Salió deslizándose por la puerta del conductor y ayudó a las niñas a salir por la parte de atrás. Miraron a los campos y los árboles que los rodeaban como si estuvieran en algún país lejano y jamás hubiesen visto nada parecido.

Los elegantes zapatos de piel de Earl emitieron una especie de chapoteo cuando subió por el costado de la zanja llena de barro. Volvió a mirar el cartel indicador.

–Bienvenidos a Rusholme. Bienvenidos al maldito centro de la maldita nada.

Addy asintió y no dijo que, un kilómetro o así más allá, pasada la arboleda, estaba la iglesia del cementerio. Tampoco dijo que, siguiendo la carretera hacia el otro lado, estaba la ciudad y la vieja calle Fowell. Y tampoco dijo que si avanzaban un poco más, pasarían por la propiedad de Teddy Bishop y se llegaba a la escuela. Addy contuvo el aliento y se preguntó si alguno de aquellos lugares seguiría existiendo. No estaba segura de que lo podía esperar.

El viento se impregnó de un olor a verde que llegó hasta la nariz de Addy y la obligó a volverse en aquella dirección. El riachuelo, recordó, estaba justo al otro lado de aquellos arbustos. Cerró los ojos, recordando el riachuelo, el lago, la iglesia y su casa y sintió un gran desconcierto porque nada era como creía que iba a ser. Addy había fantaseado a menudo con su regreso, pero se había imaginado que sería un regreso atormentado y triste. Y sin embargo, allí estaba, en Rusholme, como si aquello fuera lo más natural del mundo. «Como en un sueño –se dijo–, cuando tienes al mismísimo demonio delante y ni siquiera te da miedo.»

Earl encontró una vara larga y la usó para limpiarse los terrones de barro de los zapatos. Sharla y Nedda también encontraron unos palos, pero no se molestaron en limpiarse las lastimosas sandalias. Unos cuantos gusanos de buen tamaño habían asomado culebreando por la tierra y se contorsionaban, confiados, encima de la gravilla del suelo. Los gusanos nunca habrían imaginado el placer que iban a sentir aquellas dos chiquillas partiéndolos por la mitad con sus espadas de madera.

–Dejad a los gusanos en paz, niñas –las regañó Mamá Addy, y fue a reunirse con Earl.

Earl empleó la vara para señalar a la carretera de Rusholme.

–Eso de ahí parece el camino a la ciudad. Supongo que tendrán algún taller mecánico o servicio de grúa. Podríamos esperar aquí, supongo. –Fijó la vista en la larga carretera del lago–. Tarde o temprano tiene que haber alguien...

Addy asintió y llamó a las niñas.

–¡Sharla, Nedda! –Pero las niñas no contestaron. Addy se volvió y vio que las niñas habían desaparecido. «El agua», pensó, y corrió a los arbustos. Sintió un gran alivio al ver que no se habían ahogado en el agua crecida del riachuelo–. ¡Niñas! –gritó, pero hicieron como que no la oían–. ¡Niñas! –volvió a gritar Addy.

Nedda estaba acostumbrada a que le tuvieran que repetir las cosas cuatro o cinco veces. Se quedó allí plantada, tocando con el palo un montoncito de hojas mojadas, observando algo por allí cerca.

Addy se abrió paso por los arbustos húmedos.

–Nedda Berry. Tienes que venir cuando yo te lo diga, ¿me has entendido?

Nedda asintió con aire ausente y señaló el cartel amarillo y negro clavado en un árbol.

–¿Qué dice ahí, señorita Shadd?

Addy se volvió a mirar.

–Dice: «Propiedad privada. Prohibido el paso». –Miró a su alrededor.

–¿Qué significa «Prohibido el paso»? –quiso saber Nedda.

–Que no se puede entrar en unas tierras que no te pertenecen. Es lo que estamos haciendo ahora, entrar en las tierras de alguien. Y ahora, vámonos.

–¿Y de quién son las tierras?

–Nuestras, no.

Nedda miró a su alrededor.

–Yo no veo a nadie.

–Ajá...

–No hay ninguna casa.

–No tienes que vivir en las tierras para que te pertenezcan.

–Entonces, ¿cómo saben que estamos aquí? ¿Cómo saben que estamos entrando en sus tierras?

–Lo saben y ya está, Nedda.

–¿Y qué pasa?

–Que no les gusta.

–¿Te matan?

Addy soltó un resoplido y agarró a la niña de la mano.

–Vamos, pequeña. Tenemos que encontrar a alguien que arregle el coche de tu abuelo.

–¿Ma-má? –la llamó Sharla desde detrás de unos arbustos–. Mira esto de aquí. ¿Qué dice?

Addy llevó a Nedda a rastras a través de los arbustos. Se le estaba agotando la paciencia.

–Sharla Cody, como vuelvas a...

Addy se interrumpió al ver lo que Sharla estaba señalando con la mano, y sintió que el estómago se le subía a la garganta. Soltó la mano de Nedda.

–¿Qué dice, Mamá?

Addy abrió la boca pero no dijo nada. Se acercó despacio, como si fuera un perro herido y temiese que el animal pudiese salir huyendo. Sharla nunca había visto aquella expresión en su cara y se asustó.

Nedda se puso a dar golpes en el suelo con su palo.

–¿Señorita Shadd? Dijo que era mejor que nos fuéramos, señorita Shadd.

Pero Addy no oía a la niña, pues tenía la mirada fija en aquello, preguntándose ahora si el día entero, la tormenta, el camino por la carretera del lago, el regreso a Rusholme... si no sería todo un sueño.

Sharla señaló hacia delante.

–¿Cómo es que sólo hay una, Mamá?

Addy apartó las hojas y las ramas para poder leer las palabras.

Nedda puso los ojos en blanco.

–Porque esto no es un cementerio, tonta.

–Y si no es un cementerio, ¿qué hace esto aquí entonces, eh? –Sharla sintió un escalofrío al ver a Addy hincarse de rodillas en el suelo para tocar las palabras de la lápida que tenía delante–. ¿Qué dice? ¿Qué dice, Mamá Addy?

Nedda se encogió de hombros y señaló la losa de piedra.

–A lo mejor entró sin permiso en la *porpiedad* y por eso lo mataron.

Puede que fueran segundos o que pasara una hora

hasta que Addy se levantó, se volvió y recuperó el habla.

–Será mejor que nos vayamos, niñas.

Sharla no se atrevió a volver a preguntar qué decía la lápida. De todos modos Addy no se lo podría haber dicho, porque no podía dar crédito a la inscripción grabada en el granito gris, y que rezaba así:

> No viertas por mí tus amargas lágrimas,
> ni entregues tu alma a la pena baldía.
> Aquí dentro sólo yace un féretro,
> la llama que lo habitaba relumbra todavía.
>
> CHESTER MONK
> 1907 - 1973

Addy subió hasta la carretera, sin saber con certeza y sin importarle si las niñas la seguían o no. La seguridad de Sharla y Nedda había dejado de preocuparle, pues ahora ya estaba convencida de que todo aquello era un sueño, y en su vida, sólo las cosas que nunca soñaba se hacían realidad. Sí se preguntó, al ver a Earl hablando con un hombre mayor que había parado su camioneta en el arcén de la carretera, si estaría soñando despierta o más bien dormida. Prefería soñar dormida, naturalmente, porque entonces se despertaría en su cama, que estaba a apenas unos pasos de la cocina y de una taza de café caliente. Soñar despierta, en cambio, la asustaba porque nunca sabía dónde despertaría ni quién tendría a su lado ni qué habría dicho exactamente. «Despiértate en la cama –se dijo a sí misma–. Despiértate en la cama y que sepas, porque los sueños no se hacen realidad, que hoy lucirá el sol y no habrá más tormentas.»

Earl la llamó con la mano al ver a Addy salir de entre los arbustos, en apariencia sin estar preocupado porque hubiera desaparecido tanto tiempo. Nedda y

Sharla corrieron a la camioneta y le contaron a Earl lo del cartel de prohibido el paso y lo de la lápida junto al riachuelo.

Addy se acercó a la camioneta sonriendo, pues aun en sueños entendía la importancia de la cortesía y los buenos modales. Earl hizo señas al hombre de la camioneta y le dijo a Addy:

–Este hombre dice que el dueño del taller mecánico no abre hasta mañana por la mañana, pero cree que puede ayudarme a remolcar el coche. Al menos podemos sacarlo de la zanja y ver qué necesita exactamente.

Addy asintió sin darle mayor importancia, pues sabía que el Cadillac en realidad no estaba en la zanja ni ella estaba realmente allí en Rusholme, como también sabía que era imposible que Chester Monk estuviese en aquella tumba y que hubiese muerto a los sesenta y seis años en lugar de a los dieciséis.

El hombre de la camioneta le echó una mirada a Addy y luego la miró otra vez, más atentamente, pues su cara le resultaba familiar. Addy también miró al hombre dos veces. Lo conocía de algo. Era su nariz, el perfil de su barbilla. ¿Habría trabajado en los hornos de The Oakwood? No. En ese momento, se acordó. Lo había visto en el restaurante The Satellite la noche del accidente de la señora Pigot.

El hombre la miró de soslayo.

–¿Addy Shadd? –preguntó–. ¿Es usted Adelaide Shadd?

Como era un sueño, Addy estaba decidida a contestar que no con la cabeza, pues no podía estar segura de quién era realmente. Earl parecía sorprendido y preguntó:

–¿Ya os conocíais?

El hombre sonrió y levantó un dedo admonitorio.

–Sí. Sí. Te vi en The Satellite en Chatham hace un tiempo y le dije a mi mujer que no sabía de qué, pero te conocía de algo. Y luego, cuando volvíamos conduciendo a casa, me acordé. «Ésa era Addy Shadd», le dije. Mi vieja vecina, Addy Shadd.

Del mismo modo en que se pueden ir pasando instantáneas en un álbum de fotos, Addy miró al hombre y lo vio de niño agachado leyendo la lectura en la escuela. Y luego lo vio en el patio de la casa de al lado, ayudando a su madre a recoger apresuradamente la ropa tendida antes de que empezase a llover. Lo vio otra vez, con el rostro crispado y enfurecido, arrojándole castañas mientras ella se encogía de miedo en el porche delantero.

–Isaac Williams –dijo ella, y supo que no estaba soñando, ni despierta, ni dormida, ni de ninguna otra manera.

Earl se volvió hacia Addy, perplejo.

–¿Tú vivías en esta ciudad?

Addy asintió.

–Me crié en la calle Fowell. Justo al lado de los Williams.

Isaac también asintió y fingió no acordarse de cómo ni por qué se había ido ella.

–Eso es. Éramos vecinos.

Earl dio unas palmaditas en la camioneta de Isaac.

–Caramba, caramba... ¡Menuda coincidencia!

Isaac se echó a reír.

–En una ciudad tan pequeña como Rusholme no lo llamamos coincidencia, lo llamamos la vida, sencillamente. Es más probable que te tropieces con alguien a quien conoces cuando conoces a todo el mundo. –Se dirigió a Addy y le preguntó con naturalidad–: ¿Qué te trae de vuelta por Rusholme, Addy?

Earl respondió por ella.

–Hemos venido a dar una vuelta por la carretera del lago y luego se nos ha ido el santo al cielo. –No le habría importado dedicar unos minutos más a los viejos tiempos de no ser porque estaba pendiente el rescate de la zanja de su precioso coche–. ¿Y dice que puede remolcarnos?

Isaac hizo señas a la cabina de su camioneta.

–Tengo sitio para uno aquí delante. Detrás no es tan cómodo, pero está seco, y conduciré despacio. Podemos volver a mi casa y buscar una cuerda para remolcar el coche mientras las chicas se quedan de cháchara con mi esposa.

Earl no se imaginaba sentado en la parte de atrás de aquella camioneta y no le convencía la idea de dejar allí solo su Cadillac.

–Yo esperaré aquí.

Nedda se echó a reír y se retorció cuando Isaac la levantó en brazos para subirla a la camioneta, pero Sharla permaneció callada y muy seria. Había visto operarse el cambio en Mamá Addy, de una confusión ensoñadora a una confusión absoluta, y se preguntaba qué más novedades iba a acarrear el resto de la visita a Rusholme.

El motor de la camioneta ronroneaba y los neumáticos chirriaban al deslizarse por el pavimento húmedo, pero nada de aquello parecía real. Addy iba sentada en el asiento del pasajero pensando: «Sí, mira los campos de fresas cargados de fruta madura y roja. Y mira allí, la horda de jóvenes mazorcas. Nadie creería que dentro de unas pocas semanas ya estarán más altas que el más alto de los hombres. Y los viejos edificios de ladrillo, los puestos de fruta cerrados por la lluvia y el ancho lago azul allá al fondo. Sí. Rusholme. Sí».

La camioneta dobló una curva y la iglesia, conservada por el Señor y por los generosos donativos de los feligreses, surgió imponente ante ellos. Addy se oyó decir a sí misma:

–¿Te importa parar un momento, Isaac? ¿Sólo un momento?

Issac supuso, acertadamente, que Addy querría rendir homenaje a sus muertos del cementerio y entró en el aparcamiento de la iglesia como si ése hubiese sido su destino desde el principio.

Les dijeron a Sharla y a Nedda que se quedaran en la parte de atrás de la camioneta, y a ellas no les importó. A ninguna le interesaban las tumbas de los muertos, y Sharla no quería ver a su Mamá con la misma inquietante expresión de antes. Nedda se divertía con el palo que se había llevado consigo mientras Sharla intentaba hacer caso omiso de la irritable sensación en la nuca.

Isaac ayudó a Addy a bajarse de la camioneta, pero no la acompañó más allá del sauce al borde del jardín. Se preguntó por un instante si la mujer sabría que su madre se había ido a vivir al sur y que allí sólo tenía enterrados a Leam y a su padre.

–¿Leam...? ¿Leam...? –lo llamó Addy en silencio–. ¿Leam...?

Pero Leam no apareció. En todos los años que la había acompañado, casi nunca había tenido que llamar a Leam dos veces. Siempre había estado allí, guardándola y cuidando de ella, tal como le había prometido de niños, aquella primera vez, cuando se había levantado de entre los muertos. Un escalofrío le recorrió el cuerpo, pues Addy no sabía lo que significaba que se hubiese ido para siempre. Miró a la tumba de su hermano y, junto a ella, la de su padre. Cerró los ojos, recordando cómo eran todos antes, cuando vivían en la casita de los visillos de encaje a juego.

Eso era algo que tampoco se había esperado. Siempre había querido regresar al cementerio para volver junto a la tumba de su hermano, pero aquello ya no parecía su lugar de descanso, sino una simple piedra. Y al mirar la tumba de su padre, ya no sentía ira ni remordimiento, sino sólo cierta tristeza de haber tardado tanto tiempo en encontrar el perdón en su corazón. Se volvió y vio a Isaac Williams y a las niñas esperándola en la camioneta. Murmuró unas palabras de adiós, por si alguien la estaba escuchando, y luego, inhalando el aroma del lago, enfiló el camino de vuelta por la hierba húmeda y verde.

Una vez de nuevo en la camioneta, al lado de un Isaac silencioso y vacilante, Addy buscó los lugares emblemáticos de la ciudad. Señaló el enorme caserón en lo alto de la colina.

–Sigue ahí. Y se conserva muy bien, además.

–¿Los Bishop? –preguntó Isaac–. Sí, claro. Teddy murió hace años, claro, pero Jonas y Camille siguieron cuidando de ella hasta su muerte y ahora el hijo de ambos, mi cuñado, de hecho, vive ahora con su esposa y el pequeño.

Addy miró al caserón, recordando. Oyó las palabras de Isaac como si fuera un eco y preguntó:

–¿Camille y Jonas?

Isaac la miró, asombrado de que no lo supiese.

–Jonas Johnson. Sí. Él y Camille se casaron muy jóvenes. ¿Tú no estabas aquí todavía?

Addy negó con la cabeza.

–Estuvo trabajando con Teddy Bishop en el contrabando en Sandwich, pero volvió al cabo de un tiempo. Siempre vuelven.

–Supongo que sí.

Isaac se volvió a mirarla.

–¿No será la primera vez que vuelves a Rusholme en todo este tiempo?

–Ajá...

–Pero ¿has estado viviendo en Chatham todo este tiempo? ¿Desde que te marchaste?

–Casi todo el tiempo. Ajá... Y también en Lakeview.

Issac no le preguntó por qué no había vuelto ni una sola vez si vivía tan cerca; ya se imaginaba el porqué.

Aunque seis años menor que ella, Isaac se sabía la historia de Addy Shadd como si fuera una parábola de la Biblia. Le había contado la historia a su esposa, Rochelle, aquella noche después de la cena en The Satellite. Isaac tampoco preguntó por qué Addy había decidido volver entonces, a pesar de que la explicación que le había dado aquel hombre, Earl, de que él y Addy habían salido con el coche rumbo al lago y luego se les había ido el santo al cielo, sin más, le parecía muy poco convincente. Isaac creía que siempre había una razón para todo.

–¿Qué pasó con Josephine, Isaac? ¿Se quedó en Rusholme?

–Se casó con un amigo de Teddy de Chicago. No tuvo hijos, pero siempre se paseaba con abrigos de pieles carísimos y le gustaba restregárselo por la cara a Camille. Se quedó en los huesos, como un esqueleto. No la habrías reconocido.

Addy se acordó de aquel domingo de la Fiesta de la Fresa, cuando ella tenía quince años y Chester Monk le rompió el corazón pidiéndole a Camille ir a dar un paseo.

–Jonas Johnson y Camille Bishop –reflexionó en voz alta–. Jonas y Camille. Supongo que tendrían muchos hijos.

–La verdad es que sólo tuvieron la parejita. Rochelle, mi mujer, fue la primera, y luego vino su hermano, que llegó por sorpresa, muchos años después. A algunos les pareció un poco... bueno... como Camille ya peinaba canas y Jonas estaba enfermo de diabetes... Rochelle ha sido más una madre que una hermana, la verdad.

–Rochelle, tu mujer, ¿es la hija de Camille y Jonas?

–Eso es.

Addy meneó la cabeza.

–El mundo es un pañuelo, como suele decirse.

Isaac se encogió de hombros.

–Es Rusholme.

Mientras conducían, Addy quiso pedirle a Isaac que parasen, que la dejase salir a respirar el aire y caminar, que la Tierra dejase de girar un momento, porque a pesar de que iba muy lento, el tiempo estaba pasando demasiado rápido. Addy no supo que iba a decirlo hasta que las palabras se le escaparon de los labios.

–¿Es posible que acabe de ver la tumba de Chester Monk ahí abajo, junto al riachuelo de Rusholme?

–¿Chester? Sí, claro. Volvió por aquí... ¿cuándo fue? No hace tanto. A principios de los sesenta, creo.

–Pero yo creía... dijeron que Chester se había ahogado en el río Detroit.

–Se equivocaron. Chester volvió hecho un pincel. Había estado viviendo en alguna parte de Estados Unidos. Su esposa murió y supongo que sentía nostalgia por volver a casa. Las cosas le fueron muy bien. Construyó esa casa tan grande para su hija y las visitas de sus nietos en el verano. ¿La has visto?

Una vez que Addy empezó a negar con la cabeza, no pudo parar. ¿Chester había sobrevivido? Chester había sobrevivido. No sólo había sobrevivido sino que había vivido allí, en Rusholme, durante años, a escasos kilómetros, en el lago Erie, hasta hacía poco.

Isaac malinterpretó la perplejidad de Addy.

–Ah, bueno, es que no se ve muy bien. Está muy aislada, con tantos árboles alrededor y todo eso, pero es una casa muy bonita. Y cuando murió, bueno, pues quiso que lo enterraran junto al riachuelo en lugar de en el cementerio.

Addy sintió que se le encendían las mejillas, recordando a Chester y su juventud y las cosas que había pensado sobre él y los planes que había hecho para su futuro juntos. Se dirigió a Mose en su corazón, hablándole en un susurro: «No te enfades, Mose. Tú eres el amor de mi vida, pero él fue el primero».

Addy no sabía que estaba sonriendo hasta que oyó preguntar a Isaac:

–¿Qué pasa? ¿He dicho algo gracioso?

–No –contestó Addy–. Es sólo que me resulta un poco extraño estar aquí después de tanto tiempo. Creía que Chester se había ahogado en el río con mi hermano. Me alegra saber que no fue así y que tuvo una esposa e hijos que lo quisieron.

Isaac redujo la velocidad al entrar en la ciudad.

–Ya casi no queda ninguna de las casas antiguas, Addy. –Sabía lo que ella estaba pensando–. La tuya ya no está. La nuestra, la de al lado, tampoco. Están construyendo un museo en la manzana de la calle Fowell, donde vivíamos antes.

–¿Un museo? ¿De verdad?

–El Gobierno ha declarado Rusholme patrimonio histórico y va a construir un museo dedicado al padre Mills y a los colonos fundadores.

Addy asintió, impresionada, y se acordó de lo que Verilynn Rippey había dicho sarcásticamente acerca de escribir un libro sobre Rusholme.

–¿Earl es tu marido? –preguntó Isaac.

–¿Earl? No, no. Sólo es un amigo.

–¿Te casaste, Adelaide?

–Sí, sí me casé. Me casé con un hombre muy bueno que se llamaba Mose. Murió hace algún tiempo.

–Lo siento.

Addy asintió.

–¿Algún hijo...? –siguió inquiriendo.

Isaac tenía que saber por fuerza lo del primero.

Addy no podía hablarle de su dulce Leam ni explicarle que su querida hijita Chick había muerto con su padre. Sonrió con tristeza y negó con la cabeza. Entonces se acordó de pronto:

–¿Y Birdie? ¿Qué pasó con Beatrice Brown?

Isaac se rió.

–¿Birdie Brown? Pues estuvo de maestra en la escuela como cien años. Enseñó a mis hijos y a los hijos de mis hijos y todos pensamos que seguiría enseñando a otra generación, pero se retiró el año pasado y se fue a Florida.

–¿Se casó?

–Nunca.

–¿Nunca?

Addy no podía creerlo, hasta que recordó cómo había amado Birdie a su buen hermano Leam. Addy seguía pensando en Birdie cuando Isaac entró en el camino de entrada a una modesta casa de ladrillo. Su esposa, la mujer a la que Addy había visto antes en el restaurante, salió a la puerta de inmediato, sintiendo curiosidad por los extraños que acompañaban a su marido en la camioneta. Reconoció a Addy al instante y esbozó la sonrisa amable y relajada de quienes quieren transmitir que ellos no juzgan a nadie.

De cerca, el parecido entre Rochelle Williams y su madre, Camille, era asombroso. Addy no tuvo la sensación de que la recibía en su casa una extraña, sino una vieja amiga del pasado, ya adulta, madura y dulcificada por el paso del tiempo.

–Te presento a mi mujer, Rochelle. Rochelle, ésta es Addy Shadd, ¿te acuerdas? Te hablé de ella el otro día, después del restaurante...

–Sí, claro. –Rochelle Williams tomó a Addy de la mano, la miró a los ojos y arrugó la nariz–. Sí, ya lo sé, soy idéntica a mi madre. Llevo oyendo eso toda la vida.

–Seguro que sí.

–Gracias a Dios que salí a mi madre y no a mi tía Josephine.

Addy estuvo a punto de reír, pues Camille y Josephine eran gemelas, pero se dio cuenta de que Rochelle Williams no bromeaba.

Mientras Isaac iba a buscar la cuerda, Rochelle advirtió la presencia de las dos niñas que, con un ataque repentino de timidez, iban en la parte de atrás de la camioneta.

–Vaya, vaya, vaya... ¿a quién tenemos aquí?

Sharla y Nedda levantaron la vista, sintiéndose culpables.

Addy sonrió.

–Esa de ahí es Sharla y ésta es su vecina y amiga, Nedda.

Rochelle les dedicó una sonrisa cariñosa pero miró a Sharla Cody dos veces, como si tratara de decidir alguna cosa. Al cabo de un momento, dijo:

–¿Sabéis qué? Da la casualidad de que acabo de sacar unas galletas calentitas del horno. –Se volvió hacia Addy y le explicó–: Mi sobrino de tres años viene esta noche y en su casa no le dan galletas. Mejor dicho, no le hacen galletas caseras. –Volvió a sonreír a las niñas–. ¿Os apetece una galleta?

Nedda se puso a aplaudir de entusiasmo.

–¡Sí!

Sharla miró a Mamá Addy y esperó a que ésta le diera permiso con la cabeza antes de decir:

–Sí, señora. Muchas gracias.

Las mujeres se acomodaron en la mesa de la cocina, desde donde podían ver a Sharla y a Nedda a través de los ventanales. Las niñas estaban en el jardín comiendo galletas y turnándose para columpiarse en el neumático, colgado en la rama de un arce viejo y enorme. Addy rezó para que las niñas no se pelearan y la dejaran en evidencia. Escuchó con un interés genuino y sin sentir ninguna envidia la descripción que Rochelle le fue haciendo de sus hijos y sus nietos.

–Y naturalmente, luego está el pequeño Otis. Es mi

sobrino, pero también es como si fuera mi nieto. No sabría decir a quién ha salido, a mi hermano o a mi cuñada, porque los dos son de la piel de Barrabás, pero es un cielo, mi pequeño Otis.

–¿Y la mujer de su hermano es de Rusholme?

Rochelle negó con la cabeza y sirvió el café en unas tazas grandes.

–De Windsor. –Bajó la voz–. Es blanca. Pero está bien. No es... bueno, ya sabe, es una buena mujer.

Addy entendió a qué se refería y asintió con la cabeza. Se preguntó en voz alta cómo iría la operación de rescate del Cadillac de Earl en la zanja.

Rochelle se levantó para comprobar el jamón rosado que tenía en el horno.

–Tenemos mucho espacio en casa, en caso de que tuvieran que quedarse a dormir.

–Ah, muchas gracias, pero no querríamos causar ninguna molestia.

Rochelle roció con jugo la pierna sin darle la vuelta.

–Usted haría lo mismo, ¿no? Así que si no se pueden ir en el coche esta noche, se quedan y ya se irán por la mañana.

Las mujeres se tomaron el café mientras observaban a las niñas columpiándose en el neumático. Se abrió la puerta principal de la casa y los berridos de un niño quebraron el silencio. El chico entró corriendo y aullando en la cocina y se arrojó a los brazos de su tía. Rochelle besó la cabecita de rizos negros y susurró:

–¿Qué pasa, cielo? ¿Qué ha pasado?

El niño desenterró la cara del generoso busto de su tía el tiempo suficiente de señalar a la hermosa joven blanca que lo había seguido a la cocina. Abrió la boca y dio rienda suelta a su ira, pero ninguna de las allí presentes entendió una sola palabra. La joven dejó una cazuela de alubias estofadas en la cocina y se desplomó en una silla después de mirar a Addy y asentir con la cabeza, con un gesto a medio camino entre un saludo y una disculpa.

Rochelle habló por encima de la cabeza del niño que lloraba.

–Addy, le presento a la mujer de mi hermano, Tracy Johnson. Y éste es Otis, pero todavía no sé lo que le pasa a mi pequeñín. ¿Qué te pasa, cielo? –Lo abrazó.

Tracy le estrechó la mano y dijo:

–Perdón por el jaleo, Addy. Le hemos dicho a nuestro hijo que no puede jugar con la navaja de su padre y ahora nos odia.

–¡Te odio! –corroboró Otis.

Tracy puso los ojos en blanco.

–Lo siento, Rochelle. Es que esta tarde no ha querido hacer su siesta. Está de un humor de perros. Y –añadió, en voz muy alta para que la oyera pese al llanto–, como no se porte bien, nos volvemos derechitos a casa.

El pequeño Otis se volvió y levantó un dedo amenazador.

–No.

–No me digas que no, Otis. Los niños no le dicen «no» a sus madres. –Tracy no se andaba con tonterías y eso le granjeó la simpatía de Addy.

El hombre que, acto seguido, entró en la cocina era el hermano menor de Rochelle. De estatura media, tenía una oronda barriga y el mismo rostro redondo que su padre, Jonas Johnson. Addy lo miró fijamente. Había algo en él que le resultaba familiar, algo más que su parecido con el padre. Era la complexión de su cuerpo, su forma de andar, su manera de mirar a Addy... Lo conocía de algo, estaba segura. ¿Lo habría visto en The Satellite también aquella noche y se le habría olvidado? ¿Acaso le traía la compra a casa? Examinó detenidamente al joven, rogando por que su cerebro recobrase la agilidad de antes.

El hermano de Rochelle sonrió y saludó a Addy con la cabeza, como si no le resultara extraño verla allí sin apartar la vista de él.

Rochelle apretó el hombro de su hermano.

–Addy Shadd, éste es mi hermano, Cody.

–Señorita Shadd –dijo él afectuosamente, y extendió el brazo.

¿Cody? Addy se quedó paralizada cuando estaba a punto de estrecharle la mano. ¿Cody? Y de pronto lo vio: los mismos ojos, ocultos entre los pliegues cavernosos de los párpados y las mejillas, la misma sonrisa torcida, la misma forma de andar, el mismo deje, las mismas piernas despatarradas... No sabía qué hacer ni qué decir, porque ¿cómo iba a preguntarle a aquel extraño, a quien acababa de conocer, si había conocido alguna vez a una chica llamada Collette y si la niña que jugaba afuera en el columpio del jardín podía ser su hija?

Addy Shadd estaba mayor, confusa y se equivocaba, naturalmente. Tenía que estar equivocada, porque sería muy improbable que hubiese encontrado al padre de Sharla cuando ni siquiera lo estaba buscando y en un lugar en el que ni siquiera había pensado. Aunque lo cierto era que, bien mirado, toda su vida era un cúmulo de acontecimientos improbables. Estrechó la mano del hermano de Rochelle y se ordenó a sí misma dejar de mirarlo.

Cody no se quedó mucho rato. Cuando se enteró de lo del Cadillac en la zanja, se fue a ver si podía ser de ayuda. Addy se habría olvidado para siempre del asombroso parecido de no haber sido porque la propia Tracy Johnson miró al jardín y comentó que Sharla le resultaba familiar.

Otis había pedido salir a jugar con las niñas y su madre le había dicho que, si a las niñas les parecía bien, a ella también. A Nedda no le hizo ni pizca de gracia ver aparecer al niño, puesto que eso significaba esperar otro turno para el columpio, pero a Sharla no le importó y le dijo a Tracy:

–Puede usar mi turno si quiere.

Tracy vio que su hijo estaba en buenas manos antes de volver a la cocina y preguntar:

–¿Quién es esa niña?

Addy sabía que se refería a Sharla.

–Es Sharla.

–¿Es de Rusholme?

Addy negó con la cabeza.

–Vive conmigo en el campamento de Lakeview.

–Su cara me suena de algo.

–Eso mismo he pensado yo –convino Rochelle.

–¿Eres su abuela, Addy? –preguntó Tracy.

–No somos familia, pero es todo lo mía que alguien puede llegar a ser de otra persona.

–Amén –dijo Rochelle.

–¿Y dónde está su madre? –preguntó Tracy, sin apartar los ojos de su hijo risueño.

Addy suspiró y vaciló un momento antes de contestar, y luego se recostó en la silla y les contó a las mujeres la historia de Sharla. Les contó que la madre de Sharla había ido un día a su caravana a pedirle a una extraña que se quedara con su propia hija. Le contó lo que Sharla le había contado a ella de Emilio, de Claude y de los demás. Les contó lo de la carta de Collette, y que sabía que nunca iba a volver. Y al final, les contó a ambas mujeres lo mucho que le preocupaba qué iba a ser de Sharla cuando ella faltara.

–Bueno, Addy, todavía tienes mucho tiempo para preocuparte de eso –dijo Rochelle.

Tracy negó con la cabeza.

–No me puedo creer que una madre abandone así a su hijo. Pobrecilla. Pobrecita niña.

–¿Y qué hay del padre? –preguntó Rochelle, en el

preciso instante en que los tres hombres aparecían por la puerta.

Addy estuvo a punto de contarles a las mujeres que lo único que sabía del padre de Sharla era que se llamaba Cody, y que hasta ese día, siempre había supuesto que aquél era su apellido. Estuvo a punto de preguntarles si no les parecía que Sharla Cody guardaba un parecido asombroso con Cody Johnson. Estuvo a punto de proclamar: «Los caminos del Señor son inescrutables», pues creía que Padre habría dicho que tenía que haber sido el Cielo, y no Earl Bolton, quien los había llevado a Rusholme ese día. Sin embargo, se alegró de la llegada de los hombres y de que hubieran interrumpido el momento, pues se dio cuenta de que lo que estaba pensando sólo era la manifestación de un deseo, y no un comentario agradable para una educada conversación.

Earl agradeció a Isaac y Cody su ayuda, pero por la expresión de su rostro Addy supo que el Cadillac seguía aún en la zanja. Earl suponía que no tenía mucho sentido volver a Lakeview para tener que regresar allí a la mañana siguiente, de modo que aceptó el ofrecimiento de Isaac y de Rochelle de que pasaran allí la noche.

–Además –dijo Earl–, así Adelaide tendrá ocasión de hablar de los viejos tiempos.

Addy sonrió a Earl y dio gracias por su amistad.

Durante la cena a base de jamón asado, estofado de alubias y guisantes frescos, Sharla vio por la expresión de su cara que su Mamá Addy estaba preocupada, por eso y por el modo en que miraba al padre de Otis. Sharla se puso aún más nerviosa cuando miró al padre de Otis y vio que la estaba mirando... ¡a ella! Le diría a Mamá Addy todo eso más tarde, cuando estuvieran las dos solas. De momento, se limitó a lanzar una mirada furiosa a Cody Johnson y a obligarlo a desviar la vista de ella.

Isaac Williams estaba rememorando las frías noches de primavera, cuando los niños se bajaban al lago con redes y linternas para atrapar a los eperlanos. Recordó la vez que a Birdie Brown le habían dado tanta pena los peces que se había echado a llorar y L'il Leam le había prometido que nunca volvería a comer un eperlano. Isaac se preguntó en voz alta si L'il Leam había cumplido su promesa, y si Addy hubiese estado prestando atención, le habría dicho a Isaac que su hermano sí cumplió su promesa, igual que cumplió todas sus promesas a lo largo de su corta vida.

Si hubiese estado escuchando, Addy se habría reído a carcajadas cuando Rochelle contó que a su madre por poco le da un ataque al encontrar varias cajas de licor enterradas cerca del granero tras la muerte de su padre. Addy le habría dicho a Rochelle que Camille debía de ser la única persona de todo Rusholme que no sabía que Teddy Bishop se dedicaba al contrabando. Pero en realidad, en lugar de seguir la conversación, lo único que Addy podía hacer era mirar fijamente a Cody Johnson y rezar para que sus sospechas fueran ciertas.

Era el día más largo del año. Por la noche, los adultos tuvieron que vérselas con los insectos del jardín mientras se asombraban de que fueran ya las nueve pasadas y todavía clarease como si fuera media tarde. Esa noche todavía tendrían que asombrarse de unas cuantas cosas más.

Mientras el sol derramaba su luz ambarina por la cristalera de la cocina, Cody Johnson señaló al otro lado de la mesa, a donde estaba Sharla, y le preguntó a su mujer:

–¿Conocemos a Sharla de algo?

Tracy no le dijo que ella y Rochelle habían tenido la misma sensación, porque justo en ese momento, con la boca llena, Otis escupió todos los guisantes encima de la mesa.

–¡Hazlo otra vez! –suplicó Nedda.

Tracy negó con la cabeza.

–No, no y no... ¡Otis Johnson! No se escupe encima de la mesa.

Otis se metió otra cucharada de guisantes en la boca. Tracy no lo miró.

–No tiene ninguna gracia, Otis.

Otis se volvió a Sharla y Nedda, quienes disimularon una sonrisa, y Tracy dijo:

–Mira lo bien que come Sharla. ¿Has visto qué bien se porta en la mesa?

Sharla decidió ayudar un poco.

–¿Lo ves, Otis? Se hace así, se meten los guisantes en la boca y luego se mastican, así, con la boca cerrada. ¿Lo has visto? –Masticó y se los tragó–. Nada de escupir –añadió con aire estricto.

–Nada de escupir –repitió Otis, y todos los mayores se echaron a reír con aquella risa impredecible.

Addy había estado observando cómo Cody observaba a Sharla y no sabía qué decir ni cómo decirlo, pero algo tenía que decir.

–Sharla vive conmigo en Chatham. Soy su tutora. –Addy hizo una pausa–. Desde que se fue su madre.

Cody asintió y siguió comiendo. Addy lo obligó mentalmente a que levantara la vista de nuevo. El hombre miró a Sharla.

–Es que hay algo en esta niña que me resulta tan familiar...

«Se parece a ti –exclamó Addy a gritos en su cabeza–. Es igualita que tú.»

Earl debió de oír los gritos mudos de Addy, porque justo entonces le comentó a Cody:

–Se parece mucho a ti, hijo.

La mesa entera se quedó en silencio mientras todos

miraban a uno y a otra, alternativamente. Rochelle vio el parecido, luego Tracy y, finalmente, el propio Cody. El parecido entre ambos era innegable.

Addy carraspeó, sin saber qué sucedería cuando aflorara la verdad, si es que ésa era la verdad.

–Es curioso, Sharla se apellida Cody. Menuda coincidencia, ¿verdad?

Sharla miró alrededor en la mesa y, como todos la miraban fijamente, se sintió obligada a decir:

–Mi apellido es Cody porque mi papá se llama así, Cody.

Tracy estaba escrutando el rostro de su marido minuciosamente, pues se le había ocurrido algo al ver a Sharla sentada junto a Otis en la mesa de la cena. Se le había cruzado por la mente la idea –que ahuyentó enseguida como si de una mosca molesta se tratara– de que los dos pudieran ser hermanos.

Cody Johnson no podía apartar los ojos de la niña. Ya conocía la respuesta, o parecía conocerla, antes de que Tracy formulara la pregunta:

–¿Cómo se llama tu madre, Sharla?

Sharla miró a su alrededor. Todos la miraban, esperando a que hablara. Earl e Isaac parecían confusos, pero las mujeres, aun las dos que no podían saberlo, parecían saber ya cuál iba a ser su respuesta.

–Collette –contestó Sharla en un hilo de voz, por si alguien se enfadaba con ella–. Mi madre se llama Collette Depuis.

A Cody no se le cayó el tenedor ni se quedó boquiabierto, como esperaba Addy, sino que se limitó a asentir con la cabeza y a seguir con su cena. Tracy dedicó una sonrisa tensa a Addy y a Rochelle y cogió su tenedor. A continuación, soltó el tenedor, sin llevárselo a la boca, y se levantó de la mesa, haciendo chirriar la silla contra el suelo.

Cuando Cody se levantó al cabo de unos segundos

y siguió a su mujer al salón, Addy y Rochelle sabían perfectamente lo que éste iba a decirle.

Earl Bolton negó con la cabeza, pinchó un trozo de jamón y comentó, con absoluta inocencia:

–Qué curioso que los dos se llamen Cody...

BIENVENIDA A CASA

Esa noche, Addy Shadd no podía dormir. La cama era cómoda, pero extrañaba la casa y todo estaba demasiado oscuro y silencioso. Se levantó, se ciñó la bata que le había prestado Rochelle y echó a andar por el pasillo a ver a Sharla.

Sharla y Nedda estaban dormidas en las literas que los William reservaban para sus nietos. Addy entró sigilosamente en la habitación y se sentó en la cama de Sharla. Reprimió las ganas de despertarla y darle un beso en la mejilla húmeda porque sabía que era mejor dejarla dormir. Observó la plácida respiración de la niña y supo, por cómo contraía la frente y tensaba los labios, que estaba intentando ganar alguna batalla en sueños. «Habrá más batallas –pensó Addy–. Así es la vida.»

Addy intentó recordar la letra de la nana que solía cantar su madre. «Duérmete niño» era lo único que recordaba. «Duerme, Sharla, duerme –pensó–.Ten la seguridad de que eres muy querida. Lucha con tus demonios en tus sueños, no juzgues a nadie, y encuentra la felicidad en la vida sin más, viviendo, simplemente. Yo siempre estaré a tu lado –le susurró Addy–. Siempre te querré.»

Había refrescado. El cielo estaba despejado y la luna y las estrellas iluminaban el cielo de Rusholme como nunca lo hacían en Chatham. Addy se preguntó si despertaría a todos los ocupantes de la casa si intentaba salir a respirar el aire fresco de la noche. La puerta chirrió un poco, pero dentro nadie se movió mientras ella salía descalza al césped.

Si alguien la hubiese visto allí fuera, mirando al cielo, la habría tomado por loca, pero si ese alguien hubiese hecho aquello mismo alguna vez, sabría lo que estaba buscando. No había coches en las carreteras, ni luces en las casas, y Addy pensó en lo agradable que sería dar un paseo por la ciudad con su bata y sus pies descalzos. No sería decoroso hacer algo así, por supuesto, pero a Addy ya le traía sin cuidado el decoro.

Cuando llegó a la calle Fowell, Addy se quedó perpleja, pues Isaac le había dicho que la casa había desaparecido, pero allí estaba: la mecedora en el porche, el manzano al fondo del jardín y las cortinas desteñidas con té en todas las ventanas, con la apariencia de ser todas iguales desde la calle. Addy asintió al darse cuenta de que estaba soñando y sintió una inmensa alegría por poder volver a ver su casa, aunque esperaba que ni su padre ni su madre irrumpieran en su sueño. Sólo quería balancearse en la mecedora y pensar en Sharla Cody y Cody Johnson y en lo que aquella noche iba a significar para todos ellos.

Addy se acomodó en la silla y se acordó de la última vez que su cuerpo se había mecido allí, y de lo que habían visto sus ojos desde el porche, y de la traición de todos sus seres queridos, que le había roto el corazón. Pero esa noche no estaba triste ni sentía lástima de sí misma. Incluso cambió de opinión y deseó que sus padres estuvieran dentro de aquella casa soñada y que salieran allí y se pusieran a hablar, como hacían siempre, de los vecinos o el tiempo.

Cuando se abrió la puerta, Addy no se sorprendió al ver allí a L'il Leam, con su ropa de dormir. Estaba igual que la última vez que lo había visto, menudo, lleno de vida y sonriente. Addy soltó una risa nerviosa y se sintió como si volviera a ser niña ella también.

–*¿Qué haces aquí, hermana?* –susurró él.

–Sólo estoy soñando, Leam. Y meciéndome. Sólo estaba respirando un poco de aire fresco.

Leam asintió y escudriñó el cielo.

–*¿Todavía te da miedo la luna, Adelaide?*

Addy se quedó pensativa un momento.

–No. Ahora mismo no me da miedo nada.

–*Sabes que Sharla va a estar bien, ¿verdad?*

Addy se sorprendió a sí misma al responder:

–Sí, sí, ya lo sé. Cody Johnson es un buen hombre. Y esa mujer que tiene, es capaz de amar a cualquier niño, eso se ve a simple vista.

–*Sharla tendrá un hermanito. Eso le gustará.*

–Sí, sobre todo. Eso le encantará –convino Addy, guiñándole un ojo–. Aunque a veces deseará ser hija única. –Addy volvió el rostro hacia la luna e inspiró profundamente antes de darse cuenta de que hacía años que no lo hacía–. Esa caja de la mantequilla está en mi armario. Están las fotografías de Hamond y de los chicos, y el anillo de Padre y el mechón de pelo del pequeño Leam, y los primeros zapatos de Chick, y una carta de amor de Mose y la receta de la nieve de manzana. Esa caja de mantequilla tiene que ser para Sharla.

Leam tomó asiento en el escalón delantero y se recostó en los codos.

–*Isaac Williams se encargará de dársela.* –Se volvió hacia su hermana–. *Has visto la tumba de Chester.*

–Sí. Fue un shock para mí, Leam, pero sobre todo porque yo tenía razón. Sobre todo porque una parte de mí sabía que no era verdad que había muerto.

Leam asintió.

–*Casi siempre sabemos la verdad.*

–¿Leam? –Addy esperó a que su hermano la mirara–. ¿Crees que Mose lo sabía? ¿Lo mío con Hamond?

Leam ladeó la cabeza y no tuvo que decir que sí.

Addy sintió que le daba un vuelco el corazón.

–¿Crees que me perdonó?

Addy se estremeció cuando notó la mano en su hombro. Leam levantó la vista y sonrió mientras Addy le seguía la mirada.

–Mose –murmuró ella.

Mose se inclinó, tomó la cara de Addy entre sus enormes manos y dijo:

–Mi mujer. Te he echado de menos, Addy.

Addy quiso levantarse a abrazar a su marido, pero era como si estuviera clavada a la silla. Vio la luz de la luna reflejada en sus hermosas pupilas verdes.

–Ay, Mose... Mírate. ¿Por qué nunca te sueño viejo como yo?

Mose la besó en los labios. Ella olió su olor y lo saboreó como si aquello fuera real y estuviera sucediendo de veras. Levantó el brazo para tocarle la cara y se rió al ver que no tenía la mano vieja y cubierta de cicatrices sino joven y fuerte.

–Mose –dijo otra vez, y luego, en voz baja, añadió–: ¿Tú lo sabías, Mose?

–Lo sabía, Addy. Pero sólo lo supe por un segundo, y sólo al final.

–¿Me perdonas?

Mose asintió.

–Llevo esperándote muchísimo tiempo.

–¿Esperándome a mí? –Aquello provocó la risa de Addy–. Durante todo nuestro matrimonio, era yo la que siempre estaba esperándote a ti.

Mose le apretó la mano. Addy inhaló y susurró:

–¿Chick?

–Está aquí. Todos están aquí.

Mose señaló al interior de la casa. De pronto se encendieron todas las luces, y se oyó el sonido de Ella Fitzgerald en el fonógrafo de los Baldwin, y el estallido de unas risas y el aroma a asado de ternera y pastel de fresas.

–¿Es una fiesta Mose?

–Eso es, Adelaide. Es una fiesta para darte la bienvenida a casa. –Le tendió la mano.

Addy cogió la mano de Mose y no sintió el crujir de sus huesos seniles al levantarse. Hizo una pausa, deteniéndose en la puerta.

–Esto no es ningún sueño, ¿verdad que no?

Mose le acarició la mejilla.

Addy volvió a inspirar profundamente.

–No esperaba esto, en absoluto.

Mose le ofreció el brazo a Addy, como había hecho aquella primera vez en la estación de Chatham, y a continuación abrió la puerta y la guió al otro lado.

–Rusholme –murmuró Addy.

ÍNDICE

Título de la edición original: *Rush home road*
Traducción del inglés: Ana Alcaina

Diseño: Eva Mutter
Imagen de la sobrecubierta: Debra Lill
Fotografía de la autora: Laura Starks

Círculo de Lectores, S. A.
Travessera de Gràcia, 47-49, 08021 Barcelona
www.circulo.es
3 5 7 9 11 11 8 6 4 2

Licencia editorial para Círculo de Lectores
por cortesía de la autora
Está prohibida la venta de este libro a personas que no
pertenezcan a Círculo de Lectores.

© Lori Lansens, 2002
© por la traducción: Ana Alcaina, 2011

Depósito legal: B. 32872-2011
Fotocomposición: Víctor Igual, S. L., Barcelona
Impresión y encuadernación: Rotocayfo (Impresia Ibérica)
Barcelona, 2011. Impreso en España
ISBN 978-84-672-4401-4
N.º 08631